中国古代诗法学史

王德明　著

ZHONGGUO
GUDAI
SHIFAXUE SHI

GUANGXI NORMAL UNIVERSITY PRESS
广西师范大学出版社
·桂林·

图书在版编目（CIP）数据

中国古代诗法学史 / 王德明著. --桂林：广西师
范大学出版社，2021.12
　　ISBN 978-7-5598-4535-1

　　Ⅰ．①中… Ⅱ．①王… Ⅲ．①诗歌理论－中国－
古代 Ⅳ．①I207.22

　　中国版本图书馆 CIP 数据核字（2021）第 259301 号

广西师范大学出版社出版发行

（ 广西桂林市五里店路 9 号　邮政编码：541004 ）
　网址：http://www.bbtpress.com

出版人：黄轩庄

全国新华书店经销

广西广大印务有限责任公司印刷

（桂林市临桂区秧塘工业园西城大道北侧广西师范大学出版社
集团有限公司创意产业园内　邮政编码：541199）

开本：700 mm × 960 mm　1/16

印张：28.25　　字数：360 千

2021 年 12 月第 1 版　　2021 年 12 月第 1 次印刷

定价：88.00 元

目　录

前　言

　　中国古代诗学在其发展过程中,积淀了极其丰富的内容,诗法的理论与实践即为其重要的内容之一。如何推进中国古代诗法的研究,对于中国古代诗学的研究具有重要的意义。

一

　　诗法自古以来都是人们研究的重点之一,所以成果突出,著作丰富。自"五四"以后,新文化运动兴起,中国古典诗歌在创作上日趋没落,相应的诗法研究成果也日趋减少。新中国成立以后,对中国古代诗法的研究也是几经起落,但到了当代,其成果是十分引人注目的。而新时期以来,成果则更为喜人。

　　首先,从著作类的成果来说,主要有如下类型:

　　(一)普及性著作。例如林东海《诗法举隅》(上海文艺出版社 1981 年版),阮玉卿《诗法入门》(武汉古籍书店 1986 年印行),张思绪《诗法概述》(上海古籍出版社 1988 年版),丁国成《诗法臆说》(花山文艺出版社 1990 年版),刘迈、刘荻《实用诗法要诀》(西北大学出版社 1997 年版),陈如江《中国古典诗法举要》(人民文学出版社 2016 年版),郝启明《诗法浅释》(沈阳出版社 2018 年版)等。这些著作往往为指导人们写作和欣赏中国古代诗歌而作,多取材于中国古代诗话,加以归纳总结。这类著作中比较突出的是陈如江的《中国古典诗法举要》,此书分感情的表达、意象的浮现、语言的锻炼、结构的安排、诗趣的创造、声韵的和谐六类来安排内容,每一类之下罗列多种相关的诗法。如语言的锻炼下就罗列

1

了颠倒词序、夺胎换骨、片言百意、淡中有味等十种诗法;结构的安排下则有先声夺人、推开作结、一字作纲、事断意贯等十种诗法,详细而周全。

(二)进行深入探讨的学术类著作。例如易闻晓《中国古代诗法纲要》(齐鲁书社 2005 年版),此书从横向的角度,从题意、篇法、字法、句法、属对、用事、脱化、声律、用韵、手法等十个方面对中国古代诗法进行了全面系统的研究,每一方面之下,又列出若干种具体的诗法。例如题意之下,有立题为要、切而不黏、以意为主、多重之意等;脱化之下,则有脱化之辩、脱化之争、脱化之实、脱化之法等。不同于一般的以介绍诗法常识为主的通俗类著作,此书具有较强的思辨色彩,对问题研究的深度与广度远超前人。易闻晓的另一部著作《中国诗法学》(商务印书馆 2017 年版)则是其《中国古代诗法纲要》的升华,分八章,即体用圆融的诗法统摄、汉字的诗性、形工与体律、三四六言体、五七言体、句法中心的诗法体系、典雅标格的历史空间、表现手法的诗学史。从章目即可见此书非同一般,它既高屋建瓴,从哲学的高度审视中国古代诗法;又脚踏实地,从汉字入手,进而扩大到诗法体系、历史空间、诗学史的思考,可谓体大思精。易闻晓可以说是当代对中国古代诗法研究用力最勤,方向最稳定、最集中,成果也最为丰富、最突出的研究者。张静《器中有道——历代诗法著作中的诗法名目研究》(凤凰出版社 2017 年版)则别开生面,从诗法名目的角度来研究中国古代诗法,对中国古代诗法著作中出现的各种诗法名目进行了详细的辨析,给出了自己的解释。这部著作既有一定的理论思考,又具有一定的工具书特点,将工具性与理论性较好地结合在一起。段宗社《中国诗法论》(2005 年四川大学博士论文)分四章,从历史发展的角度,分别论述了"唐代近代诗法与司空图的诗法论""宋代诗法论""明代诗法问题""清代诗法论",此外还对"诗法的内涵与特征""中国诗法论的历史描述"等问题也进行了探讨。① 这可以说是第一部从历史发

---

① 段宗社还有 2010 年国家社科基金一般项目"中国古代文论中'法'的形态和理论的现代阐释研究",同时还有一些相关研究成果。可见他对诗法问题的研究用力不少,贡献良多。

展的角度来全面研究中国古代诗法理论的著作,较好地做到了从"法"的角度来审视中国古代文学批评史,如其所云,是"填补了此方面的空白"。

在著作类的成果中,还有另外三类著作是值得注意的。一类是针对针对单个问题的研究,即集中研究诗法中的某一问题,而不是全面研究。例如易闻晓《中国诗句法论》(齐鲁书社 2006 年版),专论诗歌句法而不论其他。一类是断代研究。例如王奎光《元代诗法研究》(2007 年复旦大学博士论文),只集中研究元代诗法而不涉及其他朝代。这两类著作由于论题较集中,论述的范围较窄,因而较有研究深度,提出的观点也较深刻。一类是诗法著作整理。如张伯伟《全唐五代诗格汇考》(江苏古籍出版社 2002 年版),张健《元代诗法校考》(北京大学出版社 2001 年版),周维德《全明诗话》(齐鲁书社 2005 年版)、陈广宏、侯荣川《稀见明人诗话十六种》(上海古籍出版社 2014 年版)、《明人诗话要籍汇编》(复旦大学出版社 2017 年版),张寅彭《清诗话三编》(上海古籍出版社 2014 年版)等。这类著作对于收集中国古代诗法资料、考评著作真伪、校正诗法著作中的错误等有不可磨灭之功。

其次,从论文类的成果来说,新时期以来,研究中国古代诗法的成果数量不少,而且质量也正在不断提高。比较有代表性的如蒋寅《至法无法:中国诗学的技巧观》(《文艺研究》2000 年第 6 期)、《清代诗法类著作叙录》(《古籍研究》2004 年卷上)、《起承转合:机械结构论的消长——兼论八股文法与诗学的关系》(《文学遗产》1998 年第 3 期),曾明《胡宿诗学"活法"说探源》(《文学评论》2011 年第 2 期),段宗社《"性灵"说与诗法论——论袁枚诗学的综合向度》(《陕西师范大学学报(哲学社会科学版)》2012 年第 1 期)等。这些论文,往往从某一角度来研究中国古代诗法的某一个方面,揭示其特点、规律或发生的原因,给人以深刻的启示,对于推进中国古代诗法学的研究起了重要作用。

对照上述研究成果可以看出,从整个诗法学史的角度来研究中国古代诗法的著作是很少的,唯一与本成果比较相似的是段宗社的《中国诗法论》。段著的成就无疑是突出的,但也留下了很大的继续研究空间。例如,段著看起来似乎涵盖了整个中国古代诗法发展的各个阶段,但是,对于各个阶段的论述,往往集中于其中少数的大家,取材不够广,线条较粗,甚至整个元代都置之不论,而且对各个阶段之间的演变发展的线索、联系等,没有作详细的分析研究。诸如此类的问题,都需要我们作进一步研究。本成果正是在以上诸多成果的基础上,对中国古代诗法学史所作的一次新的尝试。

二

作为中国古代诗学中的一个重要概念,"诗法"一词的使用历史悠久,其含义也十分丰富。虽然众说纷纭,但总体而言,从今天的角度来看,还是指作法的原则、方法与技巧。然而,如果将诗法这一概念放在中国古代诗学史上去考察,结合历代产生的大量诗法学著作,特别是以"诗法"二字命名的著作的内容来看,诗法的含义又不是仅指作法的原则、方法与技巧,还包括指导初学者如何选择学习的对象、如何辨体,以及学诗的步骤、途径与方法,等等。例如,严羽《沧浪诗话·诗辩》云:"诗之法有五:曰体制、曰格力、曰气象、曰兴趣、曰音节。"由此可以看出,在严羽看来,诗法就包括了体制、格力、气象、兴趣与音节这五个方面。如果用今天一般人常说的诗法概念,即作诗的原则、方法与技巧这样的含义去衡量严羽的这一说法,勉强算得上的恐怕只有音节这一项内容了。而在"诗法"这一节内容之下,还有"有语忌,有语病""学诗有三节""辨家数如辨苍白",以及对句、结句、发句的有关论述。①

在《诗人玉屑》卷一之下有"诗法"一目,共收录了"晦庵谓胸中不可着一字世俗言语""晦庵抽关启钥之论""诚斋翻案法""诚斋又法""赵章泉诗法""赵章泉谓规模既大波澜自阔""赵章泉论诗贵乎似""赵章泉题品三联""章泉谓可与言诗""赵章泉学诗""吴思道学诗""龚圣任学诗""白石诗说""沧浪诗法"十四条。从内容来看,既涉及创作,也涉及学习;既关乎语言,又关乎其他技巧,内容丰富。再如署名杨载所撰的《诗法家数》,除了明确说明"夫诗之为法也,有其说焉。赋、比、兴者,皆诗制作之法也""大抵诗之作法有八""律诗要法起承转合"之外,还有"诗之为体有六""诗之忌有四""诗之戒有十""诗之为难有十""诗学正源"等内容。可见,在古人那里,所谓的"法"并不完全指作诗的原则、方法与技巧,其内容要丰富得多。在这种情况下,我们就不能罔顾历史事实,自说自话,而必须基于历史事实,充分考虑中国古代"诗法"概念的复杂性。

同时,我们也应当注意到,在中国古代,"诗法"的概念主要在三种语境中使用。第一种是作诗,即从写作诗的角度来讨论。第二种是纯粹的欣赏、研究作品。这两种语境中,诗法往往就指作诗的原则与技巧。第三种是从学诗的角度来探讨。在这种语境中,诗法就不仅指作诗的原则、方法与技巧,还包括学诗的对象、途径、方法的选择,如何辨体等,其含义就远比前二者复杂多样。中国古代的诗法学著作,绝大多数产生于

---

① 《沧浪诗话·诗法》云:"有语忌,有语病,语病易除,语忌难除。语忌古人亦有之,惟语忌则不可有,须是本色,须是当行。""对句好可得,结句好难得,发句好尤难得。发端忌作举止,收拾贵在出场,不必太著题,不必多使事;押韵不必有出处,用事不必拘来历;下字贵响,造语贵圆;意贵透彻,不可隔靴搔痒;语贵脱洒,不可拖泥带水。最忌骨董,最忌趁贴,语忌直、意忌浅、脉忌露、味忌短;音韵忌散缓,亦忌迫促。""诗难处在结裹,譬如番刀须用北人结里,若南人便非本色。须参活句,勿参死句,词气可颉颃,不可乖戾。律诗难于古诗,绝句难于八句,七言律诗难于五言律诗,五言绝句难于七言绝句。""学诗有三节:其初不识好恶,连篇累牍,肆笔而成;既识羞愧,始生畏缩,成之极难;及其透彻,则七纵八横,信手拈来,头头是道矣。看诗须着金刚眼睛,庶不眩于旁门小法(禅家有金刚眼睛之说),辨家数如辨苍白,方可言诗(荆公评文章先体制而后文之工拙)。诗之是非不必争,试以己诗置之古人诗中,与识者观之而不能辨,则真古人矣。"由此可见,在严羽的眼中,诗法的含义是很广的。

这三种语境中,或为此三种目的而作。既然如此,那么,我们认为,在对诗法进行研究时,就不能不考虑这三种语境。因此,诗法的概念,它就应当包含三个基本的内容:从作诗和赏析、研究的角度来说,它指作诗的原则、方法与技巧;从学诗的角度来说,除了一般的原则和技巧之外,还包括如何选择学诗的对象、途径、方法,以及如何辨体等。在我们的论述中,"诗法"这一概念以作诗的原则、方法与技巧为主,以学诗的对象、途径,以及如何辨体等为辅。这就是说,兼顾了写诗、赏诗、学诗这三个方面。

中国古代以"以学为诗"与"以诗为学"的说法,这当然是就创作而言的,而在研究领域内,诗法的产生,离不开以诗为学,即对已产生的经典作品进行分析。正因为如此,"文成法立"才得以成立。中国古代诗法的产生离不开作诗、赏诗与学诗。不知诗法,就不可能知作法,也不可能知欣赏,更不可能指导初学者学诗。要知诗法,就必须有研究,因而也就产生了诗法学。中国古代诗法学,其最本质的内容就是对中国古代诗法的研究及由此而形成的一门学问。

三

中国古代诗法学的发展,其阶段性特征非常明显。"文成法立",此为古训。诗自《诗经》产生以后,法实际上已经产生,然而,长期以来,人们只对其微言大义感兴趣,而对其中隐含的诗法漠不关心。唐代以前,人们在解经的过程中,逐渐发现了作为表现手法的比兴,从此以后,比兴便成为中国古代诗歌中最经典的手法。随着文学的自觉与文笔之辨的开展,对偶与声律日益得到了重视。这些手法与技巧的提出,虽然粗糙简略,但是,对于后世的诗法学研究却具有方向性的意义。入唐以后,由于科举的影响、律诗的兴起及人们对诗歌创作的热情日益高涨,为解决诗歌创作的实际问题、普及诗歌基本知识和提高诗歌写作水平,赋比兴、声律、对偶这些在上一时期提出的三大问题已成为诗法研究的核心。与此同时,一些以前从来没有出现过的新方法、新技巧、新模式也被发掘了出来,例如势、格、体等。这些新问题逐渐成为人们讨论的核心,从而形成了新的理论。宋代,诗法得到了空前的重视,诗法问题成为诗学的中心问题之一,人们对诗法的特点、地位等问题的认识也得到了空前的提高,一些新的概念、新的诗法不断被提出,诗法学空前繁荣,诗法学的研究也走向了成熟。由于唐宋产生了大量的诗法学著作,元代的诗法学研究便有了丰富的资料。元人在前人的基础上进行了集成创新,为进行诗法教育与普及,创造出了许多学诗体系。同时,元人在一些方面也进行了创新,尤其是在吸收前人成果的基础上,创造出了起承转合这样的章法分析模式,对后世产生了巨大影响。入明以后,随着复古主义思潮的蔓延,反对宋诗成为一时之风气,当时的人一方面对宋人多谈诗法不满,另一方面却热衷于讨论和研究诗法,在诗的立题、章法、句法、字法、声韵等方面有了新的开拓。到了清代,诗法研究的总结性特征日益明显。清人在充分消化前人诗法研究成果的基础上,对诗法的特点、地位、作用等,提出了许多总结性的意见,对于具体的诗法,则在前人的基础上,再加细化。由于八股文的影响,人们用八股作法来观察、研究诗法的做法日趋普遍。观点虽然不无新意,但往往荒唐可笑。

中国古代诗法学在其发展过程中,表现出了鲜明的普及性与研究性共存的特征。所谓普及性,就是一般的通俗著作为宣传、普及诗法知识而表现出来的大众性特征,它不求高深和个性化,而是追求通俗易懂。所谓研究性,就是以深入研究探讨诗法问题为主,侧重于创新,因而具有较强的学术价值。这种分野,在唐五代诗格著作中就已表现得很明显了,例如上官仪的《笔札华梁》、无名氏的《文笔式》、旧题李峤撰的《评诗格》等就是普及性著作。它们的主要内容是普及有关诗法常识。而王昌龄《诗格》、皎然《诗式》等则是研究性的著作,主要探讨一些相对高深的诗法问题。宋代亦然,例如署名梅尧臣撰的《续金针诗格》、惠洪的《天厨禁脔》等属于普及性著作,而严羽的《沧浪诗话》、姜夔的《白石道人诗说》等则属于研究性著作。这种情况在元明清三代表现得更为明显,许多假托名人之作或拼凑而成的诗法著作,多属普及性著作,而一些理论家的殚思竭虑、呕心沥血之作,则是研究性的著作。普及性的诗法著作多拼凑、集成,陈陈相因,往往将诗法成果神秘化;研究性的成果则表现出鲜明的独创性和个性。当然,普及性与研究性有时候并不是截然可分的,有的研究成果表现出普及性与研究性相统一的特点。例如旧题贾岛撰的《二南密旨》、旧题杨载撰的《诗法家数》等。这些著作一方面具有普及一般诗法知识的内容,同时也深入地研究了一些诗法问题,并且表现出一定的创新性。

中国古代诗法学在其发展过程中,表现出越往后就越繁复、细密的特点。早期的中国古代诗法学,无论是概念还是具体的研究,都是比较粗糙的。以诗法名目而言,旧题范德机(范梈)所作的《木天禁语》"七言律诗篇法"条云:"唐人李淑,有《诗苑》一书,今世罕传。所述篇法,止有六格,不能尽律诗之变态。今广为十三,橐括无遗。"从六格增加到十三格,这就是越来越繁复的表现。七言绝句的作法,宋代周弼的《笺注唐贤三体诗法》只总结出七言绝句的实接、虚接、用事、前对、后对、拗体、侧体七种写法,而稍晚的于济、蔡正孙编著的《唐宋千家联珠诗格》将七言绝句的作法归纳为 340 余格。元代《诗法家数》总结了五言古诗、七言古诗、绝句及荣遇、讽谏等不同的体裁与题材的作法约 13 种,而到了明代的《冰川诗式》,仅就诗体而言,就总结出了 73 种诗体的特点及作法。以句法而言,宋人辨句法之风盛行,总结出了不少名目的句法,但没有人统计出到底有多少种,《冰川诗式》则共总结出 45 种句法,这个数字是十分可观的。而到了清代,朱之荆摘抄黄生《杜工部诗说》中论杜诗句法的部分,撰成《黄白山〈杜诗说〉句法》,就摘抄了 54 种句法。也就是说,经黄生的研究,仅杜甫一人的诗中,值得注意的句法就有 54 种之多。在中国古代的诗法学的发展史上,不论是句法还是章法、字法,还是其他诗法,都是研究越来越细,越来越复杂,非常鲜明地体现了"踵其事而增华,变其本而加厉"的特点。这种特点说明中国古代诗法学在其发展过程中,越往后越缜密、越细致,也日趋完善了。

在中国古代诗法学史上,辨体与诗法密不可分。在早期的诗法研究中,例如在唐代,虽然在创作上古体、近体的区分已如泾渭,但在理论上,辨体的意识并不强烈。因此,关于诗法的研究,往往是古体、近体混为一谈。在宋代的大部分时间里,辨体的意识也不强烈,分体论诗法的特点也就不太突出了。但是,从南宋中后期开始,以周弼《笺注唐贤三体诗法》为代表的一些著作,已表现出了鲜明的辨体意识,分体论诗法便成为新常态。严羽《沧浪诗话·诗法》云:"辨家数如辨苍白,方可言诗。(荆公评文章先体制而后文之工拙。)"①这就明确地将诗法与辨体联系在一起了。按照《沧浪诗话·诗体》的说法,诗体有按时代来分、以人分,然后又有选体、古诗、近体、绝句、杂言等的分别。这就是说,体是多方面的。从元代至明清,分诗体、分题材,甚至分时代、分人,区分出不同的体,然后再研究各体的作法,这是一般诗法学著作的通常做法。这也体现出中国古代诗法研究日趋细密的特点。

在中国古代诗法学史上,以杜甫为代表的唐诗始终处于诗法研究的核心地位。从唐代开始一直到清代,绝大多数的诗法分析都是以唐诗,尤其是杜诗为范本来进行的。在唐代的诗格著作中,固然有前代之诗,但唐诗不在少数。到了宋代,无论是哪一家的诗法研究,无不是以唐诗为范本。随着杜甫成为诗圣,江西诗派兴起之后,这种情况更加明显。黄庭坚开口便论句法,所论就是杜甫。吴沆《环溪诗话》关于诗法的论述,多以唐人为例,其中论杜尤多。周弼《笺注唐贤三体诗法》完全就是研究唐诗诗法。甚至还出现了专门研究杜诗诗法的《少陵诗格》。元明清时期,尤其是明代"诗必盛唐"之后,关于诗法的论述,以杜诗等唐代诗

---

① 严羽在《沧浪诗话·诗法》中说:"律诗难于古诗,绝句难于八句,七言律诗难于五言律诗,五言绝句难于七言绝句。"这就是严羽辨家数,也是他将辨体与诗法联系在一起的具体表现。

歌为核心的趋势更为突出。虽然诗歌史上也有尚盛唐、晚唐之分,但所尚均不离唐诗。所以,唐诗,尤其是杜甫诗,可以说是中国古代诗法的最大源泉。《诗经》贡献了赋比兴,唐诗则贡献了除赋比兴之外的大部分诗法。因此,中国古代诗法学史,从某种程度来说,实际上就是中国古代对唐诗诗法的研究史。这一方面说明了唐诗在中国古代诗歌史上的崇高地位,另一方面也说明了唐诗确有其值得深入发掘的内涵。

在中国古代的诗法学史上,章法的研究始终是重点问题。在唐前及唐五代时期,章法的问题并没有得到特别的重视,更多的是研究赋比兴、对偶、声律等问题。入宋以后,句法成为诗法研究的核心,所以,黄庭坚等人多在字句上着眼。虽然也偶有研究章法的,但并非主流。在《诗人玉屑》中,有诗法、句法、唐人句法、风骚句法、下字、用事、压(押)韵等之目,而无章法之目。这就意味着章法在当时并没有取得独立成目的地位。元代可以说是中国古代诗法研究的一个重要的转折点,从此,从前以句法为重点的诗法研究转向了以章法研究为重点。其中,具有标志性意义的便是起承转合的提出。从现存可见的资料来看,起承转合最早出现于元代,元人对此进行了详细的阐述,论证了其存在的合理性与必然性。从此,用起承转合来分析、研究中国古代诗歌的章法就成了人们最常用的方式。而与此同时,其他的章法模式也应运而生,它们与起承转合一起,组成了中国古代诗歌章法研究的"工具箱"。明清时期,诗法研究日趋繁复、细密,句法、字法及其他诗法的研究得到了极大开拓,但由于八股文的影响及人们思想观念的进化,以起承转合为代表的诗歌章法研究始终处于诗法研究最重要的地位。对章法的研究是明清时期诗法研究最重要的内容。这种特点与变化,是中国古代诗法学史上一个值得深入研究的问题。

中国古代诗法学的产生很大程度上是因为教育。当然,纯粹的研究与赏析也是诗法产生的重要原因,但是,究其主要原因,还是因为教育所需。从唐五代的诗格类著作到宋元明清的诗话、诗歌选本,许多诗法的研究与发掘,都与教育有密不可分的关系。理论家将其研究成果上升到法的高度,往往与教育后学有关。而教育是一个涉及面很广的问题,因此也就决定了诗法的含义就不仅仅是指创作的原则与技巧,而关涉到学习对象、学诗的路径等问题。所以,中国古代诗法学,在很大程度上也是诗法教育学。

同时,中国古代诗法学又与科举有密切的关系。唐五代诗格著作大量问世,其中一个重要原因就是应举所需。许多诗法就产生于科举,例如,起承转合就可能出于元人对科举诗文的分析,而它在明清盛行,更与八股文有直接的关系。明清时期的许多研究科场诗文的著作,浸润了无数科场举子,也培养了无数心中只有科场诗文规范的诗人,因此,他们论诗法,往往多以八股为标准,建立起了一套带有鲜明八股论诗文色彩的话语。

四

中国古代诗法学的发展,对于中国古代诗学的发展具有重要的价值和意义。

首先,诗法学的发展,极大地丰富了中国古代诗学(指理论研究)的内容。中国古代诗学具有丰富的内容,涉及面非常广泛。但是,如果我们细心统计一下有关资料,就会发现,关于诗法的研究占了相当的比重。唐五代时期,诗学资料本来就为数不多,但诗格著作中关于诗法的研究就占了很大比重。宋元以后,虽然诗学的内容繁复,研究日趋细密,但是,专门的诗法研究著作数量始终占有相当的比重。例如元代,关于诗法的研究著作,如《诗法家数》之类,就是最令人关注的一类,而且数量众多。明清时期,如《西江诗法》《冰川诗式》《翰林诗法》等,也是如雨后春笋,层出不穷。这些著作是中国古代诗学中的重要内容,为中国古代诗学的繁荣作出了特殊的贡献。

其次,中国古代诗法学的开展,提升了中国古代诗学的思维水平。如人指出的那样,由于汉字的运用,"影响了古人的思维方式,使古人在认识事物的过程中,不去建立抽象的法则,而习惯于利用形象来认识事物","象思维、整体思维和关联性思维是中国古代诗学的三大思维方式",这些思维方式在使中国古代的诗学话语具有简洁性、含蓄性、主体性、流动性、诗论合一的特点的同时,又给它带来了简单化、模糊性、随意性、散漫化等局限性。① 中国古代的诗法研究固然也有明显的象思维、整体思维和关联性思维的特点,但是,也有明显的突破这三种思维之处。我们认为,恰恰就是这样的突破,提升了中国古代诗学的思维水平。

中国古代诗法研究中的思维突破最突出的表现就是试图去建立抽象的法则,用规律性的法则去分析、概括、研究中国古代诗歌。这比较典型地表现在章法分析上的起承转合与情景组合理论中。中国古代诗歌从体裁来说,有数十种之多;从作品的数量来说,更是浩如烟海。如何从如此浩繁的诗体和作品中找到共同的布局的规律,也就是章法,中国古人提出了起承转合。起承转合就是将诗歌章法结构归纳为起、承、转、合四个部分,它起源于元,盛行于明清。其适用的对象由律诗、绝句扩大至其他诗体,进而扩大至散文。如清人冒春荣所云:"凡诗无论古今体、五七言,总不离起承转合四字,而千变万化出于其中。"(《葚原诗说》卷四)诗歌的章法布局千变万化,但是,中国古人却在千变万化的不确定中看到了确定性,那就是起承转合,并以此作为研究中国古代诗歌章法布局的基本方式,于是便诞生了一个贯穿元明清三个时期并影响至今的中国古代诗歌章法分析的基本公式。这一公式的问世与运用,已与鲜明体现具象思维的首、颔、颈、尾说法完全不一样了,从具象走向了抽象,是中国古人试图建立抽象法则的典型表现。再如,关于律诗分析的情景构成理论,典型的有周弼的说法:以中四句为研究对象,有四实四虚、前虚后实、前实后虚三种基本的结构模式。所谓虚就是情,所谓实就是景。这实际

---

① 赵霞:《思与诗:中国古代诗学的思维方式与话语方式》,博士学位论文,东北师范大学,2015。

上就是将情与景视为律诗构成的基本要素,然后以此为基础,归纳总结出三种基本的章法结构模式。另一种是明人胡应麟的说法:"作诗不过情、景二端。如五言律体,前起后结,中四句,二言景,二言情,此通例也。唐初多于首二句言景对起,止结二句言情。"(《诗薮》内编卷四)胡应麟与周弼的说法虽然略有不同,但思维方式是一致的,即在众多的诗歌内容中,抽象出情与景这两个要素,然后以此来描述分析诗歌的结构,总结出了"中四句,二言景,二言情"的章法结构的通例,又指出了唐初五言律诗"首二句言景对起,止结二句言情"的特例。中国古代诗歌的章法结构说,起承转合之外,流行最广的就是情景构成理论。用情与景作为基本要素,以它们的构成组合来分析、归纳出中国古代诗歌章法结构基本类型,这也是典型的建立抽象法则的具体体现。这样的思维,无疑是异于中国古代诗学一般的思维方式的,它们在很大程度上也提升或改变了中国古代诗学的思维方式。除此之外,在句法、字法等诗法的研究上,通过确定性、规律性的总结,形成一定之规,这也是对中国传统诗学思维方式的突破。

再次,中国古代诗法学的发展极大地促进了中国古代诗歌创作的发展。诗法的研究,一方面是在理论上促进了中国古代诗学的发展,另一方面是有效地普及了诗歌创作的基本知识,缩短了初学者进入诗歌殿堂的时间,为广大初学者提供了学诗的有效方法,其功劳是巨大的。在中国古代诗法学史上,一直存在着一种否定诗法的倾向。这种倾向主要表现在认为诗歌创作变化无穷,优秀的诗人诗作变化无极,神出鬼没,根本无法可依。归纳出所谓诗法,即成定法、死法。这种观点其实是片面的,因为从创作来说,优秀的诗人诗作固然变化无穷,但也并非完全无法。即使是最不讲诗法的诗人诗作,同样也有法可依,也有其一定之法。从诗法研究的角度来说,理论家总结归纳出各种诗法,往往也只是告诉人们有此一法,而不要求人们死守一法,但是,有的理论家矫枉过正,往往将有此一法定为守此一法、唯此一法,从而否定诗法的作用。例如,清人潘德舆在《养一斋李杜诗话》卷二中说:"今人自以为情景交融,而不知夙非老手,何可挥霍任意哉?然周氏弼必谓'前联情而虚,后联景而实,轻前重后,酌量乃均。若前联景而实。后联情而虚,前重后轻,多流于弱'。又未免拘执过甚,视律诗如印板矣。"①周弼的情景组合之说只是认为律诗中有此一法,并不认为唯此一法,更不是要求必守此法。潘德舆在批评周弼时,主观地加上"必谓"一词,这就是典型的将有此一法误解为唯此一法、守此一法。有此一法,无疑是为初学后生打开了一扇认识诗法的大门,这对于初学者来说具有重要的意义,特别是对于那些资质一般的诗人来说,其指导意义更为明显。如果真的仅仅是唯此一法而守此一法,那就是学习者墨守成规,食古不化了。如前所述,诗法的产生与诗歌教育是分不开的,许多诗法是应教而生。否定诗法作用者的另一种误解是将理论家总结出来的一些用于指导初学者的诗法认定为适用于所有层次的诗人创作。例如,黄庭坚所说的"点铁成金""夺胎换骨"等诗法本是为初学者而设,许多人误以为是普遍诗法,因而对其大加挞伐。诗法学史上这样的例子比比皆是,不能因为有这样的否定意见就漠视诗法的巨大作用。

五

中国古代诗法学史时间跨度大,内容十分丰富。面对着浩如烟海的

---

① 朱庭珍《筱园诗话》卷一:"自周氏论诗,有四实四虚之法。后人多拘守其说,谓律诗法度,不外情景虚实。或以情对情,以景对景,虚者对虚,实者对实,法之正也。或以景对情,以情对景,虚者对实,实者对虚,法之变也。于是立种种法,为诗之式。以一虚一实相承,为中二联法。或前虚后实,或前景后情,此为定法。以应虚而实,应实而虚,应景而情,应情而景,或前实后虚,前情后景,及通首言情,通首写景,为变格变法,不列于定式……予谓以此为初学说法,使知虚实情景之别,则其说甚善;若名家则断不屑拘拘于是。"这是比较客观的评价。又潘德舆《养一斋诗话》卷三云:"杨仲弘论七言绝句,以第三句为主,而第四句发之。沈确士谓'盛唐人多与此合'。此皆臆说也。绝句四语耳,自当一气直下,兜裹完密。三句为主,四句发之,岂首二句便成无用邪?"其误同样是误将有此一法,认定为守此一法或唯此一法。

资料,我们几乎有一种无从下手的感觉。如何才能比较准确地描述中国古代诗法学史的发展,首先要解决的是采用怎样的框架。面对着多种可能,考虑到由于中国古代诗法学发展各个时期的阶段性特征是比较鲜明的,因此,笔者最终采用了按朝代分期的框架。这样做的好处是分期自然,叙述方便,同时也兼顾了各个阶段的大致发展特点。而在研究各个阶段诗法学的发展时,除了展现各个时期主要的诗法学成果,总结其主要特点之外,我们特别注意到两个问题:一是各种诗法之间的继承关系;二是各个时期不同于其他时代的特点。在尽量呈现史的连贯性的同时,兼顾各阶段的特殊性。

如上所述,诗法的含义极为广泛。如要确定其含义,就必须兼顾历史与当下现实。我们在确定其主要含义为作法的一般法则与技巧这一基本内容的同时,也应适当涵盖学诗的对象、路径、方法与为学诗而进行的辨体工作。

本成果是一部完整系统地描述中国古代诗法学史的通史著作,在此之前,虽然断代的研究成果不少,也有像段宗社《中国诗法论》这样的通史著作,但这些成果均非完整的通史著作,正因为如此,所以就不可避免地存在着这样那样的问题。虽然作者已尽全力,但才疏学浅,因而总有力不逮处,疏漏与错误就不可避免,敬请方家指正。

第一章　发轫时期的唐前诗法学

从诗法学史的角度来看,唐代以前的诗法学可以说是萌芽状态,也就是诗法学的发轫期。其主要的原因是这一时期,人们对于诗歌的研究,主要的着眼点是诗歌的功用,强调的是诗歌与政治的关系,如孔子的"兴观群怨"说,《诗大序》的"治世之音""乱世之音"说。到了魏晋时期,随着人们对诗歌的认识不断加深,对诗歌特点的探讨成为人们关注的重点,如曹丕的"诗赋欲丽"说及陆机的"诗缘情而绮靡"说等。南朝时期的文笔之辨,其实也是关于诗与其他文体特点的体认。不管怎样,如何写作并不是人们关注的重点。但是,人们在阐释《诗经》《楚辞》等经典的过程中,逐渐发现了诗法,尤其是《文心雕龙》、"四声八病"说等著作及学说的出现,预示着讲求诗法的意识已开始觉醒。

第一节　作为诗法的赋比兴的发现

赋比兴作为先秦时期中国文化,特别是《诗经》学中的重要内容,长期以来是人们关注的重要问题。虽然它们与诗歌、《诗经》密切相关,但是,在先秦时期,人们向来将其理解为诗歌或《诗经》的利用与传播,很少将其理解为诗歌的创作方法。

赋比兴之说最早见于《周礼·春官宗伯第三》:"教六诗:曰风、曰赋、曰比、曰兴、曰雅、曰颂。"到了汉代,《毛诗序》的作者,根据《周礼》的说法提出了:"故诗有六义焉:一曰风,二曰赋,三曰比,四曰兴,五曰雅,六曰颂。"赋、比、兴的具体含义如何,对此展开的解释可以说是莫衷一是。朱自清在《诗言志辨》一书中认为风、赋、比、兴、雅、颂在很早的时代,"似乎原来都是乐歌的名称,合言'六诗',正是以声为用"。风、雅、颂表示音乐,这自然不必多言。他推测赋比兴在早期的含义也与音乐有关,"大概'赋'原来就是合唱","'比'原来大概也是乐歌名,是变旧调唱新辞","'兴'似乎也本是乐歌名,疑是合乐开始的新歌"。只是后来诗歌的义越来越受人们重视,赋比兴才逐渐被解释成为只是与理解诗和写诗有关的概念,他说:"《诗大序》改为'六义',便是以义为用了。"除了"以义为用"之外,汉代对赋比兴解释的一个最大变化就是将其解释为作诗之法。① 郑玄注《周礼》"六诗"说:"赋之言铺,直铺陈今之政教善恶。比,见今之失,不敢斥言,取比类而言之。兴,见今之美,嫌于媚谀,取善事以喻劝之。"(《周礼》"大师"注)郑众:"比者,比方于物也。兴者,托事于物。"②这一解释可能未必合于赋比兴的本义,却开辟了一条解释赋比兴的新路,同时无意之中也开启了中国古代诗法学之路。可以说,中国古代诗法学的开启与产生是与注经、解经密切相关的。

自此以后,唐代以前,关于诗法的讨论是以赋比兴为重点的,而其中比兴又是重中之重。这主要有两条路线。

一、对经典的解释

(一)对《诗经》的解释

《诗大序》中有"故诗有六义焉:一曰风,二曰赋,三曰比,四曰兴,五曰雅,六曰颂"。《毛诗正义》云:"风、雅、颂者,《诗》篇之异体;赋、比、兴者,《诗》文之异辞耳。大小不同,而得并为六义者。赋、比、兴是《诗》之所用,风、雅、颂是《诗》之成形,用彼三事,成此三事,是故同称为'义'。"

---

① 朱自清:《诗言志辨·赋比兴通释》,《朱自清古典文学论文集》(上),上海古籍出版社,1981,第263—268页。
② 郑玄《周礼》"大师"注引郑众语,《周礼注疏》卷二十三,《十三经注疏》,中华书局,1980,第796页。

挚虞《文章流别论》云："文章者,所以宣上下之象,明人伦之叙,穷理尽性,以究万物之宜者也。王泽流而《诗》作,成功臻而《颂》兴,德勋立而铭着,嘉美终而诔集。祝史陈辞,官箴王阙。《周礼》太师掌教六诗:曰风,曰赋,曰比,曰兴,曰雅,曰颂。言一国之事,系一人之本,谓之风;言天下之事,形四方之风,谓之雅;颂者,美盛德之形容;赋者,敷陈之称也;比者,喻类之言也;兴者,有感之辞也。"挚虞的这些说法,是对《诗经》等经典著作的解释,也就是传统的所谓六义的解释中给出的观点。显然,对于风、雅、颂和赋、比、兴,他是分别看待的,风、雅、颂是指诗的内容,而赋、比、兴是指诗的手法。虽然挚虞对赋、比、兴的解释简单,但大体道出了其作为诗法的特点。

(二) 对《楚辞》的解释

东汉王逸《楚辞章句》卷一《离骚经章句》云："《离骚》之文,依《诗》取兴,引类譬谕,故善鸟香草,以配忠贞;恶禽臭物,以比谗佞;灵修美人,以媲于君;宓妃佚女,以譬贤臣;虬龙鸾凤,以托君子;飘风云霓,以为小人。其词温而雅,其义皎而朗。"王逸在解释屈原《离骚》时,认为其最大的特点就是"引类譬谕",并且列出了《离骚》常用来作比喻的六种类型。如果说,此前人们在对《诗经》中的比兴进行解释时,至多只是指出了其作为修辞手法的运用的现象,并没有"类"的概念,而在王逸的这段解释中,则有了"类"的说法。这就是说,他所说的这六种比兴,其实是王逸从《离骚》中众多的比兴现象中归纳总结出来的六种类型,并不是某一种具体的事物。由此可以看出,王逸对《离骚》中比兴的研究,已比一般学者对《诗经》的研究有了提高。王逸对《离骚》的这种归类式比兴研究,对后世产生了极大的影响。后世只要说到《离骚》的比兴时,都离不开王逸的这一说法。如刘勰《文心雕龙·辨骚》说："虬龙以喻君子,云蜺以譬谗邪,比兴之义也。"这话基本上是沿用了王逸的说法。因为《文心雕龙》在文学史上的巨大影响,它的这一说法更加强了王逸说法的影响。

二、一般的理论阐释

赋比兴的阐释,从对经典的解释到一般理论的阐释,这是诗法研究史上一个极大的进步,因为这意味着在人们的观念中,赋比兴从经典的专属成为了诗歌创作的普遍方法,从神坛走向了平凡。

最全面阐述比兴的是刘勰,他在《文心雕龙》中专设《比兴》一章讨论比兴的问题,显然,刘勰是将比兴作为诗法来看待的。这一章中,他首先讨论了比与兴的具体含义、特点与作用:

> 《诗》文宏奥,包韫六义;毛公述《传》,独标"兴"体,岂不以"风"通而"赋"同,"比"显而"兴"隐哉? 故比者,附也;兴者,起也。附理者切类以指事,起情者依微以拟议。起情故兴体以立,附理故比例以生。比则畜愤以斥言,兴则环譬以托讽。盖随时之义不一,故诗人之志有二也。

认为比与兴是不同的,比显而兴隐,比是比附,兴是兴起下文,言理多用比,抒情多用兴,比直接而兴婉转。正因为比与兴有如此之别,所以,对于诗人来说,不能将其混为一谈。

其次,刘勰阐述了兴与比的使用特点。他说:

> 观夫兴之托谕,婉而成章,称名也小,取类也大。关雎有别,故后妃方德;尸鸠贞一,故夫人象义。义取其贞,无疑于夷禽;德贵其别,不嫌于鸷鸟;明而未融,故发注而后见也。且何谓为比? 盖写物以附意,飏言以切事者也。故金锡以喻明德,珪璋以譬秀民,螟蛉以类教诲,蜩螗以写号呼,浣衣以拟心忧,席卷以方志固:凡斯切象,皆比义也。至如"麻衣如雪","两骖如舞",若斯之类,皆比类者也。楚襄信谗,而三闾忠烈,依《诗》制《骚》,讽兼"比""兴"。炎汉虽盛,而辞人夸毗,诗刺道丧,故兴义

销亡。于是赋颂先鸣,故比体云构,纷纭杂遝,倍旧章矣。

认为兴的托谕的总的特点是"婉而成章,称名也小,取类也大",一为婉转含蓄,二为以小写大。至于比,其特点是"写物以附意,飏言以切事",只要切合,就可以直接用来比喻、比附。

再次,刘勰详细地讨论了比的不同类别。他说:

夫比之为义,取类不常:或喻于声,或方于貌,或拟于心,或譬于事。宋玉《高唐》云"纤条悲鸣,声似竽籁",此比声之类也;枚乘《菟园》云"焱焱纷纷,若尘埃之间白云",此则比貌之类也;贾生《鵩赋》云"祸之与福,何异纠纆",此以物比理者也;王褒《洞箫》云"优柔温润,如慈父之畜子也",此以声比心者也;马融《长笛》云"繁缛络绎,范蔡之说也",此以响比辩者也;张衡《南都》云"起郑舞,茧曳绪",此以容比物者也。若斯之类,辞赋所先,日用乎比,月忘乎兴,习小而弃大,所以文谢于周人也。至于扬班之伦,曹刘以下,图状山川,影写云物,莫不织综比义,以敷其华,惊听回视,资此效绩。又安仁《萤赋》云"流金在沙",季鹰《杂诗》云"青条若总翠",皆其义者也。故比类虽繁,以切至为贵,若刻鹄类鹜,则无所取焉。

刘勰将比分为喻于声、方于貌、拟于心、譬于事四种类型,但不管是什么类型,都有一个共同的要求,那就是"切至为贵",也就是比喻要贴切,否则就是"刻鹄类鹜,则无所取焉"。

这样,刘勰就从三个方面论述了比兴,这种论述,就其全面与深刻性来说,无疑是空前的。而在比与兴之间,刘勰更多地论述的是比。这显然是随着时代的发展,传统意义上的兴的使用与作用有所弱化,而比则表现得更为强势的结果。

除了论述比兴之外,刘勰也论述了赋。他在《诠赋》中有这样的说法:"《诗》有六义,其二曰赋。赋者,铺也,铺采摛文,体物写志也。昔邵公称'公卿献诗,师箴瞍赋'。传云'登高能赋,可为大夫'。诗序则同义,传说则异体。总其归途,实相枝干。故刘向明'不歌而颂',班固称'古诗之流也'"。刘勰是在讨论赋这一文体时说到赋的,一是指出了赋在六义中已有,二是指出了赋作为写法上的特点是"铺也,铺采摛文,体物写志也"。可见,刘勰的重点在赋这种文体而不在这种手法。由此也可以看出,在赋、比、兴这三者中,从方法的角度来看,刘勰论述得最充分的是比,其次为兴,再次为赋。

刘勰对赋比兴的研究在唐代以前是最全面也是最深刻的。从全面性这一点来说,他涉及了赋比兴三个方面,尤其是对比兴的研究更为详细;同时,就赋比兴分别而言,他对赋比兴,尤其是比兴的各个方面的研究也是最全面的。就深刻性而言,刘勰通过对赋比兴研究的细化,将比与兴作区别,将其进行详细的分类等,使其具有普遍的诗学意义。这是以前的学者都未曾做过的工作,因而值得大书特书。

钟嵘对赋比兴的研究则更进了一步。他在《诗品序》中也有对赋比兴的论述,也颇为具体,而且见解也更为独特:

诗有三义焉:一曰兴,二曰比,三曰赋。文已尽而意有余,兴也;因物喻志,比也;直书其事,寓言写物,赋也。宏斯三义,酌而用之,干之以风力,润之以丹彩,使味之者无极,闻之者动心,是诗之至也。若专用比兴,患在意深,意深则词踬。若但用赋体,患在意浮,意浮则文散,嬉成流移,文无止泊,有芜漫之累矣。

钟嵘的这段话完全是从诗法的层面来讨论赋、比、兴的问题了。这有几点值得注意。第一,钟嵘将诗之六义,简化为诗有三义,将风、雅、颂剔除出去不谈,这意味着他从释经的樊篱中完全走了出来,走向了具有完全独立意义的一般诗法论述。这是一个极大的进步。第二,钟嵘将传统的赋、比、兴的次序作了重新排列,将兴排在第一、比排第二、赋第三。这个排列看似无意,实则有意,它说明了这三者在钟嵘心目中的地位。这也是一种时代观念,这从刘勰对赋、比、兴的论述中就可以看出端倪。第三,钟嵘对赋、比、兴的具体含义和特点作了明确的说明:所谓兴,就是"文已尽而意有余";所谓比,就是"因物喻志";所谓赋,就是"直书其事,寓言写物"。在这三者中,钟嵘对比和赋的说明是比较清楚的,让人一看就可以明白;但是,对于兴,虽然指出了其含蓄有余味的特点,然而,其具体的实现方式却未加说明,不如刘勰在说明其"婉而成章"的同时,明确地说明"兴者,起也",更让人明白。第四,钟嵘对赋、比、兴的运用原则和方法提出了自己的看法。在这一方面,他又提出了两个具体的观点:一是兴、比、赋的运用要"酌而用之",还必须"干之以风力,润之以丹彩",配合"风力""丹彩"的运用,这样才能达到"味之者无极,闻之者动心"的最高境界;二是不能专用比、兴或赋,这三者必须加以结合。原因在于如专用比、兴,就可能出现诗歌意深难懂,令人费解的现象;如果仅用赋,就会出现内容浅薄直率的问题,导致"文漫之累"。所以,三者巧妙结合,综合运用,才能取得最好的效果。钟嵘的这一说法颇有不同,因为在后世,特别是明清时期,重比兴而轻赋可以说是一种普遍现象,这显然是有偏颇的。而钟嵘早早就提出了要三者结合,不可偏废,足见其眼光的独到。

与刘勰相比较,钟嵘对赋、比、兴的论述有自己的特点和贡献。他单独拈出比、兴、赋作为阐述的对象,不论述其他诗法,不是像刘勰那样,只将比兴视为若干方法中的两类。这说明这三者在钟嵘的心目中,比其他诗法更为重要,具有特殊的意义。同时,钟嵘对比和赋的定义更准确具体,论述的重点也在运用,而不是简单地分类。他从赋、比、兴三者之间的关系及其与"风力""丹彩"的关系来阐述,对利弊论述得也更为充分。而尤其值得注意的是,钟嵘在对运用赋比兴的论述上,并不是像以前的学者那样,往往分别论述赋比兴的运用,分别强调赋比兴各自的作用,而是提出了两个主张:一是反对专用赋比兴其中的某一种手法,主张赋比兴综合运用,以避免单用某一种手法产生的弊病;二是不主张只单纯运用赋比兴,而应该"干之以风力,润之以丹彩",将赋比兴的运用与"风力""丹彩"结合起来。这可以说是赋比兴阐述史上的一大进步。

第二节　对声律、对偶的研究

曹丕的"诗赋欲丽"只提出了原则和方向,但没有提出具体的实现方法。随后的一些诗人和理论家则在具体的方法上进行了有益的探索,其中,声律和对偶是两个最重要的方面,也是这一时期的诗人们实现诗歌创作之"丽"的主要手段。

一、声律:从不自觉到自觉与一般原理的确定

中国最早的诗歌肯定是有音乐而无声律的,但是,汉语本身的特点加上人们的审美要求,使得人们逐渐建立起了诗歌的押韵,例如《诗经》中许多诗歌都是押韵的,这实际上开启了中国古代诗歌的声律之路。虽然开始的时候人们可能只是觉得押韵好听,朗朗上口,便于歌唱,并没有形成规矩,但是随着时代的推移,应用得越来越普遍,从而就形成了习惯,而这种习惯慢慢也就成了规矩。遗憾的是,虽然在诗歌创作中有押韵的运用,并使之成为一种普遍的方法和要求,但是几乎没有理论上的探讨。到了魏晋时期,诗歌的押韵已成为普遍特点,同时,如同许多学者指出的那样,在曹植等人的诗歌中已出现了少量暗合后世声律要求的五言句。这说明人们在感觉上已觉得这类诗句有其独特的审美特性,并进行了不自觉的实践。同样遗憾的是,人们对于律句的探讨或思考,也没有留下相关的资料。

真正明确意识到这一问题,并将其付诸实践的是王融、周颙、沈约等人。如钟嵘《诗品序》所云:"王元长创其首,谢朓、沈约扬其波,三贤或贵

公子孙,幼有文辩。于是士流景慕,务为精密,襞积细微,专相陵架,故使文多拘忌,伤其真美。"他们发现了四声,周颙有《四声切韵》,沈约有《四声谱》,而且提出了"八病"之说。沈约《宋书·谢灵运传论》云:

> 夫五色相宣,八音协畅,由乎玄黄律吕,各适物宜。欲使宫羽相变,低昂互节,若前有浮声,则后须切响。一简之内,音韵尽殊;两句之中,轻重悉异。妙达此旨,始可言文。至于先士茂制,讽高历赏。子建"函京"之作,仲宣"灞岸"之篇,子荆"零雨"之章,正长"朔风"之句,并直举胸情,非傍诗史,正以音律调韵,取高前式。自灵均以来,多历年代,虽文体稍精,而此秘未睹。至于高言妙句,音韵天成,皆暗与理合,匪由思至。张、蔡、曹、王,曾无先觉;潘、陆、颜、谢,去之弥远。世之知音者,有以得之,知此言之非谬。如曰不然,请待来哲。

这段话说明了沈约对于声律的见解。他的核心看法是,诗歌的声律是至关重要的,那就是要做到"宫羽相变,低昂互节,若前有浮声,则后须切响。一简之内,音韵尽殊;两句之中,轻重悉异"。掌握了这一点,才有讨论作诗的基础。曹植等人的作品之所以能超越一般人,正是因为"音律调韵,取高前式"。但遗憾的是,从屈原以来的诗人,均不知这一奥秘。

沈约提出了"宫羽相变,低昂互节,若前有浮声,则后须切响。一简之内,音韵尽殊;两句之中,轻重悉异"这一四声搭配的一般原理与要求,并认为"作五言诗者,善用四声,则讽咏而流靡;能达八体,则陆离而华洁"(沈约《答甄公论》)。在此基础上,提出了"八病"之说,即平头、上尾、蜂腰、鹤膝、大韵、小韵、旁钮、正钮等八种声病。这就从具体的方法和运用来考虑了,由此而形成了"永明体"。这就是《南史·陆厥传》所说的"时盛为文章,吴兴沈约、陈郡谢朓、琅邪王融以气类相推毂,汝南周颙善识声韵。约等文皆用宫商,将平上去入四声,以此制韵,有平头、上尾、蜂腰、鹤膝。五字之中,音韵悉异,两句之内,角徵不同,不可增减。

世呼为'永明体'"。沈约等人发现四声,并提出了四声运用的一般原则,到将其付诸实践,促使"永明体"的产生,从诗法学的角度来说,是第一次明确地从声律上阐述诗歌的特性,并使其成为一种作法的方法与要求,其贡献无疑是巨大的。但是,沈约等人对五言诗声律的讨论还只是初步的,还需进一步完善。而这个任务,只有等唐人来完成了。

然而,对于沈约等人主张在诗歌创作中普遍采用声律的看法与做法,明显地存在着两种截然不同的观点。

一种无疑是以王融、周颙、沈约等为代表。刘勰在《文心雕龙·声律》中在承认"故言语者,文章关键"的基础上,说:"凡声有飞沉,响有双叠。双声隔字而每舛,迭韵杂句而必睽;沉则响发而断,飞则声飏不还,并辘轳交往,逆鳞相比,迕其际会,则往蹇来连,其为疾病,亦文家之吃也。夫吃文为患,生于好诡,逐新趣异,故喉唇纠纷;将欲解结,务在刚断。左碍而寻右,末滞而讨前,则声转于吻,玲玲如振玉;辞靡于耳,累累如贯珠矣。是以声画妍蚩,寄在吟咏,滋味流于下句,气力穷于和韵。异音相从谓之和,同声相应谓之韵。韵气一定,则余声易遣;和体抑扬,故遗响难契。属笔易巧,选和至难,缀文难精,而作韵甚易。虽纤意曲变,非可缕言,然振其大纲,不出兹论。"不管具体的观点如何,很显然,刘勰是赞同诗用声律的。也许他所说的声律与沈约等人所说的声律不完全相同,但他特地在《文心雕龙》中辟出《声律》一章,并详细阐述声律的必要性,这本身就表明了刘勰对于声律的态度。

另一种观点则以钟嵘、陆厥等人为代表。钟嵘《诗品序》云:"昔曹、刘殆文章之圣,陆、谢为体贰之才,锐精研思,千百年中,而不闻宫商之辨,四声之论。或谓前达偶然不见,岂其然乎?尝试言之,古曰诗颂,皆被之金竹,故非调五音,无以谐会。若'置酒高堂上''明月照高楼'为韵之首。故三祖之词,文或不工,而韵入歌唱,此重音韵之义也,与世之言宫商异矣。今既不被管弦,亦何取于声律邪?齐有王元长者,尝谓余云:'宫商与二仪俱生,自古词人不知之。唯颜宪子乃云律吕音调,而其实大谬。唯见范晔、谢庄颇识之耳。尝欲进《知音论》,未就。'王元长创其首,谢朓、沈约扬其波。三贤或贵公子孙,幼有文辩。于是士流景慕,务为精密,襞积细微,专相陵架。故使文多拘忌,伤其真美。余谓文制本须讽读,不可蹇碍,但令清浊通流,口吻调利,斯为足矣。至平、上、去、入,则余病未能;蜂腰、鹤膝,闾里已具。"显然,钟嵘的看法是,四声这东西并不新奇,前人已有察觉。问题的关键是,自从王融、谢朓、沈约等人发现四声之后,将其视为诗歌创作中的普遍法则,于是群起仿效,蔚然成风,并且对声律的要求越来越严格,于是导致了"文多拘忌,伤其真美"。显然,钟嵘是反对过分追求声律的。陆厥在《与沈约书》中云:"质文时异,今古好殊,将急在情物,而缓于章句。情物,文之所急,美恶犹且相半;章句,意之所缓,故合少而谬多。义兼于斯,必非不知明矣。《长门》《上林》,殆非一家之赋,《洛神》《池雁》,便成二体之作。孟坚精正,《咏史》无亏于东主,平子恢富,《羽猎》不累于凭虚。王粲《初征》,他文未能称是,杨修敏捷,《暑赋》弥日不献。率意寡尤,则事促乎一日,翳翳愈伏,而理赊于七步。一人之思,迟速天悬;一家之文,工拙壤隔,何独宫商律吕必责其如一邪?论者乃可言未穷其致,不得言曾无先觉也。"既不同意沈约所说的前人不识声律的观点,又强调了各人、各体、各篇之间的差异,批评了沈约要求诗文均讲究声律的做法。这也是一种在当时颇有代表性的看法。唐人皎然《诗式》卷一"明四声"条云:"乐章有宫商五音之说,不闻四声。近自周颙、刘绘流出,宫商畅于诗体,轻重低昂之节,韵合情高,此之未损文格。沈休文酷裁八病,碎用四声,故风雅殆尽。后之才子,天机不高,为沈生弊法所媚,懵然随流,溺而不返。"①这也算是比较严肃的批评。

---

① 皎然:《诗式》卷一"明四声"条,张伯伟撰:《全唐五代诗格汇考》,江苏古籍出版社,2002,第223页。

二、对对偶的探讨

关于对偶,刘勰在其《文心雕龙·丽辞》中就有专论。他首先指出"造化赋形,支体必双,神理为用,事不孤立。夫心生文辞,运裁百虑,高下相须,自然成对"。并从文学史的角度指出,对偶是作家常用的手法。然后总结出来了四种对偶的类型及其难易优劣:"丽辞之体,凡有四对:言对为易,事对为难;反对为优,正对为劣。言对者,双比空辞者也;事对者,并举人验者也;反对者,理殊趣合者也;正对者,事异义同者也。""凡偶辞胸臆,言对所以为易也;征人资学,事对所以为难也;幽显同志,反对所以为优也;并贵共心,正对所以为劣也。又以事对,各有反正,指类而求,万条自昭然矣。"更重要的是,刘勰还指出了运用言对和事对要注意的问题:"言对为美,贵在精巧;事对所先,务在允当。若两言相配,而优劣不均,是骥在左骖,驽为右服也。若夫事或孤立,莫与相偶,是夔之一足,趻踔而行也。若气无奇类,文乏异采,碌碌丽辞,则昏睡耳目。必使理圆事密,联璧其章。迭用奇偶,节以杂佩,乃其贵耳。类此而思,理自见也。"对言对和事对的运用,从精巧、均衡、文采等方面提出了要求,这是从未曾有过的观点和理论总结。同时,刘勰也指出了"张华诗称'游雁比翼翔,归鸿知接翩',刘琨诗言'宣尼悲获麟,西狩泣孔丘',若斯重出,即对句之骈枝也。"[1]这指出了两组对偶存在的骈枝的问题,实际上从另一个方面指出了对偶必须避免上下句意思过于接近,否则便犯了骈枝的毛病。刘勰的《丽辞》可以说是在文学史上第一次系统全面地论述了对偶,从此便拉开了大规模讨论对偶的序幕。

---

[1] 刘勰著,周振甫注:《文心雕龙注释》,人民文学出版社,1983,第384—385页。

三、对其他诗法的探讨

对其他诗法的探讨主要以《文心雕龙》为代表。《文心雕龙》不仅研究了声律、对偶,还研究了许多这一时代其他理论家没有注意到的诸多诗法问题。

《文心雕龙·征圣》中说:"志足而言文,情信而辞巧,乃含章之玉牒,秉文之金科矣。"由此可见刘勰对文章作法的重视与敏感。所以,在他的眼里,"《春秋》一字以褒贬,《丧服》举轻以包重,此简言以达旨也。《邠诗》联章以积句,《儒行》缛说以繁辞,此博文以该情也"。(《征圣》)《离骚》"其文辞丽雅,为词赋之宗"(《辨骚》)。

从严格的意义来说,《文心雕龙》实际上是一部文章学概论,但同时它也是一部文章(当然也包括诗)作法的研究著作。

《原道》《征圣》《宗经》《正纬》,是告知学诗文者学习效法的对象,《辨骚》《明诗》《乐府》《诠赋》等则是告知学诗文者需要掌握的文体学知识,《神思》《体性》《风骨》《通变》《定势》《情采》《熔裁》《声律》《章句》《丽辞》《比兴》《夸饰》《事类》《炼字》《隐秀》《指瑕》《养气》《附会》《总术》等则是总论写作中的一些普遍现象,并告知具体的技巧。这些技巧,许多就是后世诗法学研究的重点问题,例如声律、章句、比兴、炼字等。而关于《文心雕龙》中的这些篇章,已有无数研究成果,珠玉在前,此不赘述。

第二章　初步大规模发现与
发掘诗法的唐五代诗法学

　　虽然赋比兴及声律、对偶等诗法在唐代以前得到了一些研究,尤其是刘勰《文心雕龙》对各种诗法作了归纳总结,但是,由于各种各样的原因,其研究的水平及广度还是相当有限的。

　　到了唐代,由于以诗取士政策的实施,人们对诗歌创作研究的兴趣日益浓厚,诗歌教育也自然提上日程。在这种情况下,对诗法的研究便成为诗学活动中的重要内容,许多诗法也被发现或发掘。《唐才子传》卷三"包何"条:"何,字幼嗣,润州延陵人,包融之子也。与弟佶,俱以诗鸣,时称'二包'。天宝七年杨誉榜及第。曾师事孟浩然,授格法。"卷四"章八元"条:"八元,睦州桐庐人。少喜为诗,尝于邮亭偶题数语,盖激楚之音也。宗匠严维到驿,见而异之,问八元曰:'尔能从我授格乎?'曰:'素所愿也。'少顷遂发,八元已辞亲矣。维大器之,亲为指谕,数岁间,诗赋精绝。"对此清人黄培芳在其《粤岳草堂诗话》卷一中说:"唐人诗最重风格,其渊源相传,谓之'授格法'……后人师心自用,鲜有传授,是以不古若也。"①可见,在唐代,人们是非常讲究诗法传授的。

　　在继承前人已有成果的基础上,唐人对诗法有了许多新的发现与发掘。可以说,发现新诗法与进一步发掘旧诗法,是唐代这一时期诗法研究的基本主题与特点。

　　就诗法学著作来说,唐代的数量是相当可观的。明人胡应麟在《诗薮》外编三中说:"唐人诗话,入宋可见者:李嗣真《诗品》一卷,王昌龄

---

① 黄培芳:《粤岳草堂诗话》,张寅彭主编:《清诗话三编》第四册,上海古籍出版社,2014,第2778页。

《诗格》一卷,皎然《诗式》一卷、《诗评》一卷,王起《诗格》一卷,姚合《诗例》一卷,贾岛《诗格》一卷,王叡《诗格》一卷,元兢《诗格》一卷,倪宥《龟鉴》一卷,徐蜕《诗格》一卷、《骚雅式》一卷、《点化秘术》一卷、《诗林句范》五卷,杜氏《诗格》一卷,徐氏《律诗洪范》一卷,徐衍《风骚要式》一卷、《吟体类例》一卷、《历代吟谱》二十卷、《金针诗格》三卷。今惟《金针》、皎然《吟谱》传,余绝不睹,自宋末已亡矣。"①在明代,胡应麟的这一说法是基本可信的,但时至今日,情况又有所不同。随着《文镜秘府论》等著作传回国内,越来越多的诗法学著作被整理了出来。今天,我们可以在张伯伟《全唐五代诗格汇考》等著作中看到的唐五代诗法著作远比胡应麟所见的丰富。

第一节　对赋比兴的研究

赋比兴作为基本的诗法,在汉代就已被揭示出来,经过了刘勰、钟嵘等人的研究,到了唐代,则在前人的基础上,又有了进一步的研究。

王昌龄在其《诗格》卷上"六义"条中对赋、比、兴的论述比较细致:"一曰风。天地之号令曰风。上之化下,犹风之靡草。行春令则和风生,行秋令则寒风杀,言君臣不可轻其风也。二曰赋。赋者,错杂万物,谓之赋也。三曰比。比者,直比其身,谓之比假。如'关关雎鸠'之类是也。四曰兴。兴者,指物及比其身说之为兴,盖托喻谓之兴也。五曰雅。雅者,正也。言其雅言典切,为之雅也。六曰颂。颂者,赞也。赞叹其功,谓之颂也。"②将风、雅、颂视为内容上的特点,而将赋、比、兴视为手法。值得注意的是王昌龄对赋、比、兴的解释。他认为赋是"错杂万物",这显然一方面指汉赋中那种牢笼万物的特点,另一方面又指铺陈的手

① 胡应麟:《诗薮》外编三"唐上",周维德集校:《全明诗话》第三册,齐鲁书社,2005,第2602—2603页。
② 王昌龄:《诗格》卷上"六义",张伯伟撰:《全唐五代诗格汇考》,江苏古籍出版社,2002,第159页。

法。对比的解释比较常规,强调的是"直"。而对兴的解释则是"指物及比其身说之为兴,盖托喻谓之兴也",认为托喻是兴。显然,他认识到了兴与比的不同,比在直,兴在曲,这接近于刘勰所说的"兴之托谕,婉而成章"。

旧题王昌龄撰的《诗中密旨》有"诗有六义"条:"风一。风者,讽也,谓体一国之风教。有王者之风,有诸侯之风。赋二。赋者,布也。象事布文,错杂万物,以成其象,以写其情。比三。比者,各令取外物象以兴事。兴四。兴者,立象于前,然后以事喻之。雅五。雅者,正也,当正其雅,言语典切为雅也。颂六。颂者,容也。欲续其初,尝为颂之也。"①这里对赋、比、兴的解释与王昌龄《诗格》中的解释又有不同。赋,被认为是"布也",具体而言是"象事布文,错杂万物,以成其象",这就与后世解释的"铺陈其事而直言之"意思相近。不过,它强调了"象事布文"与"错杂万物"。什么是"象事布文"呢?恐怕应该是"布文象事",也就是广泛地运用文字和技艺来描述事物。至于"错杂万物",应该是广泛地取材,将各种事物写入诗文中。从这一点来说,它又有点像是对汉赋这种文体的解释了。对于比与兴,这里的解释似乎跟传统与后来的解释是相反的,它所说的比,是"各令取外物象以兴事",其实是别人所说的兴;它所说的兴,是"立象于前,然后以事喻之",其实是别人所说的比。

皎然《诗议》有"六义"条:"一曰风。体一国之教谓之风。《关雎》《麟趾》之化,王者之风也;《鹊巢》《驺虞》之德,诸侯之风也。二曰赋。赋者,布也。象事布文,以写情也。三曰比。比者,全取外象以兴之,'西北有浮云'之类是也。四曰兴。兴者,立象于前,后以人事谕之,《关雎》之类是也。五曰雅。正四方之风谓雅。正有小大,故有大小雅焉。六曰颂。颂者,容也。美盛德之形容,以其成功告于神明也。古人云:'颂者,敷陈似赋,而不华侈;恭慎如铭,而异规诫。'"这个解释与《诗中密旨》颇

---

① 旧题王昌龄撰:《诗中密旨》"六义",张伯伟撰:《全唐五代诗格汇考》,江苏古籍出版社,2002,第199—200页。

有相似,它与《诗中密旨》实际上存在着承袭关系。到底是皎然承袭了
《诗中密旨》,还是《诗中密旨》承袭了皎然,这一问题恐怕一时难以
说清。

　　旧题白居易撰《金针诗格》"诗有物象比"条:"日月比君臣,龙比君
位,雨露比君恩泽,雷霆比君威刑,山河比君邦国,阴阳比君臣,金石比忠
烈,松柏比节义,鸾凤比君子,燕雀比小人,虫鱼草木各以其类之大小轻
重比之。"①这是单论比,从喻体进行分类,这可以看作是对比的特殊重
视。这种对比喻的特殊重视,与白居易在《与元九书》中的意见一致。在
《与元九书》中,白居易在对古代至唐代诗歌史发展的评述中,独标比兴
之法:

　　洎周衰秦兴,采诗官废,上不以诗补察时政,下不以歌泄导人情。用
至于谄成之风动,救失之道缺。于时六义始刳矣。《国风》变为《骚辞》,
五言始于苏、李。《诗》《骚》皆不遇者,各系其志,发而为文。故河梁之
句,止于伤别;泽畔之吟,归于怨思。彷徨抑郁,不暇及他耳。然去《诗》
未远,梗概尚存。故兴离别则引双凫一雁为喻,讽君子小人则引香草恶
鸟为比。虽义类不具,犹得风人之什二三焉。于时六义始缺矣。晋、宋
已还,得者盖寡。以康乐之奥博,多溺于山水;以渊明之高古,偏放于田
园。江、鲍之流,又狭于此。如梁鸿《五噫》之例者,百无一二。于时六义
浸微矣!陵夷矣!至于梁、陈间,率不过嘲风雪、弄花草而已。噫!风雪
花草之物,三百篇中岂舍之乎?顾所用何如耳。设如"北风其凉",假风
以刺威虐;"雨雪霏霏",因雪以愍征役;"棠棣之华",感华以讽兄弟;"采
采芣苡",美草以乐有子也。皆兴发于此而义归于彼。反是者,可乎哉!
然则"余霞散成绮,澄江净如练","离花先委露,别叶乍辞风"之什,丽则
丽矣,吾不知其所讽焉。故仆所谓嘲风雪、弄花草而已。于时六义尽去矣。

---

① 旧题白居易撰:《金针诗格》"诗有物象比"条,张伯伟撰:《全唐五代诗格汇考》,江苏古籍出
　版社,2002,第359页。

唐兴二百年,其间诗人不可胜数。所可举者,陈子昂有《感遇诗》二十首,鲍防《感兴诗》十五篇。又诗之豪者,世称李、杜。李之作,才矣!奇矣!人不逮矣!索其风雅比兴,十无一焉。杜诗最多,可传者千余首。至于贯穿古今,诊缕格律,尽工尽善,又过于李焉。然撮其《新安》《石壕》《潼关吏》《芦子关》《花门》之章,"朱门酒肉臭,路有冻死骨"之句,亦不过十三四。杜尚如此,况不逮杜者乎?仆常痛诗道崩坏,忽忽愤发,或废食辍寝,不量才力,欲扶起之。

白居易在这里无疑强调的是"补察时政""泄导人情"的内容,但是,与此相联系的则是在诗歌创作中,从秦代至唐"六义"的不断缺失,从某种程度上说,是比兴的缺失。从整个诗歌史的发展来强调比兴手法的运用,并将其与诗歌兴衰相联系,这是史无前例的。

旧题贾岛撰《二南密旨》"论六义"条云:"歌事曰风。布义曰赋。取类曰比。感物曰兴。正事曰雅。善德曰颂。风论一。风者,讽也。即与体定句,须有感。外意随篇自彰,内意随人讽刺,歌君臣风化之事。赋论二。赋者,敷也,布也。指事而陈,显善恶之殊态。外则敷本题之正体,内则布讽诵之玄情。比论三。比者,类也,妍媸相类、相显之理。或君臣昏佞,则物象比而刺之;或君臣贤明,亦取物比而象之。兴论四。兴者,情也,谓外感于物,内动于情,情不可遏,故曰兴。感君臣之德政废兴而形于言。雅论五。雅者,正也,谓歌讽刺之言,而正君臣之道。法制号令,生民悦之,去其苛政。颂论六。颂者,美也,美君臣之德化。"[1]这个解释,一方面为"六义"注入了强烈的政治色彩,例如,它把赋解释为"指事而陈,显善恶之殊态",直接将"显善恶之殊态"解释为赋的主要任务之一。再如对比的解释,也是高度强调"妍媸相类、相显",具体而言,就是当出现"君臣昏佞"与"君臣贤明"这两种现象时,要分别予以"比而刺

---

[1] 旧题贾岛撰:《二南密旨》"论六义"条,张伯伟撰:《全唐五代诗格汇考》,江苏古籍出版社,2002,第372—373页。

之""比而象之"。另一方面又对赋、比、兴作了传统的说明。值得注意的是对兴的解释,它不同于以往的说法,而是认为"兴者,情也,谓外感于物,内动于情,情不可遏,故曰兴",把兴直接解释为情(准确地说,应当是情之发生、发动),把手法解释为内容,这是以前的比兴研究中很少见的。

僧齐己撰《风骚旨格》"诗有六义"条云:"一曰风,诗曰:'高齐日月方为道,动合乾坤始是心。'二曰赋,诗曰:'风和日暖方开眼,雨润烟浓不举头。'三曰比,诗曰:'丹顶西施颊,霜毛四皓须。'四曰兴,诗曰:'水谙彭泽阔,山忆武陵深。'五曰雅,诗曰:'卷帘当白昼,移榻对青山。'又诗:'远道擎空钵,深山踏落花。'六曰颂,诗曰:'君恩到铜柱,蛮款入交州。'"①完全用诗例来说明,而不作任何理论上的解释,这也是少见的一种做法。

僧虚中撰《流类手鉴》"物象流类"条则专论比:"巡狩,明帝王行也。日午、春日,比圣明也。残阳、落日,比乱国也。昼,比明时也。夜,比暗时也。春风、和风、雨露,比君恩也。朔风、霜霰,比君失德也。秋风、秋霜,比肃杀也。雷电,比威令也。霹雳,比不时暴令也。寺宇、河海、川泽、山岳,比于国也。楼台、林木,比上位也。九衢、岐路,比王道也。红尘、熊罴,比武兵帅也。井田、岸涯,比基业也。桥梁、枕簟,比近臣也。舟楫、孤峰,比上宰也。故园、故国,比廊庙也。百花,比百僚也。梧桐,比大位也。圆月、麒麟、鸳鸯,比良臣、君子也。獬豸,比谏臣也。浮云、残月、烟雾,比佞臣也。琴、钟、磬,比美价也。鼓角,比君令也。更漏,比运数也。蝉、子规、猿,比怨士也。罾网,比法密也。金石、松竹、嘉鱼,比贤人也。孤云、白鹤,比贞士也。鸿雁,比孤进也。野花,比未得时君子也。故人,比上贤也。夫妻、父子,比君臣也。棂窗、帏幕,比良善人也。蛇鼠、燕雀、荆榛,比小人也。蛩、蟋蟀,比知时小人也。羊、犬,比小物也。柳絮、新柳,比经纶也。犀象、狂风、波涛,比恶人也。锁,比愚人也。

———————————

① 〔僧〕齐己:《风骚旨格》"诗有六义"条,张伯伟撰:《全唐五代诗格汇考》,江苏古籍出版社,2002,第400—401页。

匙,比智人也。百草,比万民也。苔藓,比古道也。珪璋、书籍,比有德也。虹蜺,比妖媚也。炎毒、苦热,比酷罚也。西风、商雨,比兵也。丝萝、菟丝,比依附也。僧道、烟霞,比高尚也。金,比义与决烈也。木,比仁与慈也。火,比礼与明也。水,比智与君政也。土,比信与长生也。"①《流类手鉴》不同于其他著作的是,它没有全面论述赋比兴,而是只论比。而对什么是比,它也未作说明,只是罗列例子,将一般情况下常用的喻体与本体作了较为全面的罗列,简直可以视为本体与喻体大全。这比刘勰在《文心雕龙》的《比兴》篇中罗列得更广,也更为全面,喻体与本体也有所不同。这样一种以全面罗列的方式来论述的,在唐五代实不多见。

徐夤《雅道机要》开篇就说:"明六义:歌事曰风。布义曰赋。取类曰比。感物曰兴。正事曰雅。功成曰颂。"然后在"明物象"条中又说:"残月,比佞臣也。珠珍,比仁义也。鸳鸯,比君子也。荆榛,比小人也矣。"②关于"六义"的解释,几乎是《二南密旨》"论六义"条"歌事曰风。布义曰赋。取类曰比。感物曰兴。正事曰雅。善德曰颂"的翻版,只有对颂的解释稍有不同。而关于比的类举,又与《流类手鉴》相似。

王梦简《诗格要律》云:"一曰风。与讽同义,含皇风,明王业,正人伦,归正宜也。二曰赋。赋其事体,伸冤雪耻,若纪功立业,旌著物情,宣王化以合史籍者也。三曰比。事相干比,不失正道。此道易明而难辨,切忌比之不当。四曰兴。起意有神勇锐气,不失其正也。五曰雅。消息孤松、白云、高僧、大儒,雅也。六曰颂。赞咏君臣有道,百执有功于国。以上六义,合于诸门,即尽其理也。"③这也是从政治层面来讨论"六义",不过,这段话的特别之处在于它对比的特别说明,认为比"此道易明而难辨,切忌比之不当"。

---

① 〔僧〕虚中:《流类手鉴》"物象流类"条,张伯伟撰:《全唐五代诗格汇考》,江苏古籍出版社,2002,第418—419页。

② 徐夤:《雅道机要》"明六义"条,张伯伟撰:《全唐五代诗格汇考》,江苏古籍出版社,2002,第425—426页。

③ 王梦简:《诗格要律》,张伯伟撰:《全唐五代诗格汇考》,江苏古籍出版社,2002,第474页。

从汉代至唐代,比兴在诗法学上并不是被简单作为一种艺术手法来讨论与研究,时人往往将其与风雅精神,也就是政治讽谕相联系,并且在二者之间建立起了密不可分的关联。这是这一时期比兴研究中突出的特点。显然,这是对赋比兴传统解释的继续。但是,另一方面,我们又可以看到,从一般修辞手法的角度来阐释赋比兴的,也不在少数。所以,唐五代时期对赋比兴的研究阐释,就是从这两条路线来展开的。这两条路线表面上看起来并行不悖,但是,孰轻孰重已经在开始发生变化了,这意味着新时代的赋比兴研究即将来临。

第二节　关于声律、对偶的研究

在先秦时期,作为乐的附属物,诗本身的音乐特性是不被人重视的。随着曹丕等"诗赋欲丽"观念的产生,脱离音乐而独立存在和发展的诗歌,其语言本身的音乐性越来越受到人们的重视。同样,"造化赋形,支体必双;神理为用,事不孤立"(《文心雕龙·丽辞》)的自然现象以及汉语本身的特点,让人们在创作诗歌时,想到了用对偶制造丽辞。于是,就形成了这一时期对声律和对偶这两种诗法的探讨,使之成为这一时期诗法学研究的核心问题。

一、对诗歌声律运用的探讨

自沈约提出声律论之后,钟嵘、陆厥等人对此进行了批评,但是,钟嵘、陆厥等人对声律的批评终究未能阻挡人们对声律的热情,"宫羽相变,低昂互节,若前有浮声,则后须切响。一简之内,音韵尽殊;两句之中,轻重悉异",这是一种理想,也是一种要求,沈约等自己也未能在他们的创作中充分实现这一理想。然而,当人们充分认可这种理想以后,如何运用具体的方法使其成为现实,便成为人们探讨的中心问题了。

（一）以"病""犯"论声律运用

有意思的是,从南朝至唐代的声律探讨,是从正确运用声律的反面,即所谓"病""犯"的角度,而不是从如何正确运用声律来进行的,这也是这一时期人们在讨论诗歌声律问题的一个突出特征。正如《文镜秘府论》西卷《论病》所说:"(周)颙、(沈)约已降,(元)兢、(崔)融以往,声谱之论郁起,病犯之名争兴,家制格式,人谈疾累。"《新唐书·宋之问传》云:"魏建安后迄江左,诗律屡变,至沈约、庾信,以音韵相婉附,属对精密,及佺期与宋之问,又加靡丽,回忌声病,约句准篇,如锦绣成文,学者宗之,号为'沈宋'。"这"病犯之名争兴""回忌声病"正说明了这一特点。

追根溯源,是因为沈约在讨论这一问题时,就是从"病"入手的。他为了阐述声律的运用,提出了"八病"之说。什么是"八病"呢?沈约本人对此的解释已不可见,但据后世留下的资料,大致可知其基本的内容。初唐时期上官仪的《笔札华梁》有此八病之名,即平头、上尾、蜂腰、鹤膝、大韵、小韵、傍纽、正纽。可惜的是,现存的《笔札华梁》只有对鹤膝的解释。"如班姬诗云:'新裂齐纨素,皎洁如霜雪。裁为合欢扇,团团似明月。''素'与'扇'同去声是也。此云第三句者,举其大法耳。但从首至末,皆须以次避之。若第三句不得与第五句相犯,第五句不得与第七句相犯,犯法准前也。"①另七病没有解释,这显然是文字脱落所致。但是,差不多同时或稍后的佚名之作《文笔式》则有对"八病"的详细解释。"平头诗者,五言诗第一字不得与第六字同声,第二字不得与第七字同声。同声者,不得同平上去入四声。犯者名为犯平头。""上尾诗者,五言诗中,第五字不得与第十字同声,名为上尾。""蜂腰诗者,五言诗一句之中,第二字不得与第五字同声。言两头粗,中央细,似蜂腰也。""鹤膝诗者,五言诗第五字不得与第十五字同声。言两头细,中央粗,似鹤膝也。以其诗中央有病。""大韵诗者,五言诗若以'新'为韵,上九字中,更不得

---

① 上官仪:《笔札华梁》,张伯伟撰:《全唐五代诗格汇考》,江苏古籍出版社,2002,第64页。

安'人''津''邻''身''陈'等字。既同其类,名犯大韵。""小韵诗,除韵
以外,而有迭相犯者,名为犯小韵病也。""傍纽诗者,五言诗一句之中有
'月'字,更不得安'鱼''元''阮''愿'等字。此即双声,双声即犯傍纽。
亦曰,五字中犯最急,十字中犯稍宽。如此之类,是其病。""正纽者,五言
诗'壬''衽''任''入'四字为一纽。一句之中,已有'壬'字,更不得安
'衽''任''入'等字。如此之类,名为犯正纽之病也。"①不仅解释了"八
病"的具体含义,而且每一病下均举例加以说明。沈约及后人所说的"八
病"涵盖了五言诗在声韵运用上存在的主要问题,可以说是这一时期声
病论的基础,为声律在诗歌创作中的运用奠定了基本的原则和技巧。

　　在"八病"的基础上,探讨诗歌运用声韵之病的尝试和努力成为一时
的风尚。《文镜秘府论》西卷《文二十八种病》共列出三十种病,这些病
都是在"八病"的基础上产生的。《文笔式》在"八病"之外,另列出水浑
病、火灭病、木枯病、金缺病、阙偶病、繁说病六种病,其中水浑病、火灭
病、木枯病、金缺病是关于声律的。所谓水浑病,就是"第一与第六之犯
也"。火灭病,就是"第二与第七之犯也"。木枯病,即"谓第三与第八之
犯也"。金缺病,是"谓第四与第九之犯也。夫金生兑位,应命秋律于西
方。上句向终,下句欲末,因数命之,故生斯号"。虽然不为无理,但按五
行取名,颇为怪异。元兢则在其《诗髓脑》中列出了另外八病:"八者何?
一曰龃龉,二曰丛聚,三曰忌讳,四曰形迹,五曰傍突,六曰翻语,七曰长
撷腰,八曰长解镫。"这八病之中,与声律有关的只有龃龉病。按元兢的
解释,这病是:"龃龉病者,一句之内,除第一字及第五字,其中三字,有二
字相连同上去入是。若犯上声,其病重于鹤膝,此例文人以为秘密,莫肯
传授。上官仪云:'犯上声是斩刑,去入亦绞刑。'如曹子建诗云:'公子敬
爱客。''敬'与'爱'是,其中三字,其二字相连同去声是也。平声不成
病,上去入是重病,文人悟之者少,故此病无其名。兢案《文赋》云:'或龃

---

① 佚名:《文笔式》"文病"条,张伯伟撰:《全唐五代诗格汇考》,江苏古籍出版社,2002,第84—
　88页。

龉而不安。'因以此病名为龃龉之病焉。"①元兢所说的龃龉病,确实注意到了一个过去未曾引起重视的现象,是他的发现,所以他因此也颇为自豪。

病犯论者均是从反面来立论的,也有少数人从正面来立论。如元兢在《诗髓脑·调声》里虽然也以沈约的声律说为基础,也有病犯之说,但有所发展。他总结出了三种调声之术,即换头、护腰、相承。所谓换头,就是"第一句头两字平,次句头两字去上入;次句头两字去上入,次句头两字平;次句头两字又平,次句头两字去上入;次句头两字又去上入,次句头两字又平。如此轮转,自初以终篇,名为双换头,是最善也。若不可得如此,则如篇首第二字是平,下句第二字是用去上入;次句第二字又用去上入,次句第二字又用平。如此轮转终篇,唯换第二字,其第一字与下句第一字用平不妨,此亦名为换头,然不及双换。又不得句头第一字是去上入,次句头用去上入,则声不调也。可不慎欤"。这就对如何换头提出了非常具体的办法。所谓护腰,"腰,谓五字之中第三字也。护者,上句之腰不宜与下句之腰同声。然同去上入则不可用,平声无妨也"。所举的例子是庾信"谁言气盖代,晨起帐中歌"。"'气'是第三字,上句之腰也。'帐'亦第三字,是下句之腰。此为不调,宜护其腰。慎勿如此也。"所谓相承,就是"若上句五字之内,去上入字则多,而平声极少者,则下句用三平承之。用三平之术,向上向下二途,其归道一也"。元兢的这套理论是建立在他对声律的总体认识上的,他说:"声有五声,角徵宫商羽也。分于文字四声,平上去入也。宫商为平声,徵为上声,羽为去声,角为入声。故沈隐侯论云:'欲使宫徵相变,低昂舛节,若前有浮声,则后须切响。一简之内,音韵尽殊;两句之中,轻重悉异。妙达此旨,始可言文。'固知调声之义,其为用大矣。"②元兢对声律作用的看法及他说的换

---

① 元兢:《诗髓脑》"文病"条,张伯伟撰:《全唐五代诗格汇考》,江苏古籍出版社,2002,第121页。
② 元兢:《诗髓脑》"调声"条,张伯伟撰:《全唐五代诗格汇考》,江苏古籍出版社,2002,第114—116页。

头、护腰、相承三种调声之术,是完全从正面来论述声律运用中要注意的问题,角度已不同于病犯论。如此详细且具有很强的可操作性的论述,在此之前的有关文献中,很少有类似。

盛唐时期的王昌龄在其《诗格》中也从正面谈到了调声的问题。他说:"律调其言,言无相妨。以字轻重清浊间之须稳。至如有轻重者,有轻中重,重中轻,当韵之即见。且'庄'字全轻,'霜'字轻中重,'疮'字重中轻,'床'字全重。如'清'字全轻,'青'字全浊。诗上句第二字重中轻,不与下句第二字同声为一管。上去入声一管。上句平声,下句上去入;上句上去入,下句平声。以次平声,以次又上去入;以次上去入,以次又平声。如此轮回用之,直至于尾。两头管上去入相近,是诗律也。"①所谓"诗律",就是作诗的法则,是在声律上必须遵守的规矩。王昌龄又说:"今世间之人,或识清而不知浊,或识浊而不知清。若以清为韵,余尽须用清;若以浊为韵,余尽须浊;若清浊相和,名为落韵。""凡文章体例,不解清浊规矩,造次不得制作。制作不依此法,纵令合理,所作千篇,不堪施用。但比来潘郎,纵解文章,复不闲清浊,纵解清浊,又不解文章。若解此法,即是文章之士。为若不用此法,声名难得。"②王昌龄以清浊论诗律,并且将分声分清浊看得如此重要,这种现象以前很少。而且对于清浊音如何运用,他也提出了自己的看法,这也是从正面立说。王昌龄在此基础上提出了"五言平头正律势尖头""五言侧头正律势尖头""七言尖头律"三种律诗开头的模式,每种模式均举出若干例子加以说明,也是一种正面的积极探索。

元兢和王昌龄对声律的这种正面探讨于律诗声律的形成和发展具有非常重要的意义。

《新唐书·宋之问传》云:"魏建安后迄江左,诗律屡变。至沈约、庾

---

① 王昌龄:《诗格》卷上"调声",张伯伟撰:《全唐五代诗格汇考》,江苏古籍出版社,2002,第149页。

② 王昌龄:《诗格》卷上"论文意",张伯伟撰:《全唐五代诗格汇考》,江苏古籍出版社,2002,第171—172页。

信,以音韵相婉附,属对精密。及佺期与宋之问,又加靡丽,回忌声病,约句准篇,如锦绣成文,学者宗之,号为'沈宋'。"独孤及《皇甫公集序》也说:"至沈詹事、宋老功,始裁成六律,彰施五色,使言之而中伦,歌之而成声,缘情绮靡之功,至是乃备。"元稹《唐故工部员外郎杜君墓系铭序》也指出:"沈宋之流,研练精切,稳顺声势,谓之为律诗。由是而后,文变之体极焉。""回忌声病"正是沈约等人的病犯论,而这也是我们看到的最多的讲述。而奇怪的是,有关如何"约句准篇"的论述却很少,特别是沈佺期、宋之问,他们在"约句准篇""使言之而中伦,歌之而成声""研练精切,稳顺声势"的探索过程中,是作出了实际贡献的,却始终缺乏理论资料,这不能不说是一个巨大的遗憾。元兢和王昌龄的探讨可以说是在某种程度上弥补了这一不足。

二、关于对偶的研究与探讨

长期以来,诗歌创作并不要求对偶或对仗,但是,随着骈文的兴起,诗中要求有对偶的呼声就越来越高,以至于对偶论成为与声律论并驾齐驱的另一大主题。当然,伴随着这两大主题的讨论,近体诗在形式上的基本问题也就得到了解决。由于对偶成了律诗写作的刚需,因此有关讨论也就成了唐代诗法研究中最重要的内容之一。

进入唐代后,对偶论渐入高潮。上官仪在其《笔札华梁》"属对"条中列有九种对,即的名对、隔句对、双拟对、联绵对、异类对、双声对、叠韵对、回文对、同类对。这九种对与刘勰的四种对相比,无疑要详细得多。上官仪对每一种对都作了解释,并举例说明。例如,所谓的名对,也就是工对,如天地、日月、好恶、去来、轻重、浮沉、长短、进退、方圆、大小、明暗、老少之类。隔句对,就是"第一句与第三句对,第二句与第四句对",如"昨夜越溪难,含悲赴上兰。今朝逾岭易,抱笑入长安""相思复相忆,夜夜泪沾衣。空悲亦空叹,朝朝君未归"。双拟对,就是一句之中所论,

假如第一字是"秋",第三字亦是"秋",二"秋"拟第二字,下句亦然。如
"夏暑夏不衰,秋阴秋未归。炎至炎难却,凉消凉易追""议月眉欺月,论
花颊胜花"。联绵对者,"不相绝也。一句之中,第二字第三字是重字,即
名为联绵对。但上句如此,下句亦然"。例如"看山山已峻,望水水仍清。
听蝉蝉响急。思乡乡别情""嫩荷荷似颊""残河河似带"。而在"论对
属"条中则列出了反对、数之对、方之对、色之对、气之对、物之对、形之
对、行之对、世之对、位之对十种对。① 二者总计十九种对,名目之多,可
谓空前。

尤其值得注意的是,上官仪还对对偶作了理论上的阐释。在《笔札
华梁》"论对属"条中,他说:"凡为文章,皆须对属。诚以事不孤立,必有
配匹而成。"认为对偶在创作中是必不可少的。"在于文章,皆须对属。
其不对者,止得一处二处有之。若以不对为常,则非复文章。"这就将对
偶视为创作的必要条件。同时,上官仪对于运用对偶的原则和方法作了
说明:

在于文笔,变化无恒。或上下相承,据文便合。若云:"圆清著象,方
浊成形。""七曜上临,五岳下镇。"("方""圆","清""浊","象""形",
"七""五","上""下",是其对。)或前后悬绝,隔句始应。若云:"轩辕握
图,丹凤巢阁;唐尧秉历,玄龟跃渊。"("轩辕""唐尧","握图""秉历",
"丹凤""玄龟","巢阁""跃渊"是也。)或反义并陈,异体而属。若云:
"乾坤位定,君臣道生。或质或文,且升且降。"("乾坤""君臣""质文"
"升降"并反义,而同句陈之。"乾坤"与"君臣"对,"质文"与"升降"对,
是异体属也。)或同类连用,别事方成。若云:"芝英蕐蕐,吐秀阶庭。紫
玉黄银,扬光岩谷。"("芝英蕐蕐"与"紫玉黄银","阶庭"与"岩谷",各
同类连对,而别事相成。)此是四途,偶对之常也。比事属辞,不可违异。
故言于上,必会于下;居于后,须应于前。使句字恰同,事义殷合。(若上

---

① 上官仪:《笔札华梁》,张伯伟撰:《全唐五代诗格汇考》,江苏古籍出版社,2002,第58—65页。

有四言,下还须四言;上有五字,下还须五字。上句第一字用"青",下句第一字即用"白""黑""朱""黄"等字;上句第三字用"风",下句第三字即用"云""烟""气""露"等。上有双声、叠韵,下还即须用对之。)犹夫影响之相逐,辅车之相须也。①

　　强调了"或上下相承,据文便合""或前后悬绝,隔句始应""或反义并陈,异体而属""或同类连用,别事方成"四种主要的对偶类型,但不管怎样,都必须做到"比事属辞,不可违异。故言于上,必会于下;居于后,须应于前。使句字恰同,事义殷合"。一方面是强调要有对偶,另一方面又强调善用对偶,所以,他又说:"然文无定势,体有变通,若又专对不移,便复大成拘执。可于义之际会,时时散之。""就如对属之间,甚须消息。远近比次,若叙瑞云:'轩辕之世,凤鸣阮隃;汉武之时,麟游雍畤。'(持'轩辕'对'汉武',世悬隔也。)大小必均,若叙物云:'鲋离东海,得水而游;鹏骞南溟,因风而举。'(将'鲋'拟'鹏',状殊绝也。)美丑当分,若叙妇人云:'等毛嫱之美容,类嫫母之至行。'('毛嫱''嫫母',貌相妨也。)强弱须异,若叙平贼云:'摧鲸鲵如折朽,除蝼蚁若拾遗。'('鲸鲵''蝼蚁',力全校也。)苟失其类,文即不安。以意推之,皆可知也。而有以'日'对'景',将'风'偶'吹',持'素'拟'白',取'鸟'合'禽',虽复异名,终是同体。若斯之辈,特须避之。故援笔措辞,必先知对,比物各从其类,拟人必于其伦。此之不明,未可以论文矣。"确定了"远近比次""大小必均""美丑当分""强弱须异"的四条原则,同时也要避免"虽复异名,终是同体"的毛病。最终得出了两个基本结论,那就是,第一,"援笔措辞,必先知对";第二,"比物各从其类,拟人必于其伦"。这也是继刘勰之后,对于对偶运用原则的又一次总结。

　　无名氏的《文笔式》所列对偶则达十三种之多,其中八种与《笔札华梁》相同,不同的有五种,即互成对、赋体对、意对、头尾不对、总不对对。

① 上官仪:《笔札华梁》,张伯伟撰:《全唐五代诗格汇考》,江苏古籍出版社,2002,第66页。

所谓互成对,其实就是一种当句对。如"天地心闲静,日月眼中明。麟凤千年贵,金银一代荣"中的"天"对"地","日"对"月"等。赋体对,就是"或句首重字,或句首叠韵,或句腹叠韵,或句首双声,或句腹双声,如此之类,名为赋体对。似赋之形体,故名曰赋体对"。意对就是本来不成对的词,因有意思上的关联,所以又成为对偶。例如,"岁暮临空房,凉风起坐隅。寝兴日已寒,白露生庭芜"。头尾不对就是诗的首联和尾联不对偶。总不对对就是整首诗都不用对偶。对于这种方法,《文笔式》的作者认为:"如此作者,最为佳妙。"①

元兢的《诗髓脑》"对属"条说:"《易》曰:'水流湿,火就燥。云从龙,风从虎。'《书》曰:'满招损,谦受益。'此皆圣作切对之例。况乎庸才凡调而对,而不求切哉。"认为诗歌创作,求对偶工切是自然而然的事。正因为有此认识,所以,也提出了八对的说法。这八对即正对、异对、平对、奇对、同对、字对、声对、侧对。正对就是同类对中的正面对(的名对),如"尧年""舜日","尧""舜","皆古之圣君,名相敌,此为正对"。"若上句用圣君,下句用贤臣;上句用'凤',下句还用'鸾',皆为正对也。"如果上句用"松桂",下句用"蓬蒿","松桂"是善木,"蓬蒿"是恶草,此非正对也。异对即异类对。平对,"平对者,若'青山''绿水',此平常之对,故曰平对也"。实际上就是平常对。奇对是与平对相比较而言的,"出奇而取对,故谓之奇对",具体来说,"奇对者,若'马颊河''熊耳山',此'马''熊'是兽名,'颊''耳'是形名,既非平常,是为奇对"。同对即同类对。字对即后世所说的借对。"若'桂楫''荷戈','荷'是负之义,以其字草名,故与'桂'为对。不用义对,但取字为对也。"声对实际上也是一种借对。"声对者,若'晓路''秋霜','路'是道路,与'霜'非对,以其与'露'同声故。"侧对,是就字形而言的,即"若'冯翊''龙首'。此为'冯'字半边有'马',与'龙'为对;'翊'之半边有'羽',与'首'为对。此为侧对。

---

① 佚名:《文笔式》,张伯伟撰:《全唐五代诗格汇考》,江苏古籍出版社,2002,第73—77页。

又如'泉流''赤峰','泉'字其上有'白',与'赤'为对。"①这实际上是对偏旁。

对于这八种对偶法,元兢颇为得意和自负,他说:"以前八种切对,时人把笔缀文者多矣,而莫能识其径路。于公义藏之箧笥,不可垂示于非才。深秘之,深秘之。"把这八种对偶视为自己的独得之秘,秘不示人,由此可见元兢的洋洋自得的心理。罗根泽先生说:"元兢的对偶说,所进于古人同出的对偶说及上官仪的对偶说者,不惟彼较平凡,此较新奇。最不同者,从一方面言,可以说是益于严密;从另一方面言,也可以说是转返于宽泛。……至就创对而言,古人同出的对偶说及上官仪的对偶说,都因较平凡,所以容易发现,容易创立;此则因较新奇,所以发现不易,创立亦难。"②可见,对偶的研究与挖掘,到了元兢这里,向更为新奇、细密的方向进了一步。

崔融《唐朝新定诗格》和题名为李峤撰的《评诗格》都有相同的九对之说,这九对是切对、双声对、叠韵对、字对、声对、字侧对、切侧对、双声侧对、叠韵侧对。这九对中,切对、字侧对、双声对、叠韵对这四对已见前人论述中,另五种对偶或者是新名目,或者是新的解释。字对就是"义别字对",这实际上也是借对,例如"山椒架寒雾,池筱韵凉飚"中的"山椒"在这里是山顶之义,从含义来说,是不能用来对"池筱"的,但是,椒又是植物,所以可以借来对"筱",从而构成了同类对。声对也是一种借对,即"字义俱别,声作对"。例如"彤驺初惊路,白简未含霜"中的"路",本来不能用来对"霜",但因与"露"同音,所以借来与"霜"对。切侧对就是"切侧对者,谓精异粗同"。即细究不对,粗看字面是对,原因是字有相似的偏旁,而且是借义来对。如"浮钟宵响彻,飞镜晓光斜"中的"飞镜"本指月亮,从含义上来说是不能用来对"浮钟"的,但借用镜子这一含义来

① 元兢:《诗髓脑》"对属"条,张伯伟撰:《全唐五代诗格汇考》,江苏古籍出版社,2002,第116—118页。
② 罗根泽:《中国文学批评史》(二),古典文学出版社,1957,第18页。

对就很妥帖。而且"钟"与"镜"偏旁相同。双声侧对就是"字义别,双声
来对"。例如"花明金谷树,叶映首山薇"中的"首山"对"金谷","首山"
是双声词,而"金谷"不是双声,所以称之为双声侧对。而且关于对偶,他
有一个看法,即"夫为文章诗赋,皆须属对,不得令有跛眇者。跛者,谓前
句双声,后句直语,或复空谈。如此之例,名为跛。眇者,谓前句物色,后
句人名,或前句语风空,后句山水。如此之例,名眇。何者? 风与空则无
形而不见,山与水则有踪而可寻,以有形对无色。如此之例,名为眇"。①
无论是在名目还是理论的阐述上,崔融对于对偶都有着类似于元兢式的
新奇发现,可见,崔融在对偶上也是越来越细密,这对于推动对偶的研究
与运用的细密新奇无疑起了推波助澜的作用。

王昌龄《诗格》卷上"论文意"条云:"夫语对者,不可以虚无而对实
象。若用草与色为对,即虚无之类是也。"②"凡文章不得不对。上句若
安重字、双声、叠韵,下句亦然。若上句偏安,下句不安,即名为离支;若
上句用事,下句不用事,名为缺偶。故梁朝湘东王《诗评》曰:'作诗不对,
本是吼文,不名为诗。'"③一方面是强调诗歌创作"不得不对",另一方面
又强调了必须要避免离支、缺偶等方面的问题。此外,他还在"势对例
五"条中举出了五种对偶,即势对、疏对、意对、句对、偏对。势对,如陆机
诗:"四座咸同志,羽觞不可算。"曹植诗:"谁令君多念,遂使怀百忧。"以
"多念"对"百忧",以"咸同志"对"不可算"是也。这种对,从字面来看,
并不工整,但着重于气势。疏对,如陆士衡诗:"哀风中夜流,孤兽更我
前。"此依稀对也。又诗:"人生无几何,为乐常苦晏。"此孤绝不对也。也
就是不太工整的对偶。意对,例如陆机诗:"惊飙褰反信,归云难寄音。"

---

① 崔融:《唐朝新定诗格》"九对"条,张伯伟撰:《全唐五代诗格汇考》,江苏古籍出版社,2002,
   第132—135页。
② 王昌龄:《诗格》卷上"论文意"条,张伯伟撰:《全唐五代诗格汇考》,江苏古籍出版社,2002,
   第168页。
③ 王昌龄:《诗格》卷上"论文意"条,张伯伟撰:《全唐五代诗格汇考》,江苏古籍出版社,2002,
   第171页。

古诗："四顾何茫茫,东风摇百草。"这主要是着眼于内容。句对,如曹植诗："浮沉各异势,会合何时谐。"这就是当句对,"浮""沉"构成了对偶。偏对,就是"重字与双声、叠韵是也"①。

皎然在《诗式》卷一"对句不对句"条中论述了对的必要性,认为对偶是必不可少的:"上句偶然孤发,其意未全,更资下句引之方了。其对语一句便显,不假下句。此□□□少相敌,功夫稍殊。请试论之:夫对者,如天尊、地卑,君臣、父子,盖天地自然之数。若斤斧迹存,不合自然,则非作者之意。又诗家对语,二句相须,如鸟有翅,若惟擅工一句,虽奇且丽,何异乎鸳鸯五色,只翼而飞者哉?"②正因为如此,所以,他在《诗议》"论文意"条就具体阐述了对偶的基本要求:

律家之流,拘而多忌,失于自然,吾尝所病也。必不得已,则削其俗巧,与其一体。一体者,由不明诗对,未阶大道。若《国风》《雅》《颂》之中,非一手作,或有暗同,不在此也。其诗曰:"终朝采菉,不盈一掬。"又诗曰:"采采卷耳,不盈顷筐。"兴虽别而势同。若《颂》中,不名一体。夫累对成章,高手有互变之势,列篇相望,殊状更多。若句句同区,篇篇共辙,名为贯鱼之手,非变之才也。俗巧者,由不辨正气,习俗师弱弊之过也。其诗曰:"树阴逢歇马,渔潭见洗船。"又诗曰:"隔花遥劝酒,就水更移床。"何则? 夫境象不一,虚实难明,有可睹而不可取,景也。可闻而不可见,风也。虽系乎我形,而妙用无体,心也。义贯众象,而无定质,色也。凡此等,可以偶虚,亦可以对实。③

---

① 王昌龄:《诗格》卷下"势对例五"条,张伯伟撰:《全唐五代诗格汇考》,江苏古籍出版社,2002,第184—185页。

② 皎然:《诗式》"对句不对句"条,张伯伟撰:《全唐五代诗格汇考》,江苏古籍出版社,2002,第238页。

③ 皎然:《诗议》"论文章"条,张伯伟撰:《全唐五代诗格汇考》,江苏古籍出版社,2002,第204—205页。

　　皎然认为，作诗有两大问题，一为俗巧，二为"一体"。所谓"一体"，其实就是不知变化，千篇一律。而不知变化，千篇一律的主要原因又在于"不明诗对，未阶大道"。景、风、心、色等，"可以偶虚，亦可以对实"，关键在于变化避俗。所以"至如'渡头''浦口'，'水面''波心'，是俗对也。上句'青'，下句'绿'，上句'爱'，下句'怜'，下对也。'青山满蜀道，绿水向荆州'，语丽而掩暇也。句中多著'映带''傍佯'等语，熟字也。'制锦''一同''仙尉''黄绶'，熟名也。'溪滣''水隈''山脊''山肋'，俗名也。'若''个''占''剩'，俗字也。"

　　皎然在《诗议》的"诗对有六格"和"诗有八种对"中列出了十四种对，这十四种对中，除的名对、双拟对、隔句对、联绵对、互成对、异类对六种已见于前人论述中外，其他八种前所未闻，即邻近对、交络对、当句对、含境对、背体对、偏对、假对、双虚实对。邻近对，按皎然的说法是："诗曰：'死生今忽异，欢娱竟不同。'又诗曰：'寒云轻重色，秋水去来波。'上是义，下是正名。此对也，大体似的名（对），的名窄，邻近宽。"可见这是接近于的名对的一种对偶。交络对，"赋曰：'出入三代，五百余载。'或谓此中'余'属于'载'，不偶'出入'。古人但四字四义皆成对，故偏举以例焉。"这就是后世的交股对、蹉对，其特点是错开位置，参差相对。当句对，就是在本句中形成对偶，例如"薰歇烬灭，光沉响绝"中的"薰歇"与"烬灭""光沉"与"响绝"是对。含境对，从其所举的例子"悠远长怀，寂寥无声"来看，显然指的是着眼于意境或意义上的对偶。背体对，皎然所举的诗例是"进德智所拙，退耕力不任"，诗中"进""退"方向相反，犹如背体而行，故名。偏对，按皎然的解释："诗曰：'萧萧马鸣，悠悠旆旌。'谓非极对也。古诗：'古墓犁为田，松柏摧为薪'……全其文采，不求至切，得非作者变通之意乎？"可见这是宽对，不求切至，大致相对即可。假对，就是借对，借字面或声音相对。双虚实对，"诗曰：'故人云雨散，空山来往疏。'此对当句义了,不同互成"①。这是指词性和形象、意象的虚实而言的。皎然所说的这十四种对,在某种程度上是对他所说的俗巧及"一体"的纠正与反拨,其一方面是越来越细密,另一方面却又是越来越宽泛。

皎然之后,唐代的其他诗论家,对于对偶虽也偶有论及,但都不过片言只语,且鲜有新见,这意味着对偶问题已经解决,或者人们已失去了对于这一话题的兴趣。

第三节　以体、势、格、例等论诗法

声律与对偶在诗歌创作中相对而言是较为表层的问题,解决了这两大问题之后,这一时期的人们对于一些更为深层次的方法也进行了探讨,使诗法学的研究走向了更为深入的境界。以体、势、格、例等论诗法就是唐五代诗法学走向深入的具体表现,并成为唐五代诗法学研究的一大特色。

一、辨体

(一)辨诗与其他文体的区别

辨体的问题虽然不属于技法问题,却是诗歌创作和学习诗歌创作中极为重要的问题。所谓的体,既指文体,又指风格。早在汉魏时期,曹丕就在《典论·论文》中提出了"夫文本同而末异,盖奏议宜雅,书论宜理,铭诔尚实,诗赋欲丽。此四科不同,故能之者偏也;唯通才能备其体"。曹丕将文体与风格分为四类,这一方面是强调了不同文体、风格之间的不同,另一方面也是提醒不同文体、风格的创作者在进行这四类文体创

---

① 皎然:《诗议》"诗对有六格""诗有八种对"条,张伯伟撰:《全唐五代诗格汇考》,江苏古籍出版社,2002,第210—214页。

作时,要注意不同文体、风格之间的区别,将这四类文体、风格混为一谈其实是不懂文的体现。具体到诗歌创作来说,与赋一样,其区别于其他文体的特点是要讲究“丽”的,也就是要在辞藻、对偶、声律等方面有特殊的追求,否则就是不辨文体了。这应当是首次将诗赋与其他文体作了区分。

随后,南朝时期文坛上展开的文笔之辨,进一步强化了各种文体之间的区别。《文心雕龙·序志》云:“若乃论文叙笔,则囿别区分,原始以表末,释名以章义,选文以定篇,敷理以举统:上篇以上,纲领明矣。”《文心雕龙·总术》:“今之常言,有文有笔,以为无韵者笔也,有韵者文也。”以有韵、无韵作为文与笔区别的标准,以此而言,诗歌无疑就是文了。更值得注意的是,《文心雕龙》在《原道》《徵圣》之后的篇目,《正纬》《辨骚》《明诗》《乐府》《诠赋》至《书记》二十三篇,全是讨论各文体的发展及其特点,其中单列《明诗》一篇,这就说明,在刘勰看来,诗歌与其他文体之间的区别是非常明显的,它是一种不同于其他体裁的文体。这实际上告诉创作者在创作诗歌时应当按照诗歌的美学要求来进行。而他在创作论中的《定势》,就是强调要根据不同的文体来确立不同的风格。

萧绎《金楼子·立言下》云:“至如不便为诗如阎纂,善为章奏如柏松,若此之流,泛谓之笔。吟咏风谣,流连哀思者,谓之文。……笔退则非谓成篇,进则不云取义,神其巧惠笔端而已。至如文者,惟须绮縠纷披,宫徵靡曼,唇吻遒会,情灵摇荡。……潘安仁清绮若是,而评者止称情切,故知为文之难也。”在萧绎看来,文与笔是不同的,文在内容上要“吟咏风谣,流连哀思”,显然这指的是诗赋之类的纯文学作品。而文不仅在内容上有特定的要求,在形式上也必须“绮縠纷披,宫徵靡曼,唇吻遒会,情灵摇荡”,在词藻和声律上有特殊的要求,做到声情并茂。这就从另一个角度讨论了文与笔之间的区别。

唐代无名氏《文笔式》云:“制作之道,唯笔与文。文者,诗、赋、铭、颂、箴、赞、吊、诔等是也;笔者,诏、策、移、檄、章、奏、书、启等也。即而言之,韵者为文,非韵者为笔。文以两句而会,笔以四句而成。文系于韵,两句相会,取于谐合也;笔不取韵,四句而成,任于变通。故笔之四句,比文之二句,验之文笔,率皆如此也。体既不同,病时有异。其文之犯避,皆准于前。"①"韵者为文,非韵者为笔"的看法同于刘勰,这也是从押韵与不押韵的角度来进行区分的。

更值得注意的是,《文笔式》从风格的角度论述了诗与其他文体的不同。它首先指出:"凡制作之士,祖述多门,人心不同,文体各异。较而言之,有博雅焉,有清典焉,有绮艳焉,有宏壮焉,有要约焉,有切至焉。夫模范经诰,褒述功业,渊乎不测,洋哉有闲,博雅之裁也。敷演情志,宣照德音,植义必明,结言唯正,清典之致也。体其淑姿,因其壮观,文章交映,光彩傍发,绮艳之则也。魁张奇伟,阐耀威灵,纵气凌人,扬声骇物,宏壮之道也。指事述心,断辞趣理,微而能显,少而斯洽,要约之旨也。舒陈哀愤,献纳约戒,言唯折中,情必曲尽,切至之功也。"归纳出了文学创作中博雅、清典、绮艳、宏壮、要约、切至六种主要的风格,并阐明了六种风格不同的特点。在此基础上,《文笔式》又进一步指出了不同文体所适宜采用的风格:"至如称博雅,则颂、论为其标(颂明功业,论陈名理。体贵于弘,故事宜博;理归于正,故言必雅也)。语清典,则铭、赞居其极(铭题器物,赞述功德,皆限以四言,分有定准。言不沉诋,故声必清;体不诡杂,故辞必典也)。陈绮艳,则诗、赋表其华(诗兼声色,赋叙物象,故言资绮靡,而文极华艳)。叙宏壮,则诏、檄振其响(诏陈王命,檄叙军容,宏则可以及远,壮则可以威物)。论要约,则表、启擅其能(表以陈事,启以述心,皆施之尊重,须加肃敬,故言在于要,而理归于约)。言切至,则箴、诔得其实(箴陈戒约,诔述哀情,故义资感动,言重切至也)。凡斯六事,文章之通义焉。苟非其宜,失之远矣。"明确了各种文体与上述六种风格上的对应关系,并指出诗赋的主要风格特点是"陈绮艳"。认为如果

---

① 佚名:《文笔式》"文笔十病得失",张伯伟撰:《全唐五代诗格汇考》,江苏古籍出版社,2002,第95页。

创作者不能正确地理解和把握不同文体之间风格上的区别,就"失之远矣!"因此,"词人之作也,先看文之大体,随而用心,遵其所宜,防其所失,故能辞成炼核,动合规矩。而近代作者,好尚互舛,苟见一涂,守而不易,至今摘章缀翰,罕有兼善。岂才思之不足,抑由体制之未该也"①。所谓"体制之未该",就是未能全面了解和深入掌握各文体之间的差异,也就是"文之大体",因而产生了"罕有兼善"的问题。正确的方法应当是首先清楚地了解文体之间风格上的大体差异,遵循其文体与风格上的规定要求,防止错误,这样才能创作出符合各种文体要求的作品。

《文笔式》的这段话最为明确地阐述了明体与辨体对于文学(包括诗歌)创作的重要性,由此可见,明体确是诗之一法,而且是至关重要的一法。

(二)辨诗歌本身存在的不同风格、体裁

早在刘勰的《文心雕龙·明诗》中就有对于诗歌不同体裁的阐述:"若夫四言正体,则雅润为本;五言流调,则清丽居宗,华实异用,唯才所安。故平子得其雅,叔夜含其润,茂先凝其清,景阳振其丽,兼善则子建仲宣,偏美则太冲公幹。然诗有恒裁,思无定位,随性适分,鲜能通圆。若妙识所难,其易也将至;忽之为易,其难也方来。至于三六杂言,则出自篇什;离合之发,则萌于图谶;回文所兴,则道原为始;联句共韵,则柏梁余制;巨细或殊,情理同致,总归诗囿,故不繁云。"刘勰对诗歌中的四言、五言两种主要的体裁在风格上的差异作了归纳和总结,认为四言的主要风格特征是"雅润",而五言的主要风格特点是"清丽"。这是创作者务必要了解的,但是,这也不是不可逾越的鸿沟,因为"诗有恒裁,思无定位,随性适分,鲜能通圆",关键是"华实异用,唯才所安",也就是根据自己的个性特点来运用不同的风格,才能创作出优秀的作品。此外,刘

---

① 佚名:《文笔式》"论体",张伯伟撰:《全唐五代诗格汇考》,江苏古籍出版社,2002,第78—80页。

飂还谈到了三言、六言、离合体、回文体、联句体等的起源及风格特点。这显然不是他强调的重点,却是非常明确地区分了它们的不同风格。这实际上是告诉了创作者所要掌握的差异。

崔融《唐朝新定诗格》和李峤的《诗评格》均有"十体"条,列出了形似体、质气体、情理体、直置体、雕藻体、映带体、飞动体、婉转体、清切体、菁华体。这十体,就指的是诗歌创作中诗句的内容和风格类型。例如形似体,"谓貌其形而得其似,可以妙求,难以粗测者是"。如"风花无定影,露竹有余清""映浦树疑浮,入云峰似灭"。也就是讲求对描写对象的形似。又如雕藻体,"谓以凡事理而雕藻之,成于妍丽,如丝彩之错综,金铁之砥炼是"。如"岸绿开河柳,池红照海榴""华志怯驰年,韶颜惨惊节"。显然是指辞藻华丽,刻意雕饰。再如婉转体,"谓屈曲其词,婉转成句是"。如诗句"歌前日照梁,舞处尘生袜""泛色松烟举,凝华菊露滋"。指表达含蓄,委婉成诗。① 崔融举出这十种诗句的风格类型,目的也是为了学诗者或诗歌的创作者加以区别,得之于心,不致混淆。将诗句分得如此细致多样,这是空前的。

王昌龄《诗格》卷上"论文意"云:

> 诗有览古者,经古人之成败咏之是也。咏史者,读史见古人成败,感而作之。杂诗者,古人所作,元有题目,撰入《文选》。《文选》失其题目,古人不详,名曰杂诗。乐府者,选其清调合律,唱入管弦,所奏即入之乐府聚之。如《塘上行》《怨诗行》《长歌行》《短歌行》之类是也。咏怀者,有咏其怀抱之事为兴是也。古意者,若非其古意,当何有今意;言其效古人意,斯盖未当拟古。寓言者,偶然寄言是也。②

---

① 崔融:《唐朝新定诗格》"十体",张伯伟撰:《全唐五代诗格汇考》,江苏古籍出版社,2002,第129—132页。
② 王昌龄:《诗格》卷上"论文意"条,张伯伟撰:《全唐五代诗格汇考》,江苏古籍出版社,2002,第167—168页。

这就将诗分为览古、咏史、杂诗、乐府、咏怀、古意、寓言七类,虽然这七类有的是内容上的分类,有的是体裁上的分类,纯粹从分类的角度来说,这是不科学的,但也透露出王昌龄有意识地进行分类的思想,便以此来引导学诗者注意其不同的要求。

王昌龄还说:"夫文章之体,五言最难,声势沉浮,读之不美。句多精巧,理合阴阳。包天地而罗万物,笼日月而掩苍生。其中四时调于递代,八节正于轮环。五音五行,和于生灭;六律六吕,通于寒暑。"①而《诗格》卷下的"诗有五趣向"则云:

一曰高格。二曰古雅。三曰闲逸。四曰幽深。五曰神仙。

高格一。曹子建诗:"从军度函谷,驰马过西京。"古雅二。应德琏诗:"远行蒙霜雪,毛羽自摧颓。"闲逸三。陶渊明诗:"众鸟欣有托,吾亦爱吾庐。"幽深四。谢灵运诗:"昏旦变气候,山水含清辉。"神仙五。郭景纯诗:"放情凌霄外,嚼药挹飞泉。"

这五趣向中,几乎全部是从风格着眼来对诗歌进行分类的。当然,与司空图《二十四诗品》相比,这五趣向的分类无疑是比较简单的,但是,从诗法传授的角度,而不是纯粹从风格的研究来说,对于一般的诗歌创作爱好者或初学者而言,这已基本够用,也可以说是一种将复杂问题简单化的方法。

皎然《诗议》"论文意"条对于诗歌的文体从体裁与风格两方面来进行详细的论述:

夫诗有三四五六七言之别,今可略而叙之。三言始于《虞典》《元首之歌》;四言本《国风》,流于夏世,传至韦孟,其文始具;六言散在《骚》

① 王昌龄:《诗格》卷上"论文意"条,张伯伟撰:《全唐五代诗格汇考》,江苏古籍出版社,2002,第171。

《雅》;七言萌于汉。五言之作,《召南·行露》已有滥觞。汉武帝时,屡见全什,非本李少卿也。以上略同古人。少卿以伤别为宗,文体未备,意悲词切,若偶中音响,《十九首》之流也。古诗以讽兴为宗,直而不俗,丽而不巧,格高而词温,语近而意远,情浮于语,偶象则发,不以力制,故皆合于语,而生自然。建安三祖、七子,五言始盛,风裁爽朗,莫之与京。然终伤用气使才,违于天意,虽忌松容,而露造迹。正始中,何晏、嵇、阮之俦也,嵇兴高逸,阮旨闲旷,亦难为等夷。论其代,则渐浮侈矣。晋世尤尚绮靡。古人云:"采缛于正始,力柔于建安。"宋初文格,与晋相沿,更憔悴矣。[1]

皎然指出,从体裁的角度来说,有三言、四言、五言、六言、七言的区别,它们的起源不同,特点不一。皎然论述的重点显然是五言,对于五言的起源及其从《诗经》到宋初的发展以及不同作家、不同作品、不同时代的特点作了详细的描述。在此基础上,皎然又从五言诗作家在南朝的表现作了一番论述,认为:

论人,则康乐公秉独善之姿,振颓靡之俗。沈建昌评:"自灵均已来,一人而已。"此后,江宁侯温而朗,鲍参军丽而气多,《杂体》《从军》,殆凌前古。恨其纵舍盘薄,体貌犹少。宣城公情致萧散,词泽义精,至于雅句殊章,往往惊绝。何水部虽谓格柔,而多清劲,或常态未剪,有逸对可嘉,风范波澜,去谢远矣。柳恽、王融、江总三子,江则理而清,王则清而丽,柳则雅而高。予知柳吴兴名屈于何,格居何上。中间诸子,时有片言只句,纵敌于古人,而体不足齿。或者随流,风雅泯绝。"八病""双拈",载发文畫,遂有古律之别。古诗三等,正、偏、俗;律诗三等,古、正、俗。[2]

[1] 皎然:《诗议》"论文意"条,张伯伟撰:《全唐五代诗格汇考》,江苏古籍出版社,2002,第202—203。
[2] 皎然:《诗议》"论文意"条,张伯伟撰:《全唐五代诗格汇考》,江苏古籍出版社,2002,第203—204。

论述了谢灵运、江淹、鲍照、谢朓、何逊、柳恽、王融、江总等人的风格、成就与不足,并指出了沈约等人讲究声律之后形成了诗歌体裁上的古体与律体的区分。三体有三等,律诗也有三等。

在以上论述之后,皎然直接点明了此番论述的目的是告诫或提醒作诗者或学诗者:"顷作古诗者,不达其旨,效得庸音,竞壮其词,俾令虚大。或有所至,已在古人之后,意熟语旧,但见诗皮,淡而无味。"这就是说,五言古体诗的作者,如果不掌握五言古体的正体,"效得庸音,竞壮其词,俾令虚大",其结果也就是虚张声势。即使偶有所得,也是落于古人之下,"意熟语旧,但见诗皮,淡而无味"。那么,什么是五言之正呢?怎样才能避免"庸音"呢?显然,这就有一个辨体的问题。

皎然对五言诗的发展所作的详细论述,恰恰正是为了辨体的需要,为学诗者提出什么才是五言之正,什么是五言诗中的"庸音"。同样,律诗也有其内在的要求,那就是"律家之流,拘而多忌,失于自然,吾尝所病也。必不得已,则削其俗巧,与其一体"。那就是要尽量避免"拘而多忌,失于自然",在不得已的情况下,就要"削其俗巧,与其一体",也就是将"俗巧"与"一体"的因素去掉。"所谓一体者,由不明诗对,未阶大道",也就是不明白律诗中对偶的真正要义,没有掌握诗歌创作的真正规律。明白了这一点后,"若体裁已成,唯少此字,假以圆文,则何不可。然取舍之际,有斫轮之妙哉"。也就是技巧的掌握全在于取舍,但取舍之妙,则只可意会,不可言传,需要实际操作,积累经验。

从皎然对律诗古、正、俗三等的区分可以看出,古与正,尤其是古,才是他所希望达到的境界或风格。

王叡《炙毂子诗格》谈到了三言、四言、五言、六言、七言、八言、九言诗的起源,并举例说明了这些诗体,这纯粹是从体裁来说的。而齐己《风骚旨格》中"诗有十体"条则列出了诗歌的十种风格,即高古、清奇、远近、双分、无虚、是非、清洁、覆妆、阖门,也是列诗句为例,不作说明。徐夤

《雅道机要》提出了作诗的各种要求,其中之一便是"明体裁变通",认为"体者诗之象,如人之体象,须使形神丰备,不露风骨,斯为妙手矣",并列出了与《风骚旨格》基本相同的十种风格。而"叙体格"条则说:"诗有十一不:一曰不时态。二曰不繁杂。三曰不质朴。四曰不才调。五曰不囚缚。六曰不沉静。七曰不细碎。八曰不怪异。九曰不浮艳。十曰不僻涩。十一曰不文藻。""凡为诗者,先须识体格。未论古风,且约五七言律诗,惟阆仙真作者矣。辞体若淡,理道深奥,不失讽咏,语多兴味,惟知前项十一不则得之矣。"并举出了时态、繁杂、质朴、囚缚、沉静、细碎、怪异、浮艳八种有问题的风格的诗句。然后说:"以上但将此例句度吟咏,备见古今诗人制作体格,罕有离得此病,若得脱此,则真仙矣。"①徐夤虽然师承齐己的说法,但在理论上的阐述则更为具体,也更为明确。

大体而言,在唐代,从诗法的研究来说,人们对体(体裁与风格)的辨析是比较简单的,但是已经初步认识到了辨体对于诗法的重要性。

二、以阶、式、例、格、体、势论诗法

志、阶、式、例、势,这是唐代以前的诗歌理论家并不太常用的概念,但是,到了唐代,却经常出现在诗格类的诗学著作中。

在唐五代,人们为了总结诗歌创作的基本规律,让初学者尽快掌握有关要领和方法,采取类型化或模式化的方式,从各个方面总结出了许多诗歌创作的套路或类型,这就是在唐五代诗格著作中经常出现的阶、式、例、格、体、势等。人们总结出这些套路,就是让初学者尽快入门,掌握诗法,否则就要走许多弯路。

---

① 徐夤:《雅道机要》"叙体格"条,张伯伟撰:《全唐五代诗格汇考》,江苏古籍出版社,2002,第440—442页。

（一）阶、志

阶，其实就是类、类型或类别。这主要见于初唐时期的著作中。上官仪《笔札华梁》"八阶"条列出了学诗或作诗要注意的八阶："一咏物阶。二赠物阶。三述志阶。四写心阶。五返酬阶。六赞毁阶。七援寡阶。八和诗阶。"从这些分类来看，主要是从内容来着眼的。例如"述志阶"，上官仪所举的诗例是"有鸟异孤鸾，无群飞独漾。鹤戏逐轻风，起向三台上"和"丈夫怀慷慨，胆上涌波奔。只将三尺剑，决构一朱门"。[①] 可见，所谓述志，就是表达志向。

志，《笔札华梁》中有"六志"之名，但无其文。而无名氏的《文笔式》也有"六志"条，并有具体的文字。它所列出的六志，即"一曰直言志。二曰比附志。三曰寄怀志。四曰起赋志。五曰贬毁志。六曰赞誉志"。这是兼内容与手法而言的。例如比附志，就是"论体写状，寄物方形。意托斯间，流言彼处"，即通过比兴的手法来达到言在此而意在彼的效果。诗例如"离情弦上急，别曲雁边嘶。低云百种（千过）郁，重露几（千）行啼"。再如起赋志，"起赋志者，谓斥论古事，指列今词。模春秋之旧风，起笔札之新号。或指人为定，就迹行以题篇；或立事成规，造因由而遣笔。附申名况，托志流（浮）言"。诗例如《赋得鲁司寇诗》："隐见通荣辱，行藏备卷舒。避席谈曾子，趋庭诲伯鱼。"从作者的解释来看，就是写人写事，并暗藏褒贬。

（二）例

例，往往就是以举例的性质来说明方法。上官仪《笔札华梁》"七种言句例"，就列举了七种句式，也就是"一曰一言句例。二曰二言句例。三曰三言句例。四曰四言句例。五曰五言句例。六曰六言句例。七曰

[①] 上官仪:《笔札华梁》"八阶"条,张伯伟撰:《全唐五代诗格汇考》,江苏古籍出版社,2002,第57页。

七言句例"。就列举的是从一言句至七言句的各种句型。《文笔式》"句例"条则列举了三言句例、八言句例、九言句例、十言句例、十一言句例，也是就句型而言。

但是，到了后来，用例来说明方法的范围有了扩大。例如旧题王昌龄撰的《诗中密旨》中有"句有三例"云：一句见意，"股肱良哉"是也；两句见意，"关关雎鸠，在河之洲"；四句见意，"青青陵上柏，磊磊涧中石。人生天地间，犹如远行客。"就是举了三种类型的表达方式，一种是一句就清楚地表达了思想，一种是两句，一种是四句。这三种方式没有高下之分，但要说明的重点是有不同的表达方式。

皎然《诗议》有"诗有十五例"条，这十五例是："一、重叠用事之例。二、上句用事，下句以事成之例。三、立兴以意成之例。四、双立兴以意成之例。五、上句古，下句以即事偶之例。六、上句立意，下句以意成之例。七、上句体物，下句以状成之例。八、上句体时，下句以状成之例。九、上句用事，下句以意成之例。十、当句各以物色成之例。十一、立比以成之例。十二、覆意之例。十三、叠语之例。十四、避忌之例。十五、轻重错谬之例。"这十五例与旧题王昌龄撰的《诗中密旨》中的"诗有九格"条内容多有重复处，从中可见，皎然所说的"例"与王昌龄等人说到的体、势、格等一样，都是对作法方法套路化的总结。

（三）体、势、格

体、势、格，其实也是式，类似于武术中的招式或套路。势，这最早出现在王昌龄《诗格》卷上的"十七势"条中。王昌龄说：

诗有学古今势一十七种，具列如后：第一，直把入作势；第二，都商量入作势；第三，直树一句，第二句入作势；第四，直树两句，第三句入作势；第五，直树三句，第四句入作势；第六，比兴入作势；第七，谜比势；第八，下句拂上句势；第九，感兴势；第十，含思落句势；第十一，相分明势；第十

二,一句中分势;第十三,一句直比势;第十四,生杀回薄势;第十五,理入
景势;第十六,景入理势;第十七,心期落句势。①

　　这个"学"字,道出了王昌龄总结出这十七势的目的,意谓学习古今
诗人的诗歌创作,必须要掌握这十七种招式或套路。这十七势,涉及诗
歌创作时如何开篇,如何结尾,如何运用修辞手法,如何照顾上下句之间
的关系,如何处理情景关系等。

　　直把入作势,就是"若赋得一物,或自登山临水,有闲情作,或送别,
但以题目为定;依所题目,入头便直把是也"。也就是看准题目后,开头
就直奔主题。例如王昌龄自己的《寄骧州》诗开头便云:"与君远相知,不
道云海深。"又《见谴至伊水》诗云:"得罪由己招,本性易然诺。"又《题上
人房》诗云:"通经彼上人,无迹任勤苦。"这些作品一开头就紧扣题目,直
接入题。

　　都商量入作势,就是"每咏一物,或赋赠答寄人,皆以入头两句平商
量其道理,第三第四第五句入作是也"。即以议论开头,第三或第四、第
五句再切入正题。例如王昌龄《上同州使君伯》:"大贤奈孤立,有时起丝
纶。伯父自天禀,元功载生人。"前两句议论,第三句入题,所以是第三句
入作。又《上侍御七兄》云:"天人俟明略,益稷分尧心。利器必先举,非
贤安可任。吾兄执严宪,时佐能钩深。"前四句议论,第五句才切入正题,
所以这是第五句入作势。

　　直树一句,第二句入作势,就是"直树一句者,题目外直树一句景物
当时者,第二句始言题目意是也"。例如王昌龄《登城怀古》入头便云:
"林薮寒苍茫,登城遂怀古。"又《客舍秋霖呈席姨夫》云:"黄叶乱秋雨,
空斋愁暮心。"很明显,就是第一句写景,第二句切题。

　　直树两句,第三句入作势和直树三句,第四句入作势这两种类似于

────────────────

① 王昌龄:《诗格》卷上"十七势"条,张伯伟撰:《全唐五代诗格汇考》,江苏古籍出版社,2002,
　　第 151—152 页。

直树一句,第二句入作势,就是开头写景的句子从一句变为两句或三句,切入正题的句子便相应地变成了第三句或第四句。

比兴入作势,"遇物如本立文之意,便直树两三句物,然后以本意入作比兴是也"。例如王昌龄《赠李侍御》云:"青冥孤云去,终当暮归山。志士杖苦节,何时见龙颜?"前两句先言他物以作比兴,后两句切题。又云:"眇默客子魂,倏铄川上晖。还云惨知暮,九月仍未归。"前三句比兴,后一句切题。

谜比势者,"言今词人不悟有作者意"。例如,王昌龄《送李邕之秦》诗云:"别怨秦楚深,江中秋云起。(言别怨与秦、楚之深远也。别怨起自楚地,既别之后,恐长不见,或偶然而会,以此不定,如云起上腾于青冥,从风飘荡,不可复归其起处,或偶然而归尔。)天长梦无隔,月映在寒水。(虽天长,其梦不隔。夜中梦见。疑由相会,有如别,忽觉,乃各一方,互不相见,如月影在水,至曙,水月亦了不见矣)。"就是不直接点明,而是写得像谜一样含蓄。

下句拂上句势,就是"上句说意不快,以下句势拂之,令意通"。例如古诗:"夜闻木叶落,疑是洞庭秋。"王昌龄云:"微雨随云收,濛濛傍山去。"就是用下句来申说上句,使诗意更为明白显豁。

感兴势者,"人心至感,必有应说,物色万象,爽然有如感会"。如常建诗:"泠泠七弦遍,万木澄幽音。能使江月白,又令江水深。"王维《哭殷四》云:"泱漭寒郊外,萧条闻哭声。愁云为苍茫,飞鸟不能鸣。"显然指的是外物被人的情绪、行为所感染、感动,也就是今天我们所说的移情或拟人。

含思落句势者,"每至落句,常须含思;不得令语尽思穷;或深意堪愁,不可具说。即上句为意语,下句以一景物堪愁,与深意相惬便道。仍须意出成感人始好"。所谓落句,指的是诗的结尾。就是要求结尾要含蓄有味,不能语尽意终。最常见的办法是用写景句来作结。如王昌龄《送别》诗云:"醉后不能语,乡山雨纷纷。"又"日夕辨灵药,空山松桂香"。

相分明势者,"凡作语皆须令意出,一览其文,至于景象,恍然有如目击。若上句说事未出,以下一句助之,令分明出其意也"。这显然指的是上下句的关系,两句互相说明,如上句没有说清、说透,则用下句来补充说明,使意思表达得更为充分。如李湛诗云:"云归石壁尽,月照霜林清。"崔曙诗云:"田家收已尽,苍苍唯白茅。"这类似于下句拂上句势。

一句中分势和一句直比势,都是从一句诗的特点来着眼的。一句中分势,王昌龄没有作出解释,只举了诗例"海净月色真"。从诗例可见,"月色真"是果,"海净"是因。显然,这指的是一句分为两层意思,前是因,后是果。王昌龄对一句直比势也没有作出解释,也只是举了诗例"相思河水流"。从诗例可见,这指的是一句中就完成了比喻。

生杀回薄势者,"前说意悲凉,后以推命破之;前说世路伶俜荣宠,后以至空之理破之入道是也"。从王昌龄的解释来看,就是如果前面表达悲凉之情,后面表现不信命运之意,与前面相反。如果前面表达荣华富贵,后面则以空无思想作结。总而言之,就是要在立意上前后有较大的反差,造成跌宕。

理入景势和景入理势讨论的是情与景的关系。理入景势,"理入景势者,诗不可一向把理,皆须入景,语始清味。理欲入景势,皆须引理语入一地及居处,所在便论之,其景与理不相惬,理通无味"。就是说不要在诗中一味地说理抒情,而要与描写某一具体的场景结合。如王昌龄诗云:"时与醉林壑,因之堕农桑。槐烟渐含夜,楼月深苍茫。"前二句抒情,后二句就写景。而"景入理势者,诗一向言意,则不清及无味;一向言景,亦无味。事须景与意相兼始好。凡景语入理语,皆须相惬,当收意紧,不可正言。景语势收之便论理语,无相管摄。方今人皆不作意,慎之。"这是强调不能一味地写景,必须与抒情结合。例如王昌龄诗"桑叶下墟落,鹍鸡鸣渚田。物情每衰极,吾道方渊然"。前二句写景,后两句抒情。

心期落句势者,"心有所期是也"。也就是通过动作行为的描写表达期待之情。例如王昌龄诗:"青桂花未吐,江中独鸣琴。"王昌龄或其他人的解释是:"言青桂花吐之时,期得相见;花既未吐,即未相见,所以江中独鸣琴。"又诗云:"还舟望炎海,楚叶下秋水。"王昌龄或其他人的解释是:"言至秋方始还。此送友人之安南也。"①

在这十七势之外,王昌龄在"论文意"中按照这种思路还总结出了其他的套路或方法。如"夫诗,入头即论其意。意尽则肚宽,肚宽则诗得容预,物色乱下。至尾则却收前意。节节仍须有分付"。"夫诗,一句即须见其地居处。如'孟春草木长,绕屋树扶疏。众鸟欣有托,吾亦爱吾庐'。若空言物色,则虽好而无味,必须安立其身。""诗头皆须造意,意须紧,然后纵横变转。如'相逢楚水寒',送人必言其所矣。""诗有无头尾之体。凡诗头,或以物色为头,或以身为头,或以身意为头,百般无定。任意以兴来安稳,即任为诗头也。""凡诗,两句即须团却意,句句必须有底盖相承,翻覆而用。四句之中,皆须团意上道,必须断其小大,使人事不错。""诗有上句言物色,下句更重拂之体。如'夜闻木叶落,疑是洞庭秋','旷野饶悲风,飕飕黄蒿草'是其例也。""诗有上句言意,下句言状;上句言状,下句言意。如'昏旦变气候,山水含清晖','蝉鸣空桑林,八月萧关道'是也。""凡诗,物色兼意下为好。若有物色,无意兴,虽巧亦无处用之。如'竹声先知秋',此名兼也。""诗有意阔心远,以小纳大之体。如'振衣千仞岗,濯足万里流'。古诗直言其事,不相映带,此实高也。相映带诗云:'响如鬼必附物而来','天籁万物性,地籁万物声'。"②这些说法虽然大多没有以"势"命名,但实际上都是王昌龄总结出来的诗歌创作的套路或方法。其中甚至有些与"十七势"是相同的,例如"诗有上句言物色,下句更重拂之体。如'夜闻木叶落,疑是洞庭秋','旷野饶悲风,飕飕黄蒿草'是其例也",与"十七势"中的"下句拂上句势"说法基本相同,所

---

① 王昌龄:《诗格》卷上"十七势"条,张伯伟撰:《全唐五代诗格汇考》,江苏古籍出版社,2002,第152—158页。

② 王昌龄:《诗格》卷上"论文意"条,张伯伟撰:《全唐五代诗格汇考》,江苏古籍出版社,2002,第160—168页。

举的诗例"夜闻木叶落,疑是洞庭秋"也一样。

体,与势类似。在《诗格》的"起首入兴体十四"中,王昌龄又总结出
了另外十四种套路或方法,即:"一曰感时入兴。二曰引古入兴。三曰犯
势入兴。四曰先衣带,后叙事入兴。五曰先叙事,后衣带入兴。六曰叙
事入兴。七曰直入比兴。八曰直入兴。九曰托兴入兴。十曰把情入兴。
十一曰把声入兴。十二曰景物入兴。十三曰景物兼意入兴。十四曰怨
调入兴。"①从"起首"来看,显然讨论的是诗歌创作如何开头的问题,王
昌龄还是像"十七势"那样,在研究古今大量诗作的基础上,结合自己的
创作体会,采取归纳总结的方式,列举出了十四种方法。对于这十四种
方法,王昌龄非常重视,说"已上凡十四体,皆本意极处"。王昌龄在这十
四体中,集中研究了诗的开头,将如何开头作为一个专题来研究,并归纳
总结出十四种方法,这也是前无古人的。

在"常用体十四"条中,王昌龄又有这样的说法:"一曰藏锋体。二曰
曲存体。三曰立节体。四曰褒贬体。五曰赋体。六曰问益体。七曰象
外语体。八曰象外比体。九曰理入景体。十曰景入理体。十一曰紧体。
十二曰因小用大体。十三曰诗辨歌体。十四曰一四团句体。"②这同样是
与"十七势"类似的做法,其中有些名目与"十七势"中的某些名目完全
相同,例如理入景体、景入理体,只不过一用"势",一用"体"来表述而
已,由此也可见,王昌龄所说的"势"实际上就是体。这十四体也涉及诗
歌创作的各种技法。例如,藏锋体,就是"不言愁而愁自见也",诗例如刘
休玄诗:"堂上流尘生,庭中绿草滋。"显然指暗示而不直言。曲存体,就
是"直叙其事而美之也"。诗例如王粲诗:"朝入谯郡界,旷然销人忧。"
这与藏锋体相对,指的是直接抒情。一四团句体,"此上节一字,下节四
字"。诗例如谢灵运诗:"游当罗浮行,息必庐霍期。"这又指节奏及诗意

---

① 王昌龄:《诗格》卷下"起首入兴体十四"条,张伯伟撰:《全唐五代诗格汇考》,江苏古籍出版
　社,2002,第173页。
② 王昌龄:《诗格》卷下"常用体十四"条,张伯伟撰:《全唐五代诗格汇考》,江苏古籍出版社,
　2002,第177页。

而言。就是游就应当罗游行,息就应当庐霍期。从节奏来说,"游"字是一顿,"当罗浮行"是一顿;"息"是一顿,"必庐霍期"是一顿。显然,这十四体与十七势、起首入兴体十四有相同处,而更多的是不同。

而"落句体七"则专门讨论的是如何结尾的方式。这七体是:"一曰言志。二曰劝勉。三曰引古。四曰含思。五曰叹美。六曰抱比。七曰怨调。"从名目来看,显然都是指内容而言的,就是用这七种内容来作为诗的结尾。例如言志,就是以言志作结,例如陶渊明诗:"养真衡茅下,庶以善自名。"这样的作结就是"志在闲雅也"。范彦龙(范云)诗:"岂知鹡鸰者,一粒有余赀。"这一结尾是"志在知足也"。劝勉,例如古诗:"弃捐勿复道,勉力加餐饭。"就是"此义取自保爱也"。在唐代就总结出七种类型的结尾,这也是前无古人的创造。

除此之外,还有"诗有六式""诗有六贵例"等也具有总结方法的性质,也是强调初学者创作中需要注意的各种套路。

由上可知,王昌龄的这"十七势""起首入兴体十四""常用体十四""落句体七",以及在"论文意"中总结出来的套路与方法,涉及了诗歌创作的普遍存在的问题。他不仅归纳出了多种套路或方法,而且对于每一种套路或方法的特点,以及要注意的问题,甚至可能出现问题的原因等,都作了具体的说明,还举了大量他自己或他人的诗歌为例,这无疑是王昌龄多年从事诗歌创作的心得体会,对于初学者来说,具有很强的指导意义。如果说刘勰的《文心雕龙》多是从宏观的角度来讨论文学创作的各种技法的话,王昌龄的这些套路与方法则是从微观或中观的角度为诗歌创作的初学者提供了切实可行的路径。涉及面之广泛,论述之具体,指导性之强,是前无古人的。

格,与体、势类似,也是作诗的各种套路与方法。旧题王昌龄撰的《诗中密旨》中有"诗有九格"条:"一曰重叠用事格。二曰上句立兴,下句是意格。三曰上句立兴,下句是比格。四曰上句体物,下句状成格。五曰上句体时,下句状成格。六曰上句体事,下句意成格。七曰句中比

物成意格。八曰句中叠语格。九曰句中轻重错谬格。"①这九格,其实与
王昌龄所说的"十七势""常用体十四"等,除了具体的条目和内容不同
之外,从方式与方法来说,并无本质的区别,都是归纳出来的各种套路或
技法。例如重叠用事格,就是上句用典,下句也用典,如"净宫连薄望,香
刹对承华"。再如上句体物,下句状成格,如"朔风吹飞雪,萧萧江上来"。
就是上句描写景物,下句顺着上句的意思作补充说明。这类似于王昌龄
"十七势"中的"下句拂上句势"。

　　阶、式、例、格、体、势等,其本质就是唐人在前人的基础上总结出来
的各种诗歌创作的套路与方法,它所涉及的内容主要是诗歌的句法与章
法。他们所做的这些工作,都是前人从来未曾做过的。虽然繁琐,有的
也失之浅俗,但是,从研究的角度来看,却又说明了唐人对于诗法的分析
已经越来越细密,也越来越深入了。这对于一般的初学者来说,是具有
很强的指导意义的。从另一个角度来看,唐代理论家所做的这些努力,
实际上是在探讨用类型化的方式来研究诗歌写作的规律性,以便初学者
快速掌握有关方法。这实际上开启了后世诗歌句法,尤其是章法类型化
研究模式的新路,其意义是巨大的。

　　唐代诗法研究的势、格、例之类的说法,或许与中国古代的书法研究
与教学有关。中国古代书法在其发展过程中,其法的意识的出现要比诗
歌早得多。早在东汉时,就有了崔瑗的《草书势》、蔡邕的《九势》(又作
《九势八字诀》),"势"就成了论书的常用语。从"势"的含义来说,主要
有二:一为内在的力度或趋势,着重于动。二为外在的字形。如蔡邕《九
势》所说的"势来不可止,势去不可遏","凡落笔结字,上皆覆下,下以承
上,使其形势递相映带,无使势背"。后人往往就从字形、用笔等来总结
书法的规律与方法。例如,据传为卫夫人所作的《笔阵图》,关于横的写
法是"如千里阵云",点的写法是"如高峰坠石",竖的写法是"如万岁枯

---

① 旧题王昌龄撰:《诗中密旨》"诗有九格"条,张伯伟撰:《全唐五代诗格汇考》,江苏古籍出版
　社,2002,第196页。

藤",捺的写法是"如崩浪雷奔"。而在唐代的诗法研究中,"势"也有两义,也是指内外而言。内指诗的力度、力道,外指规则、方法、形式。如《雅道机要》"明势含升降"条就说:"势者,诗之力也。如物有势,即无往无不克。此道隐其间,作者明然可见。"这明确地指出势是指诗的内在力量。那么,内在的力量如何体现出来呢?必须通过一定的形式,就如书法的字形。《雅道机要》所列出的洪河侧掌势、丹凤衔珠势、孤雁失群势、猛虎跳涧势、云雾绕山势、龙凤交吟势、孤峰直起势、猛虎踞林势,就是指诗句的各种形式,相当于书法的字形。其命名方式与《笔阵图》对笔画的命名方式何其相似!欧阳询的《三十六法》专论字的形体结构,总结出了排叠、避就、顶戴、穿插、向背、偏侧、挑拥、相让、补空、覆盖、贴零、粘合、捷速、满不要虚、意连、覆冒、垂曳、借换、增减、应副、撑拄、朝揖、救应、附丽、回抱等三十六种字形的写法。这实际上采取的是以类型化的方式来总结汉字的写法,以三十六法应对成千上万的汉字书写。这种思路与方法,很可能给唐代诗论家以直接的启发。中国古代诗法的研究与中国古代书法研究之间有非常密切的关系,这种关系,或许从唐代就已经开始。

第四节　关于章法、字法的研究

在唐五代诗格著作中,已初步涉及诗歌的章法问题了。元代旧题范德机(范梈)所作的《木天禁语》"七言律诗篇法"条云:"唐人李淑,有《诗苑》一书,今世罕传。所述篇法,止有六格,不能尽律诗之变态。今广为十三,檃括无遗。"①这就说明,李淑在《诗苑》中就列出了六种章法。然而,遗憾的是,《诗苑》一书已佚,《木天禁语》中所列的十三格,也不知其中哪六格是李淑所作。无名氏《文笔式》"论体"云:"建其首,则思下辞而可承;陈其末,则寻上义不相犯;举其中,则先后须相附依;此其大指也。"提出了笼统的章法原则。无名氏《诗式》"六犯"之第五犯"杂乱"就

---

① 也有学者认为李淑是宋人。

是:"凡诗发首诚难,落句不易。或有制者,应作诗头,勒为诗尾;应可施后,翻使居前,故曰杂乱。"这是从病犯的角度来论章法错乱。本应在开头,结果却放在了后面,形成了首尾倒置的问题。例如,无名氏《诗式》在谈到这一问题时所举的诗例《忆友诗》:"思君不可见,徒令年鬓秋。独惊积寒暑,迢遛阻风牛。粤余慕樵隐,萧然重一丘。"[1]这首诗中的首联"思君不可见,徒令年鬓秋"作为尾联更为合适,而尾联的"粤余慕樵隐,萧然重一丘"则作为首联效果更好。因为有这样的问题,所以是杂乱之作。

尽管有了多种探讨,但关于章法的研究,唐五代已经开始表现出了比较明显的类型化和格式化的尝试,并取得了一些值得注意的成果,其中最突出的是三分论与四分论的确立。关于字法,虽然不是论述的重点,但也有不少成果。

一、章法研究

唐代之前,已有章法研究,唐代则更为详细全面。宋代陈骙《文则》"己"第七条引孔颖达语云:《诗》章之法,不常厥体。或重章共述一事,或一事叠为数章,或初同而末异,或首异而末同"云云,这可以视为对章法的探讨。只是由于各种原因,这种论述较少,更多的则是以下几种情况:

(一) 三分论

王昌龄《诗格》卷上"论文意"条有"夫诗,入头即论其意。意尽则肚宽,肚宽则诗得容预,物色乱下。至尾则却收前意。节节仍须有分付"[2]。这应当是较早论述诗歌创作的章法问题的看法。在这段话中,王昌龄采

---

① 佚名:《诗式》"六犯"条,张伯伟撰:《全唐五代诗格汇考》,江苏古籍出版社,2002,第126页。
② 王昌龄:《诗格》卷上"论文意"条,张伯伟撰:《全唐五代诗格汇考》,江苏古籍出版社,2002,第162页。

用拟动物的方式,明确地将诗分为头、肚、尾三个部分,认为这就是一般诗歌的基本组成单元。王昌龄对各个部分的写法提出了自己的看法,从诗歌作法来说,认为最好就开门见山,将思想、情感表达清楚,这样,中间几联表现的空间就比较大,表现的内容就比较丰富。到了结尾再呼应前几联所表现的内容,使各节在统一的布置下,形成一个整体,都能发挥其应有的作用。王昌龄用动物的身体构造来分析诗歌的结构,将其分为头、肚、尾,这可能是中国古代诗学史上的第一人。

(二)四分论

旧题为白居易撰的《金针诗格》云:"第一联谓之'破题',欲如狂风卷浪,势欲滔天。又如海鸥风急,鸾凤倾巢,浪拍禹门,蛟龙失穴。第二联谓之'颔联',欲似骊龙之珠,善抱而不脱也。亦谓之'撼联'者,言其雄赡遒劲,能掉阖天地,动摇星辰也。第三联谓之'警联',欲似疾雷破山,观者骇愕,搜索幽隐,哭泣鬼神。第四联谓之"落句",欲如高山放石,一去不回。"①在这一段话中,非常明确地指出了律诗四联的具体名称,并对各联的写法提出了说明。其中值得注意的是,它将律诗八句明确地分为破题、颔联(撼联)、警联、落句四个部分,各联的名称已大部分与后世相同。而对落句的写作要求是"如高山放石,一去不回",这是异于一般诗法学著作的。所以宋代杨万里在《诚斋诗话》中就批评道:"《金针法》云:'八句律诗,落句要如高山转石,一去无回。'予以为不然。诗已尽而味方永,乃善之善也。"

徐寅《雅道机要》"叙句度"条云:"凡为诗者,须分句度去著:或语,或句;或含景语,或一句一景,或句中语;或破题,或颔联,或腹中,或断句;皆有势向不同。"然后对各联提出了具体的写法:"破题。构物象,语带容易,势须紧险。""颔联。为一篇之眼目。句须寥廓古淡,势须高举飞

---

① 旧题白居易:《金针诗格》"补遗"条,张伯伟撰:《全唐五代诗格汇考》,江苏古籍出版社,2002,第359—360页。

动,意须通贯,字须仔细裁剪。""腹中。句势须平律细腻,语似抛郑,意不疏脱。""断句。势须快速,以一意贯两意。或背断,或正断。须有不尽之意堆积于后,脉脉有意。"并举出例子来说明各联,特别是对断句,举了正断、背断、诗断三种不同的类型。①

王叡《炙毂子诗格》"一篇血脉条贯体"条云:"李太尉诗云:'远谪南荒一病身,停舟暂吊汨罗人。'此诗首一句发语,次一句承上吊屈原。'都缘蕲尚图专国,岂是怀王厌直臣。'此二句为颔下语,用为吊汨罗之言。'万里碧潭秋景静,四时愁色野花新。'此腹内二句,取江畔景象。'不劳渔父重相问,自有招魂拭泪巾。'此二句为断章,虽外取之,不失此章之旨。"②这是对李德裕的名诗《汨罗》的分析。这一段话值得注意,它已经将一首诗的篇章结构比较明确地分为首、颔下、腹内、断章四个部分,这相对于王昌龄的头、肚、尾三分法有了进步,接近于《金针诗格》,而且在具体的称呼上,首、颔、断这三者已与后世的称呼相一致。但是,这一说法还是存在问题的,即没有将"远谪南荒一病身,停舟暂吊汨罗人"视为一个整体,而是分开来分析,认为是"此诗首一句发语,次一句承上吊屈原",没有明确哪一句是诗的首或头。

五代僧神彧的《诗格》对王昌龄、白居易和王叡的说法又推进了一步。此书以论章法为主,非常明确地提出了律诗的破题、颔联、诗腹(颈联)、诗尾(断句、落句)四分法,并且对每一联的具体写法分别作了详细的论述。如论破题,认为"诗有五种破题:一曰就题,二曰直致,三曰离题,四曰粘题,五曰入玄"。对这五种破题的具体方法也举例加以说明。论颔联,则认为"诗有颔联,亦名束题,束尽一篇之意。其意有四到:一曰句到意不到,二曰意到句不到,三曰意句俱到,四曰意句俱不到"。论诗腹:"诗之中腹,亦云颈联,与颔联相应,不得错用。"论诗尾,则是"诗之结

---

① 徐夤:《雅道机要》"叙句度"条,张伯伟撰:《全唐五代诗格汇考》,江苏古籍出版社,2002,第442—444页。
② 王叡:《炙毂子诗格》"一篇血脉条贯体"条,张伯伟撰:《全唐五代诗格汇考》,江苏古籍出版社,2002,第389页。

尾,亦云断句,亦云落句,须含蓄旨趣"。① 对每一联的写法提出了具体的要求和应当注意的问题。神彧又在此书的"论诗势"条中说:"《贻潜溪隐者》诗:'高情同四皓,高卧翠萝间。'此破题,是龙潜巨浸势也。'大国已如镜,先生犹恋山。'此颔联,是龙行虎步势也。'钓矶苔色老,庭树鸟声闲。'此颈联,是惊鸿背飞势也。'未省开三径,何人得往还。'此断句,是狮子返掷势也。观此一诗,凡具四势,其他可以类推矣。"②对章法的分析,完全依照破题、颔联、颈联、断句来分析,只不过结合了诗势的运用。可见,到了五代神彧手里时,唐五代对律诗章法分析的基本构架和要求就已经确定了。

二、字(词)法研究

唐人对字(词)法研究还不普遍,但已开始涉及。崔融《唐朝新定诗格》"文病"中第六病"相滥病"、第七病"涉俗病"均与用字(词)有关。"相滥病"就是"形体""涂道""沟淖""淖泥""巷陌"及"树木""枝条""山河""水石""冠帽""襦衣"这样的词汇随便滥用。"涉俗病"就是用流俗词汇。例如"渭滨迎宰相"这样的诗句中,"宰相"一词就是"涉俗流之语",因此是病。这实际上是反对滥用熟字(词)和俗字(词)。

王昌龄《诗格》"论文意"云:"夫用字有数般:有轻,有重,有重中轻,有轻中重;有虽重浊可用者,有轻清不可用者。事须细律之,若用重字,即以轻字拂之,便快也。"这完全是从字的声音来着眼,将用字分为轻、重、重中轻、轻中重。并且认为,有的字,虽然"重浊",但仍然可用;有的字,虽然"轻清",但仍不可用,必须认真斟酌考量。当用重字时,就要用轻字来与它相配,以便达到"快"的效果。他还说:"夫作诗用字之法,各有数般:一敌体用字,二同体用字,三释训用字,四直用字。"作诗用字分

---

① 神彧:《诗格》,张伯伟撰:《全唐五代诗格汇考》,江苏古籍出版社,2002,第488—492页。
② 神彧:《诗格》,张伯伟撰:《全唐五代诗格汇考》,江苏古籍出版社,2002,第494页。

为四种类型。对于这四种类型的用字,王昌龄并未作具体的解释,依字面理解,"敌体"可能指不同的诗体,似乎与"同体"相对;"释训用字",或许是与"直用"相对,指需要经过注释的难字、生字。这四类,前两类是就诗体不同谈用字,意谓在不同的诗体中,要运用不同的字;后两类是就字本身的难易而言。王昌龄说:"但解作诗,一切文章,皆如此法。若相闻书题、碑文、墓志、赦书、露布、笺、章、表、奏、启、策、檄、铭、诔、诏、诰、辞、牒、判,一同此法。"这就是说,不管是诗还是其他文体,都必须遵守此四类用字之法。文体有异,但用字之法无异。然后,王昌龄又回到了字的声音上了:"今世间之人,或识清而不知浊,或识浊而不知清。若以清为韵,余尽须用清;若以浊为韵,余尽须浊;若清浊相和,名为落韵。"认为认识清楚字之清浊是必要的,否则会产生严重的后果。具体落实到用韵上,一首诗的韵脚就必须全部是清音或浊音,不能清浊相混。

　　为什么王昌龄如此重视字的清浊?这是由于他认为清浊对于诗歌创作有决定意义。他说:"凡文章体例,不解清浊规矩,造次不得制作。制作不依此法,纵令合理,所作千篇,不堪施用。但比来潘郎,纵解文章,复不闲清浊,纵解清浊,又不解文章。若解此法,即是文章之士。为若不用此法,声名难得。"(《诗格》"论文意")认为懂得字之清浊,对于诗人来说,具有决定的意义,它是进行文章写作的基本前提,懂得此法,才能算文章之士。否则,就是写出千篇文章,也无多大价值,也不可能在文坛上有多好的名声。

　　由上可见,王昌龄论用字,着眼点在声音而非一般意义上的用字。这与后世字法论是颇有不同的。除此之外,王昌龄也重视句眼。《诗格》卷下"诗有五用例"第一例就讨论的是用字。他说:"用事不如用字也。"并认为古诗"秋草萋已绿"、郭璞"潜波涣鳞起"这两句诗中的"萋"字、"涣"字就是用字用得好的典范,远比用事强。这显然是从含义的丰富性及用字的生动性、形象性着眼的。

　　皎然则在其《诗议》"论文意"中有这样的论述:

至如"渡头""浦口","水面""波心",是俗对也。上句"青",下句"绿",上句"爱",下句"怜",下对也。"青山满蜀道,绿水向荆州",语丽而掩暇也。句中多著"映带""傍佯"等语,熟字也。"制锦""一同""仙尉""黄绶",熟名也。"溪潺""水隈""山脊""山肋",俗名也。"若""个""占""剩",俗字也。俗有二种:一鄙俚俗,取例可知;二古今相传俗,诗曰:"小妇无所作,挟瑟上高堂"之类是也。又如送别诗,"山"字之中,必有"离颜";"溪"字之中,必有"解携";"送"字之中,必有"渡头"字;"来"字之中,必有"悠哉"……剖宋玉俗辩之能,废东方不雅之说,始可议其文也。①

在这段论述中,皎然着重要说明的是字(词)有雅俗之别。在他看来,不管是熟,还是俗,终归还是俗。那些用得烂熟的字词以及鄙俚的字词,出现在诗中就不可能有太好的效果。因此,分清字词的雅与俗,对于诗歌创作来说是十分必要的。皎然关于字词的雅俗之辨,从另一个角度强调了用字必须有讲究,作诗用字讲雅俗。皎然还对那些作诗动不动就引古词、古语的作法嗤之以鼻,认为:"或引全章,或插一句,以古人相黏二字、三字为力,厕丽玉于瓦石,殖芳芷于败兰,纵善亦他人之眉目,非己之功也,况不善乎?"一些人描写孤竹就用"冉冉",描写杨柳就用"依依",完全成了习惯,这实在是可笑的。这可以看出皎然对动辄用古词、古语的态度。

徐衍《风骚要式》"琢磨门"云:"夫用文字,要清浊相半。言虽容易,理必求险。句忌凡俗。意便质厚。"这一说法似乎将王昌龄和皎然的观点融合在一起,不能算是独立的见解。

唐人的这些研究,初步涉及了用字的一些重要问题,对于后世是有启发作用的。

---

① 皎然:《诗议》"论文意",张伯伟撰:《全唐五代诗格汇考》,江苏古籍出版社,2002,第206页。

第五节 对诗的各体、各部分、上下句、各联作法的研究

唐人在章法、字法之外,由于已开始具备辨体意识,于是研究探讨不同诗体的作法。而随着律诗的兴起,联对于律诗具有极为重要的意义。对于古体诗而言,上下两句往往是一个相对独立的单元,其作法也非常重要。于是,研究和探讨上下句以及各联的作法也开始出现。

一、对各体诗法的研究

所谓各体诗法,指的是各种体裁、各种题材、各种风格的诗歌作法。唐人已有一定的辨体意识。无名氏的《文笔式》"论体"中就有"词人之作也,先看文之大体,随而用心"的话,强调了风格与文体的差异。崔融《唐朝新定诗格》"十体"就列出了形似体、质气体、情理体、直置体、雕藻体、映带体、飞动体、婉转体、九清切体、菁华体这十种诗歌风格。

皎然《诗议》"论文意"云:"夫诗有三四五六七言之别,今可略而叙之。三言始于《虞典》《元首之歌》;四言本《国风》,流于夏世,传至韦孟,其文始具;六言散在《骚》《雅》;七言萌于汉。五言之作,《召南·行露》已有滥觞。汉武帝时,屡见全什,非本李少卿也。以上略同古人。"指出了诗歌有三言、四言、五言、六言、七言的区别,然后再阐述各体的起源与发展,尤其是重点论述了五言的发展与流变。虽然重点在阐述各体的起源与流变,还不算严格意义上的辨体,但已具备初步的辨体意识了,这对于刚刚从文笔之辨中苏醒过来的唐人来说,已是难能可贵的了。

王昌龄《诗格》卷上"论文意"中,对览古、咏史、杂诗、乐府、咏怀、古意、寓言七类诗进行了辨识,虽然将内容与体裁混合在一起,但分别指出了其各自在内容和形式上的特点。又说:"夫文章之体,五言最难。"从创作难易的角度对五言与其他诗体作区别,辨体的意识已非常明显了。齐

己《风骚旨格》"诗有四十门",即皇道、始终、悲喜、隐显、惆怅、道情、得意、背时、正风、返顾等,将诗的内容分为四十类。徐寅《雅道机要》中有"明门户差别"条,徐寅所说的"门户",其实就是诗的各种内容,即隐显、惆怅、道情、得意、背时、正风、返本、贞孝、薄情、忠贞等,共28门,这显然是对齐己《风骚旨格》"诗有四十门"的简化,但是他特别强调了"门者,诗之所通也。如人门户,未有出入不由者也"。但他也只是举例,并未指出具体的写法以及应当注意的问题。《雅道机要》中还有"明体裁变通"条,指出诗有高古体、清奇体、远近体、双分体、背分体、无虚体、覆妆体、开阖体、是时体、贞洁体共十种风格与手法,并强调"体者诗之象,如人之体象,须使形神丰备,不露风骨,斯为妙手矣"。但对各体如何写也不作说明。

唐人虽然早就有了初步的辨体意识,但是,对于各体诗不同作法的研究,却是很晚才出现。在现存的资料中,初盛中唐的理论家和诗人,似乎均没有对不同体裁、不同风格、不同题材的诗如何写,提出完整的看法。直到晚唐的徐寅《雅道机要》才有了这一方面的内容。在《雅道机要》中有"明意包内外"条,徐寅首先指出:"内外之意,诗之最密也。苟失其辙,则如人去足,如车去轮,其何以行之哉?"认为内外之意是诗中最要紧的,如果不弄清这一问题,就寸步难行。他举了赠人、送人、题牡丹、花落、鹧鸪、闻蝉这六种题材的诗在写作时应当注意的内外之意的问题。例如赠人这样的题材,在写作时,就要"外意须言前人德业,内意须言皇道明时"。如"夜闲同象寂,昼定为吾开"。又如题牡丹这样的诗,"外意须言美艳香盛,内意须言君子时会"。如"开处百花应有愧,盛时群眼恨无言"。由此可见,徐寅所谓的"内外之意",实际上指的是诗的表面与诗内在的精神实质。质言之,就是要求诗在写作这六类题材时,文字、意象等表层要写得优美,更重要的是要有深刻的充满正能量的内在精神。这就从内外意的角度,强调这六种题材如何写的问题。

徐寅的这一论述虽然简略粗糙,但从诗法学的角度来说,是具有十

分重要的意义的,可以说,他开启了按题材来论作法的先风。这种区别
不同体而论作法的做法,是元明清理论家最常见的行为。所以,徐寅可
以说在无意之中打开了这一道大门。而且徐寅还在"叙体格"条中说:
"凡为诗者,先须识体格。未论古风,且约五七言律诗,惟阆仙真作者矣。
辞体若淡,理道深奥,不失讽咏,语多兴味,惟知前项十一不则得之矣。"
徐寅在这里所说的"体格",似乎是指风格兼体裁,因为他说到了"未论古
风,且约五七言律诗",这是论体裁;但他又说到了贾岛"辞体若淡,理道
深奥",又是指风格而言。而且这一条中所列举的时态句、繁杂句、质朴
句、沉静句、细碎句等,都是讨论风格。

　　徐寅这段话最值得注意的是他提出了"凡为诗者,先须识体格"这样
的观点,这与上文提到的《文笔式》中"词人之作也,先看文之大体,随而
用心"有类似之处,这开启了宋人"文章以体制为先,精工次之"(倪思)
"论文章先体制而后工拙"(王安石)的观念。

　　徐衍《风骚要式》中有"创意门"云:"美颂不可情奢,情奢则轻浮见
矣;讽刺不可怒张,怒张则筋骨露矣。"特别举出美颂与讽刺两类主题的
诗的写法或要注意的问题。美颂要防止情奢,也就是要防止过度颂扬,
不然会造成轻浮的问题;讽刺则不可过度愤激,过度愤激就失去了含蓄。
这也是从内容类别的角度强调写法。

　　唐人对于辨体虽有一定的认识,但由上可见,他们对于各体的具体
写法是研究不足的,这也是唐代诗法学的一大缺憾。之所以不足,这与
唐人"体"的意识还不够强有关。李白说"寄兴深微,五言不如四言,七言
又其靡也"(《本事诗》"高逸第三"),这是从"寄兴深微"的角度来说的,
说明他已意识到不同的诗体,其艺术效果或功能是不同的。但除此之
外,他并没有在别的方面太多强调四言、五言与七言之间的区别。相反,
他的七言律诗往往是律古合一,律中有古的。例如他的大名鼎鼎的《鹦
鹉洲》的前两联就不合律。这一方面可能如清人赵翼所云,李白此时七

言律诗本身尚未完全成熟①,另一方面也未尝不可以视为唐人并未严格区分古体与律体。从内容和风格这两方面而言,唐人当然对此肯定是有一定的认识的,但也远未像后世那样精微细密,因此,在作法上也就不可能加以细分了。

二、对诗的各部分、上下句、各联作法的研究

每首诗由开头、中间、结尾组成,也可以认为是由各句组成,律诗则由各联组成,各部分、各句、各联写得如何,这对于一首诗来说,是至关重要的。对此唐人进行了较深入的探讨。

对于各部分的写法,王昌龄《诗格》卷上"十七势"中的前六势,都是在讨论诗如何入题,也就是诗的第一、二句及三、四句的写法。如第一势"直把入作势"就是"若赋得一物,或自登山临水,有闲情作,或送别,但以题目为定;依所题,入头便直把是也"。也就是第一二句就开门见山,直接入题。再如第二势"都商量入作势",便是"每咏一物,或赋赠答寄人,皆以入头两句平商量其道理,第三第四第五句入作是也"。这就是认为入头两句先议论,第三、第四、第五句再点明题目。这是从点题的角度讨论各句的写法。王昌龄又在《诗格》"论文意"条中说:"夫诗,入头即论其意。意尽则肚宽,肚宽则诗得容预,物色乱下。至尾则却收前意。节节仍须有分付。"将诗分为头、肚、尾,对各部分的写法提出了具体的要求,并且提出了对全诗的整体写作要求,即"节节仍须有分付",也就是

---

① 赵翼《瓯北诗话》卷十二"七言律诗":"就有唐而论,其始也,尚多习用古诗,不乐束缚于规行矩步中,即用律亦多五言,而七言犹少,七言亦多绝句,而律诗尚少。故李太白集七律仅三首,孟浩然集七律仅二首,尚不专以此见长也。自高、岑、王、杜等《早朝》诸作,敲金戛玉,研练精切。杜寄高、岑诗,所谓'遥知属对忙',可见是时求工律体也。格式既定,更如一朝令甲,莫不就其范围。然犹多写景,而未及于指事言情,引用典故。少陵以穷愁寂寞之身,借诗遣日,于是七律益尽其变,不惟写景,兼复言情,不惟言情,兼复使典,七律之蹊径,至是益大开。其后刘长卿、李义山、温飞卿诸人,愈工雕琢,尽其才于五十六字中,而七律遂为高下通行之具,如日用饮食之不可离矣。"

头、肚、尾三部分内容清楚,功能各异,各有承担。王昌龄似乎对诗头特别重视,对此,他在"论文意"中作了专门的强调,认为"诗头皆须造意,意须紧,然后纵横变转。如'相逢楚水寒',送人必言其所矣"。首先是强调了"皆须造意,意须紧",然后再强调"纵横变转"。也就是首先紧跟题目,点明题意之后再作纵横变化。"相逢楚水寒"好就好在一开头就点明了送人的地点。他又说:"凡诗头,或以物色为头,或以身为头,或以身意为头,百般无定。任意以兴来安稳,即任为诗头也。"这是从内容的角度讨论诗头如何写的问题,在他看来,无论内容上怎样写,都要灵活多变,完整准确地表达诗人的思想情感。

王昌龄对于落句,即诗的结尾的写法也非常重视,他在《诗格》卷下"落句体七"中,列出了言志、劝勉、引古、含思、叹美、抱比、怨调七种落句类型,这七种类型都是从内容的角度着眼的,它们各有不同,也各有特点。例如,陶渊明的"养真衡茅下,庶以善自名"是其《辛丑岁七月赴假还江陵夜行涂口》的结尾,是"志在闲雅也",所以是言志。值得注意的是,王昌龄是用类型化的方式来总结归纳诗的结尾,具有高度的概括性,也具有相当的全面性。

齐己《风骚旨格》中有"诗有六断",此"六断",就是研究诗的断句,也就是诗的结尾,总结出了合题、背题、即事、因起、不尽意、取时六种类型。第一类是合题,就是尾联照应诗题目。第二类背题,不是背离题目。其所举的是齐己的《古松》的断句"寻常风雨夜,应有鬼神看",以及《古松》全诗:"雷电不敢伐,鳞皴势万端。蠹依枯节死,蛇入朽根盘。影浸僧禅湿,声吹鹤梦寒。寻常风雨夜,应有鬼神看。"从诗例可见,背题实际上是加重对题目的强调、渲染。即事就是援引典故作结尾。因起是叙述事情、感情的起因。不尽意就是结尾含不尽之意。取时就是用季节性标志物来结尾。齐己的这六种断句,都是以齐己自己的诗为例来说明。这实际上就是从内容和功能的角度总结出六种断句的写法,与王昌龄"落句体七"完全不同。这可以看出齐己的创新。

对于上下句作为一个单元的作法,旧题为王昌龄撰的《诗中密旨》中有"犯病八格",其中第二病是"缺偶病",其问题是"诗中上句引事,下句空言也"。例如"苏秦时刺股,勤学我便登"。上句用典,下句不用典,不能形成对偶,所以是缺偶。第五病是"相反病"。其特点是"诗中两句相反,失其理也"。例如"晴云开远野,积雾掩长洲",上句既云晴,下句又言雾,互相矛盾。这是从反面来讨论上下句的作法。而此书中的"诗有九格"条则多从正面来探讨诗的上下句的写法。这九格是重叠用事格;上句立兴,下句是意格;上句立兴,下句是比格;上句体物,下句状成格;上句体时,下句状成格;上句体事,下句意成格;句中比物成意格;句中叠语格;句中轻重错谬格。从正反的角度来说,这九格中,只有最后一格,即句中轻重错谬格是从反面来探讨上下句的写法的,其他八格都从正面入手。从内容的角度来说,九格之中,既有思想情感的,也有修辞手法、用字(词)的。这就从多方面阐述了上下句应当如何写的问题。皎然在《诗议》中有"诗有十五例",将此九格扩充为十五例,也是类似的探讨。

联的写法,当然也包括对偶与声律,但因为对偶与声律已在前面有所论述,因此不再涉及,仅就对偶与声律之外的其他问题进行论述。

旧题为白居易所作的《金针诗格》将律诗的第一联谓之"破题",第二联谓之"颔联"(亦谓之"撼联"),第三联谓之"警联",第四联谓之"落句"。并对各联的写法提出了看法,认为"破题"就是"欲如狂风卷浪,势欲滔天","又如海鸥风急,鸾凤倾巢,浪拍禹门,蛟龙失穴",强调要有气势。"颔联",就是要"欲似骊龙之珠,善抱而不脱也",就是要紧贴第一联。亦称之为"撼联"者,主要是"言其雄赡遒劲,能捭阖天地,动摇星辰也"。这与第一联一样,也是强调气势。对"警联"的写法,则是要求"欲似疾雷破山,观者骇愕,搜索幽隐,哭泣鬼神"。也是强调气势雄壮。"落句"的写法则是"欲如高山放石,一去不回"。强调的还是气势。《金针诗格》对律诗这四联的写法的描述看起来好像具体,其实不算高明。因为这四联几乎都强调要有气势,而没有强调各联的变化,显得单调雷同,四联之间差别不大,并不完全符合律诗创作的实际。

徐寅《雅道机要》"叙句度"则认为,"或破题,或颔联,或腹中,或断句;皆有势向不同"。就是说,律诗各联的写法是不一样的,具体而言,律诗的破题,就要"构物象,语带容易,势须紧险"。这提出了破题这一联写作要注意的三个问题,即"构物象",就是要从具体的物象入手;"语带容易",就是在语言上要平易晓畅,让人明白;"势须紧险",这似乎是指要紧扣题目。而颔联是"一篇之眼目",这一看法颇有意思,在四联中特别突出了颔联,这是以前所没有过的观点。其写法是"句须寥廓古淡,势须高举飞动,意须通贯,字须仔细裁剪",从句、势、意、字四个方面分别提出了要求,这实际上也就是颔联的写法。腹中,也就是颈联,"句势须平律细腻,语似抛郑,意不疏脱",从势、语、意三个方面提出了要注意的问题。断句,也就是尾联,则要注意三个方面:一是"势须快速,以一意贯两意"。二是"或背断,或正断"。三是"须有不尽之意堆积于后,脉脉有意"。什么是背断,什么是正断?《雅道机要》"叙句度"中有正断、背断两条。正断,没解释,但举了周贺诗"别有微凉处,相思不似君"①及张祜诗"除却相思梦,音信谁为传"。背断,也无解释,但举了周贺"忽然归故国,犹想过灞陵"②,张祜"因悲在朝市,终日醉醺醺"③。从诗例也不太看得明白。但提出的第三个要求,即"须有不尽之意堆积于后,脉脉有意",明确提出了含蓄有余味的要求,与《金针诗格》提出的"欲如高山放石,一去不回"迥然不同,这已与姜夔《白石道人诗说》中提出的"词尽意不尽"颇有相同之处。

---

① 周贺《再过王辂原居纳凉》:"夏天多忆此,早晚得秋分。旧月来还见,新蝉坐忽闻。扇风调病叶,沟水隔残云。别有微凉处,从容不似君。"与徐寅所引文字有出入。

② 周贺《冬日山居思乡》:"大野始严凝,云天晓色澄。树寒稀宿鸟,山迥少来僧。背日收窗雪,开炉释砚冰。忽然归故国,孤想寓西陵。"

③ 张祜《题润州金山寺》:"一宿金山寺,超然离世群。僧归夜船月,龙出晓堂云。树色中流见,钟声两岸闻。翻思在朝市,终日醉醺醺。"与徐寅所引不同。此数诗徐寅引用有误,参见张伯伟对《雅道机要》所作的校语,《全唐五代诗格汇考》,江苏古籍出版社,2002,第 444 页。

第六节　唐五代诗法学的特点、地位与影响

从总体上来说,唐五代的诗法研究相对于后世来说当然是不够细密、精深、全面的,但是,它取得的成就与产生的影响是巨大的,其特点也是非常鲜明的。就其特点而言,唐五代的诗法学上具以下几个突出的特点。

一、研究较全面

就其研究的范围来说,从上文我们所做的研究来看,唐五代的诗法研究涉及了声律、对偶、赋比兴、章法、句法、字法、联法等各个方面。甚至对立意、诗题、用事等也有了论述。王昌龄《诗格》"论文意":"凡作诗之体,意是格,声是律,意高则格高,声辨则律清,格律全,然后始有调。用意于古人之上,则天上之境,洞焉可观。"《二南密旨》中有"论题目所由"条云:"题者,诗家之主也;目者,名目也。如人之眼目,眼目俱明,则全其人中之相,足可坐窥于万象。"对题目进行了定义,并明确了其地位与作用。这就意味着,有关诗歌写作涉及的各个主要方面,在唐代的诗法研究中均有所论述,如与《文心雕龙》相比,范围无疑要宽广得多。这也是唐代诗法学的主要成就之一。

二、重点在声律、对偶、赋比兴、势(格、体)的研究

唐人对诗法的研究范围虽然很广,但是,就其重点而言,主要还是在声律、对偶、赋比兴、势(格)这四个方面。也正是因为唐人在这四个方面下的功夫最深,所以,唐代诗法学的成就也主要体现在这个四个方面。之所以集中在这四个方面,与唐代诗学的发展是密切相关的。声律之所

以成为重点,是因为自沈约之后,特别是经过沈、宋的努力,近体诗成为
一种可与古体诗分庭抗礼的新诗体。喜新厌旧是人之常情,唐人对近体
诗表现出了空前的热情。但要掌握近体诗,就必须了解声律。而且近体
诗的形式也还在不断的完善过程中。于是,声律成为诗法学的重点也就
可以理解了。而讲求对偶,它的历史可能要比讲究声律的历史还要悠
久,而近体诗产生后,对偶已与近体诗如影相随了。杜甫《寄彭州高三十
五使君适、虢州岑二十七长史参三十韵》云:"更得清新否,遥知对属忙。"
由此可见当时人们对对偶的热情。可以说,对偶是讲求对偶的近体诗兴
起的必然结果。赋比兴,由于长期以来它是指向政治的,这在唐代的赋
比兴运用与研究中,仍然可见这种指向的浓重痕迹,但是,唐代的赋比
兴,无论是在运用还是在研究中,都已逐渐在向淡化政治的方向转化,一
般性的修辞角色已越来越普遍。所以,无论从传统还是新趋势来看,它
们都是人们所关注的诗学核心问题之一。至于势(格、体)的问题,主要
是为了解决诗法的教学问题,而这是诗法普及的重要途径与方式。对于
一般的初学者而言,诗法教育的最好方式是首先通过类型化教育,使他
们达到对一般规律的掌握,然后再达到创作的个性化,这是所有教育一
般遵循的原则。唐代的诗法教育也是如此,势(格、体)的研究与探讨,很
大程度就是为了满足这种需要。

三、研究比较简略粗糙,尚未深入

由于唐五代诗法研究的许多资料都已亡佚,我们所能看到的资料都
只是冰山一角,再加上唐代的诗法研究处于整个中国诗法学研究的早
期。因此,尽管它涉及的面非常广,在声律、对偶、赋比兴等方面有了较
深入的研究,杜甫也有"晚节近于诗律细"的说法,但从总体来看,还是稍
嫌粗糙的,在许多问题上往往只是点到为止,并未作深入研究。例如关
于对偶的研究,唐人对对偶的研究,往往多是列举现象或类型,指出存在

着哪些类型,但是对于对偶的作用以及如何产生作用等问题,则很少涉及,所以,唐代的对偶论,多是以罗列为主,很少深入的理论阐释。再如关于句法、字法、用事等的论述,也多是偶然涉及,不成系统。这在唐代是研究上的不足,却为后世的研究留下了广阔的空间。

唐五代的诗法学在整个中国古代诗法学史上是占有重要地位的。它是文笔分家之后,专注于诗法研究的第一个时期,具有承上启下的地位和作用。从承的一面来说,它全继承了以《文心雕龙》等为代表的前期研究成果;从启的一面来说,它是第一个完全以诗法为研究对象的时期,开启了独立研究而不是与文混合研究的新时代;同时,在具体的研究中,它开辟了许多诗法研究的新领域,例如章法上的首联、颔联、颈联(腹联)、尾联(断句)之分,诗特有的"势"等,这些都是前人未曾提出的论题。

唐五代的诗法学研究对后世产生的影响是巨大的。

首先是它所开辟的研究领域多数就是后世诗法学研究的重点。例如上文所引的元代旧题范德机(范梈)所作的《木天禁语》"七言律诗篇法"条云:"唐人李淑,有《诗苑》一书,今世罕传。所述篇法,止有六格,不能尽律诗之变态。今广为十三,隐括无遗。"那就是说,早在李淑《诗苑》中,他就总结出了七言律诗的六种篇法。这样的思路和做法,无疑给了后世巨大的启发,也正因为如此,才有《木天禁语》的十三种篇法。宋元人在对杜甫诗歌作法进行研究时,提出了数十格(式),未尝不是受李淑的影响或启发。再如唐人提出了破题的概念,皎然《诗式》卷二"律诗"条云:"楼烦射雕,百发百中,如诗人正律破题之作,亦以取中为高手。"这"破题"一词便成为后世八股作法及诗歌作法研究的常用语。唐人提出了律诗章法的首联、颔联、颈(腹)联、尾联的四分结构论,正是因为有了这样的结构论,才有了元代以后诗歌的起承转合章法论。至于对声律、对偶、赋比兴等的研究成果,对后世的影响就更为巨大了。可以说,后世诗法学的许多论题都是唐人首开先河,后人再发扬光大,不断开

拓的。《冰川诗式》之类的著作，不过是对唐人及宋元人有关论述的扩展
而已。

　　其次，唐五代诗法学研究提出的一些观点，深深影响了后世的价值
取向。例如皎然在《诗式》中提出诗法学习中存在着偷语、偷意、偷势三
种类型，并认为偷语"最为钝贼"；其次是偷意，"（偷意）事虽可罔，情不
可原"；再次是偷势，并认为这一类是最高明的，也是可以原谅的。皎然
的这一说法，常常为后世征引，经常出现在明清的诗法学著作中，这说明
了明清人对这一分类和观点的高度认可。又如旧题白居易撰的《文苑诗
格》"精颐以事"条对用事（典）提出了"用古事似今事，为上格也"的观
点。这一观点对宋元明清的理论家关于用事的论述有重要影响，他们的
许多观点均与此类似。再如旧题白居易撰的《金针诗格》提出"炼句不如
炼字，炼字不如炼意，炼意不如炼格"的观点，这更是得到了后世诗论家
在高度认同，援引者更是无数。

　　再次，唐五代的许多诗法学著作，成了后世诗法著作收录的重要资
料。唐代的许多著作，如王昌龄的《诗格》等，在问世后不久，即成为空海
的《文镜秘府论》中的重要内容。至于宋元明清时期的许多著作，例如宋
人陈应行的《吟窗杂录》中就完整地收录贾岛《二南密旨》、白居易《文苑
诗格》、王昌龄《诗格》《诗中密旨》、李峤《诗评格》、皎然《诗议》《诗式》
等著作。尽管这些著作真伪不一，但既然托名唐人，这说明唐人对后世
的初学者有巨大的吸引力，对诗法学研究有巨大的影响力。至于明清时
期的诗法学著作，尤其是集成类的诗法学著作，或明或暗地引用或抄袭
唐人的这些诗法学著作，就更是家常便饭了。

　　总之，作为中国古代诗法学史上重要的一环，唐五代的诗法学研究
的成就和地位是十分重要的，值得高度重视。

第三章　全面走向成熟的宋代诗法学

宋代可以说是中国古代诗法学的成熟期,也是中国古代诗法学承上启下的一个关键期。对于中国古代诗法学的发展来说,其理论与实践均有十分重要的意义。

第一节　宋代诗法学走向成熟的标志及其原因

中国古代诗法研究成为一门专门的学问,进而成为一家之学,始于宋代。因此,可以说,中国古代诗法学成熟于宋。之所以这样认为,是因为宋代的诗法学在如下几个方面表现得比较突出。

一、有关"诗法"及相关概念的提出

在宋代以前,最早也最接近于"诗法"这一概念的恐怕要数杜甫《寄高三十五书记》中的"佳句法如何"了,这个说法虽然已初步具备了"诗法"的基本含义,但是,第一,它的名称并没有确定下来,还具有相当的模糊性。第二,就其含义来说,还只是指诗句的句法,而不是完整的诗法。因此,杜甫的这个说法离真正的"诗法"概念是有距离的。

《唐才子传》卷三载:"灵彻,姓汤氏,字澄源,会稽人。自童子辞父兄入净,戒行果洁。方便读书,便觉勤苦,授诗法于严维,遂藉藉有声。"《唐才子传》卷十又载:"(江)为,考城人,宋江淹之裔,少帝时,出为建阳吴兴令,因家为郡人焉。为唐末尝举进士,辄不第。工于诗……时刘洞、夏宝松就传诗法,为益傲肆,自谓俯拾青紫。"这两段材料中都出现了"诗

法"一词,而且有关人物及事迹均在唐五代,但《唐才子传》的作者辛文房是元代人,而元代又是诗法盛行的时代,所以,这两则材料中的"诗法"一词很难确定就是唐五代人的说法。

真正的诗法概念的提出是在宋代。当然,我们现在已无法确定谁最先、最完整地提出了这一概念,但是,至少在北宋时,就有了这一概念的明确说法。苏轼《送参寥师》:"诗法不相妨,此语当更请。"这应当是比较早的完整的诗法概念。稍后,陈师道《后山诗话》云:"黄庭坚云:'杜之诗法出审言,句法出庾信,但过之尔。杜之诗法,韩之文法也。"《后山诗话》的作者和产生的年代当然是有疑问的,但值得注意的是,它所引用的黄庭坚的话中已明确使用了"诗法"这一概念。由上可见,"诗法"这一概念到了北宋的苏黄时期,已经非常流行了。

一名之立,是一个全新概念的产生,并不只是一个简单的语言现象,它的背后往往意味着思维与认识的全方位提高。完整的"诗法"概念产生于宋,意味着宋人对诗法的认识从具体走向了抽象,从片面走向了整体,同时也意味着宋人对诗歌艺术特征的认识建立起了一个新的维度,它是宋人对于诗法的研究与认识达到一个新的高度的产物。而这一概念,正是诗法研究从一般的诗法研究走向诗法学的基础和前提。

不仅如此,宋人对诗法的研究在概念上更有了死法、定法、活法、句法、字法等区别。如果说,"诗法"这一概念具有高度概括性,代表着宋人对诗法认识的升华与抽象的话,那么,死法、定法、活法、句法、字法等诗法概念,则是对某些诗法类别的概括,说明了宋人在诗法这一总的概念之下,建立起了一套完整的诗法学概念,它反映了诗论家和诗人对诗法有了更细致、更深入的认识,从另一个角度说明了诗法研究已成学的事实始于宋代。因为任何称之为学的学问,其一个重要特点是在思维和理论上做得更为细致。类别多样,合理的分类往往是一门学问成熟的标志。

二、诗法成为著作中独立的类别

在宋代以前的诗学著作中，从来没有为诗法单独立类，就是唐五代许多研究诗法的诗格类著作中，虽然从内容上来说，它们多是研究诗法的，但是，也没有为诗法单独分类。这种情况说明，宋代以前，人们对于诗法的研究与认识是有局限的。

到了宋代，这种情况有了很大的改变。严羽《沧浪诗话》分诗辩、诗体、诗法、诗评、考证五类，诗法居其一。这一方面说明诗法作为单独的问题，与诗辩、诗体、诗评、考证等同等重要，另一方面也说明诗法是与其他方面不同的问题。《诗人玉屑》卷一有诗辨、诗法两类，其中诗法一类，除收入严羽《沧浪诗话》"诗法"中的全部内容外，还收入了"晦庵谓胸中不可着一字世俗言语""诚斋翻案法""赵章泉论诗贵乎似"等内容。可见，《诗人玉屑》以诗法单独成类，并非完全照抄《沧浪诗话》。这些例子说明，诗法成为诗学中的一个独立问题已成为人们的共识。这是诗法学成为独立的一门学问的一个显著标志。

三、对于诗法的独特地位和作用有了全新的认识

在这一问题上，宋人首先认为诗法是诗的根本特质。王安石早就说过："'诗'字从'言'从'寺'，诗者，法度之言也。"[1]这里的"法度"显然是指规则、诗法等。在王安石看来，诗最大的特点，也是不同于其他文体的本质，就是它是"法度之言"。这实际上是将法度（也就是诗法）看成了诗的本体与本质，是决定诗之所以为诗的根本特点。与此类似的还有姜夔在《白石道人诗说》中所说的话："守法度曰诗，载始末曰引，体如行书

---

[1] 王安石：《字说》，吕本中：《童蒙训》卷下，文渊阁四库全书本。

曰行,放情曰歌,兼之曰歌行。悲如蛩螿曰吟,通乎俚俗曰谣,委曲尽情曰曲。"姜夔的这段话对诗歌进行了分类,并认为不同的诗体有不同的特点,而诗与引、行、歌、歌行等类别不同是具有"守法度"的特点。所谓"守法度",当然是指它严守"诗"这一类别应有的法则、方法,也就是诗法。由此可见,在姜夔看来,守法度是诗区别于其他类别的重要特点。

其次,宋人认为诗法是进行诗歌创作的前提。姜夔在《白石道人诗说》中说:"不知诗病,何由能诗? 不观诗法,何由知病?"一方面,姜夔认为,作为诗人,如果不知诗病,就不能进行诗歌创作;另一方面,不学习、不掌握诗法,是不能了解作诗之病的。这显然是将诗法视为作诗最重要的前提和条件了。吕本中在《夏均父集序》中说:"学诗当识活法。所谓活法者,规矩备具,而能出于规矩之外;变化不测,而亦不背于规矩也。是道也,盖有定法而无定法,无定法而有定法。知是者,则可以与语活法矣。"①这段话是大家所熟悉的,值得注意的是,吕本中是将活法视为学诗的必要条件,只有掌握了活法,才可能在创作上有所成就。黄庭坚在教导别人学杜甫诗时,就说:"请读老杜诗,精其句法,每作一篇,必使有意为一篇之主,乃能成一家,不徒老笔砚玩岁月矣。"(《与孙克秀才》)在黄庭坚看来,只有对杜诗句有了深入了解,精通掌握之后,才能自成一家。由此可见,宋人普遍认可了诗法对于诗歌创作的重要性。

四、对具体诗法的研究全面深入,远超前代

如前所述,中国古代的诗法研究源远流长,汉代已有赋比兴的研究,刘勰在《文心雕龙》中也有对声律、对偶、用字等方法的研究,但这都只是个别现象。到了唐五代,随着大量的诗格类著作的出现,人们对诗法的研究达到了一个新的高度,但是,唐五代对诗法的研究一是从总体的著作数量来说,还是为数不多;二是研究的深度和广度均有明显的不足。

①《江西诗派》,《后村先生大全集》卷九十五,文渊阁四库全书本。

从广度来说,唐五代人们对诗法的研究主要集中在声韵、对偶、病犯、体势这几个方面,范围显然是比较狭窄的。从深度来说,唐五代人们对声韵、对偶、病犯、体势这几方面的研究和阐述,在很多情况下只是一些现象的罗列,并无深入的理论研究,带着明显的知识普及的色彩。即使一些理论探讨,也多是点到为止。

宋代则不然,李东阳在《怀麓堂诗话》中说:"唐人不言诗法,诗法多出于宋。"说唐人不言诗法显然有误,说诗法多出于宋却是事实。宋人对诗法的研究无论广度还是深度都远超前代,这表现在:

第一,从著作的数量来说,宋代有关诗法的著作远多于前代。一方面,唐五代常见的诗格类著作还在继续出现,如桂林僧景淳的《诗评》、题名梅尧臣撰的《续金针诗格》、无名氏的《诗评》、惠洪的《天厨禁脔》等。另一方面,如《彦周诗话》所云:"诗话者,辨句法,备古今,纪圣德,录异事,正讹误也。"大量出现的诗话著作,其主要内容之一便是"辨句法",所以,我们今天看到的许多宋代诗话著作,都是关于诗法研究的。此外,宋代许多书信、题跋、诗序、笔记乃至诗歌创作也被用来研究和传授诗法。

第二,从研究的广度来说,宋人对诗法的研究远远超过以前。如果说《文心雕龙》研究创作的法则多于具体的技法的话,那么,唐五代诗格则是研究具体的技法多于创作的法则。而在宋代,作为诗法的两个基本内容,一般的法则和具体的技法都得到了全面的研究。例如严羽《沧浪诗话》,按清人许印芳的说法是"全书皆讲诗法"而其中的"诗法"部分"此又择其切要者,示人法门耳"①。在我们看来,"诗辩"部分其实研究的是诗法中一般法则,而"诗法"研究的是具体的技法。而在对具体的技法研究上,宋代不仅对唐五代诗格著作中的声韵、对偶、病犯、体势这几个方面继续进行研究,同时又有了更多的发展,例如以故为新、点铁成金、脱胎换骨、响字、离析句、工拙相半、虚实相半、一句多意等等,都是以前未曾涉及的技法,这就大大拓展了诗法研究的空间。

① 郭绍虞:《沧浪诗话校释》,人民文学出版社,1961,第108页。

　　第三,从研究的深度来说,宋人也是远超前人。以对偶而言,这是唐五代与宋人共同讨论的话题,但是,唐五代往往是以分门别类,罗列现象,宋人则不然,他们在前人的基础上,研究得更为细致深入。例如《王直方诗话》载:"荆公云:凡人作诗,不可泥于对属。如欧阳公作《泥滑滑》云:'画帘阴阴隔宫烛,禁漏杳杳深千门。'‘千’字原不可以对‘宫’字,若当时作‘朱门’,虽可以对,而句力便弱耳。"这已经从求对偶的工整,转向了求不工整,以此来取得特殊的艺术效果。这显然是对对偶理论的进一步发展。如葛立方对于对偶的研究:"律诗中间对联,两句意甚远,而中实潜贯者,最为高作。如介甫《示平甫》诗云:'家世到今宜有后,才士如此岂无时。'《答陈正叔》云:'此道未行身有待,古人不见首空回。'鲁直《答彦和》诗云:'天于万物定贫我,智效一官全为亲。'《上叔父夷仲》诗云:'万里书来儿女瘦,十月山行冰雪深。'欧阳永叔《送王平甫下第》诗云:'朝廷失士有司耻,贫贱不忧君子难。'《送张道州》诗云:'身行南雁不到处,山与北人相对愁。'如此之类,与规规然在于媲青对白者,相去万里矣。鲁直如此句甚多,不能概举也。"(《韵语阳秋》卷一)葛立方的"两句意甚远,而中实潜贯,最为高作"的观点,已经超越了传统的工整层面,而进入了更深层次的意脉问题,达到前人难以企及的新高度。类似的情况在宋代诗法研究中比比皆是。这说明,宋代的诗法研究已经提出了许多成熟而又精辟的诗法学思想了。

　　诗法学在宋代的成熟并不是偶然的,首先,是诗法研究长期积累的结果。如上所述,早在宋代以前,随着诗学理论的转变,人们就对诗法进行了长期的研究,并产生了大量成果,这为诗法学的成熟奠定了基础。不管是《文心雕龙》还是唐五代的诗格著作,它们为宋代诗法学的成熟提供了必要的条件。离开了它们,诗法学成熟于宋是根本不可能的。入宋以后,人们对诗法的研究热情持续高涨,从而产生了大量诗法研究成果,这进一步加速诗法学走向成熟的进程。事实上,我们认真梳理一下宋代诗法学成熟的过程,就会发现,有关诗法的系列概念的建立、诗法成为诗学著作中独立的类别、大量研究著作的产生等,均发生在北宋后期至南宋这一段时间内,也就是说,诗法学在宋代的成熟本身也有一个过程。之所以存在这样一个过程,也是因为它本身也需要宋代大量的诗法研究成果和实践活动为基础。

其次,是因为宋代诗坛上存在着浓厚的学与教的风气。从学的这一方面来,存在着如何继承前人大量的诗歌遗产、如何向当代诗歌名家学习的问题,这需要学。费衮《梁溪漫志》卷七载:"作诗当以学,不当以才。诗非文比,若不曾学,则终不近诗。古人或以文名一世而诗不工者皆以才为诗故也。退之一出'余事作诗人'之语,后人至谓其诗为押韵之文。后山谓曾子固不能诗,秦少游诗如词者,亦皆以其才为之也。故虽有华言巧语,要非本色,大凡作诗以才而不以学者,正如扬雄求合六经,费尽工夫,造尽言语,毕竟不似。"这个说法是值得注意的,在费衮看来,诗与文是性质完全不同的两种文体,作文凭天生的才气、才华就可写出,诗则不然,它"当以学,不当以才。诗非文比,若不曾学,则终不近诗"。其原因,就是诗是一种"法度之言",有着特殊的审美要求,不经过认真的学习是无法掌握的。在没有经过学习的情况下,凭天生的才气、才华写出来的诗,其最终的结果是"终不近诗"。费衮所说的"学"显然不是指学问,而是指学习。这就意味着作诗必须要向前人学习。严羽在《沧浪诗话·诗辩》中说:"夫学诗者以识为主……工夫须从上做下,不可从下做上。先须熟读《楚辞》,朝夕讽咏,以为之本;及读《古诗十九首》,乐府四篇,李陵、苏武、汉、魏五言皆须熟读,即以李、杜二集枕藉观之,如今人之治经,然后博取盛唐名家,酝酿胸中,久之自然悟入。"这与费衮一样,也是强调作诗一定要通过学习来提高。而学习,除了如严羽所说,在对象的选择上从严要求,做到"入门须正"之外,还需要有具体的突破口。而在前人创作的经验上,总结出各种诗法就是其主要的突破口。正因为如此,《沧浪诗话·诗辩》在辨清学习对象的问题之后,紧接着的就是对诗法的阐述。而从教的这一方面来说,宋代士人与唐代士人有一个极大的不同,那就是宋人喜为人师。在诗歌的写作上,宋人的这种喜为人师的特点表现得极为明显。例如姜夔在其《白石道人诗说》最后自云:"《诗说》之作,非为能诗者作也,为不能诗者作,而使之能诗;能诗而后能尽我之说,是亦为能诗者作也。"很明显是为教导别人写诗,因而在《白石道人诗说》中提出了许多诗法。吕本中的《童蒙诗训》,从书名和内容看,似乎就是一部典型的课堂讲授诗法的讲课记录,郭绍虞先生说它是"家塾训课之本"[1],应该是有道理的。孙奕的《履斋示儿编》卷九、卷十的诗论,正如其书名所标示的那样,是典型的教导后辈诗法的记录。宋代士人在教导后学学习诗歌创作时,为了取得更好的效果,也必须总结出各种法则和技法。于是,诗法学在不断繁荣中走向成熟。

再次,宋人的理性精神也是诗法学成熟于宋的重要原因。关于宋代理性精神的研究成果已经很多,不必赘述。我们在这里所要强调的是,宋人的这种理性精神对宋人的诗法研究产生了深刻的影响。因为理性的作用,宋人更为重视从法的角度进行总结,这是诸多诗法产生的重要原因。吴沆《环溪诗话》卷中载:"善诗俞秀才,一日到环溪,以诗一篇贽见。环溪读之,因言:'前辈作诗皆有法,近体当法杜,长句当法韩与李。'俞云:'太白之妙,则知之矣。韩愈之妙,未之闻也。'环溪云:'韩愈之妙在用叠句……惟其叠多,故事实而语健'……俞欣然而归。""前辈作诗皆有法"这个说法颇具典型意义,说明了宋人首先是从法的角度来看前辈诗歌的,至于"韩愈之妙在用叠句……惟其叠多,故事实而语健"的话则是"前辈作诗皆有法"的具体体现。这显然是理性思考,而不是审美活动产生的结果。宋人对诗法概念的抽象、对诗法的分门别类、对诗法地位和特征的总结等,都离不开他们强烈的理性精神。

[1] 郭绍虞:《宋诗话考》中卷之下"童蒙诗训"条,中华书局,1979,第169页。

第二节　宋代诗法学著作的编纂

与唐代相比,宋代以诗取士的制度已经弱化,但是民间对诗歌的兴趣丝毫不亚于唐代,诗歌的研究、教育风气有过之而无不及。随着教育的发展,学校的广泛普及,受教育的人数急剧增加,讨论、研究诗法更是一时的风尚。宋代诗法学的产生、演进与发展,是与宋代诗法的研究、传授密不可分的,宋代的诗法学著作也是在诗法的研究、传授中产生的。

宋代的诗法学著作主要有以下几种类型:

第一类,一般的诗话、诗格著作。例如僧保暹的《处囊诀》、僧景淳的《诗评》、张镃的《诗学规范》、姜夔《白石道人诗说》、释惠洪的《天厨禁脔》、魏庆之《诗人玉屑》等,严羽《沧浪诗话》、吴沆《环溪诗话》等。"梅圣俞有《续金针诗格》,张天觉有《律诗格》,洪觉范有《禁脔》:此三书,皆论诗也。"①这三部著作也属于这一类型。一般来说,诗格类的著作传授诗法的写作目的比较明确,而诗话类的著作许多固然是"辨句法,备古今,纪盛德,录异事,正讹误"(《彦周诗话》),但其中的很多也是为了传授诗法。姜夔《白石道人诗说》直云:"《诗说》之作,非为能诗者作也,为不能诗者作,而使之能诗;能诗而后能尽我之说,是亦为能诗者作也。"道出了为传授诗法而作的用意。严羽《沧浪诗话》一开头便是:"夫学诗以识为主,入门须正,立志须高。以汉魏晋盛唐为师,不作开元、天宝以下人物。若自退屈,即有下劣诗魔入其肺腑之间,由其立志不高也。"这等于明确地告诉人们,这是一部传授诗法的著作。所以,清人许印芳评《诗法萃编》本《沧浪诗话·诗法》时说:"全书皆讲诗法,此又择其切要者,示人法门耳。"②这类诗法学著作在宋代数量最多,但内容往往不成系统,除《沧浪诗话》等少数著作之外,多由一条一条汇集而成,甚至像《诗人玉

---

① 魏庆之:《诗人玉屑》上卷九,上海古籍出版社,1978,第 197 页。
② 郭绍虞:《沧浪诗话校释》,人民文学出版社,1961,第 108 页。

屑》这样经过类编的都不多。这说明宋代对诗法的研究还没普遍形成系统,没有建立起较为完整的诗法体系。

第二类是书信、题跋、诗序和诗歌创作。书信、题跋、诗序和诗歌既是文学创作,同时它又是一种诗法传授的媒体,宋代的大量诗法正是通过这些媒体达到了研究与传授的目的。这也可说是宋代诗法研究与传授最普遍的方式之一。例如黄庭坚的《答洪驹父书》就是一封典型的书信,信中向洪驹父传授了"无一字无来处""点铁成金"的独特方法,《再次韵杨明叔并序》传授了"以俗为雅,以故为新"的诗法。《诗人玉屑》卷一"诗法第二"载:"或问诗法于晏叟,因以五十六字答之云:'问诗端合如何作,待欲学耶毋用学。今一秃翁曾总角,学竟无方作无略。欲从鄙律恐坐缚,力若不加还病弱。眼前草树聊渠若,子结成阴花自落。'"这里说到的那位晏叟主张的是直写眼前景,心中事,功夫到处,即成佳作的观点,他是通过诗歌创作兼书信的方式来传授的。艾性夫就有《答释子问诗法》这样的诗作:"汝家有子兰,诗体能入选。尔后岛可辈,往往以律变。选律固无择,语意忌庸浅。大音尚和平,至味贵悠远。归欤事斯语,妙理千万变。欧称九僧今不见,退之拟过红楼院。"从诗题和内容就可以看出是以诗传授诗法。陆游的《示子遹》更是传授了"诗为六艺一,岂用资狡狯?汝果欲学诗,工夫在诗外"这样的不二法门。宋代大量以"学诗"为题的诗歌创作,其实很多都是结合自己的心得体会,向人传授诗法。

第三类是诗选和评点。诗选早已有之,但从来没有像宋人那样表现出如此强烈的研究与传授诗法的意图。王安石《四家诗选》,按蔡绦的说法:"王文公晚择四家诗以贻法,少陵居第一,欧阳公第二,韩文公次之,李太白又次之。"(《西清诗话》卷下)周弼的《三体诗选》(《三体唐诗》),从书名来看,似乎是一部普通的唐诗选本。然而这却是一部非常典型的传授诗法的著作,因此它的书名有时被写成《唐贤三体诗法》,或径称之为《诗法》。在这部诗选的《选例》中,周弼总结出了七言绝句的七种作法,并从情景所占的比重及所处的位置论述了五七言律诗的章法结构,总结出了五七言律诗中间两联四实、四虚、前虚后实、前实后虚四种类型。《四库全书总目》指出此书"所列诸格,尤不足尽诗之变,而其时诗家授受有此规程,存之亦足备一说"。这就明确指出了它是为"诗家授受"而作。赵蕃、韩淲所选的《唐人绝句》,谢枋得在为其作注时说得非常清楚,是"章泉、涧泉二先生诲人学诗自唐绝句始。熟于此,杜诗可渐近矣"。而林越的《少陵诗格》则专门总结杜甫诗歌的篇法,用具体的作品为例,向后学传授诗法。刘辰翁大量评点诗歌,其主要目的之一,是给门生儿辈阅读的。①

第四类是自作诗为样榜。刘辰翁有《须溪四景诗集》,全用古人四时写景诗句为题,分写四时之景。《四库全书总目》认为此书的撰写动机"殆亦授刘之子备科举之用者"。这就不仅仅是理论阐述,而且是通过创作来现身说法了。这一类的著作往往只有作品,没有评论阐述,其诗法学研究的价值当然也就受到了影响。

第五类,总集类著作。代表作是陈应行的《吟窗杂录》。这类著作在宋代不多,但是《吟窗杂录》的出现是一个很特别的现象,因为在此之前尚无类似的著作出现。

可见,从著作的数量及类型来说,宋代的诗法学著作是远超唐五代的。

第三节　法为诗之本质属性观念的建立与诗法学的开展

宋代以前,随着时代的发展,虽然诗法学越来越发达,但是人们对诗法的认识往往是基于"诗歌中有某种手法"的这样一种具体的法的观念来看诗的,也就是诗法是个别现象。例如,人们谈到《诗经》中的比兴手法时,往往考虑的是《诗经》中某一作品中存在或使用了比或兴。刘勰的

---

① 张静、焦彤:《论刘辰翁的评点目的》,《中州学刊》2006 年第 5 期。

《文心雕龙》在谈到比兴、炼字等方法时，也是个别性质的举例，以此说明诗歌创作中存在着这样的手法。唐代的王昌龄、皎然等人大量讨论了诗法问题，从观念中说，也与刘勰类似，都是举例性质的个体认识。到了宋代，这种情况发生了很大的改变。

宋代诗法学一个根本的改变是法为诗歌的本质属性的提出，即认为法是诗歌最重要的本质属性，它在诗歌的诸多属性中是占第一位的。

《童蒙训》卷下载王安石《字说》解释"诗"字云："从言从寺，诗者法度之言也。"①因为"寺"字，按《说文解字》的解释，是"寺，廷也，有法度者也"。按王安石的说法，既然"寺"字是"有法度者也"，又从"言"，那么，自然也就得出了"诗者法度之言也"的结论。李之仪《姑溪居士后集》卷十五《杂题跋》也说："王舒王解字云：'诗字，从言从寺，寺者法度之所在也。'"这也印证了《童蒙训》的记载。

王安石的这个说法，从《字说》解字的角度来说，未免望文生义，因此遭到了许多学者的批评，但恰恰也道出了他对诗的本质的看法，即认为法度是诗歌最本质的特性。这也是《石林诗话》卷中所说的"王荆公诗用法甚严"、《艇斋诗话》说的"荆公诗及四六，法度甚严。汤进之丞相尝云：'经对经，史对史，释氏事对释氏事，道家事对道家事。'此说甚然"的理论表现。

那么，王安石所说的"法度"是指什么呢？既然他将"诗"字解释为"从言从寺"，而寺，按《说文解字》的说法，是"廷也"，也就是朝廷。朝廷是最讲规矩的地方，所以，从言从寺的诗当然也就是最讲规矩的文体了。后来姜夔在其《白石道人诗说》中有类似的说法："守法度曰诗，载始末曰引，体如行书曰行，放情曰歌，兼之曰歌行。悲如蛩螀曰吟，通乎俚俗曰谣，委曲尽情曰曲。"姜夔对诗中各体的特点进行了解释，其中最引人注

---

① 原文为"（吴叔扬）又说《字说》'诗字从言从寺，诗者法度之言也'。说诗者不以文害辞，不以辞害志，惟诗不可拘以法度。若必以寺为法度，则侍者法度之人，峙者法度之山，痔者法度之病也。古之置字者，诗也、峙也、侍也、痔也，特以其声相近取耳。"

目的是"守法度曰诗"的说法,这与王安石的说法同出一辙。那么。姜夔所说的"法度"是指什么呢? 既然他将诗与引、行、歌、歌行等并举,并不是一概而论,显然,他所说的诗指的是律诗。而律诗最讲究声韵、对偶,特别是声韵有严格的要求。可见,他所说的法度,是指规则与规矩。在《白石道人诗说》中另有一段话:"波澜开阖,如在江湖中,一波未平,一波已作。如兵家之阵,方以为正,又复是奇;方以为奇,忽复是正。出入变化,不可纪极,而法度不可乱。"这一段话阐述的是诗歌创作中行文中奇正变化的问题,认为不管怎么变化,但法度不能乱。这里,姜夔所说的法度,显然还是指的是诗歌创作的一般原则与规矩。由此而知,"守法度曰诗"中的诗,是指律诗,也就是近体诗。而"守法度",就是恪守一般的法则与规矩,严格讲究法则,这就是它的本质特征。这就是《唐子西语录》中所说的:"诗在与人商论,深求其疵而去之,等闲一字放过则不可,殆近法家,难以言恕矣,故谓之诗律。东坡云:'敢将诗律斗深严',予亦云:'诗律伤严近寡恩。'"而"求之疵而去之",恰恰就是姜夔在《白石道人诗说》中所说的:"不知诗病,何由能诗? 不观诗法,何由知病?"由此可知,王安石所说的诗,也就是"守法度""等闲一字放过则不可,殆近法家,难以言恕矣,故谓之诗律"之诗。它不仅包括严格的格律,也包括炼字、炼句、谋篇布局等。从立规矩和守规矩的角度来说,法度指的是法则;从用规矩的角度来说,法度则指的是方法了。所以,法度是兼指法则与方法两者而言的。

王安石对"诗"字的解释是前无古人的。姜夔"守法度曰诗"的说法也是从前所无。而这两个说法,不仅仅是字义解释上的创新,同时也具有重要的诗学意义,因为它在这种解释中,将法度看成了诗歌的本质或本体,而不是像之前的学者将志或情视为诗歌的本体。

我们不妨看一看王安石之前字典中对"诗"的解释。《说文解字》云:"志也。从言寺声。詘,古文诗省。书之切。"《释名》:"之也,志之所之也。"《礼记》:"志之所至,诗亦至焉。"郑玄注:"诗,谓好恶之情。"可见,这些解释都是从内容的角度着眼的。而王安石与姜夔的说法则是从法度的角度来解释,就完全不同于古人了。

是不是王安石和姜夔的说法是一种偶然的现象呢?非也,其实,苏轼、黄庭坚等人,讨论诗的法度问题非常普遍。《竹坡诗话》载苏轼有"冲口出常言,法度去前轨。人言非妙处,妙处在于是"的话。"楚词、杜、黄,固法度所在"(《诗人玉屑》卷五引《室中语》),"夫书画文章,盖一理也。然而巧,吾知其为巧;奇,吾知其为奇。布置开阖,皆有法度;高妙古澹,亦可指陈"(《潜溪诗眼》)。《潜溪诗眼》云:"自杜审言已自工诗,当时沈佺期、宋之问等,同在儒馆,为交游,故老杜律诗布置法度,全学沈佺期,更推广集大成耳。"这些说法则把这种将法度视为诗歌本体的观念发展到了极致。

《彦周诗话》载:"东坡教人作诗曰:熟读毛诗《国风》《离骚》,曲折尽在是矣。仆尝以此语太高,后年齿益长,乃知东坡之善诱人也。"显然,所谓的"曲折",就是《国风》《离骚》本身存在着的法度。黄庭坚继承了苏轼的这一说法,他在《与洪驹父书》云:"若欲作楚词追配古人,直须熟读《楚辞》,观古人用意曲折处讲学之,然后下笔。譬如巧女文绣妙一世,若欲作锦,必得锦机乃能成锦耳。""用意曲折处"当然就是指诗法、法度了。一位诗人要想创作楚词这一类的诗歌,他必须要熟读《楚辞》,弄清楚《楚辞》的法度,这才能创作出真正的富有《楚辞》意味的楚词。对此,黄庭坚还用了织女来比喻,不管她多么心灵手巧,如要织出锦来,就必须首先懂得"锦机"才能织成。这"锦机"当然就是织锦的方法。在这个比喻中,"锦机"无疑是最本质的,是决定成锦的关键,而蚕丝不过是原材料而已。同样,诗歌创作中,"用意曲折"也是最本质的因素,是诗歌创作的本体。这段材料最直接地表现了黄庭坚对诗法本质的看法。所以,他说:"文章最为儒者末事,然索学之,又不可不知其曲折。"(《答洪驹父书》)作为儒者末事的文章(包括诗歌、散文),要学习它,就必须懂得它的本质特点,就是它有自己的"曲折",否则是学不好的。《西清诗话》卷中载:"黄鲁直自黔南归,诗变前体,且云:'须要唐律中作活计,乃可言诗。如少陵渊蓄云萃,变态百出,虽数十百韵,格律益严谨,盖操制诗家法度如此。'"

在黄庭坚的话语中,最常用的话语之一就是"学问""读书"。黄庭坚所说的"学问""读书",在很大程度上就是对前人诗歌作品中的诗法的钻研。"新诗日有胜句,甚可喜。要当不已,乃到古人下笔处。小诗文章之末,何足甚工?然足下试留意:奉为道之〔词意高胜〕,要从学问中来尔。后来学诗者,时有妙句。譬如合眼摸象,随所触,体得一处,非不即似,要且不是。若开眼,则全体见之,合古人处不待取证也。……始学诗,要须每作一篇,辄须立一大意,长篇须曲折三致焉,乃为成章耳。读书要精深,患在杂博。因按所闻,动静念之,触事辄有得意处,乃为问学之功……作诗遇境而生,便自工矣。"(《论作诗文》)一方面是强调"词意高胜,要从学问中来",另一方面是强调"始学诗,要须每作一篇,辄须立一大意,长篇须曲折三致焉,乃为成章耳"。

黄庭坚认为,"词意高胜"的源头在"学问",而他所说的"词意高胜",当然并不是指诗歌的立意,而是指诗歌的艺术,即诗法。从这句话前后的"小诗文章之末,何足甚工""后来学诗者,时有妙句"就可以看出。由此也就可以看出黄庭坚所说的"学问",主要指的就是对前人作品作法的细心揣摩。至于"每作一篇,辄须立一大意,长篇须曲折三致焉,乃为成章耳",就明显的是诗歌的谋篇布局了。由此可见,黄庭坚是强调诗歌创作是以法为本的。

这还可以从以下论述中得到印证。他说:"若足下之诗,视今之学诗者,若吞云梦八九于胸中矣。如欲方驾古人,须识古人关捩,乃可下笔。"(《与元勋不伐书九》)"古人关捩"正是古人诗法。他又说:"学者不见古人用意处,但得其皮毛,所以去之更远。如'风吹柳花满店香',若人复能为此句,亦未是太白。至于'吴姬压酒劝客尝','压酒'字他人亦难及。'金陵子弟来相送,欲行不行各尽觞',益不同。'请君试问东流水,别意与之谁短长?'至此乃真太白妙处,当潜心焉。故学者先以识为主。禅家所谓正法眼,直须具此眼目,方可入道。"(《诗人玉屑》卷十四)这等于是用李白的诗歌作例子,对什么是"古人关捩"进行教学。

所谓"识",其实就是识得"古人关捩",也就是"古人用意处"。反面的例子则是:"予友生王观复作诗有古人态度,虽气格已超俗,但未能从容中玉佩之音,左准绳、右规矩尔。意者读书未破万卷,观古人之文章,未能尽得其规模,及所总览笼络,但知玩其山龙黼黻成章耶?"(《跋书柳子厚诗》)王观复的诗歌创作存在"未能从容中玉佩之音,左准绳、右规矩"的问题,原因就是读书不广、不深。"观古人之文章,未能尽得其规模,及所总览笼络",就是不深的表现。

由上可见,黄庭坚是将学问、读书视为诗歌创作之本的,而学问、读书的最重要的内容就是诗法。

将诗法视为诗歌的本质特征的看法,在中国古代诗学史上是一次全新的观念革新,其意义与影响也是巨大的。

在对诗歌特性的认识上,在此之前,孔子有"《诗》可以兴,可以观,可以群,可以怨"之说,这不仅是特指《诗经》,而且是从功用上说的。《尚书》中有"诗言志"之说,将"言志"视为诗的内容。《毛诗序》一方面说"诗者,志之所之也,在心为志,发言为诗,情动于中而形于言,言之不足,故嗟叹之,嗟叹之不足,故咏歌之,咏歌之不足,不知手之舞之,足之蹈之也"。认为诗的内容是"志之所之"。另一方面又认为:"情发于声,声成文谓之音,治世之音安以乐,其政和;乱世之音怨以怒,其政乖;亡国之音哀以思,其民困。故正得失,动天地,感鬼神,莫近于诗。先王以是经夫妇,成孝敬,厚人伦,美教化,移风俗。"诗既可以观世之治乱,又可以有"正得失,动天地,感鬼神"的功用。其后,曹丕在《典论·论文》提出"诗赋欲丽",将"丽"视为诗的特征。而到了陆机《文赋》中,则有"诗缘情而绮靡"的说法,将"缘情"视为其本质特征,绮靡是缘情的结果。而《文心雕龙·明诗》则云:"诗者,持也,持人情性;三百之蔽,义归'无邪',持之为训,有符焉尔。"将"持人性情"视为诗的本质特征。不管怎样,大体而言,缘情说是诗的教化说的一次巨大革新,将其实用功能转变为以抒发个人情感为主。

由上可见,无论是从功用还是内容上来概括归纳诗歌的本质特性,都代表了那个时代人们对诗歌本质特征的认识。从这一简单的回顾与梳理中可以看出,法为诗歌的本质特征的观念,在此之前是未曾出现过的,同样也代表着宋人对诗歌本质的看法,是一个时代的新认识。法为诗歌本质特征既不是从功能着眼,也不是从内容着眼,而着眼的是它的艺术形式、艺术手法和表现方式。从这一角度来阐述诗歌的本质特征,前无古人。

在法为诗歌本质特征的观念中,这意味着诗在文学创作中的各种文体中,它比赋、文、小说等更讲究法度。赋、文、小说等文体固然要讲究法度,而且在宋代也有许多论述,但是,在宋人看来,它们显然是不如诗歌那么讲求法度的,这就将诗歌与其他文体区别开来,因而突显了诗歌与众不同的特性。

更为重要的是,法为诗歌本质特征的观念反映的是人们对诗歌创作的认识上,由以表达为中心,转变为以表现为中心。从中国古代诗学的发展来看,在内容上,无论是诗言志还是诗缘情,都是以表达作者的心志与情感为核心的,也就是说,诗歌的内容是第一位的。《孟子·万章上》:"故说《诗》者不以文害辞,不以辞害志。以意逆志,是为得之。"志是目的,是第一位的要素。所以,在先秦两汉的诗论中,我们看到的有关论述,多是关于诗歌应当表达什么情感或心志的问题。到了魏晋南北朝,这种情况虽有了一定程度的改变,但总体的阐述还是如何表达。如钟嵘《诗品序》在梳理了诗歌发展的脉络后说:"若乃春风春鸟,秋月秋蝉,夏云暑雨,冬月祁寒,斯四候之感诸诗者也。嘉会寄诗以亲,离群托诗以怨。至于楚臣去境,汉妾辞宫;或骨横朔野,或魂逐飞蓬;或负戈外戍,杀气雄边;塞客衣单,孀闺泪尽;或士有解佩出朝,一去忘返;女有扬蛾入宠,再盼倾国。凡斯种种,感荡心灵,非陈诗何以展其义;非长歌何以骋其情？故曰：'《诗》可以群，可以怨。'使穷贱易安，幽居靡闷，莫尚于诗矣。"这就突出了诗歌在表达情感上的特殊作用。而在这一时期人们最为强调的比兴上，表面上看来是强调比兴的手法，实际上也是在强调与比兴紧密相联的讽谕。陈子昂《修竹篇序》云："文章道弊五百年矣。汉魏风骨，晋宋莫传，然而文献有可征者。仆尝暇时观齐、梁间诗，彩丽竞繁，而兴寄都绝，每以永叹。思古人，常恐逶迤颓靡，风雅不作，以耿耿也。一昨于解三处，见明公《咏孤桐篇》，骨气端翔，音情顿挫，光英朗练，有金石声。遂用洗心饰视，发挥幽郁。不图正始之音复睹于兹，可使建安作者相视而笑。"陈子昂所说的"风骨""兴寄""风雅"等，都是内容层面的。可见，表达什么情感是第一位的，具有决定性的。所以，即使是"诗缘情而绮靡"，所谓的"绮靡"，也是因"缘情"而起的。

法为诗歌本质特征的观念中，虽然诗所表达的内容也是十分重要的，但是，法度则更为重要。法度决定了是诗还是其他文体，同时也决定了诗的高下，由此就确定了诗歌的本质是表现而不是表达。所谓表达，就是以清楚地表达内容为中心，考虑的核心问题是如何表达清楚。而表现则不一样，它是以如何艺术地表现内容为中心，考虑的核心问题是如何巧妙地表达内容，使作品更具艺术感染力。所以，宋代将法视为诗歌本质特征的观念，对诗歌的本质特征从以实用为核心的教化说、以表达为核心的缘情说，转向了以表现艺术，即法度为核心，使诗成为一种真正的"有意味的形式"，这可以说是中国古代诗学观念上的又一次革命，其意义是非凡的，其影响也是巨大的。

李东阳《怀麓堂诗话》云："唐人不言诗法，诗法多出宋，而宋人于诗无所得。所谓法者，不过一字一句，对偶雕琢之工，而天真兴致，则未可与道。其高者失之捕风捉影，而卑者坐于黏皮带骨，至于江西诗派极矣。"李东阳的这段话中的总体观点毫无疑问是失之偏颇的，但他所说的"诗法多出宋"却是事实。为什么会这样？究其原因，正是缘于法为诗歌本质特征的观念。由于认为诗歌的本质特征是法度，那么，人们在讨论研究诗歌时,往往就从法度的角度来着眼。所以,许顗《彦周诗话》在说明其撰述动机时说:"诗话者,辨句法,备古今,纪盛德,录异事,正讹误也。若含讥讽,着过恶,诮纰缪,皆所不取。"把"辨句法"列为诗话著作第一位的内容。《苕溪渔隐丛话》(前集)卷一引张文潜(张耒)的话说:"《诗》三百篇,虽云妇人女子小夫贱隶所为,要之,非深于文章者不能作。如'七月在野',至'入我床下',于七月已下皆不道破,直至十月,方言蟋蟀,非深于文章者能为之邪?"

法为诗歌本质观导致了宋人在诗歌的艺术上采取更为苛刻和严谨的态度。姜夔在《白石道人诗说》中说"不知诗病,何由能诗?不观诗法,何由知病?"明确地指出了诗病与诗法之间的关系。作为作者,如果不知诗病,就避免不了创作中存在的各种问题,当然就不可能创作出优秀作品。作为批评者,如果不掌握诗法,没有诗法观念,当然也就不知道诗歌创作中存在的问题。由此可见,诗病是有了诗法的观念与掌握了诗法的基本原则和技巧之后的结果。从沈约到唐五代,都有诗病之说,但多数侧重于声律、对偶,如著名的"八病"之说,

法为诗歌本质特征的观念还导致了宋人对作诗基础或本源提出了特殊的看法。费衮《梁溪漫志》卷七云:"作诗当以学,不当以才。诗非文比,若不曾学,则终不近诗。古人或以文名一世而诗不工者,皆以才为诗故也。退之一出'余事作诗人'之语,后人至谓其诗为押韵之文。后山谓曾子固不能诗,秦少游诗如词者,亦皆以其才为之也。故虽有华言巧语,要非本色,大凡作诗以才而不以学者,正如扬雄求合《六经》,费尽工夫,造尽言语,毕竟不似。"费衮在这里提出的一个非常重要的观点,即"作诗当以学,不当以才"。其理由是,诗与文不同,文凭天生才气就可以写好,而诗则不同,必须通过学习钻研,掌握了诗特有的方法技巧、风神气韵,才能接近于古人,具有当行本色。

第四节 晏殊、王安石等人对诗法的细微研究

中国古代诗法学至宋而成熟,但宋代诗法学本身也有一个不断发展的过程。这个过程也是宋代诗法学研究中不可忽视的问题。其大体的发展线索是从细密化走向全面化。相对于唐人,宋代的诗法学研究更为全面深入。

进入北宋以后,一方面是唐代创作了大量优秀的诗歌作品,为宋人提供了大量学习研究的榜样,另一方面,宋人也面临着如何超越唐人的艰巨任务,同时也承担着教授后学的职责,在多种原因的作用下,在"宋初三体"之后,人们对诗法研究的兴趣逐渐增加,于是便涌现出了一些诗法研究者与研究著作。

一、李虚己对"响字"的研究

李虚己,字公受,宋初人。陆游《老学庵笔记》卷五载:

> 李虚己侍郎,字公受,少从江南先达学作诗,后与曾致尧倡酬。曾每日:"公受之得虽工,恨哑耳。"虚己初未悟,久乃造入。以其法授晏元献,元献以授二宋(宋祁、宋庠),自是遂不传。然江西诸人每谓五言诗第三字,七言第五字要响,亦此意也。

《宋史·李虚己传》中也有类似的记载:

> 虚己喜为诗,数与同年进士曾致尧及其婿晏殊唱和。初,致尧谓曰:"子之词诗虽工,而音韵犹哑。"虚己未悟。后得沈休文所谓"前有浮声,则后须切响",遂精于格律。有《雅正集》十卷。

　　显然,《宋史》中的这条材料比陆游《老学庵笔记》的记载更为具体。综合这两条材料,有一个问题值得注意,那就是曾致尧所说的诗之"响",显然指诗的声音。但是,他所指的声音,与一般五七言律诗的格律显然不同,因为五七言律诗的格律早已是人所共知的常识,更何况李虚己曾中进士,精通诗歌创作,他不可能不了解唐代以来流行天下的五七言格律。从"后得沈休文所谓'前有浮声,则后须切响',遂精于格律"的话来推测,他可能在传统的五七言格律之外,另外总结出了一套声音的使用方法,也就是"以其法授晏元献"中的"法",不然,如果是人人皆知的一般五七言格律,李虚己在得到他的指点后,也就不可能作为诗歌创作的秘密私传给他的女婿晏殊,晏殊再秘密地传授给二宋,致使最后失传。

　　那么,曾致尧和李虚己所总结出来的这套独特的诗歌声音运用方法是什么呢?赵小刚先生《"前有浮声,后须切响"别解》①一文的观点似乎可以让我们对此问题得到一些启发。赵小刚先生认为,一般人认为沈约"前有浮声,后须切响"中的"浮声"和"切响"是就汉语的声调而言的,前者指平声,后者指仄声,"可是细究沈约句意,又考之于文献例证,这种观点似未尽使沈氏原意"。"'浮声'和'切响'既指声调的平仄,又指声纽的清浊"。"古人把平声和清音合称为'飞',把仄声和浊音都叫'沉'。前者即为浮声,后者就是'切响'。"②如上所述,曾致尧和李虚己都是进士出身,对律诗的平仄早已了然于心,那么,他们或许早就像赵小刚先生所说的那样,领悟到了沈约"前有浮声,后须切响"既指声调的平仄,又指声纽的清浊?这种可能性是完全存在的。因为,第一,李虚己正是因为"后得沈休文所谓'前有浮声,则后须切响',遂精于格律"的,在早已熟悉以平仄为基础的格律之后,声纽的清浊就可能是唯一的别解了。第

---

① 赵小刚:《"前有浮声,后须切响"别解》,《中国语文》1996 年第 1 期。
② 其实,在中国古代,诗歌之响与哑是相对的,诗之哑,有时也指韵。清人贺贻孙《诗筏》云:"前辈有禁人用哑韵者,谓押韵要官样,勿用哑韵,如四支与十四盐皆哑韵,不可用也。"

二,在《蔡宽夫诗话》中有"声韵之兴,自谢庄、沈约以来,其变日多。四声中又别其清浊以为双声,一韵者以为迭韵,盖以轻重为清浊尔,所谓'前有浮声,则彼有切响'是也……所谓蜂腰、鹤膝者,盖又出于双声之变,若五字首尾皆浊音而中一字清,即为蜂腰;首尾皆清音而中一字浊,即为鹤膝,尤可笑也。"①这段话里所说的"双声",就指的是声纽。由此可见,所谓"前有浮声,则彼有切响"的内容之一就是声纽清浊的搭配。所以曾致尧和李虚己所说的响字,很大可能就是声纽清浊不同的字搭配而产生的艺术效果。

遗憾的是,尽管曾致尧和李虚己现在还有数首诗传世,晏殊、宋庠、宋祁这三位得李虚己真传的诗人也还有不少作品存世,但这一方法由于采取秘密传授的方式传播,因而很快失传了,其具体的细节我们已无法了解。

二、晏殊对字法与句法的探讨

晏殊是著名的词人、诗人,同时也是一位具有重要影响的理论家。他讲究字句,重视诗歌语言本身的表现力,讲究诗法。从下面的几条材料可以看出他的旨趣:

> 晏相改王建诗"黄帕覆鞍呈马过,红罗缠项斗鸡回"为"呈过马""斗回鸡",为其语不快也。(《江邻几杂志》)
> 尝见景文(宋祁)寄公(晏殊)书曰:"莒公(宋庠)兄赴镇圃田,同游西池,作诗云:'长杨猎罢寒熊吼,太一波闲瑞鹄飞。'语意警绝,因作一联云:'白雪久残梁复道,黄头闲守江楼舡。'"仍注"空"字于"闲"字之旁,批云:"二字未定,更望指正。"晏公书其尾曰:"'空'优于'闲',且见虽有舡不御之意,又字好语健。"(《苕溪渔隐丛话》(前集)卷二十六引《西清

---

① 胡仔:《苕溪渔隐丛话》(前集)卷二,人民文学出版社,1962,第9—10页。

诗话》)

唐人以格律自拘,唯白居易敢易其音于语中,如"照地骐(音佶)麟袍""雪摆胡(音鹘)腾衫""栏干三百六十(音谌)桥"。晏殊尝评之曰:"诗人乘俊语,当如此用字。"故晏公与郑侠诗云:"春风不是长来客,主张(去声)繁华能几时。"(《西塘集·耆旧续闻》卷八)

这些材料从语序、用字、声音三个方面清楚地说明了晏殊对诗歌语言的讲究,对诗法的细微要求。他对诗歌语言的讲究,其根本的目的就是要追求诗歌语言的"快""健",也就是语言本身的张力或表现力。

他之所以要将王建"黄帕覆鞍呈马过,红罗缠项斗鸡回"中的"呈马过""斗鸡回"改为"呈过马""斗回鸡",是因为前者是规范的语法,而后者是对规范的破坏,将正常语序改变成了非正常的语序。他想通过改变词序来达到"语快"的目的。晏殊这里所说的"快",指的是令人满意或富有表现力。显然,晏殊认为,诗歌的语言如果完全按照规范的语序来组织的话,其艺术表现力是会受到影响的,如果加以必要的颠倒变化,改变规范的句法,往往能取得良好的效果。

晏殊的这种思想也就是北宋王得臣在《麈史》卷中所说的:"杜子美善于用事,及常语多离析,或倒句,则语峻而体健,意亦深稳。如'露从今夜白,月是故乡明'是也。白乐天工于对属,寄元微之曰:'白头吟处变,青眼望中穿。'然不若杜云'别来头并白,相见眼终青'尤佳。""呈过马"和"斗回鸡"就是典型的"离析"语、倒句,其效果也是"语峻而体健,意亦深稳"。同样,晏殊对宋祁"空"的定夺,认为"空"字优于"闲"字,也是因为用"空"字,"字好而语健"。

对于白居易在诗中改变某些字的读音的做法,晏殊也颇为赞赏,认为"诗人乘俊语,当如此用字",也是从打破语言的常规,获得表现力的角度着眼的。因为"以格律自拘",必然就谨守字的传统读音,这在晏殊看来,虽然符合规范,但未必就是最好的诗歌语言,相反,偶尔的破戒出位,在句中改变传统的读音,倒能收到出奇制胜的效果。《西清诗话》中记载晏殊论古人诗句全用平声,也是出于这样的考虑。诗歌语言的艺术效果不仅可以通过声音获得,也可以通过意义来获得。《西塘集·耆旧续闻》卷九载:"元献尝问曾明仲云:刘禹锡诗有'瀼西春水縠纹生',此'生'字作何意? 明仲曰:作生发之生。晏曰:非也。作生熟之生,语乃健。"这虽然是从诗歌欣赏的角度来说的,但仍然可看出晏殊对诗歌的语言艺术的追求,对诗法的精细研究。

三、王安石对"法度之言"的实践与探索

作为著名的诗人与理论家,王安石可以说是黄庭坚之前,对诗法研究最有兴趣,而且成就也最突出的一位诗人。

由于王安石认为"诗字从言从寺,诗者,法度之言也"。受此观念的影响,王安石对诗法进行了精密而细微的研究,他对诗法的研究与探索可以说是他对"诗者,法度之言也"的具体实践。

首先是对于诗歌对偶的研究。对此,他有比唐人更为精细的研究与要求。这方面有许多记载,其中最著名的莫过于以下两条:

王荆公诗用法甚严,尤精于对偶。尝云:"用汉人语止可以汉人语对,若参以异代语,便不相类。"如"一水护田将绿绕,两山排闼送青来"之类,皆汉人语也。此法惟公用之不觉拘窘卑凡。如"周颙宅在阿兰若,娄约身随宰堵波",皆以梵语对梵语,亦此意。尝有人面称公"自喜田园安五柳,但嫌尸祝扰庚桑"之句,以为的对,公笑曰:"伊但知柳对桑为的,然庚亦自是数。"盖以十干数之也。(《石林诗话》卷中)

王荆公晚年诗律尤精严,造语用字,间不容发。然意与言遣,浑然天成,殆不见有牵率排比处。如"含风鸭绿粼粼起,弄日鹅黄袅袅垂",读之初不觉有对偶,至"细数落花因坐久,缓寻芳草得归迟",但见舒闲容与之

态耳。而字字细考之,若经檃括权衡者,其用意亦深刻矣。尝与叶致远诸人和"头"字韵诗,往返数四,其末篇有云:"名誉子真矜谷口,事功新息困壶头。"以"谷口"对"壶头",其精切如此。(《石林诗话》卷上)

这两段话是诗论家常常引用的材料,由此可见王安石对对偶的要求。王安石对对偶的要求就是工整精切,自然妥帖,无斧凿痕。他说的"用汉人语止可以汉人语对,若参以异代语,便不相类",对对偶提出如此严酷的要求,这是以前从来未曾有过的。这便是王安石自己提出的作诗法则和要求,同时也是诗法。《西清诗话》载:熙宁初,张桉以二府初成,作诗贺公。公和曰:"功谢萧规惭汉第,恩从隗始诧燕台。"以示陆农师,农师曰:"萧规曹随,高帝论功,萧何第一,皆摭故实,而请从隗始,初无恩字。"公笑曰:"子善问也。韩退之《斗鸡联句》'感恩惭隗始',若无据,岂当对'功'字也。"这可见王安石对学问的自负和对对偶的要求。《石林诗话》所举的具体例子,无不说明了他在诗歌创作上的这一特点。

然而,王安石又并非只是求工,《王直方诗话》载:"荆公云:凡人作诗,不可泥于对属。如欧阳公作《泥滑滑》云:'画帘阴阴隔宫烛,禁漏杳杳深千门。''千'字不可以对'宫'字。若当时作'朱门',虽可以对,而句力便弱耳。"①在王安石看来,"句力弱"是要极力避免的。那么,怎样才能做到呢?他给出的办法就是在对偶时,不能泥于对属,而要像欧阳修一样,故意用"千"字对"宫"字,以对偶上的偏枯来避免"句力弱"的问题。可见,对偶通过一定的变化,以造成生新之感,这也是一条可行之路。

王安石对诗法研究的另一个重点是关于诗眼的研究。《岘佣说诗》说:"五律须讲炼字法,荆公所谓诗眼也"。可见,在王安石看来,所谓诗眼,其实就是炼字。王安石曾说过:"吟诗要一字两字工夫。"(《艺苑雌黄》引)《石林诗话》卷上云:"王荆公编《百家诗选》,从宋次道借本,中间

---

① 《王直方诗话》"诗不可泥于对属"条,郭绍虞:《宋诗话辑佚》卷上,中华书局,1980,第90页。

有'暝色赴春愁',次道改'赴'字作'起'字,荆公复定为'赴'字。以语次
道曰:'若是起字,人谁不到?'次道以为然。"关于这条的内容,《苕溪渔
隐丛话》(前集)卷三十五有另外一种版本:"《钟山语录》云:'暝色赴春
愁',下得'赴'字好,若下'起'字,即小儿语也。"从这些事例中可见王安
石对炼字的讲究。那么,为什么他如此重视诗歌的炼字呢? 显然是因为
他看到了炼字对于诗歌的表现与表达的特殊作用。

另外,王安石对于语序也有自己的研究。《艺苑雌黄》载:"王仲至召
试馆中,试罢,作一绝题云:'古木森森白玉堂,长年来此试文章。日斜奏
罢长杨赋,闲拂尘埃看画墙。'荆公见之,甚叹爱,为改作'奏赋长杨罢',
且云:'诗家语,如此乃健。'"这里,王安石提出了一个"诗家语"的概念,
并且用具体的例子诠释了什么是真正的"语家语"。而在这个例子中,通
过平常语序的改变来取得陌生化的效果是多么重要,这也才能达到"健"
的审美效果。

由上可见,虽然表面上看起来王安石讨论得最多的是关于诗歌的对
偶与字句问题,但是,他研究的精细与深度,则大大超越了前人。

四、僧景淳对含蓄、对偶、体势等的研究

景淳的著作主要是《诗评》,一卷。陈振孙《直斋书录解题》卷二十
二云"桂林僧□(原注:原阙)淳撰。"直接注明了其作者名字有残缺。陈
应行《吟窗杂录》则作"桂林淳大师撰",同样也有残缺。考订其为"活动
于北宋仁宗至神宗朝的桂林僧景淳"。

《诗评》作为一部诗话或诗格著作,其主要内容是讨论诗的各种作
法,具体而言,主要研究了以下问题:

1. 关于诗歌的含蓄表现。对此,《诗评》开卷就说:"夫缘情蓄意,诗
之要旨也。一曰高不言高,意中含其高。二曰远不言远,意中含其远。

三曰闲不言闲，意中含其闲。四曰静不言静，意中含其静。"①在首先肯定"缘情蓄意"是诗的要旨之后，对于如何表现诗的"情""意"，《诗评》提出了关于诗的要旨"情""意"的四个方面或要素——高、远、闲、静的表现方式，其一致的标准和要求是不言而意中有这四种要素。显然，不言而意中有，是这一问题的关键。既然不言而意中要有，那么，毫无疑问，其基本的要义就是含蓄不露，这是《诗评》对于诗歌艺术表现的基本观点，所以《诗评》中有这样的话："诗之言为意之壳，如人间果实，厥状未坏者，外壳而内肉也。如铅中金、石中玉、水中盐、色中胶，皆不可见，意在其中。使天下人不知诗者，视为灰劫，但见其言，不见其意，斯为妙也。""诗有动静。情动意静也，情虽含蓄，览之可见。"并举了大量的例证来说明这一观点。这无疑是切合中国古典诗歌的传统和实际，并击中中国古典诗歌表现要害的。

2. 关于对偶。在《诗评》中论述到的有"当句对格""当字对格""假色对格""假数对格""十字对格""隔句对格"。这些对偶多数并非《诗评》独创，而早已见于前人有关的著作中。例如"当句对格"，就是当句对，即在某一句中两词形成对偶。《诗评》所举的诗例是"无人来问我，白日又黄昏"和"船中江上景，晚泊早行时"。这里的前两句中的"白日又黄昏"里的"白日"与"黄昏"在同一句中形成对偶，后两句"船中江上景，晚泊早行时"中的"晚泊"与"早行"在同一句中形成对偶。例如唐无名氏的《文笔式》中所说的互成对，实际上就是当句对。皎然在《诗议》中也说到了当句对。再如"假色对格"，也就是借同音字颜色来对偶。《诗评》所举的诗例是"因游樵子径，得到葛洪家""卷帘黄叶落，锁印子规啼"。前二句中"子"与"紫"同音，"洪"与"红"同音，故借以作对。后二句中的下句有"子"字，与"紫"字同音，因借以对上句的"黄"。这也是唐五代诗格著作中的老生常谈。

---

① 〔僧〕景淳：《诗评》，张伯伟撰：《全唐五代诗格汇考》，江苏古籍出版社，2002，第 500 页。本书所引《诗评》均为此本。

3. 关于诗句与诗题的关系。这可以说是《诗评》最主要的内容之一。《诗评》提出:"诗有四题体:一曰第一句见题;二曰第二句见题;三曰第三句见题;四曰第四句见题。除此四句之外,不见题者大谬也。"意思是说,诗歌创作,至少要在前四句中就要着题,四句之外再见题,意味着离题太远,这是极大的错误。由此可见,《诗评》是非常重视诗句与诗题之间的关联的。正因为如此,所以,在阐述"纵擒格"时,《诗评》说:"《看水诗》:'范蠡东流阔,灵均北泛长。谁知远烟浪,别有好思量。'此是言古之二贤人也。'故国门前急,天涯棹里忙。'此两句说水,未说看。'难收楼上兴,渺漫见斜阳。'此二句方见看水,纵意也。"认为这首《看水诗》中各句联紧紧围绕诗题中的"看水"二字着笔,各联、各句是如何布局并发挥作用的。这显然是在举齐己的《看水诗》来说明作品如何在具体的诗句中,关合诗题中的"看"和"水"字。在说明"独体格"时说:"廖处士《游般若寺上方》诗:'榔粟步溪光',此说路上去之意。'随云到上方',此说到寺见物也。'经秋禅客病,积雨石楼荒,古薛麋鹿迹,阴崖松桧香。'此四句说寺中内外景也。'平生豁所思,吟啸倚苍苍。'此说最高也,'苍苍'是天也。此诗只说寺中意,别无作用,故名独体。"虽然名义是在讨论"独体",但实际上研究的是诗句与诗题的关系、诗句与诗题的关联问题。

4. 对如何结尾的研究。景淳有"两断"的说法。在说到"离题断"时,景淳的说法是:"诗有二断:一曰离题断。二曰抱题断。"这显然是讨论诗句与诗题之间的关系的。对于"离题断",景淳并没有解释其具体的含义,但举出了诗例:《闻泉》诗:"几曾庐岳听,到晓与僧同。"《对云》诗:"翻忆旧山青碧里,绕庵闲伴野僧禅。"《对柱杖》诗:"不似湘江竹,斑斑有泪痕。"这三个诗例似乎都是诗的尾联,其中的《闻泉》诗,就是今本《全唐诗》中齐己的《听泉》。① 对于"抱题断",景淳也只是举诗例,不作解释。《新栽松》诗曰:"他日成阴后,清风吹海涛。"《新栽竹》诗:"会待

---

① 〔僧〕齐己《听泉》:"落石几万仞,冷声飘远空。高秋初雨后,半夜乱山中。只有照壁月,更无吹叶风。几曾庐岳听,到晓与僧同。"

成林日,新抽锦箨看。"《落花》诗:"繁艳根株在,明年向此期。"这些句子也是诗的尾联,全都是齐己的作品。① 由此可见,景淳所说的"断",就是指诗的结尾,也就唐五代诗格著作中常说的"断句"。② 所谓"离题断",似乎指以不直接或间接写题中之物、人与事作结;所谓"抱题断",似乎指紧扣题中之物、人与事,以对未来结果的期待或预料作结。这显然是通过尾联与诗题之间的关系来讨论诗歌如何作结的问题。这也是诗法研究中经常讨论的问题。

5. 关于诗句的体势。这是晚唐五代诗格著作最喜欢讨论的话题。《诗评》继续了这一话题,并提出了自己的看法。《诗评》说:"凡为诗要识体势,或状同山立,或势若河流。今立二势格:一曰盘古格;二曰腾骧格。"从这个解释或说明来看,《诗评》所说的"体势",显然是指诗句的气势或体格。这里我们要注意的是,景淳将"识体势"看成是"为诗"的首要前提。言外之意,如果不识体势,要写出好诗绝无可能。景淳在这里提出了盘古格和腾骧格这两种体势。所谓"盘古格",《诗评》所举的诗例是"毛女当空户,日高犹未流""石室人心定,水潭月影残""还知旧山夜,卧听瀑泉时""白发无心镊,青山去意多""衣褐惟粗布,筐箱只素书""竹笼拾山果,瓦瓶担石泉""陶情新竹叶,辟恶古菱花""故园从小别,夜雨近秋闻"。按《诗评》的解释:"以上并是形势,但不得动。"这就是说,以上诗句是在"形",也就是表现上具有"势"的特点,但不具"动"态。这个"形",从其盘古格的命名来看,实际上指高古的风格或境界。所谓"腾骧格",《诗评》所举的诗例是"溯流随大旆,到岸见全军""经秋禅客病,积雨石楼荒""瓶残秦地水,锡入晋山云""书剑别南州,炎荒万里游""拂琴天籁寂,欹枕海涛生""山盘樵径上,人到雪房迟"。并说:"以上并是语势,不定作用者也。"这就是说,这些诗句都是在语言上具有"势"的特

---

① 如《新栽松》诗:"野僧教种法,苒苒出蓬蒿。百岁催人老,千年待尔高。静宜兼竹石,幽合近猿猱。他日成阴后,秋风吹海涛。"

② 如〔僧〕神彧《诗格》"论诗尾"条云:"诗之结尾,亦云断句,亦云落句。"

点。从所举的诗例及腾骧格的命名来看,景淳所说的"腾骧格"显然是指气势宏大,气象恢宏的风格或境界。

作为一部诗格类著作,《诗评》中的某些论述是有一定意义的,例如诗句与诗题的关系、诗如何结尾等。尤其应当注意的是,《诗评》中提出了诗法中一个不属于技巧,而又与诗法有密切联系的问题,即诗的辨体问题。

《诗评》云:"一曰诗人之体为上。二曰骚人之体为中。三曰事流之体为下。"在这里,景淳虽然没有直接说到诗歌创作很重要的是要辨体,但是,他首先将"体"的问题提了出来,而且将"诗人之体""骚人之体"与"事流之体"区分了高下。景淳所说的"诗人之体"显然是指《诗经》中的诗歌,"骚人之体"指屈原《离骚》这一类作品,而"事流之体"的具体含义我们不太清楚,但从这三体的排列顺序来看,这很可能指的是《离骚》之后的某一类诗体。

可见,在景淳的诗体观念中,时代越古老,诗体越高古,因而越值得效仿。景淳之所以要将这三体分出上、中、下三等,实际上是希望学诗者向《诗经》学习,至少也得仿效《离骚》,而不能学习等而下之的"事流之体"。就具体的思想和见解来说,景淳这种三分法的观点并无多少新意,但是,如果我们将其放到整个古代诗法学史上去考察,就会发现它有一些特殊的意义。

在中国古代诗法学的研究中,诗法的研究与学习,从来就不是一个纯粹的艺术技巧的问题,而是整个诗歌创作系统。其中一个非常重要的内容是辨体。这种辨体的思想,到南宋的严羽《沧浪诗话》中表现得极为突出。如果我们将景淳的观点与严羽的观点作一个比较,就可以发现他们有类似之处,但景淳是远在严羽之前。可见,在学诗辨体的问题上,景淳是有其先见之明的。

第五节　　黄庭坚全面的诗法论

如果说,北宋初中期的晏殊、王安石等人在诗法的研究上继承了唐五代细密的传统,做得更为细密、精致、深入的话,那么,随着江西诗派的兴起,更为细密、深入,更为全面的诗法研究也随之产生。这可以说是宋代诗法学研究的鼎盛时期。

入宋以后,关于诗法的论述都是点状或个别的,但是,到了黄庭坚时,这种情况就发生了巨大的变化了。可以说,他是宋代第一个有着全面的诗法观,并进行了全面论述的人。

黄庭坚对方法似乎有着天生的敏感,他观察、阅读时,往往爱从方法论的角度来考虑问题,这对于他的成长和成熟是十分有利的。《曲洧旧闻》卷四:"古语云:'大匠不示人以璞。'盖恐人见其斧凿痕迹也。黄鲁直于相国寺得宋子京《唐史稿》一册,归而熟视之,自是文章日进。此无他也,见其窜易句字与初造意不同,而识其用意所起故也。"见宋祁《唐史稿》草稿上的修改痕迹而悟作文之道,这是黄庭坚的聪明之处。为什么能悟? 就是因为从方法上得到了启发。也正因为如此,所以,黄庭坚才在诗法的研究上提出了全面的诗法观。

黄庭坚的全面诗法观与论述,首先就表现在他往往是从诗法的角度来观察、批评诗歌的。"所寄诗,醇淡而有句法。所论史事,不随世许可取明于己者;而论古人,语约而意深。文章之法度盖当如此。"(《答何静翁书》)答复何静翁,说到他的诗的特点,首先是肯定其诗"有句法",然后又肯定他论古人时"语约而意深",最后总体肯定了他"文章之法度盖当如此"。显然,着眼点在于文章的法度。他又说:"文章最为儒者末事,然索学之,又不可不知其曲折,幸熟思之。"(《答洪驹父书》)虽然对文章的地位他并不看重,但是,他又说,既然要写诗作文,就要十分重视其法度曲折,特别将法度曲折拈出加以强调,可见他对诗法的重视。他又说:

"若欲作楚词追配古人,直须熟读《楚辞》,观古人用意曲折处讲学之,然后下笔。譬如巧女文绣妙一世,若欲作锦,必得锦机乃能成锦耳。"(《答洪驹父书》)熟读是必要的前提,熟读的重点在于"观古人用意曲折处",也就是诗法。做到了这一点,然后再下笔,这是写好诗的基础与关键。这就好像手巧的女工刺绣一样,必然是先懂得"锦机",也就是织锦的方法,才可能织成锦。这就将诗法视为诗歌创作的基础与前提了。

第六节　江西后学及南宋学者对诗法的研究

黄庭坚之后,受其影响,江西后学以及南宋学者对诗法的研究更是如火如荼,所取得的成果也是十分丰富的。

一、关于字法的研究

早在《文心雕龙》就有了《炼字》一章,强调"善为文者,富于万篇,贫于一字,一字非少,相避为难也"。但主要是强调要"一避诡异,二省联边,三权重出,四调单复"。显然,这是讨论一般的用字原则,还不是讨论关键字的问题。在唐代的诗格著作中,就强调了炼字,对诗句中关键字,即后人所说的"诗眼"有了初步的研究,但浅尝辄止,到了宋代,江西诗派的后学则在这一方面作了更多的强调,作了更加深入的研究。

首先是关于关键字的研究。宋真宗时"九僧"之一的僧保暹在《处囊诀》中就说:"诗有眼。贾生《逢僧》诗'于上中秋月,人间半世灯'。'灯'字乃是眼也。又诗'鸟宿池边树,僧敲月下门'。'敲'字乃是眼也。又诗'过桥分野色,移石动云根'。'分'字乃是眼也。杜甫诗'江动月移石,溪虚云傍花'。'移'字乃是眼也。"这是现存文献中,较早将诗中的关键字称之为"诗眼"的。但是,保暹只是指出了诗有眼这种现象,没有对其特点和作用等作进一步的阐述。

到了范温,其《潜溪诗眼》则说:"诗句以一字为工,自然颖异不凡,如灵丹一粒,点铁成金也。浩然云:'微云淡河汉,疏雨滴梧桐',工在'淡''滴'字。如陈舍人从易偶得杜集旧本,至《送蔡都尉》云:'身轻一鸟',其下脱一字。陈公因与数客各以一字补之,或曰疾,或曰落,或曰起,或曰下,莫能定。其后得一善本,乃是'身轻一鸟过',陈公叹服,一'过'字为工也。"[1]范温在这里所说的"点铁成金"与黄庭坚所说的"点铁成金"不同,指的是通过反复的思考与选择,炼成一字,安排在诗句中,这样就可以造成不俗的艺术效果,"如灵丹一粒,点铁成金"。从他所举的诗例中,显然是从孟浩然、杜甫诗歌中得到的启发。在范温看来,要使诗歌与众不同,取得优秀的艺术效果,这一字的炼成是必不可少的,否则就失之平庸了。范温不仅指出了诗有眼这种现象,而且指出了其作用。

到了潘大临、吕本中时,则有了这样的论述:

东莱吕居仁曰:"诗每句中须有一两字响,响字乃妙指。如子美'身轻一鸟过''飞燕受风斜','过'字、'受'字皆一句响字也。'"(蔡梦弼《杜工部草堂诗话》卷二)

潘邠老云:"七言诗第五字要响,如'返照入江翻石壁,归云拥树失山村','翻'字、'失'字是响字也。五言诗第三字要响,如'圆荷浮小叶,细麦落轻花','浮'字、'落'字是响字也。所谓响者,致力处也。"(吕本中《童蒙诗训》)

这两段话,不仅对关键字的称呼有了变化,称之为"响字"[2],而且对"响字"的作用和安排的位置也作了强调,这是以前很少有的论述。第一段话是吕本中关于"响字"的论述。所谓"响字"就是诗句中的"妙指",从他所举诗例来看,也就是最能体现诗歌微妙之处,最具表现力的字,也

---

[1] 郭绍虞:《宋诗话辑佚》(上),中华书局,1980,第333—334页。

[2] "响字"本指音乐而言,宋人为何用来指妙字、关键字,原因不明,敬请方家教导。

就是第二段话中的"致力处也"。值得注意的是,吕本中不仅指出了诗中要有"响字",而且"每句中须有一两响字"。这就提出了两方面的要求:一是每句中要有,而不是只需一两句中有;二是每句中要有一两响字,在数量上不要过多。吕本中对"响字"的运用从数量上提出了他的看法,这是以前所没有的。这一说法固然有一定的道理,但是,要求每一句都有"响字",而且要有一两字,显然过多过滥,也难以真正实现,就是杜甫的作品也无法完全做到。第二段话引述潘大临认为"七言诗第五字要响""五言诗第三字要响"的观点,并引诗例加以说明。而"所谓响者,致力处也"很可能是吕本中对此的说明。潘大临的话尤其值得注意,他最引人注目的是在"响字"安排的具体位置上提出了他的看法,指出七言诗的第五字、五言诗的第三字要安排"响字"。显然,潘大临看到了七言诗的第五字、五言诗的第三字是诗句中的关键和要害处,在这一位置安排"响字"可以使诗句的意脉前后更为贯通,更具表现力,这一观点也是以前关于炼字的论述所未曾有过的,表现了潘大临敏锐细致的观察力。

在关键字的位置安排上,孙奕在《履斋示儿编》中作了更充分的发挥:

> 诗人嘲弄万象,每句必须炼字。子美工巧尤多。如《春日江村》诗云:"过懒从衣结,频游任履穿。"又云:"经心石镜月,到面雪山风。"《陪王使君晦日泛江》云:"稍知花改岸,始验鸟随舟"。……皆炼得句首字好也。《北风》云:"爽携卑湿地,声拔洞庭湖。"《壮游》云:"气劘屈贾垒,目短曹刘墙。"……皆炼得第二字好也。(卷十"炼字"条)

孙奕在这里强调了两个观点:一是"每句必须炼字",二是诗句的各个位置都可以炼字,五言句从第一字到第五字,七言句从第一字到第七字,甚至全句都可以炼。所以,在这条材料之后有"五言全句好""七言全句好"的内容。孙奕的这一说法,在炼字的数量及位置的安排上,均突破了前人的说法。

叶梦得则从另一个角度来论述。他说:

> 诗人以一字为工,世固知之,惟老杜变化开阖,出奇无穷,殆不可以形迹捕。如"江山有巴蜀,栋宇自齐梁",远近数千里,上下数百年,只在"有"与"自"两字间,而吞吐山川之气,俯仰古今之怀,皆见于言外。《滕王亭子》"粉墙犹竹色,虚阁自松声",若不用"犹""自"两字,则余八言凡亭子皆可用,不必滕王也。此皆工妙至到,人力不可及,而此老独雍容闲肆,出于自然,略不见其用力处。(《石林诗话》卷中)

"一字之工"当然是指诗眼了,叶梦得在这段话中实际上表达了一隐一显的两层含义:隐的是他所举的杜甫两联诗中所用的"有""自""犹"多是虚字,似乎表明了他对巧用虚字的欣赏。显的是他特别强调了杜诗在锤炼这些字时所表现出来的那种"雍容闲肆,出于自然,略不见其用力处"的自然无痕。这两方面的着眼点与前人的论述更进了一步。

其次是关于虚实字的研究。

关于虚实字的研究,南宋的吴沆表现得最为突出。他是从叠物的角度来讨论的。他在《环溪诗话》用了大量的篇幅来讨论这一问题,认为多叠物,就是多用实字,避免用虚字,这样才能取得"健"的效果。

与此相反,有人则认为,实词多少并不是写好诗的关键,而在于虚词的运用。范晞文说:"虚活字极难下,虚死字尤不易,盖虽是死字,欲使之活,此所以为难。老杜'古墙犹竹色,虚阁自松声'及'江山有巴蜀,栋宇自齐梁',人到于今诵之。予近读其《瞿塘两崖》诗云:'入天犹石色,穿水忽云根。''犹''忽'二字如浮云着风,闪烁无定,谁能迹其妙处?他如'江山且相见,戎马未安居''故国犹兵马,他乡亦鼓鼙''地偏初衣裌,山拥更登危''诗书遂墙壁,奴仆且旌旄',皆用力于一字。"(《对床夜语》卷二)这就强调了虚字的重要,认为虚字才是作诗的关键。杜诗"入天犹石色,穿水忽云根"之所以好,就在于有"犹""忽"二虚字。同样,"古墙犹竹色,虚阁自松声"及"江山有巴蜀,栋宇自齐梁""江山且相见,戎马未安居""故国犹兵马,他乡亦鼓鼙""地偏初衣袷,山拥更登危""诗书遂墙壁,奴仆且旌旄"等诗句之所以"人到于今诵之",也是因为诗句中有"犹""自""且""亦""更"等虚词的嵌入与运用,而且不是随便运用,而是"用力于一字",是锤炼所得。

楼昉在《过庭录》中在对前人运用虚字的基础上,提出了一个总结性的意见。他说:"文字之妙,只在几个助辞虚字上……助辞虚字,是过接斡旋千转万化处。"[1]楼昉的这段话提出了两个重要的观点:一是认为"文字之妙,只在几个助辞虚字上",这就是说,作诗的关键是几个助辞虚词的运用,而不是大量实词的运用。这已与吴沆等人重实词的观点不同。二是对助辞虚词的作用作了具体的说明,即它们的作用就是"过接斡旋千转万化处"。所谓"过接斡旋千转万化处",就是它们是语意的承上启下,表达千变万化情感的枢纽,使诗句更具活力。楼昉这话说得简洁,但颇具概括性,可谓言简意赅,对虚词的运用不仅仅停留在举例的层面上,而且有具体的理论阐述。

而罗大经在《鹤林玉露》中的说法则更具体,也更形象:

> 作诗要健字撑拄,要活字斡旋。如"红入桃花嫩,青归柳叶新""弟子贫原宪,诸生老伏虔"。"入"与"归"字,"贫"与"老"字,乃撑拄也。"生理何颜面,忧端且岁时""名岂文章著,官应老病休"。"何"与"且"字,"岂"与"应"字,乃斡旋也。撑拄如屋之有柱,斡旋如车之有轴,文亦然。诗以字,文以句。(《鹤林玉露》甲编卷六)

这段话提出了一个鲜明的观点,那就是"作诗要健字撑拄,要活字斡旋"。所谓"健字",罗大经所举的是"入""归""贫""老"四字,用今天的

---

[1] 涵芬楼本《说郛》第二十二册卷四十九。

眼光来看,它们都是动词和形容词,在古代属于实字。而"何""且""岂""应"四字属于疑问代词、连词等,在古代属于虚字。只不过,罗大经没有用实字、虚字的概念,而是用健字、活字的概念,但其实质是一样的。显然,在罗大经心目中,健字与活字的运用,是诗句构成的一项重要技巧,其原则与要点就在于健字与活字结合,用健字来"撑拄",用活字来"斡旋"。如何用健字来"撑拄",用活字来"斡旋"? 罗大经给出了具体的说明和解释,那就是"撑拄如屋之有柱,斡旋如车之有轴"。从他的说明和解释中我们可以看到,用健字来"撑拄",就是如同建房子一样,用健字(词)作为柱子和其他木结构来建成一个稳定的基本框架。用活字来"斡旋",就如同造车子,用活字(词)来制造成车轴,形成一个能活动的机制。健字是求稳,活字是求动,动静结合,方为好句。罗大经的这一说法,可以说是十分新颖形象的,也揭示了构句法中十分重要的原则与方法。因为,活(实)字的好处是形象而具体,但仅有活(实)字,诗句就失于板滞。活(虚)字的好处是能很好地传达作者微妙的情感,使表达更为艺术婉转,意脉也更为清晰,但仅有活(虚)字,诗句就容易失于轻浅。所以,二者结合,相互参用,才是诗家妙旨。

对虚实字的运用方法及其功能作这样深入的阐释,是宋人在诗法研究上的一大贡献,其深度远远超越了前人。

范晞文在研究杜诗的过程中,发现了另一种用字现象:"老杜多欲以颜色字置第一字,却引实字来,如'红入桃花嫩,青归柳叶新'是也。不如此,则语既弱而气亦馁。他如'青惜峰峦过,黄知橘柚来''碧知湖外草,红见海东云''绿垂风折笋,红绽雨肥梅''红浸珊瑚短,青悬薜荔长''翠深开断壁,红远结飞楼''翠干危栈竹,红腻小湖莲''紫收岷岭芋,白种陆池莲',皆如前体。若'白摧朽骨龙虎死,黑入太阴雷雨垂',益壮而险矣。"(《对床夜语》卷三)"多欲以颜色字置第一字,却引实字来"的用字安排,就是将描述颜色的形容词置于诗句之首,然后再续接实字。例如"红入桃花嫩,青归柳叶新"中,"红""青"是颜色字,"桃花""柳叶"是实字。

　　范晞文认为,这种句式是形成较强表现力的重要保证。范晞文通过搜集杜诗中大量此类的诗句,发现了杜甫在造句用字上的这种特点,可以看出,范晞文的眼光是比较敏锐的,可以说在理论上第一次将这种字法作了明确的揭示。当然,从诗句的表现效果来说,仅仅将其表现力的形成归结于"以颜色字置第一字,却引实字来",并认为"不如此,则语既弱而气亦馁",这显然又是不尽客观的,因为在这些诗句中,其他的词,尤其是动词往往起着重要的作用。例如"红入桃花嫩,青归柳叶新"中的"入""归"字,"绿垂风折笋,红绽雨肥梅"中的"垂""绽",这些动词不仅表现了诗句中颜色字的动态,而且激活了整个诗句,起着不可替代的作用。但不管怎样,范晞文归纳出来的这种用字法还是值得充分重视的。

　　除此之外,宋人还对用字的生与熟、俗与雅等问题展开过研究,例如提出了以俗为雅的理论等,也取得了可观的成就。

二、对用典的研究

　　用典一直是诗歌创作中一种重要的手法。《文心雕龙》中有《事类》一篇专论用典,认为"事类者,盖文章之外,据事以类义,援古以证今者也"。"夫经典沉深,载籍浩瀚,实群言之奥区,而才思之神皋也。扬班以下,莫不取资,任力耕耨,纵意渔猎,操刀能割,必裂膏腴。是以将赡才力,务在博见,狐腋非一皮能温,鸡跖必数千而饱矣。是以综学在博,取事贵约,校练务精,捃理须核,众美辐辏,表里发挥。""凡用旧合机,不啻自其口出,引事乖谬,虽千载而为瑕。"对用典的原则作了阐述。《颜氏家训·文章篇》云:"沈隐侯曰:'文章当从三易:易见事,一也,易识字,二也,易诵读,三也。'邢子才常曰:'沈侯文章,用事不使人觉,若胸臆语也。'深以此服之。"提出了用事的最高境界是"用事不使人觉,若胸臆语也"。唐五代诗格著作中,也有对用典的原则与方法的论述。

入宋以后,随着以学问为诗风气的兴起,对用典的原则与方法的探讨无论在广度还是深度上,均远超前人。

宋人对用典方法的研究主要从正反两方面来进行。

从正面的研究,主要是肯定和总结其方法、原则,即要追求亲切、浑成。《西清诗话》卷上云:"作诗妙处在以故事叙实事,王文公尤高胜。熙宁中,华山圮,冰木稼。不久,韩魏公薨。公作诗:'木稼尝闻达官怕,山颓果见哲人萎。'用孔子语'太山其颓乎'。《旧唐书》:宁王卧疾,引谚语曰:'木稼达官怕。'必大臣当之,吾其死矣。已而果然。此故事叙实事也。"①认为诗歌创作的高妙之处在于"以故事叙实事",也就是用典故来表现当代之事。这就将用典与诗歌创作的一般规律结合在一起了。《王直方诗话》云:"舒王《送吴仲庶待制守潭》诗云:'自古楚有材,醽醁多美酒。不知樽前客,更得贾生否。'盖贾谊初为河南吴公召置门下,而谪死长沙,其用事之精,可为诗法。"②王安石四句用典之所以被称赞为"用事之精,可为诗法",是因为诗中的吴仲庶姓吴,从河南出守潭州,而汉代的贾谊"初为河南吴公召置门下,而谪死长沙"。因此,这四句关合着不同时代的人同姓、同地名而言的,所以巧妙,可为用典之法。

《漫叟诗话》载:"东坡《和李公择诗》云:'敝裘羸马古河滨,野阔天低惨玉尘。自笑餐毡典属国,来看换酒谪仙人。'盖为苏、李也。用事亲切如此,他人不及。"③苏轼此诗用苏武、李陵的典故,一姓苏,一姓李,而苏轼与李公择也是一姓苏,一姓李,所以"亲切"。《漫叟诗话》又载:"东坡最善用事,既显而易读,又切当。若《招持服人游湖不赴》云:'却忆呼卢袁彦道,难邀骂坐灌将军。'《柳氏求字答》云:'君家自有元和脚,莫厌家鸡更问人。'天然奇作。《贺人洗儿词》云:'犀钱玉果,利市平分沾四座;深愧无功,此事如何到得侬。'南唐时宫中尝赐洗儿果,有近臣谢表

① 蔡绦:《西清诗话》卷上,张伯伟编校:《稀见本宋人诗话四种》,江苏古籍出版社,2002,第178页。
②《王直方诗话》"舒王用贾生事"条,郭绍虞:《宋诗话辑佚》(上),中华书局,1980,第28页。
③《漫叟诗话》"东坡诗用事亲切"条,郭绍虞:《宋诗话辑佚》(上),中华书局,1980,第370页。

云：'猥蒙宠数,深愧无功。'李主曰：'此事卿安得有功?'尤为亲切。"[1]显而易读,又亲切,这既是用典的原则,也是方法。

《彦周诗话》云："凡作诗若正尔填实,谓之'点鬼簿',亦谓之'堆垛死尸'。能如《猩猩毛笔诗》曰：'平生几两屐? 身后五车书'。又如'管城子无食肉相,孔方兄有绝交书'。精妙明密,不可加矣,当以此语反三隅也。""当以此语反三隅也"就是认为黄庭坚这样的用典足以作为用典的榜样。其具体的方法就是活用,而不是简单地堆砌。《猩猩毛笔诗》全诗用了大量的典故[2],其中"平生几两屐,身后五车书"中的前句用《晋书·阮孚传》:阮孚酷爱屐,有人去拜访他,"正见(孚)自蜡屐,因自叹曰：'未知一生当着几两屐!'"后句用《庄子》:"惠施多方,其书五车。"黄庭坚在用这两个典故时,只用了其字面,但前句又暗接上文"爱酒醉魂在"的典故中猩猩因饮酒而取屐,因而被人擒获的内容,又借此感叹人生短暂。而后句的"身后"则是双关语,有死后之意,因此,明是写惠施身后有五车书相随,暗是写猩猩死后其毛作笔写作出了大量书籍。两句相合,则有感叹猩猩生命虽短,但贡献良多之意。这样的用典,可谓活用至极。

活用而不堆砌,并且又要做到自然浑成,这是宋人推崇的用典的最高境界。所以,《蔡宽夫诗话》云："人亦有事非当用,而炉锤驱驾,若出自然者。杜子美《收京诗》以樱桃对杕杜,荐樱桃事,初若不类,及其云'赏因歌杕杜,归及荐樱桃',则浑然天成,略不见牵强之迹,如此乃为工耳。"[3]杜甫《收京》诗三首其三云："汗马收宫阙,春城铲贼壕。赏应歌杕杜,归及荐樱桃。杂虏横戈数,功臣甲第高。万方频送喜,无乃圣躬劳。""赏应歌杕杜,归及荐樱桃"中以樱桃对杕杜,其中《杕杜》是《诗经》中的

---

[1] 《漫叟诗话》"东坡善用事"条,郭绍虞：《宋诗话辑佚》(上),中华书局,1980,第363页。

[2] 《猩猩毛笔诗》："爱酒醉魂在,能言机事疏。平生几两屐,身后五车书。物色看王会,勋劳在石渠。拔毛能济世,端为谢杨朱。"

[3] 《蔡宽夫诗话》"用事浑成"条,郭绍虞：《宋诗话辑佚》卷下,中华书局,1980,第389—390页。

一篇,其主旨是"劳远役也",诗托杜梨起兴,表现闺妇盼望在外服役的征人早日归来。后世用作咏凯旋之典。"荐樱桃",《礼记·月令》:"是月(仲夏之月)也,天子乃以雏尝黍,羞以含桃先荐寝庙。"郑玄注:"含桃,樱桃也。"杜甫这两句用典,不仅用经籍中语,对仗工整,而且前句言慰劳将士,后句言祭祀宗庙,与全诗内容非常切合,因而"浑然天成,略不见牵强之迹"。这既是用典的方法,也是用典的最高境界。在宋人看来,在用典的浑成上,杜甫是做得最好的榜样。《西清诗话》云:"杜少陵云:作诗用事,要如禅家语'水中着盐,饮水乃知盐味'。此说,诗家秘密藏也。如'五更鼓角声悲壮,三峡星河影动摇'。人徒见凌轹造化之工,不知乃用事也。《祢衡传》:'挝渔阳掺,声悲壮。'《汉武故事》:'星辰动摇,东方朔谓民劳之应。'则善用事者,如系风捕影,岂有迹耶!"[1]如果杜甫真有"作诗用事,要如禅家语'水中着盐,饮水乃知盐味'"的说法,那真是天才的论述。这实际上就要求用典自然无痕。《西清诗话》的作者蔡绦认为这是"诗家秘密藏",可见他对这种观点和方法的推崇。而杜甫"五更鼓角声悲壮,三峡星河影动摇"就是他言行一致的表现,在用典上真正做到了自然无痕迹,所以受到了蔡绦的高度称赞。

　　与"浑然天成,略不见牵强之迹"类似的另一说法是用事如自己出。这也就是贺铸所说的"学诗于前辈,得八句法"中的一种"用事工者如己出"(《王直方诗话》)。《对床夜语》卷四批评"诗家病使事太多,盖皆取其与题合者类之,如此乃是编事"的倾向,并举李商隐《人日》诗"文王喻复今朝是,子晋吹笙此日同。舜格有苗旬太远,周称流火月难穷。镂金作胜传荆俗,翦彩为人起晋风。独想道衡诗思苦,离家恨得二年中"为例,认为这样的用典"虽工何益"。但是,又认为:"若《隋宫》诗云:'玉玺不缘归日角,锦帆应是到天涯。'又《筹笔驿》云:'管乐有才真不忝,关张无命欲何如。'则融化斡旋如自己出,精粗顿异也。"所以,典故运用上,做到"融化斡旋如自己出"是十分重要的。《竹坡诗话》说:"凡诗人作语,

---

① 魏庆之:《诗人玉屑》卷七"用事要无迹"条,上海古籍出版社,1978,第148页。

要令事在语中而人不知。余读太史公《天官书》：'天一、枪、棓、矛、盾动摇，角大，兵起。'杜少陵诗云：'五更鼓角声悲壮，三峡星河影动摇。'盖暗用迁语，而语中乃有用兵之意。诗至于此，可以为工也。"这"令事在语中而人不知"，就是用事如自己出，即使不知典故，也不妨碍对诗意的理解，这才是用典的最高境界。

要怎样做到"浑然天成，略不见牵强之迹"，王安石给出了一条路径。《蔡宽夫诗话》载："荆公尝云：诗家病使事太多，盖皆取其与题合者类之，如此乃是编事，虽工何益！若能自出己意，借事以相发明，情态毕出，则用事虽多，亦何所妨！"编事的用典方法是不可取的，只有"自出己意，借事以相发明，情态毕出"才是正途。《蔡宽夫诗话》给出了王安石自己诗歌中如何运用这一方法的例子："公诗如'董生只被《公羊》惑①，岂信捐书一语真'，'桔槔俯仰妨何事，抱瓮区区老此身'之类，皆意与本题不类，此真所谓使事也。"②"董生只被《公羊》惑，岂信捐书一语真"出自王安石《窥园》："杖策窥园日数巡，攀花弄草兴常新。董生只被《公羊》惑，肯信捐书一语真。"这两句用董仲舒用心读书治学，三年不窥园的典故。但反用其意，意谓宁肯相信董仲舒会放下书本去窥园的事实。"桔槔俯仰妨何事，抱瓮区区老此身"出自王安石《赐也》："赐也能言未识真，误将心许汉阴人。桔槔俯仰妨何事，抱瓮区区老此身。"全诗用《庄子·天地》所载子贡的故事：子贡过汉阴时，见一位老人反复地抱着瓮去浇菜，"搰搰然用力甚多而见功寡"，就建议他用桔槔（一种汲水机械）汲水。老人不愿意，说："有机械者必有机事，有机事者必有机心"，"机心存于胸中，则纯白不备；纯白不备，则神生不定；神生不定者，道之所不载也。吾非不知，羞而不为也"。于是子贡"瞒然惭，俯而不对"。王安石认为子贡不理解老人，所以就想将自己的想法强加于老人，建议老人不必抱瓮灌园，用机械效率可能更高。言外之意在批评子贡强人所难。这两个例子都是

① 感：一作"惑"。
② 《蔡宽夫诗话》"荆公言使事法"条，郭绍虞：《宋诗话辑佚》卷下，中华书局，1980，第419页。

111

"自出己意,借事以相发明"的典型,因此受到了《蔡宽夫诗话》的高度肯定。

从用典的前提来说,有人就认为:"诗之用事,不可牵强;必至于不得不用而后用之,则事辞为一,莫见其安排斗凑之迹。苏子瞻尝为人作挽诗云:'岂意日斜庚子后,忽惊岁在巳辰年。'此乃天生作对,不假人力。"(《石林诗话》)这就非常明确地说明用典的两个前提:一是最好不用,要用,也"必至于不得不用而后用之";二是用典时不可牵强,失之勉强。苏轼的"岂意日斜庚子后,忽惊岁在巳辰年"之所以好,是因为用典"天生作对,不假人力",完全是天然成对,妙手偶得。这实际上道出了用典需要注意的另一个问题。

从反面来说,主要是反对堆砌、深僻。《彦周诗话》:"凡作诗若正尔填实,谓之'点鬼簿',亦谓之'堆垛死尸'。"就是对堆砌典故最形象的批评。所以,《蔡宽夫诗话》:"王荆公晚年亦喜称义山诗,以为唐人知学老杜而得其藩篱,惟义山一人而已。每诵其'雪岭未归天外使,松州犹驻殿前军''永忆江湖归白发,欲回天地入扁舟'与'池光不受月,暮气欲沉山''江海三年客,乾坤百战场'之类,虽老杜亡以过也。义山诗合处信有过人,若其用事深僻,语工而意不及,自是其短。世人反以为奇而效之,故昆体之弊,适重其失,义山本不至是云。"①这就指出李商隐诗中存在"用事深僻,语工而意不及"的问题。深僻,一指用得隐避或隐晦,二指用的典故不是常用的,一般人往往不知出处。显然,作为一般的作者,这两方面是要极力避免的。西昆体恰恰在这方面学习了李商隐,是"适重其失",因此也就成了反面教材。

《蔡宽夫诗话》云:"前史称王筠善押强韵,固是诗家要处,然人贪于捉对用事者,往往多有趁韵之失。退之笔力雄赡,务以词采凭陵一时,故间亦不免此患。如《和席八》'绛阙银河晓,东风右掖春'诗终篇皆叙西

---

① 《蔡宽夫诗话》"王荆公爱义山诗"条,郭绍虞:《宋诗话辑佚》(下),中华书局,1980,第399—400页。

垣事。然其一联云'傍砌看红药,巡池咏白苹',事除柳浑外,别无出处;若是用此,则于前后诗意无相干,且趁苹字韵而已。"①这就对律诗的用典与押韵之间的关系提出了一个看法,即"贪于捉对用事者,往往多有趁韵之失",捉对、用事、押韵是律诗创作中不可或缺的三个要素,但有时为了押韵,凑足韵脚,就不得不勉强捉对、用事,从而失去了自然之美。这显然是从反面来研究用典的方法。韩愈《和席八十二韵》诗云:"绛阙银河曙,东风右掖春。官随名共美,花与思俱新。绮陌朝游间,绫衾夜直频。横门开日月,高阁切星辰。庭变寒前草,天销霁后尘。沟声通苑急,柳色压城匀。纶绋谋猷盛,丹青步武亲。芳菲含斧藻,光景畅形神。傍砌看红药,巡池咏白苹。多情怀酒伴,余事作诗人。倚玉难藏拙,吹竽久混真。坐惭空自老,江海未还身。"认为此诗中的"傍砌看红药,巡池咏白苹"这两句,在典故的运用上,"事除柳浑外,别无出处",一方面是典故的出处不明,另一方面,也更重要的是,"若是用此,则于前后诗意无相干,且趁苹字韵而已"。也就是说,韩愈这两句,与前后的诗意无关,纯粹就是为了押韵的需要而用典。显然,这样的用典方式是要极力避免的。

　　从类别来说,宋人总结出了用典若干种分类。《潜溪诗眼》:"有意用事,有语用事。李义山'海外徒闻更九州',其意则用杨妃在蓬莱山,其语则用邹子云:'九州之外,更有九州',如此然后深稳健丽。"②将典故分为意用事和语用事两类。意用事就是用其内容,语用事就是用其语言。而《艺苑雌黄》则有另外的分法:"文人用故事,有直用其事者,有反其意而用之者,元之《谪守黄冈谢表》云:'宣室鬼神之问,岂望生还;茂陵《封禅》之书,惟期死后。'此一联每为人所称道,然皆直用贾谊、相如之事耳。李义山诗:'可怜夜半虚前席,不问苍生问鬼神。'虽说贾谊,然反其意而用之矣。林和靖诗:'茂陵他日求遗稿,犹喜曾无《封禅书》。'虽说相如,亦反其意而用之矣。直用其事,人皆能之,反其意而用之者,非识学素

----

① 《蔡宽夫诗话》"用事浑成"条,郭绍虞:《宋诗话辑佚》(下),中华书局,1980,第389—390页。
② 《潜溪诗眼》"命意用事"条,郭绍虞:《宋诗话辑佚》(上),中华书局,1980,第326页。

高,超越寻常拘挛之见,不规规然蹈袭前人陈述者,何以臻此。"①将用典分为直用和反用两类。直用,无疑就是不改变原来典故的意义,直接用其意。反用,就是改变典故的原来意义,反用其意。李商隐"可怜夜半虚前席,不问苍生问鬼神"用汉文帝问鬼神之事,据《史记·屈原贾生列传》载:"后岁余,贾生征见。孝文帝方受厘,坐宣室。上因感鬼神事,而问鬼神之本。贾生因具道所以然之状。至夜半,文帝前席。既罢,曰:'吾久不见贾生,自以为过之,今不及也。'居顷之,拜贾生为梁怀王太傅。"由此可见,后句"不问苍生问鬼神"中的"不问苍生"则是李商隐所生发出来的,表现出强烈的讽刺之意。同样,《封禅书》是汉武帝求仙荒唐行为的表现,因此,林逋的"茂陵他日求遗稿,犹喜曾无《封禅书》"中的"犹喜曾无《封禅书》"就是反用其意。

由上可见,宋人对用典所作的研究,其详细与深入,是前代无法相比的。

三、关于句法、联法的研究

句法,也就是造句法,主要涉及格律、节奏等。

如果说,唐五代对格律的研究是如何合律的话,那么,宋人对诗句格律的研究则是如何在律诗中做到不合常格,以取得更好的艺术效果。这就是宋人所说的"宁律不谐,不可令语弱""律诗之作,用字平侧,世固有定体,众共守之。然不若时用变体,如兵之出奇,变化无穷,以惊世骇目。"(《诗人玉屑》卷二引胡仔语)于是实现所谓拗体便成了宋人认真探究的方法了。

《王直方诗话》载:"山谷谓洪龟父云:'甥最爱老舅诗中何等篇?'龟父举'蜂房各自开户牖,蚁穴或梦封侯王'及'黄流不解涴明月,碧树为我

---

① 《艺苑雌黄》"反用故事法"条,郭绍虞:《宋诗话辑佚》(上),中华书局,1980,第566—567页。

生凉秋'，以为绝类工部。山谷云：'得之矣。'"为什么黄庭坚充分认可洪龟父所举的诗句"绝类工部"？原因就是这些诗句学习的是杜甫诗中的拗体，于结句的末三字均作三平声，迥异于一般七言律句的格律。这本是一般律诗所要避免的，然而，黄庭坚却是故意反其道而行之，原因就在于通过拗句以取得不凡的效果。

惠洪《天厨禁脔》云："鲁直换字对句法，如'只今满坐且尊酒，后夜此堂空月明''清谈落笔一万字，白眼举觞三百杯''田中谁闻不纳履，坐上适来何处蝇''秋千门巷火新改，桑柘田园春向分''忽乘舟去值花雨，寄得书来应麦秋'，其法于当下平字处，以仄字易之，欲其气挺然不群；前此未有人作此体，独鲁直变之。"①这种"于当下平字处，以仄易之"的做法，可以达到"其气挺然不群"的效果。并认为这是黄庭坚的独创。对此，胡仔作了反驳，认为："此体本出于老杜，如'宠光蕙叶与多碧，点注桃花舒小红''一双白鱼不受钓，三寸黄甘犹自青''外江三峡且相接，斗酒新诗终日疏''负盐出井此溪女，打鼓发船何郡郎''沙上草阁柳新暗，城边野池莲欲红'。似此体甚多，聊举此数联，非独鲁直变之也。今俗谓之拗句者是也。"这就指出了惠洪之失。虽然惠洪不知此前有杜甫，但是，他总结出的"于当下平字处，以仄易之"的拗句方法，对宋人来说却是具有普遍的方法论意义的。

范晞文的说法更具体："五言律诗，固要贴妥，然贴妥太过，必流于衰。时能出奇，于第三字中下一拗字，则贴妥中隐然有峻直之风。老杜有全篇如此者，试举其一云：'带甲满天地，胡为君远行？亲朋尽一哭，鞍马去孤城。草木岁月晚，关河霜雪清。别离已昨日，因见古人情。'散句如'乾坤万里眼，时序百年心''梅花万里外，雪片一冬深''一径野花落，孤村春水生''虫书玉佩藓，燕舞翠帷尘''村春雨外急，邻火夜深明'……用虚字而拗也。其他变态不一，却在临时斡旋之何如耳。苟执以为例，则尽成死法矣。"（《对床夜语》）他指出了如何用拗字的方法，那

---

① 魏庆之：《诗人玉屑》卷二"诗体"下"拗句"条，上海古籍出版社，1978，第37页。

就是在五言律诗中,在第三字中下一拗字,并在具体位置上作了提示。这样,就可以避免"贴妥太过"的毛病,以取得"贴妥中隐然有峻直之风"的效果,并举大量的诗句为例。

关于联法的研究,宋人也做得十分详细。所谓联法,就是关于律诗一联的写法。在宋代,主要涉及对偶及句意的安排。

(一)关于对偶

对偶是唐五代诗格著作中讨论的核心问题之一,是通过分类,冠以不同的名称,进而达到求工的目的。到了王安石时,在唐五代人的基础上,更加强调和突出如何做到精工。而到了宋代江西诗派后,人们对对偶的研究与态度基本上是从求工与求变这两方面来展开的。

求工这一方面,除了上文所引叶梦得对王安石精益求工的对偶之外,孙奕在《履斋示儿编》中鲜明地表达了求工的观点。他说:

> 诗贵于的对,而病于偏枯。虽子美沿有此病,如《重过何氏》曰:"手自栽蒲柳,家才足稻粱。"《寄李白》曰:"稻粱求未足,薏苡谤何频。"《田舍》曰:"榉柳枝枝弱,枇杷树树香。"以一草木对二草木也。《赠崔评事》曰:"燕王买骏骨,渭老得熊罴。"《得舍弟消息》曰:"浪传乌鹊喜,深负鹡鸰诗。"……此以一鸟兽对二鸟兽也。……(下文还有"以二字对一意""以二景物对一物""以一水对二山"等)大手笔如老杜则可,然未免为白圭之玷,恐后学不可效尤。(《履斋示儿编》卷九"偏枯对"条)

孙奕认为,"诗贵于的对,而病于偏枯"。按照这一标准,杜诗也是存在问题的,原因就在于杜诗中存在着以一草木对二草木、以二字对一意、以二景物对一物、以一水对二山等现象,例如,在"手自栽蒲柳,家才足稻粱"和"稻粱求未足,薏苡谤何频"这两联中,蒲柳、薏苡各是一种植物,而稻、粱是两种植物,因此,用它们来作对,就是以一草木对二草木,所以失之偏枯,也就是对偶不工,不属的对了。从技法的角度来说,这实际上指出了一草木对二草木等的对偶方式是不可取的。

基于"诗贵于的对,而病于偏枯"的观念,孙奕重点研究了借对的方法:

> 律诗有借对法,苟下字工巧,贤于正格也。少陵《北邻》云:"爱酒晋山简,能诗何水曹。"《赠张四学士》云:"紫诰仍兼绾,黄麻似六经。"又:"无复随高凤,空余泣聚萤。"《送杨六使西蕃》云:"子云清自守,今日起为官。"《寄韦有夏郎中》云:"饮子频通汗,怀君想报珠。"《九日》云:"坐开桑落酒,来折菊花枝。"盖用"山简"对"水曹","兼绾"对"六经","高凤"对"聚萤","子云"对"今日","饮子"对"怀君","桑落"对"菊花",亦"清秋方落帽,子夏正离群"之比也。如少游与子瞻同席,自矜髭髯之美,曰:"君子多乎哉。"子瞻戏曰:"小人樊须也。"尤借对之的者。况又全用经语。(《履斋示儿编》卷九"假对"条)

孙奕认为"律诗有借对法,苟下字工巧,贤于正格也",所谓正格,也就是一般的常规对偶。孙奕举了大量杜诗中的诗例说明杜甫在借对的使用上做得很出色,可供仿效学习。这从正面说明了借对遵循的原则与方法。《少陵诗正异》云:"'天窥象纬逼,云卧衣裳冷。'先生诗该众美者,不惟近体严于属对,至于古风句,对者亦然,观此诗可见矣。近人论诗,多以不必属对为高古,何耶!"[1]这种观点与孙奕类似。

与孙奕的观点相反,《蔡宽夫诗话》则说:"诗家有假对,本非用意,盖造语适到,因以用之。若杜子美'本无丹灶术,那免白头翁'、韩退之'眼穿长讶双鱼断,耳热何辞数爵频',借丹对白,借爵对鱼,皆偶然相值,立意下句,初不在此。而晚唐诸人,遂立以为格,贾岛'卷帘黄叶落,开户子规啼'、崔峒'因寻樵子径,偶到葛洪家'为例,以为假对胜的对,谓之高

---

① 魏庆之:《诗人玉屑》上卷七,上海古籍出版社,1978,第168页。

手,所谓痴人面前不得说梦也。"这一方面批评了"以为假对胜的对",也就是孙奕"苟下字工巧,贤于正格"的观点,另一方面又指出了借对的关键不是为了显示技巧高超,而是"本非用意,盖造语适到,因以用之",也就是说,本不是故意为之,而是"造语适到",自然而然就有所借用,于是就形成了借对。所以,将借对有意识地"立以为格",就走向了歧途。《蔡宽夫诗话》中这一观点无疑提示了诗法的本质,知有其法固然重要,但更重要的是要运用得自然妥帖,无斧凿之痕。

求变这一方面,尤其值得注意。江西诗派或受江西诗派影响的后学,常将对偶的工与不工,与诗歌的审美特征相联系。吴可《藏海诗话》说:"凡诗切对求工,必气弱。宁对不工,不可使气弱。"对偶求工,必"气"弱。所以,宁可不工,也不能使"气"弱。这样,"气"是第一位的,不能因求对偶之工而影响了"气",而且对偶求工本身就不可取。这话确切地表达了宋代中后期某些人士对对偶的看法。《诗史》云:"晚唐诗句尚切对,然气韵甚卑。郑棨《山居》云:'童子病归去,鹿麚寒入来。'自谓铢两轻重不差。有人作《梅花》云:'强半瘦因前夜雪,数枝愁向晓来天。'对属虽偏,亦有佳处。"①就是要通过偏枯的对偶来去除"气韵甚卑"的问题,取得特殊的艺术效果。

惠洪在《天厨禁脔》卷上中,列举了借对、当句对、偷春格、蜂腰格、隔句对、十字对句法、十四字对句法等对句的方法。这些对偶在前人的论述中或多或少都已出现,如借对、当句对等,但是,其中有一种是惠洪特别欣赏的,那就是大物对小物的对偶法。他说:"对句法,诗人穷尽其变,不过以事、以意、以出处具备谓之妙。如荆公曰:'平昔离愁宽带眼,迄今归思满琴心。'又曰:'欲寄岁寒无善画,赖传悲壮有能琴。'乃不若东坡征意特奇,如曰:'见说骑鲸游汗漫,亦曾扪虱话辛酸。'又曰:'蚕市风光思故国,马行灯火记当年。'又曰:'龙骧万斛不敢过,渔舟一叶纵掀舞。'以'鲸'为'虱'对,以'龙骧'为'渔舟'对,小大气焰之不等,其意若玩世。

---

① 魏庆之:《诗人玉屑》上卷七,上海古籍出版社,1978,第167页。

谓之秀杰之气终不可没者,此类是也。"(《冷斋夜话》卷四)显然,这种大小悬殊的对偶在惠洪看起来具有不同寻常的艺术效果,有一种"秀杰之气"。为什么会有这种效果?是因为在传统的审美观看来,铢两悉称才是对等和谐的,而巨物与微物之间在体积、地位等方面的落差恰恰冲击了人们的传统的印象与观念,因而显得特别与众不同。这显然是对求变的肯定。

刘辰翁说:"作诗如作字,凡一斋第一类欲以少许对多许,然气骨适称,识者盖深许之。'桑麻深雨露,燕雀半生成',以'生成'对'雨露',字意政等,怨而不伤。使皆如'青归柳叶''红入桃花',上下语脉无甚惨黯,即也村学堂对属何异。后山识此,故云'功名不朽聊通袖,海道无违具一舟',几无一字偶切。简斋识此,故云'一凉恩到骨,四壁事多违',此今人所谓偏枯失对者,安知妙意正阿堵中。"(《须溪集》卷六《刘孚斋诗序》)刘辰翁显然是反对"青归柳叶""红入桃花"这类"上下语脉无甚惨黯"的对偶的,原因就是这类对偶虽然工切,但是内容上变化不大。所以,他是欣赏陈师道"功名不朽聊通袖,海道无违具一舟"这种"几无一字偶切"的对偶及陈与义"一凉恩到骨,四壁事多违"这种"此今人所谓偏枯失对者"的对偶的。正是这些看似失之偏枯的对偶,在刘辰翁看来,却正是"妙意政阿堵中"。这就充分肯定了对偶的偏枯,也就是对偶的变化所带来的价值和意义,从而为对偶指出了另一个方向。

葛立方在《韵语阳秋》中说:"近时论诗者,皆谓偶对不切,则失之粗;太切,则失之俗。如江西诗社所作,虑失之俗也,则往往不甚对,是亦一偏之见也。老杜《江陵》诗云:'地利西通蜀,天文北照秦。'《秦州》诗云:'水落鱼龙夜,山空鸟鼠秋。'……如此之类,可谓对偶太切矣,又何俗乎?如'杂蕊红相对,他时锦不如''磨灭余篇翰,平生一钓舟'之类,虽对不求太切,而未尝失格律也。学诗者当审此。"不切与太切是两个极端,江西诗派显然是反对太切的,这是对以前对偶求工行为的反动,而葛立方显然又是对江西诗派观点的反拨。从中可以看到对对偶态度的变化。

(二)关于上下句的关系

葛立方在《韵语阳秋》中说:"《选》诗骈句甚多,如'宣尼悲获麟,西狩涕孔丘''千忧集日夜,万感盈朝昏''万古陈往还,百代劳起伏''多士成大业,群贤济洪绩'之类,恐不足为后人之法也。"这就指出了上下两句句意重复是《选》诗的特点,是不可取的。那么,哪种关系才是可取的呢?葛立方说:"律诗中间对联,两句意甚远,而中实潜贯者,最为高作。如介甫《示平甫》诗云:'家世到今宜有后,才士如此岂无时。'《答陈正叔》云:'此道未行身有待,古人不见首空回。'鲁直《答彦和》诗云:'天于万物定贫我,智效一官全为亲。'《上叔父夷仲》诗云:'万里书来儿女瘦,十月山行冰雪深。'欧阳永叔《送王平甫下第》诗云:'朝廷失士有司耻,贫贱不忧君子难。'《送张道州》诗云:'身行南雁不到处,山与北人相对愁。'如此之类,与规规然在于媲青对白者,相去万里矣。鲁直如此句甚多,不能概举也。"(《韵语阳秋》卷一)葛立方所举的这些诗句其实都是对偶,但它们的特点不是"规规然在于媲青对白者",而是"两句意甚远,而中实潜贯者",意思是上下两句的表面意思相差悬殊,但中间又有暗中相通的情感与思想将其联系在一起,貌远实近,如同陌路,暗通款曲。例如"万里书来儿女瘦,十月山行冰雪深",上句写儿女瘦,下句写冰雪深,两句似无关联,但它们组合在一起时,便产生了 1+1>2 的效果。两句其实都在描写处境的艰难,这便是"中实潜贯者",也就是诗句的意脉。在意脉不断的情况下,上下句貌异而心同,故为高作。

葛立方还探讨了十字格的运用。他说:"梅圣俞五字律诗,于对联中十字作一意处甚多。如《碧澜亭》诗云:'危楼喧晚鼓,惊鹭起寒汀。'《初见淮山》云:'朝来汴口望,喜见淮上山。'《送俞驾部》云:'何时鹢舟上,远见炉峰迎。'……如此者不可胜举。诗家谓之十字格。今人用此格者殊少也。老杜亦时有此格。《放船》诗云:'直愁骑马滑,故作泛舟回。'《对雨》云:'不愁巴道路,恐湿汉旌旗。'……"(《韵语阳秋》)所谓十字格,就是"对联中十字作一意",就是一联中的上下两句合在一起表达一个完整的意思,而不是各有其意。看起来是两句,实际上是一个整体。这显然是针对律诗中间两联而言的,因为人们在写作律诗时,按要求中间两联要对仗,而在对仗时,上下两句往往各作一意,例如杜甫《旅夜书怀》:"细草微风岸,危樯独夜舟。星垂平野阔,月涌大江流。名岂文章著,官应老病休。飘飘何所似?天地一沙鸥。"这首诗的中间两联要求对仗,不管是颔联还是颈联,其上下两句均各自相对独立,"星垂平野阔"与"月涌大江流"表达的意思就不一样,"名岂文章著"与"官应老病休"也不一样。

由上可见,宋人在探讨诗歌句意的安排时,对前人,尤其是杜甫诗歌中的一些特殊现象有了敏锐的感受和细致的观察,并作了深入的探讨。这种探讨,确凿无疑地表明了宋代的诗法学在唐五代的基础上,继续在向深处开掘。

四、关于章法的研究

早在唐五代,人们对章法的研究就很重视,在旧题为白居易撰的《金针诗格》中就有了对律章法的研究:"破题,欲似狂风卷浪,势欲滔天。落句,欲似高山放石,一去无回。""第一联谓之'破题',欲如狂风卷浪,势欲滔天,又如海鸥风急,鸾凤倾巢,浪拍禹门,蛟龙失穴。第二联谓之'颔联',欲似骊龙之珠,善抱而不脱也。亦谓之'撼联'者,言其雄赡遒劲,能捭阖天地,动摇星辰也。第三联谓之'警联',欲似疾雷破山,观者骇愕,搜索幽隐,哭泣鬼神。第四联谓之'落句',欲如高山放石,一去不回。"(《诗人玉屑》卷十一)很显然,元代题为范德机所撰的《木天禁语》中有"唐人李淑,有《诗苑》一书,今世罕传。所述篇法,止有六格,不能尽律诗之变态"的话,这里的唐人李淑实为北宋人。① 这说明李淑在《诗苑》中已在归纳总结诗歌的章法。遗憾的是,李淑此书已佚。在此之后,关于章法结构的研究,在江西诗派及其后学中,这也是一个研究的重点。

大体而言,宋代对诗歌章法的研究主要从几个方面着眼:

其一,是立意。立意是一首诗歌之主,所以,对于诗歌创作来说,最重要的就是立意。苏轼早说过:"儋州虽数百家之聚,州人之所须,取之市而足,然不可徒得也,必有一物以摄之,然后为己用。所谓一物者,钱是也。作文亦然,天下之事,散在经子史中,不可徒使,必得一物以摄之,然后为己用。所谓一物者,意是也。不得钱不可以取物,不得意不可以明事,此作文之要也。"② 所以,《潜溪诗眼》说:"世俗所谓乐天《金针集》,殊鄙浅,然其中有可取者,'炼句不如炼意',非老于文学不能道此。"黄庭坚在《论作诗文》中说:"诗文不可凿空强作,待境而生,便自工耳。每作一篇,先立大意;长篇须曲折三致意,乃可成章。"这实际上就指出了立意在章法上的重要性,认为每作一诗,都必须首先确立这首诗的大意,以此作为全篇的线索和灵魂。同时,他还指出了长篇作品具体的章法安排,那就是"须曲折三致意"。并不是固定地三致意,而是反复多次致意,以此来关合作品的主题。范季随《室中语》则说:"凡作诗须命终篇之意,切勿以先得一句一联,因而成章;如此则意不多属。然古人亦不免如此。如述怀、即事之类,皆先成诗,而后命题者也。"又说:"作诗必先命意,意正则思生,然后择韵而用,如驱奴隶;此乃以韵承意,故首尾有序。今人非次韵诗,则迁意就韵,因韵求事;至于搜求小说佛书殆尽,使读之者惘然不知其所以,良有自也。"③ 这两段话一是认为作诗首先在确定一个贯穿始终的主题,也就是"意",不能先有一句一联之后再拼凑成章,因而就不会造成散乱的结果。二是认为"作诗必先命意,意正则思生",首先要

---

① 张健:《元代诗法校考》之《木天禁语》"七言律诗篇法"注(二),北京大学出版社,2001,第143页。

② 葛立方:《韵语阳秋》卷三,何文焕:《历代诗话》,中华书局,1981,第509—510页。

③ 魏庆之:《诗人玉屑》卷六"陵阳谓先须命意"条,上海古籍出版社,1978,第127页。

确定诗的主题或主线,更认为主题或主线正确,在创作中的各种灵感和构思也就接踵而至了。将"意"之正与"思"之生结合在一起,这是少见的妙论。而且还认为用韵是为达意服务的,有了意之后,如驱使奴隶般地用韵,就可以做到首尾有序了。这从另一个角度说明了命意的重要性。

其二,是形散神聚的整体观。苏辙在《诗病五事》中就有如下论述:"《大雅·绵》九章,初诵太王迁豳,建都邑,营宫室而已。至其八章乃曰:'肆不殄厥愠,亦不陨厥问。'始及昆夷之怨,尚可也。至其九章乃曰:'虞芮质厥成,文王蹶厥生。予曰有疏附,予曰有先后,予曰有奔奏,予曰有御侮。'事不接,文不属,如连山断岭,虽相去绝远,而气象联络,观者知其脉理之为一也。盖附离不以凿枘,此最为文之高致耳。"苏辙认为,《大雅·绵》在章法结构上的一个突出特点是"事不接,文不属,如连山断岭,虽相去绝远,而气象联络",也就是所写之事表面上不相连接,甚至相去甚远,但实际上却有内在的联系,即"气象联络"、脉理贯通。同样,杜甫的《哀江头》也是异曲同工:"老杜陷贼时有诗曰:'少陵野老吞声哭,春日潜行曲江曲。江头宫殿锁千门,细柳新蒲为谁绿?忆昔霓旌下南苑,苑中万物生颜色。昭阳殿里第一人,同辇随君侍君侧。辇前才人带弓箭,白马嚼啮黄金勒。翻身向天仰射云,一箭正坠双飞翼。明眸皓齿今何在?血污游魂归不得。清渭东流剑阁深,去住彼此无消息。人生有情泪沾臆,江水江花岂终极。黄昏胡骑尘满城,欲往城南忘南北。'予爱其词气如百金战马,注坡蓦涧,如履平地,得诗人之遗法。"苏辙认为杜甫此诗在章法上全篇是一个完整的整体,词气前后联属,互相贯通,得到了《大雅·绵》的遗法。相反,"如白乐天诗,词甚工,然拙于纪事,寸步不遗,犹恐失之。此所以望老杜之藩垣而不及也。"白居易的诗之所以"拙于纪事",远逊于杜甫,是因为"寸步不遗,犹恐失之",也就是在内容的安排上放不开手脚,做不到开阖有度,所以不佳。这就总结出来了章法安排上的形散而又"气象联络"的结构方法。

在章法研究上用力较多的范温,他受黄庭坚的影响很大,所以,对诗歌的章法也颇为重视。他在《潜溪诗眼》中说:

山谷言文章必谨布置,每见后学,多告以《原道》命意曲折。后予以此概考古人法度,如杜子美《赠韦见素诗》云:"纨绔不饿死,儒冠多误身",此一篇立意也,故使人静听而具陈之耳。自"甫昔少年日"至"再使风俗淳",皆儒冠事业也。自"此意竟萧条"至"蹭蹬无纵鳞",言误身如此也。则意举而文备,故已有是诗矣;然必言其所以见韦者,于是有厚愧真知之句。所以真知者,谓传诵其诗也。然宰相职在荐贤,不当徒爱人而已,士故不能无望,故曰:"窃效贡公喜,难甘原宪贫";果不能荐贤则去之可也,故曰:"焉能心怏怏,只是走踆踆";又将入海而去秦也。然其去也,必有迟迟不忍之意,故曰:"尚怜终南山,回首清渭滨";则所知不可以不别,故曰:"常拟报一饭,况怀辞大臣";夫如此是可以相忘于江湖之外,虽见素亦不得而见矣,故曰:"白鸥没浩荡,万里谁能驯",终焉。此诗前贤录为压卷,盖布置最得正体,如官府甲第厅堂房室,各有定处,不可乱也。韩文公《原道》,与《书》之《尧典》盖如此,其他皆谓之变体可也。盖变体如行云流水,初无定质,出于精微,夺乎天造,不可以形器求矣。然要之以正体为本,自然法度行乎其间。譬如用兵,奇正相生,初若不知正而径出于奇,则纷然无复纲纪,终于败乱而已矣……然则自古有文章,便有布置,讲学之士不可不知也。①

这段话中,范温坦言自己是受黄庭坚"文章必谨布置"的影响,黄庭坚告诫后学要多研究韩愈《原道》篇"命意曲折"的观点,也直接启发了他。于是,他便以黄庭坚为榜样,对杜甫《赠韦见素诗》(即《奉赠韦左丞丈二十二韵》)为例进行了分析。认为"纨绔不饿死,儒冠多误身"这两

---

① 范温:《潜溪诗眼》"山谷言诗法"条,郭绍虞:《宋诗话辑佚》卷上,中华书局,1980,第323—324页。

句是整首诗立意的核心,以下各句、各联,都是从不同的角度对这一核心的申说,从而形成了一个严密完整的结构,在章法上井然有序。正因为如此,所以,"此诗前贤录为压卷,盖布置最得正体,如官府甲第厅堂房室,各有定处,不可乱也"。并认为,韩愈的《原道》与《尚书》的《尧典》是谋篇布局的典范,也就是所谓的"正体",其他的都是在这一基础上的变体。变体虽然"如行云流水,初无定质,出于精微,夺乎天造,不可以形器求矣",但是,"要之以正体为本",因为正体是"自然法度行乎其间"。最后,范温强调"自古有文章,便有布置,讲学之士不可不知也"。在这段话中,范温不仅提出了要重视诗歌的布局的观点,同时也以杜诗为例提出了如何进行布局的方法。

周必大说过:"苏文忠公诗,初若豪迈天成,其实关键甚密。再来杭州《寿星院寒碧轩》诗,句句切题,而未尝拘。其云:'清风肃肃摇窗扉,窗前修竹一尺围。纷纷苍雪落夏簟,冉冉绿雾沾人衣。'寒碧各在其中。第五句'日高山蝉抱叶响',颇似无意,而杜诗云:'抱叶寒蝉静。'并叶言之,寒亦在中矣。'人静翠羽穿林飞',固不待言。末句却说破:'道人绝粒对寒碧,为问鹤骨何缘肥。'其妙如此。"(《二老堂诗话》)周必大所说的"关键甚密",就是指章法严密,结构严谨。这一特点突出地表现在苏轼的《寿星院寒碧轩》一诗中。这首诗题中的"寒碧"二字是核心,全诗便围绕此二字展开,前四句不明言,但通过天气与环境的描写,已暗中有"寒碧"之意。"日高山蝉抱叶响"化用杜诗"抱叶寒蝉静",看似无意,联系杜诗,实则有意。至末尾才最终道破"寒碧"二字。整首诗,似散而不散,线索清楚,明暗结合,充分体现了细密的针线,缜密的构思。诗的整体性表现得十分突出。

也许是受了黄庭坚要重视韩愈《原道》命意曲折的影响,范温提出了律诗与散文同构的观点。他在他的《潜溪诗眼》中对此进行了深入而广泛的研究。他认为:"古人律诗亦是一片文章,语或似无伦次,而意若贯珠。"这就是说,古人律诗在篇章结构上是与散文相似的,看起来似乎语无伦次,实际上有一条核心主线贯穿其中,将各律诗各句串联起来,做到了形散而神不散。这就从篇章结构的角度,指出了律诗与散文同构。他举杜甫《十二月一日》诗为例说:"'今朝腊月春意动,云安县前江可怜。'此诗立意念岁月之迁易,感异乡之飘泊。其曰:'一声何处送书雁,百丈谁家上水船?'则羁愁旅思,皆在目前。'未将梅蕊惊愁眼,要取楸花媚远天。'梅望春而花,楸将夏而乃繁,言滞留之势,当自冬过春,始终见梅楸,则百花之开落皆在其中矣。以此益念故国,思朝廷,故曰:'明光起草人所羡,肺病几时朝日边。'"范温认为,杜甫此诗不管如何着笔,岁月流逝,流落异乡,思念故国,是贯穿始终的情感主线,因则形散神聚。同样,"《闻官军收河南河北》诗云:'剑外忽传收蓟北,初闻涕泪满衣裳。'夫人感极则悲,悲定而后喜,忽闻大盗之平,喜唐室复见太平。顾视妻子,知免流离,故曰:'却看妻子愁何在?'其喜之至也,不知手之舞之,足之蹈之,故曰:'漫卷诗书喜欲狂。'从此有乐生之心,故曰:'白日放歌须纵酒。'于是率中原流寓之人同归,以青春和暖之时即路。故曰:'青春作伴好还乡。'言其道途则曰:'欲从巴峡穿巫峡。'言其所归则曰:'便下襄阳到洛阳。'此盖曲尽一时之意,惬当众人之情,通畅而有条理,如辩士之语言也。"范温认为,杜甫的《闻官军收河南河北》各句之间有密切的联系,虽然各句的含义不一,从不同的角度入手,但最终形成了一个完整严密的整体,体现了严谨的章法结构,因而"通畅而有条理",如同那些能言善辩的辩士说话,逻辑严密,无懈可击。范温不仅认为律诗与散文同构,而且也与书法同构。所以,他进一步申说:"所谓意若贯珠,非唯文章,书亦如是……今人不求意处关纽,但以相似语言为贯穿,以停稳笔画为端直,岂不浅近也哉。"①这就要求用"意",也就是思想情感来贯穿始终,谋篇布局。范温律诗与散文、书法同构的这一观点,是以前的诗法研究者从来未曾提出的新看法。虽然黄庭坚在具体的分析上,常有将诗文合一进

---

① 范温:《潜溪诗眼》"律诗法同文章"条,郭绍虞:《宋诗话辑佚》(上),中华书局,1980,第318—319页。

行作法分析的做法,但他始终没有点破诗文同构这层纸。

《小园解后录》云:"'打起黄莺儿,莫教枝上啼。几回惊妾梦,不得到辽西。'此唐人诗也。人问诗法于韩公子苍,子苍令参此诗以为法。'汴水日驰三百里,扁舟东下更开帆。且辞杞国风微北,夜泊宁陵月正南。老树挟霜鸣窣窣,寒花承露落毵毵。茫然不悟身何处,水色天光共蔚蓝。'此韩子苍诗也。人问诗法于吕公居仁,居仁令参此诗以为法。后之学诗者,熟读此二篇,思过半矣。"①韩驹(子苍)之所以推崇唐人金昌绪的这首《春怨》,是因为这首诗结构新颖,在章法上颇得转折顿挫之妙,而主题又贯穿全诗。韩驹的这首《夜泊宁陵》之所以得到吕本中(居仁)的赞许,一个重要的原因是在章法上收放自如,但又是一个整体。《诗人玉屑》以"意脉贯通"四字为此条冠名,可谓精确。韩驹强调"凡作诗,使人读第一句知有第二句,读第二句知有第三句,次第终篇,方为至妙。如老杜'莽莽天涯雨,江村独立时。不愁巴道路,恐湿汉旌旗'是也。""大概作诗,要从首至尾,语脉联属,如有理词状。古诗云:'唤婢打鸦儿,莫教枝上啼。啼时惊妾梦,不得到辽西。'可为标准。"(《诗人玉屑》卷五)②强调虽有变化,但在章法上却要求有整体性。

其三是工拙组合、首尾变化的结构观。范温在章法上提出了一个颇具新意的看法:"老杜诗凡一篇皆工拙相半,古人文章类如此。"范温认为,杜甫诗在篇章布局上有一个普遍的特点,也就是普遍的方法,那就是"工拙相半",也就是诗中精工之句与平庸之句相互交织,各占一半。并且还进一步认为"古人文章类如此",即很多古代的文章(包括诗)都是这样一种章法安排。原因是"皆拙固无取,使其皆工,则峭急而无古气,如李贺之流是也"。都是拙句当然不可取,全篇都是精工的句子,也未必是好诗,因为这样的话,"则峭急而无古气"。唐代以前古诗的句子比较古拙,而唐人的诗句则较为精工,在范温看来,像李贺诗歌那样,全篇皆

工,无复古气,当然就不是完美的了。由此出发,范温提出了学诗之法:"后世学者,当先学其工者,精神气骨,皆在于此。"就是要先从精工入手,因为一首诗的"精神气质"主要体现在精工的诗句上。对此,范温举例来加以说明:"如《望岳》诗云:'齐鲁青未了',《洞庭》诗云:'吴楚东南坼,乾坤日夜浮。'语既高妙有力,而言东岳与洞庭之大,无过于此。后来文士极力道之,终有限量,益知其不可及。《望岳》第二句如此,故先云:'岱宗夫如何?'《洞庭》诗先如此,故后云:'亲朋无一字,老病有孤舟。'使《洞庭》诗无前两句,而皆如后两句,语虽健,终不工。《望岳》诗无第二句,而云:'岱宗夫如何',虽曰乱道可也。今人学诗多得老杜平慢处,乃邻女效颦者。"①范温举了杜甫的《望岳》和《登岳阳楼》两诗为例,认为《望岳》中的"齐鲁青未了"、《登岳阳楼》中的"吴楚东南坼,乾坤日夜浮"是精工句,而与之对应相连的"岱宗夫如何""亲朋无一字,老病有孤舟"则是拙句(平庸句)。正是它们相互交织,前后相连,形成了"工拙相半"的特点,所以才成就了这两首诗的伟大不凡。从学诗的角度来说,恰恰就应当从精工的句子入手,如果学的是平庸句,那就是东施效颦了。尽管当时如《漫叟诗话》有"诗中有拙句,不失为奇作"这样的说法,但相比之下,范温的这个说法还是颇为新奇的,也有一定的道理,所以清人潘德舆《养一斋李杜诗话》卷二中说:"范氏能知杜诗工拙相半,固为有见。""至谓'杜诗凡一篇皆工拙相半',亦不尽然。杜有全首拙者,七言绝最多;全首工者,七言绝亦有之。他诗愈多。其工拙杂糅之作,诚难更仆数,终不得谓其篇篇皆如此耳。"但将一切优秀的作品的结构布局固化为"工拙相半",显然是不准确的,比较准确的说法应当是"工拙相伴",而不是"工拙相半"。

范温的这个"工拙相半"的说法,《石林诗话》卷上也有类似的说法:"诗终篇有操纵,不可拘用一律。苏子瞻'林行婆家初闭户,翟夫子舍尚

---

① 范温:《潜溪诗眼》"诗贵工拙相半"条,郭绍虞:《宋诗话辑佚》卷上,中华书局,1980,第322—323页。

留关'。始读殆未测其意,盖下有"娟娟缺月黄昏后,袅袅新居紫翠间。系憀岂无罗带水,割愁还有剑铓山"四句,则入头不怕放行,宁伤于拙也!"前几句拙,以后的句子便无比精工,这就是章法上典型的"工拙相半"。

范温的"工拙相半"理论的核心是以工与拙作为章法结构的两大要素,以各占一半比例的方式来构建起一个诗歌章法结构的理想模型,这是中国古代诗法学史上第一个试图用定量的方式来描述章法结构的理论,虽然不完全准确,但其思路与方法是值得肯定的,值得大书特书。

其四是前后相续。葛立方观察到了一种现象:"老杜诗以后二句续前二句处甚多。如《喜弟观到》诗云:'待尔嗔乌鹊,抛书示鹡鸰。枝间喜不去,原上急曾经。'《晴诗》云:'啼乌争引子,鸣鹤不归林。下食遭泥去,高飞恨久阴。'《江阁卧病》云:'滑忆雕胡饭,香闻锦带羹。溜匙兼暖腹,谁欲致杯罍。'《寄张山人》诗云:'曹植休前辈,张芝更后身。数篇吟可老,一字买堪贫。'如此类甚多。此格起于谢灵运《庐陵王墓下》诗云:'延州协心许,楚老惜兰芳。解剑竟何及,抚坟徒自伤。'李白诗亦有此格,如'毛遂不堕井,曾参宁杀人!虚言误公子,投杼感慈亲'是也。"(《韵语阳秋》)这讨论的是诗歌中前两句与后两句在内容上的承接关系。一般情况下,诗歌创作,在内容上和表达上,往往是以一联两句为一个相对独立的单位,与上一联或下一联相互区别。而葛立方却看到了杜甫诗歌中存在较为普遍的"以后二句续前二句"的现象,就是后二句的内容承接上两句的内容,后二句是前二句在内容上的延续。如"曹植休前辈,张芝更后身。数篇吟可老,一字买堪贫",这是杜甫《寄张十二山人彪三十韵》中的诗句,前二句称赞张彪诗书绝妙,堪比曹植、张芝,后二句"数篇吟可老,一字买堪贫",一句说诗,一句说书,均紧接上两句张彪善诗书的意思而来,所以说是"续前二句"。这样的内容安排,在律诗中是比较少见的,因此,葛立方特别标出,并对其历史渊源作了梳理,由此可见葛立方的敏锐。

其五是强调变化。杨万里《诚斋诗话》云:"唐律七言八句,一篇之中,句句皆奇,一句之中,字字皆奇,古今作者皆难之。……如老杜《九日》诗:'老去悲秋强自宽,兴来今日尽君欢',不徒人句便字字属对,又第一句顷刻变化,才说悲秋,忽又自宽,以自对君甚切。君者君也,自者我也。'羞将短发还吹帽,笑倩旁人为正冠'将一事翻做一联。又孟嘉以落帽为风流,少陵以不落为风流,翻尽古人公案,最为妙法。'蓝水远从千涧落,玉山高并两峰寒',诗人至此,笔力多衰。于今方且雄杰挺拔,唤起一篇精神,自非笔力拔山,不至于此。'明年此会知谁健,醉把茱萸仔细看',则意味深长,悠然无穷矣。"杨万里这里强调的是杜甫《九日》这首诗在章法结构上最重要的特点是变化。从首联至尾联,每一联都不一样,每一联都有变化,而且往往与众不同,出人意料。因为如此,这首诗才成为杜诗中的名作。

其六是虚实(情景)组合搭配。范温之后,对诗歌章法研究得最深入的是周弼。周弼(1194—?),他是最早从景句与情句安排这一角度来谈章法问题的。在《三体诗选》(《三体诗选》又称《唐贤三体诗法》,或简称《诗法》等)这部著作中,周弼着重论述了绝句、五七言律诗中情语与景语的搭配、所占的比重及所处的位置,其中五七言律诗的中间两联是他关注的重点。他将五七言律诗中间两联的搭配分成四实、四虚、前虚后实、前实后虚四种类型,认为这些是五七言律诗最具有代表性的搭配方式。他所说的实与虚,是就内容来说的,主要就是景与情,这一点,稍后于他的方回说得很清楚:"周伯弼《诗法》分颔联、颈联四实四虚,前后虚实,不过情景之分。"①所谓四实,用周弼自己的话来说,就是"谓四句皆景物而实也"。如杜审言《早春游望》:"独有宦游人,偏惊物候新。云霞出海曙,梅柳渡江春。淑气催黄鸟,晴光转绿苹。忽闻歌古调,归思欲沾襟。"此诗中二联是明显的写景句,以实字为主,所以是四实。所谓四虚,用周弼的话说,"谓中四句皆情思而虚也"。如刘长卿《新年作》:"乡心

---

① 《跋仇仁近诗集》,宛委别藏抄本《桐江集》卷四,江苏古籍出版社,1988,第24页。

新岁切,天畔独潸然。老至居人下,春归在客先。岭猿同旦暮,江柳共风烟。已似长沙傅,从今又几年。"此诗中间二联的前一联是虚容易理解,后一联则有点费解。这一联表面上看来与一般写景句没有区别,但在周弼看来,这也是虚(抒情),原因在于,这样的句子是"以实为虚",而不是一般的"以虚为虚"。所谓前虚后实,据周弼说,是"前联情而虚,后联景而实"。如司空曙《云阳馆与韩升卿宿别》:"故人江海别,几度隔山川。乍见翻疑梦,相悲各问年。孤灯寒照雨,湿竹暗浮烟。更有明朝恨,离杯惜共传。"此诗中二联前虚后实的特征很明显。所谓前实后虚,如周弼所说,是"前联景而实,后联情而虚"。如王维《秋夜独坐》:"独坐悲双鬓,空堂欲二更。雨中山果落,灯下草虫鸣。白发终难变,黄金不可成。欲知除老病,唯有学无生。"此诗中二联前实后虚的特征也很明显。

由上可见,周弼的虚实说实际上就是研究归纳诗歌的章法。只不过他着重讨论的是律诗中间两联所处的位置和比重。总体来看,周弼的情景组合理论表现出了两个主要的特点:

首先,对于情景(句)所占的比例,他是比较在意的,并且比较倾向于多写景,少写情。这表现在两个方面:第一,他主张"不以虚为虚,以实为虚"。他在谈到五言律诗中两联的虚实问题时,明确地表达了这一看法。在谈到七言律诗中二联的虚实时,他说:"(中四句)句长而全虚,则恐流于柔弱,要须于景物之中而情思通贯,斯为得矣。"这就是说,虚最好与实结合,以实为基础,不能全虚。联的构成是如此,单句的构成也是这样,否则就会出现问题。第二,推崇四实句。周弼将对四种不同的情景组合排列为四实、四虚、前虚后实、前实后虚,将四实排在第一,这就表现了他对四实的特殊重视。究其原因,如他所说:"四句皆景物而实,开元、大历多此体,华丽典重之间有雍容宽厚之态,此其妙也。稍变然后入于虚,间以情思。故此体当为众体之首。"这就很明显地表明了他对实的偏爱。为什么中四句四实就"华丽典重之间有雍容宽厚之态",个中原因我们不得而知,但他把这种类型的诗看作是"众体之首",在四虚、前后虚实之上,这就非常明确地表明了他的态度——实比虚重要。那么,为什么四虚又在前后虚实之上呢?对于这一种模式,周弼特别加以说明,强调是"不以虚为虚,而以实为虚,化景物为情思,从首至尾,自然如行云流水,此其难也。否则偏于枯瘠,流于轻俗,而不足采矣。"这段话有两个方面值得注意,一是强调的是"不以虚为虚,而以实为虚,化景物为情思",这就是说,在这种模式中,所谓虚,也是以实为基础的,是对实经过处理后的虚,而不是纯粹的虚;其二,纯粹的虚,就有可能"偏于枯瘠,流于轻俗"——流于宋人常见的纯粹的抒情或议论,也就是今人所说的不用形象思维。第二种情况好理解,第一种情况是周弼所要说明的重点,在这种模式中,虽然从意象构成来说,多是具体的物象,但其中有一虚字起关键作用。例如"岭猿同旦暮,江柳共风烟",按照周弼的解释:"若猿、若柳、若花、若旦暮、若风烟、若夜、若年,皆景物也,化而虚之者一字(指"同""共")耳,此其所以次于四实也。"可见,这种模式之所以在前后虚实的两种模式之上,其实也是因为它虚少实多。

其次,他也重视情景(句)在诗中的位置。周弼将律诗中四句的情景组合排列成四实、四虚、前虚后实、前实后虚。这一顺序的排列不是随意的,而是体现了四种不同组合在他心目中的地位。前虚后实之所以排在前实后虚之后,是因为"实则气势雄健,虚则态度谐婉,轻前重后,酌量适均,无窒塞轻俗之患,大中以后多此体。至今宗唐诗者尚之,然终未及前两体浑厚。故以其法居三"。前实后虚之所以居于末位,是因为"前重后轻,多流于弱,唐人此体最少"。① 可见,两句作为一个整体时,上下句不平衡,就是有问题。同样,两联作为一个整体时,上下联不平衡,也应引起注意。当出现这种不平衡的现象时,严重的程度似乎又以前句(联)重

① 晚宋人非常注意联与联、句与句之间的平衡。"好句易得,好联难得,如'池塘生春草'之类是也。唐人'天势围平野,河流入断山''朽关生湿菌,倾屋照斜阳''风兼残雪起,河带断冰流'……下句皆胜于上。老杜固不当以此论其工拙,然亦时有此作。如'地卑荒野大,天远暮江迟''乱云低薄暮,急雪舞回风''深山催短景,乔木易高风'等句,皆不免此病。"(范晞文:《对床夜语》卷三,《历代诗话续编》上,中华书局,1983,第 427 页)

于后句(联)为甚。可见,当律诗中二联同时出现写情联与写景联时,前后的位置也是应当注意的,否则也将影响诗的艺术效果。

周弼从诗歌情景组合搭配的角度来研究章法,其主要价值不在于具体的观点,而在于方法。他的某些观点可以说是相当主观而片面的,例如对情景在诗中两联不同位置的看法等。他对四实句的推崇,也反映了晚宋宗唐倾向的价值观。① 但将抽象的、不确定的情与景这两种内容要素,自觉地简化为具体有形的情句与景句,并将情句与景句作为诗歌结构安排的基本构成单元,以此来总结归纳诗歌的结构模式,展开其情景理论,这异于传统的中国古代诗学思维,这是他一个非常重要的创造。

周弼的虚实结构论直接影响了范晞文。范晞文在其名著《对床夜语》中,表达了他对虚实(情景)问题的看法。范晞文首先对周弼的虚实说进行了肯定,认为:"周伯弼选唐人家法,以四实为第一格,四虚次之,虚实相半又次之。……是编一出,不为无补后学,有识高见卓不为时习熏染者,往往于此解悟。"(《对床夜语》卷二)正是因为对周弼的虚实说有如此肯定,所以,他在《对床夜语》中完整地抄录了周弼关于虚实的论述。其次,范晞文运用周弼的虚实理论,对诗歌情景的语言组合进行了进一步的阐述。他说:"老杜诗:'天高云去尽,江迥月来迟。衰谢多扶病,招邀屡有期。'上联景,下联情。'身无却少壮,迹有但羁栖。江水流城郭,春风入鼓鼙'。上联情,下联景。'水流心不竞,云在意俱迟'。景中之情也。'卷帘唯白水,隐几亦青山'。情中之景也。'感时花溅泪,恨别鸟惊心'。情景相触而莫分也。'白首多年疾,秋天昨夜凉''高风下木叶,永夜揽貂裘',一句情,一句景也。固知景无情不发,情无景不生,或者便谓首首当如此作,则失之甚矣。如'淅淅风生砌,团团月隐墙。遥空秋雁灭,半岭暮云长。病叶多先坠,寒花只暂香。巴城添泪眼,今夕复清光',前六句皆景也。'清秋望不尽,迢递起层阴。远水兼天净,孤城隐

---

① 《对床夜语》卷二云:"周伯弼以唐诗自鸣,亦惟以许(浑)集谆谆诲人。"《历代诗话续编》上,中华书局,1983,第 422 页。

雾深。叶稀风更落,山迥日初沉。独鹤归何晚,昏鸦已满林',后六句皆景也,何患乎情少?"(《对床夜语》卷二)范晞文的这段话值得注意,一方面,他继承了周弼用情句景句搭配来分析作品章法的方法,另一方面,他又发展了周弼的观点:周弼论述的主要是中四句四实、四虚、前虚后实、前实后虚四种模式,而范晞文则突破了这四种模式,提出了一句情一句景、情景相触而莫分、景中之情、前六句皆景、后六句皆景等几种模式,这些都是周弼未曾涉及的。可惜的是,范晞文对这个问题涉及较少,未能在这方面有较大的作为。

五、"以故为新"与"点铁成金""夺胎换骨"

对于主张"以学为诗"的宋人来说,如何在诗歌创作中处理前人的文化遗产,是他们重点思考的问题,于是他们便总结出了以故为新、点铁成金、夺胎换骨这三条重要的诗法。这三条诗法虽然具体的内容不一样,但都是关于如何处理前人的文化遗产。

(一)以故为新、以俗为雅

以故为新与以俗为雅最早由梅尧臣提出,陈师道《后山集》卷二十三《诗话》云:"闽士有好诗者,不用陈语常谈,写投梅圣俞。答书曰:'子诗诚工,但未能以故为新,以俗为雅尔。'"梅尧臣这话显然是针对"不用陈语常谈"而言的。陈语,当然是指前人之语,也就是故。常谈,也就是日常生活用语,也就是俗。在梅尧臣看来,诗歌创作,如果完全不用"陈语常谈",就等于是"未能以故为新,以俗为雅",这是诗歌创作的一大遗憾。那么,为什么梅尧臣在北宋初中期就将此视为遗憾?显然,梅尧臣可能在当时就已意识到"怜渠直道当时语,不着心源傍古人"式的诗歌写作方法已不适用于宋代诗歌的创作了,否则无论如何努力,也逃不出唐诗的范围。梅尧臣的这种带来全局方向性的说法,无疑是天才性的直觉和理性的思考,它直接启发了以后的宋人。

《东坡题跋》卷二《题柳子厚诗》之二说:"诗须要有为而作,用事当以故为新,以俗为雅。好奇务新,乃诗之病。柳子厚晚年诗,极似陶渊明,知诗病者也。""以故为新,以俗为雅"的说法一字不易地沿袭了梅尧臣,但他只是针对用事而言。但不管怎样,苏轼所说的"新"是建立在"故"的加工和运用基础上,"雅"是建立在"俗"的点化基础上。

黄庭坚也有此一说:"盖以俗为雅,以故为新,百战百胜,如孙吴之兵,棘端可以破镞,如甘蝇飞卫之射,此诗人之奇也。"(《再次韵杨明叔序》)认为"以俗为雅,以故为新"具有"百战百胜"的特殊功能,是"诗人之奇"。从方法论的角度,比梅尧臣和苏轼更进一步,将"以故为新,以俗为雅"的作用提高到了一个全新的高度。

但是,如何具体地将以俗为雅,以故为新落到实处,梅、苏、黄均未作具体说明,黄庭坚之后,一些诗论家对此作了一些研究。

关于以俗为雅,《诚斋诗话》云:"有用法家吏文语为诗句者,所谓以俗为雅。"这里的意思很明显,所谓的俗,就是法家吏文语。诗则是一种雅文体,所以,以法家吏文语入诗,就是以俗为雅。以比诗歌这种文体高雅程度低的文体中的语言入诗,这是一种以俗为雅的方式。另一种则如陈师道《后山诗话》所云:"熙宁初,有人自常调上书,迎合宰相意,遂丞御史。苏长公戏之曰:'有甚意头求富贵,没些巴鼻使奸邪。''有甚意头''没些巴鼻'皆俗语也。"《藏海诗话》所说的:"'椎床破面栅触人,作无义语怒四邻。尊中欢伯见尔笑,我本和气如三春。'前两句本粗恶语,能锻炼成诗,真造化手,所谓点铁成金矣。"就是以口语,即俗语词入诗。

而以故为新的具体方法,宋人在实践与理论这两个方面均作了大量探索和研究,概括起来就是宋人常说的"点铁成金,夺胎换骨"。

(二)点铁成金

"点铁成金"最早见于佛教典籍中,应用到文学领域中来,较早的是北宋时的王君玉。《西清诗话》中载:王君玉谓人曰:"诗家不妨间用俗语,尤见工夫。雪止未消者,俗谓之待伴。尝有雪诗:'待伴不禁鸳瓦冷,羞明常怯玉钩斜。'待伴、羞明皆俗语,而采拾入句,了无痕迹,此点瓦砾为黄金手也。"①"点瓦砾为黄金手"的这一说法虽然与"点铁成金"略有区别,但其基本的精神一致。从"待伴、羞明皆俗语,而采拾入句,了无痕迹"的话可以看出,"点瓦砾为黄金手"的意思就是采拾待伴、羞明这样的俗语入诗。

稍后,黄庭坚在《答洪驹父书》中明确地提出了"点铁成金"的说法。他说:"寄诗语意老重,数过读,不能去手,继以叹息,少加意读书,古人不难到也。诸文亦皆好,但少古人绳墨耳,可更熟读司马子长、韩退之文章。……自作语最难,老杜作诗,退之作文,无一字无来处。盖后人读书少,故谓韩、杜自作此语耳。古之能为文章者,真能陶冶万物,虽取古人之陈言于翰墨,如灵丹一粒,点铁成金也。"从这段话可以看出,黄庭坚所说的"点铁成金"的重点是在"取古人之陈言入于翰墨",而不是自作语言,因此,其含义也非常清楚,也是指取古人之陈言运用于自己的诗歌创作中。②

自此以后,这一基本的精神便没有改变。黄庭坚之后的宋人,关于"点铁成金"的说法有了新的发展,主要有三种基本类型:

第一,用俗语入诗。例如《藏海诗话》中载:"'椎床破面枨触人,作无义语怒四邻。尊中欢伯见尔笑,我本和气如三春。'前两句本粗恶语,能锻炼成诗,真造化手,所谓点铁成金矣。"这里吴可所引的是黄庭坚《谢答闻善二兄九绝句》之七。在吴可看来,这首诗引"粗恶语"入诗,加以锻炼,因而就成了"点铁成金"的代表。上文所引《西清诗话》中王君玉的说法也属此类。显然,这种说法将原来的"粗恶语"看作是"铁",而改造

―――――――――
① 胡仔:《苕溪渔隐丛话》(前集)卷二十六,人民文学出版社,1962,第181页。
② 莫砺锋先生就认为,黄庭坚的"点铁成金"主要是指"师前人之辞","夺胎换骨"主要是指"师前人之意"。(《黄庭坚"夺胎换骨"辨》,《中国社会科学》1983年第5期。)

锻炼过后正式入诗的俗语看作是"金"。

第二,运用句眼入诗。如《潜溪诗眼》中载:"句法以一字为工,自然颖异不凡,如灵丹一粒,点铁成金也。浩然云:'微云淡河汉,疏雨滴梧桐',工在'淡''滴'字。如陈舍人从易偶得杜集旧本,至《送蔡都尉》云:'身轻一鸟',其下脱一字。陈公因与数客各以一字补之,或曰疾,或曰落,或曰起,或曰下,莫能定。其后得一善本,乃是'身轻一鸟过',陈公叹服,一'过'字为工也。"这一说法强调的是在诗句中用关键字以形成句眼,以增强诗句的表现力。

第三,改变格调、意境。《竹坡诗话》云:"白乐天《长恨歌》云:'玉容寂寞泪阑干,梨花一枝春带雨。'人皆喜其工,而不知其气韵之近俗也。东坡作送人小词云:'故将别语调佳人,要看梨花枝上雨。'虽用乐天语,而别有一种风味,非点铁成黄金手,不能为此也。"显然,这里所说的"别有一种风味"就是改变了原作"气韵之近俗"的格调与意境。

(三)"换骨法"和"夺胎法"

作为诗法,"换骨法"和"夺胎法"由黄庭坚提出之后,便在宋代产生了极大的影响。如上所述,不管是"换骨法"还是"夺胎法",其重点都是在对作品"意"的处理上,而不是语言上。黄庭坚之后,关于"换骨法""夺胎法"主要朝着两个方向研究。

一是继承和延续黄庭坚的观点。例如:

晋宋间,沃州山帛道猷诗曰:"连峰数千里,修林带平津。茅茨隐不见,鸡鸣知有人。"后秦少游诗云:"菰蒲深处疑无地,忽有人家笑语声。"僧道潜号参寥,有云:"隔林仿佛闻机杼,知有人家在翠微。"其源乃出于道猷,而更加锻炼,亦可谓善夺胎者也。(《庚溪诗话》卷下)

诗家有换骨法,谓用古人意而点化之,使加工也。李白诗云:"白发三千丈,缘愁似个长。"荆公点化之则云:"缲成白发三千丈。"刘禹锡云:

"遥望洞庭湖面水,白银盘里一青螺。"山谷点化之,则云:"可惜不当湖水面,银山堆里看青山。"孔稚圭《白苎歌》云:"山虚钟响彻。"山谷点化之云:"山空响管弦。"卢仝诗云:"草石是亲情。"山谷点化之,则云:"小山作友朋,香草当姬妾。"学诗者不可不知此。(《韵语阳秋》卷二)

这两条材料很具有代表性。第一条材料指出自从东晋高僧帛道猷写出了"茅茨隐不见,鸡鸣知有人"的意境之后,后来的秦观、参寥沿袭此意,在核心内容上不作改变,只是在字句上作了一些修改和补充,这便是所谓的"夺胎法"了。第二条材料更是开门见山地指出,所谓的"换骨法",就是"用古人意而点化之,使加工也"。这里所说的"意",一方面指内容,另一方面也指构思。这就非常明确地指出了"夺胎换骨"的具体含义。这显然与黄庭坚的说法一致。

惠洪在《天厨禁脔》卷中有"夺胎句法""换骨句法"两条,比较清楚地分辨了夺胎句法与换骨句法之间的区别。关于夺胎法,他说:"'河分岗势断,春入烧痕青。'僧惠崇诗也。然'河分岗势'不可对'春入烧痕',东坡用之,为夺胎法。曰:'似闻决决流冰缺,尽放青青入烧痕。'以'冰缺'对'烧痕',可谓尽妙矣。'一别二十年,人堪几回别'者,顾况诗也。而舒王亦用此法曰:'一日君家把酒杯,六年波浪与尘埃。不知乌石冈边路,到老相寻得几回。'"苏轼不改变原意,但取其"烧痕"一词。王安石也是不改变顾况诗原意,但取其"几回"一词。可见,夺胎重在词(语)而不重在意。关于换骨法,他举秦观"有情芍药含春泪,无力蔷薇卧晓枝"和黄庭坚"白蚁拨醅官酒熟,紫绵揉色海棠开"两诗为例说:"夫言花与酒者,自古至今,不可胜数,然皆一律。若两杰,则以妙意取其骨而换之。"意思是自古以来写花与酒的作品不可胜数,但立意都差不多,没有太多的创新,但秦观和黄庭坚的这两篇作品却能别开生面,与众不同。可见,换骨法是重意不重词(语),与夺胎法相反。

二是相异于黄庭坚的观点。即说法不变,但具体含义则有所变化,即专注于对人诗句在语言上的加工改造。例如杨万里《诚斋诗话》云：

> 庾信《月》诗云："渡河光不湿。"杜云："入河蟾不没。"唐人云："因过竹院逢僧话，又得浮生半日闲。"坡云："殷勤昨夜三更雨，又得浮生尽日凉。"杜《梦李白》云："落月满屋梁，犹疑照颜色。"山谷《簟诗》云："落日映江波，依稀比颜色。"退之云："如何连晓语，只是说家乡。"吕居仁云："如何今夜雨，只是滴芭蕉。"此皆用古人句律，而不用其句意，以故为新，夺胎换骨。

杨万里说得很清楚，他所说的"夺胎换骨"，是指"用古人句律，而不用其句意"，侧重点在字句，而不是诗句的内容和构思。他所举的例子也都是在字面和语法结构上，也就是杨万里所说的"句律"上沿袭前人，但内容上则有了较大的改变。值得注意的是，杨万里在这里是将"夺胎换骨"与"以故为新"并举，这说明，在他看来，"夺胎换骨"与"以故为新"实际上就是一回事。

杨万里在《诚斋诗话》中另有一段话：

> 诗家用古人语，而不用其意，最为妙法。如山谷《猩猩毛笔》是也。猩猩喜着屐，故用阮孚事。其毛作笔，用之钞书，故用惠施事。二事皆借人事以咏物，初非猩猩毛笔事也。《左传》云："深山大泽，实生龙蛇。"而山谷《中秋月》诗云："寒藤老木被光景，深山大泽皆龙蛇。"《周礼》《考工记》云："车人盖圜以象天，轸方以象地。"而山谷云："丈夫要宏毅，天地为盖轸。"《孟子》云："《武成》取二三策。"而山谷称东坡云："平生五车书，未吐二三策。"孔子老子相见倾盖，邹阳云："倾盖如故。"孙侔与东坡不相识，乃以诗寄坡，坡和云："与君盖亦不须倾。"刘宽责吏，以蒲为鞭，宽厚至矣。东坡诗云："有鞭不使安用蒲。"老杜有诗云："忽忆往时秋井塌，古人白骨生青苔，如何不饮令心哀。"东坡则云："何须更待秋井塌，见

人白骨方衔杯。"此皆翻案法也。予友人安福刘浚字景明,《重阳诗》云:"不用茱萸仔细看,管取明年各强健。"得此法矣。

此法就是在语言层面上的"夺胎换骨"。这段话开宗明义,说得很清楚,就是"诗家用古人语,而不用其意,最为妙法",这也是杨万里自己所说的"翻案法"。他所举的例子,全为这一类型。

在"夺胎"与"换骨"上,宋人还有人认为,这两者之间有高下之分。严有翼《艺苑雌黄》云:"前辈论诗,有夺胎换骨之说,信有之也。杜陵《谒玄元庙》,其一联云:'五圣联龙衮,千官列雁行。'盖纪吴道子庙中所画者,徽宗尝制《哲庙挽诗》,用此意作一联云:'北极联龙衮,西风拆雁行。'亦以雁行对龙衮,然语意中的,其亲切过于本诗,不谓之夺胎可乎?不然,徒用前人之语,殊不足贵。且如沈佺期云:'小池残暑退,高树早凉归。'非不佳也,然正用柳恽'太液微波起,长杨高树秋'之句耳。苏子美云:'峡束沧渊深贮月,岩排红树巧装秋。'非不佳也,然正用杜陵'峡束沧江起,岩排石树圆'之句耳,语虽工而无别意。"①从其实际论述的内容来看,严有翼一方面承认有"夺胎换骨"之说,另一方面又认为存在着两种类型:一种是虽然也用其字面,但"语意中的,其亲切过于本诗"。一种是"徒用前人之语""语虽工而无别意"。显然前一种就是一般意义上的"夺胎"法,后一处就是一般意义上的"换骨"法。在这两者之间,在严有翼看来,是有高下之分的。决定高下之分的根据是什么?除了"中的""其亲切过于本诗"的艺术效果之外,另一个重要的因素是"意"始终是最重要的,也就是说,对于前人诗句的接受与处理,"意"是第一位的,"语"是第二位的。

实际上,宋人有时候对"夺胎"与"换骨"就根本不加区分,视为一回事。《艇斋诗话》云:"山谷咏明皇时事云:'扶风乔木夏阴合,斜谷铃声秋夜深。人到愁来无处会,不关情处亦伤心。'全用乐天诗意。乐天云:

---

① 胡仔:《苕溪渔隐丛话》(后集)卷十九,人民文学出版社,1984,第133页。

'峡猿亦无意,陇水复何情。为到愁人耳,皆为断肠声。'此所谓夺胎换骨者是也。"这就完全混淆了用意与用其语的夺胎与换骨两种方法,视之为一体了。这可以说代表着一种新趋势。

在社会生活未曾出现剧变的情况下,诗歌创作如何突破,这是摆在宋人面前的一个突出问题。以故为新、夺胎换骨、点铁成金,就是宋人在面对大量前人已有成果时所作出的回应。他们在总结了大量利用前人成果经验的基础上,提出了这三个重要的方法,在中国古代诗学史上具有重要的意义。在文学创作中,祖述前人之作的现象是常见的,如《漫塘录》所云:"樊宗师墓铭云:'惟古于词必己出'云云,'后皆指前公相袭',真是如此。《子虚》《大人赋》全仿《远游》,而屈子心事,非相如所可窥识,故气象自别。渊明《归去来辞》,千古绝唱,亦是祖《归田赋》意。此类甚多,只如退之《平淮西碑》,全是《尚书》句法;《秋怀》诗全是《选》诗体。"①《彦周诗话》也有类似说法:"'燕燕于飞,差池其羽。之子于归,远送于野。瞻望弗及,泣涕如雨。'此辞可泣鬼神矣。张子野长短句云:'眼力不知人,远上溪桥去。'东坡《送子由诗》云:'登高回首坡垅隔,惟见乌帽出复没。'皆远绍其意。"这说明,无论宋代还是前人,都在自觉或不自觉地继承或运用古人的成果,但是,并没有形成一套完整的理论,更没有具体的切实可行的操作方法。以故为新、夺胎换骨、点铁成金则是中国古代诗学史上首次出现的处理前人成果的系统方法,不仅对宋人有很强的指导意义,对后世也有深远的影响。

六、"活法""定法""死法"的提出

从无法到有法是一个进步,但是有法之后,如何用法就又成了一个新的问题。如果说,在各种诗法被人们意识并发现之后,人们对诗法的思考便上了一个层次,那么,从对具体诗法的发现、运用到对诗法运用过

---

① 魏庆之:《诗人玉屑》上卷八,上海古籍出版社,1978,第188页。

程中出现的利弊进行整体性的反思,便有了活法、定法与死法之说。很显然,活法与定法、死法是含义相反的概念。

吕本中最先提出"活法"一说。[①] 他在《夏均父集序》中说:

> 学诗当识活法。所谓活法者,规矩备具,而能出于规矩之外;变化不测,而亦不背于规矩也。是道也,盖有定法而无定法,无定法而有定法。知是者,则可以与语活法矣。谢元晖有言,"好诗流转圆美如弹丸",此真活法也。近世惟豫章黄公,首变前作之弊,而后学者知所趣向,毕精尽知,左规右矩,庶几至于变化不测。(《后村先生大全集》卷九十五《江西诗派》引)

这是关于"活法"的最早说法。在吕本中看来,所谓活法,关键是一个"活"字,就是掌握了一般的诗法规则之后,在不背离一般规则的基础上,又不囿于一般的规则,能够超越一般的规则,通过自己的特殊手段来达到灵活运用的目的。死守规矩、规则,这是定法,死法,灵活运用则是活法。"好诗流转圆美如弹丸"为什么是真活法?是因为好诗有一种灵动和活力而无死法或定法的僵化。黄庭坚的诗歌之所以是活法的典型,是因为"首变前作之弊""庶几至于变化不测",关键在于一个"变"字。但黄庭坚的变是建立在规矩之上的,不是胡作非为,而有着扎实深厚的诗法修养。

吕本中首次提出"活法"这一说,不仅是宋人对诗法研究在思维层次上的一个飞跃,同时也具有普遍的方法论意义。《孟子》中所说的"大匠诲人必以规矩,学者亦必以规矩"。一般规矩的掌握只是解决了一般的方法和原则的问题,但不能解决巧的问题。正如冯振先生所说:"大匠能

---

① 也有学者认为,最早提出此说的是胡宿,见曾明《胡宿诗学"活法"说探源》,《文学评论》2011年第 2 期。

示人以规矩,而不能使人巧。巧,能者之事也。示人以规矩,则知者之事也。"①如果一切按照一般的规矩去做,不求变化,这就是死法、定法了。成名成家的本领不仅在于对一般规矩的掌握,而在于在掌握了一般的规矩之后,对规矩的创造性运用,而成功的创造性运用,最终是出新意于法度,体现在一个"巧"字上,巧才是艺术的灵魂。所以,活的本质是灵活,它所要达到的目的或效果就是巧。虽然吕本中没有明确说到巧字,但实际上,活与巧是不可分离的。

正是出于这样的观点,所以,吕本中对于具有死法、定法性质的诗法是颇有微词的。《童蒙诗训》载:

潘邠老云:"七言诗第五字要响,如'返照入江翻石壁,归云拥树失山村','翻'字、'失'字是响字也。五言诗第三字要响,如'圆荷浮小叶,细麦落轻花','浮'字、'落'字是响字也。所谓响者,致力处也。予窃以为字字当活,活则字字响。"

这段话中,潘大临提出了"七言诗第五字要响""五言诗第三字要响"的观点,这样的说法作为一般的原则或规矩是有一定的道理的,但是,如果所有的诗歌中都是如此,那么就很可能成为死法、定法了。因此,吕本中说:"予窃以为字字当活,活则字字响。"显然,他是不完全认同潘大临的观点的,他主张的是"字字当活",而不是只在七言诗第五字、五言诗第三字。字字活则字字响。

吕本中之后,言活法、死法者不计其数:

老杜《泉》诗有云:"明涵客衣净,细荡林影趣。""涵""荡"二字,曲尽形容之妙。严维《咏泉》亦云:"独映孤松色,殊分众鸟喧。"颇得老杜活

① 冯振:《七言绝句作法举隅自作叙》,《诗词作法举隅》,中央文献出版社,2005,第13页。

法。(范晞文《对床夜语》卷四)

学有余而约以用之,善用事者也;意有余而约以尽之,善措辞者也;乍叙事而间以理言,得活法者也。(姜夔《白石道人诗说》)

这两个得活法的例子中,严维的诗之所以得杜甫诗活法,是因为它在深刻领悟杜甫诗在第二字中用力的妙处,不是机械地套用,而是灵活地运用。"乍叙事而间以理言"之所以得活法,是因为在传统的观念中,叙事与言理似乎是水火不容的,但是如果打破这种观念,灵活地加以运用,就可以取得预想不到的效果,所以能得活法。

活法的反面就是死法、定法,在吕本中"活法"说提出后,死法、定法就成了过街之鼠,必欲灭之而后快:

诗人以一字为工,世固知之,惟老杜变化开阖,出奇无穷,殆不可以形迹捕。如"江山有巴蜀,栋宇自齐梁",远近数千里,上下数百年,只在"有"与"自"两字间,而吞吐山川之气,俯仰古今之怀,皆见于言外。《滕王亭子》"粉墙犹竹色,虚阁自松声",若不用"犹""自"两字,则余八言凡亭子皆可用,不必滕王也。此皆工妙至到,人力不可及,而此老独雍容闲肆,出于自然,略不见其用力处。今人多取其已用字模放用之,偃蹇狭陋,尽成死法。不知意与境会,言中其节,凡字皆可用也。(《石林诗话》卷中)

诗禁体物语,此学诗者类能言之也。欧阳文忠公守汝阴,尝与客赋雪于聚星堂,举此令,往往皆阁笔不能下,然此亦定法。(《石林诗话》下)

这两个例子说明,不加变化的模仿就容易成为死法。过于古板的规矩,就容易成为定法。不管是死法还是定法,从诗法的角度来看,都是不可取的。

俞成在《萤雪丛说》中说:"文章一技,要自有活法。若胶古人之陈迹,而不能点化其句语,此乃谓死法。死法专祖蹈袭,则不能生于吾言之外,活法夺胎换骨,则不能毙于吾言之内。毙吾言者故为死法,生吾言者故为活法。"这点出了何为死法,何为活法,同时也指出了活法的重要性与死法的危害性。

活法的提出当然是诗法研究中的一大进步,但是,在实际的创作中,往往是知易行难。所以,《艇斋诗话》说:"后山论诗说换骨,东湖论诗说中的,东莱论诗说活法,子苍论诗说饱参,入处虽不同,然其实皆一关捩,要知非悟入不可。"而"悟入"是因人而异,悟有深浅的,所以,活法的背后实际上还是有一个勤奋与天资的问题。

"活法""定法""死法"这样的概念与问题,在宋代以前的诗法学研究中是从来未曾提出的,到了宋代,随着诗法学的深入开展,它们纷纷被学者们提出,这一方面说明了宋代诗法学的成熟,另一方面也为后世的诗法学研究提出了很好的研究课题,成为诗法学研究中的常用语,可谓影响深远。

七、诗病说

从刘勰、沈约以来,就有文病之说。所谓病,其实也是一种从反面立论的技巧与方法,也就是诗人在写作时应当回避的问题。所以,姜夔说:"不知诗病,何由能诗? 不观诗法,何由知病?"(《白石道人诗说》)可见,诗病与诗法实际上是一个问题的两个方面。《沧浪诗话》云:"有语忌,有语病:语病易除,语忌难变。语病古人亦有之,惟语忌则不可有。"这指出了语病与语忌的普遍存在及其需要根除的必要性。

(一) 内容之病

在宋代之前,人们在讨论诗病问题时,多着眼于声律、对偶。入宋以后,讨论的范围就要宽泛得多了。僧保暹《处囊诀》继承唐五代多谈诗病的传统,提出:"诗有七病:一曰骈经之病;二曰钩锁之病;三曰轻浮之病;四曰剪辞之病;五曰狂辞之病;六曰逸辞之病;七曰背题离目之病。凡此七病,作诗之人,切忌之矣。"《诗人玉屑》卷十一专录诗病的材料,从中可见宋人在谈诗病时,几乎涉及诗歌创作中的各个方面,其中最突出的是关于内容与立意的问题。而在对这个问题的认识上,有关研究表现出鲜明的道德至上与崇尚理性的特色,认为诗歌创作中最突出的问题是内容或思想倾向上违背道德或者不合情理,以致作品出现明显的错误。

苏辙在其《诗病五事》中讨论诗病问题,指出了历史上存在的五个典型的诗病事例:一是李白诗不识理,不知义理所在;二是白居易诗拙于纪事;三是韩愈《元和圣德诗》极力渲染刘辟儿子及追随者被杀的血腥场面;四是唐人工于为诗,而陋于闻道;五是王安石《兼并》诗的危害。五病之中,只第二病,即白居易诗拙于纪事是艺术技巧,其他四方面均是诗的内容问题。而第一方面、第四方面均与道德有关。由此可见宋人对诗的内容上可能出现的道德问题的重视,这也间接地反映了在宋人看来,作为诗法来说,立意是至关重要的。

《诗人玉屑》卷十一"漫塘评刘启之诗病"条引《诗评》云:

刘启之以诗自许,漫塘先生得其诗,读至《韩蕲王庙》诗中两句云:"皇天有意存赵孤,蕲王登坛鬼神泣。"先生掩卷曰:"此未识作诗法也。诗家以杜少陵称首,正谓其无一篇不寓尊君敬上之意,如《北征》诗云:'桓桓陈将军,仗义奋忠烈。都人望翠华,佳气向金阙。煌煌太宗业,树立甚宏达。'《洗兵马》云:'成王功大心转小,郭相谋深古来少。司徒清鉴悬明镜,尚书气与秋天杳。'先后重轻,非苟作也。今顾指高宗为赵孤,谓皇天眷命,有意存赵孤,而蕲王登坛,鬼神便泣,气势却如此其盛! 毋乃抑君父之太过,而扬臣子之已甚乎!"

在这条材料中,我们可以看到,漫塘(刘宰)在读到刘启之"皇天有意存赵孤,蕲王登坛鬼神泣"的两句话时,不由自主地感叹道:"此未识作诗法也。"之所以有如此感叹,是因为刘启之的诗不像杜甫那样"无一篇不寓尊君敬上之意",而是有着"毋乃抑君父之太过,而扬臣子之已甚乎"的思想倾向。显然,在漫塘看来,这种内容上的问题,是作诗法中最重要的问题。如果在这一问题犯错,那么,艺术上无论怎样高超也无济于事。刘启之的诗病正在于此。这个说法,本质上与苏辙是一致的。

黄庭坚在《与王观复书》三首中说:"好作奇语,自是文章病。但当以理为主,理得而辞顺,文章自然出群拔萃。"黄庭坚所说的"理"显然是指内容。在他看来,好奇而出常情常理,是诗歌创作中的一大问题,因此必须使内容的表现合情合理,这样才能表达通畅。《诗人玉屑》卷十一"碍理"下列有害理、句好理不通、碍理等诸条材料都与诗的内容有关。卷二十一引《复斋漫录》云:"聂冠卿作多丽词,有'露洗华桐,烟霏丝柳'之句,此正是仲春天气;下句乃云'绿阴摇曳,荡春一色'。其时未可绿阴,正语病也。"季节不合,也是问题。《苕溪渔隐丛话》(前集)卷二十七引《邈斋闲览》云:"林逋诗:'草泥行郭索,云木叫钩辀。'钩辀格磔,谓鹧鸪声也。《诗话》《笔谈》,皆美其善对。然鹧鸪未尝栖木而鸣,惟低飞草中。孙莘老知福州,有《荔枝十绝句》云:'儿童窃食不知禁,格磔山禽满院飞。'盖《谱》言荔枝未经人摘,百禽不敢近,或已经摘,飞鸟蜂蚁,竞来食。或谓鹧鸪既不登木,又非庭院之禽,性又不嗜荔枝,夏月即非鹧鸪之时,语意虽工,亦诗之病也。"所举的这些例子都是内容上有不合情理的因素,因此存在着诗病。黄彻《䂬溪诗话》云:"澧阳道旁有甘泉寺,因莱公、丁谓曾留行记,从而题咏者甚众,碑牌满屋。孙讽有'平仲酌泉曾顿辔,谓之礼佛遂南行。高堂下瞰炎荒路,转使高僧薄宠荣'。人皆传道,余独恨其语无别。自古以直道见黜者多矣,岂皆贪宠荣者哉?又有人云:'此泉不洗千年恨,留与行人戒覆车。'害理尤甚。莱公之事,亦例为'覆车'乎?因过之,偶为数韵,其间有云:'已凭静止鉴忠精,更遣清泠洗谗喙。'盖指二公也。"(卷九)这里所举的诗句都是"害理"的例证。之所以认为这些诗是"害理"之作,就是因为它们在内容上存在问题,对寇准、丁谓等被贬的人不加区别,全都视为"贪宠荣者"。尤其是将寇准也视为"覆车"之人,更是害理最甚。由此可见,诗的内容倾向对于诗法来说是至关重要的。

(二) 艺术之病

从艺术的角度来说,基于诗是法度之言的观念与看法,用较为严格的法度绳尺来衡量,宋人对诗病的看法当然就更为细致,也更为全面了。

在语言上,例如"圣俞尝云:诗句义理虽通,语涉浅俗而可笑者,亦其病也。如有《赠渔父》一联云'眼前不见市朝事,耳畔惟闻风水声。'说者云:'患肝肾风。'又有《咏诗者》云:'尽日觅不得,有时还自来。'本谓诗之好句难得耳,而说者云:'此是人家失却猫儿诗。'人皆以为笑也"。(《六一诗话》)这就是因为在语言上"语涉浅俗而可笑"。

在对偶上,例如"花必用柳对,是儿曹语。若其不切,亦病也"(《白石道人诗说》)。如果是花必对柳这类浅俗的对偶,就是小孩的水平,当然就不可取的了。同样,如果对偶完全对不上或者不工整,也是有问题的。而后世所说的合掌这类对偶也是极力要避免的。"晋宋间诗人造语虽秀拔,然大抵上下句多出一意。如'鱼戏新荷动,鸟散余花落','蝉噪林逾静,鸟鸣山更幽'之类,非不工矣,终不免此病。"(《诗人玉屑》卷三引《蔡宽夫诗话》)这就是上下两句内容重复,没有太多的差别,这也是一病。

从押韵和用典来说,《蔡宽夫诗话》载:"荆公尝云:诗家病使事太多,盖皆取其与题合者类之,如此乃是编事,虽工何益!"用典太多是一病,同样,如果不细究典故的内容,"不原其美恶",也是用典一病。"古人作诗,引用故实,或不原其美恶,但以一时中的而已,如李端于郭暧席上赋诗,其警句云:'新开金埒教调马,旧赐铜山许铸钱。'乃比邓通耳。既非今人,又非美事,何足算哉!凡用故事,多以事浅语熟,更不思究,率尔用之,往往有误。"(《诗人玉屑》卷七引《西斋话纪》)不细究具体的内容,率尔用之,往往就会出现错误。《苕溪渔隐丛话》(后集)卷十八载苕溪渔隐(胡仔)的话:"裴虔余云:'满额鹅黄金缕衣,翠翘浮动玉钗垂,从教水溅罗襦湿,疑是巫山行雨归。'《广韵》《集韵》《韵略》垂与归皆不同韵,此诗为落韵矣。韩熙载云:'风柳摇摇无定枝,阳台云雨梦中归,他年蓬岛音尘绝,留取尊前旧舞衣。'此诗既言阳台,又言蓬岛,何用事重叠如此。二诗并载小说,称为佳句,余谓疵病如此,殆非佳句也。又《学林新编》谓:'字有通作他声押韵者',泛引《诗》及《文选古诗》为证,殊不知蔡宽夫《诗话》尝云:'秦汉以前,字书未备,既多假借,而音无反切,平仄皆通用,自齐梁后,既拘以四声,又限以音韵,故士率以偶丽声调为工。'然则字通作他声押韵,于古诗则可,若于律诗,诚不当如此。余谓裴虔余之诗落韵,又本此耳。"这是就用事和押韵来说的,指出前人在用典上重叠,在律诗的押韵上"字通作他声押韵"的落韵问题。在押韵上,在一首诗中,韵脚重复也是一病。《苕溪渔隐丛话》(前集)卷十七载:"孔毅夫《杂记》云:'退之诗好押狭韵,累句以示工,而不知重叠用韵之为病也。《双鸟诗》押两'头'字,《李花诗》押两'花'字。苕溪渔隐曰:读皇甫湜《公安园池诗》,亦押两'闲'字,'日夜不得闲','君子不可闲'。盖退之好重叠用韵,以尽己之诗意,不恤其为病也。"

这些说法均从不同的角度讨论了诗法上出现的"病",可见,宋人对于诗病是相当重视的。

第七节　《天厨禁脔》《环溪诗话》《白石道人诗说》《沧浪诗话》等诗法学著作关于诗法的研究

在宋代的诗法学史上,关于诗法的研究,有几部颇有影响的著作是不能不拈出来加以单独研究的。在上面的论述中,我们已或多或少地涉及了这些著作的一些内容,但是还是不全面的,书中大量与诗法有关的问题并未涉及,因此,特设此节加以论述,不致有遗珠之憾。

一、《天厨禁脔》

惠洪的《天厨禁脔》从性质上来说,与唐五代的诗格类著作比较接近。诗格类的著作在宋代已逐渐被诗话类著作所取代,但还是有《续金针诗格》等著作出现。而在诸多的诗格著作中,《天厨禁脔》是比较有特色和代表性的。

惠洪在此书一开头就说明此书的撰写目的:"秦少游曰:'苏武、李陵之诗,长于高妙;曹植、刘公幹之诗,长于豪逸;陶潜、阮籍之诗,长于冲澹;谢灵运、鲍照之诗,长于峻洁;徐陵、庾信之诗,长于藻丽;而杜子美者,穷高妙之格,极豪逸之气,包冲澹之趣,兼峻洁之姿,备藻丽之能,而诸家之作不及焉。'予以谓子美岂可人人求之,亦必兼法诸家之所长。故唐人工诗者多专门,以是皆名世,专门句法,随人所去取。然学者不可不知,凡诸格法,毕录于此。"从这段话可知,此书的主要内容是总结出各类"格法",目的在于让学诗者从前人诗歌中找到学诗的门径。可见,其论诗法的目的是很明确的。

(一)对诗歌的基本认识

惠洪强调对诗歌基本特性要有一些认识。识,既是一种能力,也是作法的方法与前提。其一是辨体。他提出了"江左体"的概念,所谓"江左体",就是"引韵便失粘。既失粘,则若不拘声律。然其对偶时精到,谓之'骨含苏李体'"(卷上)。他引了杜甫的《题省中院壁》《卜居》、严武的《巴岭答杜二见忆》和黄庭坚的《落星寺诗》为例。从他所举的诗例和所作的解释来看,所谓的"江左体",其实就是拗体,就是在大体遵从律诗格律的情况下,偶有古诗的失粘等不拘声律的现象。对于"歌"与"行"两种体裁的区别,他提出了自己的看法:"律诗拘于声律,古诗拘于句语,以是词不能达。夫谓之'行'者,达其词而已,如古文而有韵者耳。自唐陈子昂一变江左之体,而歌行暴于世,作者辈能守其法,不失为文之旨,唯杜子美、李长吉……夫谓之'歌'者,哀而不怨之词,有丰功盛德则歌之,诡异希奇之事则歌之,其词与古诗无以异,但无铺叙之语,奔骤之气。其遣语也,舒徐而不迫,峻特而愈工,吟讽之而味有余,追绎之而情不尽。叙端发词,许为雄夸跌荡之语,及其终也,许置讽刺伤悼之意。此大凡如此尔。""'行'者词之遣无所留碍,如云行水流,曲折溶曳,而不为声律语句所拘。但于古诗句法中得增辞语耳。如李贺《将进酒》《致酒行》《南山田中行》,杜甫《丽人行》《贫交行》《兵车行》。"(卷中)认为,作为诗歌中的两种体裁,"行"的主要特点是"如文而有韵者",是文的变体。而"歌"则是诗的延续,内容上以歌颂为主,哀而不伤,可见,"行"的最大特点是表达直率自由,可以铺叙,不为声律束缚。而"歌"则表达含蓄,无铺叙,可歌可讽,起伏较大。在此之前,没有人能将"歌"与"行"这两种体裁各自的特点与区别讲得如此明确,可见惠洪研究之深。而在这种辨析中,也可以看出"歌"与"行"在作法上的区别。可见,辨体其实也是辨法。关于诗体,惠洪在"子美五句法""杜甫六句法"这两条中,所举杜甫的《曲江三章》,每章五句,如"曲江萧条秋风高,菱荷枯折随风涛,游子空嗟垂二毛。白石素沙亦相荡,哀鸿独叫求其曹"。《三韵三篇》,每篇六句,如"高马勿唾面,长鱼无损鳞。辱马马毛焦,困鱼鱼有神。君看磊落士,不肯易其身"。对杜甫的五句诗,惠洪看法是"此格即事遣兴可作。如题物、赠送之类,皆不可用"。对六句诗,惠洪认为:"此句含讥刺,有谓而作。若法之,但作放言遣兴,不可寄赠。"对其适用与不适用的情况作了说明,对学诗者无疑是有提示作用的。

其二是辨势、趣、气等。关于势,这是唐五代诗格著作中反复讨论的问题,惠洪归纳前人的成果,总结出寒松病枝、芙蓉出水、转石千仞、贤鄙同笑四种势,也就是诗的四种风格、境界的样式。例如转石千仞,此名来自欧阳修。诗例如"雷霆施号令,星斗焕文章""经来白马寺,僧到赤乌年"。对此,惠洪的解释是:"前杜牧之诗,后灵彻诗。言天子之事,以'号令'比'雷霆',必当以'文章'比'星斗',其势不如此不能止其词也。东汉西国僧以白马负经至洛阳,而吴赤乌年中,康僧会始领僧二十四员到建业,此所谓'转石千仞'。譬如以石自千仞冈上而下,不到地而不止。"(卷上)可见,这种"转石千仞"的势,就是指上下两句的气势非凡,一以贯之的风格。关于趣,惠洪提出了诗有奇趣、天趣、胜趣三种趣。所谓奇趣,就是"脱去翰墨痕迹,读之令人想见其处"。如"高原耕种罢,牵犊负薪归。深夜一炉火,浑家身上衣"(刘昭禹《田家》)、"日暮巾柴车,路暗光已夕。归人望烟火,稚子候檐隙"(江淹《效渊明体》)。所谓天趣,就是"其词语如水流花开,不假工力,此谓之天趣。天趣者,自然之趣耳"。如"白发宫娃不解悲,满头犹自插花枝。曾缘玉貌君王宠,准拟人看似旧时"(牡牧《宫词》)、"人间四月芬菲尽,山寺桃花始盛开。长恨春归无觅处,不知转入此中来"(白居易《大林寺》)所谓胜趣,就是"吐词气宛在事物之外,殆所谓胜趣也"。如"昔为东掖垣中客,今作西方社里人。手把杨枝临水坐,闲思往事似前身"(白居易《东林寺》)、"镜中白发悲来惯,衣上尘痕拂转难。惆怅江湖钓鱼手,却遮西日望长安"(杜牧《长安道中》)。对诗之趣作如此详细的区分,实在不多。关于气,惠洪举出了古诗奇丽之气、古诗有醇醪之气两类,并举杜甫的作品为例加以说明,这也是惠洪的细致之处。惠洪对势、趣、气作这样的区分,其目的就是要让学诗者在创作中做到心中有数,不致混淆。这可以说是作诗的基础与前提。

(二) 关于具体技法的研究与论述

在《天厨禁脔》中,惠洪关于诗歌具体的技法是研究得比较细致深入的,涉及多方面的问题。

1. 关于对偶

这是惠洪讨论得最多的内容。在"近体三种颔联法"中,他讨论了近体诗颔联的三种对偶,即偷春格、蜂腰格、隔句对,在"四种琢句法",他讨论了借声、借色、借数三种借对,"就句对法"探讨了当句对,"十字对句法""十字句法""十四字对句法"探讨了流水对等。

这些说法并不新鲜,在唐五代及宋初的一些诗格著作中已有不少探讨,但惠洪与众不同的是,在指出存在着这些对偶方法的同时,又特别指出了它们的具体运用情况。例如,在谈到隔句对时,举了郑谷的"几思闻静话,夜雨对禅床,未得重相见,秋灯照影堂。孤云终负约,薄宦转堪伤。梦绕长松塔,遥焚一炷香"(《吊僧》)为例之后,惠洪又补充说:"此郑谷诗也,颔联与破题便作隔句对;若施之于赋,则曰'几思静话,对夜雨之禅床;未得重逢,照秋灯之影堂'也"。指出了在诗赋中运用不同的句式而形成的隔句对,对诗与赋作了区分。又如"十字句法"论述流水对,举李白"如何青草里,亦有白头翁"、司空曙"夜来乘好月,信步上西楼"为例后说:"(前)既以言十字对句矣,此又言十字句,何以异哉?曰:'青草里'不可对'白头翁','夜来'不可对'信步'。以其是一意,完全浑成,故谓之十字句。其法但可于颔联用之,如于颈联用,则当曰'可怜苍耳子,解伴白头翁'为工也。"这既指出了"十字句法"与"十字对句法"之间的微妙区别,又指出了"十字句法"最好用于颔联,如用于颈联,则应有变化。

作出这样的区分,对于初学者来说,是具有很强的指导意义的。由此也可见惠洪在诗法研究上的深入细致。

2. 关于声韵

自唐代沈宋之后,律诗的声律已基本定型,对于绝大多数诗人在创作时所要做的就是要守律。

惠洪在《天厨禁脔》卷下"破律琢句法"条中举"仰看晓月挂木末,天风吹衣毛骨寒。长江吞空万山立,白鸟一点微波间。平生扰扰行役苦,譬如磨蚁相循环"为例说:"此六句乃七言琢句法也。'仰看晓月挂木末,天风吹衣毛骨寒',此对十四字,而上下两字平侧皆隔五字。此句法健特。'晓月挂木末'五字是侧,而'看'字是平。'天风吹衣寒'五字是平,而'骨'字是侧。如'华裙织翠青如葱,金环压臂摇玲珑'。此对十四字,而四字是侧。然二字侧以衬出五字平,则文雄劲。凡律诗亦有四字平侧者:'无可奈何花落去,似曾相识燕归来。'然皆照映相间,读之妥贴,非如古诗侧三字四字连杀,平亦如之也。"这是讨论诗句的平仄问题。惠洪认为,对于七言律诗来说,必要的破律比顽固地守律更为重要,因为这样会使诗句产生"健特""雄劲"的艺术效果。

押韵是一般的诗法著作较少讨论的问题,但是,惠洪在《天厨禁脔》中花了不少的篇幅来讨论这一问题,这也是此书在内容上的一个鲜明特色。

惠洪在卷下"古诗押韵法"条中说"古诗以意为主,以气为客。故意欲完,气欲长,唯意之往而气追随之。故于韵无所拘,但行于其所当行,止于其不可不止。盖得其韵宽,则波澜泛入傍韵,乍还乍离,出入回合,殆不可拘以常格。如韩退之《此日足可惜》之类是也。得韵窄,则不复傍出,而因难见巧,愈险愈奇,如韩退之《病中赠张十八》之类是也"。惠洪在这里讨论的是古体诗的押韵问题,他认为"以意为主,以气为客"的古诗的押韵自由度比较大,韵宽的,"则波澜泛入傍韵,乍还乍离,出入回合,殆不可拘以常格"。由于宽,反倒可以"泛入傍韵",将自由的精神表现得更为充分。韵窄的,"则不复傍出,而因难见巧,愈险愈奇"。因为选择的余地较小,反倒更应该"不复傍出",以表现出因难见巧、愈险愈奇的功夫。惠洪在这里总结出来的古体诗在创作中面对宽韵和窄韵所采取的押韵策略或方法,无疑是具有重要的指导意义的。

卷下的"换韵杀断法""平头换韵法""促句换韵法"都是讨论古诗创作中如何换韵的问题。如"换韵杀断法"先举杜甫《高都护骢马行》为例,后举苏轼《赠别云上人诗》"道人自称三世将,夺家十年今始壮。玉骨犹含富贵余,漆瞳已照人天上。去年相见古长干,众中矫矫始翔鸾。今年过我江西寺,病瘦已作霜松寒。朱颜不辨供岁月,风中膏火汤中雪。好问君家黄面郎,乞取摩尼照生灭。莫学王郎与支遁,臂鹰走马跨神骏。还君画图君自收,不如木人骑土牛。"然后说:"东坡《赠别云上人诗》,盖法杜子美所作也。云以马图饷坡,坡还之。前换三韵,皆四句兼平侧韵相间。及将断,即折四句为两韵。若不尔,便不合格。今人信意换韵者,不知此也。"这实际上提出了在上句入韵的情况下换韵的两个原则或方法:一是平仄相间,二是以二句、或四句为一组。尤其是即将结束时的四句,四句一定要分两韵,否则就是不合格。

再如"促句换韵法",先引黄庭坚《观伯时画马》"仪鸾供帐饕虱行,翰林湿薪爆竹声,风帘官烛泪纵横。木穿石槃未渠透,坐穿刍秣令人瘦,贫马百嘬逢一豆。眼明见此玉花骢,遥思着鞭随诗翁,城西野桃寻小红"为例,认为:"此诗三句三叠而止,其法不可过三叠。然促两叠可谓之促句法,以两叠则俱用平声,或用侧声。如'江南秋色推烦暑,夜来一枕芭蕉雨,家在江南白鸥浦。十年未归鬓如织,伤心日暮枫叶赤,偶然得句因题壁'。此二叠俱用侧声也。如'芦花如雪洒扁舟,正是沧江兰杜秋,忽然惊起散沙鸥。平生生计如转蓬,一身长在百忧中,鲈鱼正美负秋风'。此两叠俱用平声也。"一般情况下,这类诗三句三叠共九句是常格,三句一韵,换韵可平可仄,如是将其减为两叠共六句时,押韵则全平或全仄。这就是两叠六句与三叠九句之间在押韵上的区别,也是写作此类诗的押韵方法。

3. 关于艺术手法

惠洪在《天厨禁脔》中对诗歌中常用的一些艺术手法进行了论述,有些是颇具新意的。

首先是关于比兴。"比兴法"条引杜甫"老妻画纸为棋局,稚子敲钱作钓钩""不分桃花红胜锦,生憎柳絮白于绵""不如醉里风吹尽,可忍醒时雨打稀"为例说:"三诗皆子美作也。妻比臣,夫比君,棋局,直道也。

针合直而敲曲之,言老臣以直道成帝业,而幼君坏其法。稚子,比幼君也。针、绵,色红白而适用。朝廷用真材,天下福也。而真材者忠正,小人谄谀似忠,诈奸似正,故为子美所不分而憎之也。小人之愚弄朝廷,贤人君子不见其成败则已,如眼见其败,亦不能不为之叹息耳。故曰:'可忍醒时雨打稀'。"用今天的眼光来看,惠洪的这一说法当然是有牵强附会之嫌的,但他所说的比兴之法则是毋庸置疑的。"用事法"条举僧惠津诗《双竹》"饥残夷叔丰姿瘦,泣尽娥英粉泪干"、黄庭坚诗《观王主簿家酴醾》"露湿何郎试汤饼,日烘荀令炷炉香"为例,一方面论用典,另一方面又论比兴:"以伯夷、叔齐、娥、英二女比其清癯有泪为绝好。酴醾花美而有韵,不以女子比之,而以二美丈夫比之为工也。然渊材又以谓不如'雨过温泉浴妃子,露浓汤饼试何郎',亦兼用美丈夫也。"显然,这既是用典,又是用比,同时又道出了所用比兴好的原因。"古意句法"条以李白"君为女萝草,妾作菟丝花。百尺托远松,缠绵成一家。谁言会合易,各在青山崖。女萝发清香,菟丝断人肠。枝枝相纠结,叶叶竞飘扬。生子不知根,因谁共芬芳。中巢双翡翠,上宿紫鸳鸯。若识二草心,海潮亦可量。"为例。对此,惠洪认为:"寄情于君臣交友之际,必托二物以比况。汉苏、李以来,作者多如此。"然后再举黄庭坚《上东坡》为例加以说明。此外,在"遗音句法"条中,也有关于比兴的论述。总体来看,惠洪关于比兴的论述没有太多的新意,但是,他在这一方法花费如此多的笔墨,可见他对这一方法的重视。

其次关于用典。"分布用事法"条以苏轼《豆粥诗》《眉子砚诗》为例说明什么是分布用事法。惠洪认为:"何谓分布用事法?曰:凡二事比类于前,而后发其宏妙也。"如《豆粥诗》:"君不见溏沱流渐车折轴,公孙仓皇奉豆粥。湿薪破灶自燎衣,饥寒顿释刘文叔。又不见金谷敲冰草木春,帐下烹煎多美人。萍齑豆粥不传法,咄嗟而办石季伦。干戈未解身如寄,声色相缠心已醉。身心颠倒自不知,更识人间有真味。何如江头千顷雪色芦,茅檐出没晨烟孤。地碓春秔光似玉,沙瓶煮豆软如酥。我老此身无着处,卖书来问东家住。卧听鸡鸣粥熟时,蓬头曳履君家去。"可见,这种用典的方法就是前面分别铺排两个有关的典故,后面再展开议论。

"窠因用事法"条则以"陆机二十作《文赋》""看射猛虎终残年"为例,说明"此略提其事之因,不声其所以然。若此者,多如排布用事,非高才博学者莫能也"。惠洪对这种方法解释得很清楚,同时还强调,这种用典不是一般人能用的,只有高才博学的人才可以运用恰当。

关于典故的运用,宋人往往多反对铺排拼凑,强调浑成自然,不留痕迹,但具体的运用方法,则很少论述。惠洪的这些论述指出了用典的两种具体方法,在宋代相当少见。当然,对于用典的原则,惠洪也有论述,如论"诗有四种势"中的"贤鄙同笑"说:《宫怨》,李太白作。《春日》,杜子美作。《别子由》,东坡作。《龙山雨中》,山谷作。'断肠草',其花美好,亦名芙蓉。'寻常',七尺为寻,八尺为常。形容去尽,但讯其声音,见东汉《党锢传》夏馥言兄弟也。鸠见雨即逐其妇,晴则呼其妇,以喻君怒其臣即逐之,怒息即诏其归尔。此谓'贤鄙同笑',谓其贤愚读之,皆意解而爱敬之也。以贤者知其用事所从出,而愚者不知,不知犹为好也。此秦少游名之。"能知用典的贤者和不知用典的愚者都认为这些诗写得好,说明这些诗在典故的运用上达到了如盐着水,不留痕迹的境界。这当然是用典的最高境界。

再次是关于其他一些艺术技巧。例如含蓄法、错综句法、折腰步句法、绝弦句法、影略句法、比物句法、造语法、赋题法、夺胎句法、换骨句法、遗音句法、顿挫掩抑法等,在这些研究中,惠洪除了比较清楚地分辨了夺胎句法、换骨句法这两种重要的方法之外,最重要的是关于诗歌如何做到含蓄的方法。在"含蓄体"条中,他举"荒山秋日午,独上意悠悠。如何望乡处,西北是融州"(柳宗元《登峨山》)、"客舍并州已十霜,归心日夜忆咸阳。无端更渡桑干水,却望并州是故乡"(贾岛《渡桑干》)、"策杖驰山驿,逢人问梓州。长江那可到,行客替生愁"(贾岛《山驿有作》)

157

为例说:"子厚客洛阳,融州盖岭外也。桑干远极幽燕,并关河东,望咸阳为西南。长江县在梓州之西。前辈多诵此诗。少游尝自题《桑干》诗于扇上,此所谓含蓄法。"在惠洪看来,前辈之所以多诵这些诗,是因为这些诗通过各种方式,取得了良好的含蓄效果。"影略句法"条引刘义《落叶》"返蚁难寻穴,归禽易见窠。满廊僧不厌,一个俗赚多"和郑谷《柳》"半烟半雨村桥畔,间杏间桃山路中。会得离人无恨意,千丝万絮惹春风"为例说:"赋落叶而未尝及凋零飘坠之意,题柳而未尝及袅袅弄日垂风之意。然自然知是落叶,知是柳也。"这实际是说,这两首诗不直接说落叶和柳,而是通过语言和意境的营造来暗示,含蕴有味。"遗音句法"条举王安石《扇》"玉斧修成宝月团,月边仍有女乘鸾。青冥风露非人世,鬓乱钗横特地寒"和苏轼《宿东林寺》"溪声便是广长舌,山色岂非清净身。夜来八万四千偈,他日如何举似人"为例说:"此所谓读之令人一唱而三叹,譬如朱弦发越,有遗音者也。秦少游欲效之,作一首曰:'猕猴镜里三身现,龙女珠中万象开。争似此堂人散后,水光清泛月华来。'终若不及也。"王安石和苏轼的余音不绝,耐人寻味,此其所以高。而秦观的诗虽然模仿,但效果不及。然后又举例说明"能道其意者,不直言其深,而意中见其深""不直言其住山之久,而意中见其久""不直言其高远,而意中见其高远"等,都是在论说如何实现含蓄。

《天厨禁脔》虽然近于诗格,论说也不求高深,其中的一些内容也因袭了前人著作,但是,它所总结出来的诗法名目是比较多的,涉及的内容比较丰富。其中的许多内容,例如关于押韵、夺胎、换骨等的论述,有的是前无古人的创新,有的是厘清了相关的概念,对于当代和后世的诗法学有着重要的影响。但牵强附会,强作解人的不在少数,所以,《四库全书总目》说:"是编皆标举诗格,而举唐、宋旧作为式。然所论多强立名目,旁生支节。如首列杜甫《寒食对月诗》为偷春格,而谓黄庭坚《茶词》叠押四山字为用此法,则风马牛不相及。又如苏轼'芳草池塘惠连梦,上林鸿雁子卿归'句;黄庭坚'平生几两屐,身后五车书'句;谓射雁得苏武书无'鸿'字,故改谢灵运'春草池塘'为'芳草';'五车书'无'身后'字,故改阮孚'人生几两屐'为'平生'。谓之用事补缀法,亦自生妄见。所论古诗押韵换韵之类,尤茫然不知古法。严羽《沧浪诗话》称'《天厨禁脔》最害事',非虚语也。"严羽和纪昀都对此书作出了近乎严厉的批评,这从另外一个角度说明了它的影响。

二、《环溪诗话》

《环溪诗话》的作者吴沆,字德远,号无莫居士,抚州崇仁(今属江西)人。隐居环溪,故也称环溪居士。

吴沆似乎是宋代对诗法最敏感的诗论家之一,因此,《环溪诗话》在论诗时,绝大多数是从作法的角度来着眼的。只要一说到诗法,他就表示出异乎寻常的兴趣,并且通过自己的创作加以实践,《环溪诗话》也因此成为了宋代论述最全面的诗法著作。其内容,正如序中所说的"环溪居士,早见寓公名士,共汲汲于问句;晚岁幅巾燕处,亦谆谆于立议。论夫文章,实为天下之公器,顾岂以一己之厌饫充足而骄人也哉!予犹及从居士而口传心授矣"。诗法得之于向前辈请益和他自己的研究,学有所成后,则以教人。

关于诗的构成,吴沆认为:"诗有肌肤,有血脉,有骨格,有精神;无肌肤则不全,无血脉则不通,无骨格则不健,无精神则不美。四者备,然后成诗,则不待识者而知其佳矣。"提出了好诗如人,有肌肤、血脉、骨格、精神四个要素。并且认为:"前辈作诗皆有法,近体当法杜,长句当法韩与李。""前辈文章故自有关纽,若不得其门,何自入哉"。他对于诗法的研究是建立在此四要素和三大家的基础之上的。

(一)关于用字(词)的研究

关于用字,吴沆主张多用实字。对于这一问题,吴沆是从叠物的角度来讨论的。他在《环溪诗话》中说：

> 韩愈之妙,在用叠句。如"黄帘绿幕朱户闲"是一句能叠三物;如"洗妆拭面着冠帔,白咽红颊长眉青"是两句叠六物。惟其叠多,故事实而语健。又诸诗《石鼓歌》最工,而叠语亦多。如"雨淋日炙野火烧,鸾翔凤翥众仙下。金绳铁索锁钮壮,古鼎跃水龙腾梭"韵韵皆叠,每句之中,少者两物,多者三物乃至四物,几乎皆是一律。惟其叠语故句健,是以为好诗也。
>
> ……
>
> 太白发言造语,宜若率然,初无计较,然事亦多实,作语亦多健。如"清风明月不用一钱买,玉山自倒非人推",两句之中亦是用五物;如"高堂明镜悲白发,朝如青丝暮成雪",两句之中亦是用五物。甚至《蜀道难》"地崩山摧壮士死,然后天梯石栈相勾连",两句中亦用五物,如此何往而非实也。……乃知前辈作诗,未尝不知此理。盖不实则不健,不健则不可为诗也。

这两段话是评论韩愈和李白诗,值得注意的是,他与其他人的批评角度迥异,他是从诗句中叠物的多少来着眼的。他认为,韩愈诗歌的妙处就在于能在诗句中做到尽量多叠物,"黄帘绿幕朱户闲",是一句中叠了黄帘、绿幕、朱户三物。"洗妆拭面着冠帔,白咽红颊长眉青"是两句中叠了妆、面、冠帔、白咽、红颊、长眉这六物。按他的标准,韩诗中写得最好的是《石鼓歌》,其原因是"每句之中,少者两物,多者三物乃至四物,几乎皆是一律"。李白诗也是如此,在他看来,"清风明月不用一钱买,玉山自倒非人推",两句之中叠用了清风、明月、钱、玉山、人五物。"高堂明镜悲白发,朝如青丝暮成雪",两句之中也是用了高堂、明镜、白发、青丝、雪这五物。为什么多叠物就是好诗?原因就在于吴沆认为,"惟其叠多,故事实而语健""事亦多实,作语亦多健"。吴沆所说的这些物,从语言的角度来说,都是实词。而诗中实词多造成的结果是"语健",也就是富有表现力,表达的内容更为丰富。正因为如此,所以,"不实则不健,不健则不可为诗也"。

如果说这只是理论认识的话,那么,从实践的层面来说,"环溪又谓用此格私按所作,则五言诗中每句用上两物,即成气象;用三物,即稍工,然绝少,所可举者,不过三五联耳。七言诗中每句用上三物,即成气象;用四物,即愈工,然愈少,所可举者,不过二三联而已。至一句用及五物者,仅有一联。至用半天下、满天下之说,求之在己者绝无,于人亦未见其有也。然后知诗道之难也如此"。用自己和别的人的诗作来验证"不实则不健",这是对诗法研究的一个独特角度,也是一种较少的论证方式。

多用实词,多堆砌实物性的意象,以此判定诗的高下,这当然是失之偏颇的,但是,从诗法的运用与作诗的技巧来说,这又从一个新的角度提出了崭新的看法。而这一角度和观点是唐五代和北宋的诗论家未曾提出的。而且吴沆认为:"前辈文章故自有关纽,若不得其门,何自入哉!"这关纽,在吴沆看来其实就是多用实字。将实字的运用提高到这样的高度,也是前无古人的。

其实,早在吴沆之前就有一位叫张右丞的人提出过类似说法,吴沆是受他影响。据《环溪诗话》载:

右丞云:"……杜诗妙处人罕以能知。凡人作诗,一句只说得一件物事,多说得两件。杜诗一句能说得三件、四件、五件物事。常人作诗,一句只说得眼前,远不过数十里内,杜诗一句能说数百里,能说两军州,能就满天下。此其所为妙。且如'重露成涓滴,稀星乍有无',也是好句,然露与星只是一件事。如'孤城返照红将敛,近市浮烟翠且重',亦是好句,然有孤城,也有返照,即是两件事。又如'鼍吼风奔浪,鱼跳日映沙',有鼍也,风也,浪也,即是一句说三件事。如'绝壁过云开锦绣,疏松夹水奏笙簧',即是一句说了四件事。至如'旌旗日暖龙蛇动,宫殿风微燕雀高',即是一句说五件事。惟其实,是以健;若一字虚,即一字弱矣。"

这段话道出了吴沆说法的来历,可见,以实为美并非吴沆一人。这位张右丞举了大量的例子来说明"惟其实,是以健;若一字虚,即一字弱矣"。非常明确地表明了在用字上通过多用实字以求诗美的途径与方法,并且还认为"若一字虚,即一字弱矣",虚字似乎是作诗的毒药,是千万要避免的。

在《环溪诗话》卷上还记载了吴沆的从兄吴江(朝宗)的一段话:"五言诗要第三字实,七言诗要第五字实,若合此,虽平淡亦佳;不合此,虽巧亦无巧矣。如吾弟诗'燕忙将入夏,蚕暖正眠春''水痕才破腊,云黯似知春',不是不巧,只是第三字不合虚了。比'云黯天如近,雨余山似春',便不干事。"吴沆听了此话后,"深服其言,因遍指他诗,无不验者"。吴江的这话,使人想起潘大临"五言诗第三字要响,七言诗第五字要响"的话。不同的是,吴江主张的是"五言诗要第三字实,七言诗要第五字实",潘与吴均关注五言诗的第三字、七言诗的第五字,但一个要求响,一个要求实。从所举的诗例来看,就是名词。吴江认为,在这两个关键的位置上,如是用实字,"虽平淡亦佳";"不合此,虽巧亦无巧矣"。这也是一家之言,提出了与潘大临完全不同的意见,真的是仁者见仁,智者见智了。显然,吴沆对吴江的观点是深表赞同的。

(二) 对对偶的研究

关于对偶。吴沆在《环溪诗话》中说:"诗之工不在对句,然亦有时而用;第泥于对而失诗之意,则不可也。"这可以看出吴沆对对偶求工与求变的态度,他是赞成在不影响诗意表达的基础上,可以求工的。所以,他说:

予尝送李侍御《自中书舍人帅卢》一联云："中朝共惜无双士,绝塞贪看第一人。"无双、第一,故众人所共知,泛然使者亦多;然不是姓李人,又无中朝共惜、绝塞贪看之意,用之即为无工矣。正合公孙浑邪泣李广、藩酋问李揆之意,故名用事。又如《上王著作》一联云:"已经平子宜无憾,未见夷吾得不忧。"盖著作是看详官,已保名《易璇玑》,故言已经平子;尚未及识,故言未见夷吾。平子是王澄事,夷吾是桓彝说王导事,向见管夷,吾无复忧矣。既用王家事,又以"夷吾"对"平子","吾"对"子","夷"对"平",即是对中有对。凡人作文,要如细花锦,须是花上有花,叶中有叶,愈看愈有功矣。方如此,乃为妙也。(《环溪诗话》)

这段话中吴沆举了自己诗中的两个例子来说明对对偶细致精工的追求,表达了"凡人作文,要如细花锦,须是花上有花,叶中有叶,愈看愈有功矣。方如此,乃为妙也"的对偶观。从他所举的例子和表达的观点来看,吴沆的做法与王安石"晚年诗律尤精严,造语用字,间不容发"异曲同工。但是,他又说:"予作启事中,尝有'素王、黄帝''小乌、太白''竹马、木牛'之对,见赏于朋侪。然用事太切,则未免与前人相犯,亦是一病,不可不知。"一方面是用事太切,另一方面又未免与前人相犯,所以也是一病。可见,吴沆也是反对没有新意的工切的。

(三)关于句法、句与句的关系的研究

关于声律,吴沆最突出的是将诗句之拗与诗歌的"健而多奇"联系在一起。他在《环溪诗话》中说:

仲兄又问:"山谷拗体如何?"环溪云:"在杜诗中'城尖径窄旌旗愁,独立缥缈之飞楼。峡坼云埋龙虎卧,江清日抱鼋鼍游'是拗体;如'二月饶睡昏昏然,不独夜短昼分眠。桃花气暖眼自醉,春渚日落梦相牵'是拗体;如'夜半归来冲虎过,山黑家中已眠卧。傍观北斗向江低,仰见明星

当户坐'大是拗体……盖其诗以律而差拗,于拗之中又有律焉。此体惟山谷能之,故有'黄流不解浣明月,碧树为我生凉秋''石屏堆叠翡翠玉,莲荡宛转芙蓉城''纸窗惊吹玉蹀躞,竹砌翠撼金琅玕''蜂房各自开户牖,蚁穴或梦封侯王'等语,皆有可观。然诗才拗,则健而多奇;入律,则弱而难工。"

吴沆认为:"诗才拗,则健而多奇;入律,则弱而难工"。正是由于这样的观念,所以,他才在杜甫和黄庭坚的诗歌中寻找拗体的例子。他所举的黄庭坚的拗体联,几乎都是下句的末三字都作平声,即所谓的三平调。吴沆认为以这种方式来形成拗体是可取的。至于杜甫的"其诗以律而差拗,于拗之中又有律焉",更是值得仿效研究的。

关于句与句之间的关系。在《环溪诗话》中论到"浑全之体"时说,这种体的特点是"四句只作一句,八句只作一句。如'安稳高詹事,新诗日日多。美名人不及,佳句法如何',是四句亦作一句;如'不见闵公三十年,新诗寄与泪潺湲。旧来好事今能否,老去新诗谁与传',亦是四句只作一句。如'寄语杨员外,山寒少茯苓。归来稍暄暖,当为劚青冥。翻动神仙窟,封题鸟兽形。兼将老藤杖,扶妆醉初醒',即是八句只作一句;又如'苦忆荆州醉司马,谪官樽俎定常开。九江日落醒何处,一柱观头眠几回。可怜怀抱向人尽,欲问平安无使来。故凭锦水将双泪,好过瞿塘滟滪堆',亦是八句只作一句。"这里所举的诗例要么是四句相连贯,要么是八句相连贯,都是一个整体,共同表达一个完整的意思。看起来四句、八句,其实相当于散文的一个长句。

在《环溪诗话》中,吴沆提出了他对杜诗在句意安排上的另一种技法:

或问杜诗之妙,环溪云:"杜诗句意大抵皆远,一句在天,一句在地。如'三分割据纡筹策',即一句在地;'万古云霄一羽毛',即一句在天;如

'江汉思归客，乾坤一腐儒'，即上一句在地，下一句在天。如'高风下木叶'，即一句在天；'永夜揽貂裘'，即一句在地。如'关塞极天惟鸟道'，即一句在天；'江湖满地一渔翁'，即一句在地。惟其意远，故举上句即不能知下句。"

这是一个颇具新意的发现，吴沆认为，杜诗的妙处之一在于运用了一种特殊的技法，那就是在句意的安排上，上下两句"大抵皆远"。他所举的杜诗例子，按他的说法，都是一句写天，一句写地。这样的内容安排的好处在于"惟其意远，故举上句即不能知下句"。也就是说，上下两句因为内容上差别较大，由上句不能推测出下句，由此而产生了较大的艺术张力。

（四）对章法的研究

吴沆《环溪诗话》卷上载："或问环溪（吴沆），百韵诗是如何作？环溪云：'百韵诗只是八句，大抵十余韵当一句，但是气象稍宏，波澜稍阔。首句要如鲸鲵拔浪，一击之间，便知其有千里之势，于落句要如万钧强弩，贯金透石，一发饮羽，无复有动摇之意，万有一分可摇，即不得为断句矣。'"吴沆认为，百韵长诗的创作，首先是要将其视为一个由八句构成的整体，而每一句由十余韵组成。这是百韵长诗章法上的一个特点，也是吴沆最有创意的看法。其次，首句，也就是诗开头的十余韵要"如鲸鲵拔浪，一击之间，便知其有千里之势"，讲究气势；落句，也就是诗的最后十余韵要"如万钧强弩，贯金透石，一发饮羽，无复有动摇之意"，要求有力，否则，"有一分可摇，即不得为断句矣"。显然，中间不是重点。这就从整首诗的整体构成与开头、结尾的写法作了很好的论述。在《环溪诗话》中还有另一段话："百韵之诗有首句，又有断句，如'蜀道开天险，雄夸亿万年。停空蟠瑞气，盖代出真贤'，即是首句，自是而下尽说得行；如'国步艰难尽，公归早晚遄。愿为元结颂，磨石待高镌'，即是断句，自是而上尽载得起。其间又有放下拈起处,如波澜曲折,皆在于我,然后为善诗。"这又举例说明了怎样的首句才可以"自是而下尽说得行",怎样的断句(结句)才可以"自是而上尽载得起"。中间的"放下拈起处",则要做到"如波澜曲折"。这等于是将长篇百韵诗如何开头,如何结尾,如何展开中间作了具体的阐述。虽然还不够具体详细,但也弥足珍贵了。

(五) 对其他艺术手法的研究

1. 论拟人。吴沆说:"山谷除拗体似杜而外,以物为人一体,最可法。于诗为新巧,于理亦未为大害。"那么,什么是"以物为人"呢?

对此,吴沆解释道:"山谷诗文中无非以物为人者,此所以擅一时之名,而度越流辈也。然有可有不可,如'春至不窥园,黄鹂颇三请',是用主人三请事;如咏竹云'翩翩佳公子,为政一窗碧',是用正事,可也。又如'残暑已趋装,好风方来归''苦雨已解严,诸峰来献状',谓残暑趋装,好风来归,苦雨解严,诸峰献状,亦无不可。至如'提壶要酤我,杜宇赋式微',则近于凿,不可矣。不如'把菊避席,云月供帐,黄花韬光,白鸥起予''兰含章而鸟许可',以至《演雅》一篇,大抵以物为人,而不失为佳句。则是山谷所以取名也。"可见,吴沆所说的"以物为人",其实就是拟人。

吴沆认为,黄庭坚诗中大量运用的这种手法,是他的拿手好戏,也是他超越一般人诗人的关键。然而,具体而言,黄庭坚在运用拟人手法时,也有用得好和用得不好的,要加以甄别,区别对待。但不管怎样,这是一种值得认真研究和仿效的技法。看到了黄庭坚诗歌技法上的这一特点,并认为是黄庭坚诗最值得学习的两个方面之一,真是别具只眼!

2. 论用典。吴沆认为:"古今诗人未有不用事,观杜诗'绣衣屡许携佳酝,皂盖能忘折野梅。戏假霜威促山简,真成一醉习池回',是四句中浑将太守、御史事实使到,诗人岂可以不用事。然善用之,即是使事;不善用之,则反为事所使。事只是众人家事,但要人会使。"认为用典是诗歌创作的必然,但有善用与不善用的区别。善用则是用典,不善用则是被典所用。

他举例说:"如'黄绮终辞汉,巢由不见尧',巢、由、黄、绮,是人能知;至'终辞汉、不见尧'六字,即非杜甫不能道矣。巢、由合下不见尧,黄、绮初年不出,但终能辞汉而已。又从'风鸳、雨燕'上说来,风鸳、雨燕以喻祸难,'藏近渚、集深条'以喻避祸难之意,则用意尤深矣。又如'前军苏武节,左将吕虔刀',苏武节、吕虔刀二事,亦人所共知;至'前军、左将'四字,即非杜甫不能道矣。又如'弟子贫原宪,诸生老服虔',原宪、服虔二事,亦众所共知;至'弟子、诸生'四字,即非杜甫不能道矣。'前军、左将、弟子、诸生'八字皆实,故下面驱遣得动,是名使事;若取次用一虚字贴之,即名羊将狼兵,安能使之哉!"吴沆在这里所举的杜诗用典,或用意深远,或以实字驱动,都是灵活运用,为事所使的典型。又说:"思妻子,则有古诗云:'藁砧在何处,山上复有山。何时大刀头,破镜飞上天。'藁砧,夫也;山上有山,出也;大刀头有环,借作还字;破镜飞上天,十五六月团圆,破镜者月半也,言月半当还也。思家,此一事最好用。有窦滔妻苏氏织回文诗寄夫事可用,故有诗云'回文机上暗生尘'。只要人善用,变而通之,方为善使事,怕使事而不可解。"强调的是变通善用,"怕使事而不可解"。

3. 论赋比兴。比兴已不是宋人研究的重点,但是,在《环溪诗话》中,吴沆却对比兴作了详细而深入的探讨。

他说:"凡人咏月如钩,'争似明天子,光明数百州',此比兴皆全……又如'妾心火炉香,深深滋味长;郎心香炉灰,一冷长凄凉',此是比也,亦兴也。又如'自恨身轻不如燕,春来长绕御帘飞',此亦比中兴也。如'月色西帘明似画,风梧叶叶是秋声',此兴也,因景而生情……又如客中情况,'故溪黄稻熟,一夜梦中香',此赋也,亦兴也;直叙思家之情,赋也;因此黄稻之熟而发思家之情,则兴也。又如'马上相逢无纸笔,凭君传语报平安',此直言客中一时之事,赋也。又如'雪满空庭悄悄时,城头风动鹊高飞。一声羌笛千山月,不放乡关梦里归',此上两句是赋,下两句是因月闻笛而发,兴之思家也。又如'草满青山水满湖,倦游搔首忆吾庐。何时准拟成归计,只见年年画宅图',此亦赋中之兴也。又如'邯郸驿里逢冬至,抱膝灯前影抱身。想得家中深夜坐,还应说着远行人',此兴也。又如秦少游诗云:'北客念家浑不睡,荒山一夜雨吹风',此直说客中而有思家之情,乃赋中之兴也。又如'林间幽鸟啄枯槎,落尽寒潮一涧沙。独木桥西游子宿,酒旗斜日两三家',此亦赋中之兴也。至如'天海相连无尽处,梦魂来往尚应难。谁言南海无霜雪,试向愁人两鬓斑',此以愁人头白比霜雪,而发思家之情,比中兴也。又如'梧叶离离欲满阶,乍凉天气客情怀。十年旧事云飞去,一夜雨声都送来',盖因梧叶飘落,乍凉天气而发兴也;至如一夜雨声,唤起十年感旧之情,此亦兴也;至于说旧事如云飞去,则比也。又如司马池诗,'冷于陂水澹于秋,远陌初穷古渡头。赖是丹青不能画,画成应遣一生愁',有赋,有比,有兴,冠绝古今。又如'客舍并州已十霜,归心日夜忆咸阳。无端更渡桑干水,却忆并州是故乡',此又兴也,极飘逸。又如'五更归梦三千里,一日思亲十二时',又如'胡蝶梦中家万里,杜鹃枝上月三更',又如'桃李春风一杯酒,江湖夜月十年灯',此三联皆赋中之兴也。又如'一年将尽夜,万里未归人。共看今夜月,独作异乡人',亦赋中之兴也。"

吴沆用举例的方式,列出了用比、用赋、用兴以及比兴共享、赋兴共享、比中之兴、赋中之兴等赋、比、兴三种手法的运用情况。值得注意的是,吴沆并不是孤立地来讨论赋、比、兴的,而是将这三种手法的运用与诗的立意和思想内容结合在一起来进行分析。另外,吴沆对赋、比、兴的分析,摆脱了唐五代至北宋许多诗格著作中往往用牵强附会的方式,简单地加以类比的方式来讨论比兴的做法,根据作品的实际情况,将赋、比、兴分析得如此之细,如此之透,可谓空前。

除了论述拟人、用典、比兴之外,吴沆还对其他艺术手法进行了研究,其论述之广,讲求诗法之细致,在宋人中罕有其匹。

吴沆对字词、句法、章法以及比兴、拟人手法的研究，观点和角度都比较独特，与其他诗论家相比，颇具新意。虽然这些创新也不时有主观武断之处，但是，其独到和细致是他人所不能比拟的。吴沆对诗法的这种研究，一方面与他虚心好学，时常向前辈同仁请教问学有关，也与他生长在一个热爱诗歌的家庭有密切的关系。从《环溪诗话》来看，他家庭中的几位兄弟都是爱诗之人，而且都热衷于诗法的研讨，这为吴沆诗法研究提供了良好的家庭环境与启示。所以，表面上看来《环溪诗话》是吴沆个人的著作，其实是吴沆家族的诗学研究的集体研究成果。

三、《白石道人诗说》

姜夔著述《白石道人诗说》的目的，他自己说："《诗说》之作，非为能诗者作也，为不能诗者作，而使之能诗；能诗而后能尽我之说，是亦为能诗者作也。"说得非常清楚，这就是一部指导不会写诗的人如何学会写诗的著作，也就是一部诗歌写作的教学指导著作。可见，这是一部纯正的诗法学著作。

作为诗法学著作，《白石道人诗说》与一般的诗法研究著作又有所不同，它并不太具体地指出具体的技法，而多是从基本的原则入手。

（一）对诗人、诗体、诗性等不同特点的阐述与把握

对于初学者来说，一方面要解决向谁学习，以谁为榜样的问题，另一方面又要对不同诗体的特点有基本的了解。这是进行创作的基本前提，也是进行诗歌创作的基本技巧。所以他说："不知诗病，何由能诗？不观诗法，何由知病？名家者各有一病，大醇小疵，差可耳。"

姜夔主要标榜了《诗经》、陶渊明和杜甫。他说："《三百篇》美刺箴怨皆无迹，当以心会心。"这主要是从思想情感表达的分寸感来说的，认为《诗经》无论是表达何种情感，都很自然而无斧凿的痕迹，所以应当认

真体会。而"陶渊明天资既高,趣诣又远,故其诗散而庄、澹而腴,断不容作邯郸步也。"认为陶渊明作为诗人来说,有"天资既高,趣诣又远"的特点,因此,其诗就与众不同,表面上看起来散漫、平淡,实际上却很庄重、丰腴。正因为如此,所以就不能邯郸学步,简单地模仿,而要认真深入地体会其精髓。至于杜甫,他说:"诗有出于《风》者,出于《雅》者,出于《颂》者。屈、宋之文,《风》出也;韩、柳之诗,《雅》出也;杜子美独能兼之。"历史上不同的诗人诗作多出于《诗经》,或从《风》出,或从《雅》出,或从《颂》出,有得必有失,唯有杜诗兼得《风》《雅》《颂》三者之长。这就意味着杜诗是最全面的全能型诗歌,因此是最应该学习的。

同时,初学者不仅要有正确的榜样,而且还要有分辨各家诗歌特点的能力。他说:"一家之语,自有一家之风味。如乐之二十四调,各有韵声,乃是归宿处。模仿者语虽似之,韵亦无矣。鸡林其可欺哉!"从客观上来说,一家自有一家的风格特点,各自不同,对于初学者来说,就必须能辨别这种差异,以求神似,而不是停留在表面模仿上。

对于诗体的认识,姜夔认为一是要分清不同的诗体具有不同的特点。他说:"守法度曰诗,载始末曰引,体如行书曰行,放情曰歌,兼之曰歌行。悲如蛩螀曰吟,通乎俚俗曰谣,委曲尽情曰曲。"姜夔将诗歌分为诗、引、行、歌、歌行、吟、谣、曲八种不同的体裁,并指出了每一种体裁的特点。这就告诉初学者在进行创作时,必须分清它们之间的区别,才不会出现文体上的错乱。正如蔡绦在《西清诗话》卷上中所说:"古人濡笔弄翰者,不贵雕文织采,过为精致,必先识题,则可识当否。知此乃可究工拙,不然,破的者鲜矣。尝侍鲁公燕居,顾为某曰:'汝学诗,能知歌、行、吟、谣之别乎? 近人昧此,作歌而为行,制谣而为曲者多矣。且虽有名章秀句,若不得体,如人眉目娟好而颠倒位置,可乎?'余退读少陵诸作者,默有所契,惟心语口,未尝为人语也。"①可见辨体的重要。同时,姜夔

---

① 蔡绦:《西清诗话》卷上,张伯伟编校:《稀见本宋人诗话四种》,江苏古籍出版社,2002,第182页。

又认为:"小诗精深,短章蕴藉,大篇有开阖,乃妙。"这就是说,小诗、短章、大篇各有不同的审美要求,当然也就有不同的写法,不能混淆。只有明白了各自的特点,才可能写出成功之作。他又说:"喜词锐,怒词戾,哀词伤,乐词荒,爱词结,恶词绝,欲词屑。"姜夔按照诗的内容来分类,将其分为喜词、怒词、哀词、乐词、爱词、恶词,欲词,认为这几类词各有其特点和审美要求,是要严加区分的,否则就会出现错乱。

二是要明白诗的内在结构的特点。他说:"大凡诗,自有气象、体面、血脉、韵度。气象欲其浑厚,其失也俗;体面欲其宏大,其失也狂;血脉欲其贯穿,其失也露;韵度欲其飘逸,其失也轻。"姜夔认为,一首诗如同一个人,有其内在的结构,主要由气象、体面、血脉、韵度四个方面构成,可以说是诗的四要素。所谓气象,就是诗的风格。所谓体面,就是诗的意境或场景。所谓血脉,就是诗意脉、情感主线。所谓韵度,就是诗的风度、气质。对于这四要素,姜夔分别强调了要注意的要点,同时也强调了要极力避免的问题。显然,姜夔是将这四要素作为初学者必须要掌握的基础知识。

(二) 对具体技巧的论述

首先是关于如何立意。对于这一点,姜夔十分重视,他认为:"意格欲高,句法欲响,只求工于句、字,亦末矣。故始于意格,成于句、字。句意欲深、欲远,句调欲清、欲古、欲和,是为作者。"姜夔认为,对于诗歌创作来说,立意是最为关键的,必须要有高远的立意,如果只有字句上用功,这是本末倒置的行为。那么,怎样才能获得高远的立意呢?他说:"意出于格,先得格也;格出于意,先得意也。吟咏情性,如印印泥,止乎礼义,贵涵养也。"意与格,均与诗歌的立意有关,不管它们之间有怎样的区别,但都立足于"吟咏情性,如印印泥,止乎礼义,贵涵养也"。也就是说,作为诗人,其道德修养是至关重要的,诗中的立意高低也由它来决定。

171

其次是关于表现分寸的把握。姜夔认为:"雕刻伤气,敷衍露骨。若鄙而不精巧,是不雕刻之过;拙而无委曲,是不敷衍之过。"一方面是反对过度的雕饰,因为过度的雕饰会影响全诗的整体风貌,另一方面又反对完全不雕饰,因为完全不雕饰,其结果就是"鄙而不精巧"和"拙而无委曲"。所以,过度雕饰与完全不雕饰是两个极端,都应当避免。姜夔又说:"语贵含蓄。东坡云:'言有尽而意无穷者,天下之至言也。'山谷尤谨于此。清庙之瑟,一唱三叹,远矣哉!后之学诗者,可不务乎?若句中无余字,篇中无长语,非善之善者也;句中有余味,篇中有余意,善之善者也。"这就直接提出了"语贵含蓄"的看法,认为这是学诗必须要掌握的技巧。从语言的角度来说,固然要追求"句中无余字,篇中无长语",但这并非诗歌创作的最高境界,也不是最高的技巧,最高的境界与技巧是"句中有余味,篇中有余意"。显然,在姜夔看来,从诗意的表达来说,通过必要的方式来实现作品的适度含蓄是十分必要的,一览无余不是好诗所应有的特点。

再次是关于具体的表现手法和要注意的重点问题。姜夔认为,诗歌的谋篇布局是非常重要的,他说:"作大篇,尤当布置:首尾匀停,腰腹肥满。多见人前面有余,后面不足;前面极工,后面草草。不可不知也。"这是姜夔对长篇诗歌布局的看法。他认为,这一类诗歌最应当重视布局,具体的要求就是要做到"首尾匀停,腰腹肥满",也就是开篇、结尾及中间都必须认真对待,仔细斟酌,在质量上保证全篇的一致性。那种"前面有余,后面不足;前面极工,后面草草"的情况是务必避免的。在保证全篇匀称的情况下,诗中又要有波澜。他说:"波澜开阖,如在江湖中,一波未平,一波已作。如兵家之阵,方以为正,又复是奇;方以为奇,忽复是正。出入变化,不可纪极,而法度不可乱。"就是要求在具体的行文中,要有波澜起伏,如兵家布阵,奇正相生,变化多端,又要不乱法度。

对于诗的结尾,姜夔给予了特别的重视,将其视为诗歌创作的重点。他说:"一篇全在尾句,如截奔马。词意俱尽,如临水送将归是已;意尽词不尽,如抟扶摇是已;词尽意不尽,剡溪归棹是已;词意俱不尽,温伯雪子是已。所谓词意俱尽者,急流中截后语,非谓词穷理尽者也。所谓意尽词不尽者,意尽于未当尽处,则词可以不尽矣,非以长语益之者也。至如词尽意不尽者,非遗意也,辞中已仿佛可见矣。词意俱不尽者,不尽之中,固已深尽之矣。"姜夔认为,一首诗的功夫全表现在尾句上。这个"全"字表现了姜夔对于诗的尾句的高度重视,也可以看出他对诗法的深入体会。其总体的要求是要将尾句写得含蓄,为此,他将尾句分为词意俱尽、意尽词不尽、词尽意不尽、词意俱不尽四种类型,并对每一种类型的特点作了说明。他还说:"篇终出人意表,或反终篇之意,皆妙。"诗的结尾或者以出人意表的方式结束,或者以一反上文全篇之意的方式终篇,这两种方式都有意想不到的效果,所以值得称道。对于姜夔对尾句的论述,清人沈德潜《说诗晬语》卷下说:"姜白石《诗说》'一篇之妙,全在结句。如截奔马,辞意俱尽;如临水送将归,辞尽意不尽。又有意尽辞不尽,剡溪归棹是也;辞意俱不尽,温伯雪子是也。' 微妙语言,诸家未到。"这"微妙语言,诸家未到"八字点出了姜夔论述的独到之处。[①] 也正因为如此,在后世的许多的诗法学著作中,谈到诗的结尾时,往往或明或暗地袭用姜夔此说。

对于其他一些值得注意的问题,他也作了说明和阐述:"人所易言,我寡言之,人所难言,我易言之,自不俗。""难说处一语而尽,易说处莫便放过;僻事实用,熟事虚用;说理要简切,说事要圆活,说景要微妙。多看自知,多作自好矣。""体物不欲寒乞""意中有景,景中有意""花必用柳对,是儿曹语。若其不切,亦病也"。这些论述虽然不能说有太多的创新,但对于初学者来说,是具重要的指导意义的。

姜夔的《白石道人诗说》对于诗法重要性的强调、对于诗歌体裁及其

---

① 关于诗如何结,这是唐宋诗论家经常讨论的重点问题。如景淳在《诗评》中提出"诗有二断:一曰离题断。二曰抱题断"。陈长方说:"古人作诗断句,辄旁入他意,最为警策。如老杜云:'鸡虫得失无了时,注目寒江倚山阁'是也。黄鲁直《水仙花》诗亦用此体云:'坐对真成被花恼,出门一笑大江横。'"(《步里客谈》卷下)诸家之论,均不如姜夔此说精要。

内在要求、对于诗歌写作中需要注意的技巧问题等作了较为全面的论述,其观点有许多可取之处,可以说是宋代一部较为全面的诗法论著,其深度远远超过了《续金针诗格》《天厨禁脔》等诗法学论著。

四、《沧浪诗话》

严羽及其《沧浪诗话》历来是学者们研究的重点,从上世纪八十年代以来,共产生了一百多篇论文,还有多部研究专著。研究不可谓不深入,创见不可谓不多,但是很少从诗法的角度来讨论它。

《沧浪诗话》既是一部文学理论著作,同时也是一部阐述诗法传授的理论著作。它在表现严羽关于诗歌的发展、诗歌的特点、诗歌的价值等问题的看法的同时,也表现了严羽关于如何学习诗法的思想。在某种程度上,他关于中国古代诗歌的一系列看法其实是为诗法传授的这一目的服务的。从这个意义上看,《沧浪诗话》与其说是一部诗歌理论著作,还不如说是一部诗法传授理论著作;而严羽,作为诗歌理论家虽然也有一定的创见,作为诗法传授家则显示出了更多的非同寻常之处。

关于《沧浪诗话》的性质或创作目的,清人许印芳在谈到《沧浪诗话·诗法》时说:"全书皆讲诗法,此又择其切要者,示人法门耳。"[1]这就明确地指出了《沧浪诗话》"全书皆讲诗法""示人法门"的诗法传授性质。这样的观点其实在宋人魏庆之《诗人玉屑》中就有了反映。《诗人玉屑》对所录的材料按不同的内容进行了分类,其中卷一的"诗法第二"有"沧浪诗法"一条,收录了《沧浪诗话》"诗法"部分的全部内容,这就说明它就是一部诗法学著作。

从《沧浪诗话》本身的内容来看,其诗法传授的目的更为明显。严羽一开始便说:"夫学诗者以识为主,入门须正,立志须高。以汉、魏、晋、盛唐为师,不作开元、天宝以下人物。若自退屈,即有下劣诗魔入其肺腑之

---

① 郭绍虞:《沧浪诗话校释》,人民文学出版社,1961,第108页。

间。由立志之不高也。行有未至,可加工力。路头一差,愈骛愈远。由入门之不正也。故曰:学其上,仅得其中。学其中,斯为下矣。"接下来反复出现了诸如"学诗先除五俗""学诗有三节"等字样,再清楚不过地表明了其著书的目的。"学诗有三节"说得非常明白:"其初不识好恶,连篇累牍,肆笔而成;既识羞愧,始生畏缩,成之极难;及其透彻,则七纵八横,信手拈来,头头是道矣。"这就完全谈的是指导学习诗歌写作循序渐进的问题。而在《答出继叔临安吴景仙书》中,严羽在谈到吴景仙对《沧浪诗话》的批评时说:"吾叔《诗说》,其文虽胜,然只是说诗之源流,世变之高下耳。虽取盛唐,而无的然使人知所趋向处。"①我们再从《沧浪诗话》的用词来看,在"学习"这一意义上使用的"学"字达 20 余处。由此可见,其创作的目的在于教导后学如何学习诗歌创作,也就是诗法传授。

既然《沧浪诗话》的第一目的是传授诗法,那么,从诗法传授的角度来看,它具有怎样的特点呢?

《沧浪诗话》系统全面地论述了对学习者的要求、学习诗歌创作方法等,可以说是宋代论述最全面、体系最严密的一部诗法传授论著。

在任何传授体系中,传授对象是必不可少的要素,否则,传授就会缺少明确的对象,难以做到有的放矢,传授活动就无法有效地展开,传授的功效也要大打折扣。对此,严羽是有清醒的认识的。首先,从《沧浪诗话》来看,严羽在书中所确定的传授的对象是已经有了一定的创作水平的学诗者,而不是刚刚入门的初学者。何以见得呢? 从严羽所讨论的问题来看,都是一些学习诗歌创作中比较深入的问题,而且涉及面相当广,必须具有相当的诗学修养才能理解,这显然不是私塾蒙学童所具备的。这说明《沧浪诗话》在传授的对象上,起点就比较高,而不是蒙学传授。其次,对于学诗者个人的修养,严羽提出了具体的要求。这就是必须具有相当的智慧。严羽提出"夫学诗以识为主","见过于师,仅堪传授;见与师齐,减师半德也","大抵禅道惟在妙悟,诗道亦在妙悟"。这"识"

---

① 郭绍虞:《沧浪诗话校释》附文,人民文学出版社,1961,第 251 页。

"见""悟",都与学诗者的智慧有关。其中,"识"与"悟"既是学诗的方法,同时也是学诗者必具的修养和能力。所以他在论述时特别强调,"悟有浅深、有分限、有透彻之悟,有但得一知半解之悟","倘犹于此而无见焉,则是野狐外道,蒙蔽其真识,不可救药,终不悟也"。这就是说,如果学诗的人连这样的能力都不具备,要想取得成就是不可能的。

关于传授的目标,也就是传授的定位,严羽是想通过理论并付诸实践后,培养最终可以达到"真古人"水平的优秀诗人,而不是仅仅会创作诗歌的一般人才。他说:"诗之是非不必争,试以己诗置之古人诗中,与识者观之而不能辨,则真古人矣。"将诗写得与古人(也就是汉魏、盛唐人)一样,放在一起难分辨,这就是严羽所认为的优秀诗人的水准。可见,其诗法传授的目标是非常明确的。

而在学习的内容上,也就是取法的对象上,严羽没有像其他人那样,要求学诗者不分朝代地广取博收,而是严格地要求"以汉魏晋盛唐为师,不作开元天宝以下人物"。他说:

> 以汉、魏、晋、盛唐为师,不作开元、天宝以下人物。若自退屈,即有下劣诗魔入其肺腑之间;由立志之不高也。行有未至,可加工力;路头一差,愈骛愈远;由入门之不正也。故曰:学其上,仅得其中;学其中,斯为下矣……工夫须从上做下,不可从下做上。先须熟读《楚辞》,朝夕讽咏,以为之本;及读《古诗十九首》,乐府四篇,李陵、苏武、汉、魏五言皆须熟读,即以李、杜二集枕藉观之,如今人之治经,然后博取盛唐名家,酝酿胸中,久之自然悟入。

这里虽然说到了要以《楚辞》《古诗十九首》,乐府四篇,李陵、苏武、汉、魏五言,李、杜二集,盛唐名家等作为参考,范围相对来说是比较广的,但还是局限在"以汉魏晋盛唐为师",而没有扩大到"开元天宝以下人物"。严羽之所以限定这样的传授内容,将其作为学诗的教材,是因为在他看来,只有汉魏晋盛唐的诗才是正宗,其他的都是等而下之。他说:"学汉、魏、晋与盛唐诗者,临济下也。学大历以还之诗者,曹洞下也。""汉、魏尚矣,不假悟也。谢灵运至盛唐诸公,透彻之悟也。他虽有悟者,皆非第一义也。""盛唐诸人惟在兴趣,羚羊挂角,无迹可求。故其妙处,透彻玲珑,不可凑泊,如空中之音,相中之色,水中之月,镜中之象,言有尽而意无穷。近代诸公,乃作奇特解会,遂以文字为诗,以才学为诗,以议论为诗。夫岂不工?终非古人之诗也。盖于一唱三叹之音,有所歉焉。且其作多务使事,不问兴致,用字必有来历,押韵必有出处,读之反覆终篇,不知着到何在。其末流甚者,叫噪怒张,殊乖忠厚之风,殆以骂詈为诗。诗而至此,可谓一厄也。"这些话,将汉魏晋盛唐之诗与其他时代的诗作了比较,并进行了分等。这就是他之所以将学习的内容严格限定在"以汉魏晋盛唐为师,不作开元天宝以下人物"的理由。

作为一种学习诗法的理论,学习的方法往往具有举足轻重的地位。在《沧浪诗话》中,严羽对此进行了最为详细的论述。这也可以说是《沧浪诗话》的重点,也是其精华所在。

首先,是要求学诗者确立正确的仿效对象,这在严羽看来是最为重要的,因为学习仿效的对象错了,等于是学习的方向错了,是学习战略的失误。入门须正,取法乎上,这就是严羽传授的基本思路。他还说:"禅家者流,乘有小大,宗有南北,道有邪正。学者须从最上乘、具正法眼,悟第一义,若小乘禅,声闻辟支果,皆非正也。论诗如论禅,汉、魏、晋与盛唐之诗,则第一义也。大历以还之诗,则小乘禅也,已落第二义矣;晚唐之诗,则声闻辟支果也。学汉、魏、晋与盛唐诗者,临济下也。学大历以还之诗者,曹洞下也。"这也是他强调学习汉魏晋及盛唐诗的理由。

其次,学习诗歌创作的过程必须循序渐进。严羽在诗法传授上有一个由欣赏、写作两阶段组成的总体构想,认为学习诗歌创作必须首先学会欣赏,然后才能创作。欣赏在前,创作在后。只有学会欣赏,才能识别诗的好坏,才能避免误入歧途。在欣赏能力的培养上,严羽最为强调的是识、辨、悟的三种素养和能力。他认为,这三种能力是成为一位优秀诗人的前提和必具的素质。

所谓识,就是见识。这似乎包括两个方面的内容:一是眼界高,品位高,指的是修养。二是指眼力好,即识别作品好坏的能力。这在严羽看来是学习诗歌创作中最为重要的素养和能力,对诗歌创作方向具有决定的意义。正因为如此,所以,《沧浪诗话》开宗明义第一句就是:"学诗者以识为主。"接着又说:"见过于师,仅堪传授;见与师齐,减师半德也。"因为具有高眼界的标准和好眼力的识别能力,才能找到正确的学习方向和目标,才能做到取法乎上,进入正道,否则就有"下劣诗魔入其肺腑之间"。

所谓辨,就是辨别能力。如果说,识是一种侧重于好坏(价值)判断的能力的话,那么,辨则是一种侧重于事实判断的能力。他说:"辨家数如辨苍白,方可言诗。"又在《答出继叔临安吴景仙书》中说:"作诗正须辨尽诸家体制,然后不为旁门所惑。今人作诗,差入门户者,正以体制莫辨也。世之技艺,犹各有家数。市缣帛者,必分道地,然后知优劣,况文章乎?"这种能力也是识力的一个方面,所以,他又有"仆于作诗,不敢自负,至识则自谓有一日之长,于古今体制,若辨苍素,甚者望而知之"(《答出继叔临安吴景仙书》)的话。可见,严羽所强调的辨,主要还是针对"辨家数"和"古今体制"而言的,也就是侧重于识别历史上各家、各派、各体在风格和写法上的客观差异。他在《沧浪诗话》的"诗体"部分大谈历史上的各种诗体,其目的就是要求学诗者充分辨别这些诗体,以便创作时心中有数,找到合适的仿效对象,为自己的写作定位。

所谓悟,就是严羽所说的"妙悟",意思是感悟、领会,即对前人诗歌创作规律和特点的把握。这是严羽借佛教徒学习佛法而心有所悟的一个术语。久读经典和诗词之后,必定有深刻领会。他又说:"大抵禅道惟在妙悟,诗道亦在妙悟,且孟襄阳学力下韩退之远甚,而其诗独出退之之上者,一味妙悟而已。惟悟乃为当行,乃为本色。然悟有浅深、有分限,有透彻之悟,有但得一知半解之悟。汉、魏尚矣,不假悟也。谢灵运至盛唐诸公,透彻之悟也。他虽有悟者,皆非第一义也。"这段话有两层含义:第一层是强调悟的独特作用,认为是它是"诗道"的关键。孟浩然之所以胜于韩愈,其原因就在于此。第二层是对悟的深浅程度的分类。严羽认为,对于诗歌创作规律和特点的把握,是随个人天分和功夫的深浅而有透彻和一知半解的区别的。而这种区别,在很大程度上决定了诗歌创作成就的高低,因此,作为学诗者,这是最为重要的能力与素养。

当一位学诗者具备了识、辨、悟的素养之后,接下来才能正式进入诗歌创作,这就是他在《沧浪诗话》"诗法"部分所谈的内容。严羽认为,在进行具体的诗歌创作学习中,主要是要做到"学诗先除五俗:一曰俗体,二曰俗意,三曰俗句,四曰俗字,五曰俗韵"。并对如何除去五俗提出了具体的办法。这对于初学者来说具有重要价值。

在学习的方式上,也就是如何达到识、辨、悟,进而达到诗歌创作上的臻于"真古人"的境界,严羽固然没有忽视教师讲授的重要性,在某种程度上,《沧浪诗话》本身就是讲授如何学习诗歌创作的讲义,但严羽更重视的是学生对经典诗歌的自学,而在自学中最重要的方法是熟读、"熟参":

> 先须熟读《楚辞》,朝夕讽咏,以为之本;及读《古诗十九首》,乐府四篇、李陵、苏武、汉、魏五言皆须熟读,即以李、杜二集枕藉观之,如今人之治经,然后博取盛唐名家,酝酿胸中,久之自然悟入。

在这段话里,严羽强调了熟读对于领悟把握经典诗歌创作规律与特点的意义,认为这是一种最好的方式。当然在具体的熟读过程中,还有一个由约返博的策略,但基本上还是以学诗者自己通过熟读深思,达到自我领会为主。他还有另外一段话:

> 试取汉、魏之诗而熟参之,次取晋、宋之诗而熟参之,次取南北朝之

诗而熟参之,次取沈、宋、王、杨、卢、骆、陈拾遗之诗而熟参之,次取开元、天宝诸家之诗而熟参之,次独取李、杜二公之诗而熟参之,又取大历十才子之诗而熟参之,又取元和之诗而熟参之,又尽取晚唐诸家之诗而熟参之,又取本朝苏、黄以下诸家之诗而熟参之,其真是非自有不能隐者。傥犹于此而无见焉,则是野狐外道,蒙蔽其真识,不可救药,终不悟也。

这里反复说到的"熟参",其实就是熟读,只不过是借用佛教徒参禅的说法,也就是宋人常说的"学诗浑似学参禅"。由此可见,在严羽的诗法传授思想里,学诗者本人的主观能动性占有十分重要的地位。

在强调熟读、"熟参"的同时,严羽在方法上还强调多读书,多穷理。他说:"诗有别材,非关书也;诗有别趣,非关理也。然非多读书、多穷理,则不能极其至,所谓不涉理路、不落言筌者,上也。"也就是说,多读书、多穷理,打好基础,认真思考,明白事理,才能达到诗歌创作的最高境界。这显然是对熟读、"熟参"的补充,避免陷入狭窄的境地。

由上可见,严羽在《沧浪诗话》中对学习诗歌创作的对象、目标、内容、方法等作了系统的论述,比较完整全面地表现了他的诗法传授思想。所以,《沧浪诗话》的价值不仅在于严羽的诗学理论与思想,也更在于他的诗法传授的理论与思想。

在诗法学的研究上,《沧浪诗话》有许多创新之处:

首先,《沧浪诗话》创立了宋代诗法传授史上一个最为完整系统的体系。宋代诗法传授比以往任何时候都要发达普遍,其核心已从以往的怎样认识文学的作用、特点,转向了如何在借鉴前人的创作经验的基础上进行创作。在这一背景下,宋代许多著名的诗人、理论家往往以导师自居,发表对诗法传授的看法,由此形成了不同的诗法传授理论和诗法传授家,例如苏轼、黄庭坚、吕本中、朱熹、姜夔等。但在严羽以前的诗法传授理论往往不是太零散,不成系统,就是不够全面。就诗法传授而言,在严羽之前,无疑以黄庭坚的诗法传授思想最为系统,但是,他更多的是侧重于学习方法的论述,在强调多读书的前提下,以杜甫为师,侧重于通过"点铁成金""夺(脱)胎换骨"等具体方法来达到杜甫等诗人作品技法的掌握。但是,对于以杜甫为师的意义,特别是对通过何种方式、培养何种能力和素养达到吸收前人精华等问题的论述,黄庭坚是有所不足的。至于其他诗法传授家,如苏轼、朱熹、姜夔等,就更是随感式的零星之论了。撇开具体的诗学观念的差异不论,单就传授思想体系的构建来说,严羽与黄庭坚诗法传授思想的一个重要区别在于,他不仅论述到了黄庭坚论述到了的学习内容、传授对象、传授方法等,而且详细论述到了黄庭坚及其他诗法传授家很少论述的仿效对象、学习内容(即汉魏晋盛唐诗歌)对于学习诗歌创作的重要意义以及达到最终目标所必须具备的识、辨、悟三种能力和素养的培养等,对于诗法传授中的各个环节均有论述。这样,就使严羽的诗法传授理论比以往任一家都要系统完整。

当然,正如很多学者指出的那样,不管识也好,悟也好,参也好,都不是严羽的创造,在此之前都有相似的论述①,但严羽的贡献在于他将这些宋人的见解合理地吸收过来,构建起了一个属于他自己的诗法传授理论体系。从这个意义上说,我们应当赞赏他敢于吸收的勇气和善于整合的智慧。

其次,严羽对诗法传授的各个环节作了深入的理论阐述,使《沧浪诗话》具有浓厚的理论色彩。诗法传授在宋代非常发达,但是,从现存的资料来看,由于各种各样的原因,绝大部分往往是点到为止,而没有作深入的理论阐述。例如,关于"悟"的问题,苏轼、黄庭坚等都没有论述,后来则是江西诗派的常见之论。韩驹就有"学诗当如学参禅,未悟且遍参诸方。一朝悟罢正法眼,信手拈出皆成章"(《陵阳先生诗》卷二)的说法。但是,很少有人对学诗过程中的悟进行深入的理论探讨。严羽则对悟的

---

① 例如,关于识、悟,吕本中《童蒙诗训》中就有这样的话:"渊明、退之诗,句法分明,卓然异众,惟鲁直(黄庭坚)为能深识之。学者若能识此等语,自然过人。""作文必要悟入处,悟入必自工夫中来,非侥幸可得。如老苏之于文,鲁直之于诗,盖尽此理也。"

方法、悟在学诗过程中的地位与价值、悟的分类等进行了深入的论述。由点到为止到深入详细的理论探讨,这就使《沧浪诗话》与以前的诗法传授有了显著的区别。

再次,严羽的诗法传授思想本身具有许多深刻之处。由于严羽的思想是建立在他自己的诗歌创作经验和充分吸收他人成就的基础上,因此,严羽在《沧浪诗话》中所表现出来的许多诗法传授思想是值得肯定的。例如,严羽非常强调识、辨、悟三种能力和素养的培养,优秀的诗歌创作学习者必须首先具备这三种能力和素养,充分吸收前人(汉魏晋盛唐)的创作成果,才能创作出优秀的作品。这一观点实际上是强调学习欣赏在前,学习创作在后,优秀的诗歌创作者必须首先是一个优秀的诗歌鉴赏家,这无疑是符合宋代诗歌创作的实际的。因为在宋代以前,中国诗歌史上已经产生了许多优秀的诗人,如果不具备较强的欣赏能力,就无法充分吸收前人的优秀成果,当然也就难以达到较高的创作境界,更不用说超越前人了。

再如严羽强调学习中"入门须正、立志须高",取法乎上的思想,这可以说是宋代诗法传授理论中对取法原则所作的最全面科学的概括。在此之前,苏轼也说过:"熟读《毛诗》《国风》《离骚》,曲折尽在是矣。"(《彦周诗话》)吕本中也说:"学诗须以《三百篇》《楚辞》及汉魏间人诗为主,方见古人好处。"(《童蒙诗训》)朱熹更说:"尝妄欲抄取经史诸书所载韵语,下及《文选》汉魏古辞,以尽乎郭景纯、陶渊明之所作,自为一编,而附于《三百篇》《楚辞》之后,以为诗之根本准则;又于其下二等之中择其近于古者,各为一编,以为之羽翼舆卫。其不合者则悉去之,不使其接于吾之耳目,而入于吾之胸次,要使方寸之中无一字世俗言语意思,则其为诗,不期于高远而自高远矣。"(《答巩仲至书》)这些看法都谈到了类似于严羽"以汉魏晋盛唐为师,不作开元天宝以下人物"的内容,但没有一个人明确表达出"入门须正、立志须高",取法乎上的学习原则。所以,尽管我们可以对他"以汉魏晋盛唐为师,不作开元天宝以下人物"的具体观点有不同看法,但是对于由此总结出的"入门须正、立志须高",取法乎上的诗法学习原则却难有非议,而这恰恰又是严羽诗法传授思想中的可取之处。

以上三个方面决定了严羽的诗法传授理论具有了形而上的高度和广度,使其超越了宋代大多数的诗法传授著作。

当然,严羽的诗法传授思想也存在着不少问题。第一,从培养目标的设定上来说,严羽提出要达到的"真古人"的境界是"以己诗置之古人诗中,与识者观之而不能辨",而不是超越古人,这就在培养目标的定位上出现了偏颇。须知诗歌创作似古人只是阶段性目标,并不是最终目标。最终的目标应当是超越古人,自创一格,形成自己的独特个性。

第二,在学习仿效的对象上,严羽强调"以汉魏晋盛唐为师,不作开元天宝以下人物"虽然有一定的道理,但还是眼界不够宽广,没有将中晚唐和宋代许多优秀诗人的作品列入其中,这显然违背了广取博收的原则。他过窄的诗学价值观决定了他的诗法传授观。

第三,在学习的方法上,尽管严羽提出了识、辨、悟,也强调了"多读书,多穷理",但始终还停留在书本上。也就是说,他提出的学习诗歌创作的途径只局限于读书。实际上,学习诗歌创作,除读书之外,书本以外的修养是很重要的。所以,陆游提出了"汝果欲学诗,功夫在诗外"的看法,在读书之外提出了学诗的另一条途径,这是颇有创见的。对于学习诗歌创作来说,读书与书外的人生修养二者不可偏废,缺一不可。严羽只强调了书本修养,而没有强调书本之外的人生修养,虽然是宋代诗法传授家普遍的观点,但毕竟它是有所不足的,同时也说明严羽在这一点上并没有超越黄庭坚等人。

第四,严羽在学诗的方法上只强调了多读,即熟读、熟参,但是,却没有强调多写,从诗法传授的角度来说,这也是不全面的。因为熟读、熟参,只是提高对前人诗歌的鉴赏能力,但未必就能完全提高诗人的创作水平。眼高的人,未必就一定手高。知易行难是一种普遍现象,优秀的鉴赏家就未必是优秀的诗人。严羽只看到了优秀的鉴赏能力是提高创作水平的前提,但对如何将鉴赏能力转化为创作能力则没有作深入的探讨。在这一点上,我们认为这是严羽在个人能力和论述内容上的一个严重不足。

五、《笺注唐贤三体诗法》①

上文我们在谈到宋人对章法的研究时,谈到了周弼《笺注唐贤三体诗法》以情景虚实来研究五七言律诗的章法结构,给出了四实、四虚、前虚后实、前实后虚等几种模式。其实,在这几种模式之外,《笺注唐贤三体诗法》还讨论了七言绝句及五七言律的各种其他写法。

周弼在七言绝句体中总结了实接、虚接、用事、前对、后对、拗体、侧体七种写法。而在七言体中,除了总结出四实、四虚、前虚后实、前实后虚之外,还论述了结句及咏物诗的写法。在五言体中,除了总结出四实、四虚、前虚后实、前实后虚之外,还有关于一意、起句、结句的论述。由此可见,周弼在研究五七言律诗及绝句的作法时,并不是只讨论章法问题,而是从多个方面来进行的,涉及章法、开篇、结尾、声律、用事等问题。由此也可以看出,周弼研究诗法虽然只是局限于三种诗体,但仍然是相当全面而系统的。他提出的诗法名目数量之多,就单个的研究者而言,是前无古人的。

更值得注意的是,周弼提出的这些诗法名目,多数是他首次提出,具有很强的创新性。例如四实、四虚、前虚后实、前实后虚,在此之前的诗法研究中,可能有朦胧的类似意思表达,但从未曾有人明确提出。不仅名目上有所创新,而且许多观点也具有原创性,例如用四实、四虚、前虚后实、前实后虚这四种模式来描述章法,这是前无古人的。再如关于七言绝句的七种作法,几乎每一种都是他别具只眼的发现。

---

① 此书又称《唐贤三体诗选》、《三体唐诗》、《诗法》等。

如实接，就是第三句以写景的方式来接前二句。周弼对此的解释是："截句之法，大抵第三句为主，以实事寓意。接处转换有力，若断而续，涵蓄不尽之趣。此法久失其传，鲜有知之者矣。"①认为七言绝句最关键的是第三句，因此，在写作时要给予特别的重视，一定要"以实事寓意"，就是要写实事，即写景，在景物的描写中寓意。同时要求"转换有力"，又要做到"若断而续，涵蓄不尽之趣"。如杜常的《华清宫》："东别家山十六程，晓来和月到华清。朝元阁上西风急，都入长杨作雨声。"这首诗最重要的是第三句"朝元阁上西风急"，因为它起着承上启下的作用。前二句写得风轻云淡，然而到此句突然一转，写到了西风急的实景，与前二句迥然不同，有一种平地起风雷之感。而接处，也就是诗的第四句"都入长杨作雨声"，顺着"西风急"三字来写，以景语作结，含蓄有味。断句(结尾)强调含蓄，姜夔等人早已提出，但是，特别强调七言绝句的第三句，认为七言绝句的整首诗应以第三句为主，以此作为重点来布局，这又是前人所未曾提出的观点，这对后世七言绝句的作法分析产生了极大的影响，明清时期的许多诗法学著作均自觉或不自觉地接受了这一观点。正因为如此，所以，周弼自负地说："此法久失其传，鲜有知之者矣。"言外之意，是他重新发现了这一诗法奥妙！

再如虚接，周弼的说法是"虚接，第三句以虚语接前两句也，亦有语虽实而意虚者。于承接之间，略加转换，反正顺逆，一呼一唤，宫商自谐。"周弼指出了七言绝句中的第三句如果是虚接的话，就有两种情况，一是"以虚语接前两句"，就是以纯粹的抒情句接前二句；二是"语虽实而意虚者"，就是以看起来是写景句，实际上却是抒情句来接前二句。如杜牧《怀吴中冯秀才》："长洲苑外草萧萧，却算游程岁月遥。唯有别时今不忘，暮烟秋雨过枫桥。"此诗第三句"唯有别时今不忘"，是抒情句，所以为虚，这是典型的"以虚语接前两句"。这样的一种承接方式，与实接大致

---

① 周弼：《三体唐诗》"三体唐诗选例"，文渊阁《四库全书》本。本书所引《笺注唐贤三体诗法》均出此本。

相同,但也要略加变化。这样的观点在以前的诗法学著作中是从来没有过的。

再如,从对偶的角度来阐述七言绝句的起法与结法,周弼总结出了两种方法:一是前对,一是后对。所谓前对,就是"接句兼备虚实两体,但前句作对,接处微有不同,相去一间,特在称停之间也"。所谓后对,周弼说:"此体唐人用者亦少,必使末句是对而词足意尽,若未尝对,方为擅场。"自刘勰以来,谈对偶者多矣,但多是纯粹的对偶论,很少有将对偶与整首诗的作法结合起来的。周弼讨论的不是如何对偶,而是诗的整个布局中怎样安排对偶句,这就超越了一般的对偶论。这对明清时期的绝句、律诗关于起结法的研究有强烈的启示意义。周弼讨论七言绝句中的拗体、侧体,在讨论五七言律诗时谈——意等也是从前很少有人注意到的问题。

当然,周弼的某些观点也沿袭前人,例如关于结句,无论是七言绝句还是五七言律诗,都强调含蓄。如认为七言律诗"诗家之妙,全在一结。遒逸婉丽,言尽而意未止,乃为当行"。这样的观点,与姜夔等人的看法就颇有雷同。

周弼的《笺注唐贤三体诗法》提炼出虚实两要素,以景为实,以情为虚。把焦点集中于七言绝句的第三句、五七言律诗的中二联,并以虚实之说来总结归纳此三体中最关键部分的写法,并在此基础上分析起、结、用事、咏物、拗体、侧体等,眼光独到,颇为中的,对后世的诗法研究影响深远。尤其是他分体论作法、以情景论章法、独重七绝第三句等成为后世诗法学论著中最常见的内容。可以说,《笺注唐贤三体诗法》直接启发了元代诗法学。

宋代诗法学在其发展过程中不断成熟,留下了丰富的诗法学遗产,其思路、方法与观点等,均对后世的诗法学有巨大影响。元明清三代的诗法学,均是在宋人的启发下发展起来的。

第四章　集成与诗法体系兴起的元代诗法学

元代的诗法学研究继承了宋代诗法学研究的传统,而且又有了新的发展。元代的一些诗法学著作就是从宋代诗法学著作扩充而来,有的则是对宋代诗法学著作进行消化后再加以提升。尽管如此,它在许多方面是有较大创新的,诗法名目之多,按体裁、题材进行分类研究之细,都远超宋代。尤其是提出了多个诗法体系,这与以前的诗法研究是迥然不同的,因而形成了自己的研究特色。

第一节　诗法学著作的编纂

从数量来说,元代诗法学著作是比较可观的。据张健《元代诗法校考》一书所收,现存的就有 25 种,这还不算已亡佚了的。就这 25 种来说,数量已经远超唐五代、宋代现存的诗法学著作了。由此也可以看出元代诗法学著作的繁荣,也可以看出元人对编纂诗法学著作的热情。之所以如此,原因是多方面的:一是商人牟利。《四库全书总目》评《诗法家数》云:"是编论多庸肤,例尤猥杂。如开卷即云'夫诗之为法也有说焉,赋、比、兴者皆诗制作之法,然有赋起,有比起,有兴起'云云,殆似略通字义之人,强作文语,已为可笑。……是必坊贾依托也。"[1]二为传授诗法。《诗解》[2]所附《杨仲弘序》云:"予少年从叔父杨文圭游西蜀,抵成都,过浣花溪,求工部杜先生之祠而观焉。有主祠者,曰工部九世孙杜举也,居

---

① 《四库全书总目》五·诗文评类存目,上海古籍出版社,1987,第 261 页。
② 《诗解》,又题《杨仲弘注杜少陵诗法》《诗源撮要》《诗格》《杜律心法》,今从张健《元代诗法校考》,以《诗解》为名。

于祠之处。予造而问之曰：'先生所藏诗律重宝，不犹有存者乎？'举曰：'吾鼻祖审言以诗鸣于当世，厥后言生闲，闲生甫，甫又以诗鸣，至于今源流益远矣。然甫不传诸子，而独于门人吴成、邹遂、王恭传其法。故予得传之三子者。虽复先生之重宝，而得之不易也。今子自远方而来，敢不以三子所授者与子言之？子其谨之哉！'予遂读之，朝夕不置，久之恍然有得，益信杜举所言非妄也。京城陈氏子有志于诗，故书举之传予戒予者赆之。"[①]这个序也许是假托，但是序中表达的思想却道出了元代诗法学著作编纂的目的。

从书名来说，元代的诗法学著作不像宋代诗法学著作那样往往多不明确标明"诗法"二字，相反，它们常常在书名中明确标明"诗法"。例如《诗法家数》《诗法源流》《诗法大意》等。为什么会出现这种现象？一种很可能的原因是，元代诗法学著作在编纂的目的上牟利的意图更为明显，编纂者为了吸引注意力，取得更好的销量，有意识地突出"诗法"二字。

从著作的真伪来说，由于存在着比较明显的牟利色彩，因此，元代许多诗法著作往往是假托名人。《四库全书总目》认为元代的诗法著作多系书贾伪托，此话虽然说得有点绝对，但也不无道理。在这些诗法学著作中，托名范德机所作的有《木天禁语》《诗学禁脔》《诗法源流》《吟法玄微》《诗家一指》等。这些著作的真伪实在值得怀疑。

从内容来说，元代诗法学著作中的许多内容系抄录、集录或改写自宋代诗法学著作，甚至元代抄元代。例如旧题范德机门人集录的《总论》中有"或者谓作诗须下实字，实字多则健，虚字多则弱。古人作诗能言五件事，则句健矣"一大段，"或者谓：作诗大抵语意要远，如杜诗一句在天，一句在地"等，举例、观点、字句全袭宋人吴沆《环溪诗话》。杨载《诗法家数》序中云"诗之为难有十：曰造理，曰精神，曰高古，曰风流，曰典丽，曰质干，曰体裁，曰劲健，曰耿介，曰凄切。"抄自浩然子《吟窗杂录序》。

---

① 《诗解》附文，张健：《元代诗法校考》，北京大学出版社，2001，第48—49页。

《诗家一指》外篇"三造"几乎全录严羽《沧浪诗话》等宋人诗话及黄庭坚等人的有关论述。署名杨载的《诗法家数》与《诗解》书前"夫诗之为法也,有其说焉夫"一大段,除了个别的字句差别外,其他的全都一样。《吟法玄微》简直就是《诗法源流》的压缩版。《诗法家数》开头"夫诗之为法也,有其说焉。赋、比、兴者,皆诗制作之法也。然有赋起,有比起,有兴起"一段与《诗解》开头完全相同。由于这个原因,今天,我们在利用元代诗法研究著作时,往往就首先要分辨出哪些是沿袭前人成说,哪些是元人新说。这为今天的研究工作带来了很大的麻烦。

许多著作为牟利而作,为增加销量,编纂者通常在书中故弄玄虚,或宣称其来历不凡,或夸大著作的作用。例如《木天禁语》取名"禁语",已露玄秘端倪,而序云:"诗之说尚矣。古今论著,类多言病而不处方,是以沉痼少有瘳日,雅道无复彰时。兹集开元、大历以来,诸公平昔在翰苑所论秘旨,述为一编,以俟后之君子,为好学有志者之告。所谓天地间之宝物,当为天地间惜之。切虑久而泯没,特笔之于楮,以与天地间乐育者共之。授非其人,适足招议,故又当慎之。得是说者,犹寐而寤,犹醉而醒。外则用之以观古人之作,万不漏一;内则用之以运自己之机,闻一悟十。若夫动天地,感鬼神,神而明之,则又存乎其人也。是编犹古今《本草》,所载无非有益寿命之品。服食者莫自生狐疑,堕落外道。噫!草木之向阳生而性暖者解寒,背阴生而性冷者解热。此通确之论,至当之理。或专执己见,而不知信,则曰:'神农氏误后世人多矣。'岂不为大诬也哉!"在这段话中,一方面宣称此书内容是"诸公平昔在翰苑所论秘旨",另一方面又宣称此书医中《本草》,可以改变"古今论著,类多言病而不处方,是以沉痼少有瘳日,雅道无复彰时"的问题,对于学诗者是一剂良药。又说"作者深造博学,始能着心。谨之慎之,不可妄授"。在论七言律诗篇法时,它所总结出来的十三种篇法"檃括无遗。犹六十四卦之重,不出八卦,八卦之生,不离奇偶,可谓神矣。目曰屠龙绝艺。此法一泄,天造显然"。并可见此书从头到尾,都在故弄玄虚,夸大其词。《诗解》序中称书来于杜甫九世孙杜举,并编出一个访书的故事,既是增加书的神秘色彩,也是为了增加书的权威性。

从编纂体例来说,元代诗法学著作的系统性大大超过前代。唐五代至宋,就诗法学著作的编纂来说,无论诗话还是诗格类著作,除《沧浪诗话》等少数著作外,绝大多数都是片言只语的集合,缺乏系统性。但是,元代诗法学著作却往往显得比较系统,提出了多个诗法体系。例如《木天禁语》列出学诗需要掌握的"六关",即篇法、句法、字法、气象、家数、音节,然后全书即紧紧围绕此"六关"展开,体例完整而系统。旧题《虞侍书诗法》一开头就列出三造、十科、四则、二十四品、道统、诗选,这显然是全书的目录,然后全书即以此六项为纲展开,不蔓不枝。《诗法正宗》在序论中长篇论述之后说:"若欲真学诗,须是力行五事。"然后全书都是申说诗本、诗资、诗体、诗味、诗妙这五事,此外别无其他,严谨而完整。《诗谱》所论共二十目,即本、式、制、情、景、事、意、音、律、病、变、范、要、格、体、情、性、音、调、会①,这二十目之下,又往往细分为若干类。全书即以此为目录展开,虽然目录本身的安排并不科学有序,但是,就全书而言,却又是一个整体。这说明元代的诗法学著作是经过系统地整理和编排的。

第二节　元代诗法学研究的特征

元代诗法学研究具有许多不同于唐五代与宋代的特征,归纳起来,主要有如下几个方面:

一、有较为明确的诗法概念

元人对诗法的概念、作用等的看法相比宋代清晰明确得多。

---

① "情"与"音"均重复,原文如此。

关于诗法,杨载《诗法家数》云:"夫诗之为法也,有其说焉,赋比兴者,皆诗制作之法也。然有赋起,有比起,有兴起。有主意在上一句,下则贴承一句,而后方发出其意者;有直起一句,而主意在下一句,而就即发其意者;有双起两句,而分作两股以发其意者;有一意作出者;有前六句俱散缓,而收拾在后两句者。"又说:"大抵诗之作法有八:曰起句要高远;曰结句要不着迹;曰承句要稳健;曰下字要有金石声;曰上下相生;曰首尾相应;曰转折要不着力;曰占地步,盖首两句先须阔占地步,然后六句若有本之泉,源源而来矣。地步一狭,譬犹无根之潦,可立而竭也。"然后再谈到诗之为体有六、诗之忌有四、诗之戒有十、诗之为难有十等。这就将诗法明确地确定在章法的范围内,而不是漫无边际的。旧题范德机门人集录的《总论》中有"'敢问法度如何?'曰:'所谓三宜十忌也'"把法度的概念诠释得非常清楚,而不是像宋人那样,大家都谈法度,但都不具体解释法度的内涵。

《诗法正宗》云:"学问有渊源,文章有法度。文有文法,诗有诗法,字有字法,凡世间一能一艺,无不有法。得之则成,失之则否。信手拈来,出意妄作,本无根源,未经师匠,名曰杜撰。"旧题范德机门人集录的《总论》中有:"曰:'然则作诗亦有法耶?'曰:'安得无法?匠石必以规矩而成方圆,射御必不失其驰而后舍矢如破。曲艺且尔,况于诗乎?"[1]一方面是承认有法,另一方面又认为不能死守。《吟法玄微》"夫作经义文论之法,唯大讲为实,故昔人作论,谓之论腹。作诗亦然。何独第二联为承,第三联为转耶?泥此则非律诗法度矣。《三百篇》之诗,或一章,或二章,或至十章,每篇各有起合,何待于承转哉?"[2]这些说法都明确了诗法的大致范围,让人知道其大致指向。

① 旧题范德机门人集录:《总论》,张健:《元代诗法校考》,北京大学出版社,2001,第200—201页。
② 旧题范德机门人集录:《吟法玄微》,张健:《元代诗法校考》,北京大学出版社,2001,第267页。

二、研究的重点和成就最高的是对章法的研究

如果说唐五代诗法研究的重点是句法中的对偶与声律的话,那么宋代诗法研究则是全方位的,而元代诗法研究的重点则在章法。我们从现存的元代诗法著作中看到,它们讨论的内容固然是多方面的,但其中的重点无疑是诗的章法。

张健《元代诗法校考》收录了现存的 25 部元代诗法学著作,在这 25 部诗法著作中,章法始终是研究的重点和核心。以《木天禁语》为例,虽然全书论述了篇法、句法、字法、气象、家数、音节,即所谓的"六关",但是,篇法却占了全书大部分的内容,有七言律诗篇法、五言长古篇法、七言长古篇法、五言短古篇法、七言短古篇法、乐府篇法、绝句篇法,而且在每一类篇法之下,又详细地列出了许多种具体的方法。相比之下,对于句法、字法、气象、家数、音节的论述就简单得多了。由此可见全书的重心。《诗解》《杜陵诗律五十一格》以格论杜甫诗律,将其总结为各类格法,其中许多就是章法的研究。

元代对诗歌章法研究最突出的成就是起承转合的提出,这一理论贯穿于《诗法家数》《诗法源流》《吟法玄微》等多部诗法学著作中,成为元代诗法学著作中研究诗歌章法的核心内容。通过起承转合的研究,元代在诗歌章法上所取得的成就和达到的深度,也远远超过了前人。

相比之下,元人对字法与句法的研究,无论数量与质量,均要逊色不少,而且多抄袭宋人,缺乏新意。

三、集成与创新结合

元代诗法研究的一个突出特点是集成唐五代,尤其是宋人对诗法的研究成果,然后在此基础上进行一些创新,形成了独具特色的诗法体系。

《木天禁语》序云："兹集开元、大历以来,诸公平昔在翰苑所论秘旨,述为一编,以俟后之君子,为好学有志者之告。所谓天地间之宝物,当为天地间惜之。切虑久而泯没,特笔之于楮,以与天地间乐育者共之。"这表明了其集成的性质,但也并非完全集成,而是有一定的创新性的。

全书所谈诗法就是篇法、句法、字法、气象、家数、音节这所谓的"六关",并认为:"一篇诗成,必须精研,合此六关方为佳。不然则过不无矣。"那么,这"六关"来自何处呢?严羽《沧浪诗话》云:"诗之法有五:曰体制、曰格力、曰气象、曰兴趣、曰音节。""看诗须着金刚眼睛,庶不眩于旁门小法(禅家有金刚眼睛之说),辨家数如辨苍白,方可言诗。"在集成《沧浪诗话》有关说法的基础上,加以取舍,再参用其他说法,便形成了此书比较完整的作诗"六关"的体系。

此书无甚高论,但就体系而言,却又是以前所无。起承转合章法理论的提出,是元代诗法学最大的成就,但是,它也是在唐五代宋提出的破题、颔联、颈联、结句的基础上升华而成。《诗法家数》中有一段话:"诗不可凿空强作,待境而生自工。或感古怀今,或伤今思古,或因事说景,或因物寄意,一篇之中,先立大意,起承转结,三致意焉,则工致矣。"这段话抄录自《苕溪渔隐丛话》(前集)卷四十七所录黄庭坚语:"诗文不可凿空强作,待境而生,便自工耳。每作一篇,先立大意;长篇须曲折三致意,乃可成章。"[1]两相比较,《诗法家数》多出了"或感古怀今,或伤今思古,或因事说景,或因物寄意"的内容,同时,用"起承转结"代替了"长篇须曲折"。可见,《诗法家数》的内容更丰富,尤其是用元代"起承转结"的说法代替了"长篇须曲折",将"曲折三致意"具体化,更见新意。它与《诗法源流》《吟法玄微》等著作一起,创立了元代诗法学研究中最具有创新意义的起承转合之说,使之成为元代几个自成一体的诗法体系。

除"六关"说、"起承转合"说之外,还有"三宜十忌"说、"学诗五事"说、"意句字"说、"三造、十科、四则、二十四诗品"说等。这些诗法体系,

---

① 胡仔:《苕溪渔隐丛话》(前集)卷四十七"山谷上",人民文学出版社,1962,第320页。

就其基本的材料,甚至局部的观点而言,多取之于宋代,但是,因为元人往往多是以单本的著作的形式来研究诗法的,为了使著作成为一个整体,表现出其严谨性,因此,往往是以体系来论诗,而不是简单随意的材料类编,因而形成了一个一个各具特色的诗法体系,这是元代诗法研究中最具新意的内容和特色,也是它与唐五代宋代诗法学研究的重要区别。

四、《诗经》成为重要的取法对象

宋代,唐诗和杜甫诗歌是最重要的取法对象,到了元代,唐代杜甫依然是最重要的取法对象,但同时,《诗经》也成了重要的取法对象。这是以前没有的新现象。

从《诗经》成为经以后,因为它是"恒久之至道,不刊之鸿教也。故象天地,效鬼神,参物序,制人纪,洞性灵之奥区,极文章之骨髓者也"(《文心雕龙·宗经》)、"《诗》正而葩"(韩愈《进学解》),就成了后人学习的对象。但是,如何学习《诗经》呢?

历史上最普遍、最传统的就是学习其风雅比兴的讽谕精神。所以才有白居易在《与元九书》里所阐述的"因其言,经之以六义;缘其声,纬之以五音"的《诗经》时代,一直到"洎周衰秦兴,采诗官废,上不以诗补察时政,下不以歌泄导人情,乃至于谄成之风动,救失之道缺,于时六义始刓矣"的春秋战国、"六义始缺矣"的汉代、"六义尽去矣"的六朝及"索其风雅比兴,十无一焉"的唐代。比兴虽然是《诗经》中重要的表现手法,但人们并不是将其视其为纯粹的表现手法来研究的,而是将其视为讽谕精神的附属物或外在表现方面来看待的,这从白居易《与元九书》的有关论述中看得非常清楚。

到了宋代,一方面,如《彦周诗话》所载,东坡教人作诗曰:熟读毛诗《国风》《离骚》,曲折尽在是矣。陈骙《文则》卷上云:"《春秋》主于褒贬,

《诗》则本于美刺,立言之间,莫不有法。"《苕溪渔隐丛话》(前集)卷一引张文潜(张耒)的话说:"《诗》三百篇,虽云妇人女子小夫贱隶所为,要之,非深于文章者不能作。如'七月在野',至'入我床下',于七月已下皆不道破,直至十月,方言蟋蟀,非深于文章者能为之邪?"另一方面,则如朱熹等人已开始将比兴作为纯粹的表现艺术来看待了。人们关注到了《诗经》在其他方面的艺术手法,但并未形成气候。

到了元代,情况有了很大的改变。一是认为《诗经》是诗之善者,是中国古代诗法之源。如旧题为范德机门人集录的《总论》中就有范德机的话:"作诗之法,大抵尽于《三百篇》,后人直学不得……如《三百篇》,篇篇齐整,篇篇有用,篇篇能使人兴起,后人如何能及?"①"大抵后人作诗,皆祖《三百篇》……大抵《三百篇》之法,体无不具,特后人不能察之耳。"②这是第一次从诗法的角度来论述《诗经》具备诸法的特点,同时又认为后人没有好好地研究和继承它。题为虞集所撰的《诗法正宗》云:"学问有渊源,文章有法度。文有文法,诗有诗法,字有字法。凡世间一能一艺,无不有法。得之则成,失之则否……世言三代无文人,《六经》无文法。不知文人莫盛于三代,文法尽出于《六经》……文法不出于《六经》,将安出乎?"又载"或者又曰:'古诗作于田夫野老、幽闺妇女,岂有法乎?"书中对此观点进行了驳斥,认为:"诗之法度,岂无自来哉!"③

二是认为《诗经》体现了高超的章法艺术。《诗法源流》认为《诗经》中的《关雎》《葛覃》《卷耳》《樛木》《螽斯》《桃夭》《芣苢》《汉广》《麟之趾》等作品充分体现了起承转合的章法结构特点,值得认真研究学习,"法度既立,须熟读《三百篇》,而变化以李、杜,然后旁及诸家,而诗学成矣"。④

三是视赋、比、兴为重要的诗法,将赋、比、兴的运用与章法结构的研

---

① 旧题范德机门人集录:《总论》,张健:《元代诗法校考》,北京大学出版社,2001,第201页。
② 旧题范德机门人集录:《总论》,张健:《元代诗法校考》,北京大学出版社,2001,第203页。
③ 旧题虞集撰:《诗法正宗》,张健:《元代诗法校考》,北京大学出版社,2001,第315页。
④ 傅与砺:《诗法源流》,张健:《元代诗法校考》,北京大学出版社,2001,第203页。

究结合在一起,认为在赋、比、兴的运用上,《诗经》是祖师,"欲识赋比兴之体者,当于《三百篇》求之"①。《诗法家数》之"诗学正源"云:"《诗》之六义,而实则三体。风、雅、颂者,诗之体;赋、比、兴者,诗之法。故赋、比、兴者,又所以制作乎风、雅、颂者也。凡诗中有赋起,有比起,有兴起,然风之中有赋、比、兴,雅、颂之中亦有赋、比、兴,此诗学之正源,法度之准则。凡有所作,而能备尽其义,则古人不难到矣。若直赋其事,而无优游不迫之趣,沉着痛快之功,首尾率直而已,夫何取焉?"②从这些言论可以看出,元人重视赋比兴,而赋比兴作为诗法,其源头又在《诗经》。要充分运用好赋比兴,就要重视《诗经》,向《诗经》学习。对《诗经》的诗法如此重视,在唐宋时期都是未曾有过的新现象。

《诗经》从群经之一转变为诗法渊薮,就是在元代完成的,从此成了老生常谈。

五、分体研究的特征更为突出

唐五代,诗法研究基本上是不分体的,到了宋代,则有了分体研究的趋势,尤其是南宋中后期,这种倾向尤其明显。例如周弼有《笺注唐贤三体诗法》,分别研究了七言绝句、七言律诗、五言律诗三种诗体的艺术特点及其作法。到了元代,这种倾向更为突出,大多数的诗法学著作,都是分体来进行诗法研究的。

《总论》说道:"作诗各有体面……选体、绝句有选体、绝句体面,长篇乐府有长篇乐府体面,皆不紊乱。学诗须先将古人诸般体面熟读数首为式,使其胸次有主而不妄动,然后安排布置,自合法度。"这就是说,诗的各种体裁有其自身的特点,作法当然也是如此。《诗谱》有"三停"之说,三停就是古诗、五言律、七言律、绝句四种诗体的起、中、结三个环节。同

---

① 旧题范德机门人集录:《吟法玄微》,张健:《元代诗法校考》,北京大学出版社,2001,第270页。
② 旧题杨载撰:《诗法家数》,张健:《元代诗法校考》,北京大学出版社,2001,第15页。

样是这三个环节,但不同的诗体,其写作的方法是不一样的。同样是起,"古诗混沦包括,意整语圆。五言律诗声稳语重。七言律诗声起语圆。绝句平实,第一二句是"。同样是中,也就是中间,"古诗反复变化,意奇语畅……五言律诗额疏通警峭拔。绝句精要,第三句是"。同样是结,"古诗含蓄不尽,意重语轻。五言律诗声细意长。七言律诗声稳语健。绝句健决,第四句是"。可见,元代对于各体之间的细微差别有着深入的认识。

正因为如此,所以,元代多是习惯按体裁来研究。例如方回的《瀛奎律髓》专门研究五七言律诗的作法,于济、蔡正孙的《唐宋千家联珠诗格》研究的是七言绝句的作法,《诗数家数》则分为律诗要法、古诗要法、绝句(要法)来进行研究,《诗解》与《杜陵诗律五十一格》则专门研究杜甫的律诗,《木天禁语》的篇法分七言律诗篇法、五言长古篇法、七言长古篇法、五言短古篇法、七言短古篇法、乐府篇法、绝句篇法,诸如此类,不一而足。

分体研究诗法,说明到了元代,人们对各种诗体之间的特征认识更为深刻准确,对诗法的研究也更为深入细致,这从另一个角度说明,中国古代的诗法学研究,到了元代已进入了一个新的阶段。

第三节 方回的诗法研究

方回作为遗民诗人和理论家,他对诗法的研究基本上继承了江西诗派的研究方式,许多观点也来自江西。他对诗法的研究主要表现在《瀛奎律髓》和诗文集《桐江集》中。他曾说:"善诗者,用字如柱之立础,用事如射之中的,布置如八阵之奇正,对偶如六子之偶奇。"(《送俞唯道序》,《桐江集》卷一)又说:"律为骨,意为脉,字为眼,此诗家大概也。"[1]这是以人体结构来分析诗的基本要素,认为律、意、字为诗的三大要素。在这三大要素中,律与句法有关,字则涉及用字(词),意则关涉章法。这

---

[1]《汪斗山识梅吟稿序》,《桐江集》卷一,宛委别藏抄本,江苏古籍出版社,1988,第28页。

些都表明了方回对诗法关注的要点。

一、字法研究

方回在句眼、虚实字的运用等方面,发表了许多精辟的见解。

方回认为:"一首中必当有一联佳,一联中必当有一句胜,一句中必当有一字为眼。"[1]所谓诗眼,就是诗句中最要紧的字。杜甫《晓望》:"白帝更声尽,阳台晓色分。高峰寒上日,叠岭宿霾云。地坼江帆隐,天清木叶闻。荆扉对麋鹿,应共尔为群。"方回说,此诗"五六(句)以'坼'字、'隐'字、'清'字、'闻'字为眼,此诗之最紧处"(《瀛奎律髓》卷十四)。"诗之最坚处"实际上就是最能体现作者用意的关键字。他在评杜甫《奉酬李都督表丈早春作》一诗时说:"'采'字旧作'来'字,或见《奉酬李都督》,谓此是'来'字,非也'力疾''采诗',是重下斡旋字,若'来'字则无味,亦无力矣。'桃花'对'柳叶',人人能之,惟'红'字下着一'入'字,'青'字下着一'归'字,乃是两句字眼是也。大凡诗两句说景,大浓大闹,即两句说情为佳。'转添''再觉',亦是两句字眼,非苟然也。"(《瀛奎律髓》卷十)

为什么要"一句中必有一字为眼"?方回认为,首先,可以使诗句更为"健峭"。杜甫《刈稻了咏怀》三四句云:"寒风疏草木,旭日散鸡豚。"方回评论道:"三四乃诗家句法,必合如此下字,则健峭。"(《瀛奎律髓》卷十三)两句中各有一眼"疏"字和"散"字,它们不仅使这两句话与一般生活用语区别开来,而且通过这两个字将寒风的威力,旭日的温暖均形象地表现了出来。这就是"健峭"。其次,显示作者"用力着意"。陈师道《赠王聿修商子常》三四句:"贪逢大敌能无惧,强画修眉每未工。"方回说:"'能'字、'每'字乃是以虚字为眼,非此二字,精神安在?善吟咏古诗者,只点缀一二好字高唱起,而知其用力着意之地矣。"(《瀛奎律

---

[1]《跋俞则大诗》,《桐江集》卷四,宛委别藏抄本,江苏古籍出版社,1988,第23页。

髓》卷四十二)这就是说,句眼是表现作者精神,让人知道"用力着意之地"的。在《瀛奎律髓》中,我们经常可以看到方回特意标出某诗某句的眼,由此也就可以看出方回对句眼问题的重视了。

方回对虚字的运用非常重视,情有独钟。陈师道曾写过四句诗,其中用了八个虚字,方回说:"诗中四句下端、能、敢、恨、肯、着、宁、辞八虚字,近时诗人唯赵章泉颇能得此法,诗律精深。"(《桐江集》卷五《吴尚贤诗评》)陈师道是方回崇拜的诗人,赵章泉(赵蕃)是方回欣赏的诗人,原因之一就在于他们的诗中多用虚字。黄庭坚《戏题巫山县用杜子美韵》中有两句"直知难共语,不是故相违"。方回说这两句是"老杜句法",因为它们跟杜甫的"直知骑马滑,故作泛舟回"一样,用了好几个虚字。接着,他就有一通议论:"凡为诗,非五七字皆实之为难,全不必实而虚字有力之为难。'红入桃花嫩,青归柳叶新',以'入'字、'归'字为眼;'冻泉依细石,晴雪落长松',以'依'字、'落'字为眼;'欅柳枝枝弱,枇杷树树香',以'弱'字、'香'字为眼。凡唐人皆如此。……所以诗家不专用实句、实字,而或以虚为句。句之中以虚字为工,天下之至难也。"(《瀛奎律髓》卷四十三)这就是说,写诗最难的不是用实字,而是用虚字,在虚字上表现出功夫来,有精妙之处,这才是大才。

在方回看来,虚字的作用有二。一是作句眼用,以体现作者"精神"。上文说到陈师道《赠王聿修商子常》三四句是:"贪逢大敌能无惧,强画修眉每未工。"方回说:"'能'字、'每'字乃是以虚字为眼,非此二字,精神安在?"就是方回这一观点的体现。二是起斡旋的作用。他评论赵蕃的《雨后呈斯远》:"章泉爱用虚字拗斡,不专以为眼也。如'春其渐起但无痕',所用'其'字是矣,此句甚妙。"(《瀛奎律髓》卷十七)他表扬晚辈鲍子寿"学有渊源,知夫用虚字与不紧要字之微机斡旋变化"(《桐江集》卷一《鲍子寿诗集序》)。陈与义《眼疾》诗云:"天公嗔我眼常白,故着昏花阿堵中。不怪参军骑瞎马,但妨中散送飞鸿。着篱令恶谁能对,损读方奇定有功。九恼从来是佛种,会知那律是圆通。"方回说,诗"要妙在用虚字以斡实事,不可不细味也"(《瀛奎律髓》卷四十四)。所谓斡旋,就是活动、带动、流动的意思。这就是说,运用虚字往往能使句子变得生动活泼不死板。陈与义的《眼疾》大量用典,本来是很容易陷入死板的,但是,因为大量用了虚字,整首诗就活了起来,读起来颇有流动感。

二、句法研究

1. 关于对偶。方回反对死板呆滞,片面追求偶俪,不顾艺术效果的对偶。这方面,他对晚唐诗人许浑及晚宋江湖诗人学习许浑句法最为不满。他说:

> 姚合许浑精俪偶,青必对红花对柳。儿童效之易不难,形则肖矣神何有? 求之雕刻绘画间,鹄乃类鹜虎胜狗。(《桐江续集》卷十四《过李景安论诗为作长句》)
>
> 初学晚生不深于诗而骤读之(指陈与义诗)则不见奥妙,不知隽永,独喜许丁卯体,作偶俪妩媚态。予平生不然之,江湖友朋未易以口舌争也。(《桐江续集》卷八《读张功父南湖集序》)

这些材料清楚地表明了方回对许浑及其追随者的不满。方回不满的原因在于,许浑及其追随者的对偶一是"砌叠形模",也就是堆砌辞藻;二是"青必对红花对柳",过于俗套浅易。他曾说过:"诗忌太工,工而无味。"[1]"近世诗学许浑、姚合,虽不读书之人皆能为。五七言无风云月露、冰雪烟霞、花柳松竹、莺燕鸥鹭、琴棋书画、鼓笛舟车、酒徒剑客、渔翁樵叟、僧寺道观、歌楼舞榭则不能成诗。"[2]

方回主张的是什么样的对偶呢? 用他的话来说,就是活法。他曾以

---

[1] 李庆甲集评校点《瀛奎律髓汇评》卷一评李群玉《登蒲涧寺后二岩》。
[2] 《送胡植芸北行序》,《桐江集》卷一,宛委别藏抄本,江苏古籍出版社,1988,第 52 页。

许浑的《姑苏怀古》为例说："学诗者若止如此赋诗,甚易而不难。得一句即撰一句对,而无活法,不可为训。"(《瀛奎律髓》卷三评许浑《姑苏怀古》)梅尧臣《送祖择之赴陕州》中有"君从金马去,郡在铁牛山"一联,方回说："金马、铁牛人皆可对,必如此穿成句,则见活法。"(《瀛奎律髓》卷二十四)

"句对而无活法,不可为训。"怎样才算对偶中的活法?从方回的论述中看,主要是反对片面追求切对,多用偏枯对。他说:"(陈师道)以'花絮'对'欢娱',此等句法本老杜,而简斋尤深得之。"(《瀛奎律髓》卷十一评陈师道《夏日即事》)"花絮"与"欢娱"虽同为名词,但一属草木类,一属情感类,将本来不该对的作对,这正是不守定规,随机应变(活)的表现。贾岛《病起》诗云:"嵩丘归未得,空自责迟回。身事岂能遂,兰花又已开。病令新作少,雨阻故人来。灯下南华去卷,祛愁当酒杯。"方回评论道:"老杜此等体,多于七言律诗中变,独贾浪仙乃能于五言律中变,是可喜也。昧者必谓'身事'不可对'兰花'二字,然细味之乃殊有味。……下联更用'雨'字对'病'字,甚为不切,而意极切。真是好诗,变体之妙者也。"(《瀛奎律髓》卷二十六)这就是说,只要诗有意味,对偶"甚为不切"也没有关系。

方回不仅在字面上对对偶提出了一系列看法,而且发展到句对。

首先,他认为:"诗贵一轻一重对说。"他举宋代杨亿《明皇三首》之三的末二句"匆匆一曲梁州罢,万里桥边见斜阳"为例说:"诗贵一轻一重对说。一曲梁州为乐几何,万里桥在成都府,却忽屈万乘至彼,乐之中成此哀也。"(《瀛奎律髓》卷三)上一句说乐,故轻;下一句说哀,故重。两句在一轻一重的对说中蕴含着无穷意味。上文说到方回评贾岛《忆江上吴处士》诗中的"秋风吹渭水,落叶满长安。此地聚会夕,当时雷雨寒"时说:"两轻两重自相对,乃更有力。"这也是对"诗贵一轻一重对说"的肯定。

其次,主张对句的上句与下句有较大的跳跃。宋人胡宿有一首《飞将》云:"曾从嫖姚立战功,胡雏犹畏紫髯翁。雕戈夜统千庐会,缇骑秋畋五柞宫。后殿拜恩金印重,北堂开宴玉壶空。从来敌国威名大,麾下多称黑稍公。"对于这首诗,方回评论道:"凡诗,读上一句初不知下一句如何对,必所对胜上句,令人不测乃佳。此篇是也。"方回的意思是,诗的对句在内容上应有较大的差别,不能让人读到上句就能知道下句,下句要有出人意料的表现。这就是宋人陈长方所说的"作诗断句,辄旁入他意,最为警策"。这实际上是要求诗句有较大的跳跃,不要亦步亦趋。

再次,主张一句情对一句景。陈师道《次韵春怀》诗中有"老形已具臂膝痛,春事无多樱笋来"二句,方回说:"'老形已具臂膝痛',身欲老也;'春事无多樱笋来',春欲尽也。前辈诗中千百人无后山此二句。以一句情对一句景,轻重彼我,沉着深郁中有无穷之味。"陈与义《怀天经智老因以访之》中的"客子光阴书卷里,杏花消息雨声中"这一名联,在方回看来,不过也是"一我一物,一情一景"的变化,并因此产生了"富贵闲雅之味"。(《瀛奎律髓》卷二十六)陈与义《对酒》云:"新诗满眼不能裁,鸟度云移落酒杯。官里簿书无日了,楼头风雨见秋来。是非衮衮书生老,岁月匆匆燕子回。笑抚江南竹根枕,一樽呼起鼻中雷。"方回说:"此诗中两联俱用变体,一句说情,一句说景,奇矣。"(《瀛奎律髓》卷二十六)他在《桐江集》卷四《跋仇仁近诗集》中说:"周伯弜《诗法》分颔联、颈联四虚四实,前后虚实,此不过情景之分。如陈简斋'官里簿书何时了,楼头风雨见秋来。是非衮衮书生老,岁月匆匆燕子回'。乃是一联而一情一景,伯弜所不能道。老杜云:'舟中得病移衾枕,洞口经春长薜萝。'山谷云:'霜髭雪发共看镜,莫糁菊英同进秋。'后山云:'老形已具臂膝痛,春事无多樱笋来。'此一脉自老杜以来,知而能用者,唯三数公,岂掣鲸碧海与翡翠兰苕故不同耶?"将一句情对一句景视为江西诗派的独特诗法,其艺术表现力远超一般对偶。

2. 关于拗句。方回说:"拗字诗在老杜集七言律诗中谓之吴体,老杜七言律一百五十九首,而此体凡十九出,不止句中拗一字往往神出鬼没,虽拗字甚多,而骨骼愈峻峭。……老杜吴体之所谓拗,则小才者不能为之矣。"(《瀛奎律髓》卷二十五序)这段话对杜甫的拗句诗表示了无比的敬佩。所以,当他选了杜甫的《题省中院壁》一诗时,忍不住说:"此篇八句俱拗而律吕铿锵,试以微吟或以长歌,其实文从字顺也。"其实,文从字顺还是次要的,关键在于,拗句往往能取得"峭健"的艺术效果。所以后来成了江西诗派的仿效对象。"'落花游丝白日静,鸣鸠乳燕青春深。'此等句法惟老杜多,亦惟山谷、后山多,而简斋亦然。乃知江西诗派非江西,实皆学老杜耳。""落花游丝白日静,鸣鸠乳燕青春深"是杜甫《题省中院壁》中的诗句,末句后三字三平,是拗句,但这恰恰为黄庭坚等人所效法,原因就在于它"峭健"。方回曾在评曾几《家酿红酒美甚戏作》时说:"此诗三、四不甚入律……乃老杜'吴体',山谷诗法也。"[1]杜甫《巳上人茅斋》诗:"巳公茅屋下,可以赋新诗。枕簟入林僻,茶瓜留客迟。江莲摇白羽,天棘梦青丝。空忝许询辈,难酬支遁词。"方回评论说:"'入'字当平而仄,'留'字当仄而平。'许''支'二字亦然。间或出此,诗更峭健。"(《瀛奎律髓》卷二十五)梅尧臣《依韵和李舍人旅中寒食有感》一二句:"一百五日风雨急,斜飘细湿春郊衣。"方回说:"此乃吴体。第一句六字仄声,第二句五字平声,愈觉其健。"(《瀛奎律髓》卷十六)所谓"峭峻""健",就是富有表现力,不同凡响。为什么会这样?这是因为拗句是对正常格律的破坏,也就是一种变,因此也就是一种活法的体。这跟方回求变,力主活法的观点是一致的。

三、章法研究

关于章法。方回对于章法的研究最重要的内容之一是关于"脉"与"形"的探讨。所谓"脉",就是意脉,也就是诗歌的思想情感主线。"形"就是诗歌所描写的事与景等内容。方回认为,保持"脉"的连贯不断是诗歌创作最重要的方法。评陈师道《和黄预病起》云:"后山诗句句有关锁,

---

① 李庆甲集评校点:《瀛奎律髓汇评》卷十九,上海古籍出版社,1986,第739页。

字有眼,意有脉,当细观之。"①他还说"诗有形有脉。以偶句叙事叙景,形也。不必偶而必立论尽意,脉也。古诗不必与后世律诗不同,要当以脉为主。"②为什么要以脉为主?因为这是诗歌创作的灵魂,眼、骨、形等都是为表现灵魂服务的。杜甫《奉酬李都督表丈早春作》诗:"力疾坐清晓,来时悲早春。转添愁伴客,更觉老随人。红入桃花嫩,青归柳叶新。望乡应未已,四海尚风尘。"对于这首诗,方回评论道:"所以悲早春,所以转愁,所以更老,尾句始应破以四海风尘,兵戈未已,望乡思土,故无聊耳。此乃诗法。"③方回之所以认为这样的写法是诗法,是因为前面几句所写的悲、愁、老情绪与结尾二句所写的兵戈未已、望乡思土思想有着密切的内在承接关系,这就是诗的意脉。从首至尾不断,这就是诗法。

关于"形"也就是具体的布局,方回主要是从情与景的布局来探讨的。他在评杜审言《登襄阳城》有云:"此杜子美乃祖诗也。'楚山''汉水'一联,子美家法。中四句似皆言景,然后联寓感慨,不但张大形势,举里、台二名,而错以'新''旧'二字,无刻创痕。末句又伤时俗不古,无习池、山公之事,尤有味也。"④评杜甫《登岳阳楼》说:"岳阳楼天下壮观,孟、杜二诗尽之矣。中两联,前言景,后言情,乃诗之一体也。"⑤评王安国《缭垣》又说:"三、四景,五、六情。规格整齐,议论慷慨爽快。"⑥他还说:"老杜、陈简斋诗,两句景即两句情,两句丽即两句淡。'红入桃花嫩,青归柳叶新',此一联也,'转添愁伴客,更觉老随人',即如此续下联。简斋又有一句景对一句情者,妙不可言。"(《吴尚贤诗评》,桐江集卷五)"第三首五言律中四句云'岸近田多损,潭深石叠平',多字轻,叠字重,不偶。

① 李庆甲集评校点:《瀛奎律髓汇评》卷四十四,上海古籍出版社,1986,第1596页。
② 评谢灵运《过始宁墅》,《文选颜鲍谢诗评》卷一,上海古籍出版社,2013,第15页。
③ 评杜甫《奉酬李都督表丈早春作》,李庆甲集评校点:《瀛奎律髓》卷十,上海古籍出版社1986,第326页。
④ 李庆甲集评校点:《瀛奎律髓汇评》卷一,上海古籍出版社,1986,第3页。
⑤ 李庆甲集评校点:《瀛奎律髓汇评》卷一,上海古籍出版社,1986,第6页。
⑥ 李庆甲集评校点:《瀛奎律髓汇评》卷十三,上海古籍出版社,1986,第491页。

'村春林外急,钓艇柳阴横',四句皆述景物。杜诗'村春雨外急'却妙,此云'村春林外急'无味。此公作诗,全不于情上淡上着意。贾岛'鸟宿池边树,僧敲月下门',妙矣。继之曰'过桥分野色,移石动云根',工矣。予犹恨其四句皆景。鸟已宿于池中之树,忘机也。有僧夜至,不期自来,故敲门之敲字,工而意长。却又如何夜间过桥移石,毋乃太多事乎? 晚唐近人,四句皆景者,予所不取。周弼诗体谓四实四虚、前后虚实为三体,予亦不敢谓然。多于淡,少于丽,情怀有余,景物不足,始是诗之谓也。"(《吴尚贤诗评》,桐江集卷五)从这些评论中我们不难看到,方回在谈到"形"时,多是从情与景在诗中的分配、布局来着眼的,这涉及位置、数量这两个关键的要素。而在数量上,方回是主张少写景,多抒情的,所以才有"予犹恨其四句皆景""晚唐近人,四句皆景者,予所不取""多于淡,少于丽,情怀有余,景物不足,始是诗之谓也"的话。具体而言,在律诗的中间两联中,绝对不能是两联皆景,至少是一联景,一联情。而像陈与义"有一句景对一句情者,妙不可言"。显然,方回强调的是布局上的变化,强调对"意"的表现,而这一观点又是针对南宋中后期流行的晚唐诗风而言的。

"形"有一定之规,但关键是变化。所以,他在评杜甫《秋野》组诗五首时说:"读老杜此五诗,不见所谓景联,亦不见所谓颔联,何处是四虚?何处是四实? 虚中有实,实中有虚,景可为颔,颔可为景,大手笔混混乎无穷也,却有一绝不可及处。五首诗五个结句,无不吃紧着力,未尝有轻易放过也。然则真积力久,亦在乎熟之而已。"[1]强调情景布局上的不可分离,实中有虚,虚中有实,这是大家如杜甫这样的诗人才能达到的境界。这又是诗歌章法上的另一种特点了。

方回还对用典、比兴等手法进行了探讨。如评朱熹《次韵秀野前雪后书事》一诗时说:"诗有兴、有比、有赋。如风、雅、颂,古体与今固殊,而称人之美即颂也。实书其事曰赋。要说得形状出,微寓其辞,则比兴皆

---

[1] 李庆甲集评校点:《瀛奎律髓汇评》卷十二,上海古籍出版社,1986,第425页。

托于斯。如此诗首尾四句,实书其事也。中两联赋则微寓其辞,言寻梅、见梅、寄梅,有比、有兴,而味无穷矣。"①对何为赋、比、兴及其作用作了阐释,虽然没有多少新意,但也可见方回对比兴的重视。

方回论诗重"格",强调"诗以格高为第一",并且明确地说明"予乃创为格高卑之论者何也? 曰此为近世之诗人言之也"。② 他对诗法的研究,无论是用字还是句法、章法,一方面是在讨论诗法,另一方面也是借此批判南宋诗坛上盛行一时的晚唐诗风。

第四节　元代的七大诗法体系

元代的诗法学研究与唐宋时期的诗法学研究一个最大的不同在于是以体系论诗法,而不是分散零星式的。尽管这些诗法体系是在集成宋人有关论述的基础上的扩展,但也有其可取之处。从纯粹的理论意义来说,这些体系未必有多大的学术价值,但对于初学者来说,却具有相当的指导意义。

一、"起承转合"理论的提出与阐述

起承转合是元人在总结宋人对古文章法的研究,以及唐五代宋人对诗歌章法的研究上提出的。③

旧题范德机著的《诗法家数》的"律诗要法"中提出了起、承、转、合。起,就是破题,"或对景兴起,或比起,或引事起,或就题起。要突兀高远,如狂风卷浪,势欲滔天"。承,即颔联,"或写意,或写景,或书事,用事引

① 李庆甲集评校点:《瀛奎律髓汇评》卷二十,上海古籍出版社,1986,第827页。
② 方回:《唐长孺艺圃小集序》,《桐江续集》卷二十二,四库全书珍本初集本。
③ 参见蒋寅:《起承转合:机械结构论的消长——兼论八股文法与诗学的关系》,《文学遗产》1998年第3期。吴正岚:《宋代诗歌章法理论与"起承转合"的形成》,《南京大学学报》2003年第2期。

证。此联要接破题,要如骊龙之珠,抱而不脱"。转,即颈联,"或写意、写景、书事、用事引证,与前联之意相应相避。要变化,如疾雷破山,观者惊愕"。结句,"或就题结,或开一步,或缴前联之意,或用事,必放一句作散场,如剡溪之棹,自去自回,言有尽而意无穷"。对起承转合对应的各联的写法提出了具体的要求和指导。这段话最值得注意的是,它是建立在旧题为白居易所作的《金针诗格》中论四联的基础上的。《金针诗格》的原话是:"第一联谓之'破题',欲如狂风卷浪,势欲滔天。又如海鸥风急,鸾凤倾巢,浪拍禹门,蛟龙失穴。第二联谓之'颔联',欲似骊龙之珠,善抱而不脱也。亦谓之'撼联'者,言其雄赡遒劲,能捭阖天地,动摇星辰也。第三联谓之'警联',欲似疾雷破山,观者骇愕,搜索幽隐,哭泣鬼神。第四联谓之"落句",欲如高山放石,一去不回。"①《金针诗格》只是说到了律诗有破题、颔联(撼联)、警联、落句,也提出了具体的写法,但没有起承转合之说。《诗法家数》首次将起承转合与传统律诗章法分析中的破题、颔联(撼联)、颈(警)联、落句与起承转合结合在一起,这是一个创新,从此就开启了诗歌章法研究中的起承转合运用之路。

《诗法源流》云:"作诗成法,有起、承、转、合四字。以绝句言之,第一句是起,第二句是承,第三句是转,第四句是合。律诗,第一联是起,第二联是承,第三联是转,第四联是合。或一题而作两诗,则两诗通为起、承、转、合……如作三首以上,及作古诗、长律,亦以此法求之。《三百篇》如《周南·关雎》则以第一章为起承,第二章为转,第三章为合。《葛覃》则以第一章为起,第二章为承,第三章为转,第四章为合。《卷耳》则以第一章为起,第二第三为承,第四为转、合。《樛木》《螽斯》《桃夭》《兔罝》《芣苢》《汉广》,则每章四句、八句,自为起承转、合。《汝坟》则以第一章为起,第二章为承,第三章为转合。《麟之趾》则每章一句为起,二句为承,三句为转、合。其他诗或长短不齐者,亦以此法求之。古之作者,其用意

---

① 旧题白居易:《金针诗格》"补遗"条,张伯伟:《全唐五代诗格汇考》,江苏古籍出版社,2002,第359—360页。

虽未尽尔,然文者,理势之自然,正不能不尔也。但后世风俗浇薄,惰性乖戾,故心声之发,自不能与古人合尔。"①"不特诗也。《离骚》、古赋莫不皆然。屈、宋、班、马用此法,唐宋诸贤亦未有能外是法者。如欧阳公《秋声》,东坡《赤壁》等赋,已极变化,而起承转合,截然不乱。又不专骚与赋也,凡为文章何莫不由斯道。"②这两段话与《诗法家数》相比,又有新的发展:首先更加明确地指出了以绝句言之,第一句是起,第二句是承,第三句是转,第四句是合。律诗,第一联是起,第二联是承,第三联是转,第四联是合。没有沿用破题、颔联、颈联、结句这样的说法,直接以起、承、转、合来代替了。其次,认为诗的章法结构有起承转合,不论绝句、律诗或其他诗,甚至《诗经》《离骚》与赋,都存着这种结构。这就在《诗法家数》对起承转合的分析仅仅局限于律诗之外,将分析对象的范围扩大到了绝句、律诗和其他诗,甚至《离骚》、古赋,认为"屈、宋、班、马用此法,唐宋诸贤亦未有能外是法者……为文章何莫不由斯道"。将起承转合的分析运用范围扩大化了。再次,认为起承转合是诗的结构的自然之理,是不得不如此的结果。这就将诗歌的起承转合的结构天然化了。

同时,《诗法源流》也对起承转合各部分提出了具体的写法:"大抵起处要平直,承处要春(从)容,转处要变化,合处要渊永。起处戒陡顿,承处戒迫促,转处戒落魄,合处戒断送。起处必欲突兀,则承处必不优柔,转处必至窘束,则合处必至匮竭矣。"③这些写法当然是在总结前人观点的基础上发展而来,但是,这里提出的四要、四戒、四必确实总结得简明扼要,要言不烦,也符合诗歌创作的实际。

早在唐五代的诗格著作中,就已经将律诗的四联分为首联、颔联、颈

---

① 旧题傅与砺述范德机意:《诗法源流》,张健:《元代诗法校考》,北京大学出版社,2000,第241—242 页。

② 旧题傅与砺述范德机意:《诗法源流》,张健:《元代诗法校考》,北京大学出版社,2000,第250 页。

③ 旧题傅与砺述范德机意:《诗法源流》,张健:《元代诗法校考》,北京大学出版社,2000,第241—242 页。

联、尾联(断句、落句),其名称也基本稳定下来,并且也对其写法提出了要求,但是一直到宋代,都没有在诗歌章法的研究中明确地提出起、承、转、合的概念,更不可能将二者联系在一起。虽然人们对于各联具体的写法提出了许多看法,但是,只有首联、颔联、颈联、尾联(断句、落句)的观念而无起、承、转、合的说法,这就意味着从唐五代至宋,人们对于律诗的四联各自在章法中所起的作用和担当的功能的认识是不清楚的。起、承、转、合的出现,不仅是说法的不同,扩大了其分析的范围,而且是观念的转变,认识的提升,这对于中国古代诗歌章法结构的分析具有十分重要的意义,也可以说是元代诗法学对整个古代诗法学做出的最大贡献!

就文章本身来说,不管诗也好,文也好,其特点亦如苏轼《答谢民师书》中所说:"大略如行云流水,初无定质,但常行于所当行,常止于所不可不止。"变,是文学作品的本质特点,所以说"若无新变,不能代雄"。那么,作为文学批评能不能用一种相对稳定的方式或模型来研究、描述以变为特点的文学作品的章法结构呢?这在文学研究与教育中是非常有必要的。正因为如此,所以,自古以来人们都在作这种尝试。唐五代至宋的破题、颔联、颈联、结句四联结构论也是一种尝试,与此同时,还有范温提出的"工拙相半"、周弼提出的"四实四虚"等模式,这些模式提出来后,除破题、颔联、颈联、结句四联结构论和"四实四虚"影响较大外,其他的都没有太大的影响,这说明这些描述中国古代诗歌章法结构的诗法模式本身存在较大的问题,没有得到人们的广泛认可。而破题、颔联、颈联、结句四联结构论也存在着种种不足。一是分析的对象仅限于律诗。二是虽然都是四分法,但对各联的称呼不一,解释也不尽一致(如对颔联与撼联,颈联与警联等),这反映了人们在认识上还未趋于一致。三是破题、颔联、颈联、结句在很大程度上是以动物的身体结构来描述律诗的四联,虽然富于形象性,但它毕竟是一种比喻性的说法,侧重于说明各联所处的位置,表达的是一种静态结构,而不是直接描述其功能。"四实四虚"也是存在一定问题的。

　　与上述各种模式一样,起承转合也是元人在诗歌章法研究上进行的一次用相对固定的模式来研究或描述文学作品的内在章法结构的尝试。与破题、颔联、颈联、结句四联结构理论相比,起承转合的说法则是直接从诗歌内在的结构来着眼的,而不是比喻性的说法,同时,这四字还非常简洁、直观地表达出了作品在内在的章法结构上的流动、变化的过程,以及它们与题目或立意之间的关系、在篇章中的位置和所起的作用,兼具功能和结构这两面的意思。而且因为去掉了"联"字,就可以不受联的限制,极大地拓展了其运用范围,使它可以以一联或多联、一句或多句、一段或多段、一章或多章为单元,运用于对律诗、绝句、古体,甚至辞赋、古文、八股文等文体的分析,以对应于起承转合。正因为如此,起承转合的说法一经问世,就得到了人们的普遍认同,在名称上几无改变,在运用范围上不断从律诗扩大到一般诗歌、八股文、古文,甚至辞赋,成为中国古代文学研究中影响最大的章法结构模式。

　　为什么起承转合会成为影响最大的章法结构描述模式?其合理之处何在?

　　这个问题似可以从两个方面来看:一方面是其本身的合理性如何,其运用的范围有多大;另一方面也要看这一理论产生的背景与所要达到的目的。

　　从本身的合理性来说,《诗法源流》说,作品中的起承转合是"古之作者,其用意虽未尽尔,然文者,理势之自然,正不能不尔也"。这话显然是《诗法源流》的作者为自己的理论寻找依据,从中也可见作者是站在"理势"这样的高度上来考虑问题的,具有相当的哲学意味。起承转合对于某些诗歌作品,不论绝句、律诗还是长篇古体甚至辞赋、散文等,确实是适用的,确实可以用来解释相当一部分作品的章法结构,具有相当的普遍性,例如《诗法源流》中所举的一些作品。如果这一说法完全不适用,就不可能得到后世的普遍承认与运用。同时,起承转合的说法从语言的层面来说,也吻合中国人喜欢四字格言的偏好,比一般的章法理论更富于概括性。更重要的是,它不仅可以描述文学作品的内在结构,也可以揭示一些其他一般事物的演变过程,具有相当的哲学意味,与黑格尔的正、反、合理论类似,而且因为多了一个"承"的环节,显得更为具体。正因为如此,所以,对后世就产生了深远的影响。如清人《师友诗传续录》载:"问:律诗论起承转合之法否? 答:勿论古文今文,古今体诗皆离此四字不可。"《红楼梦》中林黛玉教香菱学诗也是:"什么难事,也值得去学!不过是起承转合,当中承转是两副对子,平声对仄声,虚的对实的,实的对虚的,若是果有了奇句,连平仄虚实不对都使得的。"

从教育的角度来说,起承转合本身就起源于教育后学,是为了总结章法结构的规律;而从其运用来说,用来教育初学者掌握诗歌的章法结构是最合适的。因为起承转合本身具有较强的准确性与概括性,可以覆盖以前相当一部分经典作品,让学生很快上手,学到基本的技巧。在掌握了这一定法之后,再加以变化,灵活运用就可以达到一定的水平了。

由此可见,起承转合理论的提出无疑是具有重要意义的,但是,在运用中却是存在着一些问题的。任何理论与方法,都存在着有此一法和守此一法这两个方面的问题。所谓有此一法,就是能发现或揭示事物中有此规律或方法;所谓守此一法,就是恪守这些规律或方法。有此法是发现,守此法是运用。发现并不容易,需要创新;运用也不容易,需要小心。元人提出起承转合的理论,属于创新,但是,《诗法源流》在运用中则因为过于大胆,将其视为分析一切作品的妙法,使其在一定范围内的有效扩大为一切有效,从而就陷入了因扩大化而导致真理失真的局面中。

《吟法玄微》是元代的另一部诗法学著作,旧题范德机门人集录,可见是范德机的门人集录范的言论而成。此书可以说是《诗法源流》的压缩版,但是,它在许多重要的观点上与《诗法源流》并不一致,它似乎看到了问题所在,所以,它在讨论起承转合时,就似乎对《诗法源流》有着反拨的意图。

《吟法玄微》最重要的观点是认为"起承转合四字,施之绝句则可,施之律诗,则未尽然"。"起承转合四字,于绝句为切当,余不可尽泥也。"①
这显然是不同于《诗法源流》的。② 为什么?《吟法玄微》说:"且以律诗
论之。首句是起,二句是承,中二联则衬贴题目,如经义之大讲,七句则
转,八句则合耳。如杜子美《江村》诗:'清江一曲抱村流'是起,'长夏江
村事事幽'是承,'自去自来堂上燕,相亲相近水中鸥',此则物意之幽也。
'老妻画纸为棋局,稚子敲针作钓钩',此则人事之幽也。至于'多病所需
唯药物,微驱以外更何求'③则一句转,一句合。大抵无非幽事耳。若非
中联衬贴,则所谓幽事者果何在耶? 又如'丞相祠堂何处寻'是以问语
起,'锦官城外柏森森'是以答语承。'映阶碧草自春色,隔叶黄鹂空好
音'是赋祠堂之景物也。'三顾频烦天下计,两朝开济老臣心'是评祠堂
之人物也。若'出师未捷身先死,长使英雄泪满襟',则一句转,一句合,
以致叹恨之意耳。若谓中二联衬贴者即是转、合,则何以见其为丞相祠
堂哉!"④这段话的意思是说,律诗的四联并不完全以联为单位对应于起
承转合,而首联的一联之中,上句就可以是起,下句是承;尾联中的上句
是转,下句是合。中间两联只是"衬贴",是从不同的角度来阐述主题或
题目,不属于转、合。由此可见,律诗虽然也具备了起承转合四要素,但
中间两联往往并不属于转合,只是属于"衬贴",若无这样的"衬贴",诗
歌的意思将会得不到完整清晰的表达。不仅如此,它还认为:"夫作经义
文论之法,唯大讲为实,故昔人作论,谓之论腹。作诗亦然。何独第二联
为承,第三联为转耶? 泥此则非律诗法度矣。《三百篇》之诗,或一章,或

① 旧题范德机门人集录:《吟法玄微》,张健:《元代诗法校考》,北京大学出版社,2001,第266、267页。
② 后代许多人看到了两者之间的矛盾,如清代《诗友诗传录》中就有这样的话:"范德机谓'律诗第一联为起,第二联为承,第三联为转,第四联为合'。又曰:起承转合四字施之绝句则可,施之律诗则未尽然,似乎自相矛盾。"
③ 今本通常作"但有故人供禄米,微驱此外更何求"。
④ 旧题范德机门人集录:《吟法玄微》,张健:《元代诗法校考》,北京大学出版社,2001,第266、267页。

二章,或至十章,每篇各有起合,何待于承转哉?"①《诗法源流》在谈到杜审言的《早春游望》时认为,此诗的中间两联"云霞出海曙,梅柳渡江春。淑气催黄鸟,晴光转绿萍",前一联是赋,后一联是兴,合在一起则是以赋兴为转承。《吟法玄微》则认为:"于《早春游望》诗中分赋与兴,未是……'云霞出海曙,梅柳渡江春',此早春也,'淑气催黄鸟,晴光转绿萍'亦早春也,未尝以前为赋,而以后为兴也……故二诗(指《早春游望》及司空曙《经废宝庆寺》)中联,吾以为衬贴如经义之大讲为是,而转承之说为非。"②就是说,作诗就像作经义,最重要的"大讲""论腹",也就是上文说到的"衬贴",而这是诗腹,往往并不是承、转之所在。而像《诗经》中的作品,有长有短,每篇自有起合,甚至没有承转,照样不也成章? 正因为这样,所以,起承转合用来分析绝句是可行的,但并不适用于对律诗和其他诗歌的分析。

《吟法玄微》将起承转合的有效性仅仅局限于绝句,对于无限扩大《诗法源流》在诗歌中的运用无疑是一次反拨或纠正。但仅限于绝句,那就等于完全否定了对其他文体的有效性,这也是不符合事实的,是从一个极端走向了另一个极端。

不管是律诗还是绝句抑或是其他诗体,起承转合的存在是不可否认的事实,但是,有此一法又不能墨守此法,更不能将其视为适用于一切文体的定法。正如明人李东阳所说:"律诗起承转合不为无法,但不可泥。泥于法而为之,则撑拄对待,四方八角,无圆活生动之意。然必待法度既定,从容闲习之余,或溢而为波,或变而为奇,及有自然之妙。是不可以强致也。若并而废之,亦奚以律为哉!"(《怀麓堂诗话》)这话说得在理。

---

① 旧题范德机门人集录:《吟法玄微》,张健:《元代诗法校考》,北京大学出版社,2001,第267页。
② 旧题范德机门人集录:《吟法玄微》,张健:《元代诗法校考》,北京大学出版社,2001,第271页。

二、《木天禁语》的"六关"说

《木天禁语》提出了诗法的"六关"说,即篇法、句法、字法、气象、家数、音节。认为:"一篇诗成,必须精研,合此六关方为佳。不然则过不无矣。"①也就是说,要写好一首诗,要过这六关,符合这六条标准。《沧浪诗话》云:"诗之法有五:曰体制,曰格力,曰气象,曰兴趣,曰音节。"又有"辨家数如辨苍白,方可言诗。""唐人与本朝人诗,未论工拙,直是气象不同。"《白石道人诗说》云:"大凡诗,自有气象、体面、血脉、韵度。"显然,《木天禁语》是在吸收《沧浪诗话》等宋人诗话中的有关说法的基础上形成的。这个"六关"说法,此前所无,确实是一种创新。

"六关"中最重要的是篇法,书中对这一问题的研究最充分,花费的篇幅也最多,并将其放在六关的第一位,由此可见篇法在"六关"中的地位。关于这一问题,我们在前面已有论述,此不赘述。

"六关"中的句法,共列出了问答、当对、上三下四、上四下三、上二下五、上五下二、上应下呼、上呼下应、行云流水、颠倒错乱、言倒理顺、议论句、直书句、两句成一句、上一下二字成联,共十五种句法,这些句法的名称多数来自宋人和唐五代,自创的不多。往往先列句法名称后举一两个例子,最多的是"两句成一句",举了三联诗为例。这些句法涉及诗句的节奏、对偶、连贯、呼应等,其中最值得注意的是对"议论句"的说明:"宋人用之。"首次关注到了议论,并将其列为句法之一,可见《木天禁语》的作者是有一定的眼光的。

"六关"中的字法,其实是关于诗歌写作中使用词汇的问题。《木天禁语》首先确定了一个原则:"《事文类聚》事不可用,多宋事也,又不可用俚语偏方之言。摘用《史记》《西汉书》《东汉书》《新旧唐书》《晋书》字样,集成联对。"这就是说,诗中的词汇来源应当避免用《事文类聚》,也

---

① 旧题范德机撰:《木天禁语》,张健:《元代诗法校考》,北京大学出版社,2001。引文皆出此本。

不要用"俚语偏方之言",而应当用《史记》《汉书》等正史中的词汇。并列出了"一副当"的例子,即白虎观、碧鸡坊;金仆姑、玉具榍;高鼻胡人、平头奴子;眉语、目成;从长、护短。显然,这指的是在对偶中如何运用合适的词汇。又说:"用字琢对之法,先须作三字对,或四字对起,然后装排成全句。不可逐句思量,却似对偶,不成作手也。或二字对起亦可。路头差处在此。捕风捉影,如何成诗?"

"六关"中的气象,《木天禁语》共列出了翰苑、辇毂、山林、出世、偈颂、神仙、儒先、江湖、闾阎、末学共十类。其中有对末学的注解说明:"末学者,道听涂说,得一二字面,便杂揉用去,不成一家,又在江湖、闾阎之下。"从这条注解说明来看,这十类是按高低尊卑来排序的。这其实是十类题材的风格,所以,书中又有这样的话:"诗之气象,犹字画然,长短肥瘦,清浊雅俗,皆在人性中流出。得八法便成妙染,而洗吾旧态也。此赵松雪翁书与中峰和尚述者,道良之语也。漫录于此耳。"那就非常明确地表明了气象就像字画的风格、品格,有长短肥瘦、清浊雅俗之别,是与人的品性有密切关系的,因此,"已上气象,各随人之资禀高下而发。学者以变化气质,须仗师友,所习所读,以开导佐助,然后能脱去俗近,以游高明"。也就是要通过后天的努力来摆脱俗近,达到较高的境界。

至于家数,则是"诗之造极适中,各成一家。词气稍偏,句有精粗,强弱不均,况成章乎? 不可不谨"。因此,列出了《诗经》《离骚》、选诗、李白、韩(愈)杜(甫)、陶(渊明)韦(应物)、孟郊、王维、李商隐这几家各自的风格特点,并说:"已上略举八九家数,一隅三反之道也。"值得注意的是,它没有将韩愈与孟郊并列,而是将韩愈与杜甫并列,称其风格是"沉雄厚壮"。显然,这八九家数就是《木天禁语》推崇的风格。

而音节,则讨论的是诗歌写作中的押韵问题。援引马御史(祖常)的话云:"东夷、西戎、南蛮、北狄,四方偏气之语,不相通晓,互相憎恶。惟中原汉音,四方可以通行,四方之人皆喜于习说。盖中原天地之中,得气之正,声音散布,各能相入,是以诗中宜用中原之韵。则便官样不凡,押韵不可用哑韵,如五支、二十四盐,哑韵也。"主张用中原汉音来押韵,而押韵时不可用五支、二十四盐来押,因为这些韵部是哑韵,声音不够响。

《木天禁语》所主张的诗法"六关",除篇法、句法较为详细外,其他四关均较为简单、语焉不详,所论也不周全,如论字法,则只论词汇来源,不论字眼设置等;论章节,则只论押韵,而不论其他。就押韵而言,声音响不响,也并非仅仅不用五支、二十四盐就可解决,当然也还有其他若干问题。

总体来看,《木天禁语》的"六关"中的各关,多从宋人有关论述而来,除篇法部分有一定新见,且论述较详外,其他的论述既不深入,也不全面,但是,它最可贵的是在宋人的基础上建立了一个全新的诗法体系,这是一个创新,这是不能否认的。正因为如此,它在后世有深远的影响。明成化四年(1468)杨成所作的《重刊诗法序》说:"范德机《木天禁语》、杨仲弘《古今诗法》二集,人皆宝之,不啻拱璧。"①可见其影响之巨。

三、《总论》的"三宜十忌"说

旧题为范德机门人集录的《总论》提出了一个诗歌法度的"三宜十忌"说,这是元代诗法体系中最为全面,也是内容最丰富的体系。

曰:"敢问法度如何?"曰:"所谓三宜十忌是也。何谓三宜?一宜意远,二宜句佳,三宜字当。要诗中有意,意中有句,句中有字,字中有味,方是好诗。"曰:"何谓十忌?"曰:"一忌不知体面,二忌间架不齐,三忌意思不贯,四忌体用不交,五忌语句不伦,六忌文面重叠,七忌音节不调,八忌体制凡陋,九忌不归正理,十忌体物太泛。大抵识得三宜十忌,则能识诗,而又识古人诗之得失矣。然十忌不在三宜之外,三宜为纲,十忌为

---

① 《诗法》,陈广宏、侯荣川:《明人诗话要籍汇编》第四册,复旦大学出版社,2017,第1583页。

纪,纲纪全而诗道成矣。①

　　这段话鲜明地提出了"三宜十忌",并认为这是作诗和欣赏、批评诗歌的基本原则和方法。同时,又认为"三宜"和"十忌"是相辅相成的关系,"三宜"为纲,"十忌"为纪,并且"十忌"不在"三宜"之外,即"十忌"包含在"三宜"之中。掌握了这"三宜十忌",诗歌创作也就不成问题了。

　　对于这"三宜",作者可能是觉得比较好理解,没有作太多的解释,只是作了原则性的说明,就是要"诗中有意,意中有句,句中有字,字中有味"。这涉及立意(内容)、句、字三个方面的问题,显然,这是从宏观的层面来阐述的。"十忌"则是从相对微观的层面来说的,也涉及诗歌创作从内容到形式的各个方面。

　　《总论》中对于"十忌"中的每一忌都有详细的说明。不知体面,就是不知各种诗歌体裁、手法的特殊体式、体制特点。对此,书中说道:"作诗各有体面,《三百篇》特诗之善者,如风雅颂有风雅颂体面,赋比兴有赋比兴体面,选体、绝句有选体、绝句体面,长篇乐府有长篇乐府体面,皆不紊乱。学诗须先将古人诸般体面熟读数首为式,使其胸次有主而不妄动,然后安排布置,自合法度。"②《总论》将不知体面放在"十忌"之首,可见对体面的重视。这种观点其实也是该书中强调的"大抵作诗莫妙于体制,体制既知,则诗道略备矣"。

　　所谓间架不齐,指的是诗的各部分在内容和分量上的轻重不协调,不一致。认为"长篇有长篇间架,律诗有律诗间架,绝句有绝句间架。间架最忌不齐"。如杜甫《复愁》十二首之七:"贞观铜牙弩,开元锦兽张。花门小箭好,此物弃沙场。"这首诗,在《总论》看来是"前三句各言一物,落后一句,总缴收拾,如何齐整?"意思是杜甫此诗前三句各句都写了一样文物,只有最后一句总括收尾,收的力度不够,与前三句在分量上有差

---

① 旧题范德机门人集录:《总论》,张健:《元代诗法校考》,北京大学出版社,2001,第203—204页。
② 旧题范德机门人集录:《总论》,张健:《元代诗法校考》,北京大学出版社,2001,第203页。

异。所以,诗歌"以逐句言之,则或前面二句一样轻重,或中两句四句一样轻重,或后面二句一样轻重,皆为间架不齐"。

所谓意思不连贯,就是"上下句不相照应,前面后面不相属续,血脉不通,首尾衡决"。所谓体用不交,就是诗句写人状物叙事的唯一性不足,上下两句的主语或谓语可以互换,形成辘轳。如杜牧《故洛阳有感》诗中的"筚圭苑里秋风后,平乐馆前斜日时"。"或以'平乐馆'言'秋风''筚圭苑里'言'斜日'亦可。盖上四字为体,下三字可以互相换易,便是不交"。这就是说,在这一联中,作为"体"的上四字可以不变动,但下三字则可互换,缺少唯一性和独特性,所以是不交。所谓语句不伦,就是上下两句所用的手法、所写的内容不一致,不对等。例如苏轼诗"系恨岂无罗带水,割愁犹有剑鋩山","盖'割愁'二字有来历,'系恨'二字无来历",所以不伦。又如杜甫"陈留阮瑀谁争长,京兆田郎早见招","下为当家,上为借事,亦是不伦"。所谓体制凡陋,就是"命意修辞,不可径情直叙,不可粉泽膏脂"。也就是一方面要表达含蕴,另一方面又不能过度雕饰,否则就是体制凡陋。所谓不归正理,就是指内容上不符合道理,不合儒家的伦理道德。所谓体物太泛,就是描写事物太泛,对其特征性抓得不准、不足。

《总论》对此"三宜""十忌"十分自信,曾反复地说过"大抵作诗之法无过'三宜''十忌',知此则诗之能事毕矣"。那么,事实到底如何呢?毫无疑问,这"三宜""十忌"实际上涵盖了诗歌创作的各个方面,从内容到手法、语言等,都有涉及。因为涵盖面广,所以,掌握了"三宜""十忌"在很大程度上,"诗之能事毕矣"。而且从诗法体系的完整性来看,这是有史以来最为完备的诗法体系,比"六关"的内容更为丰富,比宋代诗法的分散论述更为完整。同时,"十忌"中的某些观点也是比较深刻的,分析也较为深入。

但是,这"三宜""十忌"也存在不少问题,其中最突出的是"十忌"中的间架不齐与语句不伦等说法有点莫名其妙,如前所述所谓间架不齐,指的是诗的各部分在内容和分量上的轻重不协调，不一致。从轻重的角度来要求或衡量诗歌，这其实并不科学，也无必要。在《总论》中，韩愈的《早春呈水部张十八员外》"天街小雨润如酥，草色遥看近却无。最是一年春好处，绝胜烟柳满皇都。"这首诗被认为："后二句上二字一样轻重，诗非不好，只是间架不齐，为可议也。"意谓韩愈的这首诗中的最后二句中的前二字"最是""绝胜"是同等重，而后五字轻，与后五字轻重不一，所以不完美，有可议之处。同样，语句不伦指的是上下两句在内容、手法等方面不一致，于是，杜甫诗"竹叶于人既无分，菊花从此不须开"这样的诗句，也是"盖'竹叶'是比物，'菊花'是正说，亦不不伦"。可见，这两种说法其实在诗歌创作中并无多大问题，即使是病，也无足轻重，因此，有刻意求新，吹毛求疵之嫌。

四、《诗法正宗》之"学诗五事"说

旧题为揭曼硕或虞集撰的《诗法正宗》是元代一部重要的诗法学著作，它认为"学问有渊源，文章有法度。文有文法，诗有诗法，字有字法。凡世间一能一艺，无不有法。得之则成，失之则否。信手拈来，出意妄作，本无根源，未经师匠，名曰杜撰。正如有修无证，纵是一闻千悟，尽属天魔外道……今人未尝学诗，往往便谓能诗，岂不学而能哉？以此求工，岂不甚难？甚者未踏李杜脚板，便已平视鲍、谢；未辨芳洲、杜若，便谓奴仆《离骚》。"①充分肯定了诗有法，批评了不知法而乱作诗的情况。在这种情况下，此书提出了"若欲真学诗，须是力行五事"。由此提出了"学诗五事"说。

所谓"学诗五事"说，就是认为学诗必须要做好五件事，即一曰诗本，二曰诗资，三曰诗体，四曰诗味，五曰诗妙。并认为："诸君倘能养性以立

---

① 旧题揭曼硕或虞集撰：《诗法正宗》，张健：《元代诗法校考》，北京大学出版社，2001，第315—316页。本书所引《诗法正宗》均为此本。

诗本,读书以厚诗资,识诗体于源委正变之余,求诗味于盐梅姜桂之表,运诗妙于神通游戏之境,则古人不难到,而诗道昌矣。"

诗本,指的是人的性情、思想修养。"吟咏本出情性,古人各有风致。学诗者必先调燮性灵,砥砺风义,必优游敦厚,必风流蕴藉,必人品清高,必神情简逸,则出辞吐气,自然与古人相似。……若做得好人,必做得好诗也。"认为人的性情、思想修养具有决定意义,是作诗的根本,并将其排在学作诗的第一位,可见对其重视程度。

诗资,指的是书本修养。"王荆公谓杜少陵'读书破万卷,下笔如有神',是他自言入神处。韩文公亦称'卢殷于书无不读,然止用以资为诗'。山谷谓'不读书万卷,不行地千里,不可看杜诗。杜诗无一字无来处。'东坡谓'孟浩然如内法酒手而乏材料。盖有才无学,如有良将而无精兵,有巧匠而无利器,虽材高如孟浩然,犹不能免讥,况他人乎!'今人空疏窘材料者,只是读少、记少、讲明少故也。如晋王恭少学,虽善谈论,未免重出。以至对偶偏枯,意气馁薄,皆无以为之资耳。"引了王安石、韩愈、苏轼、黄庭坚的话,强调了读书积累知识的重要性,实际上是认为,像孟浩然这样的诗人,虽有诗才,但如果没有适当的书本修养,也难免被人所讥。因此,提倡读得多、记得多、讲得多,这样才能积累起作诗的资本。

诗体,指的是诗歌史上各家的风格特点。认为:"《三百篇》末流为楚辞,为乐府,为《古诗十九首》,为苏李五言,为建安、黄初,此诗之祖也。《文选》刘琨、阮籍、潘、陆、左、郭、鲍、谢诸诗,渊明全集,此诗之宗也。……唐陈子昂《感遇》诸篇,高古简远,出人意表;李太白《古风》,韦苏州、王摩诘、柳子厚、储光羲等古体,皆平淡萧散,近体亦无拘挛之态,嘲哳之音,此诗之嫡派也。杜少陵古律各集大成,渐趋浩荡,正如颜鲁公书一出,而书法尽废,言其浑然天成,略无斧凿,乃诗家运斤成风手,是以独步千古,莫能继之。"这里列出了宋代以前的各家诗人,并将其分为诗祖、诗之宗、诗之嫡派,然后再加上集大成的杜甫,这些都是学习仿效的对象。而在宋代,则有"宛陵之淡,山谷之奇,荆公之工,后山之苦,简斋兼以李杜之才,兼陶、柳之体,最为后来一大宗本"。这是宋人中应该学习的。这里尤其注意的是将杜甫和陈与义视为应该学习的诗人中最为特出的两位,加以特别的推荐。而"韩诗太豪,难学;白乐天太易,不必学;晚唐体太短浅,不足学;东坡诗太波澜,不可学"。还有江湖诗派也是不足观的。将韩愈、白居易、晚唐体、苏轼、江湖诗派排斥在可学的范围之外。从这个可学及不可学的名单来看,应当说是比较客观的。明确了这些可学与不可学的对象后,那么,所要做的就是"使吾胸中无非古人之语言意思,则下笔不期于高远而自高远矣"。

诗味,这也就是司空图所说的"辨于味"和"味外之旨"之味。《诗法正宗》对此的说明是:"古人尽精力于此,要见语少意多,句穷篇尽,目中恍然别有一境界意思,而其妙者,意外生意,境外见境,风味之美,悠然辛甘酸咸之表,使千载隽永,常在颊舌。"为了求得真味,就要向陶、王、韦、柳学习,"则当于平淡中求真味,初看未见,愈久愈不忘"。这一说法显然充分吸收了苏轼《书司空图诗》中的观点。

诗妙,指的是诗所达到的艺术境界。"诗妙谓变化神奇,游戏三昧。……又诗之文,读者譬之散圣安禅,凡正言若反,寓言十九,言景言情,词近旨远,不迫切而意独至者皆是也……如林间月影,见影不见月;如水盐味,知味不知盐;如画不观形似,而观萧散淡泊之意;如字不为隶楷,而求风流萧散之趣。超脱如禅,飘逸如仙,神变如龙虎,抵掌笑谈如优孟,诙谐滑稽如东方朔,则极玄造妙矣。"显然,这里所说的诗妙,不是指一般的艺术水平,而是指超越了一般的形似之言之后的艺术境界。

《诗法正宗》所说的这"学诗五事",涉及了诗人的思想修养、艺术修养、知识背景,以及作品所达到的艺术效果和境界等,其实主要就是诗人的修养与作品所要达到的境界这两个主要的方面。这"五事"没有像"十忌"那样具体微观,而是从宏观的角度来讨论作为诗人应该突破的五个方面,由此构成了自成一体的学诗体系。这个体系虽然宏观,但是还是比较全面的。但也是因为过于宏观,所以,这只是一些方向性的意见,而操作性并不强。对于初学者来说,诗本、诗资、诗体尚可实行,但诗味与诗妙,就是初学者不能轻易达到的。由此也可见,"学诗五事"所针对的学诗者,似乎就不是刚入门的初学者,而是有了一定基础和水平的学诗者。

五、《诗法》之"意句字"说

黄清老的《诗法》,又名《黄氏诗法》《诗法大意》等。此书提出了一个以意、句、字三者为核心的诗法体系。认为:"总而言之,一诗之中,必先得意;一意之中,必先得句;一句之中,必先得字……诗法中千万言语,大意皆不出于此矣。"[①]

以意、句、字为作诗的核心,这与前面所论"三宜"之说相同,但在"三宜十忌"中,论述的重点是"十忌",对"三宜"只是略作说明。而在黄清老的《诗法》中则有详细的阐述。

关于意,黄清老认为:"大凡作诗,先须立意。意者,一篇之主也。"这就提出了意,也就是立意、主题是一诗之主,因此,在作诗时必须先有意。那么,具体说起来,意有哪些呢?"如送人,则言赠别不忍相舍之意;寄赠,则言相思不得见之意;题咏花木之类,则用《离骚》芳草之意。"意的作用,则是"诗如马,意如善驭者,折旋操纵,先后疾徐,随意所之,无所不可,此意之妙也;又如将之用兵,或攻或战,或屯或守,或出奇以取胜,或不战以收功,虽百万之众,多多益办,而敌人莫能窥其神,此意之妙也"。将诗比作马,将意比作骑手;又将诗比作兵,将意比作将。马无骑手则乱跑,兵无将领是散兵,驾驭得好,则收效百倍。这就是意的妙处。

那么,怎样的意才算好的立意呢?黄清老认为:"(意)贵圆活透彻,辞语相颉颃,常使意在言表,涵蓄有余不尽,乃为佳耳。是以妙悟者,意

---

① 黄清老:《诗法》,张健:《元代诗法校考》,北京大学出版社,2001,第 339 页。本书所引《诗法》原文均出此本。

之所向,透彻玲珑,如空中之音,虽有所闻,不可仿佛;如像外之色,虽有所见,不可描摸;如水中之味,虽有所知,不可求索"。这话的前半段相对比较好理解,意谓立意必须高妙含蓄。后半段则有点玄虚,但大意是说好的立意不做作,不留痕迹。有了好的立意,就必须有相应的表现风格。对此,黄清老认为:"洞观天地,眇视万物,是为高古;剖出肺腑,不借语言,是为入神;超达虚空,了悟生死,是为离众;寄兴悠扬,因彼见此,是为造巧;隔关写景,不露形迹,是为不俗。故意在于闲适,则全篇以雅淡之言发之;意在于哀伤,则全篇以凄婉之情发之;意在于怀古,则全篇以感慨之言发之。此诗之悟意也。"这就是说,不同的立意,表现不同的感情与思想,就要运用不同的风格,做到立意与风格相统一。

黄清老认为,立意中"最忌用俗,最忌议论"。原因是:"议论,则成文字而非诗;用俗,则浅近而非古。"认为议论是破坏诗意的罪魁祸首,它使诗不成诗,而成了散文。用俗,显然是指用俗语,其结果是"浅近而非古"。因为俗语多为当时语而非古语,所以,用在诗中必然会使诗时髦而无古风。这显然是从意的表现手法与语言来讨论的。

关于句,黄清老认为:"意既立,必须得句。句有法,当以妙悟为上。"以妙悟为上,这是总的原则。在这一总原则的基础上,黄清老将精妙的句子细分为妙句、佳句两类。"第一等句,得于天然,不待雕琢,律吕自谐,神色兼备。奇绝者,如孤崖断峰;高古者,如黄钟大吕;飘逸者,如清风白云;森严者,如旌旗甲兵;雄壮者,如千军万马;华丽者,如奇花美女。是为妙句。"不管是哪一种风格,只要是"得于天然,不待雕琢,律吕自谐,神色兼备"的,都是妙句。这种妙句实际要具备三个条件,一是得之于天然,无雕琢之痕;二要音律和谐,朗朗上口;三要神色兼备,无偏颇之病。正因为有这三个条件或要求,所以为难,所以为妙句。"其次必须造语精工。或动静,或大小,或真假,或远近,或今古,或虚实,或有无,变化仿佛,使一句之中,常具数节意,乃为佳句。"佳句有两个条件:一为造语精工,不能有瑕疵;二是一句之中含义丰富,不能过于直白简单。不论是妙句还是佳句,都不易得,"非悟者不能作也"。而造句也有所忌,"句之所忌者,最忌虚中之虚,实中实",而应当"虚中有实,实中有虚"。这实际上是反对呆板,提倡虚实结合的灵活句法。

关于字,黄清老说:"句既得矣,于句中之字,浑然天成者为佳。下字必须清,必须圆,必须活,必须响,与一篇之意、一句之意相通,各自卓立,而复相成,是为本色。"这就对用字提出了一个总体要求,那就是"浑然天成者为佳"。在这个总要求之下,具体而言,则要清、圆、活、响,并且要与一首诗、一句诗的内容相协调。而"最忌妆点,最忌衬贴,盖非本句之所有,而强牵合以成之"。所谓妆点与衬贴,就是装饰而多余的字,往往是节外生枝,与本诗、本句不吻合,也就是不能"与一篇之意、一句之意相通",所以宜忌。

黄清老对于意、句、字三者之间的关系也作了阐述,认为:"一诗之中,必先得意;一意之中,必先得句;一句之中,必先得字。先得意,后得句,而字在乎其中,不待求索者,上也。若先得句,因句之所在而生意,或先或后,使意能成就其句之美者,次也。若先得字,因字而生句,因句而生意,意复与句皆成其字之美者,又其次也。故意也,句也,字也,三者全备,为妙悟。意与句皆悟,而字有亏欠,则为小疵。若有意无句,则精神无光;有句无意,则徒事妆点。句意俱不足,而惟于一字求工,何足取哉!"这段话将意、句、字之间的关系阐述得非常清楚。从所得的先后来说,先得意为上,先得句为中,先得字为下。从实际的效果来说,意、句、字三者都好,此为妙悟。意、句皆好而字有毛病,此为小疵。若有好意而无好句,则精神无光。若有好句而无好意,这只是徒有其表。若无好意、好句,只有好字,根本就没有任何可取之处!由此也可见,在意、句、字这三者中,意是第一位的,句其次,字再次。

黄清老的"意句字"说,纯粹从诗歌内部要素着眼,将各种复杂的问题简化为意、句、字这三要素,虽非他的独创,但是,就其客观效果来说,是比较简明扼要的,也比较符合诗歌创作的实际需要。意、句、字三者并重,前人多有强调,但并没有像黄清老这样,以此来独立构成一个诗法体系。而书中在对意、句、字的具体阐发上,许多观点也有可取之处。特别是在阐述意、句、字三者之间的关系上,所提出的一些观点应当是深中肯綮,富有启发意义的。从论述的方式来说,黄清老也是从宏观的角度来着眼的,没有在枝末细节上费太多的笔墨,在理论上也达到了一定的高度与深度,无当时许多诗法学著作的浅俗之病。

当然,我们也应看到,黄清老在力避浅俗的同时,也有故弄玄虚的倾向。如论造句"是以洞观天地之句,似放诞而非放诞;了达生死之句,似虚无而非虚无;剖出肺腑之句,似粗俗而非粗俗"一段,话语虽长,但所言玄虚,无平实易懂之美。

六、《虞侍书诗法》之"三造、十科、四则、二十四诗品、道统、诗遇"体系

旧题虞集撰的《虞侍书诗法》提出一个以三造、十科、四则、二十四诗品、道统、诗遇为基本构架的诗法体系。这个体系的基本内容与同一时期题名为范德机撰的《诗家一指》有许多相同之处,但相对《诗家一指》,此书内容更为完备,条理更为清楚,所以,我们就以《虞侍书诗法》作为研究的对象。

《虞侍书诗法》的序云:"诗,乾坤之清气,性情之流至也。由气而有物,由事而有理,必先养其浩然,存其真宰,弥纶六合,圆摄太虚,触处成真,而道生焉。"①这个序阐明了诗的本质特点及由养气而达成对道的把握,实际上是全书的纲领,也是全书的论诗起点。

所谓"三造",就是观、学、作,即作诗的基本步骤,也可以是作诗三阶段。作为作诗者,必须要对这三个步骤了然于心,才不致出现错乱。为

---

① 旧题虞集撰:《虞侍书诗法》,张健:《元代诗法校考》,北京大学出版社,2001,第307页。本书所引《虞侍书诗法》均为此本。

了避免这样的错乱，书中对"三造"进行了详细的论述。

观，"犹禅宗具摩醯眼，一视而万境归元，一举而群迷荡迹，超物象表，得造化先。夫如是，始有观诗分。观，要知身命落处与夫神情变化，意境周流，亘天地以无穷，妙古今而独往者，则未有不得其所以然也。由之可以明十科，达四则，读二十四诗品，观观不已，而至于道。"观是学作诗的第一步，也是最重要的一步。只有具备大智慧，达到大自在，才可以超越表象，看清世界的本质。同时，观又要落到身命的落脚处、情感的变化处以及天地的变化处。这样才能明白"十科"，达到"四则"，读懂"二十四诗品"，进而达到对道的把握。由这段话我们可以看出，该书是以性情为基础，以"观"为核心，建立起一个由"观"而"明十科，达四则，读二十四诗品……而至于道"的诗法体系。而"道统"条中所说的"集之'一指'，诗也。'三造'所以发学者之关钥，'十科'所以别武库之名件；'四则'条达规律，指述践履；'二十四品'含摄大道，如载图经"。与此相发明，可见本书作者是有意识地构建了一个诗法体系。

学，就是学习。"夫求于古者，必得于今；求于今者，必失于古。盖古之时，古之人，而其诗似之。故学者欲疏凿神情，淘汰气质，遗其迷妄，而反其清真，未有不如是而得其所以为诗者。"显然，作者是赞成学古的，那么，怎样才能学古呢？就是要去掉迷妄，反其清真，回到古时，重新塑造自我，在精神气质上接近古人。

作，就是指具体的创作。"下手处，先须明彻古人意格声律，具于神境事物，解后郁抑，得其全理。胸中随寓唱出，自然超绝。若夫刻意创造，终亏天成；苟且经营，必堕凡陋。妙在著述之多，涵养之深耳。然又当求证于宗匠名家之道，庶几可横绝旁流矣。"这就提出了创作的三个基本原则。一是要先对古人作品的意格律了然于心，涵养到处，自然超绝。二是要广取博收，向宗匠名家学习，不迷失方向。三是不能刻意、苟且。

"三造"是从宏观的角度论述诗歌从观察、学习到创作的三个步骤，而在具体的写作过程中，则要正确解决"十科""四则""二十四诗品"的问题。所以,这"十科""四则""二十四诗品"是本书的主体。

所谓"十科",就是意、趣、神、情、气、兴、理、境、事、物,即诗歌创作中的立意、内容、审美、意境、题材等,显然,它与偏重形式层面的"四则"是不同的。所谓意,就是诗的立意,这是最重要的,"诗先命意,如构宫室,必法度形似备于胸中,始焉斤斧。此以实论,取于譬,则风之于空,春之于世,虽暂有其迹,而无能得之以为物者。是以造端超诣,变化易成。若立意卑凡,清真愈远。"强调立意的特点与重要性。所谓趣,就是诗的韵味、余味。"意之所趣,不尽而有余之谓。"这是好诗的重要标准。所谓神,就是风神,即在诗的艺术和精神上表现出来的超常境界。情,就是审美情感。气,即文气、气脉。理,指的是诗人所表现出来的修养。"犹王家之疆理也。今人所发足,将有所即,靡不由是而达。然犹有所未至,非日积之未深,则足力之病进。于诗亦然,非寻思之未深,则才力之病进。要在驯熟,如与握手俱往。"兴,即感兴,情感。境,就是意境。事,即典故。物,即事物、景物等。由此可见,这"十科"已涉及诗歌内在的各个要素。

"四则"与"十科"不同,主要讨论的是形式层面的句、字、格、律。作者认为,这四者非常重要。句,"一诗之中,妙在一句,句为诗之根。根本不凡,则花叶自异。复如威将示权,奇兵翕合;君子在位,善人皆来"。认为在诗歌中,"句为诗之根。根本不凡,则花叶自异"。诗好不好的关键在句,有好句才会有好诗,句好则诗好,句不好则诗不好。将诗句的地位和重要性提升到这样的高度来认识,这是中国古代诗法学史上从来没有过的。字,就是用字、炼字。"一字之妙,所以合众要之微;一诗之根,所以生一字之妙。故夫圆活善用,如转枢机;温清自然,如瞻珮玉。字法病在炼,在浮,在常;在暗弱,在生强,在无谓;在枪棒,在嘴爪,在不经。"认为字用得好,可以集合众多作诗的幽微奥妙。字是一首诗的根本,费尽心力才能得到一个好字。所以要用得圆活自然,刻意的锤炼、轻浮、平庸、暗弱等,都是要极力避免的。格,指艺术效果。"犹陶家营器,器本陶家一土,而名状等差非一,然有古形今制之别,精朴浅深之殊,贵各有其体用之似耳。诗则诗矣,而名制不一,晋汉高古,盛唐风流,与夫西昆、晚唐、江西皆名家,造立不等,气象差殊,亦各求其似者耳。"器有形制、名称之别,但都追求有用。诗有风格气象不同,但都要追求感人的艺术效果。将艺术效果视为诗的必备形式,这也是本书的一个与众不同之处。律,毫无疑问就是指声律了。

"十科"与"四则"一内一外,而"二十四品"讨论的是二十四种诗的风格。这"二十品"长期以来被视为是唐人司空图所作,经今人考证,实为虞集所作。① 这"二十四品"即雄浑、平淡、纤浓、沉着、高古、典雅、洗炼、劲健、绮丽、自然、含蓄、豪放、精神、缜密、疏野、旷达、清奇、委曲、实境、悲慨、形容、超诣、飘逸、流动。② 这实际上是列出了诗歌中有这二十四种风格,对每一种风格都作了解释。例如雄浑,是"大用外腓,真体内充。返虚入浑,积健为雄。具备万物,横绝太空。荒荒油云,寥寥长风。超以象外,得其环中。持之匪盈,求之无穷"。豪放,是"观化匪禁,吞吐大荒。由道返气,素处以强。天风浪浪,海山苍苍。真力弥满,万象在旁。前招三辰,后引凤凰。晓看六鳌,濯足扶桑"。用文学语言来描绘,人们可以据此把握其大致的特点,但难于得到准确的解释。对这二十四种风格,作者不加轩轾,也不作评论,只描绘其具体的特点,可见,在作者心目中,这些风格没有高下之分,均可作学诗仿效学习。

书末的"道统""诗遇"是从形而上的角度来讨论诗人的性情及诗的来源问题,认为诗与诗人的性情,都是性的表现;而诗作则得之于诗人天性所遇,好诗往往就是诗人的天性与其所遇恰好吻合,故能生出一分感情、一处好景、一首好诗。"道统""诗遇"从理论上回应了此书序中所说的:"诗,乾坤之清气,性情之流至也。由气而有物,由事而有理,必先养

---

① 参见张健《〈诗家一指〉的产生时代与作者——兼论〈二十四诗品〉作者问题》,《北京大学学报》1995 年第 5 期。
②《虞侍书诗法》原缺缜密、疏野、清奇、委曲、实境、悲慨等,据《诗家一指》补齐。

其浩然,存其真宰,弥纶六合,圆摄太虚,触处成真,而道生焉。"从而使全书构成了一个完整的整体。

由上可见,此书将形而上的性情之论与形而下的技法、形式、内容、风格等结合在一起,从而形成了一个比较严密的体系。

七、《诗谱》之二十目体系

陈绎曾、石柏所撰的《诗谱》建立起了一个涵盖诗歌创作主要问题的共二十目的全面的作诗系统,相比其他诗法体系,虽然不够严密,也不够思精,但足以称体大。

《诗谱》所论共二十目,即本、式、制、情、景、事、意、音、律、病、变、范、要、格、体、情、性、音、调、会,这二十目之下,又往往细分为若干类。

本书的特点是全面而细致,论述的全面及分类的细致,是当时同类著作中少有的。它几乎涉及诗歌创作从写作时的心境到作品的立意、选题、选体、风格、声律等所有的方面。

本,即作诗之本,这是本书的论述重点,也是全书最具理论色彩的内容。在这一部分里,主要分别论述了五言古诗、七言古诗、五言律诗、七言律诗、绝句(含五七言绝句)六种诗体的作法。例如论作七言古诗:"先须澄静此心,如泛舟沧溟,春晴秋雨,风波作止,万变随时。题目如大海受风,泠风则微澜应,疾风则骇浪惊,自然而然。吾取其神奇者而用之。大要七言古诗所养浩荡,所见详明,所取奇崛,所用峭绝。"[1]作五言律诗:"先须澄静此心,如春江无风,澄绿千里,万象森列,皆有温柔平远之意。就其中择取事情极明莹者而用之。务要涵养宽平,不可迫切。"这就是说,创作不同的诗体时都需过滤掉各种私心杂念,专注于诗写作。根据不同的诗体特点,选取不同的景象,采取不同的风格。值得注意的是,除

---

[1] 陈绎曾、石柏撰:《诗谱》,张健:《元代诗法校考》,北京大学出版社,2001,第 343 页。本书所引《诗谱》均为此本。

了绝句,其他四种诗体的写作,都强调了"先须澄静此心",然后用比喻的方式来说明,除了抓住各体的主要特点,其用文学语言来言说的方式也颇为特别。其利在于形象性,其弊则是模糊不清,对于初学者来说,肯定会产生理解上的困难。相对而言,对于绝句的论述则较为明白:"凡作绝句,如窗中览景,立处虽窄,眼界自宽。题广者,取远景,寸山尺水,愈觉其遥;题小者,取近景,一草一禽,皆有生意。五言绝句主情景,七言绝句主事意。"一方面指出了作绝句的共同特点是要以小见大,根据题目的大小,选取不同的景物,另一方面又指出了五言绝句"主情景"与七言绝句"主事意"之间的区别。这是颇具创意的看法。

式,分为十八式、二十三题,是归纳总结诗歌的诗、歌、吟、行、曲、谣、风、唱、叹、乐、解、引、弄等十八种诗体的风格特点,以及在写作送、别、逢、寄、赠、答、游、宴等二十三种题材或题目时,如何立意。如歌,是"情扬辞远,音声高畅";引,是"情长辞蓄,音声平水"。又如送,是"留须恋恋,勉必拳拳";别,是"乐生于哀,喜极还感";寄,是"万里寄言,必有信惠"。由此可见,所谓的式,其实就是对诗歌创作主要的诗体及题材分类,形成各种各样的套路与套式。

制,主要讨论了三停、十一变、八用这三个方面的问题。三停,就是古诗、五言律、七言律、绝句四种诗体的起、中、结三个环节。这三个环节,不同的诗体,其写的方法是不一样的。同样是起,"古诗混沦包括,意整语圆。五言律诗声稳语重。七言律诗声起语圆。绝句平实,第一二句是"。同样是中,也就是中间,"古诗反复变化,意奇语畅……五言律诗额疏通警峭拔。绝句精要,第三句是"。同样是结,"古诗含蓄不尽,意重语轻。五言律诗声细意长。七言律诗声稳语健。绝句健决,第四句是"。这些说法虽然未必完全准确,但特别重视各体之间的区别,强调各体的特点,这是其价值所在。十一变,就是解释抒情、立意、写景、设事、叙事、论事、用事、拟人、比物、咏物、论理十一种手法的基本含义。八用,是介绍诗歌写作中入、序、转、折、出、归、警、超八个方面的基本要领。

由以上本、式、制这三个方面的内容就可以看出,《诗谱》作为一部通俗的诗法学著作,在一定程度上可以称之为集大成之作,因为它从宏观上来探讨诗歌写作中的各种问题的全面性和细致性在当时确实是无出其右,在对各种体裁、各种风格、各个环节、各处手法、各个作家之间的细微差别等方面有了比较全面的认识,这也是此书的价值所在。但是,此书之弊也很突出。1.过于细碎繁琐。如诗病,就列举了违式、体制散乱、无情、七情相干、景非时、景失地、无主、事不实、用事差、用事非宜、用事尘俗等共三十一种诗病,这是最全的诗病目录。再如论体,几乎将《诗经》至唐代的主要诗人风格全部罗列出来,甚至单《诗经》就列出了周南、召南、邶风、齐风等十四类。2.有的过于简单。如诗病,就只有病名而无病症(具体表现和举例)。再如变,所列的"四字变"只有虚、实、死、活四字,"四句变"只有情、景、事、意四字,"五声病"只有稳、响、起、喔、细五字,但都没有具体的解释和说明。3.有不少重复之处。如第九目律所列的内容与第十九目调所列的内容多有重复。4.有的分类不合理。例如格,将二十种风格分为四等,甲等有玄、圆、沉、雄、响五类,乙等有清、明、深、壮、密五类,丙等有逸、温、重、健、婉五类,丁等有淡、奇、俊、怪、丽五类。这四种分类,有甲乙丙丁之分,实际就是高下之分,没有任何道理。5.命名有问题。从名称上看,情与音二次重复,虽然在具体的内容上各有不同,但在一书中重复命名,显然欠严谨。

第五节　关于章法的其他研究

《诗法家数》说:"有主意在上一句,下则贴承一句,而后方发出其意者;有直起一句,而主意在下一句,而就即发其意者;有双起两句,而分作两股以发其意者;有一意作出者;有前六句俱若散缓,而收拾在后两句者。""大抵诗之作法有八:曰起句要高远;曰结句要不着迹;曰承句要稳健;曰下字要有金石声;曰上下相生;曰首尾相应;曰转折要不着力;曰占地步。盖首两句先须阔占地步,然后六句若有本之泉,源源而来矣。地步一狭,譬犹无根之潦,可立而竭也。"①这两段话侧重点不同,前一段是讨论以"意"(主题、思想、情感)为中心,篇中各句所起的作用,也就是在不同的位置如何来表现、响应"意",这实际上是讨论了五种章法结构。而后一段话则是从章法的角度来讨论各起、承、结各联(句)的具体写法和原则。尤其是主张"首两句先须阔占地步"的观点值得注意,这就是古人常常强调的好起句的具体化,因为只有首两句开得好,"然后六句若有本之泉,源源而来矣。地步一狭,譬犹无根之潦,可立而竭也"。这是符合诗歌创作的实际的。

《木天禁语》在谈到诗歌篇法时说:"有以字论者,有以意论者;有以故事论者,有以血脉论者。"意思是就章法的分析而言,有从字或意来着眼的,有从故事或血脉来着眼的,这实际上归纳和总结了在章法研究上的四种基本类型,虽然并不全面,但是,从理论上对章法研究作这样的理论总结和归纳,这是以前的诗法研究者从来没有做过的。

而在具体的章法研究上,《木天禁语》是按体裁来进行的,有七言律诗篇法、五言长古篇法、七言长古篇法、五言短古篇法、七言短古篇法、乐府篇法、绝句篇法,可见此书就研究了这七种体裁的章法。奇怪的是,对于非常重要的五言律诗的篇法,此书却无研究,这使得此书在诗歌章法的研究上并不完整。尽管如此,就研究的范围而言,此书对诗歌章法研究的体裁种类之多,也是空前的。

《木天禁语》对上述七种体裁的诗歌的章法分别进行了研究,其体例是先分体论述然后举例,但重点在对七言律诗和绝句篇法的分析,对其他体裁的研究则较为简单。

在对七言律诗篇法的研究上,首先归纳论述道:"唐人李淑,有《诗苑》一书,今世罕传。所述篇法,止有六格,不能尽律诗之变态。今广为十三,櫽括无遗。犹六十四卦之重,不出八卦,八卦之生,不离奇偶,可谓

---

① 旧题杨载撰:《诗法家数》,张健:《元代诗法校考》,北京大学出版社,2001,第12页。

神矣。目曰屠龙绝艺。此法一泄,天造显然。"①这就是说,此书在前人李淑归纳总结的七言律诗六格篇法的基础上,将其扩充到十三种。这十三种篇法是:一字血脉、二字贯穿、三字栋梁、数字连序、中断、钩锁连环、顺流直下、双抛、单抛、内剥、外剥、前散、后散。并且"圈点成图于左,犹星在天,粲然可指而说也"。对于这十三种篇法,作者对选出的范例作品作了圈点成图处理,这也是此书所论七种体裁诗歌章法中唯一用圈点成图的方式而不用文字来说明的,让人可明大意,但仍然不甚明白其细节与奥妙。

对绝句的篇法则归纳出十种,即首句起、次句起、第三句起、扇对、问对、顺去、藏咏、中断别意、四句不联、借喻,并说:"右十法,绝句之篇法也。此最为紧,推此以往,思过半矣。"对每一种篇法或作简要说明,或举诗为例,如"问对"这一篇法,则云:"首句闲,次句说本题,第三句闲,结再说本题,应第二句,即《磨笄山诗》也。"有论有例。其他的许多则要么只有诗例,如顺去、藏咏、四句不联等,要么只有论而无诗例,如借喻,只有"借本题说他事,如咏妇人者,必借花为喻;咏花者,必借妇人为比"的话,而不举诗例。第三句起,只有"前二句皆闲,至第三句方咏本题",也不举例。

对于五言长古、七言长古、五言短古、七言短古这四种体裁,《木天禁语》的论述相对比较简单,但往往指出其写作要点。如论五言长古的写法,将其写法总结为分段、过脉、回照、赞叹四个基本的关键点,然后说:"凡作一篇,先分为几段几节,每节句数多少,要略均齐。首段是序子,序了,一篇之意,皆含在中。结段要照起段。且选诗分段,节数甚均,三句则皆三句,四句、六句、八句,则四、六、八句,并不参差。杜却不甚如此太拘,然亦不太长、不太短也。""次要过句,过句名为血脉,引过次段。过处用两句,一结上,一生下,为最难,非老手未易了也。""回照,谓十步一回

---

① 范德机:《木天禁语》,张健:《元代诗法校考》本,北京大学出版社,2001,第142—143页。

头,要照题目,五步一消息,要闲语。""赞叹,方不甚迫促。长篇怕杂乱,一意为一段。""以上四法,备《北征诗》,举一隅之道也。"①将五言长篇古体的章法总结为分段、过脉、回照、赞叹四个基本要点,这些要点虽然并不完全准确,但从方法论的角度来说,却有以简驭繁的作用,让初学者抓住主要问题。而且对每一个要点的具体写作要求也作了说明,指出要注意的问题和必须掌握的方法,虽不算高论,但也有较强的针对性。

又如论七言长古篇法,先提出分段、过段、突兀、字贯、赞叹、再起、归题、送尾八个要点,然后说:"分段如五言,过段亦如之,稍有异者。突兀万仞,则不用过句,陡顿便说他事。杜如此,岑参专尚此法,为一家数。字贯,前后重三叠四,用两三字贯串,极精神好诵,岑参所长。赞叹,如五言。再起,且如一篇三段,说了前事,再提起从头说去,谓反复有情,如《魏将军歌》《松子障歌》是也。归题,乃本末一二句缴上起句,又谓之顾首,如《蜀道难》《古别离》《洗兵马行》是也。送尾,则生一段余意结末,或反用,或比喻用,如《坠马歌》曰:'君不见嵇康养生被杀戮。'又曰:'如何不饮令人哀。'长篇有此,便不迫促,甚有从容意思。"②不仅指出了各要点的特点,而且还指出了具体作家所擅长之处及范例作品。

《木天禁语》对诗歌章法的研究虽然不能说有多深刻精到,但是,可操作性却是比较强的,其指导意义也比较突出。

旧题为范德机所作的《诗学禁脔》则是从内容和艺术手法的角度来谈诗歌的章法,共论述了颂中有讽格、美中有刺格、先问后答格、感今怀古格、一句造意格、两句立意格、物外寄意格、雅意咏物格、一字贯篇格、起联应照格、一意格、雄伟不常格、想象高唐格、抚景寓叹格、专叙己情格共十五格,其实也就是十五种诗歌的章法范式。据书后无名氏的跋云:"清江范德机,以诗名天下,编集唐人之诗,具为格式,若公输子之规矩,师旷之六律乎?无规矩,公输子之巧无所施;无六律,师旷之聪无所用。

---

① 范德机:《木天禁语》,张健:《元代诗法校考》,北京大学出版社,2001,第156—157页。
② 范德机:《木天禁语》,张健:《元代诗法校考》,北京大学出版社,2001,第157—160页。

学诗者得此编而详味之,庶几可造唐人之阃奥矣。"①这指出了此书的特点与编撰的目的。

此书的体例是在每一格之下先列出唐人范例作品,每一格只举一首为例,然后加以解说。解说则多从章法的角度着眼。例如"颂中有讽格",所举的诗例是韩偓《中秋禁直》:"星斗疏明禁漏残,紫泥封后独凭阑。露和玉屑金盘冷,月射珠光贝阙寒。天衬楼台笼苑外,风吹弦管下云端。长卿只解长门赋,未识君臣际会难。"然后解说道:"第一联上句言宫中之景,下句自叙玉堂夜直作诏,此时方毕。第二联言宫中之景,以应第一句。第三联序己之荣遇密迹,以应第二句。第四联言陈后废处长门宫,闻相如善赋,以千金与相如为赋,以讽天子,武帝悟,后得还位。起联归宿在此,以见今日之荣遇。长卿知其一而未知其二也,兼有讽意。"②一方面是解说了各句、各联的具体内容,另一方面也更重要的是,说明了各句、各联之间的关系,以此阐明了韩偓此诗在章法结构上的特点。再如"先问后答格",所举的诗例是刘长卿《三月三日泛舟》:"江南风景复如何?闻道新亭更可过。处处艺兰春浦绿,萋萋芳草远山多。壶觞须就陶彭泽,风俗犹传晋永和。更使轻桡随转去,微风落日水增波。"解说云:"初联上句言江南之烟景,是一篇之主意。'复何如'问之之词,'闻道'乃答之之词。次联应第一句烟景之态。三联应第二句。末联结上。欢乐无穷,烟景已晚,有俯仰兴怀之寓。"③这不仅说明了各联的内容,更阐述了各联之间的关系。指出"江南风景复如何"是全篇的主旨,然后各联从不同的角度来表现这一主旨。这就将全诗的章法结构解说得非常清楚了。

此书的可贵之处是所列诗歌章法结构的范式(格)不多,格名也多为原创,对具体的章法结构阐述得比较清楚明白,简明扼要,并且在见解上

---

① 范德机:《诗学禁脔》,张健:《元代诗法校考》,北京大学出版社,2001,第198页。
② 范德机:《诗学禁脔》,张健:《元代诗法校考》,北京大学出版社,2001,第185页。
③ 范德机:《诗学禁脔》,张健:《元代诗法校考》,北京大学出版社,2001,第187页。

也有一些独到之处。例如"一字贯穿格"对胡曾《思夫》的解释："初联'守'字贯篇。次联、颈联思夫之切,'守寂寥'之气象,泪之落,发之销,守之切,而情之至。落联抚时已迈,望车音之不至,与君臣会合之难,而臣之望其君之恩光,为何如也!"准确地抓到了初联第二句中的"守"字,认为此为贯穿全诗始终之魂,可谓别具只眼。但是,此书中也有某些格名来源于其他书中,如"一意格"之名,见于《杜陵律诗五十一格》中。另外,颂中有讽格、美中有刺格、感今怀古格、雄伟不常格、想象高唐格、抚景寓叹格、专叙己情格是从内容或风格来命名的,这些在诗中是常有的内容或风格,在名称上没有突出章法的特点,因此从严格的意义上来说,概括性不强,也很难真正成为章法上的独具一格。

旧题范德机门人集录的《总论》提出了诗歌章法的整体观是非常值得注意的。在具体的方法上,就是"先运起一个意思,却逐旋安排句法,如人造屋相似,胸中先定下绳墨间架,然后用工。""作诗先立题目,只就题目上说将去,不可攒东摸西,唤张叫李。今之学者,往往挤扯填凑,所以失之。"①认为首先是确立一个主题,然后围绕这个主题安排布局,形成间架结构,才能不致紊乱,否则就不是一个严密的整体了。

对于间架,也就是诗的章法结构,《总论》认为它是作诗中最重要的三要素(立意、体面、间架)之一:"(作诗)不先立意思,不知体面,不晓间架,若能于三者理会,则不消劳力刻苦,可以援笔而成。且如欲作一诗,先须立主意定夺,是何等题目,献贺体面是如何作,投赠体面是如何作,然后却立间架。起句合如何作,承句合如何作,中间合如何说,结句合如何说,胸中区处既定,则纵横运笔成章,自不离矣。"②"曰:'每欲作长篇,而语不能多,何也?'曰:'只是不知体面,不晓间架,而无铺叙之方也。大抵长篇要有开合,短篇要有收敛,知此则不患无多语矣。……大抵起句要广阔,包含天地,万象皆春;承句如鲸鱼破浪,有一击千里之势;中间造

① 旧题范德机门人集录:《总论》,张健:《元代诗法校考》,北京大学出版社,2001,第200页。
② 旧题范德机门人集录:《总论》,张健:《元代诗法校考》,北京大学出版社,2001,第213—214页。

语十余韵,只作一句意,如大海波涛,吞天沃日,使人望而惊畏;落句犹万钧之弩,穿金贯石,无复动摇,则不得为。若有一分动摇,则不是为断句矣。大约起欲其宏,结欲其尽,仍要篇中不泛滥,是韵要押是事,要皆使是语,皆言是事,方成好作。"①

所谓体面,就是体裁及其相应的表现方式。而"大抵长篇要有开合,短篇要有收敛"以及对起句、承句、中间造语、落句等的上述要求,就是体面的具体表现。

在这三要素中,立意无疑是灵魂,是贯穿全篇的脉,而体面及间架是诗的结构与表现方式。间架一乱,全诗不可救药。

那么,怎么才能做到间架不乱呢? 那就要意脉贯通。所以,"凡作诗,先须命意,意得然后行文,文成然后润色之。……慎勿以先得一句一联,而因之以成章,如此则意思不相属,血脉不贯串,此诗家之大病也"②。这个"意"就是诗歌的主题,也是作品的主线,即作品的血脉,如果血脉不贯通,意不连贯,就是诗家的大病了。对于意不连贯的问题,《总论》中有专门的论述。认为:"上下句不相照应,前面后面不相属续,血脉不通,首尾衡决,则有是病。且如苏子瞻《回文》诗:'潮随暗浪雪山倾,远浦渔舟钓月明。桥对寺门松径小,巷当泉眼石波清。迢迢绿树江天晓,蔼蔼红霞海日晴。遥望四山云接水,碧峰千点数鸿轻。'一诗中每联各言一件景物,且既言'钓明月',又言'江天晚',既言'江天晚',又言'海日晴',既有'潮',又有'暗浪''远浦''石波''泉眼''江天''接水',及'山倾''松径''四山''碧峰'许多字面,间架如此不齐,文面如此重叠,缘他只要作回文,故有此等意脉不贯,不合法度之病。"③苏轼的《回文》,即今回文体《题金山寺》,在《总论》看来,就是典型的"上下句不相照应,前面后面不相属续,血脉不通,首尾衡决",原因是"间架如此不齐,文面如此重

<hr>

① 旧题范德机门人集录:《总论》,张健:《元代诗法校考》,北京大学出版社,2001,第224—225页。
② 旧题范德机门人集录:《总论》,张健:《元代诗法校考》,北京大学出版社,2001,第214页。
③ 旧题范德机门人集录:《总论》,张健:《元代诗法校考》,北京大学出版社,2001,第204—205页。

叠"。显然,这是从批评的角度来立论的,强调的血脉贯通,意脉相连。

《总论》在论述章法时,虽也多有妄言,但以血脉贯穿为核心,以严密的间架为其外在形式的章法整体观无疑是很有价值的。

无名氏的《杂咏八体》分别论述了咏物体、咏题古迹体、送赠体、寄友体、谒见体、吊挽体、酬谢体七种主题的诗歌如何写作的问题,主要从内容与章法两方面着眼。如"题咏古迹体",首先说明此类诗在立意上"要有感慨风思",然后举许浑《凌歊台》诗为例:"宋祖凌歊乐未回,三千歌舞宿层台。湘潭云尽暮山出,巴蜀雪消春水来。行殿有基荒茅合,寝园无主野棠开。百年便作万年计,岩畔古碑空绿苔。"并作分析道:"起句见作台人,承句见作台之由,寓讽刺。颈联见四止体状,寓感慨。颔联见台下景物,寓兴发伤感。过、结寓讥嘲,以讽后人,此风诗也。"再如"送赠体",先说明此类诗在写作上"要见离别大义节概",然后举例李嘉祐《送朱中舍游江东》诗:"孤城郭外送王孙,越水吴洲共尔论。野寺山边斜有径,渔家竹里半开门。青枫独映摇前浦,白鹭闲飞过远村。若到西陵征战处,不堪秋草自伤魂。"并分析云:"起句要见别处,承句要见他所住处。颈联要见别地景物,以寓勿忘。颔联一句说我在此,对如此景物,寓愁意,一句见它所去清高脱洒。过结大要有关涉,非常人相期望之意也。"[1]解说分析中将起承转结与起、颔、颈、结相结合,将内容与章法相结合,多平常见解,无特别精彩之处。

由上可见,元人在起承转合之外,对章法的多样性研究也是比较充分的,研究的角度、提出的观点远比宋人丰富。

第六节　对赋比兴的研究

唐宋时期的诗论家讨论赋比兴往往比较简单,要么看重的是比兴后面的思想内容,要么只作简单的说明或牵强附会的类比,很少从诗法的

---

[1] 佚名:《杂咏八体》,张健:《元代诗法校考》,北京大学出版社,2001,第426页。

角度进行深入的探讨。元代则有不同,对赋比兴的探讨经常见于不同的著作中,而且有较深入的研究。

首先是视赋、比、兴为重要的诗法,需要向《诗经》学习赋比兴的运用。《诗法家数》之"诗学正源"云:"《诗》之六义,而实则三体。风、雅、颂者,诗之体;赋、比、兴者,诗之法。故赋、比、兴者,又所以制作乎风、雅、颂者也。"这就从诗法的角度肯定了赋比兴的性质。这个说法来源于朱熹。朱熹说:"《诗》有六义焉:一曰风、二曰赋、三曰比、四曰兴、五曰雅、六曰颂。此一条乃《三百篇》之纲领管辖。风、雅、颂者,声乐部分之名也。风则十五国风、雅则大小雅、颂则三颂也。赋、比、兴则所以制作风、雅、颂之体也。赋者直陈其事,如《葛覃》《卷耳》之类是也。比者以彼状此,如《螽斯》《绿衣》之类是也。兴者托物兴词,如《关雎》《兔罝》之类是也。盖众作虽多,而其声音之节,制作之体,不外乎此。"值得注意的是,这里直接将朱熹所说的"赋、比、兴则所以制作风、雅、颂之体"径直改为制作风、雅、颂的诗之法。同时又认为:"凡诗中有赋起,有比起,有兴起,然风之中有赋、比、兴,雅、颂之中亦有赋、比、兴,此诗学之正源,法度之准则。凡有所作,而能备尽其义,则古人不难到矣。若直赋其事,而无优游不迫之趣,沉着痛快之功,首尾率直而已,夫何取焉?"[1]认为在赋、比、兴的运用上,《诗经》是祖师,"欲识赋比兴之体者,当于《三百篇》求之"[2]。从这些言论可以看出,元人重视赋比兴,而赋比兴作为诗法,其源头又在《诗经》。要充分运用好赋比兴,就要重视《诗经》,向《诗经》学习。这个说法虽然来源于朱熹但作了更为明确的强调。

其次,最重要的是将赋、比、兴的分析与诗歌的章法、句法、内容等的分析结合在一起,强调其运用。这可以说是元代诗法研究中的普遍现象,其运用的普遍性远远超过任何时代。这就意味着元代对唐诗及汉魏古诗等一般诗歌作法的研究,用的是朱熹对《诗经》的研究方法。这是元

---

① 旧题杨载撰:《诗法家数》,张健:《元代诗法校考》,北京大学出版社,2001,第15页。
② 旧题范德机门人集录:《吟法玄微》,张健:《元代诗法校考》,北京大学出版社,2001,第270页。

代诗法研究中一个突出的现象和特点。

《诗法源流》说："以一诗全首论之，须要有赋、有比、有兴，或兴兼比尤妙。"[1]也就是说，赋、比、兴作为诗歌创作的艺术手法，是必不可少的。正因为如此，所以，元人在分析诗歌艺术时，往往就将赋、比、兴与其他诗法的分析联系在一起。[2] 例如《诗法源流》在分析范梈《和邓善之》一诗时说："此以兴为合者也。"分析虞集《三凤行赠海东之还江南》诗则云："此以比兴为转者也。"分析杨载《寄友人》诗则说："此以兴为承、赋为转者也。"评揭傒斯《赠徐云章》诗说："此以比兴为起者也。"然后总结说："以上四先生，当今诗人，故举其四诗为凡例。其他或有通首皆赋而无比兴者，在《风》《雅》《颂》亦有其例，但更难作耳。"起承转合为元代新说，在这里将赋比兴与起承转合之说结合起来，一一点出其运用之处。特别值得注意的是，通首只有赋而无比兴的，写作起来更为困难，由此可见，比兴对于诗歌创作的重要性。

《吟法玄微》则云："诗要赋比兴，或兴而兼比，或比而兼兴。"指出赋比兴的重要性，具体如何运用呢？"《三百篇》多以兴比重复置之章首，唐诗多以比兴就作景联，古诗则比兴或在起处，或在合处，或在转处。""作诗之法，随其笔意所至，当赋则赋，当比则比。古诗兴多而赋少，律诗则比兴少而赋多。况律诗言景物，虽有似兴而实赋者，亦有似比而实兴者，亦有比而兼兴，兴而兼比者，皆非出于安排布置也。"[3]也就是说，赋比兴的运用，就像其他诗法一样，关键是"随其笔意所至，当赋则赋，当比则比"，没有一定之规。

虽然赋比兴的运用没有一定之规，但也却有一定之法。《吟法玄微》就说道："诗之有兴，是先即所见之物而引起所言之事耳。故《国风》《二

① 旧题傅与砺述范德机意：《诗法源流》，张健：《元代诗法校考》，北京大学出版社，2001，第244页。
② 这种情况在宋人吴沆的《环溪诗话》中就已有所体现，只不过在宋代是个别现象。
③ 旧题范德机门人集录：《吟法玄微》，张健：《元代诗法校考》，北京大学出版社，2001，第267—268页。

雅》每以兴起,而无以兴结者也。范先生诗,结句亦以七闽之景终之耳,岂谓以兴结哉?《三凤行》既以三凤比东之兄弟,自'匡庐之山'以下,欲其观山成德,此正赋也,而岂以兴为转承也?杨先生正借洞庭以为赠,非以兴为转承也。揭先生诗,兴而兼比,兴而有似兼比者也。古诗之中,多有专于赋而无兴者,然赋之感人者浅,比兴之感人为深。如古诗乐府之'枯桑知天风,海水知天寒'、《佳人》之'在山泉水清,出山泉水浊'。于赋之中忽有此兴,使人诵之有余味,上下不必相属,意义不必可解,而自然动人。后之作者鲜能及此矣。"①这段话的内涵非常丰富,显然是针对《诗法源流》的。一方面解释了兴的基本含义,指出了兴正确的运用方法是只能用于起,而不能用于转、承、结。另一方面又指出,在感染力上,"赋之感人者浅,比兴之感人为深",认为赋的感染力不如比兴,因此,专用赋而不用比兴是不妥的。比兴"使人诵之有余味",即使上下不相属,意义不可解,同样可以做到"自然动人"!这一段话论赋比兴,特别是比较赋与比兴的艺术感染力,虽然并不全面,但确是新见。自汉代以来,言赋比兴者多矣,似无一人有此看法,因此可以说是一大创见。

第七节 关于各种诗体、各种题材作法及格法的研究

诗歌有各种体裁,各种题材,因此就有各自的特点,如何创作出优秀的作品,就要研究各种体裁、各种题材的作法。

在元代,按体裁分类、按题材分类或按作家分类来探讨其作法,这在元代是相当普遍的事。

一、《诗法家数》论各体作法

《诗法家数》在研究律诗章法时,提出了起承转合的说法,这在前面

① 旧题范德机门人集录:《吟法玄微》,张健:《元代诗法校考》,北京大学出版社,2001,第270页。

我们已作了论述。而在章法之外的其他方面,也有许多论述。

《诗法家数》在前面首先提出了"诗学正源"和"作诗准则"。所谓"诗学正源",就是提出要向《诗经》学习,认为:"《诗》之六义,而实则三体。风、雅、颂者,诗之体;赋、比、兴者,诗之法。故赋、比、兴者,又所以制作乎风、雅、颂者也。凡诗中有赋起,有比起,有兴起,然《风》之中有赋、比、兴,《雅》《颂》之中亦有赋、比、兴,此诗学之正源,法度之准则。凡有所作,而能备尽其义,则古人不难至矣。若直赋其事,而无优游不迫之趣,沉着痛快之功,首尾率直而已,夫何取焉?"①这就从体与法两个方面来追溯《诗经》在体制与诗法上的首创之功及其巨大的艺术功能,确认其诗学正源的历史地位。而"作诗准则"则从立意、炼句、琢对、写景、写意、书事、用事、押韵、下字九个方面确定了各自需要注意的原则与方法。在此之后,才分别按题材论述了律诗要法、古诗要法、绝句三种体裁,按题材研究了荣遇、讽谏、登临、征行、赠别、咏物、赞美、赓和、哭挽九种题材诗歌的写法。由此可见,《诗法家数》实际上是综合论述了体裁与题材两类的作法。

(一) 论各体的作法

《诗法家数》研究了律诗、古诗、绝句三种体裁诗歌的作法。

"律诗要法"首先讨论了律诗的章法结构上起承转合的特点之后,进而就讨论七言律诗和五言律诗的一般写作要求,认为七言律诗的写作,要注意声响、雄浑、铿锵、伟健、高远五个方面的问题,五言律诗则要注意沉静、深远、细嫩三个方面的问题,但并不作具体的阐述。除了讨论其章法结构之外,重点是字眼的安排、设置。认为:"诗句中有字眼,两眼者妙,三眼者非。且二联用连绵字,不可一般。中腰虚活字,亦须回避。五言字眼多在第三,或第二字,或第四字,或第五字。"这个说法显然综合了前人关于字眼的各种说法,提出了几个观点。第一,诗句中有字眼,并不

---

① 旧题杨载撰:《诗法家数》,张健:《元代诗法校考》,北京大学出版社,2001,第15页。

是越多越好,而有一定的度,以两眼为最好。第二,中二联用连绵字作字眼时,要避免流于一般化。第三,诗句中腰应力避用虚活字作诗眼。四、五言诗的字眼多在二、三、四、五字上,各种位置都有。在这一基础上,再举例说明五七言律诗在句中各位置安排设置句眼的情况。最后总结道:"七言律难于五言律,七言下字较粗实,五言下字较细嫩。七言若可截作五言,便不成诗,须字字去不得方是。所以句要藏字,字要藏意,如联珠不断,方妙。"

《诗法家数》对律诗作法研究的重点在章法与字法,章法的研究在起承转合,字法的研究重点在字眼的安排设置。不作过多的理论阐释,而重在具体的方法,因此,指导性很强。

在"古诗要法"中,则对五言古诗、七言古诗的作法分别进行了研究。先对这两种诗体写作的总体要求作了概括,认为:"凡作古诗,体格、句法俱要苍古,且先立大意,铺叙既定,然后下笔,则文脉贯通,意无断续,整然可观。"这有两个要点,一是体格、句法要苍古,有古味。二是要先立大意。这两者中,前者确实是古体诗独有的,而后者可适用于所有诗歌。

具体而言,五言古诗的写法是:"或兴起,或比起,或赋起。须要寓意深远,托词温厚,反复优游,雍容不迫。或感古怀今,或怀人伤己,或潇洒闲适。写景要雅淡,推人心之至情,写感慨之微意,悲欢含蓄而不伤,美刺婉曲而不露,要有《三百篇》之遗意方是。观魏汉古诗,蔼然有感动人处,如《古诗十九首》,皆当熟读玩味,自见其趣。"而七言古诗的写法是:"要铺叙,要有开合,有风度,要迢递险怪,雄俊铿锵,忌庸俗软腐。须是波澜开合,如江海之波,一波未平,一波复起。又如兵家之阵,方以为正,又复为奇,方以为奇,忽复是正。出入变化,不可纪极。备此法者,惟李、杜也。开合粲然,音韵铿锵,法度森然,神思悠然,学问充然,议论超然。"可以看出,在《诗法家数》看来,五言古诗与七言古诗在写法上是有巨大区别的:五言古诗以《诗经》《古诗十九首》为法,追求的是寓意深远,含蓄典雅,优游不迫,如人中之温润如玉的谦谦君子。而七言古诗在写法上则以李白、杜甫为法,追求的是开合变化,奇正相生,如人中之富于权变的兵家。这个说法虽不全面,也不完全准确,但确实抓住了五七言古体诗在写作上的主要特点。

至于绝句,其写法上的要求是:"要婉曲回环,删芜就简,句绝而意不绝,多以第三句为主,而第四句发之。有实接,有虚接,承接之间,开与合相关,反与正相依,顺与逆相应,一呼一吸,宫商自谐。大抵起承二句固难,然不过平直叙起为佳,从容承之为是。至如宛转变化工夫,全在第三句,若于此转变得好,则第四句如顺流之舟矣。"这段话抓住了绝句的两个最主要的特点,一是审美上讲究含蓄有余味,句绝而意不绝。这确是大多数绝句,尤其是七言绝句所具有的特点,也就是清人沈德潜所说的,七言绝句"以语近情遥,含吐不露为贵"。二是章法的安排上,第三句具有特殊的作用,是一篇重点所在,它承担一首诗中转的功能,"宛转变化工夫,全在第三句"的话,准确地揭示了绝句中第三句的重要性。宋人姜夔在《白石道人诗说》中有"一篇全在尾句"的话,但并非完全针对绝句而言。《诗法家数》关于绝句作法的论述在继承了姜夔说法的基础上又有了新的拓展。①

(二)论各题材的作法

《诗法家数》讨论了九种题材的诗歌作法,既然是按题材来讨论,那么,同一种题材,就可能用多种体裁来写作,不可能多种体裁写同一种题材时会采取一样的写法。从它所论述的内容来看,除荣遇、讽谏、哭挽三类看不出是律诗外,其他几类因为多从各联来论述,从章法着眼,所以所论多是律诗。

---

① 清人潘德舆《养一斋诗话》卷三云:"杨仲弘论七言绝句,以第三句为主,而第四句发之。""沈确士谓'盛唐人多与此合'。此皆臆说也。绝句四语耳,自当一气直下,兜裹完密。三句为主,四句发之,岂首二句便成无用邪?此徒爱晚唐小巧议论,止在末二句动人,而于盛唐大家元气浑沦之作,未曾究心,始有此等曲说。确士转韵'盛唐多与此合',既不识盛唐,而七绝之体,亦将由此而破矣。"此说虽新,有针对性,但也不无偏颇。

不管是哪一类诗的写作,《诗法家数》最突出的是诗的立意,其次是章法结构。如关于"登临"类的写作:"登临之诗,不过感今怀古,写景叹时,思国怀乡,潇洒游适,或讥刺归美,有一定之法律也。中间宜写四面所见山川之景,庶几移不动。第一联指所题之处,宜叙说起。第二联合用景物实说。第三联合说人事,或感叹古今,或议论,却不可用硬事。或前联先说事感叹,则此联写景亦可,但不可两联相同。第四联就题生意发感叹,缴前二句,或说何时再来。"前面归纳一般写登临题材的作品的五种基本主题或立意,然后指出各联在内容上的侧重点,从章法结构上提出要注意的问题或应当运用的正确方法。值得注意的是,特别提醒了第三联不可用硬事,第三联与第二联要有变化,不可两联相同。这就非常详细具体,具有可操作性。

再如关于"赠别"类诗的写作:"赠别之诗,当写不忍之情,方见襟怀之厚。然亦有数等,如别征戍,则写死别,而勉之努力效忠;送人远游,则写不忍别,而勉之及时早回;送人仕宦,则写喜别,而勉之忧国恤民,或诉己穷居而望其荐拔,如杜公'唯待吹嘘送上天'之说是也。其余当量亲疏之分,而写厚薄之情,随题命意可也。凡送人,多托酒以将意,写一时之景以兴怀,寓相勉之词以致意。第一联叙题意起。第二联合说人事,或叙别,或议论,或写景。第三联合说景,或带思慕之情,或言所居地里山川景物人才之盛,或说事。第四联或说何时再会,或嘱咐,或期望。于中二联,或倒乱前说亦可,但不可重复,须要次第。末句要有规警,意味渊永为佳。"赠别是中国古代诗歌中最常见的题材,对于这一类诗歌的写法,首先归纳出各类送别诗应当怎样立意,然后阐述各联的写法,也特别强调了中二联不可重复,同时也强调了末句以"要有规警,意味渊永为佳"。也许《诗法家数》的作者明确意识到了赠别诗是古代最常用的题材,所以,对于这一类诗的作法的论述是最详细、最具体的,它不仅归纳了一般的原则,也分析了送别的各类情况及各联可以采取的各类写法,有的甚至给出了四种可以采取的方案,极富指导意义。

由此可见,《诗法家数》不重高深的说理,也不追求玄妙的理论色彩,而着重在诗法的实用、具体与可操作性。既有总体的写作要求,又有从体裁与题材这两方面所作的关于各种模式的具体归纳与总结,这是此书在诗法研究上的突出特色。

二、《诗解》《杜陵诗律五十一格》以格法析杜诗

《诗解》与《杜陵诗律五十一格》两书之间有密切的联系,后者是在前者的基础上扩充而成,可以说是前者的扩充版。而这两书又都来源于宋代林越的《少陵诗格》。因此,把它们放在元代来论述,稍有不妥。但因为《少陵诗格》已佚,并且《诗解》又对《少陵诗格》有所扩充,因此,放在这里来论述,又未尝不可。

这两部诗法著作的特点有两个突出的特点:一是以杜甫诗歌为研究对象,二是从不同的角度,特别是从章法的角度从杜诗中总结出各种写法的套式(格、格法)。

《诗解》主要分析了杜甫的《秋兴》八首、《诸将》五首等 43 首诗,一诗一格,共 37 格,即立接项格、交股格、纤腰格、双蹄格、续腰格、首尾互换格、首尾相问格、单蹄格、归题格、结上生下格、歇续意格、前多后少格、前开后合格、出字应格、问答格、开合格、叠字格、句应句格、叙事一意格、中联牙锁格、兴兼比格、兴兼赋格、结上生下体而起结微异格、拗句格、节节生意格、抑扬格、此格与上正而变同格而特结异格、比兴格、联珠变格、归题格、一意格、两重格、变字格、前实后虚格、藏头格、先体后用格、双字起结。这 43 首诗,其中 6 首无格名。① 按此书体例,应当是有格名的,但未见,这有点奇怪。

这 37 格,或从章法,或从修辞,或从用字,或从声律,或从命意等,角

---

① 旧题吴成、邹遂、王恭撰,或题杨载注:《诗解》,张健:《元代诗法校考》,北京大学出版社,2001。

度不同,但都是希望从杜诗中找到其写法上的内在规律,以此确立各种套路或套式,用来指导后学。

《杜陵诗律五十一格》所立的51格(实为49格)是:接项格、交股格、纤腰格、续腰格、首尾互答格、首尾相同格、单蹄格、双蹄格、归蹄格、归题变格、撰题格、掇题格、歇续格、问答格、开合格、期必格、抑扬格、多少格、今昔格、出字应格、叠字格、双字格、四对格、八实格、对起格、对联格、散起格、散结格、一意格、两重格、节节生意格、结上生下格、兴兼比格、兴兼赋格、兴赋兼比格、藏头格、显头格、句联分应格、中联牙锁格、联珠格、三骈格、分字起应格、前三对格、后三对格、先事后景格、体用浑成格、拗句格、拗字格、拗粘格。将这51格与《诗解》的37格相比,虽然大多数格名相同或相似,所举的杜诗例子也一样,但数量上有不少增加,增加了一些新的格名,如三骈格、显头格、前三对格、后三对格、先事后景格、体用浑成格、拗字格、拗粘格等。

《杜陵诗律五十一格》与《诗解》有明显的继承关系,它们的存世,有助于我们了解宋代林越的《少陵诗格》的基本情况。这两部诗法著作中的每一格,孤立起来看,似乎可以成为一格,但是,无论是37格还是51格,从数量上来说,过多过繁,概括性不够,覆盖面不广,可操作性不强,没有太大的实用价值。如果杜诗一诗就有一格,那么,杜诗有一千余首,岂不有一千余格?所以,这两书中所立之格,单独看似乎没有太大的问题,但总体来看,问题就比较严重了,显得繁琐不堪,滑稽可笑。

三、《唐宋千家联珠诗格》以格法研究唐宋七言绝句

《唐宋千家联珠诗格》由宋末元初的于济、蔡正孙编著。此书原是于济所编的《联珠诗格》,只有三卷。于济原序云:"客有难余者曰:'诗,天趣也,可以格而求之乎?' 余应之曰:'工书者,字有格;摛词者,文有格。诗岂可以无格哉?苟得已成之法度而习之,是不难。'盖尝病时人采诗,

混杂无统,观者不识其有格。暇日拈出绝句中字眼合格者,类聚而群分之。纲举目张,有条不紊。书成,以所集三卷质之蒙斋翁。翁是之,乃复益其所未备者而备焉,且命其子弥高传诸梓,锡之以'联珠'之嘉名。"①于济之所以编纂《联珠诗格》,是相信诗可学,而可学的依据是诗有法,诗之所以有法,是因为书有书法(格),文有文法(格),诗自然也有法(格)。基于这样的认识,他便"暇日拈出绝句中字眼合格者,类聚而群分之",便成就了此书。此序中说到的蒙斋翁,就是蔡正孙。由此序也可见蔡对于书作了扩充。对此,蔡正孙在此书序中也作了说明:"正孙自《诗林广记》《陶苏诗话》二编杀青之后,湖海吟社诸公辱不鄙而下问者盖众。不虞之誉,吾方惧焉。一日,番易于默斋递所选《联珠诗格》之卷来书抵予,曰:'此为童习者设也,使其机栝既通,无往不可,亦学诗之活法欤? 盍为我传之?'噫! 吾老矣,且愿学焉,岂特童子云乎哉? 阅之终编,讽咏数四,得以见其用功之劳,而用心之仁也。然犹惜其杂而未伦,略而未详也,于是逆其志而博采焉。故凡诗家一字一意可以入格者,靡不具载,择其尤者,凡百类,千有余篇,附以评释,增为二十卷。"②从蔡序可以看出,一方面他是充分认可于济《联珠诗格》的做法,另一方面又认为于著存在不足,需要进一步完善。正因为如此,所以,他将于著的三卷扩充为二十卷,诗格名称与所选作品也相应大幅增加。由此也可见,现存《唐宋千家联珠诗格》是于济与蔡正孙合著之作。

据蔡序,《唐宋千家联珠诗格》成于大德四年,即序中所说的庚子(1300)春三月,因此,将此书视为元代著作是毫无疑问的。

此书将七言绝句的作法归纳为340余格,选诗1000余首以作例证,以供学诗者模仿学习,依样画葫芦。

此书的主体是从字词的运用上寻找规律,通过寻找唐宋时期七言绝

---

① 于济、蔡正孙:《唐宋千家联珠诗格》附文,卞东波:《唐宋千家联珠诗格校证》,凤凰出版社,2007,第52页。本书所引《唐宋千家联珠诗格》均出于此本。

② 于济、蔡正孙:《唐宋千家联珠诗格》附文,卞东波:《唐宋千家联珠诗格校证》,凤凰出版社,2007,第50页。

句重复运用的关键或常用字词,总结出七言绝句的写法。这方面的内容,即从第四卷到第十九卷,连同卷二十的"用至今字格""用'前身'字格",共达十六卷之多,共 290 格。如用"只今"字格、用"如今"字格、用"莫嫌"字格、用"莫道"字格等,其中的"只今""如今""莫嫌""莫道"就是前人七言绝句中重复运用的关键或常用字词。每格之下举数首诗为例。如卷五的用"莫嫌"字格,举了贾岛的《斑竹枝》、张栻的《春日》、周南峰《读诗》、张安国《谢惠紫石砚》。这四首诗中的"莫嫌"一词均出现在诗中的第三句的开头。如贾岛的《斑竹枝》:"拣得林中最细枝,结根石上长身迟。莫嫌滴沥红斑少,恰似湘妃泪尽时。"可见,这一格是兼指确定的字词运用与一定的位置而言的。如果同一字词出现在其他位置,那么,就另立一格。如同样是运用"莫嫌"一词,则在用"莫嫌"字格之外,另立一格,名为用"莫嫌"字又格。这一格的"莫嫌"一词出现在第三句的第三、第四字上而不是第三句的开头。所举的诗例共两首,即王月山《湖上》、周月庭《秋夜》。如王月山《湖上》:"水边开到木芙蓉,夺取荷花十里红。野蓼莫嫌颜色浅,情知一样是秋风。"大概是同样的字词,哪一位置出现的数量多,更为频繁,则排在前面,数量较少,频次较低的则以又一格的名义排在后面。这样,前面一格是正格,后面一格是变格。

除了从关键或常用字词来归纳总结之外,还有从叠字(重复用字)的运用来入手的。卷二至卷三共有 12 格是从叠字运用来设格的,如四句叠字相贯格、前三句叠字相贯格、前二句叠字相贯格、中二句叠字相贯格、后三句叠字相贯格、后二句叠字相贯格等。这些都是全诗四句或三句或二句用叠字的格式。如所举张载《芭蕉》:"芭蕉心尽展新枝,新卷新心暗已随。愿学新心养新德,旋随新叶起新知。"此诗中"新"字在四句中均有运用,所以是四句叠字相贯格。其他的可依此类推。

除了从字词的运用入手外,还有从对仗来总结的。卷一、卷二列有四句全对格、起联平侧对格、起联协韵对格、起联叠字对格、起联即景对格、起联数目字对格、起联人事对格等 12 格。这涉及对仗数量的多少、所在的位置、对仗的方式等。

此外还有从修辞手法来归纳的,如卷一的起联以人喻物格,卷二的后联以物比人格、后联以物比物格等。还有从内容来总结的,如卷二十的用时人姓名格、自述名号格、用地名格、用纪岁月格等。也有从句式入手的,如卷三的四句设问格、前二句问答格、后二句问答格等。

可见,此书的核心是通过关键或常用字词的运用来总结归纳七言绝句的作法,同时兼及对仗及内容等。而在归纳总结关键或常用字词的运用的同时,又兼顾字词所在的位置。这样的归纳总结方式是比较新颖而富有创意的。对于初学者来说,这样的方式如同书法中的字帖,直观易懂,易于操作,具有很强的指导意义。在此之前,虽然偶有出现,但如此大规模的归纳总结,此书堪称第一。也许正因为如此,当于济带着三卷本的《联珠诗格》去拜见蔡正孙时,蔡立即被吸引,并在于济书的基础上加以扩充。在七言绝句作法的研究上,此前虽有洪迈的《万首唐人绝句》,但洪作只是绝句总集,而无具体全面的作法阐释,可谓有诗而无论。也有周弼的《三体唐诗》,有诗有论,但周只将绝句作为三体之一,而未尽全力。此书的可贵之处是集中归纳总结七言绝句的作法而不及其他,归纳出 340 余格,数量之多,可谓空前。其详细周全,就单体诗的作法研究而言,旷古所无,可谓七言绝句作法研究的集大成之作,对后世产生了重要影响。

《唐宋千家联珠诗格》角度新颖,详细周全,但是,因为所列式达 340 余格,细则细矣,全则全矣,但也失之于琐碎。纵观全书,我们可以发现,它是以字词、对仗、修辞、内容为经,以所安排的位置为纬来考察归纳的,只要位置有变动,就马上另设一格。例如卷三的第一句叠字格、第二句叠字格、第三句叠字格、第四句叠字格,四格可合为一格,只需简单说明,并举诗例为证即可。书中经常出现的所谓又 ·格,往往是位置变动所致,多数也可合并处理。有的并无立格的必要,因为所用字词并不典型,也不是关键字词。例如卷四的用"落"字格,从所举的诗例,如赵竹居《松下》诗中的“吟髭捻断不知去，满面松花落晚风”，赵葵《江行》诗中“风卷芦花漫雪浪，夜深鼓棹落汀州”等可见，其中的“落”字都不是关键字词，不具有代表性或典型性。因此设立一格以作诗法，大可商榷。书中这种可有可无的格，不在少数。作适当的合并或撤销，当可大大减少格数，使全书更显简洁准确。

四、《诗宗正法眼藏》对杜甫若干诗法的研究

《诗宗正法眼藏》，旧题曼硕（傒斯）撰。此书有两个突出的特点：一是在序中指出了学习诗法的取向，二是以杜诗为例具体阐述了一些诗法。

此书的序开宗明义，指出：“学诗宜以唐人为宗，而其法寓诸律。心神节制，字数经纬，小能使大，大使能小，远能使近，近能使远，下抗高抑，变化无穷，龙合成章，斤运成风，谓之玄妙玄通，何可以匆匆求之乎？我法如是，有谓不必然者，卿用卿法。然诗至唐方可学，欲学诗，且须宗唐诸名家，诸名家又当以杜为正宗。盖上一等是六朝，陶、谢为高，陶意语自成，谢势气传运，皆未易学。又上则建安、黄初诸人，其才掞出，一笔写成，岳运培塿，海露岸角，高处极高，浅处极浅，亦时近古，古风未漓，宜尔也。”①此书认为应当以唐人为学习的榜样，尤其应当向杜诗学习。再往上的陶渊明、谢灵运，不易学；再往上的建安、黄初诸人虽有古风，也是值得关注的，但也存在一定的问题，也不宜学。至于《选》诗，“当时拟作，必各有所属，今泛而曰《选》体，吾不识何谓也”。也就是说，《选》诗本身许多就是拟作，学习的是前人，所以也没有什么可学的。要学的是杜诗，因为有其特殊的魅力，正因为如此，于是“今于杜集中取其铺叙正、波澜阔、用意深、琢句雅、使事当、下字切五七言律十五首，学者不可草草看过。

---

① 旧题曼硕（傒斯）撰：《诗宗正法眼藏》，张健：《元代诗法校考》，北京大学出版社，2001，第325—326页。本书所引《诗宗正法眼藏》原文均出于此本。

如此去看古人诗,胸中所阅义理既多,则知近世诗格卑气弱,莫能逃矣"。可见,此书写作的一个重要目的就是要确立正确的学诗对象,而唐诗,尤其是杜诗,最应该学习。这里有一个值得注意的倾向,就是它没有像一般人那样,强调入门须正,要"以汉、魏、晋、盛唐为师",而主要是以唐人,特别是杜诗为学习的榜样。这是比较务实的态度。

本书的主要内容正如序中所云是"于杜集中取其铺叙正、波澜阔、用意深、琢句雅、使事当、下字切五七言律十五首"作为榜样,选了《收京》三首、《喜达行在所》三首、《归梦》、《过斛斯校书庄》二首、《咏怀古迹》五首、《愁》。这十五首诗,除《咏怀古迹》五首外,其他诗是一般的选本选得较少或一般的诗法学著作称引不多的,从选诗的角度来看,作者显然有避熟就新的意图。而在选诗的同时,又对每首诗都有评论,多为作者自评,也选录他人的一些评论,从诗法的角度揭示其特点,以教育启示后学。例如所选杜甫《收京》三首之一:"仙仗离丹极,妖星照玉除。须为下殿走,不可好楼居。暂屈汾阳驾,聊飞燕将书。依然七庙略,更与万方初。"评曰:"(仙仗离丹极,妖星照玉除)此十字说一场世乱,天时人事之骇异,有过此乎?字既停当,语尤涵粹,比'渔阳鼙鼓动地来'之句,霄汉悬隔。""(须为下殿走,不可好楼居)语带前咏。'下殿走''好楼居',使事停当。'须为''不可'四字紧严,又包得兴兵割爱之意。""(暂屈汾阳驾,聊飞燕将书)汾阳,帝驾可久屈乎?故下一'暂'字。燕将之书,未能必于感动,聊复尔耳。此二字下得有味。""(依然七庙略,更与万方初)祖宗之庙谟已坏,然不敢言,称依然焉。其更也,人皆仰之,则日月已食。'更与万方知',当时宇宙再造之怀可知。"[1]从这首诗的评论中,我们可以看出此书评论上的基本特色,即它虽然有对诗意的探寻,但更多的是对诗法艺术的发掘。而在对诗法的发掘上,这首诗涉及用字、用事等。其他十四诗的评论,也大多如此。

---

[1] 旧题曼硕(偰斯)撰:《诗宗正法眼藏》,张健:《元代诗法校考》,北京大学出版社,2001,第326页。

　　而在所选的十五首诗中,《咏怀古迹》五首有格名,其他十一首却没有,究其原因,是因为这五首是从《诗解》中来,格名与评论也是照录《诗解》。而诗选评之后的内容全录《诗法家数》,可见此书也是拼凑而成,并非严肃之作。尽管如此,它所提倡的向唐诗学习的观点及对杜诗的一些评论,也是有一定意义的。

　　元代诗法学研究承宋而来,对宋人虽多有继承,但创新之功仍然不可抹杀。它的许多观点和做法,为明代时期的诗法学研究提供了有益的启示,它在整个中国古代诗法学史上是占有特殊的地位的,因此,万不可因其著作多伪而藐视其灼见,不可因其浅俗而忽略其真知。

第五章　在反宋复古中推进的明代诗法学

明代的诗法学承元而来,与宋元时期的诗法学相比,又有了新的发展,呈现出新的特点。

第一节　对诗法的定义、作用、特点等的认识

明人对诗法的定义、作用、特点的认识,已较前人更进一步。

首先是关于诗法的地位问题,明人可以说进一步认识到了诗法在诗歌创作中的重要性。谢肇淛《小草斋诗话》卷一云:"诗以法度为主,入门不差,此是第一义也。"这一说法类似于宋人"诗,法度之言",这算是对宋代主张诗歌以诗法为本体特征的思想的异代回应。同时,谢肇淛的这一说法还加上了关于学习诗法的正确路径的问题,并将其放在第一位,这就将诗的特性与诗法学习结合在一起了,比单纯地强调某一方面内容更为丰富。

关于诗法中章法、句法、字法之间的区别,王世贞说得很清楚:"首尾开阖,繁简奇正,各极其度,篇法也。抑扬顿挫,长短节奏,各极其致,句法也。点掇关键,金石绮彩,各极其造,字法也。"(《艺苑卮言》卷一)自宋代以来,谈诗法者无数,尤其是在宋代,"句法"已成为人们的口头禅,但对于什么是章法、什么是句法、什么是字法,往往语焉不详。而王世贞在这里对这三个问题作了明确的界定。章(篇)法就是"首尾开阖,繁简奇正,各极其度",它有几个基本的内容:一是如何开头结尾;二是如何开,如何合;三是哪些部分应当详细,哪些部分应当简略;四是哪里正面写、实写,哪里侧面写、虚写等。这些问题都是从诗的整体来考虑的,因

此称之为篇(章)法。而句法就是指句子的"抑扬顿挫,长短节奏",即句子的声调、字数的多少、节奏的安排等。字法则是"点掇关键,金石绮彩",显然指关键字的运用、字面的色彩等。这样的定义虽然还不是非常清晰,但是,他毕竟是首次在篇法、句法、字法的比较中,初步明确了各自不同的含义,这对于诗法研究来说,是非常重要的。

对于章法、句法、字法之间的关系,也是过去很少有人论述的。王世贞则说:"篇法之妙,有不见句法者;句法之妙,有不见字法者。此是法极无迹,人能之至,境与天会,未易求也。"(《艺苑卮言》卷一)好的篇法中,有时是看不见句法的妙处的;同时,好的句法中,有时是看不见字法的妙处的。这实际上暗含着一种逻辑,那就是篇法比句法重要,句法比字法重要。只要篇法好了,句法可以不必费太多精力;句法好了,字法也不必需要太多注意。王世贞将这种状态称之为"法极无迹,人能之至,境与天会",是诗歌艺术创作中可遇不可求的状态。冯复京继承了王世贞的说法,但又有推进。他说:"章法之妙,不见句法,句法之妙,不见字法。镜花水月,兴象玲珑,其神化所至邪! 以汉诸乐府较之,如《相逢行》《陌上桑》,虽自然工妙,微有蹊径可寻。终未若《十九首》灵和独禀,神有无方也。"(《说诗补遗》卷二)冯复京认为,《古诗十九首》就是章法、句法、字法这三者关系处理得最好的作品,可以称之为神品,其原因就是自然工妙,无蹊径可寻。在诗法学史上,关于篇法、句法、字法三者之间的关系,很少有详细具体的论述,明人则提出了他们的看法。这些论述虽然不是非常详细清晰,但毕竟是初步涉及了这一问题,因此也是值得肯定的。

关于诗法的作用,有两种非常对立的意见。一种是肯定诗法的作用,这应该是比较普遍的一种意见,不然,就不可能有明代那么多的诗法研究者。而且就是从否定诗法的人来说,也并不是完全否定,而是反对过度讲法。例如李东阳反对宋人大讲诗法,但在其《麓堂诗话》中,却有不少研究诗法的言论。"作文咏诗,虽由天分,未尝不本法度。"(《诗学梯航》)这就充分肯定了诗法的作用。这种意见在中下层学者中更为普遍。第二种是否定。李东阳说诗法多出于宋,并将其视为宋诗衰落的原因。谢肇淛云:"三代无诗人,汉魏无诗法,非无之也,夫人而能之也。盖诗法始于晚唐,而诗话盛于宋。然其言弥详而去之弥远,法弥密而功弥疏,至今则童能言之,白纷如矣。夫何故?入门不正,则中蹊径皆邪;学力未深,则摸瓢皆幻。"(《小草斋诗话》卷一)这也反对的是"其言弥详而去之弥远,法弥密而功弥疏",也不是完全否定。

对于诗法的特点,明人作了富有特点的论述。其中邓云霄的论述最有特点。他对诗法的特点作了非常详细的论述。他说:"凡观诗者,先观其系死系活,次观其或俗或雅。如八句整齐丰满而首尾不贯,神情不属,与挂八块板何异!此死诗也。句虽佳甚,终是绘土木而人之非人矣。即使首尾相贯,神情相属,而用事堆垛,肥腰肿面,终乏风流。"[1]他首先强调观诗的角度是先看诗的死活,次看诗的俗雅。这是从反面来批评不讲究诗法的作品所出现的弊病。然后,他接着说:"予观堪舆家言,全合诗法。如诗贵起伏顿挫也,彼云'一起一伏断了断';诗贵前疏后密,前有浮声则后须切响也,彼云'明堂容万马,水口不容针';诗贵倒插反言,乃有力有味也,彼云'翻身转面去涨潮,不怕八风摇';诗贵含蓄不露也,彼云'灰中线,草里蛇'。又云'隐隐隆隆,穴在其中';诗贵一联之中有反正,一首之中有呼应也,彼云'横来直受,阴来阳受';诗贵镜花水月,只在影子上弄机关也,彼云'东岸月生西岸白,上方起云下方阴';诗有正中之奇,奇中之正也,彼云'梧桐叶上生偏子,芍药枝头出正心';诗戒雄壮峻急也,彼云'第一莫下剑脊龙,杀师在其中';诗戒缓弱涩沉也,彼云'大地若非廉作祖,为官也不至公卿';诗贵结句悠然而有余意也,彼云'福禄悠长,定见水缠玄武';诗贵秀拔而挺出也,彼云'层峦千叠,不如平地一锥';诗戒饱满痴肥直率而欠婉也,彼亦恶饱面顽金,死鳅死鳝。作诗之法,堪舆具之,看诗者当如看地矣。"(《冷邸小言》)这是一段颇有特色的论述,邓云霄可以说是自有诗法学以来第一个以堪舆来论诗法的人。他举出大量

---

[1] 邓云霄:《冷邸小言》,周维德集校:《全明诗话》第四册,齐鲁书社,2005,第3483—3484页。

的例证来说明堪舆与诗法的相似之处,这一方面说明堪舆与诗法在价值观、方法论上有相似之处,另一方面也说明了诗法与堪舆一样,是具有某些科学性与神秘性的。这代表了明人对诗法特性的一种独特认识。

在《冷邸小言》中,还有两段关于诗法特性的论述:"问诗法。予曰:'汝知脉理乎?散漫无归着者,鱼游也。鹘突而雄怒者,雀啄也。气断而神枯者,屋漏也。三者诗之死证也,不可医也。其滞也、缓也、涩也、数也、弦也,虽未死亦气奄奄也。惟和平而温厚,秀爽而流动,气脉圆通,音韵铿锵,此四至一息,诗家之大年矣。'"显然,这是对什么是诗法或者诗法有什么特点的问题的回答。在邓云霄看来,诗法如同中医的脉理,是不能出现散漫无归、鹘突而雄怒、气断而神枯这三种死证的,也不能出现滞、缓等脉相,而应当表现出"和平而温厚,秀爽而流动,气脉圆通,音韵铿锵"的脉相特征,四至一息正常了,诗法就正常了。

"又问诗法。曰:'汝知吹箫乎?气太微则一映而无声,气太旺则声遏而不发。惟吐气如蚕丝,优游纡徐,直贯而出,穿云裂石,皆一缕所振矣。初盛唐诗,楼上之箫也,听之随风飘荡,逸韵哀音,沁人腑肺,而殊无指爪唇舌之迹。中晚近耳之箫也,但闻点指摭摘,蹙唇舐嗒,何韵之有?即韵亦滞响耳。宋则吹火筒,全然无响,付之祖龙可也。'"这是以吹箫比诗法,认为真正好诗的诗法应当是"吐气如蚕丝,优游纡徐,直贯而出"。初盛唐诗与中晚唐诗属于不同的箫声,效果迥然不同,宋诗则连箫声都算不上,只能算是吹火筒,全然无响了!以吹箫类比诗法,强调了好诗法的从容优游,一气呵成而又有穿透力的特点。

自宋代以后,世人皆以"打起黄莺儿,莫教枝上啼。啼时惊妾梦,不得到辽西"为诗法范本。雷燮《南谷诗话》卷上云:"唐人'打起黄莺儿'诗,学者诵以为法。今观晋陆凯《寄范晔》诗,尤佳句可法。'折花逢驿使,寄与陇头人。江南无所有,聊赠一枝春'。'春'与'梅'字首尾相应,情景俱足,语意平淡,气脉贯通,转换照应有则。"认为陆凯的《寄范晔》诗,是讲求诗法更好的范本。其原因是此诗在章法结构上具有"首尾相应""气脉贯通,转换照应有则"的特点,而在风格上则是"情景俱足,语意平淡"。一般将金昌绪"打起黄莺儿"此诗视为作法范本的往往注重的是它在章法构思上的转折、有波澜,而雷燮推举《寄范晔》,着重的并不是转折,而是首尾相应、气脉贯通的线索,以及表现风格。这是否意味着明人与前人不同的诗法价值观? 这个问题值得思考。

由上可见,明人对诗法的有关问题的思考和研究是比较全面而深入的,虽然深度和系统性不如清人,但与前人相较,已有很大的进步。

第二节　诗法著作的编纂

明代的诗法著作主要集中于诗话中,就编纂形式来说,具有全新的特点,值得高度重视,其最突出的特点是诗法学著作数量众多,尤其是较大型的资料汇编类的著作占了很大的比重。

如果说,元代的诗话著作在编纂上很多是将唐宋时期,尤其是宋代的诗法著作中的有关论述,以一段一段为单位进行类编或进行系统化集成的话,那么,明代诗法著作在编纂上的一个突出特点是以一本一本为单位,将宋元时期的诗法著作汇编在一起,编纂成丛书性质的大型诗法著作,在诗法著作的编纂上,是与唐宋元时期完全不同的。虽然在宋代也有如陈应行《吟窗杂录》这样的大型丛书式的诗法学著作,但这毕竟是极个别的,明代这样的诗法学著作则是大量出现。这些著作的编纂,当然一方面是为诗歌创作的初学者提供参考,另一方面实际上也是另外一种形式的诗法研究,为当时的诗法研究者提供了系统的参考资料。其中一些著作的序跋也颇具理论价值。

一、朱权《西江诗法》

朱权是朱元璋第十七子,一生著作丰富,《西江诗法》是其中之一。

朱权以"涵虚子臞仙"的名义为此书所作的序可以看出其诗法观、此书的编纂目的与资料来源。序云：

　　诗不在古而在今，非今不能以明古之意；法不在诗而在我，非我不足以明诗之法。是以老狂畏逢掖之文，不足以张其志。乃以己之所得，取其法之所有而为之序曰：……诗可学而性情不可学，法可学而兴趣不可学。其诗法亦曰'法度可学而神气不可学'。又曰'语不惊人死不休'。要皆自胸次流出，不可强学而能也……文江诗人黄聚《诗法》二篇，予初以为迂之甚也，后征而得之，深有理趣，极其精妙，则见其诗之为志，大不凡矣……其人之志，有所不同也。是法也，虽不能袭其志，实足以鼓其志；虽不能法其诗，实足以法其法。鼓其志，懦者可以效其勇；法其法，曲者可以绳其直。效其勇者妒其气，绳其直者导其理。理顺则脉络贯通，气慨则襟怀磊落。贯通则风度好，磊落则胆气粗。若为人传神，虽非其真，亦仿佛似之耳。诚为诗家之模范，大有所得也。今又得元儒所作诗法，皆吾西江之闻人也。其理尤有高处，乃与黄聚《诗法》互相取舍，删其繁芜，校其优劣，自谓不由乎我，更由乎谁？除文法及诗宗正法不取外，择其可以为法者，编为一帙，使知吾西江人杰地灵，气劲趣高，有如此之才人，有如此之诗法，使高明孰不拱手而归之也。[1]

　　由这篇序我们可以看出朱权对于诗法的几个重要看法：一是认为"法不在诗而在我，非我不足以明诗之法"。在朱权看来，诗法的有无，不在诗本身，而在阅读者或阐释者，也只有阅读者或阐释者才能阐述诗法，诗法才有可能产生。这在某种程度上等于是否认了诗法的客观性，这无疑是一个大胆而富有新意的看法，是以前的诗法研究中未曾提出的新观点。因为在此之前的诗法学研究往往强调的是诗中已有之法，而对于"我"的重要性是认识不足的。朱权此说有如空谷足音。二是认为"法可

---

[1] 周维德集校：《全明诗话》第一册，齐鲁书社，2005，第63页。

学而兴趣不可学"。承认诗法是可学的,但"兴趣"则是不可学的。诗法之所以可学,是因为诗法本身有迹可寻,而且经过长期的训练,是可以掌握其基本的方法与要领的。"兴趣"不可学,是因为它与诗人的才性、灵感与激情相关,比诗法的层次更高。朱权的这两种观点,体现了一个深谙诗法的研究者的眼光,对于诗法研究来说,是具有重要意义的。《西江诗法》的编纂,显然是基于对诗法的这两种看法。

从朱权的话中,我们也可以看到,《西江诗法》的编纂,一个非常明确的目的是宣扬西江(江西)的文化。在他看来,黄裳是西江人,"今又得元儒所作诗法,皆吾西江之闻人也"。于是,在黄裳《诗法》的基础上,加以取舍,"编为一帙,使知吾西江人杰地灵,气劲趣高,有如此之才人,有如此之诗法,使高明孰不拱手而归之也"。朱权在江西生活了很长时间,显然,他自认为是西江人。所以,编纂此书的主要目的之一是为弘扬江西文化。其编纂的基础和灵感则来源于同是江西人的黄裳的《诗法》。是在黄裳的《诗法》的基础上,再加上元代江西人所作的诗法著作,编成了此书。

从现存的《西江诗法》来看,其主要内容分为二十五类,即:诗体源流、诗法源流、诗家模范、诗法大意、作诗骨格、诗宗正法眼藏、诗法家数、诗学正源、律诗准绳、律诗要法、字眼、古诗要法、五言古诗法、七言古诗法、绝句诗法、讽谏诗法、荣遇诗法、登临留题诗法、征行诗法、赠行诗法、咏物诗法、赞美诗法、赓和诗法、哭挽诗法、作乐府法。这二十五类涉及诗歌创作的各个方面,既包括对诗体、诗法源流、诗法一般原则的认识,又包括具体的技法,尤其是各种体裁、题材的具体写法。由此可见,在朱权的心目中,诗法的覆盖面是相当广泛的。而从材料编排的顺序来看,辨体放在第一位,可见辨体在朱权看来是最重要的。这就是本书"诗法源流"中所说的:"作诗者必先定是体于胸中而后作焉。"①在此之后,才安排诗法源流、诗家模范、诗法大意、作诗骨格、诗宗正法眼藏、诗法家

---

① 周维德集校:《全明诗话》第一册,齐鲁书社,2005,第67页。

数、诗学正源这些内容,最后才是具体的作法。从这样的安排可以明显地看出,朱权在诗法的理解上首先是解决形而上的问题,然后才是形而下的问题。

朱权在编纂此书时,材料往往取自宋元人的诗法著作,间以己意。其主要内容与上文所述傅与砺《诗法》大同小异,但又有一定区别。例如"诗体源流"的主要内容就取自严羽《沧浪诗话·诗体》,但又不仅仅局限于《沧浪诗话》,又从别的著作中摘抄了一些关于诗体的论述。这是傅与砺《诗法》中所无。"诗法源流"则取自元傅与砺《诗法》(《诗法源流》)。又如"诗法家数""诗学正源""律诗准绳""律诗要法""字眼""古诗要法"及各题材的作法,均取自元代杨载的《诗法家数》。可以说,所谓的《西江诗法》,其实就是《诗法源流》《诗法家数》与《沧浪诗话》的集合。当然中间也增加了少量明代的内容,如在目录之后有一段关于用韵的话:"作诗当用《大雅诗韵》,为诗家正韵,乃国朝《洪武正韵》之正音也。押韵忌其南音多,吴越之声,太伤于浮,不取。作乐府北曲,用《琼林雅韵》,皆中州北音,与诗韵不同。"①这里谈到了诗歌用韵的问题,或许是朱权的话,显然是《沧浪诗话》和《诗法家数》中没有的。

《西江诗法》篇幅不算大,但内容丰富,取材也算精当,在明代有相当的影响。

二、《新编名贤诗法》

此书编者已佚名,连书名都已佚,也未分卷,只署名史潜校刊。据陈广宏、侯荣川编校的《明人诗话要籍汇编》为此书所作的"新刊名贤诗法凡例"云此书"博采唐、元名人诗法、诗评,旧未分类,今厘为上、中、下三卷,庶便观览,故总名曰'名贤诗法'"。② 卷上所录"诗评",署名为"杨仲

---

① 周维德集校:《全明诗话》第一册,齐鲁书社,2005,第64页。
② 陈广宏,侯荣川编校:《明人诗话要籍汇编》第四册,复旦大学出版社,2017,第1507页。

弘序",也就是杨载所作的序,其实前半是从《诗法源流》而来,最后一段"余少年从叔父杨文圭游西蜀"云云,来自《杨仲弘注杜少陵诗法》的序(即《诗源撮要》《诗格》《杜律心法》《诗解》)。这最后一段与卷中所收的"杨仲弘注少陵诗法序"本是一书,应放在卷中,以保持其完整。疑《新编名贤诗法》的编者误将其割裂。卷中收录了《杨仲弘注杜少陵诗法》和《木天禁语》。"杨仲弘注少陵诗法序"其实是论而不是序,真正的序应当是上卷的"余少年从叔父杨文圭游西蜀"云云这一段。卷下的内容有"黄子肃答王著作进之论诗法"(即黄清老的《诗法》,又名《黄氏诗法》《诗法大意》等)、"王近仁与友人论作诗帖""范梈德机述江左第一诗法"(即《木天禁语》)、"虞侍书诗法""虞先生金陵诗讲"等。

由上可见,此书的一大特色是全收元代诗法著作,可以说是一部元代诗法著作的汇编。保存的资料十分珍贵,如"王近仁与友人论作诗帖"等。其文献价值是不容置疑的。

三、杨成《诗法》

此书前有成化四年(1468年)杨成所作的《重刊诗法序》云:"唐宋以来,诗人所著诗法非一家。近世板行者,范德机《木天禁语》、杨仲弘《古今诗法》二集,人皆宝之,不啻拱璧。余承乏淮扬之明年,偶得写本《诗法》一部,不知何人所编,如德机、仲弘之集,亦皆载之,中间略有檃括。其后又有《金针集》《诗学禁脔》《沙中金》等集,皆人所罕见者。余反复再四,深喜,以为诗之为法,莫有备于此者矣",鉴于"传写讹舛甚多","鲁鱼亥豕",于是重刊此书。[1] 从这个序可以看出:第一,此书原名就叫《诗法》,但原编者已佚名,杨成只是重刊者。第二,元代范德机(范梈)《木天禁语》、杨仲弘(杨载)《古今诗法》在明代有崇高的地位,是诗法学的权威之作,以至于"人皆宝之,不啻拱璧"。第三,在杨成看来,范德机

---

[1] 陈广宏,侯荣川编校:《明人诗话要籍汇编》第四册,复旦大学出版社,2017,第1583页。

（范梈）《木天禁语》、杨仲弘（杨载）《古今诗法》，再加上《金针集》《诗学禁脔》《沙中金》等集，就已经基本包含了主要的诗法了。深入地理解了这些著作，就基本上掌握了主要的诗法了。

此书分为五卷。卷一是范德机《木天禁语》（内篇），卷二是《诗家一指》（外篇），卷三是"严沧浪先生诗法"（卷首有说明云："要论多出《诗家一指》中，有印本。此篇取其要妙者。盖此公于晚宋诸公石屏辈同时，此公独得见《一指》之说，所以制作非诸人所及也。自家立论述，依旧有好者。今摘写于此，其余出《一指》者，兹不再编矣。然诸家论诗，多论病而不处方，卒无下手处。"①）又收有《名公雅论》、杨载《诗法家数》。卷四则收录了白居易《金针集》、范德机《诗学禁脔》。卷五收《沙中金集》。共收书八种。

杨成的《诗法》实以收录元代诗法著作为主，兼及唐宋的主要诗法学著作。是纯粹的诗法学著作汇编，其主要的价值和意义是保存资料。其中的《名公雅论》《沙中金集》首见于此书中，此前不见载于其他书中，因而可见此书的价值。

四、梁桥《冰川诗式》

此书前有嘉靖己酉（1549年）张涣所作的序及嘉靖乙巳（1545年）和梁桥自己所作的引。梁桥《引》自云其编纂此书的原因是嗜诗入魔，因诗成病。成书的过程则是："尽取古今诸名家，若诗法、诗话，上下而历览之，拟议编摩，再历寒暑，爰纂为书若干卷，命曰《冰川子诗式》。"②张《序》云："而诗有式，则始于沈约，成于皎然，著于沧浪，若集大成，则始于

---

① 杨成：《诗法》卷三，陈广宏，侯荣川编校：《明人诗话要籍汇编》第四册，复旦大学出版社，2017，第1620页。
② 梁桥：《冰川诗式》，陈广宏，侯荣川编校：《明人诗话要籍汇编》第四册，复旦大学出版社，2017，第1681页。

今公济浦云(梁桥)。"①将此书视为诗式的集大成之作,评价可谓高矣。

此书前有"诗原",摘录《沧浪诗话》等著作中的一般作诗原则与方法,如"学诗者以识为主,入门欲正,立志欲高""诗不可凿空强作,待境而生自工"。对此,梁桥的说法是:"诗原,原诗也。往先哲宗工名家,肆垂绪言,饮海止足,莫能殚述。乃予僣加裁约,取凡有关诗道之太校者录之,以为志诗者抽关启钥之要领云。"②

卷一、卷二为"定体",即总论73种诗体的特点及作法,其体例是先列体名,再引前人有关论述,论其特点及作法,再举诗例,有的诗也附有关于作法的说明。如"五言律诗",先引"律体之兴,虽自唐始,盖由梁陈以来俪句之渐也……五言律诗贵沉静,贵深远,贵细嫩,要深稳语重";"五言律诗贵字字平仄谐和,失粘、失律皆不合例";"律诗有起、有承、有转、有合……"这些论述,多引前人。然后举了杜审言《早春》、唐太宗《秋日》、杨炯《从军行》为例,每首诗前都有关于其作法的简短说明。这73体,涵盖了中国古代诗歌史上包括各种杂体诗在内的绝大部分诗体。对此,梁桥自己说:"予为《诗式》作'定体'一卷,言诗有定体也。尝备览往名家诗式若诗话矣,达几入妙,莫能屡悉,而于式则容有未尽然者。迨《杼山诗式》《诗苑类格》《天厨禁脔》《诗人玉屑》《金针集》《续金针集》《沧浪诗话》《木天禁语》《诗家一指》等集,格目虽互见,则又无统纪次第,乃初学何述焉。肆予鄙人,僣拟此式,抑皆诗之正体。"③这一方面批评了从前的诗法学著作在诗体的问题上"无统纪次第",另一方面又自认为此书中所列的73种诗体是诗之正体,其他的就无足轻重了。

卷三为句法论。共论45种句法。卷四为论用韵。卷五论平仄。

① 梁桥:《冰川诗式》,陈广宏、侯荣川编校:《明人诗话要籍汇编》第四册,复旦大学出版社,2017,第1679页。
② 梁桥:《冰川诗式》,陈广宏、侯荣川编校:《明人诗话要籍汇编》第四册,复旦大学出版社,2017,第1682页。
③ 梁桥:《冰川诗式》,陈广宏、侯荣川编校:《明人诗话要籍汇编》第四册,复旦大学出版社,2017,第1758页。

卷六、卷七、卷八为"研几"。梁桥于此卷首云:"予为诗格,业已'定体''练句''贞韵''审声'矣,特示人以规矩准绳,以为方圆平直者也。夫学诗如禅,迨妙悟一昧则未之及。乃予僭取诸名家诗,拟议成格,使学诗者由三玄五蕴,以造夫上剩正果。"①这实际上讲的是章法,就是前人所总结出来的五七言绝句、五七言律诗、五七言古诗的篇法,如实接格、虚接格、一意格、四意格等。每一格举一首或数首诗为例,每一格均有简短的说明。如卷七中的"五七言律诗"中的"前开后合格",说明是"前开后合者,前四句言昔时,开也;后四句言今日之事,合也。"然后举杜甫《哭长孙侍御》《诸将第四》为例。

卷九、卷十为"综赜"。梁桥对此的解释是:"杂取于往先哲名家之言也。往往先哲名家论诗者,无虑数百家,今不能悉之,故或一集才数条,一条才数句,取凡为诗家正论及可以为诗法者录之。"②这些先哲名家之言,主要是明代以前,包括唐宋元诗法著作中关于作诗的一般方法的论述,分"学诗要法(上)""学诗要法(下)"两部分。

《冰川诗式》的资料来源为前代诗法学著作,但大都不注明出处,其卷帙之富,不仅在明代,就是在历代的诗法学著作中也是屈指可数的。其编纂方式也与其他资料汇编类的诗法学著作不一样,它是按主题分类,可以说是明代主题类的诗法学资料汇编的代表作,与一般按整部书汇编的方式不同。在资料的取舍上,它也并非完全照抄,而是有所剪裁。同时,在书中加入了梁桥自己的不少意见甚至作品。这使得此书在体例的完整性、严密性及资料、理论的丰富性上远强于其他同类著作,值得高度关注。

---

① 梁桥:《冰川诗式》,陈广宏,侯荣川编校:《明人诗话要籍汇编》第四册,复旦大学出版社,2017,第1847页。
② 梁桥:《冰川诗式》,陈广宏,侯荣川编校:《明人诗话要籍汇编》第四册,复旦大学出版社,2017,第1912页。

五、吴默《翰林诗法》

此书共十卷,书前有《翰林诗法弁言》自叙其编纂动机和书的主要内容:"某不敏,弗获游玉堂,该综群籍,然亦雅志诗赋,窃闻其略矣。因以暇日,搜罗宋明两代词臣诗议及前代名家要语,集为法则,以便来学。即不敢妄谓续《赓歌》、振《风》《雅》,远接《帝典》《王风》于不坠,而管窥一得,或庶几诗学之正传云。"可见,此书的主要特点和内容是汇集宋明两代及其他时代重要的论诗要语。

卷一"古今备录",收录"翰苑诗议",即宋明两代名家论诗法之语,涉及一般诗歌的作法、风格及五言古、五言律、五言排律、五言绝句、七言古诗、七言律诗、七言绝句的作法。卷二则收录白居易《金针集》。卷三收严羽《沧浪诗话》中"诗体"部分。卷四收范德机《木天禁语》。卷五收杨载《诗教》(《诗法家数》)。卷六收《诗家一指》。卷七收《诗学禁脔》。卷八收《沙中金集》(上)。卷九收《沙中金集》(下)。卷十收《诗教指南集》。

从内容来看,《翰林诗法》无疑是比较丰富的,对于保存相关的诗法学资料是有功的,但无论是体例还是内容,都无太多创新之处。

六、李贽《骚坛千金诀》

此书从书名看,就有故弄玄虚之感。署名李贽编著,从书名及内容来看,不太像李贽编著,极有可能是书商假托李贽之所为。

此书实为诗法学资料汇编。全书分"诗学正源""诗准绳""诗口诀""唐人句法""宋朝警句""风骚句法"六部分,多抄录《沧浪诗话》《诗人玉屑》等宋人诗话及元代诗法著作,也辑有明人名家论诗之语。如"诗学正源"除了抄录《沧浪诗话》之外,还有"时议"一目,内容为辑录明人刘基、解缙、方孝孺、杨士奇、林环、商辂、丘浚、唐顺之等人论诗之语。最不可解者是"时议"之下,又有唐五代诗格著作中的所谓诗有三体、诗有四格、诗有四炼、诗有五俗、诗有八病等内容。"唐人句法"等则全抄《诗人玉屑》。

此书资料既不完备,体例也无创新之处,价值很低。

稍后周履靖的《骚坛秘语》,分上、中、下三卷,汇集前人资料论作法。虽然体例和内容与李贽《骚坛千金诀》有所不同,但恐也是假托之作。

七、王樗《诗法指南》

此书前有无名氏的《刻诗法指南题辞》云:"《选》律分曹,而奏诗法之说,遂持吟柄以鞭弭骚人矣。玄心妙会,不法法而法存。斗巧炫华,拘拘求合于法,而法之意先亡矣。顾句栉字比之中,而内之性情心术,外之景物事境,咸辐辏以待品裁。其抒志命词,默有圆机,隐隐然若有规绳限制之。自非咏歌古人,得其神解,未有能声振金石,响中韶夏者矣。渭阳王先生性喜吟咏,汇诸言诗以法者,而间出己意,删定增损之。议简理确,寻绎有据,而更称引合作者,著为式。若心妙悟,具见篇中。盖先生一为晋令,遂赋'归来',靖节高风,千载继见。想其心界洞彻,有所以法法者,而不徒以法自苦,无复能驰骤轩翔于法之外也。"①这篇题辞提出的几个关于诗法的观点是值得注意的:一是从诗法发生的角度提出了"《选》律分曹,而奏诗法之说",意谓古体诗与律诗有了区别之后,于是就产生了诗法。这一说法不一定正确,却是以前的诗法研究者未曾提出过的。二是从诗法价值的角度认为"玄心妙会,不法法而法存。斗巧炫华,拘拘求合于法,而法之意先亡矣",也就是说,诗法存在的价值在于创作时心中有法而不刻意去求法,但是又无处不合法,"其抒志命词,默有圆机,隐隐然若有规绳限制之"。如果每时每刻、处处都去有意识地考虑

① 王樗:《诗法指南》,周维德集校:《全明诗话》第三册,齐鲁书社,2005,第 2411 页。

合不合,法也就成了创作的障碍,也就没有价值了。这一观点对于诗法研究来说,是极为重要的,它正确地指出了诗法对于诗歌创作者的意义。当然,这篇题辞也准确地指出了《诗法指南》的特点,那就是"汇诸言诗以法者,而间出己意,删定增损之。议简理确,寻绎有据,而更称引合作者,著为式"。即《诗法指南》是在汇集前人诗法学资料的基础上,间出己意,同时举出具体作品以为范本。

对于《诗法指南》的编纂意图与特点,王榳自己在《诗法指南引》中也作了说明:"余从幼好唐诗,而曾未得其法,及诸名家诗法出,余益莫知所适从。何者?议论多而格式繁也。且古人作诗,感于物而形于言,凡以流通情性耳。初未尝拘拘然先立某格而后为某诗也。如必欲宗其格而成诗,则唐人果宗何格乎?由此言之,则格之不必拘也明矣。故余不从其格,而惟取其说之近体者录之,复于说之后选唐诗一二以证之。又于诗之下,分其经纬,别其情景,详其虚实,辨其事意,以颇解之。欲俾初学不苦其多,不厌其繁。一触目焉,而诗意即得;会而通之,作者之门,庶可入矣。"[1]

此书分为前、后两部分,前有诗学正源、诗学正义、诗有平仄、诗有律诗绝句八句为律四句为绝、诗有题目章法、诗有句法对法、诗联准绳、诗有情景虚实(实即景也,虚即情也)、诗有内外意、诗有明暗例、诗有字眼、诗有着题泛说、诗有浅语、诗法口诀等条目。后则是分类论述各种题材的写法,如荣遇、颂美、讽谏等,举例与论说相结合。

《诗法指南引》的主要内容,确是"汇诸言诗以法者,而间出己意,删定增损之"。如"诗学正源""诗学正义"均从《诗法家数》等著作而来,"诗有情景虚实"则从周弼《三体唐诗》改写而成。其他如向初学者传授诗声律、对偶等基本知识,也多前人之说。但编纂者的一些评论还是有一定见解的,如"诗联准绳"之"结句"后云:"以上结句,或翻空断意,或就题翻意,或就题断意,或题外引证,俱新奇警策,足以感动千古。唐诗

---

[1] 王榳:《诗法指南》,周维德集校:《全明诗话》第三册,齐鲁书社,2005,第2412页。

中亦不多得。初学细玩有得,方能作结出奇。"对所引诗例所作的分析、归纳和总结是比较准确的,对于初学者具有很强的指导意义。

此诗不同于其他资料汇编类的著作的地方是它只集中于有关近体诗的诗法资料,范围相对较小。另一个特点是理论资料与作品结合,特别适合于初学者。

八、钟惺撰、李光祚辑《钟伯敬先生硃评词府灵蛇》一集、二集

(一)《钟伯敬先生硃评词府灵蛇》一集

此书署名钟惺撰、李光祚辑。初集四卷,前有钟惺叙云:"余浏览古今,扬抉风雅,《三百五篇》有一字不韵、有一字不法者乎? 能法法,则法为我用,不法而法;不能法法,则我为法缚,法而不法。代历既湮,流风寝沫,业是者虽知根柢于唐,鲜能穷本知变。然自惭肤立,比鉴未穷,窃欲什逐风雅,人握灵蛇,乃上溯黄轩,下迄我明,凡逸文断简,片翰只韵,孤章浩帙,乐府声歌,童谣里谚,七略四部之所鸠藏,《齐谐》《虞初》之所志述,无不蒐括,期于明四始,彰六义而止。"①这里表明的几个观点是值得注意的:一是继承了前人的看法,认为《诗经》中的作品无一字不韵,无一字无法。即认为《诗经》是诗歌万法之源。二是认为"能法法,则法为我用,不法而法;不能法法,则我为法缚,法而不法"。即如果能正确地对待和掌握诗法,则诗法尽为我用,不刻意追求法而自合法;否则可能被法所束缚。在这种情况下,有法也成了无用之法了。这两点鲜明地表现了钟惺的诗法观。三是阐述了编纂此书的特点和目的。其特点是广泛搜集资料,从上古到明代,无所不包。其目的是"期于明四始,彰六义"。

此书的内容,从本质上说,还是诗法学资料汇编,其资料的来源多是唐宋元时期的诗法学著作,同时也有一些明代名人的论诗言论。初集分

---

① 钟惺撰,李光祚辑:《钟伯敬先生硃评词府灵蛇》,陈广宏、侯荣川编校:《明人诗话要籍汇编》第四册,复旦大学出版社,2017,第 1967 页。

为元集、亨集、利集、贞集四集。这种按《易经》中的四德来命名分集的方式，并不常见，由此可见钟惺与众不同的用心。

元集主要辑录的是有关诗歌章法、赋比兴手法、风格等方面的资料，重点是章法。主要有"诗源正论""诗学正源""律诗""律诗章法""七言律诗篇法""绝句""绝句作法""绝句篇法""五言""五言长古篇法""五言短古篇法""七言长古篇法""七言短古篇法""乐府篇法""格局""诗有明暗例""诗有拗体""诗有体用""诗有体志""诗有着题泛说""气象"等。可见其内容是比较驳杂的。

亨集的内容更为驳杂。既有"诗法口诀""诗用浅语""诗戒谤讪""作诗要苦心""论句法对法""东坡下字""炼字""妙于用事""用事天然"之类的一般原则与方法，又有关于诗歌的基本知识，如"律诗平仄"等，甚至将《古诗十九首》、汉代"古乐府"悉数录入。总体来看，此集内容重在字句、声律、音韵、用事等关于诗歌的语言问题。

利集则收录了范德机《诗家一指》《诗学禁脔》，严羽《诗法》(《沧浪诗话》)的一部分，白居易《金针集》。

贞集收录了杨载《诗法》、揭傒斯《诗法正宗》。

由上可见，此书的前两集都是采取按段来收录的方式，而后两集与前两集不同，采取了按整部书来收录的方式。

(二)《钟伯敬先生硃评词府灵蛇》二集

此集题名钟惺选，四卷。有天启乙丑(1625年)所作的叙云："天下万法，未有自虚空入者。发轫导源，非有所资，则伤于妄。余固有《灵蛇》之选也，然有三集，庶几全书。一集如工作弧撅，学者必以先取孤行，纸几为贵。是集则字字精义，言言纲格，不离声闻辟支，已证上剩正果。三集取历代俊句，汇为吟隽，亦一金谷之瓶花盆石也。其俟续出，上下数千载，胪分数百卷，既非一手，何妨十目……此皆诗人剖肝析胃，呕心倾胆，而后仅得，今皆登载焉。学者诚能以心源为炉，锻炼元本；以不律为刃，雕斲群型。于此集也,随取随得,若入沧溟,万宝萃聚,无不充其所欲,慎勿空回也耶。"①由此可以看出,钟惺编纂《词府灵蛇》是有一个庞大的计划的,总数达三集之巨。对于各集的侧重点,他也作了精心的规划,以达到不同的目的。从这段话我们还可以看出钟惺对于诗法的看法:一是认为"天下万法,未有自虚空入者"。也就是说,天下所有方法的学习和掌握,都不是凭空而得,必须有所依靠,有具体的入口或下手之处。同样,学习诗法也是如此。二是认为"发轫导源,非有所资,则伤于妄"。即开始学习诗法时,如果无所凭借,就很可能胡作非为,"信手胡来"。这其实也是钟惺之所以编纂此书的目的。

在此集前面的"凡例"中,钟惺对朱批所用符号作了说明。全集分为精集、气集、神集、骨集。以这种方式来分集,也是少见的。

精集中收录的是钟嵘《诗品》,将其改名为"衡品上""衡品下"。另有"广衡"则收明代王世贞、李攀龙、杨慎、李梦阳等有关论述。

气集主要收录历代著名的诗集序、论诗书信、梅尧臣《续金针诗格》、王玄编《物象》等。

神集收有"总显大意""三诗境""三诗思""诗不轻构""首句入兴体例""辨体""六式"等,涉及面广,所取材料来自唐五代诗格著作。

骨集则收皎然《诗议》《诗式》等。

由上可见,《词府灵蛇》二集与一集性质上都是属于诗法资料汇编,但在内容上二者是有区别的。大体而言,一集中的材料多来自宋元明,二集中的材料则多来自唐五代及唐前。一集与二集所收诗法资料之全,在明代名列前茅。其亮点本在于钟惺的朱批,但不知是因为排版还是别的原因,钟惺的朱批显示不出来,这是一件遗憾的事。但不管怎样,《词府灵蛇》的出现还是值得注意的,它继承了明代诗法资料汇编的传统,在内容上更为丰富全面。

---

① 钟惺撰,李光祚辑:《钟伯敬先生硃评词府灵蛇》,陈广宏,侯荣川编校:《明人诗话要籍汇编》第四册,复旦大学出版社,2017,第 2123—2124 页。

除了大型的资料汇编式的诗学著作之外,明代也产生了许多原创类的诗法著作。这基本上可以分为两类:一为专门的诗法学著作,一为非专门但多有论述诗法内容的著作。前者数量不多,后者则数量不少。这两类诗法学著作是明代诗法学研究的主体。

九、专门的诗法著作

这类的诗法著作不多,最具代表性的是周叙《诗学梯航》、汪彪《全相万家诗法》等。

(一)周叙《诗学梯航》

此书有正统十三年(1448 年)周叙自己所作的《序》云:"《诗学梯航》者,论作诗法序源流,先职方府君之所藏而考订焉者也。"然后说到其族伯父溪园先生与东吴王汝嘉先生曾说:"作文咏诗,虽由天分,未尝不本法度。"然后说到周叙父亲曾说"余家有《诗法》一帙,盖先叔父子霖承先所修,盖未成之书也。"汝嘉先生观毕后说:"余伯兄汝器亦尝著此,第其少作,未加讨论,请具稿归,子合而成之可乎?"周叙父答应后,即着手这一工作。"曩岁,叙丁艰家居,阅故籍,得先君所校录读之,已多残缺,遂再用编订,间以己意补之。"①由此可见,此书是周家几代人共同努力编纂的结果。

此书分叙诗、辨格、命题、述作上·总论诸体、述作中·专论五言古诗、述作下·专论唐律、品藻、通论,共八部分,不分卷。书中的许多材料和观点均来自前人,但经过了系统的消化,因而具有较强的理论性针对性,也提出了许多新看法。

如"辨格"云:"凡诗格不同,措辞亦异。"于是叙说各诗体之间的差

---

① 周叙:《诗学梯航》,周维德集校:《全明诗话》第一册,齐鲁书社,2005,第 87 页。

异。如云:"律诗有彻首尾对者,有彻首尾不对者。有绝句折腰者。有律诗折腰者。""古诗有三韵者,有五韵六韵以至百韵者。有换韵者。有古诗全不押韵者。""律诗有分四实者、四虚者、前实后虚者、前虚后实者。""或有以时名者,若建安、黄初、正始、太康"等。又有以人名者,如苏武、李陵等。又有"以声律者,若双声叠韵"等。有平头、上尾之八病之说。又有歌、行、谣、曲、吟等之别。又有各类对偶。然后云:"古今诗格具述于上……余故历叙而出之,庶几或广学者之闻见,亦可观世变之盛衰矣。"①这些关于诗格的论述,多从严羽、周弼及其他唐宋人来,但经过了自己的梳理,不是照抄原文,同时又提出自己的观点。

又如"述作下·专论唐律"论唐代律诗的特点与作法。"律诗,必截然祖于唐人。盖唐以前,未有此体。景云以后,此体始出,中唐尤盛。谓之律者,犹法律然……大略先以起承转合为一诗之主。既起端于首联,颔联便须接其意,颈联又须宛转斡旋,至末联将一诗之意复合而为一矣。""唐人律诗,尤重五言,如岑参、王维、武元衡,声口典重,法度持正,甚可师法。他若钱起之清新,张籍之俊逸,许浑之苍翠,皆足起兴。唯刘长卿兴趣优游,理意充足,指事切实,命意周圆,最当枕藉,以为终南之捷径,极是得力。起句先欲拆破题意,令观者即知此篇为何而作,中间一联证实,一联妆点,互相答应;结语贵有出场,贵有深意,看到尽处,使人不忍读竟。譬则一段话,初说已见心事,中间愈说愈滋味精神意思;末后敷扬,以为收合;庶可令众耸听,不然则淆乱无序,言者烦而听者厌矣。"然后以刘长卿为例说明之,云"唐人中称长卿诗为'五言长城',信不诬也"。② 提出五言律诗应以唐人为宗,总结了五言律诗大致的章法特点以及仿效的对象,其中认为刘长卿的五言律是最值得仿效学习的,与众不同!

《诗学梯航》虽然是针对初学者,但系统性和理论性都比较突出,其

---

① 周叙:《诗学梯航》,周维德集校:《全明诗话》第一册,齐鲁书社,2005,第 89—94 页。
② 周叙:《诗学梯航》,周维德集校:《全明诗话》第一册,齐鲁书社,2005,第 100—101 页。

中的一些新见解尤其值得注意。

(二)汪彪《全相万家诗法》

全书四卷,取名"万家诗法",或许是因为博取多家之说糅合而成,又不是资料汇编,而是对有关资料进行了必要的消化。

此书内容较杂,但重点在辨体格、明章法、命题与赋、比、兴的运用,其中关于章法的内容最为丰富。第一卷"辨明体格"条一开头便说宋人魏庆之《诗人玉屑》述载某人有某体,又有蜂腰、鹤膝之类五十余体,告诫初学者不必惑于此言。"但见人言诗,只重其高迈涵蓄,未尝见人羡某诗为某体也。至若乐府歌颂词赋之类,自是正体,能言诗者自然知识。至于名教中作诗者,须看古人作诗用起、联、结,俱有三格,且载于后。此格自唐宋以来,作者信之,深用之广,后学者宜师之。"[1]认为诗体并不重要,重要的是起、联、结三格,也就是诗的章法。所以,书中有对起、联、结的详细论述。重章法不重体,这在宋元明的诗法研究史上还是少有的。在重点讨论章法的同时,对赋比兴也有大量论述。如第三卷云:"凡学诗者以一事为题,必先立其主意,或赋,或比,或兴。一诗之中,涵蓄事情在此,可以形容在彼。如幽草松柏比君子,杨花榆英比小人,即是主意,方可成其诗乎?予取古今名士之诗,有主意者录出为法。予乃效之,强成鄙句数绝,并古今绝妙者,杂成一卷,以为启蒙之方,俟后之初学者效之、善吟者审之。"故此卷全是讲赋比兴的运用,所举诗例多古人。在强调赋比兴的同时,也重视"主意"。第四卷也是讲赋比兴,但汪彪多以他自己的诗为例,对所选作品一一注出赋比兴的手法。

汪彪《全相万家诗法》总体上虽然不能说有太多的创新,但其中的一些看法是颇具新意的。

---

[1] 汪彪:《全相万家诗法》卷一,周维德集校:《全明诗话》第三册,齐鲁书社,2005,第1767页。

十、非专门但多有论述诗法内容的著作

这类著作是明代最多的,而且广泛存在于诗话著作中。其中最具代表性的是李东阳《麓堂诗话》和谢榛《四溟诗话》。

(一)李东阳《麓堂诗话》

李东阳虽然不满宋人谈诗法,但他的《麓堂诗话》中却有不少讨论和研究诗法的内容,涉及诗法中的字、句法、章法、情景、虚实等问题,并且有不少灼见。如云"观《乐记》论乐声处,便识得诗法"。认为细读《乐记》中论乐声处便悟得诗法,这是一个不同寻常的见解。又说:"诗用倒字倒句法,乃觉劲健。如杜诗'风帘自上钩','风窗展书卷','风鸳藏近渚','风'字皆倒用。至'风江飒飒乱帆秋',尤为警策。予尝效之曰:'风江卷地山蹴空,谁复壮游如两翁。'论者曰:'非但得倒字,且得倒句。'予不敢应也。论者乃举予西涯诗曰:'不知城外春多少,芳草晴烟已满城。'以为此倒句非耶。予于是得印可之益,不为少矣。"①认为诗用倒字句法,才能让人感到劲健有力,杜诗在这方面是专家。再如论用韵:"五七言古诗仄韵者,上句末字类用平声。惟杜子美多用仄,如《玉华宫》《哀江头》诸作,概亦可见。其音调起伏顿挫,独为遒健,似别出一格。回视纯用平字者,便觉萎弱无生气。自后则韩退之苏子瞻有之,故亦健于诸作。此虽细故末节,盖举世历代而不之觉也。偶一启钥,为知音者道之。若用此太多,过于生硬,则又矫枉之失,不可不戒也。"②认为一般的五七言古诗押仄韵的作品,"上句末字类用平声。惟杜子美多用仄",所取得的艺术效果非同一般。

李东阳《麓堂诗话》虽然只是一般的诗论,但涉及了不少诗法问题,

① 李东阳:《麓堂诗话》,周维德集校:《全明诗话》第一册,齐鲁书社,2005,第497页。
② 李东阳:《麓堂诗话》,周维德集校:《全明诗话》第一册,齐鲁书社,2005,第491页。

而且在诗法的研究上往往有独到的眼光,表现出李东阳不凡的诗歌艺术修养。

(二)谢榛《四溟诗话》

在非专门的诗法著作中,谢榛的《四溟诗话》在诗法的研究上内容是最多的,涉及的诗法问题也是最广泛的,而且有不少真知灼见。

如关于用韵,认为:"诗宜择韵。若秋、舟,平易之类,作家自然出奇;若眸、瓯,粗俗之类,讽诵而无音响;若锼、搜,艰险之类,意在使人难押。"(卷一)对于用韵提出了独到的见解。又如关于虚实:"律诗重在对偶,妙在虚实。子美多用实字,高适多用虚字。惟虚字极难,不善学者失之。实字多则意简而句健,虚字多则意繁而句弱。赵子昂所谓两联宜实是也。"(卷一)认为虚实是决定诗歌艺术高下最重要的因素之一。又独标出相因诗法:"作诗有相因之法,出于偶然。因所见而得句,转其思而为文。先作而后命题,乃笔下之权衡也。一夕,读《道德经》:'大巧若拙。''巧''拙'二字,触其心思,遂成《自拙叹》云:'出门何所营?萧条掩柴荆。中除不洒扫,积雨莓苔生。感时倚孤杖,屋角鸠正鸣。千拙养气根,一巧丧心萌。巢由亦偶尔,焉知身后名?不尽太古色,天末青山横。'《漫书野语》云:'太古之气浑而厚,中古之风纯而朴。'夫因朴生文,因拙生巧,相因相生,以至今日。其大也无垠,其深也叵测,孰能返朴复拙,以全其真,而老于一丘也邪?"(卷四)这是谢榛根据自己的创作经验总结出来的诗法,颇有见地,也颇有巧思。

《四溟诗话》可以说是明代研究诗法最深入,也最有独创性的一部著作。

除《麓堂诗话》《四溟诗话》之外,胡应麟的《诗薮》、邓云霄《冷邸小言》、陆时雍《诗镜总论》、赵士喆《石室谈诗》等也颇多论诗法的内容。因在下文中我们将会涉及这些内容,此不赘述。

第三节　明代的诗法学与反宋复古倾向

明代诗法研究的一个突出特点是自始至终都贯穿着对宋人的批评和复古主义的盛行,可以说,明代的诗法研究是在反宋复古的过程中发展起来的。这一特点的形成与整个明代诗坛上尚唐反宋的思想密切相关。

一、对宋人讨论诗法的整体否定

李东阳在其《麓堂诗话》中说:"唐人不言诗法,诗法多出宋,而宋人于诗无所得。所谓法者,不过一字一句,对偶雕琢之工,而天真兴致,则未可与道。其高者失之捕风捉影,而卑者坐于黏皮带骨,至于江西诗派极矣。惟严沧浪所论超离尘俗,真若有所自得,反复譬说,未尝有失。顾其所自为作,徒得唐人体面,而亦少超拔警策之处。予尝谓识得十分,只做得八九分,其一二分乃拘于才力,其沧浪之谓乎? 若是者往往而然。然未有识分数少而作分数多者,故识先而力后。"[1]在这段话中,李东阳提出了几个值得注意的观点:一是对于宋人多讲诗法的行为进行了严厉的批评,认为唐人是不讲诗法的,诗法多出于宋。而宋人虽然在理论上讲究诗法,但在诗歌创作的实践中却是不成功的。二是认为宋人所讲的所谓诗法,"不过一字一句,对偶雕琢之工"。而对诗歌创作中最重要的"天真兴致"却很少研究。其结果就是"其高者失之捕风捉影,而卑者坐于黏皮带骨"。这种现象的典型代表就是江西诗派。三是认为严羽虽然作为宋人,但他与众不同,其《沧浪诗话》中的议论与看法是真知灼见。但他的创作也只是"徒得唐人体面,而亦少超拔警策之处"。

在这三个基本的观点中,尤其值得注意的是前两个。可以说,李东

---

① 李东阳:《麓堂诗话》,周维德集校:《全明诗话》第一册,齐鲁书社,2005,第479—480页。

阳无论对唐人还是宋人的评论,都欠客观和中肯,尤其是对宋人,更是充满偏见。其实,唐人也并不是不讲诗法,现存王昌龄的《诗格》,皎然的《诗式》《诗议》等,都是讨论诗法的著作,只不过不像宋人讨论得那么热烈,研究得那么深刻细致而已。

同时,在李东阳的话里,隐含着另外一层意思,即唐人不讲诗法,而诗歌创作取得了辉煌的成就;宋人讲求诗法,诗歌创作反而远不如唐。可见,讲求诗法其实就是诗歌创作之害。这显然是一种先入为主的看法。正如清人蒋士铨所感叹的"宋人生唐后,开辟真难为"。而对着这样的困境,宋人经过努力,还是交出了一份比较令人满意的答卷,至少要比明人有出息得多。但李东阳眼里只有唐诗,因此,只看到了宋诗之变,却不认可它的成就,反而认为是诗歌创作的失败,并将宋人这种所谓的失败归结于多讲求诗法。这显然是不客观的。

至于认为宋人所讲的所谓诗法,"不过一字一句,对偶雕琢之工,而天真兴致,则未可与道",则更是不合事实。宋人讲求诗法,不过是将杜甫"晚节渐于诗律细"的思想落到实处,是向杜甫学习。他们对诗法的研究,绝对不只是满足于字句与对偶的探讨,而要宽泛得多,深刻得多。正因为如此,可以说,宋代是中国古代诗歌史上从理论和实践两方面都真正将诗歌做细(精致)的时期。所以,李东阳的说法是充满偏见的。

与李东阳的话有点类似,谢肇淛《小草斋诗话》卷一云:"三代无诗人,汉魏无诗法,非无之也,夫人而能之也。盖诗法始于晚唐,而诗话盛于宋。然其言弥详而去之弥远,法弥密而功弥疏,至今则童能言之,白纷如矣。夫何故? 入门不正,则中蹊径皆邪;学力未深,则摸飘皆幻。"①这里指出了两个观点:其一,认为大量讨论诗法的诗话著作在宋代出现,对于宋诗创作来说,不仅没有帮助,而是起了相反的作用,也就是"其言弥详而去之弥远,法弥密而功弥疏"。其二,认为宋代之所以出现"其言弥详而去之弥远,法弥密而功弥疏"的现象,是因为"入门不正,则中蹊径皆

---

① 谢肇淛:《小草斋诗话》,周维德集校:《全明诗话》第四册,齐鲁书社,2005,第3499页。

邪;学力未深,则摸飘皆幻"。意思是宋诗入门不正,学力未深。

这一方面指出了宋代诗法盛而创作衰的背离现象,另一方面又指出了其原因。这两个观点都存在着严重的问题,前者一如李东阳之误,后者则真的是"谁知心眼乱,看朱忽成碧!"只不过不是伤心所致,而是色盲导致的错误!

对宋代讲求诗法持否定的态度,并且将其视为宋诗衰落的原因,宋、元、清三代,很少有类似的看法,但在明代却大行其道,这在整个中国古代诗学史上是比较特别的。由此可见明人对宋代诗法的整体态度。

谢榛《四溟诗话》卷一:"唐人诗法六格,宋人广为十三,曰:一字血脉,二字贯串,三字栋梁,数字连序,中断,钩锁连环,顺流直下,单抛,双抛,内剥,外剥,前散,后散,谓之屠龙绝艺。作者泥此,何以成一代诗豪邪?"①将唐人诗法六格扩充为十三格,这实际上是元人所为,这十三格今见于《木天禁语》中。不管是由于误记还是有意的栽赃,谢榛都是将这扩充诗法,并泥守这些诗法的罪名强加给宋人了。其对宋人讲求诗法的态度昭然若揭。

二、对宋代诗法的具体批评

可以说,明人对宋人的诗法理论与诗法实践的各个方面进行了全面的批评。

1. 关于取法对象。在取法的对象上,明人心中神圣的对象无疑是唐诗,尤其是盛唐诗,所谓"诗必盛唐"者是也。因此,在诗法的取法上,宋诗是绝对入不了他们的法眼的。周叙《诗学梯航》"述作下·专论唐律"云:"七言律诗至难作,在唐人中亦历历可数。杜工部最为浑成,中间却有太平易处,当择其精好。""杜牧之冠冕佩玉,尽有可学,亦有一二不合者,须择而去之也。"又认为岑参、王维、刘长卿、钱起、李商隐、许浑、刘禹

---

① 谢榛:《四溟诗话》卷一,周维德集校:《全明诗话》第二册,齐鲁书社,2005,第 1315 页。

锡、罗隐等皆有可取者，"要当立二杜、岑、王及盛唐名家为标准，以诸子为衡卫可也"，最后归结为"宋人则尤有不可学者，又非元人类矣。余故断以律诗必取唐人为法，识者试以五言辨之"。① 唐人乃至元代某些人的七言律诗作法均可仿效学习，唯有宋人是不可学的。为什么不可学？周叙《诗学梯航》的"品藻"中，评述了历代著名诗人风格，包括曹操、曹丕及建安七子、陶渊明等晋代诗人、沈佺期等唐代诗人。然后说："夫宋以来，岂无作者，时代既殊，声韵不协，已无取式，何必繁文？"②也就是说，随着时代的发展，宋诗已与唐诗和汉魏古诗完全不同，因此也就失去了仿效学习的价值。

2. 关于立意。谢榛《四溟诗话》卷一云："诗有辞前意、辞后意，唐人兼之，婉而有味，浑而无迹。宋人必先命意，涉于理路，殊无思致。及读《世说》'文生于情，情生于文'。王武子先得之矣。""宋人谓作诗贵先立意。李白斗酒百篇，岂先立许多意思而后措词哉？盖意随笔生，不假布置。"③立意本是诗法中极为重要的一个方面，所以黄清老（子肃）《诗法》中说："大凡作诗，先须立意。意者，一篇之主也。"但是，谢榛认为，宋人在作诗时，"必先命意""贵先立意"是错误的，因为这样就会"涉于理路，殊无思致"。显然，谢榛主张的是感兴或感性式的创作，而不是理性创作。在谢榛的这两段话中，"意"前者似乎是指立意，后者似乎是指构思。不管是指立意还是构思，因为都在创作之前，这就有了强烈的理性色彩，因此是不可取的。在谢榛看来，唐人诗兼有辞前意和辞后意，即创作之前大体的立意或构思、创作之后蕴含于语言之中的思想与情感，应当像李白那样，"意随笔生，不假布置"。宋人诗则事先确定的"意"自始至终都贯穿于创作或作品中，因此就没有了余味。谢榛的说法不无道理，但是并不是所有的诗人都具有李白那样的诗才，必要的理性、事先的立意

---

① 周叙：《诗学梯航》，周维德集校：《全明诗话》第一册，齐鲁书社，2005，第101—103页。
② 周叙：《诗学梯航》，周维德集校：《全明诗话》第一册，齐鲁书社，2005，第105页。
③ 谢榛：《四溟诗话》卷一，周维德集校：《全明诗话》第二册，齐鲁书社，2005，第1315页。

对于某些诗人、某些作品来说,是十分必要的。谢榛对宋诗"必先命意""贵先立意"的批评实际上涉及了中国古代诗歌创作的两种模式,即天才型或感兴式创作与普通型或理性式创作。谢榛显然推崇的是前者。

3. 关于命题。周叙《诗学梯航》"命题"条云:"宋人命题虽曰明白,而其造语陈腐,读之殊无气味,有非唐人之比。""元朝诸公承宋旧染,互相传袭,自非确然有识论,不溺于流俗,而或自拔于晋唐者,几何人哉!"认为宋诗在命题上"造语陈腐,读之殊无气味",甚至元人诗歌命题上存在着的问题也是因为受了宋人的影响,"承宋旧染,互相传袭"。而唐人的诗题则是"一诗之意,具见题中,更无罅隙。其所长者,虽文采不加,而意思曲折,叙事甚备而措辞不繁。所以觉唐见周人,诗无闲句。盖唐诗以法律名家,故其规矩谨严,不少放纵。"[1]唐诗题目貌美如花,宋诗题目处处伤疤!宋人在题目上简直就是唐人的反面!可见明人对宋诗命题的反感。

4. 关于字法与句法。谢榛《四溟诗话》卷四云:"七言近体,起自初唐应制,句法严整。或实字叠用,虚字单使,自无敷演之病。如沈云卿《兴庆池侍宴》:'汉家城阙疑天上,秦地山川似镜中。'杜必简《守岁侍宴》:'弹弦奏节梅风入,对局探钩柏酒传。'宋延清《奉和幸太平公主南庄》:'文移北斗成天象,酒近南山献寿杯。'观此三联,底蕴自见。暨少陵《怀古》:'一去紫台连朔漠,独留青冢向黄昏。'此上二字虽虚,而措辞稳帖。《九日蓝田崔氏庄》:'蓝水远从千涧落,玉山高并两峰寒。'此中二字亦虚,工而有力。中唐诗虚字愈多,则异乎少陵气象。……钱仲文七言律,《品汇》所取十九首,上四字虚者亦强半。如'不知凤沼霖初霁,但觉尧天日转明','鸳衾久别难为梦,凤管遥闻更起愁'之类。凡多用虚字便是讲,讲则宋调之根,岂独始于元白!"[2]谢榛在这里讨论的是七言近体的句法和字法问题。在他看来,在唐代,初唐之时,其句法严整,"实字叠

---

① 周叙:《诗学梯航》,周维德集校:《全明诗话》第一册,齐鲁书社,2005,第 94—95 页。
② 谢榛:《四溟诗话》卷四,周维德集校:《全明诗话》第二册,齐鲁书社,2005,第 1372—1373 页。

用,虚字单使"。中唐以后,"虚字愈多"。"凡多用虚字便是讲,讲则宋调之根"。这一方面批评了唐诗七言近体中虚字越来越多的现象,同时又认为多用虚字就是"讲"(议论),而"讲"又是宋诗最显著的特点,是最不应当仿效学习的。谢榛的说法显然涉及了以实字为主还是以虚字为主的句法结构或用字方法,这两种句法结构或用字方法确有唐宋之别,这不仅与内容有关,也与审美取向与时代风气有关。数量的多少显然不是至关重要的,关键是看是否合适。不问青红皂白,只管数量多少,而且只要是宋人的作法就一概否定,显然是不公允的。

5. 关于用事。王世懋《艺圃撷余》云:"使事之妙,在有而若无,实而若虚,可意悟不可言传,可力学得不可仓卒得也。宋人使事最多,而最不善使,故诗道衰。"①这一方面指出了宋人具有"使事最多,而最不善使"的特点,另一方面又指出了这就是宋诗衰落的主要原因。将用事归结于宋诗衰落的原因,这显然有点强词夺理的味道。

6. 关于议论。议论是宋诗中最重要的诗法之一,明人对此批评最多。《四溟诗话》卷四:"夫作诗者,立意易,措辞难,然辞意相属而不离。若专乎意,或涉议论而失于宋体;工乎辞,或伤气格而流于晚唐。""专乎意"就容易发议论,因而就成了宋体,便不可取。为什么议论不可取?赵宧光《弹雅》卷一云:"以议论为诗,大去诗矣。虽然,未失本旨。何也?古人里巷歌谣,实诗之祖,非议论之最近真实者乎?流传后世,古俗不伦,必传习始解。难解而解,谓之《尔雅》。《尔雅》,文之祖也。《尔雅》用事,议论遂如街谈巷说,著不得一字矣。故曰议论为诗,大去诗道。"②这从议论不符合为文之祖的特点来解释议论不合诗道,批评了宋诗,理由有点勉强。

7. 关于诗法的研究方式。谢榛《四溟诗话》卷二:"《诗人玉屑》集唐人句法,悉分其类,有裨于初学。但风骚句法,皆有标题。若'马倦时衔

---

① 王世懋:《艺圃撷余》,周维德集校:《全明诗话》第三册,齐鲁书社,2005,第1767页。
② 陈广宏,侯荣川编校:《稀见明人诗话十六种》,上海古籍出版社,2014,第766页。

草,人疲数望城',则曰'公明布卦';若'匠泥随燕嘴,花蕊上蜂须',则曰'东方占鹊'。殆与棋谱、牌谱,相类,论诗不宜如此。"《诗人玉屑》的这种命名方式确有故弄玄虚的色彩,谢榛的批评深中肯綮。

以上所列举的是明人反对宋代诗法研究与实践的主要方面,实际上,明人对宋代讲求诗法行为与思想的反对是全方位的,几乎到了逢宋必反的程度。但值得注意的是,所谓的反宋,其实很大程度上是仅仅局限于精英阶层或精英著作,至于中下层人士,特别是通俗的诗法著作,则是张开双臂,热情拥抱宋人讲求诗法的行为与成果,甚至一些精英人士和著作也是这种态度。这主要表现在以下几个方面:

理论上肯定诗法的作用。周叙《诗学梯航》载有周叙在正统十三年(1448年)为《诗学梯航》所作的序云:"《诗学梯航》者,论作诗法序源流,先职方府君之所藏而考订焉者也。"然后说其族伯父溪园先生与东吴王汝嘉先生曾说:"作文咏诗,虽由天分,未尝不本法度。"一方面指出了《诗学梯航》的主要内容是"论作诗法序源流",另一方面又记载了两位前辈对诗法的肯定,认为"作文咏诗,虽由天分,未尝不本法度。"[1]林希恩《诗文浪谈》在谈到诗法的作用时说:"岂惟篇章之大,有其法哉!是虽至于一字一句之间,则皆有其法,不可得而损益之者矣。此固成于变化,非属拟议。然而不有拟议焉,又安足以成变化之能哉!"[2]认为不仅长篇有法,就是一字一句之间,都有其法。而且这法是必不可少的。这就充分肯定了诗法的存在与作用。

许多诗法汇编类著作抄录了大量宋人的诗法学著作。例如李贽《骚坛千金诀》"唐人句法""宋朝警句""风骚句法"三部分,就抄袭的是《诗人玉屑》。钟惺《词府灵蛇》一集中的亨集仅从注明的材料来源来看,就有"诗戒谤伤"(山谷)、"学诗忌随人后"(《宋子京笔记》)、"要到自得处方是诗"(《漫斋语录》)、"先组丽而后平淡"(《韵语阳秋》)、"句外之意"

① 周叙:《诗学梯航》,周维德集校:《全明诗话》第一册,齐鲁书社,2005,第87页。
② 林希恩:《诗文浪谈》,周维德集校:《全明诗话》第一册,齐鲁书社,2005,第707页。

(杨诚斋语)、"诗意贵开辟"(《室中语》)、"含不尽之意"(《渔隐》)、"诚斋论造语法""错综句法"(《冷斋》)、"影略句法"(《冷斋》)、"阳陵论下字法"(《室中语》)、"东坡下字"(《唐子西语录》),等等,就是宋人论诗法的材料。

一些严肃的原创性的诗法学著作也有意无意地沿用了宋人的诗法研究成果。这在《四溟诗话》等著作中可见明显的痕迹。

大量的精英阶层在批评宋人的同时,也热衷于讨论和研究诗法。例如李东阳应当是明代批评宋人最严厉的理论家,但是,他的《麓堂诗话》中仍有不少论法之语。例如论诗的章法:"长篇中须有节奏,有操,有纵,有正,有变。若平铺稳布,虽多无益。唐诗类有委曲可喜之处,惟杜子美顿挫起伏,变化不测,可骇可愕,盖其音响与格律正相称。回视诸作,皆在下风。然学者不先得唐调,未可遽为杜学也。"①对诗歌中长篇之作的章法作了强调,并且认为长篇诗须要有节奏、有曲折,不能平铺直叙。杜甫的长篇是富于变化的,也最值得学习,但并不能一开始就学杜,必须先对其他诗人的作品有所了解,"先得唐调"。这一方面强调了长篇诗歌章法的重要性,另一方面又指出了学习章法的路径与方法。谢榛也是明人中批宋最多的理论家,然而,其《四溟诗话》却是明代独创性的诗话著作中讨论诗法最多的。例如卷三:"凡作诗文,或有两句一意,此文势相贯,宜乎双用。如李斯《上秦始皇书》:'不问可否,不论曲直,非秦者去,为客者逐。'王褒《圣主得贤臣颂》:'生于穷巷之中,长于蓬茨之下,无有游观广览之知,顾有至愚极陋之累。'秦汉以来,文法类此者多矣,自不为病。王勃《寻道观》诗:'玉笈《三山记》,金箱《五岳图》。'骆宾王《题玄上人林泉》诗:'芳杜湘君曲,幽兰楚客词。'皆句意虽重,于理无害。若别更一句,便非一联造物矣。至于太白《赠浩然》诗,前云'红颜弃轩冕',后云'迷花不事君'两联意颇相似。刘文房《灵祐上人故居》计,既云'几日浮生哭故人',又云'雨花垂泪共沾巾',此与太白同病。兴到而成,失于检

---

① 李东阳:《麓堂诗话》,周维德集校:《全明诗话》第一册,齐鲁书社,2005,第481页。

点。意重一联,其势使然;两联意重,法不可从。"这里讨论的句与句之间的关系,便是宋人讨论的重点诗法问题之一,而谢榛所讨论的问题甚至观点都与宋人高度一致。可见,明人对诗法同样热衷。

第四节　明代诗法学的创新

明人一方面在批评宋人的诗法研究,另一方面却又大规模地继承了前人的研究成果。在继承的基础上又有了创新。这些研究为诗法学增添了新的内容,从中可见明代诗法学在继承上的创新。

一、对诗歌命题的新探讨

在唐五代至宋元的诗法学著作中,人们对于如何命题很少论述,但是明人对此作了较深入的探讨。周叙《诗学梯航》中专门辟有"命题"一章讨论如何命题的问题,这在以前的诗法学论述中是少见的。周叙首先指出:"作诗命题,大为要事。"又认为:"或有先立题后赋诗者,或有因诗成而缀题者。随其赋兴,有此二端。"将命题的方式归纳为两种:一种是"先立题后赋诗",一种是"因诗成而缀题"。然后说:"自有诗以来,命题之语,代各不同,视其题语之纯驳,则知所作之高下,而可以窥其识见之浅深矣。"叙汉魏晋唐诗各有特点,"两汉尚矣,由汉而下,魏晋诗人赋咏篇什,无藉于题,特立题以纪辞耳,其语甚简……宋齐以往,渐加繁细……渐流至唐,愈加精密矣。尝观唐人之作,一诗之意,俱见题中,更无罅隙。其所长者,虽文采不加而意思曲折,叙事甚备而措辞不繁。所以觉唐见周人,诗无闲句。盖唐诗以法律名家,故其规矩谨严……至无可书,始有题曰送某人、寄某人、游某地、咏某物、述某事而已。但有余意,必形于题。"说到宋人,则云:"宋人命题虽曰明白,而其造语陈腐,读之殊无气味,有非唐人之比。""元朝诸公承宋旧染,互相传袭,自非确然有识论,不溺于流俗,而或自拔于晋唐者,几何人哉!"然后总结道:"欲效一物,必获其肖,谚所共谕。凡学汉魏诗,其题必祖汉魏;拟齐梁,必仿诸齐梁;唐体亦然,各贵乎似。以齐、梁、唐人之语题于汉魏古诗之首,是犹如近世巾帽而被玄端之服,不免为识者所诮。以汉魏题目而冠诸齐、梁、唐体之上,亦不伦矣。如是者,大纲既失,或与议诗云乎?"①这些阐述首先是通过对汉魏以来诗歌命题发展史的考察,得出了一个结论,即除宋元人外,其他朝代的诗歌命题方式都是可学的。这是从诗歌史的角度确定了诗歌创作在命题上应当学习仿效的对象,为学诗者指明方向。其次,认为"凡学汉魏诗,其题必祖汉魏;拟齐梁,必仿诸齐梁;唐体亦然,各贵乎似"。也就是学习哪一代的诗歌,就要用哪一代的命题方式,不能张冠李戴,否则就会出现"犹如近世巾帽而被玄端之服,不免为识者所诮"的局面。

《诗学梯航》在对命题的论述上,虽然有对宋诗的偏见,但是,其论述的全面和观点的深刻性是前代少有的。

谭浚《说诗》卷中"时论"有"命题"一条云:"作诗者,每不追于古,命题者,亦鲜能于今。以一篇文意命题者,如《楚辞·橘颂》、汉《天马歌》《孤儿行》也。以一句命题者,汉《陌上桑》《白头吟》也。命题不在篇句者,汉《折杨柳行》《饮马长城窟》也。命题以首句二字者,《三百篇》、汉乐府辞也。或曰:观古今诸集,不必玩诗,望见题引,而世代人品可知也。"谭浚在这里提出了一个颇有时代特色的观点:"作诗者,每不追于古,命题者,亦鲜能于今。"意思是作诗命题的人,如果不向古人学习,也就不可能在当代取得新鲜感,有新的创造。提倡要向古人学习,从古诗的命题方式中寻找灵感。谭浚还对《诗经》、汉代乐府诗的命题方式进行了分类,并提出了自己的看法:"观古今诸集,不必玩诗,望见题引,而世代人品可知也。"观诗题而知时代风格和诗人人品,诗题具有丰富的信息和重要的标志意义,因此,向古人学习命题方式是极为重要的。

---

① 周叙:《诗学梯航》,周维德集校:《全明诗话》第一册,齐鲁书社,2005,第94—95页。

　　向古人学习命题的方式是值得肯定的,但不能陷入泥古不化的境地。江盈科《雪涛阁诗评》卷一载:"古乐府、古诗所命题目,如《君马黄》《雉子班》《艾如张》《自君之出矣》等,类皆就其时事构词,因以名篇,自然妙绝。而我朝(明)词人,乃取其题目,各拟一首,名曰复古。夫彼有其时,有其事,然后有其情,有其词。我从而拟之,非其时矣,非其事矣,情安从生? 强而命辞,纵使工致,譬诸巧工能匠,塑泥刻木,俨然肖人,全无人气,何足为贵? 夫肖者且不足贵,况不肖者乎?"指出古乐府与古诗的命题方式是"就其时事构词,因以名篇",明人拟古时,仍取其旧题,完全不顾时与事均发生了变化,哪有可能产生真感情? 无真感情而勉强拟作,则似土木塑像,全无人气。这就严厉地批评了明代诗人的诗歌拟古之风。

　　对诗歌命题作如此细致全面的研究,唐宋元人均无此举。

二、对章法的新看法

　　明代的诗人和诗论家非常重视对诗歌章法的研究,认为章法具有特殊的地位和作用,正如王樐所说:"章法一明,则句不泛施,言必当物,一唱一和,各有攸归,前不置之于后,后不置之于前,如造化生成,自本自支,不假人力,是为妙也。"(《诗法指南》"诗有题目章法"条)从创作的角度来说,章法一明,许多与诗歌艺术相关的问题就可迎刃而解,因此,重视章法的研究就自在情理之中了。正因为如此,所以,明人在前人的基础上对章法作了大量新探讨,提出了一些新的看法。

(一)以起承转合或起联结论章法

　　周叙《诗学梯航》"辨格"云"律诗有分四实者、四虚者、前实后虚者、前虚后实者"。这显然是继承了宋代周弼的说法。而在"述作下·专论唐律"中,专门讨论了唐代律诗的特点与作法,在讨论其章法时,并没有采用周弼之说,而是认为:"律诗,必截然祖于唐人。盖唐以前,未有此体。景云以后,此体始出,中唐尤盛。谓之律者,犹法律然……大略先以起承转合为一诗之主。既起端于首联,颔联便须接其意,颈联又须宛转斡旋,至末联将一诗之意复合为一矣。""唐人律诗,尤重五言,如岑参、王维、武元衡,声口典重,法度持正,甚可师法。他若钱起之清新,张籍之俊逸,许浑之苍翠,皆足起兴。唯刘长卿兴趣优游,理意充足,指事切实,命意周圆,最当枕藉,以为终南之捷径,极是得力。起句先欲拆破题意,令观者即知此篇为何而作。中间一联证实,一联妆点,互相答应。结语贵有出场,贵有深意,看到尽处,使人不忍读竟。譬则一段话,初说已见心事,中间愈说愈滋味精神意思。末后敷扬,以为收合。庶可令众耸听,不然则淆乱无序,言者烦而听者厌矣。"①

周叙在对五言律诗章法的分析上虽然沿用了起承转合之说,认为"大略先以起承转合为一诗之主",但是,其创新之处有二:一是在取法的对象上,特别推崇刘长卿;二是对起承转合的阐释,尤其是对合的阐述。周叙认为,五言律诗的取法对象,除了岑参、王维、武元衡、钱起、张籍、许浑等之外,最值得仿效学习的是有"五言长城"之称的刘长卿,因为他的五言律诗"兴趣优游,理意充足,指事切实,命意周圆",所以,"以为终南之捷径,极是得力"。周叙特意举了刘长卿的《巡去岳阳却归鄂州使院留别郑洵侍御侍御先曾谪居此州》及《见秦系离婚后出山居作》两诗为例,来说明刘长卿五言律诗在起承转合的章法上如何高妙。例如《见秦系离婚后出山居作》:"岂知偕老病,垂老绝良姻。郤氏诚难负,朱家自愧贫。绽衣留欲故,织锦罢经春。何况蘼芜绿,空山不见人。"周叙解说道:"一起便见题意,颔联只于题意内引两事以证实之。颈联就此题模写目前之事,以为妆点。一结尤清新俊逸,而深意寓其中。凄婉之情,恻然见于词气之表,将秦系心中所蕴写尽。数百载之下读之,如身亲见秦系事。唐人中称长卿诗'五言长城',信不诬也。"一般人评刘长卿诗,或曰"思致

---

① 周叙:《诗学梯航》,周维德集校:《全明诗话》第一册,齐鲁书社,2005,第100—101页。

幽缓"(方回),或曰"凄婉清切,尽羁人怨士之思"(李东阳),很少有人从章法的角度来入手的。周叙与众不同的是,对刘的论述从章法着眼,认为刘长卿五言律诗的章法虽在起承转合的框架之内,却又做得极为妥帖高明,有自己的特色,这是别具只眼的。而在对起承转合的阐释上,虽然总体上并无太大的突破,但是,在对结语的论述上特别周详具体,令人豁然。

周叙在对章法的阐述上还有一个值得注意的地方,就是他并不将七言律诗的章法与五言律诗的章法混为一谈,而是区别对待。他说,七言律诗"其法要一句接一句,脉络须贯通,不可歇断。才歇断,意便不接;中间有说景处,虽似歇断,而言外之意,其脉络自然贯通连属。"①在这里,周叙只是谈到了七言律诗在章法上要"脉络须贯通,不可歇断",而没有用起承转合的模式来分析。这说明他对五七言律诗章法的看法是有区别的。

汪彪《全相万家诗法》将诗歌的章法简化为起、联、结三格:"名教中作诗者,须看古人作诗用起、联、结,俱有三格,且载于后。此格自唐宋以来,作者信之,深用之广,后学者宜师之。"②认为作诗最重要的是章法上的起、联、结,而这三个部分各有三格,也就是各有三种写法,这是唐宋以来广大诗人普遍运用的章法结构和写作方法,值得学诗者认真深入地学习。汪彪的整个诗歌章法论就是以此为中心展开的。

汪彪认为,起是诗歌章法中很重要的部分,起有三格:"起句第一格,以联句为首。"即以对句为起。如杜甫"两个黄鹂鸣翠柳,一行白鹭上青天"等。"起句第二格。此格最妙,难为作者。以首一句起倡,以二句为主,发一律之端,是诗之纲领也。"如柳宗元《登城楼》中第二句"海天愁思正茫茫"中的"愁"字是纲领,发一律之端。接下四句是:"皆愁思之事,涵蓄怀友之意。结句恨身居百越之地,有书不能寄焉。"李商隐《锦

① 周叙:《诗学梯航》,周维德集校:《全明诗话》第一册,齐鲁书社,2005,第 102 页。
② 汪彪:《全相万家诗法》卷一,周维德集校:《全明诗话》第三册,齐鲁书社,2005,第 1767 页。

瑟》亦如此。"起句第三格。此格上句生下句。"如唐彦谦《鹤》①:"秋风吹却九皋禽,一片闲云万里心。碧落有情应怅望,青天无路可追寻。""鹤一失去于万里之外,徒为怅望,则无路可追。此一句生一句。后仿此。"②归纳出近体诗的三种起的方式,并认为第二格是最好的。

对于联句的这部分,汪彪认为:"联句第一格。取其豪迈洒落出尘者,观者感之,自然奋发。"如赵嘏《长安晚秋》"残星几点雁横寒,长笛一声人倚楼"等。"联句第二格,乃错综之法也。"如杜甫"香稻啄残鹦鹉粒,碧梧栖老凤凰枝"及王安石"缲成白雪桑重绿,割尽黄云稻正青"之类。"联句第三格。下句承上句,两句如一口气说来。此法最顺,难为涵蓄,观者详之。"如杜牧《九日齐山》"尘世难逢开口笑,菊花须插满头归"之类。③ 这三种写法的着眼点是不同的,第一格是从风格、意境入手,第二格是从句法的颠倒错综着眼,第三种则是从上下句之间的关系立论。汪彪对于联句的这三种写法各自的要注意的问题也作了说明,由此可见其细密的用心。

至于结,也就是诗的结尾,汪彪认为,结句第一格"以一事结,此法作者众矣。尾句顺流云一事着肩者是也"。如李商隐《井络》"将来为报奸雄辈,莫向金牛访旧踪"、杜牧《润州》诗"月明更想桓伊在,一笛闻吹出塞愁"之类。"结句第二格。以二事结,此法最佳,意出尘表,今作者鲜能及矣。"如刘长卿《登余干城》"沙鸟不知陵谷变,朝来暮去弋阳溪"、罗隐《锦谷》诗"今日不堪回首望,古烟高木隔绵州"。结句第三格,是"以三事结。此法愈佳,虽与前不贯,而意涵在其中矣。"如李山甫《上元怀古》"试问繁华何处在? 雨苔烟草石城秋"、谭用之《赠处士》"一度相思一惆

---

① 汪彪误,此实为李远《失鹤》诗。
② 汪彪:《全相万家诗法》卷一,周维德集校:《全明诗话》第三册,齐鲁书社,2005,第 1767—1768 页。
③ 汪彪:《全相万家诗法》卷一,周维德集校:《全明诗话》第三册,齐鲁书社,2005,第 1768—1769 页。

怅,水寒烟暖落花前"之类。[1] 汪彪在这里所说的"事",其实不仅是事情,同时也指物象或者意象,如第三格中的所谓"三事",最后一句都是三个不同的意象。在结句三格中,第二格最受汪彪青睐,认为它"意出尘表"。第三格也不错,因为它"虽与前不贯,而意涵在其中矣"。

汪彪在总结了诗歌起、联、结的通常写法之外,又注意到了另一个情况。他在卷二的"又叙"条中说:"古人作诗,起、联、结,每有三格,今述于右。善吟者皆有之。惟有宋邕《述汉武帝思李夫人》[2]一诗与众万万不同(左云:'此诗赋比兴虽杂,怀思在其中有贯'):'惆怅失颜不复归',赋也。'晚秋黄叶满天飞',兴也。'迎风细荇传香粉,隔水残霞见画衣',比也。'白玉帐寒鸳鸯绝,紫陌宫远雁书稀',赋也。'夜深池上兰桡歇,断续歌声接太微',兴也。此首句赋也,第二句兴也,颔联比也,颈联又赋也,结句又兴也。此法甚佳,作者宜认之。"[3]自南宋《环溪诗话》以后,就有一种将赋比兴与诗歌的章法联系在一起的分析方法。汪彪继承了这一分析方法,认为这种"首句赋也,第二句兴也,颔联比也,颈联又赋也,结句又兴也"的章法,是非常值得肯定的写法,应当深入研究。

汪彪所讨论的诗歌章法,显然是侧重于近体诗。将诗歌的章法分为起、联、结三个基本的单位(格),然后又在每一单位(格)之下,归纳出三种基本的写法,这一思路与元代以来流行的起、承、转、合或唐五代以来的首联、颔联、颈联、尾联的四分法是不同的,而且汪彪在每一格之下又总结出了三种不同的写法,这些写法的总结才是汪彪章法研究的精华。虽然并非完全是汪彪的创造,是在充分吸收前人研究成果的基础上提出的,但也弥足珍贵,对初学者具有重要的指引作用。当然,汪彪的某些说法也未必妥当。例如对"结"这一格的分析,他是按"事"的多少来分的,即以一事结、二事结、三事结,这样的分类显然没有抓住诗歌结尾的本

---

[1] 汪彪:《全相万家诗法》卷一,周维德集校:《全明诗话》第三册,齐鲁书社,2005,第1770页。

[2] 此诗《全唐诗》作曹唐诗。

[3] 汪彪:《全相万家诗法》卷二,周维德集校:《全明诗话》第三册,齐鲁书社,2005,第1771页。

质,因为诗之结尾是否优秀并非取决于"事"之多少,而取决于是否有余音袅袅之效,而诗之余音往往并不来自"事"多"事"少,而来自诗人巧妙的艺术构思和手法,单纯以"事"之多少来定高下,显然只是看到了皮毛。

陆时雍在《诗镜总论》中提出了诗歌创作章法上一个非常重要的问题:"凡法妙在转,转入转深,转出转显,转搏转峻,转敷转平,知之者谓之'至正',不知者谓之'至奇',误用者则为怪而已矣。"①这是明代诗歌章法研究上提出的一个颇具高度的看法。在此之前的章法研究或集中于总论起承转合,或阐述起承转合在诗歌中的具体表现,而陆时雍则别具只眼,撇开起、承、合不论,而集中论转,认为转是诗歌章法中最重要的环节。同时,他又列出了诗歌中八种转的情况,并认为,对于转的不同看法,体现了不同的认识水平。言外之意就是认为,对于转的真正意义的认识,只有"知之者"这样的智者才可能做到,"不知者""误用者"是意识不到的。

诗歌章法的研究由来已久,起承转合的出现是一大转折点,从研究的重点来说,或平均用力,起承转合无一不重要;或重点研究结,所以关于如何结的研究,历来是人们所关注的。例如《白石道人诗说》云:"一篇全在尾句,如截奔马。词意俱尽,如临水送将归是已;意尽词不尽,如抟扶摇是已;词尽意不尽,剡溪归棹是已;词意俱不尽,温伯雪子是已。"对尾句的分析细致而周全,之所以如此,是因为姜夔认为"一篇全在尾句"。重结、重起、重承,都有一定的道理,体现了各自不同的眼光,也体现了不同的认识水平,但就章法来说,确实如陆时雍所说的,最重要的还是转,转才是诗歌创作的灵魂。因为转充分体现了一位诗人的艺术与思维水平,也体现了一首作品的艺术成就。从诗人的角度来说,作品能转或转得好,是一位诗人活跃的思维及高超的认识与艺术修养的体现。例如骆宾王《在狱咏蝉》:"西陆蝉声唱,南冠客思侵。那堪玄鬓影,来对白头吟。露重飞难进,风多响易沉。无人信高洁,谁为表予心。"此诗有三转,第一

---

① 陆时雍:《诗镜总论》,周维德集校:《全明诗话》第六册,齐鲁书社,2005,第5118页。

转在三四句"那堪玄鬓影,来对白头吟",相对一二句中的"南冠客思侵"是一转。第二转在五六句"露重飞难进,风多响易沉",是相对三四句的转。第三转是在七八句"无人信高洁,谁为表予心",这是相对五六句的转。全诗三转,每一转都在内容上加深了一层。整首诗是一个浑然一体的整体,同时又有内在的转折,因而使这首诗成为文学史上的杰作。可见,只有转,才能做到层层深入,才能开拓作品的表现空间,让作品得到升华。只有转,才能体现作品的跌宕起伏,才能避免平铺直叙。只有转,才能充分地吸引读者,增添作品的表现力。可见,在诗歌创作中,转是一个非常重要的环节,也是一种极为重要的艺术技巧。陆时雍能在影响诗歌创作的众多要素中,拈出转这一要素或环节,可谓别具只眼,别具慧心!

在陆时雍之前,李东阳则从另一个角度来说明这一问题:"人但知律诗起结之难,而不知转语之难,第五第七句尤宜着力。如许浑诗,前联是景,后联又说,殊乏意致意。"(《麓堂诗话》)李东阳是从写作之难的角度来说明的,而且点明了律诗的第五句、第七句是转,这等于是说明律诗八句之中存在着两次转。之所以强调转,也是强调变化,反对无变化的重复、重叠。这也有一定的新意,但可惜的是,李东阳对转的论述的高度和深度均不如陆时雍。

(二)以"就题立意""诗应乎题"论章法

以起承转合论章法,往往是撇开诗题单独讨论诗的章法结构,这种研究自有其合理之处,但撇开诗题来讨论章法,未免存在瑕疵。王樨的《诗法指南》则从诗与题的关系来讨论章法,提出了"诗应乎题"的说法,这从另一个角度弥补了单独论诗章法之不足。

王樨的《诗法指南》有"诗有题目章法"一条先举杜甫《堂成》《严郑公枉驾草堂兼携酒馔》两诗为例,然后云:"古诗书皆有序,所以序作者之意。律诗有题,即古诗书之序也。故作诗者先须因事立题。题立则就题立意,诗缘以作。"①这就指出律诗之题的性质、来源,以及具体的写作方法,其中"就题立意"是核心观点。

那么,如何"就题立意"呢? 王楷就以杜甫《堂成》《严郑公枉驾草堂兼携酒馔》两诗为例作理论阐述:"如题曰'堂成',则赋成之外无他意,故起曰'背郭堂成荫白茅,缘江路熟俯青郊',以见堂之规制面势。而下继曰'桤林碍日吟风叶'云云四句,以见林木之美,禽鸟之适,如此则赋堂成者备矣。故止结之曰'旁人错比扬雄宅'二句,不过引扬雄以自况而自居也,以终所赋之意,一起一结,自为始终,谓之一章也。"这段话的中心就是说明杜甫的这首诗"赋成之外无他意",就是紧紧围绕诗题的"堂成"二字作文章。而在具体的分析中,又运用了起、结的概念。"如题曰'严郑公枉驾'云云,则情事兼致。故起曰'竹里行厨洗玉盘'云云二句,以见严公一时携馔,气象之甚如此。继承之曰'非关使者'云云二句,然后枉驾携酒之意备见。此前一章也。至颈联则曰'百年地僻'云云二句,'五月'以实仲夏,'柴门''草阁'以实草堂。结曰'看弄渔舟'云云二句,言柴门地僻,百年之迥,则其素无宾客可知矣。草阁深、五月寒,无他风景可知矣。而公乃独看渔舟以移白日,则我老农何所有,而尽其交欢如此哉! 其感愧之情,溢于言外,而四句自为起伏。此后一章也。两章相属,而脉络贯通。"王楷对此诗的解说与对杜甫《堂成》的解说一样,都是要求诗歌紧紧围绕诗题展开,也是运用了起、承、颈、结等概念。

王楷在作具体的分析后总结说:"原其情景交畅,则一开一合,各有指归,谓之分章也。然章虽有分合,其指事达情,言意两尽,皆不外乎诗之序也。是则因事立题,缘题求诗,诗应乎题,则格自从而定矣,所谓章法也。"这就是说,总结杜甫两诗的特点,无论它怎样分章开合,但都离不开诗题,也就是"诗之序",即作者作诗之意。整首律诗,其总的章法就是"诗应乎题"。有了这一原则和方法,那么,诗的风格、境界等也因此确定。

---

① 王楷:《诗法指南》,周维德集校:《全明诗话》第三册,齐鲁书社,2005,第2419页。

王樨的这一说法融合了起承转合与首颔颈尾等传统的章法分析概念与方法,但是,它又是以诗与题的关系为中心的,并非离开诗题来讨论诗的章法结构,因此,与一般的章法分析同中有异,异中有同。

(三)以景意、阔细、浓淡、主辅等论章法

李梦阳说:"叠景者意必二,阔大者半必细,此最律诗三昧。如'浮云连海岱,平野入青徐。孤嶂秦碑在,荒城鲁殿余',前景寓目,后景感怀也。如'诏从三殿去,碑到百蛮开,野馆浓花发,春帆细雨来',前半阔大,后半工细也。唐法律甚严惟杜,变化莫测亦惟杜。"李梦阳从杜甫律诗中总结出了"叠景者意必二,阔大者半必细"的章法特点,认为这"最律诗三昧",也就是律诗章法最为关键的要领或真谛。为什么李梦阳这样认为?这一方面是因为他从杜甫律诗中发现了这一规律,而杜甫为诗之圣者,杜甫诗的这种章法特点无疑具有相当的权威性和典范性。另一方面,李梦阳总结出来的这种章法,似乎主要针对的是写景的内容,其最重要的特点是强调变化。同是写景,其内容或侧重点应有所不同。同是写景,如果前半阔大,后半就要工细;前半工细,则后半阔大。这样的章法有其合理性,因为强调的是变化,就避免了呆板和千篇一律,为作品带来了活力。

李梦阳的这一说法,得到了后来许多人的肯定。如邓云霄《冷邸小言》说:"李献吉云:'叠景者意必二,阔大者半必细。'此言泄律诗三昧。"并举了许多例子来说明这一章法,并对李梦阳的话作了进一步的发挥:"故诗之对偶,须变化开阖,响应顾盼。"[1]《唐宋诗醇》卷一也说:"李梦阳曰:'叠景者意必二,阔大者半必细',极得诗家微旨。"之所以如此,是因为从诗法学史的角度来说,李梦阳的这种诗歌章法分析的方法,从意(内容)与意境、风格的搭配这一新的角度为章法分析提供了一种全新的方法,而且这也符合优秀诗歌创作的实际。因此,这是值得高度注意的。

---

① 邓云霄:《冷邸小言》,周维德集校:《全明诗话》第四册,齐鲁书社,2005,第 3486 页。

谢榛对律诗的章法提出了独到的见解,他认为:"律诗虽宜颜色,两联贵乎一浓一淡。若两联浓,前后四句淡,则可;若前后四句浓,中间两联淡,则不可。亦有八句皆浓者,唐四杰有之;八句皆淡者,孟浩然、韦应物有之。非笔力纯粹,必有偏枯之病。"(《四溟诗话》卷二)谢榛在这段话中从运用颜色的角度来讨论律诗的章法,这个角度是以前的律诗章法论者没有论述过的。他提出了几个观点:一是认为"两联贵乎一浓一淡"。也就是要有浓淡的变化。二是认为"若两联浓,前后四句淡,则可;若前后四句浓,中间两联淡,则不可"。也就是说,律诗的中间两联宜浓不宜淡。三是认为也有八句皆浓、八句皆淡的,但这种没有浓淡变化的作品,如果不是功夫到家,就一定会存在着"偏枯之病"。可见,从颜色运用的角度来看,谢榛最强调变化,这是他的核心观点。对于律诗八句,他又最重视中间两联,认为这两联宜浓不宜淡。这可以看出他对律诗章法思考的重点。

谢榛又从主与辅的不同,提出了律诗章法上的两种类型,他说:"诗以两联为主,起结辅之,浑然一气。或以起句为主,此顺流之势,兴在一时。"(《四溟诗话》卷二)一种是以中间两联为主,其他两联为辅;一种是以起句为主,其他各联为辅。这两种类型的律诗的写作方式是不同的,一种是追求"浑然一气",一种是"顺流之势,兴在一时"。这两种律诗的章法类型的分类是有一定的道理的,在诗歌创作中确实也是客观存在。而谢榛这段话的精华不仅在于分类,更在于分辨其不同的写法与追求,明察它们之间的细微区别。而这正是谢榛的特长。

(四)章法"三分说"的提出

在明代的诗歌章法研究中,谭浚在《说诗》中提出的"三分说"是颇具特色的。他说:"凡诗篇大约三分:大篇一分头,五分腹,三分尾;小篇一分头,三分腹,一分尾。起欲紧重而包含,中欲充满而曲折,结欲词轻而意足。篇段要分明,不露其迹。盖意分而语串,意串而语分也。戴帅初曰:'作者宜致意焉。'篇中三段各致其意,故操词易,命意难,如构宫室,必法度刑①似备于胸中,始施斤钺也。"②谭浚将诗歌的结构分为头、腹、尾三个部分,这样的分法不足为奇,是章法分析中常用的三分法,他的观点中最值得注意的是,他以建造宫室为比喻,将诗歌三个部分所占的比重加以量化,对大篇、小篇提出了不同的量化标准:"大篇一分头,五分腹,三分尾";"小篇一分头,三分腹,一分尾"。这里的"分"指的是比重或分量。同为诗歌,篇幅大小长短不一,其头、腹、尾三部分所占的比重是不同的。这一说法是以前的章法分析中没有的。而且谭浚还在三部分各占不同的比重的基础上,对三部分的写法提出了具体的要求,即"起欲紧重而包含,中欲充满而曲折,结欲词轻而意足"。同时还要求"篇段要分明,不露其迹。盖意分而语串,意串而语分也",也就是层次要清楚,语意要关联。总之,就是要做到"如构宫室,必法度刑似备于胸中,始施斤钺也"。有了对全篇的整体把握与构思,才可动手写作。谭浚的这些说法无疑是具有新意的。

(五)章法"三难说"及"篇法圆紧说"的提出

王世贞对诗歌的章法进行了全面的研究,提出了"三难说"等观点。例如,他在《艺苑卮言》卷一中说:"歌行有三难:起调一也,转节二也,收结三也。惟收为尤难。如作平调,舒徐绵丽者,结须为雅词,勿使不足,令有一唱三叹意。奔腾汹涌,驱突而来者,须一截便住,勿留有余。中作奇语,峻夺人魄者,须令上下脉相顾,一起一伏,一顿一挫,有力无迹,方成篇法。此是秘密大藏印可之妙。"③将歌行的结构分为起调、转节、收结三部分,这三个部分都是难于写好的。其中收结,也就是歌行的结尾最难写好。怎样才能写好?他认为:"如作平调,舒徐绵丽者,结须为雅词,

---

① "刑",原文如此,疑为"形"字之误。
② 谭浚:《说诗》卷中,周维德集校:《全明诗话》第三册,齐鲁书社,2005,第1824页。
③ 王世贞:《艺苑卮言》卷一,周维德集校:《全明诗话》第三册,齐鲁书社,2005,第1886页。

勿使不足,令有一唱三叹意。奔腾汹涌,驱突而来者,须一截便住,勿留有余。"他用举例的方式,总结了两种收结的方法:一,如果是舒徐绵丽的风格,就用雅词作结,使结尾有一唱三叹之效;二、如果是气势奔放的风格,那就突然截住,戛然而止。至于歌行的中间部分,其写法是"中作奇语,峻夺人魄者,须令上下脉相顾,一起一伏,一顿一挫,有力无迹"。也就是要尽量写得奇幻,出人意表,不能平庸。同时又要做到起伏跌宕,意脉不断。王世贞将此视为歌行体写作的最大秘密,由此可见其自负。

对于七言律诗的章法,他认为:"七言律不难中二联,难在发端及结句耳。发端,盛唐人无不佳者。结颇有之,然亦无转入他调及收顿不住之病。篇法有起有束,有放有敛,有唤有应,大抵一开则一阖,一扬则一抑,一象则一意,无偏用者……篇法之妙,有不见句法者;句法之妙,有不见字法者。此是法极无迹,人能之至,境与天会,未易求也。有俱属象而妙者,有俱属意而妙者,有俱作高调而妙者,有直下不对偶而妙者,皆兴与境诣,神合气守使之然。"(《艺苑卮言》卷一)在这段话中,王世贞对七言律诗的章法进行了分析,总结出了盛唐七言律诗章法上达到了很高的境界,其普遍特点是"大抵一开则一阖,一扬则一抑,一象则一意,无偏用者"。这一章法特点强调的就是以一联或一句为单位,相互之间不重复、不偏颇,有一开一阖、有一扬一抑、一象一意的变化。这一总结是比较准确的。

同时,他又对盛唐七言律诗的起结也进行了分析,认为其起无不佳者,其结也是"无转入他调及收顿不住之病",也指出了其特点。王世贞的这一看法,与李梦阳"叠景者意必二,阔大者半必细,此最律诗三昧"有异曲同工之妙。

王世贞最欣赏的是"篇法圆紧""无余法而有余味"的章法。他说:"谢茂秦论诗,五言绝以少陵'日出篱东水'作诗法。又宋人以'迟日江山丽'为法。此皆学究教小儿号嗄者。若'打起黄莺儿,莫教枝上啼。啼时惊妾梦,不得到辽西',与'山中何所有?岭上多白云。只可自怡悦,不堪持赠君'一法,不惟语意之高妙而已,其篇法圆紧,中间增一字不得,着一意不得,起结极斩绝,然中自纾缓,无余法而有余味。"(《艺苑卮言》卷四)"日出篱东水"和"迟日江山丽"都是杜甫诗,在王世贞看来,不管是谢榛还是宋人,以这两首诗为章法范本都是小儿科的观点,章法上真正的高妙之作乃是"打起黄莺儿"和"山不何所有"这样的作品,这两首诗的共同特点便是"篇法圆紧……起结极斩绝,然中自纾缓,无余法而有余味"。这话共有三层意思:一谓其章法严谨完美,二谓其起与结这两个部分都做得干脆利落,不拖泥带水,而中间又自有从容不迫的态度;三谓其章法在境界上达到了"无余法而有余味"的程度,确为五言绝句章法的最高水平。王世贞的分析当然是有道理的,准确地指出了这两首诗章法上的特点。但是,我们也应指出的是,"打起黄莺儿"这首诗,在宋代就已经是分析诗歌章法的范本了,《诗人玉屑》卷六引《小园解后录》就说韩驹早就"令参此诗以为法",并认为唐人此诗与韩驹本人的"汴水日驰三百里"两诗是诗歌章法结构的典范之作,"后之学诗者,熟读此二篇,思过半矣"。但王世贞的分析更为具体细致,其阐释之功亦不容抹杀。

(六)胡应麟对章法的全面研究

胡应麟对章法亦多研究,他几乎是研究了诗歌史上所有的重要诗体的章法。他认为"凡诗诸体皆有绳墨"(《诗薮》内编卷三),因此,他常常将章法的特点看成是一个诗歌史的问题,认为各个时代不同的诗人、诗体具有不同的章法特点。例如,他说:"汉人诗不可句摘者,章法浑成,句意联属,通篇高妙,无一芜蔓,不著浮靡故耳。子桓兄弟努力前规,章法句意,顿自悬殊,平调颇多,丽语错出。王、刘以降,敷衍成篇。仲宣之淳,公幹之峭,似有可称,然所得汉人气象章节耳。精言妙解,求之邈如。"①认为汉人诗的特点是"章法浑成,句意联属,通篇高妙,无一芜蔓"。到了曹丕、曹植时,他们的诗歌章法便与汉诗大为不同了。这是从

---

① 胡应麟:《诗薮》,周维德集校:《全明诗话》第三册,齐鲁书社,2005,第 2507 页。

章法的角度来观察诗歌的演变。

而对于不同体裁的诗歌,胡应麟也能分辨出它们之间在章法上的细微差别。例如,他说:"凡诗诸体皆有绳墨,惟歌行出自《离骚》、乐府,故极散漫纵横,初学当择易下手者。"并认为李白《捣衣曲》《百啭歌》,杜甫《洗兵马》《哀江头》,高适《燕歌行》,岑参《白雪歌》等作品是"脉络分明,句调婉畅"之作,是值得初学者好好学习的(《诗薮》内编卷三)。胡应麟首先认为"凡诗诸体皆有绳墨",就是说,各种诗体都是有自己严格的章法特点的,因此,创作者都要严格遵守其章法,唯有歌行这一体是"极散漫纵横",也就是不太讲究章法,因为它来源于《离骚》、乐府。相对而言,李白《捣衣曲》《百啭歌》,杜甫《洗兵马》《哀江头》,高适《燕歌行》等作品就是歌行中比较讲章法的作品了,因此值得初学者学习。这就将歌行体的章法特点揭示了出来。而且就是歌行体,胡应麟也对它们作了区别:"阖辟纵横,变幻超忽,疾雷震霆,凄风急雨,歌也;位置森严,筋脉联络,走月流云,轻车熟路,行也。太白多近歌,少陵多近行"(《诗薮》内编卷三)。歌与行本来就是比较接近的诗体,但胡应麟认为,这二者在"极散漫纵横"的总体章法特点的基础上,还是存在着一定的区别:歌更为自由变化,不可预测;行则相对更讲究章法,所谓"位置森严,筋脉联络,走月流云,超车熟路"是也。李杜二大家,各有侧重。由此可见胡应麟对诗歌章法研究上的细微精到。

胡应麟对章法的分析,尤其是对五七言律诗章法的分析,往往是通过情与景的运用来进行的。例如他对五言律诗章法的分析:"作诗不过情、景二端。如五言律体,前起后结,中四句二言景,二言情,此通例也。唐初多于首二句言景对起,止结二句言情,虽丰硕,往往失之繁杂。唐晚则第三四句多作一串,虽流动,往往失之轻狷,俱非正体。惟沈、宋、李、王诸子,格调庄严,气象闳丽,最为可法。第中四句大率言景,不善学者,凑砌堆叠,多无足观。老杜诸篇,虽中联言景不少,大率以情间之。故习杜者,句语或有枯燥之嫌,而体裁绝无靡冗之病。此初学入门第一义,不可不知。若老手大笔,则情景混融,错综惟意,又不可专泥此论。"(《诗薮》内编卷四)胡应麟从情与景在诗中不同位置的安排、所占比例的多少来分析五言律诗的章法特点。他首先总结出五言律诗作为通例的章法特点是"前起后结,中四句二言景,二言情"。这"中四句二言景,二言情"其实就是周弼所说的"前实后虚"。但胡应麟与周弼不同的是,他没有仅仅停留在简单的分析"中四句二言景,二言情"这一固定的模式上,而是有所发展,其表现有二。一是从中四句扩大到起、结。所以,他说"唐初多于首二句言景对起,止结二句言情"。二是不满足于简单的情景搭配,而是将情景的搭配与情景的灵活运用结合起来,更强调其灵活性。

总而言之,胡应麟对于诗歌章法的研究是非常全面的,而且确有独到之见。他很少借用起承转合的框架来分析,最多只讨论起、结,而很少承转之说,这是他与其他明代诗论家颇不相同的地方。

(七)以时文(八股文)说章法

以时文(八股文)的作法来解说诗歌的章法,在元代已偶有表现,但只是点到为止,更无深论,明代则更为普遍,这是明代诗法研究中一个不同于以前的新现象,在这一方面比较有代表性的是王文禄的《诗的》。在《诗的》中,王文禄常以时文来说诗。例如,他论七言律的作法云:"七言律最难,如时文然,易得排比而版,须活动方妙。"首先认为七言律最难作,这是明代一般人的常见看法,但与众不同的是,他将七言律诗类比于时文,认为它"易得排比而版,须活动方妙",也就是说,七言律诗写作的困难之处就在于容易排比各联,流于呆板,必须要加以变化。那么,怎样变化呢?他认为,杜甫《和裴迪登蜀州东亭送客逢早梅相忆见寄》《明妃村》等诗就是灵活变化的样板:"《和裴迪登蜀州东亭送客逢早梅相忆见寄》四联,起皆虚,而平头却不版,圆活流转,无逾其妙。若《明妃村》起句对联,何妙也!只末句乃结第七句,非结全篇,岂若起句雄丽高远?曰'群山万壑赴荆门',此暗用地灵人杰也。'生长明妃尚有村',如时文承出正意,方有根据;如人咽喉之气,上贯泥丸,下透尾闾,其气方长……"。然后对杜甫此诗各句都进行了分析。① 在明代,对于一般读书人来说,时文是更为熟悉的文体,因此,王文禄用这种一般人最熟悉的文体的作法来解说七言律诗的作法,是比较容易被人接受的。

王文禄又说:"诗题必有首句或第二句承出,方见题目。"如杜《题蜀相祠》律诗,首二句"丞相祠堂何处寻,锦官城外柏森森","犹时文之破题、承题,则蜀相祠方明白也。若前联第三、第四句及后联第五、第六句指出题目,则偏矣。"②这里讨论的还是七言律诗的写法,王文禄认为,七言律诗最重要的写法就是首句或第二句就要点题,就像时文的破题、承题,开门见山,点出题意,这样才能使人明白。如果到了第三句以后再点题,就不足为法了。在这一方面,杜甫的《题蜀相祠》就是比较好的范本。相反何景明的《吕公祠》,在王文禄看来,就不足取。他认为何诗前四句"落日荡漾古水滨,邯郸城边逢暮春。赵王台榭草花尽,吕公祠堂松桂新"开篇就有瑕疵,"题乃吕公祠,非越王台,今以'越王台'对'吕公祠',非题意也。不特偏且虚矣。题止曰祠,句中不宜缀'堂'字。于'祠'字下,惟深知诗律之严者方悟此。不特诗法当严,文法亦当严,故曰《春秋》谨严"。何景明的这首诗存在着诸多问题,于诗法而言,是不够严谨的,简直就是反面教材。

由上可见,王文禄以时文的作法来论律诗作法,主要关注的是律诗的开头,对于其他部分的论述较少。尽管论述并不全面,但方式值得重视。

此外,王良臣《诗评密谛》中也有类似的论述:"起承转合四字施之绝句则可,施之于律则未尽然。且以律诗论之,首句是起,二句是承,中二联则衬贴题目,如经义之大讲。七句则转,八句则合耳。"这段话是以经义的作法来论律诗的章法,将律诗中二联视为经义的大讲,认为其主要

---

① 王文禄:《诗的》,周维德集校:《全明诗话》第二册,齐鲁书社,2005,第 1532—1533 页。
② 王文禄:《诗的》,周维德集校:《全明诗话》第二册,齐鲁书社,2005,第 1534—1535 页。

作用是"衬贴题目"。所谓"衬贴题目"就是敷衍展开、铺陈发挥题目。看起来是简单的类比,其实是有律诗与经义类似的观念。

(八)"凤头、豕项、牛腹、豹尾"之说的提出

早在宋代,魏天应编选的《论学绳尺》之《行文要法》中就记载有"厚斋冯公(椅)论一篇之体"云:"鼠头欲精而锐,豕项欲肥而缩,牛腹欲肥而大,蜂尾欲尖而巧。"这一说法,已开用各种特色动物来说诗文各部分作法的先河。而到了明代,赵士喆在《石室谈诗》中说:"予尝爱元人论曲,所云凤头、豕项、牛腹、豹尾者,其语甚佳。凤头谓华采而精工,豕项、牛腹,谓克庄而宏阔,豹尾谓俊洁而响亮。作曲尚尔,作诗者何独不然?今观元美(王世贞)之论曰:'七言长篇有三难:起调一也,转节二也,收结三也。而惟收结为尤难'与凤头、豹尾之言,盖若合符节矣。"①凤头、豕项、牛腹、豹尾之说本是论曲的章法,赵士喆移之论诗,这在对诗歌章法的研究上,提出了一个新说法。这一说法相对以前的首(起)、颔、颈、尾(结)及起、承、转、合而言,因为是用凤、豕、牛、豹四种动物最富有特征性的部位比喻,因而更富于形象性。凤凰之头小而美,所谓凤头,就是要求诗歌起得精彩,即"华采而精工"。豕(猪)项粗壮而有力、牛腹粗大而可容纳者多,就是要求诗歌的中间部分有力而内容丰富,所谓"克庄而宏阔"是也。豹尾细长有力,是豹子身上最富有特征性的部位,所谓豹尾,就是要求诗歌的结尾简洁有力。为了证明此说的正确性,赵士喆还引用王世贞七言长篇章法的"三难说"来作证明,认为二者具有共同性。

赵士喆"凤头、豕项、牛腹、豹尾"之说的提出,确实为诗歌章法研究提出了一种新观点,富于形象性是其最大的特点,同时也基本符合诗歌章法结构的要求或规律,但是,在诗歌章法的研究领域内,其影响力始终有限,而更多的是用之于散文章法的研究。究其原因,"凤头、豕项、牛

---

① 赵士喆:《石室谈诗》卷下"论各体二十条"第六条,周维德集校:《全明诗话》第六册,齐鲁书社,2005,第5143页。

腹、豹尾"之说虽然形象性强,也符合诗歌章法的一般规律与要求,但因为在此之前,首(起)、颔、颈、尾(结)及起、承、转、合的这两种章法研究模式影响太大,已建立起足够的权威性,因此,这一说法始终难以产生大规模的影响。

由上可见,明人对于诗歌章法的研究所下的功夫是很深的,成果丰富,而且也颇多新意。章法的研究,是整个明代诗法研究的重点,值得进一步认真总结。

三、对用字与用事的研究

明代于用字与用事的研究也颇为用心,也颇有新意。

(一)关于用字

明代关于用字的探讨,相比于前人,更为细致,也更加深入。

1. 关于虚实字的运用

李东阳《麓堂诗话》云:"诗用实字易,用虚字难。盛唐人善用虚,其开合呼唤,悠扬委曲,皆在于此。用之不善,则柔弱缓散,不复可振,亦当深戒,此予所独得者。夏正夫尝谓人曰:'李西涯专在虚字上用工夫,如何当得?'予闻而服之。"认为诗歌创作用实字容易,用虚字困难。盛唐诗歌因为善于用虚字,因而取得了"开合呼唤,悠扬委曲"的效果。但是,虚字用得不好,就可能"柔弱缓散,不复可振",也就是使诗歌显得软弱无力。李东阳将此视为他的独得之秘,因此,在创作中也专于虚字上用力,将他发现的诗法与创作实践结合起来。

重视虚实字的运用,宋代以来,渐成传统。但宋元人多重实字,往往将字实与诗"健"联系在一起。李东阳一反传统,重虚而不重实,而且更重要的是将其视为一种普遍的诗法来看待,并加以实践,这确实可见其别具只眼。

对于虚实字研究最深入的是谢榛,他在《四溟诗话》中有非常详细的探讨。他说:"诗文以气格为主,繁简勿论。或以用字简约为古,未达权变。善用助语字,若孔鸾之尾,不可少也。太白深得此法。予读《文则》《冀越记》《鹤林玉露》,皆谓作古文不可去助语字,俱引《檀弓》'沐浴佩玉'为证。余见略同。"(卷一)谢榛认为,诗文最讲气格,语言的繁简不是问题的关键。同时,善于用助语字(虚字、虚词)是必不可少的,而李白是最擅长用此法的。这就从总体上充分肯定了虚字的作用。

在具体的讨论上,谢榛充分肯定了历史上善于用虚字的诗人:"律诗重在对偶,妙在虚实。子美多用实字,高适多用虚字。惟虚字极难,不善学者失之。实字多则意简而句健,虚字多则意繁而句弱。赵子昂所谓两联宜实是也。"(《四溟诗话》卷一)"子美《和裴迪登蜀州东亭送客逢早梅相忆见寄》之作,两联用二十二虚字,句法老健,意味深长,非巨笔不能到。"(卷一)"韦应物曰:'江汉曾为客,相逢每醉还。浮云一别后,流水十年间。欢笑情如旧,萧疏鬓已斑。何由不归去,淮上有秋山。'此篇(《淮上喜会梁川故人》)多用虚字,辞达有味。"(《四溟诗话》卷一)在谢榛看来,诗歌之妙在虚实字的运用,这主要体现在虚实字的数量上。实字多则意简句健,虚字多则意繁句弱,由此可见,实字多要比虚字多更好。因为虚字要用好极其困难,所以,相对而言,用实字则相对容易。杜甫的《和裴迪登蜀州东亭送客逢早梅相忆见寄》与韦应物的《淮上喜会梁川故人》两首诗虚字多而用得好,这是大家手笔,不是一般人能达到的境界。这实际上是认为"惟虚字极难,不善学者失之",只有大家才能运用好虚字,一般人只能在实字上下功夫了。

虚字多则意繁句弱的观点,也表现在谢榛对刘长卿诗的批评上。他说:"刘长卿《送道标上人归南岳》诗曰:'悠然倚孤棹,却忆卧中林。江草将归远,湘山独往深。白云留不信,绿水去无心。衡岳千峰乱,禅房何处寻?'此作雅淡有味,但虚字太多,体格稍弱。"(《四溟诗话》卷四)虽然作品总体上雅淡有味,但是缺点也是非常明显的,那就是虚字太多,因而使得诗"体格稍弱"。

谢榛并不是孤立地讨论虚实字,而是句法、立意等联系在一起。《四溟诗话》卷三载:"传易复问余曰:'昨所谈建勋之作,句稳意切,莫辨其疵,无乃虚字多邪?'予曰:晚唐人多用虚字,若司空曙'以我独沉久,愧君相见频',戴叔伦'此别又万里,少年能几时',张籍'旅泊今已远,此行殊未归',马戴'此境可长往,浮生自不能',此皆一句一意,虽瘦而健,虽粗而雅。盖建勋两句一意,则流于议论,乃书生讲章,未尝有一夜之梦而不归乎千里之家也。欧阳永叔亦有此病。《明妃曲》'耳目所及尚如此,万里焉能制夷狄。'夫'耳目'之'所及'者'尚'然'如此',况'万里'之外,'焉能制'其'夷狄'也哉!传易曰:'然。'"建勋之作,指的是李建勋的诗句"未有一夜梦,不归千里家"。此两句的特点是多用虚字。谢榛认为,晚唐人司空曙、戴叔伦、张籍、马戴这四人的诗句,也多用虚字,但不失为佳作,最关键的原因是这些诗句都是"一句一意",而李建勋的诗句"未有一夜梦,不归千里家"是"两句一意,则流于议论,乃书生讲章"。虚字的运用本来就极难,而李建勋的"未有一夜梦,不归千里家"是两句一意,即两句串起来就是一句话,而且又有议论,因此是有问题的,欧阳修的《明妃曲》也是如此。而司空曙、戴叔伦、张籍、马戴这四人的诗句,虽然也多用虚字,但这些诗句是一句一意,而不是两句一意,而且不涉议论,因此"虽瘦而健,虽粗而雅"。可见,虚字多少不是关键,关键是不涉议论。

谭浚《说诗》卷上"经体十章"第八章"虚助"云:"字虚者句活,词助者文壮。如舟之舵,如户之枢也。"词助者就是语助者,即虚词。虚词的作用有二:一为句活,二为文壮。并认为诗中的虚词如同舟之舵、户之枢,这等于认同了虚词才是句子的关键和灵魂。

王文禄《诗的》云:"'哉'字最难用,文用亦难,况诗乎?用于句中或可耳。如《九歌》曰'悲哉秋之为气也',如汉《临高台》诗曰'黄鹄高飞离哉翻',则是奇矣……杜诗如'供给亦劳哉','哉'字凡五见,虽用于各篇中,但'哉'字则音虚气散,非体矣。"这是以"哉"为例来说明虚字在诗中运用的情况,认为"哉"之类的虚字是最难用的,因为它有"音虚气散"的特点。

2. 关于俗字与生字的运用

谢榛《四溟诗话》卷三云:"诗忌粗俗字,然用之在人,饰以颜色,不失为佳句。譬诸富家厨中,或得野蔬,以五味调和,而味自别,大异贫家矣。绍易君曰:凡诗有'鼠'字而无'猫'字,用则俗矣,子可成一句否? 予应声曰:'猫蹲花砌午。'绍易君曰:'此便脱俗。'""诗自苏李五言暨《十九首》,格古调高,句平意远,不尚难字,而自然过人矣。诗用难韵,起自六朝,若庾开府'长代手中洺',沈东阳'愿言反鱼筌',从此流于艰涩。唐陆龟蒙'织作中流百尺篔',韦庄'汧水悠悠去似绖','篔''绖'二字,近体尤不宜用。譬若王羲之偕诸贤于兰亭修禊,适高丽使者至,遂延之席末,流觞赋诗,文雅虽同,加此眼生者,便非诸贤气象。韩昌黎柳子厚长篇联句,字难韵险,然夸多斗靡,或不可解。拘于险韵,无乃庾沈启之邪?"(卷四)

赵士喆《石室谈诗》卷上云:"余尝为一初学言:我辈作诗,慎勿用俗字及生字,然二者又有辨焉。凡作古诗者,或间用生字,断断不可用俗字。作近体者,在善用俗字,断断不可用生字。如陆士衡诗'望舒雕金虎',谢玄晖诗'匪直望舒圆',皆无妨其古雅。唐律云'不必燃宫烛,中流有望舒'。钟伯敬云'批字丑则真丑矣'。杜诗有云'秋水才深四五尺,野航恰受两三人'。'恰''才'二字极有精神,有景色,使用汉魏体中,岂不堪喷饭乎? 虽然,惟老杜乃善用俗字,若初唐人,宁用'初添四五尺,止受两三人',则不敢用'才'与'恰'。自老杜创开此绽,脍炙人口,元白效之,于长庆至于晚季,街谈巷语,尽入篇章,而雅道亡矣。谢茂秦言:唐诗用生字者,'愿言返鱼筌',又'安得中流百尺篔',固堪一笑。然此等弊今人绝少,以'筌''篔'等字原不在其笔端也。或又为险韵所拘,不得已而委曲迁就者,此弊与用生字等,戒之戒之!"①赵士喆在这里集中讨论了诗歌中用生字与俗字的问题,认为作诗要慎用俗字与生字。俗字与生字的运用又有区别,即作古诗偶可用生字,但绝对不能用俗字;作近体可以用俗字,但绝不能用生字。然后用大量例子来说明其观点。生字与俗字的运用,自唐宋以后即成为人们经常讨论的话题,赵士喆一方面提出了慎用生字与俗字的观点,另一方面更重要的是,他对生字、俗字在古体诗与近体诗中的可用与不可用作了区别,在研究的细致性上较前人又有了新的发展。从总体来说,中国古代诗人对于生字与俗字是持谨慎态度的,赵士喆也是一样,但他将生字与俗字在不同诗体中的运用又作了更具体的区分,这又是他的贡献。

冯复京《说诗补遗》卷一:"乐府多方言,律绝多俗字。惟汉魏古诗最为驯雅,非独后世'惹'字、'忙'字、'这'字、'耶'字、'遮莫''等闲'之类,为古体者必不可误犯。即如'华'字本呼瓜切,借为胡瓜切;'闲'字本居闲切,又借音闲,世俗伪谬,别作'花''间'二字,其文不典,恐但可用于六朝体中,用为汉体则近流俗。"②指出乐府多方言,律绝多俗字的特点,认为汉魏古诗在语言上是最驯雅的,因为它不用方言俗字,所以,冯复京得出的结论是写作古体诗是不能用方言俗语的,否则就是不驯雅。这就将方言俗语的运用与不同诗体的创作关联在一起了。冯复京又说:"助语有不可入诗者,焉、乎、也、耳、欤等字,如公幹'不得与比焉',竟为'焉'字伤全篇之美。惟排律押韵,或有成熟可用者……助语有可入诗者,哉、之、者、矣等字,然必如缪熙伯'谁能离此者',阴子坚'新宫实壮哉',古乐府'宿昔梦见之',谢玄晖'心事俱已矣',用有着落则可。若陶诗'天岂去此哉',永为世笑之。沈约'云霄一永矣',则凑字趁韵而已。又如吴筠'一年流轨同,万里相思各','各'字少趣,此乃求巧而得拙

---

① 赵士喆:《石室谈诗》卷上"总论二十四条"第十二条,周维德集校:《全明诗话》第六册,齐鲁书社,2005,第5134—5135页。
② 冯复京:《说诗补遗》卷一,周维德集校:《全明诗话》第五册,齐鲁书社,2005,第3846页。

也。"(《说诗补遗》卷一)认为语气助词中的焉、乎、也、耳、欤等字是不可入诗的,也有可入诗的,如哉、之、者、矣等字,前者只在排律中押韵时或有成熟可用的情况下才可用,后者虽然可用,但也只是"用有着落则可",否则也应尽量不用。将语气助词分为可用与不可用两类,还对语气助词可用和不可用的具体条件作了细致的区分,指出了不可用的词在什么情况下可用,可用的词在什么情况可用、不可用,对诗歌中的语气助词作这样的分类,并指出其可用与不可用的条件,这是前人没有做过的工作,颇有新意。

也有主张以俗语入诗的,陈霆《渚山堂诗话》卷一云:"作诗贵用俗语入诗句中,如点铁化金,自然语意高妙。杜牧之云:'蜡烛有心还惜别,替人垂泪到天明。'王荆公云:'只有月明西海上,伴人征戍替人愁。'黄山谷云:'我自只如常日醉,满川风雨替人愁。''替人'本俗语,一经三公采用,便觉俗转而雅,煞有感动人处。"[1]以俗语入诗为贵,并且用的是"点铁化金""俗转而雅"这类宋人的语法学语言,在以反宋为荣的明代实在是异类。

(二)关于用事

关于用事,明人给予了极大的关注,将其地位提升至前所未有的高度。认为:"诗自模景、抒情外,则有用事而已。用事非诗正体,然景物有限,格调易穷,一律千篇,只供厌饫。欲观人笔力材诣,全在阿堵中。且古体小言,姑置可也;大篇长律,非此何以成章?"(胡应麟《诗薮》内编四)认为用事是诗歌中与模景、抒情鼎足而三的主要内容,它可以丰富诗的内容,也可以观作者之才华。对用事重要性有如此认识的,此前所无。

用事如此重要,那么,究竟如何用事呢? 雷燮说:"诗不贵使事,使事贵变态。五代江文蔚咏三闾事'屈原若遇高唐在,终不怀沙吊汨罗'。宋

---

[1] 陈霆:《渚山堂诗话》卷一"点铁化金"条,陈广宏,侯荣川编校:《稀见明人诗话十六种》,上海古籍出版社,2014,第8页。

荆公咏汉阴事'桔槔俯仰何妨事,抱瓮劳劳老此身'。近时岳蒙泉咏子房事'辅汉报韩心事毕,何须更用一留封'……皆自出机杼,意与本身不类,真能使事者哉!"(《南谷诗话》卷上)①虽然诗歌创作不以用事为贵,但如果真要用事,那么就要寻求变化,也就是活用事。雷燮所举的三个用事的例子就是活用事的典型,因为它们都不是生搬硬套,简单地堆砌罗列,而是具有"自出机杼,意与本身不类"的特点。

王世懋《艺圃撷余》:"今人作诗,必入故事。有持清虚之说者,谓盛唐诗即景造意,何尝有此? 是则然矣。然以一家言,未尽古今之变也。古诗,两汉以来,曹子建出而始为宏肆,多生情态,此一变也。自此作者多入史语,然不能入经语。谢灵运出而《易》辞、《庄》语,无所不为用矣。剪裁之妙,千古为宗,又一变也。中间何、庾加工,沈、宋增丽,而变态未极。七言犹以闲雅为致,杜子美出而百家稗官,都作雅音,马浡牛溲,咸成郁致,于是诗之变极矣。子美之后,而欲令人毁靓妆,张空拳,以当市肆万人之观,必不能也。其援引不得不日加而繁。然病不在故事,顾所以用之何如耳。善使故事者,勿为故事所使。如禅家云:'转《法华》,勿为《法华》转。'使事之妙,在有而若无,实而若虚,可意悟不可言传,可力学得不可仓卒得也。宋人使事最多,而最不善使,故诗道衰。我朝越宋继唐,正以有豪杰数辈,得使事三昧耳。第恐数十年后,必有厌而扫除者,则其滥觞末弩为之也。""今人作诗,必入故事"的话透露出明代诗歌创作的特点,王世懋还从诗歌发展史的角度论证了用事的合理性与必然性。那么,好的用事应当是怎样的呢? 那就是具有两方面的特点。一是"善使故事者,勿为故事所使"。也就是说要充分发挥诗人的主观能动性,用自己的思想情感去驱使典故,积极寻求变化,融会贯通,而不是被典故捆住手脚,成为典故的奴隶。二是"使事之妙,在有而若无,实而若虚"。即用事要用得不留痕迹,如前人说的"如盐著水"。这两点,既是原

---

① 雷燮:《南谷诗话》卷上,陈广宏,侯荣川编校:《明人诗话要籍汇编》"诗话卷",复旦大学出版社,2017,第238页。

则,也是方法。

王世懋在《艺圃撷余》中还谈到:"谈艺者有谓七言律一句不可两入故事,一篇中不可重犯故事。此病犯者故少,能拈出亦见精严。然我以为皆非妙悟也。作诗到神情传处,随分自佳,下得不觉痕迹,纵使一句两入,两句重犯,亦自无伤。如太白《峨眉山月歌》,四句入地名者五,然古今目为绝唱,殊不厌重。蜂腰、鹤膝、双声、叠韵,休文三尺法也,古今犯者不少,宁尽被汰邪?""七言律一句不可两入故事,一篇中不可重犯故事"这显然是当时有些人制定的用事规则与方法,然而,在王世懋看来,这一规则并不完全正确,因为作诗的关键是"随分自佳,下得不觉痕迹"。所以,用事最重要的是不留痕迹。

胡应麟认为,用事的典范是杜甫。他说杜甫的用事:"苞孕汪洋,错综变化,而美善备矣。"(《诗薮》内编四)原因是"杜用事错综,固极笔力,然体自正大,语尤坦明"。而"晚唐、宋初用事如作谜,苏如积薪,陈如守株,黄如缘木"。杜甫诗歌用典之所以成功,从方法上来说,主要有两个特点:一是错综变化;二是明白易晓,语尤坦明。相反,晚唐、宋初用事就像作谜语,苏轼、陈师道、黄庭坚三人则各有问题。通过正反两方面的例子,说明了用事的正确方法。

明人受复古风气的影响,在用事上也体现出浓厚的复古观念。冯复京提出:"勿用大历以后事,又不得用子史晦僻事。""弇州戒用大历后事,本为律诗设,然不宁惟是。如学汉魏诗,用晋宋事,学晋宋诗,用梁陈事,便斑驳不伦,有乖阆体。"(《说诗补遗》卷一)"学汉魏诗,用晋宋事,学晋宋诗,用梁陈事"当然是错误的,但是,不用大历以后事,就有点莫名其妙了。江盈科《雪涛阁诗评》卷一:"引用故事,则凡已往之事与我意思互相发明者,皆可引用,不分今古,不论久近。盖天下之事,今日见在则谓之新,明日看今日则谓之故……居今之世,做今之诗,乃曰汉以上故事方用,此特有见于汉家故事字眼古雅,遂为此拘泥之言。其实字眼之古不古,雅不雅,系用之善不善,非系于汉不汉也。怪彼用字之俚俗者,欲尽废汉以下故事不看,何异爱春景者欣艳桃梅梨李,而置莲菊芙蓉山查水仙于不观,曰:'化工之妙,尽属于春也。'谁其信之?"①赵统《骊山诗话》卷三"唐诗人用近代事实"条:"今人凡言诗,事料每禁用近代事,非经唐人用过旧事,便为眼生。今且与之相较。唐诗如李、杜也,至用魏晋陈隋稗说隐事,注二氏者,多为考南北史以填实之。夫何去唐千余年,不可以用宋元事耶? 要之近事亦可用,但当多自注耳。"②这是公允之论。

赵士喆《石室谈诗》卷上云:"元美(王士贞)又言,诗中不可用宋故事。盖为宋故事多,非谓用宋事便成宋诗也。"针对这一说法,赵士喆说:"献吉(李梦阳)诗云'金缯社稷和戎日,花石君臣弃国秋',用于咏宋,固自无嫌,即不为咏宋,亦何妨其气格乎? 宋故事可用者绝少,唐故事可用者亦自不多。今诗家所用者,大抵皆魏晋耳。魏晋事被唐人用熟,如闻鸡起舞之类,再就唐诗剿袭,其何以堪? 须搜其未用者,乃为独得。昔人云:'《楚辞》《世说》,诗中佳料。'予则以经史子集无非诗料,当择其奇者、奥者、雅者、韵者而参用之。其奇者、奥者,惟可用于古体大篇,雅者、韵者,则无所不可。若方言俗语,半雅半谐,有可用于近体,不可用于古风者。此等皆不可不知。"③在这段话中,赵士喆提出了几个值得重视的观点。

第一,他不同意王世贞"诗中不可用宋故事"的观点,认为用得好的宋故事,同样是值得肯定的。

第二,他认为"宋故事可用者绝少,唐故事可用者亦不多。今诗家所用者,大抵皆汉魏耳。魏晋事被唐人用熟……再就唐诗剿袭,其何以堪? 须搜其未用者,乃为独得。"宋和唐故事可用的都不多,汉魏晋故事已被

---

① 江盈科:《雪涛阁诗评》卷一,陈广宏,侯荣川编校:《明人诗话要籍汇编》第七册"诗评卷",复旦大学出版社,2017,第3567—3568页。
② 赵统:《骊山诗话》,陈广宏,侯荣川编校:《稀见明人诗话十六种》,上海古籍出版社,2014,第302页。
③ 赵士喆:《石室谈诗》卷上"总论二十四条"第十四条,周维德集校:《全明诗话》第六册,齐鲁书社2005,第5135—5136页。

唐诗用熟,已无新意,只有"搜其未用者,乃为独得"。这是一个非常重要的观点,意味着他要扩大唐诗以来的用事传统,将注意力转移到那些未用的典故,这才有所创新,有所突破。

第三,认为经史子集,无非诗料,但要选择其中的奇者、雅者、奥者、韵者而参用之。选择用事的范围可以是经史子集,但有奇、雅、奥、韵的标准,并不能随意选择。

第四,认为经史子集典故中的奇者、奥者只可以用于古体大篇,雅者、韵者,则无所不可,即既可用于古体大篇,也可用于律诗绝句。

在《石室谈诗》中,还有一条关于用事的论述:"昔人云:熟烂故事宜暗用,隐僻故事宜明用。自是确论。然熟事亦不妨明用,顾其用之者何如。"(卷上"总论二十四条"第十五条)"熟烂故事宜暗用,隐僻故事宜明用",这是前人提出的关于用事的两个重要方法或原则,赵士喆一方面表示同意这种说法,另一方面又认为"熟事亦不妨明用"。

那么,怎样才能将熟事用好呢?他举例说:"有引起而用者,如'野旷吕蒙营,江深刘备城'之类。有点化而用之者,如'莫将和氏泪,湿却老莱衣'。有以反语而用者,如'远愧梁江总,还家尚黑头'之类。"从他所举的例子来看,熟事不是不能用,而是要巧用。他所举的三种方法和三个例子就是巧用的范例。

他总结说:"谓之使事在我,有以驾驭之。如元帅之使部曲,部曲之使健儿,直呼其名,有何不可?所以有明暗之分者,盖以僻事不可不明用,如帐下腹心,便堪颐指;其疏远者,不得不加以符檄耳。得此诀者,至僻之事可使,至明之事亦可使也。汉晋唐宋皆可使,即五经四书,童而习之,其事亦无不可使。"这是针对"熟烂故事宜暗用,隐僻故事宜明用"的说法而言的,认为用事的关键在"使事在我,有以驾驭之",明暗、熟烂、隐僻都不是问题,有了诗人的驾驭本领,一切问题皆可迎刃而解。

赵士喆关于用事的这些说法,其内容之丰富和具体,是以前关于用事的论述中很少有的。

明人关于用事的这些论述,在前人的基础上显然更进了一步,对于
推动诗法学的发展无疑是具有重要意义的。

四、对音律的新论

如果说,在唐五代的诗法研究中,多强调的是如何调声合律的话,那
么,明代,合律的问题早已解决,但是如何实现更高层次的美感,使诗歌
成为一种更有音乐性的艺术,就成了明代诗论家讨论的问题。于是,音
律的问题再度引起了人们广泛的研究。可以说,明代的诗歌音律问题的
研究,是与明代的诗学主张紧密相关的。他们主张的"格调",往往就体
现在音律上,因而对诗歌音律的研究格外用心。正如胡应麟所说:"作诗
大法,惟在格律精严,词调稳切","律诗全在章节,格调风神,尽在音节
中"(《诗薮》内编卷五)。将"格律精严,词调稳切"视为作诗大法的主要
内容,这在过去是绝无仅有的。赵宦光《弹雅》卷一谓:"诗者,声之骨也。
言志之诗,已落第二义;用志为诗,如填词曲,乃是正脉。"认为诗是声之
骨,反过来,声就是诗之肉了。无骨之肉不立,无肉之骨枯干,二者缺一
不可。

那么,怎样才能在音律上做到"格律精严,词调稳切"呢? 明人对此
展开了广泛深入的研究。

李东阳说:"古律诗各有音节,然皆限于字数,求之不难。惟乐府长
短句,初无定数,最难调叠。然亦有自然之声,古所谓声依永者。谓有长
短之节,非徒永也,故随其长短,皆可以播之律吕,而其太长太短之无节
者,则不足以为乐。今泥古诗之成声,平侧短长,句句字字,摹仿而不敢
失,非惟格调有限,亦无以发人之情性。若往复讽咏,久而自有所得,得
于心而发之乎声,则虽千变万化,如珠之走盘,自不越乎法度之外矣。如
李太白《远别离》,杜子美《桃竹杖》,皆极其操纵,易尝按古人声调? 而

和顺委曲乃如此。固初学所未到,然学而未至乎是,亦未可与言诗也。"①
这里提出了几个值得注意的观点,一是认为"古律诗各有音节",彼此是
不同的。二是如果为了追求"格调",而"泥古诗之成声,平侧短长,句句
字字,摹仿而不敢失"是不对的,正确的方法应当是反复讽咏体会前人的
作品,"久而自有所得,得于心而发之乎声,则虽千变万化,如珠之走盘,
自不越乎法度之外矣"。也就是从外在的简单字句模仿转化为内在的审
美要求,这样才会万变不离其宗,得古诗之音律。李东阳在这里提出了
一个很重要的学习方法的问题,虽然志在学古,但方法是可取的。

　　李东阳又说:"五七言古诗仄韵者,上句末字类用平声。惟杜子美多
用仄,如《玉华宫》《哀江头》诸作,概亦可见。其音调起伏顿挫,独为遒
健,似别出一格。回视纯用平字者,便觉萎弱无生气。自后则韩退之、苏
子瞻有之,故亦健于诸作。此虽细故末节,盖举世历代而不之觉也。偶
一启钥,为知音者道之。若用此太多,过于生硬,则又矫枉之失,不可不
戒也。"(《麓堂诗话》)这里谈到了押仄韵的五七言古诗作品中的上句末
字的声调问题,李东阳认为,一般人都用平声,而杜甫多用仄,韩愈、苏轼
也是如此。与用平声相比,用仄声有特殊的艺术效果,"其音调起伏顿
挫,独为遒健,似别出一格。回视纯用平字者,便觉萎弱无生气"。李东
阳认为,他的这一发现虽然是"细故末节",但"盖举世历代而不之觉
也"。也就是说,他的这一发现是前所未有的。在自负自得的同时,他又
认为:"若用此太多,过于生硬,则又矫枉之失,不可不戒也。"这一调声之
法虽有特殊的效果,但也不可滥用,用得太多,就可能过于生硬,矫枉过
正了。从这一分析可见李东阳敏锐的艺术眼光。

　　谢榛是明代对诗的音律研究得最深入的理论家之一。他在《四溟诗
话》中用了大量的篇幅来讨论这一问题,尤其是对如何用韵和平仄有独
到的见解。

　　他说:"诗宜择韵。若秋、舟,平易之类,作家自然出奇;若眸、瓯,粗

---

① 李东阳:《麓堂诗话》,周维德集校:《全明诗话》第一册,齐鲁书社,2005,第479页。

俗之类,讽诵而无音响;若锼、搜、艰险之类,意在使人难押。"①谢榛认为,诗歌的用韵是非常重要的,选择什么样的韵所取得的艺术效果也有不同。为此,他将用韵分为三类:一类可以"自然出奇",一类"讽诵而无音响",一类"意在使人难押"。这三类韵有高下之分,学诗者明白了它们之间的差别,就自然不难取舍了。又说:"九佳韵窄而险,虽五言造句亦难,况七言近体! 押韵稳,措词工,而两不易得。自唐以来,罕有赋者。皮日休、陆龟蒙《馆娃宫》之作,虽吊古得体,而无浑然气格,窘于难韵故尔。容轩子《送邹逸人归洞庭山》得"淮"字,亦用此韵,其平妥匀净,因难以见工,致能追古人于太华万仞之颠,翩翩然了无难色。使遇宽韵而愈加思索,则他日造诣,示见其止也。"(《四溟诗话》卷四)其实,这也是讨论择韵的问题。韵部中的九佳只有佳、街、鞋、牌、柴、钗、差、涯、阶、偕、谐、骸、排、乖、怀、淮、豺、侪、埋、霾、斋、娲、蜗、娃、哇、皆、喈、揩、蛙、楷、槐、俳共 32 字,所以谢榛认为它"窄而险"。正因为如此,所以要做到押韵稳、措词工,就非常困难了,唐代以来很少有用这一韵部的,虽有皮日休、陆龟蒙《馆娃宫》之作,但非成功之作。可见,押韵不仅要择字,也要择韵部,否则便会陷入窘境。

谢榛对各类的用韵方法进行了深入研究。他说:"七言绝句,盛唐诸公用韵最严,大历以下,稍有旁出者。作者当以盛唐为法。盛唐人突然而起,以韵为主,意到辞工,不假雕饰;或命意得句,以韵发端,浑成无迹,此所以为盛唐也。宋人专重转合,刻意精炼,或难于起句,借用傍韵,牵强成章,此所以为宋也。"(《四溟诗话》卷一)谢榛指出盛唐各主要诗人的七言绝句的用韵是最严格的,因此,学诗者应当以盛唐为法。而盛唐人"以韵为主""以韵发端"所以为高,而宋人七言绝句在用韵上"借用傍韵,牵强成章",所以不佳。在批评宋人的同时,又体现了"诗必盛唐"的诗学主张。《四溟诗话》卷三载:"一夕,硃驾部伯邻招饮官舍,因阅《雅

---

① 谢榛:《四溟诗话》,周维德集校:《全明诗话》第二册,齐鲁书社,2005,第 1308 页。

音会编》，予笑曰：'此康生偶尔集次，始为近体泄机也。且如东韵几二百字，其稳当可用者，应题得句，大抵不出十余字，但前后错综不同尔。统观诸家之作，其文势句法，判然在目，若品汇诸韵相间，不露痕迹，而妙于藏用也。或得其捷要而易入，或窥其浅近而深求。夫百篇同韵，当试古人押字不苟处，能造奇语于众妙之中，非透悟弗能也。或才思稍窘，但搜字以补其缺，则非浑成气格，此作近体之弊也。'伯邻曰：'观其排律，或百韵，或三一十韵，意思繁衍，句法变化，众险迭出而益胜，但择稳当者，信乎不多也。'予曰：'短律贵乎精工，长律宜浩瀚奇崛，其法不可并论。'"《雅音会编》是明代天顺时广东顺德人康麟所编的一部诗选，此书以平声三十韵为纲，按韵分隶诸诗。正因为此书是按平声三十韵为纲来选诗的，所以，谢榛才认为它"始为近体泄机也"，意思是它泄露了近体诗创作的用韵秘密。这个秘密就是，韵书中各韵部所属的字虽多，但是真正"稳当可用者，应题得句，大抵不出十余字，但前后错综不同尔"。就是不必掌握熟悉各韵部下全部所属字的用法，而是选择少部分常用字加以认真研究，真正体会到这些字用韵的妙处，然后加以错综运用。谢榛的这一观点和他发现的用韵方法，确实也比较符合诗歌创作的一般情况，为初学者指明了一条捷径，对于诗歌创作具有很强的指导意义。

谢榛甚至对于同一字因有不同的读音而归属不同的韵部也作了特别的说明和提醒："凡字有两音，各见一韵，如二冬'逢'，遇也；一东'逢'，音蓬，《大雅》'鼍鼓逢逢'；四支'衰'，减也；十灰'衰'音崔，杀也，《左传》'皆有等衰'；十三元'繁'，多也；十四寒'繁'，音盘，《左传》'曲县繁缨'；四豪'陶'，姓也，乐也；二萧'陶'音遥，相随之貌，《礼记》'陶陶遂遂'，皋陶，舜臣名。作诗宜择韵审音，勿以为末节而不详考。贺知章《回乡偶书》云：'少小离乡老大回，乡音无改鬓毛衰。'此灰韵'衰'字，以为支韵'衰'字误矣。何仲默《九日对菊》诗云：'亭亭似与霜华斗，冉冉偏随月影繁。'此元韵'繁'字，以为寒韵'繁'字亦误矣。予书此二诗，以为作者诫。"(《四溟诗话》卷三)这看起来是基本知识，但是，细节决定成败,因此,作诗者"宜择韵审音,勿以为末节而不详考"。他又说:"凡字异而意同者,不可概用之,宜分乎彼此,此先声律而后义意,用之中的,尤见精工。然'禽'不如'鸟','翔'不如'飞','莎'不如'草','凉'不如'寒',此皆声律中之细微。作者审而用之,勿专于义意而忽于声律也。"(《四溟诗话》卷三)一般人往往多看重字义而忽略声律,在谢榛看来,这是不对的,在字异而意同的情况下,应当"先声律而后义意",把字的声律放在第一,字义放在其次,千万不能"专于义意而忽于声律也"。这样的观点及他所举的例子,是以前的论诗者从未提出的。

　　至于平仄,谢榛的研究则更为具体深入。他说:"予一夕过林太史贞恒馆留酌,因谈诗法,妙在平仄四声而有清浊抑扬之分。试以'东''董''栋''笃'四声调之,'东'字平平直起,气舒且长,其声扬也;'董'字上转,气咽促然易尽,其声抑也;'栋'字去而悠远,气振愈高,其声扬也;'笃'字下入而疾,气收斩然,其声抑也。夫四声抑扬,不失疾徐之节,惟歌诗者能之,而未知所以妙也。非悟何以造其极,非喻无以得其状。譬如一鸟,徐徐飞起,直而不迫,甫临半空,翻若少旋,振翮复向一方,力竭始下,塌然投于中林矣。沈休文固已订正,特言其大概。若夫句分平仄,字关抑扬,近体之法备矣。凡七言八句,起承转合,亦具四声,歌则扬之抑之,靡不尽妙。如子美《送韩十四江东省亲》诗云:'兵戈不见老莱衣,叹息人间万事非。'此如平声扬之也。'我已无家寻弟妹,君今何处访庭闱?'此如上声抑之也。'黄牛峡静滩声转,白马江寒树影稀。'此如去声扬之也。'此别应须各努力,故乡犹恐未同归。'此如入声抑之也。"①在这段话中,谢榛提出了诗法中一个重要的观点,那就是在音律上"妙在平仄四声而有清浊抑扬之分",也就是要分辨平仄四声及清浊抑扬。四声的问题,沈约早已解决,那么,谢榛的创新又在何处呢?那就是谢榛对平仄四声在诗歌中的作用及美感特征阐释得更为细致。正如谢榛自己所说的"沈休文固已订正,特言其大概",而谢榛通过举例东、董、栋、笃和比

---

① 谢榛:《四溟诗话》,周维德集校:《全明诗话》第二册,齐鲁书社,2005,第1345页。

喻的方式,结合杜甫《送韩十四江东省亲》一诗,对平仄四声各自的美感特征阐释得更为形象,也更为细致具体。

在谢榛看来,平仄固然重要,更重要的是抑扬,所以他说:"夫平仄以成句,抑扬以合调。扬多抑少,则调匀;抑多扬少,则调促。若杜常《华清宫》诗:'朝元阁上西风急,都入长杨作雨声。'上句二入声,抑扬相称,歌则为中和调矣。王昌龄《长信秋词》:'玉颜不及寒鸦色,犹带昭阳日影来。'上句四入声相接,抑之太过;下句一入声,歌则疾徐有节矣。刘禹锡《再过玄都观》诗:'种桃道士归何处,前度刘郎今又来。'上句四去声相接,扬之又扬,歌则太硬;下句平稳。此一绝二十六字皆扬,惟'百亩'二字是抑。又观《竹枝词》所序,以知音自负,何独忽于此邪?"(《四溟诗话》卷三)平仄的运用形成了律诗的句子,但是,合平仄合格律并不意味着合歌唱之调。由此他总结出了一个普遍性的规律,即"扬多抑少,则调匀;抑多扬少,则调促"。他举了杜常、王昌龄、刘禹锡的三首诗为例来说明抑扬之道,这种以歌唱合调的标准来要求显然是更为严格的标准,相较一般律诗的平仄要求已更进一层。可见谢榛对诗歌音律研究之细。

诗歌的平仄与用韵,前人之述备矣,但谢榛却能别具只眼,别出新意,这也是难能可贵的。

王世贞在《艺苑卮言》卷三中对沈约的"八病"之说提出了自己的看法。他说:"沈休文所载'八病',如平头、上尾、蜂腰、鹤膝、大韵、小韵、旁纽、正纽,以上尾、鹤膝为最忌。休文之拘滞,正与古体相反,唯近律差有关耳,然亦不免商君之酷。今按平头谓第一字不得与第六字同平声,律诗如'风劲角弓鸣,将军猎渭城','风'之与'将',何损其美?上尾谓第五字不得与第十字同声,如古诗'西北有高楼,上与浮云齐',虽隔韵,何害?律固无是矣,使同韵如前诗'鸣'之与'城',又何妨也。蜂腰谓第二字与第四字同上去入韵,如老杜'望尽似犹见',江淹'远与君别者'之类,近体宜少避之,亦无妨。鹤膝第五字不得与第十五字同,如老杜'水色含群动,朝光接太虚,年侵频怅望'之类,八句俱如是,则不宜,一字犯亦无妨。五大韵,谓重叠相犯,如'胡姬年十五,春日独当炉',又'端坐苦愁思,揽衣起西游','胡'与'炉','愁'与'游'犯。六小韵,十字中自有韵,如'薄帷鉴明月,清风吹我襟','明'与'清'犯。七'傍纽',十字中已有'田'字,不得着'宣''延'字。八'正纽',十字中已有'壬'字,不得着'衽''任'。后四病尤无谓,不足道也。"①"四声八病"是沈约对诗歌创作提出的声韵要求,也是唐代及唐代以后的诗人极力遵守的诗法,这也是唐五代诗法研究中讨论的核心问题之一。对此,王世贞提出了他的看法:"(沈)休文之拘滞,正与古体相反,唯近律差有关耳,然亦不免商君之酷。"认为沈约所作的这些声韵规定,与古体诗的声韵要求相反,而与律诗的声韵要求较接近,但就是运用于律诗中,也过于严酷,不切实切。这就从唐五代诗法研究探讨什么是"四声八病"以及如何运用"四声八病"转变为对它的批评,在认识上提高了一个层次。

赵宦光在《弹雅》卷二、卷七中甚至用了两卷的篇幅来讨论诗的声律问题。他认为:"诗以声为体,故曰风骨。"认为声是诗之体,这就将声提高到了前所未有的高度。他又说:"后世文人,以义学蔽其声教,无怪乎诗人薄于音调而不谈也。"认为历来的文人只重诗的意义和内容,而不重声调,所以,历来讨论声的人就很少。声对于诗来说,具有十分重要的地位和作用,那么,怎样在诗中来调声呢?"声调于抑扬顿挫间求之,抑而不扬则无声,扬而不抑则无调。陶潜'采菊东篱下,悠然见南山',前句扬而抑,后句抑而扬;谢灵运'池塘生春草,园柳变鸣禽',前句抑,后句扬;孟浩然'独有宦游人,偏惊物候新',前句扬,后句抑;崔颢《黄鹤楼》诗,前半首扬,后半首抑。四家四诗,彭泽为上,康乐、襄阳为中,崔斯下矣。"声调要在诗的抑扬顿挫中去实现,抑而不扬与扬而不抑,均不能形成诗的声调。陶渊明、谢灵运、孟浩然、崔颢的诗在声调上各有高下,原因就在于处理抑扬的方式不同。所以,"铸词贵义,无论矣。诗必求音,当借词调法,等清浊,审阴阳,然后安字,始可言诗矣。""声调无论阴阳、平仄,

① 王世贞:《艺苑卮言》,周维德集校:《全明诗话》第三册,齐鲁书社,2005,第1914页。

悬殊不紊。同是仄声,惟入声可以安上去,上去不可安入声也。又上不可以安去,去不可以安上,方为稳当。"(卷一)细致地区分清浊、阴阳、平仄,弄清它们之间相互的关系,再谨慎地下字,就可做到声音谐美了。至于用韵,赵宧光在《弹雅》卷四中全面讨论了这一问题。他认为"古人作文无不韵者,以散文附韵语谓之文,以韵语附散文谓之诗。""韵者,声之和也。""韵法,天造地设,非可前后、左右、上下其手也。诗中阴阳尚可转移,韵之次第,千金不易,非虚语也。""余分韵为内声、外声、中声,绝然三类矣,而古诗百或一浑者,当知后人作韵之过也。""古人重用韵者何也?诗之道,主声不主韵,立韵之本旨如是,并不在字面。""韵有内声、外声、中声三种之殊,又有三声、四声、八声、十二声四等之别,绝不可混。""诗故尚清,若惟清景、清话是务,却不成诗,雅道正不必尔也。独有用韵,则非清不可。韵为声母,此而不清,何以诗为?""严氏云'诗有三俗'云云。余谓俗字、俗意,人所易知,独俗韵浑浑耳。文字故多,其可押脚者有数;可押者多,可近体者有数。不可押而押即俗韵矣,不可近而近亦俗韵也。"这些论述一方面是充分肯定和强调了用韵的重要性,另一方面又对韵作了别具一格的分类,对严羽所说的"俗韵"作出了他的解释。这样的分类是以前的相关论述中很少的。不仅如此,赵宧光还对当时的一些名家的观点提出了批评,如认为王世贞《艺苑卮言》中"有论七言沈韵,作条不通云云。其不知等韵,多人所昧,不必言矣"。这是很中肯的意见。

从诗歌的声韵这两方面来说,赵宧光的研究成果是宋代以后为数不多的重要成果之一,可以看出明人对声律问题认识的新高度。

冯复京也有用韵的精彩论述。他说:"古体用古韵,惟取谐合,若拘沈约之四声,反落唐格。近体用唐韵,贵在紧严,若越礼部之一字,即成宋体。但用古韵,不宜过奇,奇则陷于鸠舌;用唐韵,不宜过巧,巧则流于诙谐。排律百韵不已,则唇吻告劳,歌行两韵则迁,则转折多颣。不如详择厥中,庶保无咎。"[1]认为古体用古韵,不能用唐韵,但用古韵时,不宜追

---

① 冯复京:《说诗补遗》,周维德集校:《全明诗话》第五册,齐鲁书社,2005,第3846页。

求新奇。近体用唐韵,贵在严格遵守规则,不宜过巧。这就对古体诗与近体诗的用韵提出了不同的要求和原则。对于排律歌行体的用韵,冯复京认为排律百韵太长,歌行体两韵即转,这两者都走向了极端,如果加以变化,排律不求百韵,歌行不一定两韵即转,这样可能更好。这实际上是提出了一种折中的看法。冯复京就诗歌各体的用韵提出的这些看法,既考虑到了诗歌各体的具体情况,又提出了具体的原则与办法,这是他对诗歌史长期研究的结果。

五、对各类诗体作法的新看法

诗分体(体裁与题材)来考察其作法,从宋代已经开始,到元代已成习惯。如《诗法家数》中就按律诗要法、古诗要法、绝句,以及讽谏、登临、征行、赠别等分别论述。至明代,这种倾向更加明显,有关研究也更为深入。在上文有关命题、章法、音律等的有关论述中,实际上已涉及了部分关于各体诗的作法的问题,但犹有未尽者,如关于不同题材、不同体裁诗歌的作法问题,除了命题、章法、句法、字法之外,还涉及风格、立意、构思、修辞等问题,就不是命题、章法、音律等所能涵盖的,因此特设这一节,从另一个角度来讨论明代对于诗歌作法的研究。

对于各类诗体的作法,明人认为最为关键的是辨体,辨明了各体的特点,诗法也就可以明确了。显然这是继承了宋人的看法。这里所说的体,包括三个方面的内容:一为体裁,如七律、五律、七古、五古之类;二为个人或诗派风格,如太白体、东坡体、西昆体、江西体之类;三为时代特色,如太康体、长庆体等。何良骏《四友斋诗说》卷二:"沈宋创为律,排比律法,稳顺声势,其铸词亦别是一格矣。然观其五言古诗,大率以五言律诗句用之。夫律诗句不可用于古诗中,犹古诗句不可用于律诗中也。故五言律虽工,而五言古诗终输陈拾遗一筹。"律古之间没有分清,以致出现了律诗中用古句,古诗中用律句的现象,律古不分,所以也就等而下之了。所以胡应麟说:"今欲拟乐府,当先辨其世代,核其体裁,《郊祀》不为铙歌,铙歌不可为相和,相和不可为清商;拟汉不可涉魏,拟魏不可涉六朝,拟六朝不可涉唐。使神形酷肖,格调相当,即于本题乖连,然语不失为汉魏、六朝,诗不失为乐府,自足传远。""文章自有体裁,凡为某体,务寻其本色,庶几当行。"(《诗薮》内编一"古体上杂言")

李东阳《麓堂诗话》对于古体与律诗的特点作了区分,然后在此基础上再讨论它们不同的作法。他说:"古诗与律不同体,必各用其体乃为合格。然律犹可间出古意,古不可涉律。古涉律调,如谢灵运'池塘生春草,红药当阶翻',虽一时传诵,固已移于流俗而不自觉。若孟浩然'一杯还一曲,不觉夕阳沉',杜子美'独树花发自分明,春渚日落梦相牵',李太白'鹦鹉西飞陇山去,芳洲之树何青青',崔颢'黄鹤一去不复返,白云千载空悠悠',乃律间出古,要自不厌也。"[1]首先认为古诗与律诗是不同的体裁,必须"各用其体"才能算是合格之作。这是诗歌创作中一个基本的前提。然后再提出其核心看法,即"然律犹可间出古意,古不可涉律"。即认为律诗还可以偶尔有古意,但古诗却不能涉律。为什么会这样?这实际上涉及了中国诗歌创作中的一个普遍的规律或要求,即文体中的卑可以涉高,高不可以涉卑;近可以涉古,古不可涉近。也就是说,较近、较卑的文体可以运用较古、较高文体中的某些要素,但是较古、较高的文体却不能运用较近、较卑的文体的某些要素。例如,诗相对于词来说是相对较古、较高的文体,词是较近、较卑的文体,词的创作可以以诗为词,但诗却不能以词为诗。词相对于曲来说,是较古、较高的文体,曲则是较近、较卑的文体,曲可以以词为曲,而词却不能以曲为词。之所以有这样的要求和规律,是因为中国古代讲求文体之正与古雅,而对新文体则持较为开放的态度,如同对待成人往往从严,对待孩子往往从宽。成人有孩子的特点,则往往斥之为幼稚可笑;孩子有大人的表样,则誉之为少年老成。李东阳应当说是比较早地揭示了中国古代诗歌创作中的这一规

---

[1] 李东阳:《麓堂诗话》,周维德集校:《全明诗话》第一册,齐鲁书社,2005,第 478 页。

律和要求。这与稍后王世懋《艺圃撷余》提出的"作古诗先须辨体,无论两汉难至,苦心模仿,时隔一尘。即为建安,不可堕落六朝一语。为三谢,纵极排丽,不可杂入唐音"是一致的。

对于近体诗的作法,谢榛提出了"内外说"。他说"作诗得之多寡迟速,统系于心,因分内外二说,俾人易晓。此作近体之法,然古体亦有异同处,学者权宜用之"(《四溟诗话》卷四)。谢榛提出的所谓"内外说"主要是针对近体诗的。那么,什么是"内外说"呢?《四溟诗话》卷四中有这样一段话:"有客问曰:'夫作诗者,立意易,措辞难,然辞意相属而不离。若专乎意,或涉议论而失于宋体;工乎辞,或伤气格而流于晚唐。窃尝病之,盍以教我?'四溟子曰:'今人作诗,忽立许大意思,束之以句则窘,辞不能达,意不能悉。譬如凿池贮青天,则所得不多;举杯收甘露,则被泽不广。此乃内出者有限,所谓'辞前意'也。或造句弗就,勿令疲其神思,且阅书醒心,忽然有得,意随笔生,而兴不可遏,入乎神化,殊非思虑所及。或因字得句,句由韵成,出乎天然,句意双美。若接竹引泉而潺浮动之声在耳,登城望海而浩荡之色盈目。此乃外来者无穷,所谓'辞后意'也。'"显然,所谓的"内外说",是就诗的创作灵感或构思而言的。谢榛认为,先立大意,然后再组织字句,这种从"辞前意"来发掘其内在意蕴的方式,即为"内出"的构思方式。这种方式的局限性很大,表现的空间有限。另有一种方式则不同,即以所谓的"辞后意"而形成的"外来"方式。这种方式就是写作之前并无特定的需要表现的内容或主题,只是因为有突然的灵感,于是"忽然有得,意随笔生,而兴不可遏,入乎神化,殊非思虑所及"。或者"因字得句,句由韵成,出乎天然,句意双美"。这两种情况都强调的是灵感而不是事先的构思,宛如天外飞来,所以称之为"外来"式。这种方式,谢榛形容为"若接竹引泉而潺浮动之声在耳,登城望海而浩荡之色盈目"。

对于"因字得句,句由韵成"这一方式,谢榛还作了具体的解释。他以"天"字为例,形成了诸如"兵气截胡天""鸥号月黑天""长阴梦里天"

"斜阳禾黍天""灵聚洞中天""荷影乱湖天""星摇海底天""千江各贮天""道在混茫天""帆影落江天""云萝隐洞天""神龙穴海天""雕横朔漠天""明河半在天""心空定里天""气惨战场天""波明日本天""江清鱼在天"等句子,这是"句由韵成"。"天马行无迹""天覆空青色""天冷饶边气""天阴鬼火乱""天寒鹰力健""天聚峨眉雪""天势海相吞""天闲收骏马""天羁旷达才""天许百年狂""井天开地镜""仰天心贮月""倚天云护剑""木天通夜鼠""楚天三峡断""海天无际色"等,则是"因字得句"。"句由韵成"与"因字得句"区分了二者之间的不同,但不管是"因字得句",还是"句由韵成",在谢榛看来,都是"夫人妙悟有因,自能作古。然文字起于鸟迹,草书精于舞剑,尔独不能因人之悟,以开己之悟邪?"(《四溟诗话》卷四)一方面强调通用的方法,另一方面又强调不同诗人的独特个性与感悟。

显然,谢榛强调的是创作的灵感,主张"外来"式的构思,而对"内出"的构思方式则颇有微词。他对诗歌创作分为"外来"与"内出"两种方式确实也有一定的道理,凭借灵感而创作出来的诗歌与凭借预先的构思创出来的作品在风格和境界上肯定是有区别的,甚至有高下之分,但是,创作并不是完全凭借灵感的,"内出"也不是完全没有其合理性。如只强调"外来"式,未免有失偏颇。

尽管谢榛明确地说明了诗的写作有内外之分,并且强调了这种分法是"作近体之法,然古体亦有异同处,学者权宜用之",但人们还是认为他的说法是将近体与古体混为一谈。《四溟诗话》卷四载:"或曰:'子谓作古体、近体概同一法,宁不有误后学邪?'四溟子曰:'古体起语比少而赋兴多,贵乎平直,不可立意涵蓄。若一句道尽,余复何言?或兀坐冥搜,求声于寂寥,写真于无象,忽生一意,则句法萌于心,含毫转思,而色愈惨澹,犹恐入于律调,则太费点检斗削而后古。或中有主意,则辞意相称,而发言得体,与夫工于炼句者何异?汉魏诗纯正,然未有六朝唐宋诸体萦心故尔。若论体制,则大异而小同,及论作手,则大同小异也。未必篇篇从头叙去,如写家书然,毕竟有何警拔?或以一句发端,则随笔意生,顺流直下,浑成无迹,此出于偶然,不多得也。凡作近体,但命意措词一苦心,则成章可逼盛唐矣。作古体不可兼律,非两倍其工,则气格不纯。今之作者,譬诸宫女,虽善学古妆,亦不免微有时态。'"在这一段话中,谢榛强调了近体诗与古体诗创作的不同。古体诗在写法上的特点,它们"起语比少而赋兴多,贵乎平直","或以一句发端,则随笔意生,顺流直下,浑成无迹,此出于偶然,不多得也"。也就是说,古体诗往往不多作,多作于偶然,自然浑成。而近体"但命意措词一苦心,则成章可逼盛唐矣"。意谓近体必须苦心锤炼,与古体的自然成诗是不一样的。这就将古体与近体不同的写法作了区别。

徐师曾《诗体明辨》以辨体为主题,从辨体的角度分别阐述了各诗体的作法,可以说是明代一部比较多地涉及各体诗作法的专著。例如论"近体律诗",先说其发展脉络,然后述其起联、颔联、颈联及尾联(落句)之结构,然后云:"至论其体,则一篇之中,抒情写景,或因情以寓景,或因景以见情。大抵以格调为主,意兴经之,词句纬之;以浑厚为上,雅淡次之,秾艳又次之。若论其难易,则对句易工,结句难工,发句尤难工。七言视五言为难,五言不可加、七言不可减为尤难。学者知此而各充其才,则盛唐可复见于今矣。"①在这段话中,徐师曾分别从不同的角度讨论了近体五言和七言律的写法。

一是从写情景的角度来讨论,认为一篇之中,"抒情写景,或因情以寓景,或因景以见情",也就是要灵活地处理情与景之间的关系。二是从风格和审美追求来说,认为大抵以格调为主,以浑厚为上。三是从难易的角度来说,对句易工,结句难工;七言比五言难等。这三个角度涉及近体律写作的关键,徐师曾在前人的基础上加以归纳总结,确有其全面独到的见解。

再如"绝句诗"在讨论绝句的体裁特点之后,言其作法云:"大抵绝句

---

① 徐师曾:《诗体明辨》,周维德集校:《全明诗话》第二册,齐鲁书社,2005,第1461页。

诗以第三句为主,须以实事寓意,则转换有力,旨趣深长,虽以杜少陵之圣于诗,而于此尚有遗憾,则此体岂可易而为之哉!"认为绝句诗的写作难度非常大,有两个值得注意的方法:一是要以第三句为主,其他四句为辅;二是要以实事寓意,这样才能"转换有力,旨趣深长"。这里提出以第三句为主的方法,只是点到为止,并没有说明具体的理由和原因。看法类似于周弼的"截句之法,大抵第三句为主"。其实,无论五言还是七言绝句,第三句往往就是全诗的转折点,也就是起承转合之转的所在,它决定了一首诗在内容上的走向,也决定了一首诗在艺术上的高低。例如王昌龄《长信秋词》:"奉帚平明金殿开,暂将团扇共徘徊。玉颜不及寒鸦色,犹带昭阳日影来。"第三句就是全诗的关键,其转折的意味非常明显,顺理成章地引出了下文,大大提升了全诗的内涵与意蕴。遗憾的是,徐师曾未将其说透。至于"以实事寓意",也是一个重要的方法。何谓"以实事寓意"?徐师曾并未作解释,估计就是指所写的内容是实实在在的事情、事件,而不是空洞的议论或抒情,不然,哪来"旨趣深长"?

徐师曾对于各类诗歌作法的看法,有的来自前人,有的是他自己的创造,虽然高度有限,但也自有其闪光之处。

刘世伟《过庭诗话》卷上云:"歌行最要突兀歇拍。《连昌宫词》《长恨歌》虽善叙事,犹太直遂,况其下者乎?杜少陵王郎'酒酣拔剑斫地歌莫哀!我能拔尔抑塞磊落之奇才'。此突兀语也。岑嘉州'君不见蜀葵花',歇拍语也。"①这是强调歌行体的写法。按刘世伟提出的标准,《连昌宫词》《长恨歌》这样的名作都有不合格之处。可见按体来要求,标准是多么严格。

杨良弼的《作诗体要》此书按时代、群体、手法、风格等进行分体,列出了如盛唐体、中唐体、晚唐体、昆体、江西体、九僧体、四灵体等共 76 体,立体之多,此前少有。每一例均举例分体论述其体裁、手法特点,同

---

① 刘世伟:《过庭诗话》卷上,陈广宏、侯荣川编校:《明人诗话要籍汇编》第三册,复旦大学出版社,2017,第 1109 页。

时总结其作法。这些作法,有的是前人的见解,有的是杨良弼的看法。

如"有眼体",这是此前诗论中很少见的名目。对于此体,杨良弼举的是杜甫《奉酬李督都表丈早春作》为例,云:"凡诗以字为眼。'桃花'对'柳叶',人人能之,惟'红'字下着一'入'字,'青'字下着一'归'字,乃是两句字眼也。大凡诗,两句说景,太浓太闹,即两句说情为佳。'转添''更觉',亦是两句字眼,非苟然也。所以悲早春,所以转愁,所以更老,尾句始应破,以四海风尘,兵戈未已,望乡思土,故无聊耳,此乃诗法……此'红入桃花嫩,青归柳叶新',以'入'字、'归'字为眼,'榉柳会枝弱,枇杷树树香',以'弱'字、'香'字为眼。唐人诗皆如此,贾岛尤精,所谓'推门''敲门',争精微于一字之间是也。然诗法但止于是乎?"①由此可见,所谓的"有眼体",就是句中有诗眼(关键字)的诗。如果没有眼,诗句乃至整首诗,都会显得平庸无奇,因此必须设置必要的眼。那么怎样设置诗眼呢?杜甫的诗就是表率和榜样。但是,又不能像贾岛一样,全力在诗眼的设置上用功,诗歌创作之道还有比诗眼更重要的东西。这一段论述是在继承前人相关看法的基础上,又有一定的创新。

再如"顿挫体",先举杜甫五言《客亭》(秋窗犹曙色)为例,然后解说道:"老杜诗所以妙者,全在开辟顿挫耳。平易之中有艰苦,艰苦之中有平易;虚中有实,实中有虚;景中有情,情中有景。"然后再举杜甫《将晓》诗:"军吏回官烛,舟人自楚歌。寒沙蒙薄雾,落月去清波。壮惜身名晚,衰惭应接多。归朝日簪笏,筋力定如何。"并分析云:"中四句,两言晓景,两言身事。均者欲句句言晓,即不通,而且拙矣。若着题体物诗,八句黏带可也。老杜诗无一首不可法,始言此以论其概。欲学杜者,必以贾岛幽微入,而参以岑参之壮,王维之洁,沈佺期、宋之问之整,盛唐之广大气魄,晚唐之纤细工夫。参而用之,一出一入,则庶几其可及矣。"②以"顿挫"之名设体,这也是以前的诗论中少有的。显然,杨良弼是以诗中有顿

---

① 杨良弼:《作诗体要》,周维德集校:《全明诗话》第二册,齐鲁书社,2005,第1565页。
② 杨良弼:《作诗体要》,周维德集校:《全明诗话》第二册,齐鲁书社,2005,第1566页。

挫的特点而设体的。那么,他所说的顿挫是什么呢? 显然就是"平易之中有艰苦,艰苦之中有平易;虚中有实,实中有虚;景中有情,情中有景"。其实就是要有变化,不能呆板。"两言晓景,两言身事",强调的也是变化。"句句言晓",没有变化,"即不通,而且拙矣"。

这里尤其值得注意的是,在如何学杜的问题上,杨良弼提出了一条与众不同的路径,即"欲学杜者,必以贾岛幽微入"。与宋人朱弁在《风月堂诗话》卷下说黄庭坚"用昆体工夫,而造老杜浑成之地"迥然不同。杨良弼提出的这一观点看起来确实有点不着边际,因为杜甫与贾岛风格、境界迥异,是完全不同的诗人。然而细究之下,杨良弼的这一观点又有其合理之处,这是因为贾岛诗的特点是"幽微",也就是细致,体会到了诗歌创作的细致之处,掌握了顿挫的关键,在方法上得到了启示,自然就可登堂入室。这就为学诗者提供了另外一条路径。

杨良弼对各体作法的研究虽然比较全面,但内容驳杂,总体的创新性不足。

王世贞对于各类诗的作法的探讨颇有见地。例如,他认为七言歌行的作法是:"七言歌行,靡非乐府,然至唐始畅。其发也,如千钧之弩,一举透革。纵之则文漪落霞,舒卷绚烂。一入促节,则凄风急雨,窈冥变幻。转折顿挫,如天骥下坂,明珠走盘。收之则如橐声一击,万骑忽敛,寂然无声。"(《艺苑卮言》卷一)这是讨论七言歌行开头(发)、中间(纵之、促节、转折)、结尾(收)三部分的写法。王世贞首先辨体,将七言歌行与乐府区别开来,然后再专论七言歌行的作法。王世贞以比喻的方式来论述,认为七言歌行的开头要有力;中间部分则开始平静明丽,然后再加以变化,由平静明丽一变凄风急雨,再在转折部分变为急促的节奏;最后戛然而止,寂然无声。整首七言歌行如同白居易笔下的《琵琶曲》,各部分有不同的风格、意境和节奏。其写作的方法均应循此规则而为。王世贞对七言歌行这种特点的总结,显然是他在大量研究唐人七言歌行作法的基础上提出来的,具有相当的普遍性和实践意义。

王世懋在《艺圃撷余》中,对古诗与律诗的作法作了较深入的研究。对于古诗,他认为:"作古诗先须辨体,无论两汉难至,苦心模仿,时隔一尘。即为建安,不可堕落六朝一语。为三谢,纵极排丽,不可杂入唐音。小诗欲作王、韦,长篇欲作老杜,便应全用其体。第不可羊质虎皮,虎头蛇尾。词曲家非当家本色,虽丽语博学无用,况此道乎?"①王世懋首先旗帜鲜明地提出了"作古诗先须辨体"的观点。显然,在他看来这是古体诗创作最重要的。他所说的"体"既包括了不同时代之体,也包括了不同诗人之体。其次,古体诗必须纯正,不能有杂。所谓纯正,就是"即为建安,不可堕落六朝一语。为三谢,纵极排丽,不可杂入唐音",否则就是杂,不够纯正。古诗中的小诗应当向王维、韦应物学习,长篇则应向杜甫学习。无论向谁学习,都应当全用其体,不能杂入他人之体,否则也是不纯。这就在前人辨体的基础上,对古体诗的写法提出了更为严格的要求。

但是,王世懋在注意辨体的同时,并不绝对。他曾有这样的话:"唐律由初而盛,由盛而中,由中而晚,时代声调,故自必不可同。然亦有初而逗盛,盛而逗中,中而逗晚者。何则?逗者,变之渐也,非逗,故无由变。如《诗》之有变风变雅,便是《离骚》远祖,子美七言律之有拗体,其犹变风变雅乎?唐律之由盛而中,极是盛衰之介。然王维、钱起,实相倡酬,子美全集,半是大历以后,其间逗漏,实有可言,聊指一二。如右丞'明到衡山'篇,嘉州'函谷''磻溪'句,隐隐钱、刘、卢、李间矣。至于大历十才子,其间岂无盛唐之句?盖声气犹未相隔也。学者固当严于格调,然必谓盛唐人无一语落中,中唐人无一语入盛,则亦固哉其言诗矣。"这段话指出了唐代律诗的发展固然有初盛中晚之别,但是,初中有盛,盛中有中,中则有晚。因此,学习律诗创作一方面要"严于格调",也就是要努力辨体,另一方面又要看到各体之间的联系,孤立地认为"盛唐人无一语落中,中唐人无一语入盛",就失之于顽固不化了。

对于律诗的写法,王世懋认为:"今人作诗,多从中对联起,往往得联

---

① 王世懋:《艺圃撷余》,周维德集校:《全明诗话》第三册,齐鲁书社,2005,第2152页。

多而韵不协，势既不能易韵以就我，又不忍以长物弃之，因就一题，衍为众律。然联虽旁出，意尽联中，而起结之意，每苦无余。于是别生支节而傅会，或即一意以支吾，掣衿露肘。浩博之士，犹然架屋叠床，贫俭之才弥窘，所以《秋兴》八首，寥寥难继，不其然乎？每每思之，未得其解。忽悟少陵诸作，多有漫兴，时于篇中取题，意兴不局，岂非柏梁之余材，创为别馆，武昌之剩竹，贮作船钉？英雄欺人，颇窥伎俩，有识之士，能无取裁？”这段话有两层意思，第一层是批评明代诗人们写作律诗的通常做法。他们的做法是“多从中对联起”，也就是先确定一个题目，首先从中间两联入手，有好联然后再促成首联和尾联。这样的写法会产生韵不协、因就一题而敷衍成章、意尽联中而起结无余味等诸多问题。第二层是提出他自己的主张。他认为应当像杜甫那样，“多有漫兴，时于篇中取题”，也就是不首先确定题目，然后自由自在写作，这样就可以做到“意兴不局”，将各种材料充分利用起来。王世懋所论述的律诗写法，实际上涉及两个问题，一是先定题还是后定题，二是写作的先后次序。关于这两个问题，王世懋的看法是有可取之处的，先定题的优点是主题与主线明确，但对诗人的想象力和表现的空间有一定的局限。后定题的好处则相对自由，发挥的空间较大，但往往失之于散漫。而又先从中间两对联写起，虽然抓住了一首诗的重点，但这样创作出来的作品往往就不是一个浑然一体的整体，而很可能中两联很精彩，前后两联却平庸。解决这两个问题的关键，其实是要解决诗的整体性问题，王世懋提出的“于篇中取题”的命题方式，以及反对“多从中对联起”，就可以比较好地解决这一问题。所以，从律诗的写作来说，王世懋的观点提供了一个新的研究角度。

王世懋认为：“谈艺者有谓七言律一句不可两入故事，一篇中不可重犯故事。此病犯者故少，能拈出亦见精严。然我以为皆非妙悟也。作诗到神情传处，随分自佳，下得不觉痕迹，纵使一句两入，两句重犯，亦自无伤。如太白《峨眉山月歌》，四句入地名者五，然古今目为绝唱，殊不厌重。蜂腰、鹤膝、双声、叠韵，沈休文三尺法也，古今犯者不少，宁尽被汰邪?"关于七言律诗的写法,当时流行的一种观点是认为"七言律一句不可两入故事,一篇中不可重犯故事",这是从用事的角度讨论七言律诗的创作方法。王世懋在这里批评了这种观点,认为这不是七言律诗创作的真谛。他认为:"作诗到神情传处,随分自佳,下得不觉痕迹,纵使一句两入,两句重犯,亦自无伤。"用多用少,重不重复,都不是问题的关键,关键是下得没有痕迹。李白《峨眉山月歌》四句中有五个地名,仍不失为绝唱,至于存在着声病问题的作品,历史上不知有多少,但它们还是保留了下来。所以,七言律诗的写作关键还是自然天成。王世懋的这一批评是颇有道理的。

王世懋还认为:"律诗句有必不可入古者,古诗字有必不可为律者。然不多熟古诗,未有能以律诗高天下者也。初学辈不知苦辣,往往谓五言古诗易就,率尔成篇。因自诧好古,薄后世律不为。不知律尚不工,岂能工古?徒为两失而已。词人拈笔成律,如左右逢源,一遇古体,竟日吟哦,常恐失却本相。乐府两字,到老摇手不敢轻道。李西涯、杨铁崖都曾做过,何尝是来?"一方面强调要严格区分律与古的界限,"律诗句有必不可入古者,古诗字有必不可为律者"。另一方面又强调"不多熟古诗,未有能以律诗高天下者也"。这就是说,熟悉了解古体诗,是提高律诗创作水平的必要前提。只有充分了解古体诗,才可能创作出高水平的律诗。同时,又认为"不知律尚不工,岂能工古?"不充分了解律诗,同样不能写好古体,因为古体诗的创作的难度更大,李东阳、杨维桢所写的古体诗都不能算是合格之作,何况他人!王世懋在这里强调的是古体诗与律诗创作之间的关系,既强调二者之间不可入的区别,又强调不熟悉古体就不能写好律诗、不了解律诗就不能写好古体。这样的观点一方面鲜明地表现了明人强调辨体的时代特色,另一方面又指出了古体与律诗创作之间的辩证关系。不熟悉古体就不能写好律诗、不了解律诗就不能写好古体,这其实还是强调古体与律之间的区别,因为不熟悉了解,就不能把握其特点,稍有不慎,在写作律诗时,就误入古体;在写作古体时,就误入律诗,造成了律古不分的局面,这样的作品显然是不够纯粹正宗的。由此可见,不管是古体诗还是律诗的创作,王世懋强调的都是辨体,也就是他所说的"作古诗先须辨体",这是这两种诗体写作的前提。

王世懋对古体诗和近体诗写法的研究,其最大的特点是强调辨体,其他的方法都是建立在这一观念之上的。由此也可见一代之风气。

明人有一种普遍的观念,即认为诗歌诸体中,七言律诗的写作难度最大,因此,给予的关注度最高,对其作法的探讨也最多。谢肇淛《小草斋诗话》卷一:"诗中诸体,惟七言律最难,非当家不能合作。盛唐惟王维、李颀颇臻其妙,然顾仅存七首、王亦止二十余首,而折腰、叠字之病,时时见之,终非射雕手也。自少陵精粗杂陈,议论间出,后人效颦,反以是为藏垢之府矣。今人初学为诗,便作七言律,不知如蚁封盘马,到此未有不踬者也。噫,可叹也!""七言律诗,尚绮丽则伤风骨,张气骨则乏神情,斗奇崛则损天然之致,务清远则无金石之声。意多则不流,景繁则无章。文质彬彬,庶几近之。即全唐诸子,不数篇也。"王文禄《诗的》亦云:"诗惟七言律最难,李太白止八首,杜子美为多,其浅而俚者亦有之。"胡应麟也说:"七言律最难,迄唐世工不数人,人不数篇。"(《诗薮》内编五)

雷燮《南谷诗话》对除夜诗、咏月诗、咏古人诗、咏园亭花木诗、咏梅诗等类别诗的写法多有探讨,时有独到之见。例如,关于咏古人诗,他说:"咏古人诗,却于本事未经人道处翻出新意始妙。如李义山咏贾谊云:'可怜夜半虚前席,不问苍生问鬼神。'马子才咏文帝云:'可怜一觉登天梦,不梦商岩梦邓通。'意思同,议论正,皆自文帝、贾生事翻说出来。"[1]

邓云霄《冷邸小言》对诗歌各体作法的论述是比较全面的,而且常有独到见解,与一般通俗著作的人云亦云颇有不同。

他认为咏物诗,"咏物诗,不可黏皮带骨,必比兴高远,如水月镜花,

---

[1] 雷燮:《南谷诗话》卷中,陈广宏,侯荣川编校:《明人诗话要籍汇编》,复旦大学出版社,2017,第257页。

方称妙手。如雍陶《咏白鹭》诗云'立当青草人先见,行榜白莲鱼未知',非不甚切,愈觉鄙俗。其最高者,无如开元名公《咏白牡丹》云'别有玉盘承冷露,无人起就月中看'。其清逸飘扬,冉冉欲仙,令人心醉。若义山之《锦瑟》,非子瞻拈出,几不可晓,终不可法也。"①邓云霄讨论咏物诗的作法,认为咏物诗写作的基本原则是"不可黏皮带骨","必比兴高远,如水月镜花,方称妙手"。邓云霄所说的优秀的咏物诗有两个最突出的特征:一是"比兴高远",也就是说要有高远的寄托;二是"如水月镜花",即写物要若即若离,不能太形似。据此则知他所说的咏物诗的反面写法,即"黏皮带骨",指的是追求形似,无所寄托。雍陶《咏白鹭》就是因为得其形似而无高远寄托,因此而被认为是"鄙俗"之作。相反,《咏白牡丹》诗云"长安豪贵惜春残,争赏街西紫牡丹。别有玉盘承露冷,无人起就月中看"。后二句并不具体写白牡丹之形而别有寓意,因此被他称之为"清逸飘扬,冉冉欲仙,令人心醉"。至于李商隐的《锦瑟》,由于晦涩难懂,就更不可取了。

关于咏物诗的写法,唐宋以来的理论家已作了大量探索。如《诗法家数》中就对如何写作咏物诗作了专门的总结,认为"咏物之诗,要托物以伸意。要二句咏状写生,忌极雕巧。第一联须合直说题目,明白物之出处方是。第二联合咏物之体。第三联合说物之用,或说意,或议论,或说人事,或用事,或将外物体证。第四联就题外生意,或就本意结之"。除了提出了"托物以伸意"的总体要求之外,还对各联的写法提出了具体的方法。对此,邓云霄虽然没有论述得那么细致,但是,他提出的"比兴高远"和"如水月镜花"两大原则,还是非常切合咏物诗的写作的。

送别是中国古代诗歌中常见的题材,《诗法家数》等著作中就有关于这类诗的写法的论述。关于这一类诗的写法,邓云霄说:"送别诗,第一忌切姓,第二忌切官,第三忌切地,第四忌切升迁。能去此四者,别寻生活,则自有一段新意跃于笔端矣。"他没有从正面来论述如何写,而是从

---

① 邓云霄:《冷邸小言》,周维德集校:《全明诗话》第四册,齐鲁书社,2005,第3475页。

忌的角度,提出了忌切姓、忌切官、忌切地、忌切升迁的"四忌"。这"四忌"是很有针对性的,因为一般人所作的送别诗是比较容易犯这"四忌"的。清人赵翼就说过:"宋人诗,与人赠答,多有切其人之姓,驱使典故。"(《瓯北诗话》卷十二)其实,不犯"四忌"只是基本的前提,送别诗写作的关键是"别寻生活"。而"别寻生活"的空间就非常大了,如何"别寻生活",涉及诗人的修养、天分、悟性等,这就不是一般的原则与方法可以解决的了。也许正因为如此,所以,邓云霄只提出了前提和方向,而对具体的方法则付之阙如了。

邓云霄对诗体之间的细微区别有深入的认识。他说:"诗俱以陶写性情,留连风月,然律、绝、歌行,其粗细终不同者。律、绝字少而法严,如马度九折坂,须盘旋曲捷,不爽尺寸;又如蹴鞠投壶,轻重高下,难越分毫。歌行长短在我,如走马射堂前,掷剑横殇,虽极驰骤颠倒,不厌神幻也。"对律、绝、歌行三种不同的诗体作了区别,认为律诗和绝句"字少而法严",因此在写作上就要求"不爽尺寸""难越分毫",而歌行的特点是"长短在我",自由度就要大得多。他对律诗体裁特点的认识可以说是空前的:"或问:律诗'律'字之义何居?曰:有三义焉。一如法律之律,老吏断狱,字字经拷打,一毫出入于法,便非正律。一如纪律之律。行兵部伍,结阵须似常山蛇,击首尾应,虽出奇无穷,总之不离阵法。一如音律之律。宫商清浊高下,须句句要庇谐和,方可比管弦而入歌舞。尽此三者,始称律诗矣。"从法律、纪律、音律三个方面来解释律诗之"律",实际上就是从三个方面确定了律诗的文体特点。相对于宋人简单笼统地将"诗"字解释为"法度之言",这样的解释无疑要详细全面得多。

正因为有对各诗体特点的深入认识,所以,他对各诗体的作法的认识也颇有独到之处。例如,邓云霄认为歌行体的写法是:"歌行之体,须以汉《铙歌》为骨,一句之中,顿挫转折若相问答、相顾盼者,方入佳境。如'江有香草目以兰,黄鹄高飞离哉翻'。杜工部深得此法,如'十步回头九步坐,问谁腰镰戎与羌'之类是也。"认为歌行的写法应当以汉代《铙歌

335

十八曲》为学习的榜样和诗歌创作的基本风格,其具体的方法是在句法上"一句之中,顿挫转折若相问答、相顾盼者",也就是要在句法上有曲折、问答,如杜甫的"十步回头九步坐,问谁腰镰戎与羌"这二句中的后句包含着"谁腰镰?"之问与"戎与羌"之答,这就是宋代《潘子真诗话》所说的"凡此句中,每涵问答之词"。邓云霄对汉乐府情有独钟,他在另外一段话中说:"古乐府所以不可及者,以其浏亮委曲,如回风飘雪,不假人为。一句之中,凡三四转。无名氏《白纻舞歌》中有句云'如推若引留且行'。又云'袍以光驱巾拂尘,制以为袍余作巾',全似汉人语,其妙无穷。"可见,邓云霄对汉乐府这种"浏亮委曲"的句法是无比推崇的。这实际上就从风格、句法与取法对象三个方面回答了歌行体如何写的问题。虽然邓云霄的这一看法不算高明,但也可成一家之言。

冯复京的《说诗补遗》对各类诗的作法也有全面的论述。首先,他认为:"学诗之始,先辨体制,为此体不能离此式,如人身,颅必在上,趾必在下;犹制器,至圆不加于规,至方不加于矩。"(卷一)将辨体放在学诗之始,认为这是最重要的前提,原因就在于"为此体不能离此式"。正因为对辨体如此重视,所以,冯复京对诗歌各体的特点及其写法的认识才比较深入,提出了一些值得重视的看法。

冯复京对诗歌中各主要体裁的特点及其写法均作了研究。

对于四言诗,他说:"四言,《国风》《雅》《颂》,圣籍冠冕,予谓不必追拟,惟祭祀、燕飨、乐章,宜以《雅》《颂》为则。《国风》短篇,或一事而屡陈词,或片言而三致意,和平淡泊,尤不适时用。若述志赠答诸巨什,但仿韦孟亦已足矣。然后世五七言句法、字法、兴象、风神,鲜不自'四诗'出者,犹庞鸿之立两仪,浑泡之导众派也。"①这一方面高度肯定了《诗经》中风、雅、颂三类作品的地位和影响,另一方面却认为它们或"不必追拟"或"不适时用",在创作时是不必模仿它们的,而在创作述志赠答这些题材的四言诗时,应当向唐代的韦应物、孟浩然学习。这一看法堪称卓

---

① 冯复京:《说诗补遗》卷一,周维德集校:《全明诗话》第五册,齐鲁书社,2005,第3833页。

识。因为从宋代以来的诗论家,无不高抬《诗经》,无不称之为万法之源,无不希望学诗者向其靠拢,而冯复京则一反众人之说,认为不必追拟,在当时实在是石破天惊之论!对于汉魏以来的四言诗,他说:"入汉魏,四言有四格,《黄鹄》《善哉》《对酒》诸篇,宏放而慓急,一也。四晧《采芝》、王嫱《怨诗》、秦嘉《赠妇》,浅近而流丽二也。其三则磨研风雅,春容以尽辞,韦孟、玄成之杰思也。其四则拟则三颂,典奥而严饰,马卿、邹乐之鸿裁也。学者须探其来委,肆其节奏,不可错糅,使辞格莠乱。至晋又有陆机之冗缛,陶潜之枯淡,不足法矣。"(卷一)将汉魏至唐的四言诗分为四类,学习四言诗的写作,最重要的是分清它们之间的区别,掌握各类诗的特点,不要将它们混为一谈。至于陆机、陶潜的四言诗,根本就不足为法了。冯复京的这段话一方面是说明了在四言诗的创作过程中辨体的重要性,另一方面也说明了确立学习对象的重要性。陆机、陶潜之外,其他四类四言均可为法,但必须认真加以研究,"探其来委,肆其节奏",否则就有可能出现"辞格莠乱"的现象。

对于五言古诗写法,他说:"作五言古,须求性情于《三百》,采风藻于《楚辞》,而卓然以古诗苏、李为师,子桓、子建为友,镕铸琢磨,精神游于彀内,优柔餍饫,理趣浃乎胸中。"(卷一)冯复京首先强调的是要在性情上合于《诗经》,在语言上学习《楚辞》,然后以苏、李为师,曹丕、曹植为友,充分吸收它们的精华,融会贯通。在这一点上,冯复京最值得注意的是他没有像其他人一样对唐人的五言古推崇备至,而是说:"两汉五言,其体格至子建而后绝响矣。人知宋齐之骈对为法正之自,梁陈之淫靡为道否之极,而不知唐人寂寥短章,以为返朴,率尔下笔,谓近自然者,其害古尤大也。""古诗浑厚典则,醖藉和平,李翰林之狂率,杜拾遗之刻露,皆非诗之正也。使谓为李杜体,可以师法,岂不误哉!"(卷一)对唐人乃至李杜的五言古诗都不以为然,认为或为诗之害,或"非诗之正",而应当向汉魏学习,这充分表现了冯复京与众不同的看法。

关于七言歌行与七言律诗的作法,冯复京高度赞同王世贞、胡应麟的观点,同时又有所发挥。例如关于七言律诗的写法,他认为"七言律诗作法,尽于胡元瑞",高度认同胡应麟关于七言律诗作法的看法:"意若贯珠,言若合璧。其贯珠也,如夜光走盘而不失回旋曲折之妙。其合璧也,如玉匣有盖而绝无参差扭捏之痕。綦组锦绣,相鲜以为色。宫商角徵,互合以成声。思欲深厚有余,而不可失之晦。情欲缠绵不迫,而不可失之流。肉不可使胜骨,而骨又不可太露。辞不可使胜气,而气又不可太扬。""寓古雅于精工,发神奇于典则。"针对胡应麟的观点,他又说:"予又谓章法与其镵削瘦劲,不如浑厚冠裳。字句与其浮响倒装,不如沉实平正。与其学杜陵之苍老危仄,不如学王、李之风华秀朗。与其为大历之清空文弱,不如为景龙之缛藻丰腴。发端贵于气象远大,句格浑成。结尾贵于收顿得法,意兴无尽。中二联对极整切,而中含变化,机极圆畅,而自在庄严,和平而不悲冗,雄伟而不粗豪,斯得格调之正,而备诸法之全者也。"(卷一)这段话是针对胡应麟的观点而言的,从章法、字句、风格到诗的发端、结尾、中二联的写法等,全面提出了与胡应麟不同的看法,可谓佩服而不盲从,赞同而自出新意。冯复京的这些看法未必完全正确,但至少提出了他自己的观点,值得充分肯定和重视。

关于五言排律的作法,他说:"五言排律作法之妙,莫于初唐骆、宋,大颧之极①,止于盛唐少陵。小韵以下,欲得气象峥嵘,笔力飞动。十韵以上,欲得条贯有序,位置得所。学问欲得该博,有海含地负之形。才情欲得宏富,有涌泉飞动之势。宁过铺张,而不宜寒俭。宁极雄丽,而不宜枯淡。而又大雅卓尔,不逐轻绮之流。鼓舞尽神,不为补衲之语,方为完善……盖排律词本藻赡,故欲澄之使清。格本端严,故欲融之使活。譬若高堂数仞,欲以方寸之沉檀构基;膏腴千顷,而以涓滴之醴泉借润。用物未宏,取精太薄。此予所为极陈初盛升降之辨,以待后学也。"(卷一)这段话一方面指出了五言排律最值得仿效学习的是初盛唐的骆宾王、宋之问、杜甫,另一方面又指出了小韵以下、十韵以上两类五言排律各自不

---

① "颧",原文如此,疑有误。

同的写法。对于这两类五言排律的共同写法,冯复京从作者学问、才情,以及作品本身的风格、语言等加以论述,指出它们的写法。理既深刻,而且富于形象性。

对于绝句的写法,冯复京似乎予以了特别的关注,也花了更多的篇幅加以论述。他首先认为五言绝句的创作"何仲言(逊)、庾子山(信)音韵谐美,兴趣悠长,允为正始"。然后指出,优秀的五言绝句应当是"作之者必包裹万汇,委曲百折于二十字之中,俊逸清新,和婉蕴藉,紧势游刃,深衷厚味,体不觉其寂寥,节不伤于局促,斯尽善矣"。用此标准来衡量,"若李翰林之飞扬而少含蓄,王右丞之高旷而薄滋味,其犹未至乎?"(卷一)对李白和王维的五言绝句也颇有微词,也可以看出冯复京不人云亦云的独立见解。

对于七言绝句的写法,冯复京:"七言绝,婉丽入情,故世之学者轻于染指,殊不知所贵者兴象玲珑,意味深厚,天真隘发,极精工又极自在,气骨浑涵,极神骏又极闲雅,悲而不伤,怨而不怒,和而不流,丽而不淫,极真切而不凡近,极感慨而不萧飔,斯可蹑王、李之高踪。"(卷一)认为七言绝句因为其"婉丽入情"的特点,成为一般人喜欢写作的诗体,但不知道它有"兴象玲珑,意味深厚"等要求,其实是极不容易写好的,只有达到了很高的艺术修养,才可能真正写出优秀的作品。这显然是从七言绝句的特点入手来论其写法。从具体的操作层面来说,他认为:"绝句,对起者须工,发端前不得着一意。对结者须严,收束后不得添一语。不然,则为半律矣。五言绝,句短调促,用做仄韵不失为高古。七言绝,声长字纵,用平韵乃得风神。七绝平韵散起者,其首句末字变调用仄,则韵乖趣索,顺势用平,则韵协兴悠。"(卷一)冯复京在这里首先讨论了"对起者"和"对结者"两种绝句的写法,前者要求对仗必须工整,开门见山,直截了当。后者要求结得严整干净,绝不拖泥带水。然后再从用韵的角度来论述五言绝句、七言绝句的写法。他认为,五言绝句因为有"句短调促"的特点,在用韵上就最好用仄韵,这样就不失为高古。

冯复京之所以有这样的看法，很可能是因为入唐以后，五言绝句多用平韵，而唐前的诗人则常用仄韵，如何逊《相送诗》："客心已百念，孤游重千里。江暗雨欲来，浪白风初起。"《苑中见美人诗》："罗袖风中卷，玉钗林下耀。团扇承落花，复持掩余笑。"相对于唐人绝句，这些诗可以称之为古绝句，所以，冯复京认为用仄韵的五言绝有高古之风。而七言绝句，冯复京认为它具有"声长字纵"的特点，所以主张用平韵，这样才能得其"风神"。这很可能是基于七绝从唐代才开始大量创作，而且多用平韵这样的事实。

从用韵的角度来讨论五七言绝句的写法，并将其作区分，这是冯复京的创造。而他对于五七言绝句的写法作区分，也是建立在他对五七言绝句作辨体的基础上的。

除了以上的论述，冯复京对于五言律诗、六言诗，甚至回文诗等诗体的作法，均有研究。由上可见，冯复京对于诗歌各体的写法有自己独到的见解，即使他赞同王世贞、胡应麟等人的某些看法，也是决不盲从，往往能在他人的基础上又有所发挥或创新，这在明代的诗法学研究中是难能可贵的。

陈懋仁《藕居士诗话》对于律诗的作法则另有看法。他说："律诗不必过以突兀为高，只崔之《黄鹤楼》、杜之《昆明池水》、李之《凤凰台》，寄闳廓高峭于纯温蒨丽中，至足取法，奚事多求？如欲幽远奇淡，又当参白乐天《寻郭道士不遇》、赵嘏之《朝发剡中石城寺》、沈彬之《塞下曲》之类，亦足以宣其性灵，涤乃尘俗，而无刻削伤体之害。总之，须脱尽文章之气，弗作文人举止，便足称诗。诸体皆然，不但于律。"（卷下）

六、新的诗法体系的建立

如前所述，元人在充分吸收宋人的诗法学的成果的基础上，建立了众多的诗法体系。在这一方面，明人也有自己的创新，虽然数量上可能不如元代,但颇有明代的特色。

(一)谢榛"四关说"

谢榛《四溟诗话》卷一云:"凡作近体,诵要好,听要好,观要好,讲要好。诵之行云流水,听之金声玉振,观之明霞散绮,讲之独茧抽丝。此诗家四关。使一关未过,则非佳句矣。"这就提出了作近体诗的"四关说"。对此"四关说",清田雯《古欢堂杂著》卷三在引述完谢榛的这段话后说:"茂秦刻意为其七子一派写照,阅之不觉捧腹。然能如此,亦自登峰造极。虞山一概贬斥,非公也。千载而下,定评出焉,毕竟七子在钟、谭之上。"认为谢榛的这段话是特意为"后七子"量身打造的一套理论。这"四关"涉及近体诗创作的四个方面。一是诵要好,那就是要"诵之行云流水"。怎样才能做到? 这显然是指语言的通顺流畅。二是听要好,那就要"听之金声玉振",显然是指音调铿锵。三是观要好,即"观之明霞散绮",这显然是指诗的色彩。四是讲要好,即"讲之独茧抽丝",即作品有独到的手法与内涵,行文条理清晰,脉络分明,研究起来有内容可挖掘。这四个方面概括起来就是顺、响、丽、清。

谢榛的这"四关说"既是"后七子"的诗歌美学思想的反映,同时也带着他自己鲜明的个人色彩。这在《四溟诗话》中基本可以找到依据。例如,他说:"作诗虽贵古淡,而富丽不可无。譬如松篁之于桃李,布帛之于锦绣也。"等。

相对于元代的诗法体系,谢榛的"四关说"有其可取之处,但相对于元代的某些诗法体系,则显得有点简单。

(二)冯复京的诗法体系

冯复京在《说诗补遗》卷一中建立了一个自己的诗法体系。他说:"诗有恒体,已既备矣。神用之妙,可得而诠。一曰达才,二曰构意,三曰澄神,四曰会趣,五曰标韵,六曰植骨,七曰练气,八曰和声,九曰芳味,十曰藻饰。"①这话说得很清楚,就是他在阐述了各种诗体的具体写法之后,再从用的角度对各体的写法作一个总体的归纳总结,于是就形成了这样的一个由十方面构成的诗法体系。

关于"达才",冯复京是这样的说的:"一曰达才。予向云凡为其体,须以某为正宗,以何为极则,此标的之大凡也。然人之材质岂可矫哉,利钝通塞,原于阴阳胎化,循涯适分,鲜克通圆,易务违方,未由取济。夫为高因陵,导川卯浦,必就所易,以避所难,善学者亦在乎达其才而已。能此体,正不必兼彼体。工我法,正不必用他法。"人的才能因人而异,很少有通才全才,因此,"能此体,正不必兼彼体。工我法,正不必用他法"。关键在于扬长避短,充分运用自己最擅长的那一方面,将才华运用到极致,将诗歌中的某一体或某一种方法写到极致。这是从诗人创作才华的角度强调了诗人之间的个体差异,同时也强调了"达其才"的重要性,也充分强调了不必追求全面的合理性。这对于初学者来说,是十分必要的。

"构意"指的是构思,"澄神"就是进入高度专注的状态。至于"会趣",冯复京说:"盖诗以道性情,性情所向,涉则成趣。上溯汉魏,下迄盛唐,善鸣诸家,莫不以兴趣为主。故一字之微,穆如感物。片言之善,迪尔会心。思涉乐其必笑,方言哀而已叹。登山则情满于山,临水则志溢于水,由得趣之深也。苟灵趣不会,则笔性翻反。昔任昉能文博学,五言殆同书抄;韩愈多才爱奇,诸篇遂无合作,此其证也。然胸襟自得,非可力强而致。必也涵咏风骚,徘徊光景,便逸兴起而飘举,高情结而云蒸,则生恶可抱之不穷,即作者亦岂知其然哉!"可见,冯复京所说的"会趣",指的是诗歌创作要表现诗人真实的喜怒哀乐的自然情感。有情则有趣,无情则无趣,有趣是情所致。有情是一方面,这是根本,同时,情之正偏是另一方面,韩愈"多才爱奇",是情之偏,所以其诗"诸篇遂无合作"。

"标韵"是强调要树立诗人独特的风格。关于"植骨",冯复京说:

---

① 冯复京:《说诗补遗》,周维德集校:《全明诗话》第五册,齐鲁书社,2005,第3841页。

"骨所以树体也……骨欲坚贞而忌靡弱,喜凝重而恶轻飘,所由负声有力,振采得序者也。然束骨以筋,筋缓则骨懦;附骨以肌,肌削则骨出;填骨以髓,髓竭则骨枯;荣骨以色,色瘁则骨柘。节度紧严者,诗之筋也;词句丰茂者,诗之肌也;情理精实者,诗之髓也;事义鲜美者,诗之色也。兼此四者,则精神悦泽,而骨鲠植立矣。书家云'骨之妙如纯绵裹针',此言可通于诗。梁陈之骨如姜妇,江西之骨如僵尸,吾无取焉尔。"所谓骨,从冯复京所论述的内容来看,显然指诗歌的表现力或力量感,如书法中的力度。诗中的骨,必须有力,那么,怎样才能实现"植骨"的目的呢?冯复京认为,要从节度、词句、情理、事义四个方面入手,在这四个方面做好了,诗的骨就树立起来了。这就既树立了目标,又指出了实现途径和方法。

所谓"练气",就是锻炼诗人的性格气质。"和声"就是尽力使诗歌的章节趋于完美。"芳味"就是使作品更具美感,使之有滋有味。"藻饰",就是在诗歌的语言上下功夫,使语言更美。

在冯复京看来,以上十个方面是诗歌创作必须要注意的问题,只有在这十个方面下了功夫,才可能创作出优秀的作品。从这十个方面来看,冯复京的论述无疑是比较全面的,涉及了诗歌创作中的作家论、创作论及作品论三个主要的内容,可以说是一个相当完整的诗法体系。在论述了这十个方面后,冯复京接着说:"夫缘情有作,感遇之道万殊;睿体无方,化裁千镕之变。经首桑林,奏刀妙中,疾徐甘苦,巧斫自知。予所能言者,薄示筌蹄;所不可言者,能有穷图象乎哉!请问诸独照之匠,玄解之宰矣。"认为诗歌创作的情况极为复杂,他所说的这十个方面已是他所能知的全部,还有许多方面是只可意会不可言传的,许多高深的道理恐怕只能就教于其他高明之人了。谦虚之中有自负,自负中有谦虚。

第六章　在总结中发展的清代诗法学

清代的诗法学研究与前代相比,既有某些相似之处,同时也有自己的特色。可以说,在面对着大量前人研究成果的时候,仍然做出了自己的贡献。杜诗是"晚节近于诗律细",于诗法研究而言,则是"法到清人细且精"了。清代的诗法学表现出明显的总结性的特点。这种总结性,不是像元代那样,多是资料的集成,然后提出一些诗法体系,而是对诗法研究中的一些基本问题、基本方法进行了总结,因此,清代的诗法学在某种意义上具有集大成的特点。

清代的诗法学著作,从数量上来说,远超前人。这一方面是由于清人热衷于撰写诗法学著作,另一方面也是因为时代较近,保存下来的作品也较多。有关这方面的情况,可参看蒋寅专著《清诗话考》①及《清代诗法类著作叙录》②一文。

第一节　系统地审视诗法学有关的基本问题

由于清代的诗法学研究面对着前人大量的研究成果与创作成果,因此,有条件对诗法学研究中关于诗法的有法与无法、死法与活法、合法与非法等基本问题进行总结。同时,清代的一些学者也有意识地开展这一方面的工作,因而在这一方面所取得的成果是比较显著的,也是清代诗法学研究不同于前代的一个重要方面。

有法与无法、死法与活法、合法与非法、诗法的生成、诗法的运用、诗

---

① 蒋寅:《清诗话考》,中华书局,2005。
② 蒋寅:《清代诗法类著作叙录》,《古籍研究》,2004 年卷上,第 259—270 页。

法的作用可以说是诗法学研究中六个最基本的问题。对此，以前的诗法研究是不太关心的，多是对诗法学中一个一个的具体问题的研究，因此，相关的成果一直比较缺乏，但是，到了清代，对这一问题的研究成果突然有了大幅的增加。

一、傅山的"无法说"

明末清初的傅山，是坚定的诗"无法说"的主张者。他说"法本法无法，吾家文所来。法家谓之野，不野胡为哉？"（《哭子诗》之九，《霜红龛集》卷十四）这就提出了一个很值得注意的看法，即"法本法无法"。什么是"法本法无法"？这是一个颇具玄学意味的问题，它指的是其诗法是建立在无法的基础上的。从下文"法家谓之野，不野胡为哉"这两句话来看，显然就是指无传统"法家"眼中、手中之法，不然就不会自称之为"野"了。傅山还认为，"法本法无法"是他们家的传统，也是他们家写诗作文的基本方法。联系傅山主张无法的艺术观，其诗法观作无法论是自然而然的事情。

傅山在《杜遇余论》一文中在谈到杜甫诗时说：

譬如以杜为迦文佛，人想要做杜，断无抄袭杜字句而能为杜者，即如僧学得经文中偈语即可为佛耶？凡所内之领会外之见闻，机缘之触磕莫非佛，莫非杜，莫非可以作佛作杜者，靠学问不得，无学问不得，不知见不得，靠知见不得，如楞严之狂魔，由于凌率超越，而此中之狂魔全非超越之病与不劣易知足魔同耳。法本法无法，尚应舍，何况非法。非法非非法，如此知如此，见如此，信解不生法相。一切诗文之妙与求作佛者境最相似。

……

曾有人谓我曰：君诗不合古法。我曰：我亦不曾作诗，亦不知古法。

即使知之,亦不用。呜呼!古是个甚?若如此言,杜老是头一个不知法《三百篇》底。(《霜红龛集》卷三十)

这两段话是非常典型的傅式语言,也比较集中地表现了他诗无法的看法。在前一段中,傅山以学佛比喻学杜,首先列举了世上种种不正确的学杜行为,然后提出"法本法无法,尚应舍,何况非法"。认为诗法本来就是以无法为基础的,本来就应当舍弃一切法,至于那些不正确的诗法,更是应当完全抛弃的。第二段话以别人认为他的诗不合古法为议题,说他自己不曾作诗,也不知古法。即使知法,也是不用法。并且认为古法本来就不是什么好东西,杜甫就是不知师法《诗经》的人。傅山的这些观点无疑是惊世骇俗的,因为第一,他认为诗歌创作无法,自古以来无比神圣的所谓古法,在他眼中根本就不值一提。第二,他认为杜甫就是不法《诗经》的第一人,也就是不法古的典型。自唐宋以来,杜甫一直被认为是诗法的代表人物,然而,在傅山看来,杜甫就是不师古法的人,因此,在某种意义上,他也是无法的诗圣。

傅山还在对《金刚经》的批注中说:"以筏济川,既济,舍筏而去。以法伏心,既伏,舍法而去。法本无法,则非法亦当舍也。佛谓我所说之法,然未济须用以渡之,一登彼岸,即舍而不用矣,岂可常守之也?佛法尚当不用而舍之,况不是佛法!此皆所以不当取也。"(《正信希有分第六批注》)①傅山以以筏济川、以法伏心等为例,强调"既济,舍筏而去""既伏,舍法而去"。将法当成是工具,因此,"未济须用以渡之,一登彼岸,即舍而不用矣,岂可常守之也?佛法尚当不用而舍之,况不是佛法"。虽然有法,但只是工具,到了一定的时候就一定要舍弃它,以达到无法的境界。这一说法与有法论者是截然不同的。例如后来的翁方纲在其《诗法论》中就说:"欧阳子援扬子制器有法以喻书法,则诗文之赖法以定也审

---

① 转引自田小军,孙微:《论傅山的杜诗研究》,《山西师范大学学报》(社会科学版)2010年第2期。

矣。忘筌忘蹄,非无筌蹄也,律之还宫,必起于审度,度即法也。"强调的是不忘筌蹄,也就是诗法,而傅山强调的则是忘掉筌蹄,两者各取一端。更关键的是,傅山在主张舍法的同时,更强调"法本无法",将无法视为本体、本源,这就更加看空了法的存在。

由上可见,傅山在诗歌创作的本质上就主张无法,即使有法,也要忘法。显然,他所说的法似乎是有针对性的,那就是明代前后七子所提倡的复古主义,他们对古法的顶礼膜拜令人生厌,于是傅山提出"法本无法""法本法无法"以拨乱反正。其实,傅山所说的无法指的是诗歌创作已进入了较高阶段的境界,在未得法之前,即使是作为工具的法也是存在着的,有其特有的价值和意义,只不过傅山更强调的是"既济,舍筏而去""既伏,舍法而去"而已。

二、王夫之对无法、非法、死法的阐述

王夫之在《姜斋诗话》卷下说:

《乐记》云:"凡音之起,从人心生也。"固当以穆耳协心为音律之准。"一三五不论,二四六分明"之说,不可恃为典要。"昔闻洞庭水","闻""庭"二字俱平,正尔振起。若"今上岳阳楼"易第三字为平声,云"今上巴陵楼",则语塞而戾于听矣。"八月湖水平","月""水"二字皆仄,自可;若"涵虚混太清"易作"混虚涵太清",为泥磬土鼓而已。又如"太清上初日",音律自可;若云"太清初上日",以求合于粘,则情文索然,不复能成佳句。又如杨用修警句云:"谁起东山谢安石,为君谈笑净烽烟?"若谓"安"字失粘,更云"谁起东山谢太传",拖沓便不成响。足见凡言法者,皆非法也。释氏有言:"法尚应舍,何况非法!"艺文家知此,思过半矣。[1]

---

[1] 王夫之:《姜斋诗话》卷下,上海古籍出版社,1963,第12—13页。

王夫之是从诗歌声律的角度来讨论诗法的。他举了大量的例子来说明，"一三五不论，二四六分明"之类的法则是错误的，由此他推导出"足见凡言法者，皆非法也"。认为一切的诗法规则都是非法的，也都不是真正的良法。并且，他还进一步援引佛教经典的说法"法尚应舍，何况非法"，说明一般的诗歌法则都要抛弃，更何况是错误的法则。王夫之还认为，只有不守定法，心中无法，才有可能在艺术上有较大的创新。

王夫之提出了一个非常重要的观点，即"凡言法者，皆非法也"。从上文的文义来看，王夫之所说的"言法"，指的是那些不顾具体情况，死守教条的板法、死法，正因为如此，所以它们在王夫之看来，都是"非法"，必须舍弃。他在《姜斋诗话》中的另一段话可为这段话中的"凡言法者，皆非法也"作注脚。他说："'海暗三山雨'接'此乡多宝玉'不得。迤逦说到'花明五岭春'，然后彼句可来，又岂尝无法哉？非皎然、高棅之法耳。若果足为法，乌容破之？非法之法，则破之不尽，终不得法。诗之有皎然、虞伯生，经义之有茅鹿门、汤宾尹、袁了凡，皆画地成牢以陷人者，有死法也。死法之立，总缘识量狭小。如演杂剧，在方丈台上，故有花样步位，稍移一步则错乱。若驰骋康庄，取途千里，而用此步法，虽至愚者不为也。"（《姜斋诗话》卷下）在这段话中，王夫之以岑参的《送杨瑷尉南海》为例，说到诗法的特殊性与灵活性。皎然、高棅、虞集（伯生）都有诗法学理论著作，王夫之认为，他们所说的法都是死法，都可能会"画地成牢以陷人者"，所以是非法之法。他又用起承转合的章法为例来说明："起承转收，一法也。试取初盛唐律验之，谁必株守此法者？法莫要于成章；立此四法，则不成章矣。且道'卢家少妇'一诗作何解？是何章法？又如'火树银花合'，浑然一气；'亦知戍不返'，曲折无端。其他或平铺六句，以二语括之；或六七句意已无余，末句用飞白法飏开，义趣超远；起不必起，收不必收，乃使生气灵通，成章而达。至若'故国平居有所思'，'有所'二字，虚笼喝起，以下曲江蓬莱、昆明、紫阁，皆所思者，此自《大雅》来;谢客五言长篇用为章法;杜更藏锋不露,抟合无垠:何起何收,何承何转? 陋人之法,乌足展骐骥之足哉?"(《姜斋诗话》卷下) 承认起承转合为法之一,但是无数的作品又证明,这一法又不能涵盖所有的作品。在诗歌创作的实际中,章法是千变万化的,有的作品不知哪是起、哪是承、哪是转、哪是合。如果谨守起承转合之法而不知变通,那真的是"陋人之法"了。

王夫之在他的论述中,涉及了诗法研究中的法、无法、非法、死法等一些基本问题,并对此提出了他的看法,这无疑是具有重意义的。但是,他认为"凡言法者,皆非法也",并希望"法尚应舍,何况非法"是有针对性或前提的,那就是针对的是诗歌创作达到了较高阶段而言的。对于一般的初学者来说,一般的方法和规则都没有完全掌握,怎么可能舍法而不守法? 所以他又有另外一段话说:"起承转收以论诗,用教幕客作应酬或可;其或可者,八句自为一首尾也。塾师乃以此作经义法,一篇之中,四起四收,非蝘虫相衔成青竹蛇而何? 两间万物之生,无有尻下出头,枝末生根之理。不谓之不通,其可得乎?"(《姜斋诗话》卷下) 这就承认了起承转收对于教导幕客作应酬诗是可以的,但是扩大到其他方面就会失效。这也说明,从有法到无法有一个过程,初学者无法必乱,老成者拘法则泥,阶段不同,法之有无必异,分别对待才是科学的方法论,一概而论,必然会引起混乱,这也不是王夫之论诗法的基本出发点。

徐增在《而庵诗话》中云:"余三十年论诗,只识得一'法'字,近来方识得一'脱'字。诗盖有法,离他不得,却又即他不得。离则伤体,即则伤气,故作诗者先从法入,后从法出。能以无法为有法,斯之谓脱也。"[1]徐增的这一说法,与王夫之有类似之处,算是对王夫之说法的一个补充。

---

[1] 徐增:《而庵诗话》,《续修四库全书》1698 册,上海古籍出版社,第 7 页。

三、黄生的"一定之则"等学说

黄生在《诗麈》卷二中说:

> 凡书画诗文皆有天然一定之则,止借我手成之,我口宣之耳。合乎其则则工,不合则否。同是手也,同是口也,然而有合有不合,何也? 其人之手口,不能尽如化工之肖物故也……人之尽其艺者,能如化工之无心,则成于手者忘其手,出于口者忘其口,手口俱忘而神行乎其间,则艺成,而天下以绝艺归之,故书曰法书,画曰妙画,诗曰绝调,文曰至文。观者第赏其神妙,而不知其所以然。作者第为人见赏,亦不自知其所以然。所以然者非他,不过合乎天然之则而已。庖丁之解牛,不见牛也;匠石之运斤,不见鼻也;善游者之没水,不见水也。不见也者,忘乎所事之谓也。夫人不能即事而忘所事,则其艺之入神也无日矣。然则如之何而后可以几此?《易》曰:"不习,无不利。"贾子曰:"习惯如自然。"习则熟,熟则忘,忘则化,化则神,神则天。①

在这一段论述中,黄生首先认为,诗与书画文等其他艺术形式一样,都有"一定之则"。这个"一定之则",就是法则、方法、规律。这就承认了法则、方法与规律是客观存在的,不是虚无缥缈的。其次,黄生认为,诗歌创作的法则、方法与规律要借作者的手与口表现出来。符合创作的法则、方法与规律的就是好作品,不符合的就不是成功之作。同是手与口,但因为长在不同的人身上,对"化工"的体会、理解不同,因而就有了不同的结果。所有的成功之作,都是"能如化工之无心",也就是进入了忘其手,忘其口,只用"神行乎其间"的境界。再次,黄生认为,要达到"成于手者忘其手,出于口者忘其口,手口俱忘而神行乎其间"的艺术境界,

---

① 黄生:《诗麈》卷二,诸伟奇主编:《黄生全集》(四),安徽大学出版社,2009,第354页。

就是要反复练习，"习则熟，熟则忘，忘则化，化则神，神则天"。这样，黄生实际上阐述了三个问题，即诗法的有无问题、诗法运用的最高境界问题及如何达到最高境界的问题。显然，他是站在很高的高度来审视包括诗歌创作在内的艺术创方法和规律，而不是拘泥于某一具体的方法的论述，因此，其视野与境界远远高出一般的诗法论了。

四、叶燮的系统诗法论

叶燮在《原诗》中有一大段关于法之有无的论述。他说：

> 或曰："今之称诗者，高言法矣，作诗者果有法乎哉？且无法乎哉？"余曰："法者，虚名也，非所论于有也；又法者，定位也，非所论于无也。子无以余言为惝恍河汉，当细为子晰之。自开辟以来，天地之大，古今之变，万汇之赜，日星河岳，赋物象形，兵刑礼乐，饮食男女，于以发为文章，形为诗赋，其道万千。余得以三语蔽之：曰理、曰事、曰情，不出乎此而已。然则诗文一道，岂有定法哉？先揆乎其理，揆之于理而不谬，则理得。次征诸事，征之于事而不悖，则事得。终絜诸情，絜之于情而可通，则情得。三者得而不可易，则自然之法立。故法者，当乎理，确乎事，酌乎情，为三者之平准，而无所自为法也。故谓之曰'虚名'。又法者，国家之所谓律也。自古之五刑宅就以至于今，法亦密矣。然岂无所凭而为法哉？不过揆度于事、理、情三者之轻重大小上下，以为五服五章、刑赏生杀之等威、差别，于是事、理、情当于法之中。人见法而适惬其事理情之用，故又谓之曰'定位'。"①

在这段论述中，叶燮所针对的就是诗法之有无所做出的回答。在他

---

① 叶燮：《原诗》内篇上，王夫之等撰：《清诗话》下册，上海古籍出版社，1963，第 574—575 页。本书所引《原诗》均源于此本。

看来,诗是有法的,但不是定法。因为就诗文所描写的内容来说,不过理、事、情三个方面,能够将这三方面的内容表现得合情合理、自然有序,也就是"当乎理,确乎事,酌乎情",当所用的方法"为三者之平准"之时,诗文之法便自然而然地产生了。这是从诗法产生的角度来论述法所谓法,就是自然之理、自在之物。因为诗法不是"无所自为法",即不是一定之法,而是根据不同的理、事、情的自然之理所采取的自然而然的表现方式,因此可以说法是"虚名"。从诗法的作用来说,它就像国家的法律一样,是依据世间事、理、情三者本身的轻重大小,制定出不同的管理标准,这样,世间所有的事、理、情都纳入了不同的法中。所谓良法,就是"人见法而适惬其事理情之用"。由此也可见,所谓法,实际上就是根据不同的表现对象所作出的合适的策略或办法。正因为如此,所以可以称之为"定位"。叶燮的这一论述,就非常明显地说明了诗法确实有,但又存在着"虚名"与"定位"两方面特征的道理。

在确定了有诗法,并且诗法存在着"虚名"与"定位"两方面特征后,叶燮又作了进一步的论述。他认为:

乃称诗者,不能言法所以然之故,而哓哓曰"法",吾不知其离一切以为法乎?将有所缘以为法乎?离一切以为法,则法不能凭虚而立;有所缘以为法,则法仍托他物以见矣。吾不知统提法者之于何属也?彼曰:"凡事凡物皆有法,何独于诗而不然?"是也。然法有死法,有活法。若以死法论,今誉一人之美,当问之曰:"若固眉在眼上乎?鼻口居中乎?若固手操作而足循履乎?"夫妍媸万态,而此数者必不渝,此死法也。彼美之绝世独立,不在是也。又朝庙享燕以及士庶宴会,揖让升降,叙坐献酬,无不然者,此亦死法也。而格鬼神、通爱敬,不在是也。然则彼美之绝世独立,果有法乎?不过即耳目口鼻之常,而神明之。而神明之法,果可言乎?彼享宴之格鬼神、合爱敬,果有法乎?不过即揖让献酬而感通之。而感通之法,又可言乎?死法,则执涂之人能言之。若曰活法,法既活而不可执矣,又焉得泥于法?而所谓诗之法,得毋平平仄仄之拈乎?村塾中曾读千家诗者,亦不屑言之。若更有进,必将曰:律诗必首句如何起,三四如何承,五六如何接,末句如何结;古诗要照应,要起伏。析之为句法,总之为章法。此三家村词伯相传久矣,不可谓称诗者独得之秘也。若舍此两端,而谓作诗另有法,法在神明之中、巧力之外,是谓变化生心。变化生心之法,又何若乎?则死法为"定位",活法为"虚名"。"虚名"不可以为有,"定位"不可以为无。不可为无者,初学能言之;不可为有者,作者之匠心变化,不可言也。

这一段论述是在承认有诗法的前提下,对诗法存在着死法与活法之别的辨析。叶燮认为,法有死法与活法之别。所谓死法,就是一定之规,例如人的眼、耳、口、鼻、四肢长在固定的位置,又如朝庙享燕、士庶宴会的排座、行礼,在诗歌创作中的起承转合、前后照应等。死法必须要有,但是,诗歌创作又不能仅仅满足于死法,而必须得另寻活法。活法才是区别不同的人、不同的作品高下的根本,也才是诗法追求的终极目标。上文所说的"定位"是死法,"虚名"是活法。死法是相对固定的,有形的,看得见,摸得着,所以,初学者能言之;至于活法,那是超越死法之上的"神明之法",是只可意会,不可言传的,是只有诗歌创作达到了较高境界之后才有的产物。这就对死法与活法之别作了区别。死法是形,决定了事物不离本体的基本框架,即中规中矩;活法是灵魂,决定事物的生命和活力。正因为如此,所以叶燮说活法不可言,这虽然有一定神秘主义的倾向,但还是有一定道理的。

在接下来的论述中,叶燮还就诗法问题展开了进一步的论述。他认为"夫识辨不精,挥霍无具,徒倚法之一语,以牢笼一切"是错误的,而"惟理、事、情三语,无处不然。三者得,则胸中通达无阻,出而敷为辞,则夫子所云'辞达'。达者,通也。通乎理、通乎事、通乎情之谓。而必泥乎法,则反有所不通矣。辞且不通,法更于何有乎?"叶燮反对动不动就用诗法来压人的行为,主张要在理、事、情三方面多下功夫,通于理、事、情,就可以达到孔子所说的"辞达"的境界,法自然而然就会产生。如果辞且不通,法又从何而有?

值得注意的是,叶燮是将理、事、情视为文学创作乃至整个宇宙的本体的,而诗法的产生也与此相关。所以,他说:"曰理、曰事、曰情,此三言者足以穷尽万有之变态。凡形形色色,音声状貌,举不能越乎此。""曰理、曰事、曰情三语,大而乾坤以之定位、日月以之运行,以至一草一木一飞一走,三者缺一,则不成物。文章者,所以表天地万物之情状也。然具是三者,又有总而持之,条而贯之者,曰气。事、理、情之所为用,气为之用也。譬之一木一草,其能发生者,理也。其既发生,则事也。既发生之后,夭矫滋植,情状万千,咸有自得之趣,则情也。苟无气以行之,能若是乎?又如合抱之木,百尺干霄,纤叶微柯以万计,同时而发,无有丝毫异同,是气之为也。苟断其根,则气尽而立萎。此时理、事、情俱无从施矣。"事、理、情是构成宇宙和文学的本体,而"气"则是驱使这三者运行的基本动力,正因为如此,所以"吾故曰:三者借气而行者也。得是三者,而气鼓行于其间,氤氲磅礴,随其自然,所至即为法,此天地万象之至文也。岂先有法以驭是气者哉!不然,天地之生万物,舍其自然流行之气,一切以法绳之,夭矫飞走,纷纷于形体之万殊,不敢过于法,不敢不及于法,将不胜其劳,乾坤亦几乎息矣。"法就产生于"气"驱动事、理、情运行的过程中,也就是法为"气"动的结果,在这种情况下所产生的天地万象,就是天下之至文,诗歌也是如此。如果事先有法,"天地之生万物,舍其自然流行之气,一切以法绳之……不敢过于法,不敢不及于法",则天地不胜其劳,乾坤也要停止运转了!这就从本体论中阐述了法产生的原理与原则。

很显然,叶燮是反对有先法或先有法的,当有人问到"先生言作诗,法非所先,言固辩矣。然古帝王治天下,必曰'大经大法',然则法且后乎哉?"叶燮的回答是:"帝王之法,即政也。夫子言'文武之政,布在方策'。此一定章程,后人守之,苟有毫发出入,则失之矣。修德贵日新,而法者旧章,断不可使有毫发之新。法一新,此王安石之所以亡宋也。若夫诗,古人作之,我亦作之。自我作诗,而非述诗也。故凡有诗,谓之新诗。若有法,如教条政令而遵之,必如李攀龙之拟古乐府然后可。诗,末技耳,必言前人所未言,发前人所未发,而后为我之诗。若徒以效颦效步为能事,曰:'此法也。'不但诗亡,而法亦且亡矣。余之后法,非废法也,正所以存法也。夫古今时会不同,即政令尚有因时而变通之。若胶固不变,则新莽之行周礼矣。奈何风雅一道,而蹈其谬戾哉!"叶燮对作为政治的帝王之法与作为文学的诗之法作了严格的区分,认为帝王之法不可新,以守之为美;诗歌之法重在新,不可守。这两者是截然不同的。诗的生命在于"必言前人所未言,发前人所未发,而后为我之诗",守先法而东施效颦、胶柱鼓瑟,不仅诗亡,诗法也荡然无存了。所以,叶燮认为,他所主张的"后法",符合诗歌创作的规律与要求,因此是"非废法也,正所以存法也"。

叶燮认为事、理、情是宇宙万物的基本构成,这是就外物而言的,而对于作者诗人来说,则又有不同:"曰理、曰事、曰情,此三言者足以穷尽万有之变态。凡形形色色,音声状貌,举不能越乎此。此举在物者而为言,而无一物之或能去此者也。曰才、曰胆、曰识、曰力,此四言者所以穷尽此心之神明。凡形形色色,音声状貌,无不待于此而为之发宣昭著。此举在我者而为言,而无一不如此心以出之者也。以在我之四,衡在物之三,合而为作者之文章。大之经纬天地,细而一动一植,咏叹讴吟,俱不能离是而为言者矣。"在外物而言是理、事、情,而在我(诗人、作者)而言则是才、胆、识、力。在我的才、胆、识、力这四者是表现、表达一切的基础。"以在我之四,衡在物之三,合而为作者之文章",物我结合,互相作用,这就是文学产生的根源,当然也是诗歌产生的根本。

叶燮对才、胆、识、力这四者分别进行了论述。认为识比才重要,"不知有识以居乎才之先,识为体而才为用,若不足于才,当先研精推求乎其识。人惟中藏无识,则理事情错陈于前,而浑然茫然,是非可否,妍媸黑白,悉眩惑而不能辨,安望其敷而出之为才乎!文章之能事,实始乎此"。才固然重要,但识更为重要,因为识为体,才为用,才是识的工具。"惟有识,则是非明;是非明则取舍定。不但不随世人脚跟,并亦不随古人脚跟"。识是辨明是非,决定对方向的选择。在诗歌创作上,方向的选择,是非的分辨是最重要的,叶燮非常明确地说明了这一点。

至于胆,他说:"昔贤有言:成事在胆。文章千古事,苟无胆,何以能千古乎?吾故曰:无胆则笔墨畏缩。胆既诎矣,才何由而得伸乎?惟胆能生才,但知才受于天,而抑知必待扩充于胆邪!吾见世有称人之才,而归美之曰:'能敛才就法。'斯言也,非能知才之所由然者也。夫才者,诸法之蕴隆发现处也。若有所敛而为就,则未敛未就以前之才,尚未有法也。其所为才,皆不从理、事、情而得,为拂道悖德之言,与才之义相背而驰者,尚得谓之才乎?夫于人之所不能知,而惟我有才能知之;于人之所不能言,而惟我有才能言之,纵其心思之氤氲磅礴,上下纵横,凡六合以内外,皆不得而囿之;以是措而为文辞,而至理存焉,万事准焉,深情托焉,是之谓有才。若欲其敛以就法,彼固掉臂游行于法中久矣。不知其所就者,又何物也?必将曰:'所就者,乃一定不迁之规矩。'此千万庸众人皆可共趋之而由之,又何待于才之敛耶?故文章家止有以才御法而驱使之,决无就法而为法之所役,而犹欲诎其才者也。吾故曰:无才则心思不出。亦可曰:无心思则才不出。而所谓规矩者,即心思之肆应各当之所为也。盖言心思,则主乎内以言才;言法,则主乎外以言才。主乎内,心思无处不可通,吐而为辞,无物不可通也。夫孰得而范围其心,又孰得而范围其言乎!主乎外,则囿于物而反有所不得于我心,心思不灵,而才销铄矣。"这一大段论述,充分说明了胆对于诗歌创作的重要性,认为胆能生才,胆能扩才,而无胆则笔墨畏缩,才就无法展开。人所称美的所谓"能敛才就法",其实是对才的误解,因为有才,才有可能发现诗法,而仅有才而无胆,就可能只是墨守陈法,而不能从理、事、情中去发现新法,因而不得称有才。所以,"文章家止有以才御法而驱使之,决无就法而为法之所役","无才则心思不出……无心思则才不出"。

至于力,叶燮说:"吾尝观古之才人,合诗与文而论之,如左丘明、司马迁、贾谊、李白、杜甫、韩愈、苏轼之徒,天地万物皆递开辟于其笔端,无有不可举,无有不能胜,前不必有所承,后不必有所继,而各有其愉快。如是之才,必有其力。""吾故曰:立言者,无力则不能自成一家。夫家者,吾固有之家也。人各自有家,在己力而成之耳,岂有依傍想象他人之家以为我之家乎?……唯力大而才能坚,故至坚而不可摧也。历千百代而不朽者以此。"可见,叶燮所说的力,就是表现力、艺术功力。认为力是才的载体,也是才的具体表现,同时也体现着一位文学家艺术创新的水平,决定着其历史地位。

叶燮关于诗法的研究,不是着眼于一字一句一章之法,不是只把眼光放在某一位诗人、某一篇作品上,也不是构建出一个诗法系统,而是从总体上来思考诗法问题,其视野之广,境界之高,在中国古代诗法学研究上,无出其右,所达到的高度也是前所未有的。之所以如此,是因为他构建了一个前无古人的由外物的事、理、情与我(作家、诗人)的才、胆、识、力构成的艺术体系,其诗学体系也是其中的一个方面。叶燮对诗法的研究是将其放在整个诗学体系中进行的。在他的这个体系中,诗法的产生、性质、类别与运用等问题得到了合理的解释。在叶燮看来,诗法的产生是诗人对事、理、情这三者表现得合情合理、自然有序,也就是"当乎理,确乎事,酌乎情",所用的方法"为三者之平准"之时,诗文之法便自然而然地产生了。而他认为外物的事、理、情是气推动的,法就产生于"气"驱动事、理、情运行的过程中,也就是法为"气"动的结果,在这种情况下所产生的天地万象,就是天下之至文,诗歌也是如此。这一观点实际上说明了诗法是如何产生的,同时也说明了诗法的特性是自然而然,而不是先有定法。而从诗人自我的才、胆、识、力来说,无才不会知法,无胆则只知用死法、定法,而不能用活法、新法,无识则不可能辨是非,无力则诗歌的表现力不足。由此可见,叶燮关于诗法的研究都是在他的整个艺术体系中进行的,他对诗法的看法,实际上是与他对整个艺术的看法密切相关的。

值得注意的是,叶燮所说的死法与活法,与宋人所说的死法与活法是不同的。宋人所说的活法指的是对某一诗法问题的灵活处理,而叶燮所说的活法指的是超越一定之规之后的不易言传,只能心领神会的经验、技巧,这实际上涉及了任何行业都会遇到的问题,即最关键的技能,都不是标准化的,而是不易言传和总结的,它往往建立在丰富的实践经验乃至一定的天赋上。只有掌握了活法,才能达到艺术创作的较高境界,这是艺术创作的必然。

虽然叶燮对诗法的研究带有一定的神秘主义色彩,但是,其视野之广、站位之高及论述之系统等,都是前所未有的,可以说是中国古代诗法学史上的一座高峰,值得高度重视。

五、翁方纲反定法、板法,主张各得其所的诗法说

翁方纲对诗法也有自己的看法,他写有专题研究论文《诗法论》,专门讨论诗法问题,从总体上审视诗法。以诗法为题,并且以单篇专题论文的方式来研究诗法,翁方纲是第一人。在这篇文章的前半段,他说道:

> 欧阳子援扬子制器有法以喻书法,则诗文之赖法以定也审矣。忘筌忘蹄,非无筌蹄也;律之还宫,必起于审度,度即法也。顾其用之也无定方,而其所以用之,实有立乎法之先而运乎法之中者,故法非徒法也,法非板法也。且以诗言之,诗之作,作于谁哉?则法之用,用于谁哉?诗中有我在也。法中有我以运之也,即其同一诗也,同一法也,我与若俱用此法,而用之之理,用之之趣,各有不同者,不能使子面如吾面也。同一时,同一境,同一事之作,而其用法之所以然,父不能得之于子,师不能传之

于弟；即同一在我之作，而今岁不能仿昨岁语，今日不能用昨日之语，况其隔时地、分古今，而强我以就古人之法，强执古人以定我之法，此则蔑古之尤者也，而可谓之效古哉？（《复初斋文集》卷八）

在这段论述中，翁方纲表达了三个观点。第一，承认诗文的写作有法。这是翁方纲论诗法的起点，也是他展开诗法论的基本前提。第二，认为法不是定法、板法。原因在于从用法的角度来说，"其所以用之，实有立乎法之先而运乎法之中者"。也就是说，有不同的诗人，即使是创作同样的作品，运用同样的方法，但是，因为人不同，所以，"用之之理，用之之趣，各有不同者"，就不可能做到结果完全相同。在这里，翁方纲特别强调了"我"（诗人）的作用，正是因为有"我"的存在，这才造成了诗法的差异，使法成为不定之法。这是强调诗法的个体性与差异性，反对定法、板法，言外之意是主张活法。第三，反对板法、定法，其实是针对诗坛中的复古主义。既然法有不可传的特性，又有今古之别，古之法就不可能完全适用于今，因此，"强我以就古人之法，强执古人以定我之法"的复古主义就毫无道理了。

在文章的后半段，翁方纲又作了进一步的论述：

故曰文成而法立。法之立也，有立乎其先、立乎其中者，此法之正本探原也；有立乎其节目、立乎其肌理界缝者，此法之穷形尽变也。杜云"法自儒家有"，此法之立本者也；又曰"佳句法如何"，此法之尽变者也。夫惟法之立本者也，不自我始之，则先河后海，或原或委，必求诸古人也。夫惟法之尽变者，大而始终条理，细而一字之虚实单双，一音之低昂尺黍，其前后接笋、乘承转换、开合正变，必求诸古人也。乃知其悉准诸绳墨规矩，悉效诸六律五声，而我不得丝毫以己意与焉。故曰禹之治水，行其所无事也，行乎所不得不行，止乎所不得不止。应有者应有之，应无者尽无之，夫然后可以谓之诗，夫然后可以谓之法矣。（《诗法论》，《复初

斋文集》卷八）

翁方纲在这一部分里讨论的是诗法是如何产生的。他将诗法的产生分为两类，一类是法之"立本"，一类是法之"尽变"。法之"立本"存在于诗歌创作之先，居于诗歌创作的核心位置，它指的是诗歌创作的客观规律、一些大家都遵守的普遍原则等。这是诗法的本源、本体，带有形而上的色彩。例如杜甫所说的"法自儒家有"，儒家讲法，这是诗法的本原、本体，这在诗歌创作之前就早已存在。法之"尽变"则产生于诗歌创作的具体细节中，也就是将法之"立本"具体运用于诗歌创作中，其具体的表现就是在各种技法、带有形而下的色彩中。法之"立本"是源，法之"尽变"是果。但不管是"立本"还是"尽变"，翁方纲认为，都"必求诸古人"。为什么在前一段论述中，他反对"强我以就古人之法，强执古人以定我之法"，这里又要求"必求诸古人"？这是因为，"强我以就古人之法，强执古人以定我之法"强调的是以古人之法为定法、板法，并以此为权衡的标准。而翁方纲强调的"立本""尽变"，都"必求诸古人"，强调的是尽得古人诗法之精髓，在向古人学习的过程中，从源头上掌握诗歌创作的规律与原则；同时，古人在诗歌创作的过程中，积累了大量的经验，因此，"必求诸古人""悉准诸绳墨规矩，悉效诸六律五声"。这些法，是古人总结出来的宝贵的文化遗产与精神财富，如果不好好学习，完全抛弃它们而另找依据，无疑是缘木求鱼。但是，这些法不是板法、定法，只能活学活用。

正因为如此，所以，翁方纲认为诗法的本质是"行乎所不得不行，止乎所不得不止。应有者应有之，应无者尽无之"。所谓诗法，就像大禹治水一样，顺其自然，在行、止、有、无这四个方面各得其所，这就是诗法。掌握了这四个方面，就是掌握了诗歌创作的规律，因此，在这一点上，翁方纲特别强调了"我不得丝毫以己意与焉"。就是说应当完全遵守客观规律，顺其自然，不要主观地改变这些规律。言外之意就是，用板法、定法来要求诗歌创作，显然是错误的。翁方纲认为，古人所总结出来的"绳墨规矩""六律五声"在某种程度上就是在诗歌创作上行、止、有、无四个方面各得其所的具体表现,因此也有必要向古人学习。

从翁方纲对诗法的论述来看,他反对板法、死法,反对纯粹的复古主义,这无疑是有鲜明的针对性的。他将诗法分为"立本""尽变"两类,这是以前的诗法学论述中未曾有过的看法。以前的诗法学研究绝大多数是在"尽变"这个层面展开的,很少涉及"立本"的问题,也就是说,以前的研究,多数研究的是诗法的运用,而没有从本体和源头上来思考诗法问题,而翁方纲独具慧眼,将其分为形而上与形而下两个层次,这是诗法学研究的一个创新。而他认为,诗在行、止、有、无四个方面各得其所即为诗法的看法,虽可能来源于沈德潜,但比沈德潜表述得更为细致丰富,因而具有特殊的意义。这一看法它超越了具体的某一种方法,而是从更宏观的角度,即从诗歌创作本身的行文状态着眼。这包含两个方面,即从运行的动态来说,是"行乎所不得不行,止乎所不得不止";从取舍的状况来说,则是"应有者尽有之,应无者尽无之"。无论是"不得不行""不得不止",还是"应有者""应无者",都是按诗理来执行的,这个诗理就是法。而要达到对这一层次诗理的掌握,就不是一般的诗人力所能及的。显然,翁方纲在这里讨论的不是一般意义上的诗法技巧,而是一种理想的创作状态或高水平的创作境界,也就是中国古人常说的"神明"境界。不管怎样,翁方纲对诗法的论述,其高度和观点是值得重视的。

翁方纲的观点,显然不完全是他的独创,而可能来自沈德潜。沈德潜说过:"诗贵性情,亦须论法。乱杂而无章,非诗也。然所谓法者,行所不得不行,止所不得不止,而起伏照应,承接转换,自神明变化其中;若泥定此处应如何,彼处应如何(如碛沙僧解《三体唐诗》之类),不以意运法,转以意从法,则死法矣。试看天地间水流云在,月到风来,何处着得死法!"(《说诗晬语》卷上)在这段话中,沈德潜强调诗歌创作要有法,但反对死法,他认为:"所谓法者,行所不得不行,止所不得不止,而起伏照应,承接转换,自神明变化其中。"这样的法,才是活法。他所表达的诗法观念，就与翁方纲颇有相似之处，但翁方纲多了有、无这层含义。可见，虽有来源，翁方纲还是有所发展。

六、钟秀"法以意成"说

钟秀，光绪时江西人。他在他的诗学代表作《观我生斋诗话》中提出了一个值得重视的观念：

> 诗有起承转合，然法皆无一定。如少陵《曲江》二句起、二句承、二句转、二句合，是矣。如昌黎之'知汝远来应有意'，则第七句乃转也。曹邺之'玉簪恩重独生愁'，则第四句已转也。要之，法以意成，意可通则法自立。"①

这也是从另一个角度来讨论诗法的产生。钟秀从起承转合在杜甫和曹邺诗歌中的运用得出了一个结论，即诗法无一定，"法以意成，意可通则法自立"。法无一定，这是老生常谈，而"法以意成，意可通则法自立"则是颇具创意的看法。

在此之前，文成法立、文成法随是人们关于诗法产生的一个普遍看法。翁方纲作如是观，章学诚《文史通义》"古文十弊"第九也说："古人文成法立，未尝有定格也。传人适如其人，述事适如其事，无定之中，有一定焉。知其意者，旦暮遇之。不知其意，袭其形貌，神弗肖也。往余撰和州故给事《成性志传》，性以建言著称，故采录其奏议。然性少遭乱离，全家被害，追悼先世，每见文辞。而《猛省》之篇尤沉痛，可以教孝，故于终篇全录其文。其乡有知名士赏余文曰：'前载如许奏章，若无《猛省》之篇，譬如行船，鹢首重而舵楼轻矣。今此焚尾，可谓善谋篇也。'余戏诘

---

① 钟秀：《观我生斋诗话》卷二"律诗"条，张寅彭选辑，吴忱，杨焄点校：《清诗话三编》第九册，上海古籍出版社，2014，第 6166 页。

云：'设成君本无此篇，此船终不行耶？' 盖塾师讲授《四书》文义，谓之时文，必有法度以合程序。而法度难以空言，则往往取譬以示蒙学，拟于房室，则有所谓间架结构；拟于身体，则有所谓眉目筋节；拟于绘画，则有所谓点睛添毫；拟于形家，则有所谓来龙结穴。随时取譬。然为初学示法，亦自不得不然，无庸责也。"章学诚所说的这段话虽然是就文章章法而言的，其实也可通于诗法。它说明，文成法立包含着两个方面：从创作的方面来说，作品（特别是优秀作品）一问世，其独有的技法即形成法；从讲解者来说，他必须要提炼出一些方法，才能将作品讲清楚。这就是文成法立得以成立的依据。钟秀认为，"法以意成，意可通则法自立"则是以诗人的"意"为核心，认为"意可通则法自立"，以"意通"为诗法产生的前提与条件，这是非常新颖而有意义的看法。这实际上从另一个角度说明了法无定法，法应是活法。因为只要是意可通，不管是哪一种方法，哪一种方式，而不须理会是否为前人所有、所定，都可以成法。第三，将"意"放在核心的地位，实际上是将法放在次要的位置上，而不是盲目地崇拜法，这无疑是正本清源、拨乱反正之举。

七、朱庭珍论"以我运法，而不为法用"的诗法观

朱庭珍在总结前人相关成果的基础上提出了他对诗法的整体看法。他在《筱园诗话》中说：

诗也者，无定法而有定法者也。诗人一缕心精，蟠天际地，上下千年，纵横万里，笔落则风雨惊，篇成则鬼神泣，此岂有定法哉！然而崇山峻岭，长江、大河之中，自有天然筋节脉络，针线波澜，若蛛丝马迹，首尾贯注，各具精神结撰，则又未始无法。故起伏承接，转折呼应，开合顿挫，擒纵抑扬，反正烘染，伸缩断续，此诗中有定之法也。或以错综出之，或以变化运之；或不明用而暗用之，或不正用而反用之；或以起伏承接而兼

开合纵擒,或以抑扬伸缩而为转折呼应;或不承接之承接,不呼应之呼
应;或忽以纵为擒,以开为合,忽以抑为扬,以断为续;或忽以开合为开
合,以抑扬为抑扬,忽又以不开合为开合,不抑扬为抑扬;时奇时正,若明
若灭,随心所欲,无不入妙;此无定之法也。

作诗者以我运法,而不为法用。故始则以法为法,继则以无法为法,
能不守法,亦不离法,斯为得之。盖本无定以驭有定,又化有定以归无定
也。无法之法,是为活法妙法。造诣至无法之法,则法不可胜用矣。所
谓行乎其所当行,止乎其所不得不止,神而明之,存乎其人也。若泥一定
之法,不以人驭法,转以人从法,则死法矣。①

这是《筱园诗话》开篇的第一段话,可以看出朱庭珍对诗法问题的重
视,也可以视为《筱园诗话》论诗法的纲领。

在这段话中,朱庭珍首先承认有诗法,并且认为诗歌创作中,无定法
而又有定法。这是这段前一部分的核心观点。说诗无定法,是因为诗人
的心思与想象上下千年,纵横万里,不可捉摸。说诗有定法,是因为诗如
长江大河,"自有天然筋节脉络,针线波澜,若蛛丝马迹,首尾贯注,各具
精神结撰"。诗歌创作中常见的起伏承接、开合顿挫、擒纵抑扬、反正烘
染、伸缩断续等方法,就是定法。但是,在具体方法的运用上,诗人们往
往又是千变万化,不拘常规的,因此,从这个意义上说,诗又无定法。这
就从两方面说明了"无定法而有定法"的问题。

其次,朱庭珍又继续论述了诗歌创作中活法与死法的问题。在诗法
的运用上,朱庭珍认为最重要的是要做到"以我运法,而不为法用"。那
么,怎样才能达到这样的境界呢?那就是分两步走:即开始时"以法为
法",也就是心中有法,时时守法;到了后来,就是"以无法为法,能不守
法,亦不离法",心中无法,随心所欲,但又不离法,从必然王国走向了自

① 朱庭珍:《筱园诗话》卷一,郭绍虞编选,富寿荪校点:《清诗话续编》第四册,上海古籍出版
社,1983,第2327页。

由王国,这就是诗法运用的最高境界了。归纳起来,诗法运用的这两个阶段,是"盖本无定以驭有定,又化有定以归无定也"。在诗歌创作中,诗法的运用达到无法之法的境界时,笔下便有了无穷之法,"所谓行乎其所当行,止乎其所不得不止,神而明之,存乎其人也",那就意味着一切听凭诗人的意志了。与此相反的情况是"若泥一定之法,不以人驭法,转以人从法,则死法矣"。由此可见,以人驭法是至关重要的,只有这样才能达到活法的境界;以人从法,就只有死法一条路了!可见,在诗法的运用过程中,人是第一位的,是具有决定性的因素。法是第二位的,它最终不过只是表现的工具而已。这样,朱庭珍就将人与法之间的主次关系做了清晰的厘定,明确了人的主导地位。

在《筱园诗话》中,朱庭珍还有一段关于如何表现诗法的论述。他说:

诗家之用笔,须如庖丁之用刀,官止神行,以无厚入有间,循其天然之节,于骨肉理膝肯綮处,锐入横出,则批却导窾,游刃恢恢有余,无不迎锋而解矣。人所难言,累百言而不能了者,我须一切见血,直刺题心,以数精湛语了之,则人难我易,倍觉生色。人所易言,娓娓而道之处,彼不经意,而平铺直叙,我转难言之,惨淡经营,加以凝炼,平者侧行逆出使之奇,直者波折回环使之曲,单者夹写进层使之厚,浅者剥进翻入使之深,则人易我难,无一败笔,自臻精妙完美之诣。如正言不能警动,则反言之,或譬喻言之,或借宾以陪,而主自定。正写不见透彻,则左右侧写,或对面着笔以返照之。实写不觉玲珑,则虚处传神,或旁敲侧击以射注挑剔之。本位无可着力,则前后高下,两边衬托,或四面烘染以逼取之。与夫断而遥连,补出妙意,连而中断,插入奇峰,种种用笔之微,不能尽形容语言。慧心人宜于李、杜、韩、苏四大家,密参细求,自当知吾说矣。[1]

---

[1] 朱庭珍:《筱园诗话》卷一,郭绍虞编选,富寿荪校点:《清诗话续编》第四册,上海古籍出版社,1983,第2339页。

在这一段论述中，朱庭珍对如何表现诗法进行了非常详细的阐释。他认为诗家就要像庖丁解牛一样，在达到对牛的全面深入的理解之后，循其天然之节，"官止神行，以无厚入有间"，达到恢恢有余，迎刃而解的效果。这是一个总体要求，具体而言，如何用笔？如何展现诗法呢？朱庭珍首先从"人所难言""人所易言"这两方面提供了具体的路径和方法。然后再论述正言反言、宾主配合、正写侧写、实写虚写等方法的运用。最后认为，学习诗法，应当从李白、杜甫、韩愈、苏轼的作品中汲取营养，这样才能不断提高。

朱庭珍的诗法论显然继承了沈德潜、翁方纲等人的某些观点，但是，他论述得更为详细，特别是对定法与无定法、诗法的具体运用，分析具体全面而生动详细。例如，关于定法的问题，一般的学者多是一概反对定法、板法的，但是，朱庭珍却认为"有定法而无定法"，看起来恍惚其辞，实际上就指出了定法的两面性，这也是符合诗歌创作的实际的。他对定法与无定法的论述也有可取之处，有其辩证性。同时，朱庭珍对诗法运用中诗人（"我"）的地位作了全方位的强调，突出了其主导作用。这些观点和做法，对诗法学中的定法与无定法、我（诗人）在法的运用过程中的作用，以及诗法如何具体表现等，作了总结性的论述，对诗法学的发展起了很好的推动作用。

从以上清代这些研究者关于诗法基本问题的研究和看法可见，他们对诗法基本问题的研究比以往任何一个时代的研究者都站得更高，看得更远，同时也看得更透，具有高屋建瓴的视野与立场，这是时代赋予他们的优势，由此也可以看出清代诗法学与众不同的特点。虽然存在着无法与有法的不同观点，但绝大多数学者都是认同有法的，并将诗之有法视为当然之理，如毛先舒所云："文之难者，以本质之华，尽法之变耳。若华而离质，变而亡法，不足云也。譬如木焉，发华英泽，吐自根株，故称嘉树；若华而离根者，斯如聚落英、饰剪彩耳。尽法之变，如曲有音有拍，必音拍具正,然后出其曼袅顿挫,或扬为新变声耳。未有字不审音,腔不中拍,便事游移高下,妄取娱耳,以为工歌,知音者必不能赏。此亦可以征德,岂徒论文!"(《诗辩坻》卷四"学诗径录")而正因为有法,所以诗法的研究才成为可能。

第二节　"运古于律"诗法的确立与学诗途径的选择

元代与明代,都强调了律诗可以入古,但古诗不可入律。到了清代,这种观念得到了进一步的强化,将其发展成了律须不离古,也就是律诗必须吸收古诗的某些成分,带有古体气味,才能成为高作。这是清代极为重要的一条诗法。

吴乔是这一方面较早,也是最有代表性的人物。他在《围炉诗话》中说:

> 五七言律皆须不离古诗气脉,乃不衰弱,而五言尤甚也。五律守起承转合之法,如于武陵之"人间惟此路,长得绿苔衣。及户无行迹,游方应未归。平生无限事,至此尽知非。独倚松门久,阴云昏翠微"。离古诗气脉者也。不离古诗气脉者,子美为多。①

吴乔在这里提出了一个重要的观点,即"五七言律皆须不离古诗气脉,乃不衰弱,而五言尤甚也"。认为五言律诗和七言律诗都必须不离古体诗的"气脉",才不至于衰弱,其中五言律诗更加如此。他在另一段话中又说:"五律须从五古血脉中来,子美是也。集中有六百余首,余尝手抄而时读之。""冯定远云:'严沧浪言有古律诗,今不能辨。'余见七律有未离古诗气脉者,如姜皎《龙池乐章》云:'龙池初出此龙山,常经此地谒

---

① 吴乔:《围炉诗话》卷二,郭绍虞编选,富寿荪校点:《清诗话续编》第一册,上海古籍出版社,1983,第537页。

龙颜。日日芙蓉生夏水,年年杨柳变春湾。尧坛宝匣余烟雾,舜海渔舟尚往还。愿似飘摇五云影,任从来去九天间。'……子美多有此体,疑即古律诗。恨定远已成古人,不得相斟酌。"(《围炉诗话》卷二)这些话均强调了律诗不离古诗"血脉""气脉"的观点,认为杜甫是这方面的代表,杜诗之所以高出一般诗人,很大程度上就是因为这一特点。相反,于武陵的一些作品就是"离古诗气脉者"。那么,什么作品才算是"离古诗气脉者",什么作品才算是"不离古诗气脉者"?对此,吴乔没有作具体的解释。结合他所举的于武陵及杜甫的作品,似乎指的是风格、神韵。

贺贻孙在其《诗筏》中也有类似看法,其解释可作参考。他说:

> 唐人五言律之妙,或有近于五言古者,然欲增二字作七言律则不可。七言律之奇,或有近于七言古者,然欲减二字作五言律则不能。其近古者,神与气也。作诗文者,以气以神,一涉增减,神与气索然矣。[1]

贺贻孙认为,唐代一些五七言律诗之所以成为奇妙之作,其中的一个重要原因是它们近于五言古、七言古。而且明确地指出,"其近古者,神与气也"。吴乔所说的"血脉""气脉"或与此相近?

那么,怎样才能做到近于古呢?刘熙载《艺概·诗概》说:"律诗声谐语俪,故往往易工而难化。能求之章法,不惟于字句争长,则体虽近而气脉入古矣。""少陵以前律诗,枝枝节节为之,气断意促,前后或不相管摄,实由于古体未深耳。少陵深于古体,运古于律,所以开阖变化,施无不宜。"刘熙载认为,律诗创作不能在字句上争长短,而应当在章法上下功夫,才能取得"体虽近而气脉入古"的效果。杜甫以前的律诗存在着种种问题,最重要的原因是对古体诗的研究不深,没有掌握古体诗的精髓。而杜甫之所以能"开阖变化,施无不宜",是因为他对古体诗有深刻的理

---

[1] 贺贻孙:《诗筏》,郭绍虞编选,富寿荪校点:《清诗话续编》第一册,上海古籍出版社,1983,第138页。

解与研究,"运古于律",也就是将古体诗的技法或特点运用于律诗的创作中。所以,"运古于律"就是杜甫成功的关键。如果说刘熙载所说的"运古于律"仅仅是杜甫诗法的话,那么,王寿昌(嘉庆、道光时人)则是将这一方法视为普遍的诗法了。他说:"作字者,可以篆隶入楷书,不可以楷法入篆隶。作诗者,可以古体入律诗,不可以律诗入古体。以古体作律诗,则有唐初气味;以律诗入古体,便落六朝陋习矣。然于转韵长篇,则又可不拘。"(《小清华园诗谈》卷上"总论")这段话显然是受了沈德潜的影响。沈德潜曾说:"乐府中不宜杂古诗体,恐散朴也,作古诗正须得乐府意。古诗中不宜杂律诗体,恐凝滞也,作律诗正须得古风格。与写篆八分不得入楷法,写楷书宜入篆八分法同意。"(《说诗晬语》卷下)与沈德潜相比,王寿昌说得更为明白。一方面他认为"可以古体入律诗,不可以律诗入古体",另一方面,他又对古体入律与律入古体的利弊分别作了说明,认为以古体作律诗,则有唐初气味;而以律诗入古体,则落入六朝陋习了。显然,王寿昌是将"运古于律"视为普遍的诗法来看待的。

由上可见,到了清代,人们对杜诗的看法又有了一个巨大的改变,那就是从集大成、忠君爱国、无一字无来处等转变为"运古于律",这是杜诗研究史上的又一次飞跃,从而也就确定了清代诗歌创作中的一条重要诗法。而从杜甫诗法扩大到普遍诗法,则反映了清人对这一诗法的普遍认同。

有了这样的观念和杜甫这样的榜样之后,清人在学诗的途径上就非常明确地指出,应当从古诗入手,而不应当从律诗开始。从律诗,特别是七言律诗入手,是严重地误入歧途。有了古诗的修养,才可能真正做到运古于律。黄生就说:"五言,诗之根本也。其余诸体,诗之会叶也。"(《诗麈》卷一)黄生所说的五言,指的是五言古体而非五言律诗。

田同之在其《西圃诗说》中说:"古今体各有规制,各有避忌,然不熟读古诗,未有能精于律者,观老杜之诗自见。"这就非常明确地指出,一方

面是古今体在体制上有区别，各有避忌，另一方面，从作诗的基本原则和
路径来说，就必须像杜甫那样，先熟读古诗，再作律诗。田同之在这里作
了一个非常肯定的结论，那就是"不熟读古诗，未有能精于律者"。毫无
疑问，他是将先熟读古诗视为后精于律诗的必要条件的。为什么这样？
其他清人的看法可以回答这一问题。"古诗，诗之根本也。肆于古而后
精于律，诗家根本之论也。"（黄与坚《论学三说·诗说》）"作诗当从五古
入手，后便展拓得开。若起头便讲近体，见古体便战栗，纵使律绝工稳，
不过小家数，无当大雅也。"（陈梓《定泉诗话》卷一）在清人看来，古诗是
诗歌的根本，先学古是从根本上做起。从五古入手，才能拓展得开，若一
开始就学近体，以后见到古体就会战栗害怕，无大雅之气。潘德舆《养一
斋诗话》卷二："陈勾山先生云：'学诗宜先学七古。'仆云：'七古之后，即
当继学五律。'盖七古词澜笔阵，排宕纵横，枵腹短才，万难施手，故宜从
事于此，以觇学力。五律章法变化，对仗精工，结构之严，一字不苟，复宜
从事于此，以定准绳。此即'可与道''可与立'之义例也。二体既工，诗
思过半。至七律尤健于五律，五古尤高于七古，非具真气大力者，往往难
之。精义行权，深造之士，勉焉可也。"这是主张先学七古，再学五律。其
理由是七古变化多，难度大，学好七古，学力可见。而五律章法谨严，一
字不苟，学它可知准绳。而五古比七古更高，也更难学。

　　确定以五古为作诗入手处之后，清代的一些学者对此说得更具体。
梁章钜《退庵随笔》"学诗一"载："李文贞教人作诗以《古诗十九首》为
法，字字模仿，以此为学诗门径。"李文贞即李光地，福建泉州安溪人，是
梁章钜的前辈同乡。对于李光地的这一说法，梁章钜说："此是初学第一
妙诀，从来名手作诗作文，大抵皆从此入门，但不肯说破耳。"[1]李光地将
《古诗十九首》作学诗门径，只是作一般地强调，梁章钜则不然，他不仅认
同李光地的说法，还认为从《古诗十九首》入门，这是初学作诗的第一妙

---

[1] 梁章钜：《退庵随笔》"学诗一"，郭绍虞编选，富寿荪校点：《清诗话续编》第四册，上海古籍出
　　版社，1983，第1954页。

诀,是大多数名手学诗作文的捷径,只是人们不肯说破罢了。这就将学诗从五古入手作了更为充分的强调,同时也更具体化。

由此,清人拟出了一个学诗的次序。丁繁滋(嘉庆时人)《邻水庄诗话》卷一云:"余闻之师曰:学诗当古体入,学古诗当从五古入。能作五言古,然后作七言古。能作五七言古,然后作五律、七律,方能成家。"陈仅《竹林答问》载:"问:学诗次第,何先何后?(答)诗之次第,五古为最先,七古次之,五绝次之,五律次之,七绝又次之,七律最后。问:古与律用功致力,最一路抑是两路?武进管蕴山先生曰:'开、宝诗人工为五言古者,无不工于五言律,各选所在,殆无一篇不佳。然古人亦惟作五古多,作五律少,此其所以能工也。'"这些论述就将学诗的详细次序列出来了,其共同之处就是先从五古入,次及律诗、绝句。只有这样,才能做到"运古入律"。

从律不离古,到运古于律,再以五古为初学第一选择,这三个方面是环环相扣的,由此就形成了清代关于古体与律诗关系的系统阐述。

第三节　章法至上观念的强化及研究的深化

清代,在各种诗法中,人们对章法的重视程度是空前的。虽然在此之前,人们也重视诗歌的章法,但是,并没有将其放在核心的位置上。但是,到了清代,这种情况发生了改变,章法的研究在继承前人相关成果的基础上,已成为了诗法研究的核心。

一、章法至上观念的强化

历来的诗法学研究者莫不重视章法。刘勰等人已有论述,唐无名氏《文笔式》"定位"中就有这样的话:"理贵于圆备,言资于顺序,使上下符契,先后弥缝。""顺序"其实就是章法。宋元明三代,已有不少人将章法放在诸法之上，但这种观念远不如清代突出。早在清初，王夫之就在其《姜斋诗话》卷下中说："法莫要于成章。"认为诗法的第一要务是如何让诗形成完整的篇章，这还只是强调成章的重要性，还没有明确地说到章法的重要性。梁章钜《退庵随笔》"学诗一"载"苏斋师论诗最严……云：'作诗言大章法，固是要义，然学者多熟作八股，都羡慕大章法之布置，而不知五字七字之句法至要至难。句法要整齐，又要变化，全在字之虚实双单，断无处处整齐之理。能知变化，方能整齐也。'"①苏斋，即翁方纲。从翁方纲的话里可以看出，由于受八股文作法的影响，当时诗坛上的许多人"都羡慕大章法之布置"，对句法、字法等都不太重视了。正因为如此，所以，翁方纲才站出来批评这种倾向。叶弘勋《诗法初津》"章法说"云："作诗先知章法。一章章法，起承转合是矣；数章章法，有由浅入深者、由反及正者，有每章各咏一事，合数章成篇不能增损者。"由此也可以看出，在当时的诗坛上，重章法而轻字句是一种普遍现象。

其实，这种重章法而轻字句的现象，并不只是受八股作法的影响，当时的一些学者也是这样认为的。例如，刘熙载就说："律诗声谐语俪，故往往易工而难化。能求之章法，不惟于字句争长，则体虽近而气脉入古矣。"（《艺概·诗概》）这就是说，字句重要，更重要的是章法。能在章法上下功夫，那么，就可以做到"体虽近而气脉入古矣"，从而达到诗歌创作的目的。刘熙载是最看重诗的"气脉入古"的，在他看来，只有章法才是决定近体诗能否实现"气脉入古"的最重要的因素，字句显然是次要的。冒春荣《葚原诗说》卷一云："王元美谓'章法之妙，有不见句法者；句法之妙，有不见字法者'。此最上法门，即工巧之至而入自然者也。学者功夫未到，岂能顿谐此境？故作诗必先谋章法，句法、字法久之从容于法度之中，使人不易得其法。若不讲此，非邪魔即外道矣。"王元美即王世贞。冒春荣高度认同王世贞的观点，将章法放在第一位。特别是认为，"故作

① 梁章钜：《退庵随笔》"学诗一"，郭绍虞编选，富寿荪校点：《清诗话续编》第四册，上海古籍出版社，1983，第1961页。

诗必先谋章法,句法、字法久之从容于法度之中",将解决章法问题放在作诗的优先地位,解决了这一问题后,句法与字法的问题也就迎刃而解了。而徐锡我则将这个观点表达得更为直截了当。他说:"章法若好,大约都好。"(《我侬说诗》"律诗•总说")这一说法可以说是最典型地表现了清人对章法地位的看法。在徐锡我看来,一首诗,如果章法好,也就决定了这首诗的基本水平,其他的就可以忽略不计了。这显然是将章法放在所有的诗法之上了。这是以前的诗法学研究中从来没有表达过的新观点,由此也可以看出清人对章法的重视达到了怎样的程度。

唐宋时期的诗法学研究,往往多重字法、句法,对章法的把握则处在相对薄弱的位置,元代开始,随着起承转合观念的产生,章法的研究有了较大的提升,特别是明代,这一趋势更为明显,但都没有明确提出或普遍认同章法至上的观念。清代则明确地有了这一看法,并得到了普遍认同。之所以如此,有两个非常重要的原因:一是八股文的影响。清代诗人普遍从小就接受八股文作法的训练,而八股文由破题、承题、起讲、入题、起股、中股、后股、束股八部分组成,这也是它的基本章法,是丝毫不能乱的,其次序决定着一篇八股文是否合格,所以,在八股文中,章法是第一位的,其中的对偶、排比、字句等无疑处于相对次要的位置。这种深入骨髓的观念无疑会影响到诗歌创作。当这些八股文作者将兴趣扩大或转移到诗歌创作领域时,就将这种观念移植到诗歌创作中来,将诗歌视为八股,这就是梁章钜在《退庵随笔》所引翁方纲所说的"学者多熟作八股,都羡慕大章法之布置,而不知五字七字之句法"。二是起承转合等章法观念到清代得到了人们进一步的认同,所谓"凡诗无论古今体、五七言,总不离'起承转合'四字,而千变万化出于其中",不管是创作还是阅读,人们已习惯于首先考虑章法问题。这两者结合,就造成了清代诗法研究中的这种章法至上的观念。

二、对章法研究的深化

因为清人有着极为重视章法的观念,所以,他们对诗歌章法的研究也较前人更为详细,也更为深入。而且因为有着后发的优势,所以他们又可以对章法理论与实践进行总结。这就形成了清代不同于以前的章法理论。

(一) 对章法的整体思考

如果说,在清代以前,关于诗歌章法的研究往往只是局限于某一种章法的分析的话,那么,到了清代,则出现了对多种诗歌章法进行总结的看法。王楷苏(乾隆时人)说:"篇法无论诗文、古体近体、长篇短篇,总不外起承转合、浅深层次、反正顺逆、开合虚实等诀,而以浑成为主,变化为极要。一气呵成,一线到底。有气势而不凌乱,有神机不轻佻,有步骤而不平塌,有曲折而不纠缠,有结构而不拘滞,前半要振得起,后半要载得住。长篇要有提掇,有铺叙,有段落,有波澜,有顿挫,有剪裁,有起伏,有照应,有即有离,有束有结,有大开大合,再起再落。短篇要谨慎,要蕴蓄,要精悍,要斤两。"①这一段文字可以视为清代诗歌章法论的总结。它对诗歌章法类型的总结是,不管什么体裁,总不外乎"起承转合、浅深层次、反正顺逆、开合虚实等"。这就从四个方面归纳出了章法的四种类型,显然不再拘泥于某一种章法了。对章法的总体要求是"以浑成为主,变化为极要"。而对章法的具体表现也作了多种细致的描述。对诗歌章法上的这些类型、要求、表现等,当然不能说是清人的独创,而是在总结前人相关成果的基础上提出来的,由此可以看出清代对诗歌章法的一般看法,带着明显的总结性特点。

---

① 王楷苏:《骚坛八略》卷上"篇法",张寅彭选辑,吴忱,杨焄点校:《清诗话三编》第三册,上海古籍出版社,2014,第1844—1845页。

冒春荣对于诗歌的章法也有类似的说法:"篇法有起有束,有收有敛,有唤有应,大抵一开则一合,一扬则一抑,一象则一意,无偏用者。"(《葚原诗说》卷二)在他看来,诗歌的章法从现象来看,有三种表现:一是有起有束,二是有收有敛,三是有唤有应。从本质来说,大体遵循着三条基本的规律,要么一开则一合,要么一扬则一抑或一象则一意,不会出现有开无合、有扬无抑、有唤无应之类的偏颇现象。这显然超越了对某一类章法的研究与分类,而是对诗歌章法的整体思考,达到前人无法达到的高度,具备了前人无法具备的眼光,这是时代赋予清人的优势。

于祉说:"大概作诗通幅不过两层:或前反而后正,或前宾而后主,或前景而后情,或单刀直下一意到底,多一层意便添一番手脚。陶谢以来,古诗无甚长篇者,正为此也。"[1]在于祉看来,尽管诗歌章法的表现是多种多样的,但是,从总体来看,一首诗的章法通常可分为两层,这显然是对章法普遍规律的总结。

王楷苏、冒春荣、于祉的看法,显然是站在较高的高度来审视诗歌的章法结构,具有相当的深刻性与准确性,这在清代并不少见。仅从他们三人的看法就可以看出清人对诗歌章法的思考与研究具有了相当的高度。

(二)清代常用的章法研究类型

从理想的状态来说,当然是每一首诗的章法各有变化,互不相同,如乔亿《剑溪说诗》所云"七律至于杜子美,古今变态尽矣。试举十数首观之,章法无一同者"。但并不是每一位诗人都是杜甫,而且就诗歌创作的实际情况来看,章法结构是有一定的共性的。所以,就会有各种研究与探讨。

1. 起承转合

作为一种传统的章法理论,这在清代还是最有影响的说法,得到认

---

[1] 于祉:《澹园诗话》,张寅彭选辑:《清诗话三编》第八册,上海古籍出版社,2014,第 5454 页。

可的程度也最高。徐增《而庵诗话》云："五言与七言不同,律与绝句不同。字有字法,句有句法,章有章法。不知连断则不成句法,不知解数则不成章法。总不出顿挫与起承转合诸法耳。即盖代才子不能出其范围也。"又说:"解数及起承转合,今人看得甚易,似为不足学。若欲精于此法,则累十年不能尽。宗家每道佛法无多子,愚谓诗法虽多,而总归于解数、起承转合,然则诗法亦无多子也。学人当于此下手,尽力变化,至于大成,不过是精于此耳。向来论诗皆属野狐,正法眼藏毕竟在此不在彼也。解数、起承转合何故而知其为正法眼藏也?夫作诗须从看诗起,吾以此法观唐诗及唐已前诗,无不焕然照面而若合符节,故知其为正法眼藏无疑也。"①徐增所说的解数就是段落,认为段落构成了章法。而章法中的起承转合则是盖代才子不能超出的范围。又认为解数(段落)与起承转合看起来容易,实际上不易,如要下功夫,需要数十年的努力。诗法的主要内容就是解数与起承转合,它们就是诗论中的正法眼藏。当陈仅在《竹林答问》中被问起"诗有以起承转合言者,是否?"陈仅的回答是:"此不易之法,古人亦屡言之,但变化在手,不可板分也。"甚至于《红楼梦》中黛玉教香菱作诗,其方法也"不过是起承转合"。

但是,对于这一理论,清人并不是完全墨守不变的,而是有所发展,有所创新。例如,黄生在《诗麈》卷一中说:

凡诗无论古今体、五七言,总不离"起承转合"四字,而千变万化出于其中。近体分起承转合,自不必言,若古体之或短或长,则就四字展之、缩之、顿之、挫之而已。起结例用二语或四语,而杜《送王砅评事》,则"我之曾老姑"至"盛事垂不朽"凡三十八句,总只当一起;《北征》诗"至尊尚蒙尘"以下四十八句,总只当一结。至转法,或一转,或数转,惟视其诗之短长。此类不可枚举。又有即起即承、即承即转、即转即合者,亦惟意所

---

① 徐增:《而庵诗话》,《续修四库全书》1698 册,上海古籍出版社,2013,第 3 页、第 7 页。

至,随手成调。总之,法则一而出入变化乎法者固不一也。①

　　这段话颇能说明清人对起承转合的态度。一方面认为无论古体还是近体,五言还是七言,起承转合就是其基本的章法。另一方面又强调其变化,就古体诗而言,其章法往往是在起承转合的基础上展之、缩之、顿之、挫之。就篇幅而言,二语或四语作起是通例,但也有像杜甫诗歌那样三十八句都是起。结也是一样。至于转,一首诗中有一转,也有数转,视诗的长短而定。就位置而言,则有"即起即承、即承即转、即转即合者"。总而言之,虽有起承转合一法,但更要"惟意所至,随手成调""法则一而出入变化乎法者固不一也"。承认起承转合,但更强调变化,强调诗人的主观能动性。"法则一而出入变化乎法者固不一也"可以说是清人对起承转合运用的总原则。

　　在变化这一总原则之下,清人进行了多方面的探索。例如吴乔将其细化为两类:"(律诗)遵起承转合之法者,亦有二体。一者合于举业之式,前联为起,如起比虚做,以引下文;次联为承,如中比实做;第三联为转,如后比又虚做;末联为合,如束题,杜诗之《曲江对酒》是也。一者首联为起,中二联为承,第七句为转,第八句为合,如杜诗之《江村》是也。八比前后虚实一定,七律不然。"(吴乔《围炉诗话》卷二)将遵守起承转合的律诗分为两类,第一类为合于举业之式,即符合科举考试的。这类律诗的章法特点是四联中的各联均比较严格地对应起、承、转、合的次序。杜甫的《曲江对酒》就是这一类作品的典型。第二类显然就是不太符合举业之式的,它的章法特点是:首联为起,中间两联(颔联、颈联)为承,而不是第一类诗只是颔联为承,尾联中的第一句,即全诗的第七句是转,最后一句为合。杜甫的《江村》就是这一类的代表。与第一类相比,第二类虽然也具备起承转合四个环节,但并不完全是以联为单位来对应

---

① 黄生:《诗麈》卷一,诸伟奇主编:《黄生全集》(四),安徽大学出版社,2009,第330页。

起承转合的,起是一联,承是两联,转与合均为一句。这两类诗都是就遵守起承转合的律诗而言的,应当说是比较符合实际的。吴乔的可贵之处是将律诗中遵守起承转合的作品分为两类,细致而精确,这种分类是前人未曾做过的。

李调元在《雨村诗话》中说:"文章亦如造化也。四序虽定而万物之生成不然,谷生于夏而收于秋,麦生于冬而成于夏,有一定之时,无一定之物也。文之起承转合亦然。徐文长曰:'冷水浇背,陡然一惊。便是兴、观、群、怨之副本。'惟能于虚空中卒然而起,是谓妙起。本承也,而反特起,是谓妙承。至于转,尤难言,且先将上文撇开,如杜诗云'江雪飘素练,石壁断空青',此殆是转之神境。所以古乐府偏于本题所无者,忽然排宕而出,妙在有意无意之间,如白云卷空,虽属无情,却有天然位次。只是心放活,手笔放松,忽如救火捕贼,刻不容迟;忽如蛇游鼠伏,徐行慢衍,是皆转笔之变化也。至于合处,或有转而合者,有合而开者,有一往情深去而不返者。人所到,我不必争到;人不到,我却独到,要在人神而明之。果能久于其道,定与古人并驱也。"①李调元认为,文章的起承转合是天然之理,它就像一年的四季一样。但是,各季节生长的植物是不一样的,必须要有变化,这也才能合于自然之理。李调元对起、承、转、合这四个方面如何达到最好的效果,即他所说的妙起、妙承等分别进行了论述。妙起,就是"惟能于虚空中卒然而起",也就是要起得突然。妙承,就是"本承也,而反特起",也就是本是承接的,却反其道而行之,不承而起,在人意料之外。至于转与合,这是李调元论述的重点。他认为,转是最变化多端,也最难以说清的。杜甫《不离西阁二首》其二是典范:"西阁从人别,人今亦故亭。江雪(亦作"云")飘素练,石壁断空青。沧海先迎日,银河倒列星。平生耽胜事,吁骇始初经。"其中的"江雪(亦作"云")飘素练,石壁断空青",李调元认为"殆是转之神境"。这大概是他所说的"忽然排宕而出,妙在有意无意之间"。李调元说到急与徐的两种情况,

---

① 李调元著,詹杭伦,沈时蓉校正:《雨村诗话校正》(二卷本)卷上,巴蜀书社,2006,第6页。

在他看来,都是转的不同变化。至于合,李调元分出三类:一是转而合,二是合而开,三是一往情深去而不返。不管是哪种情况,都应当是"人所到,我不必争到;人不到,我却独到",强调独创性,避开惯常思路。可见,李调元在充分认同起承转合的同时,又对其各个方面提出了自己的看法。

当然,在清代,反对起承转合的意见也不少。《四库全书总目》卷一百八十一集部三十四《冯定远集》云:"(冯)班与其兄舒皆以诗名一时,称海虞'二冯'。其侄冯武,作《所评〈才调集〉凡例》,称舒之论诗,讲起承转合最严;而班之论诗,则欲化去起承转合。定法微有不同,然二人皆以晚唐为宗,由温、李以上溯齐、梁。"冯班与冯舒为亲兄弟,但冯舒"讲起承转合最严",其弟冯班论诗,则是"欲化去起承转合"。兄弟二人尚有如此大的分歧,可见反对起承转合的意见也是非常强烈的。

2. 开合

以开合论诗歌的章法,也是清代诗歌章法研究中的一个比较普遍的模式。开就是离、纵、放开;合,就是收拢。这是一个由开与合两部分组成的章法模式。庞垲《诗义固说》卷上云:

> 天地之道,一辟一翕;诗文之道,一开一合。章法次序已定开合,段落犹须匀称,少则节促,多则脉缓,促与缓皆伤气,不能尽淋漓激楚之致。观古歌行妙处,一句赶一句,如高山转石,欲住不能,以抵归宿之处乃佳。其法亦无一定,惟斟酌得中为主。其开处有事物与本意相通者,不妨层层开去,只要收处断得住,一二句掉合本题,自然错综离奇,耸人心目。①

这段话中,庞垲首先肯定了诗文之道就是一开一合。然后就特别指出,如果在章法上采取开合这样的结构,那么,就要在段落上下功夫。庞

---

① 庞垲:《诗义固说》卷上,郭绍虞编选,富寿荪校点:《清诗话续编》第二册,上海古籍出版社,1983,第729页。

垲还以古歌行为例具体阐释了开合的表现,前面不管怎样变化(开),后面都要"抵归宿之处","收处断得住,一二句掉合本题"(合)。这就确定了开合这种章法模式的地位与特点。

在清代学者中,刘熙载是最爱用开合来说章法的。他在《艺概·诗概》有多处论述。例如,他说:

> 律诗篇法,有上半篇开下半篇合,有上半篇合下半篇开。所谓半篇者,非但上四句与下四句之谓,即二句与六句,六句与二句,亦各为半篇也。

刘熙载认为,律诗的章法有两种:一种是上半篇开,下半篇合;另一种是上半篇合,下半篇开。他对"半篇"这一概念也进行了解释,认为半篇并不一定是四句,也可能是二句或六句。不管怎样,对于一首由八句构成的律诗来说,在章法上就是开与合这两部分来构成的。这是就其基本的构成而言的。而在先后的次序上,无疑是先有开,后有合。

刘熙载还说:"律诗一联中有以上下句论开合者,一句中有以上下半句论开合者,惟在相篇法而知所避焉。"这是就一联、一句的开合结构来说的,这两种结构都必须兼顾章法而有所回避。那么,回避什么呢?刘熙载并没有说明。这就很可能与章法的开合结构有关。他又说:"诗以离合为跌宕,故莫善于用远合近离。近离者,以离开上句之意为接也。离后复转,而与未离之前相合,即远合也。"离,实际上就是开。在刘熙载看来,离合是诗的变化跌宕,避免平铺直叙。实现离合的最好方式是远合近离。对于什么是远合近离,刘熙载作了具体的解释。

从庞垲、刘熙载等人的论述中,我们可以看到开合也是一种章法的描述模式,因为它只有开与合两部分组成,相对而言,是比较粗糙的。而且清人对于何者为开,何者为合,其解释也不具体一致,因此,其运用范围和影响力是有限的。

3. 间架

　　间架一词,在元代的诗法学著作中已出现,但并不用来指章法。但在清人,作为诗歌章法研究的一种模式或说法,间架也常被人提起。例如黄培芳在其《粤岳草堂诗话》卷一云:"七古一体,固贵议论间架,壁垒森严,而登临凭眺之作,尤须有我在。"这是强调七言古体要特别重视议论与间架。间架,也就是诗的结构,也就是诗的章法。

　　以间架描述章法的,以吴乔为多。吴乔《围炉诗话》卷二中说:"长篇须有间架,以杜氏祖孙二诗为法。"一方面旗帜鲜明地提出了"长篇须有间架"的观点,另一方面又提出了长篇的间架要向杜审言和杜甫学习。杜审言有长篇《和李嗣真奉使存抚河东》,吴乔认为,这首诗是"叙事之有间架者也"。也就是它是叙事有章法的。原因是:"起手八联,宽衍大局也。'已属群生泰'以下,出朝廷存抚之意,即出嗣真也。'城阙周京转'以下,出河东也。'昔出诸侯静',因河东为高祖兴王之地而追叙之也。'隐隐帝乡远'以下,叙嗣真之奉使也。'雨霈鸿私涤'以下,实叙存抚之事也。'杀气西冲白'以下,畅言旁及也。'缅邈朝廷问'以下,叙嗣真之眷注才学也。'澄清得使者'一语,完奉使之事也。'莫以崇班阁'以下,自托也。末联总收前文也。"从吴乔的论述中我们可以清楚地看到,他所说的"有间架",就是在线索清楚的情况下,各部分各得其所,层次分明,也就是它的章法井然有序。

　　吴乔还认为:"子美《上韦左丞》诗,人误置之古诗中,实排律言情之有间架者也。"对于这首诗的解说,吴乔引用了黄庭坚的说法,认为黄庭坚对此诗的解说最妙。黄庭坚的解说是:"起手曰'纨袴不饿死,儒冠多误身',是一篇正意,略略点出作眼目破题也。故令韦静听而具陈之。如出题。'甫昔少年日'以下,言儒冠之求志也。'此意竟萧条'以下,言误身也。意举而文备,宜乎有是诗矣。是诗独献于韦者,以厚愧真知在赞诵佳句也。大臣职在荐贤,不徒爱士,故效贡禹之弹冠而走跋涉也。知韦不能荐,故欲去秦也。临去有惓惓之情,故托意于终南、渭水也。去不可以不别知交,故曰'常思报一饭,况怀辞大臣'也。一去不可复见,故结语云云也。"①黄庭坚的话实际上指出了杜甫此诗线索清楚,层次分明,章法严谨的特点。

李商隐有一首《圣女祠》诗②,对于此诗,吴乔的分析是:"首句,出题也。次句,自述也。三句,言圣女也。四句,又自述也。'消息'二句,赞圣女也。'肠回'句,谓异于襄王之媟侮。'心断'句,言不同巫蛊之狂邪,尊圣女也。'从骑'二句,又自述行踪,兴也。'星娥''月姊',比圣女之不可得见也。'寡鹄',言想念之切也。结用方朔以王母比圣女也。此本虚题,不可全用赋义,故杂出兴比以成篇,其间架亦不得如前二诗之截然也。"(《围炉诗话》卷二)在吴乔看来,用"间架"的概念来描述诗歌的章法是在作品全用赋或多用赋的这种手法的情况下才是比较有效的,如果"杂出兴比以成篇",在赋中杂用兴与比这两种手法,其间架就不如纯用赋或多用赋那么明显了。这实际上就指出了"间架"这一概念在运用上的局限性。

间架作为一种章法的描述概念或模式,由于缺乏具体的概念诠释,也缺乏可以量化或具体化的方法,因此,其影响也是极为有限的。

4. 情景搭配

用情景组合搭配的方法来描述律诗中二联的章法结构,始于宋代周弼的《三体唐诗》,这种描述方式在元、明两代可谓毁誉参半。至清代,人们对这一方式仍在努力的探索中。

黄生《诗麈》卷一云:"中二联,非写景即叙事,或述意三体。以虚、实二字括之,写景为实,事意为虚,故立四实四虚、前实后虚、前虚后实之式。大抵一虚一实者其常,全实全虚者其变。就中惟四虚体宜少为,盖近体一道,不写景而专叙事与述意,是谓有赋而无比兴,韵致不见生动,

---

① 吴乔:《围炉诗话》卷二,郭绍虞编选,富寿荪校点:《清诗话续编》第一册,上海古籍出版社,1983,第532—533页。
② 李商隐《圣女祠》诗云:"杳蔼逢仙迹,苍茫滞客途。何年归碧落?此地向皇都。消息期青雀,逢迎异紫姑。肠回楚客梦,心断汉宫巫。从骑裁寒竹,行车荫白榆。星娥一去后,月姊更来无?寡鹄迷苍壑,羁凤怨翠梧。惟应碧桃下,方朔是狂夫。"

意味即不见渊永,结构虽工,不足贵也。善诗者常欲得生动之致、渊永之味,则中二联不嫌俱写景。然有大景小景、远景近景、全景半景(景中见事见意)。四实中又当暗自分别。若不辨此法,亦难称作家也。(中联)如'云霞出海曙,梅柳渡江春。淑气催黄鸟,晴光转绿萍'(杜审言),一大景,一小景也。'浮云连海岱,平野入青徐。孤嶂秦碑在,荒城鲁殿余'(杜甫),一远景,一近景也。'退朝花底散,归院柳边迷。楼雪融城湿,宫云去殿低'(杜甫),一半景,一全景也。"①黄生的这段论述的基本观点取自周弼,但是,黄生的论述更为细致具体。

　　例如在对"四虚体宜少作"的解释上,周弼的说法是"盖句长而全虚,恐流于柔弱,要须景物之中情思通贯,斯为得之";"中四句皆写情思,自首至尾,如行云流水,空所依傍。元和以后流于枯瘠,不足采矣";"不以虚为虚,而以实为虚,化景物为情思,从首至尾,自然如行云流水,此其难也。否则偏于枯瘠,流于轻俗,而不足采矣"。而黄生则认为"盖近体一道,不写景而专叙事与述意,是谓有赋而无比兴,韵致即不见生动,意味即不见渊永,结构虽工,不足贵也"。他是从赋比兴的运用这一角度来解释的,已与周弼不同。而在对诗中之景的分析上,黄生没有像周弼那样一概而论,而是将其分为大景、小景、远景、近景、全景、半景、景中见事见意等,并且明确指出,即使中四句全实,也要"暗自分别",并对周弼所举过的杜审言、杜甫诗歌进行具体的分析,指出它们在写景上,也是将大景、小景、远景、近景、全景、半景、景中见事见意等分得清清楚楚的,正因为如此,这些作品才能成为诗歌史上的名作。黄生的意思是,只有作这样的区分,才能体现出杜甫"晚节近于诗律细"的精神。由此可见,黄生对周弼的情景搭配的章法理论作了进一步的细化与深化。

　　当然,对周弼以情景搭配说章法的方法,清代不少人也提出了否定的意见。例如王夫之在《姜斋诗话》卷下说:"近体中二联,一情一景,一法也。'云霞出海曙,梅柳渡江春。淑气催黄鸟,晴光转绿苹。''云飞北

---

① 黄生:《诗麈》卷一,诸奇伟主编:《黄生全集》(四),安徽大学出版社,2009,第312页。

阙轻阴散,雨歇南山积翠来。御柳已争梅信发,林花不待晓风开。'皆景也,何者为情？若四句俱情而无景语者,尤不可胜数,其得谓之非法乎？夫景以情合,情以景生,初不相离,唯意所适。截分两橛,则情不足与,而景非其景。且如'九月寒砧催木叶',二句之中,情景作对;'片石孤云窥色相'四句,情景双收:更从何处分析？陋人标陋格,乃谓'吴楚东南坼'四句,上景下情,为律诗宪典,不顾杜陵九原大笑。愚不可瘳,亦孰与疗之？"王夫之认为,近体诗的所谓中二联有一情一景搭配的这种章法结构的说法,看起来好像有道理,其实是不科学的。因为在他看来,情与景是不可分离的,是景中有情,情中有景。既然情与景不可分离,那么,由此而总结出来的一情一景、上景下情这样的情景搭配模式就是不合理的。更何况,在律诗中常有四句皆情而无景语、四句皆景而无情语这样的模式。难道在这样的诗中,景中就无情,情中就无景？显然,王夫之是不太认同这样的章法分析方法的。王夫之的说法不无道理,简单地将诗歌的内容构成分为情、景两大要素,并以这二者的组合来分析章法,确有不精确之处。但是,对于一般的初学者来说,这种简单而粗糙的方式,又不失为一种入门的有效方法。在开始学习时就强调情景不可分,让初学者从何处入手？入手以后,进入了较高阶段,还停留在一情一景上,又怎能进入化境？

吴乔则在其《围炉诗话》中将死法、活法、起承转合与情景论结合在一起:"七律大抵两联言情,两联叙景,是为死法。盖景多则浮泛,情多则虚薄也。然顺逆在境,哀乐在心,能寄情于景,融景入情,无施不可,是为活法。""首联言情,无景则寂寥矣,故次联言景以畅其情。首联叙景,则情未有着落,故次联言情以合乎景,所谓开承也。此下须转情而景,景而情,或推开,或深入,或引古,或邀宾,须与次联不同收,或收第三联,或收至首联,看意之所在而收之,又有推开暗结者。轻重虚实,浓淡深浅,一篇中参差用之,偏枯即不佳。""意为情景之本,只就情景中有通融之变化,则开承转合不为死法,意乃得见。"(《围炉诗话》卷一)在这些论述中,吴乔认为,从创作的角度来说,一成不变地采用两联言情、两联叙景的组合方式来作为七律的章法,是死法。如果能做到寄情于景,融景入情,就是活法。从起承转合的角度来看,情与景必须参差用之,首联言情则次联叙景,首联叙景则次联言情,不能一味言情,也不能一味写景。起承转合本为相对固定的模式,但是,通过情与景组合的变化,就可将起承转合变化活法。吴乔的这一观点值得高度重视,也是以前从未有过的新看法。因为绝大多数学者讨论诗歌的章法时,多将起承转合与情景组合视为两种完全不同的章法模式。言情景组合时,多与赋比兴结合,而很少将其与起承转合联系在一起。吴乔的创新之处是将这二者结合在一起,并将灵活地组合情与景作为化起承转合这一死法为活法的手段,这是颇有创见的说法。那么,为什么情与景的灵活组合可以变起承转合为活法呢? 在吴乔看来,诗歌创作的根本是抒情达意,只要意之所适,通融变化,那么,起承转合有没有,都无关紧要,此起死为活之第一义;只情意表达充分,有通融变化,则起承转合四个环节的次序可以变通,甚至可以互相包容,此起死为活之第二义。吴乔的这一观点,值得高度重视。

对于周弼的情景组合理论,朱庭珍在《筱园诗话》卷一则提出了比较公允的看法。他说:"自周氏论诗,有四实四虚之法。后人多拘守其说,谓律诗法度,不外情景虚实。或以情对情,以景对景,虚者对虚,实者对实,法之正也。或以景对情,以情对景,虚者对实,实者对虚,法之变也。于是立种种法,为诗之式。以一虚一实相承,为中二联法。或前虚后实,或前景后情,此为定法。以应虚而实,应实而虚,应景而情,应情而景,或前实后虚,前情后景,及通首言情,通首写景,为变格变法,不列于定式……予谓以此为初学说法,使知虚实情景之别,则其说甚善;若名家则断不屑拘拘于是。诗中妙谛,周氏未曾梦见。故泥于迹相,仅从字句末节着力,遂以皮毛为神骨,浅且陋矣。"[①]朱庭珍的这段话应当是比较符合

① 朱庭珍:《筱园诗话》卷一,郭绍虞编选,富寿荪校点:《清诗话续编》第四册,上海古籍出版社,1983,第 2336—2337 页。

实际的。他首先概括了周弼的情景虚实组合理论，然后认为周弼的理论其初始的动机是为初学者说法，让他们了解情景之别。这样的说法，在朱庭珍看来是很不错的。至于名家当然就不能仅仅局限于这一层次了。这样，就从动机、对象、层次这三个方面给予了周弼情景组合理论以适当的评价。

朱庭珍在指出了周弼情景组合理论的适用对象及局限性之后，接着又说："夫律诗千态百变，诚不外情景虚实二端。然在大作手，则一以贯之，无情景虚实之可执也。写景，或情在景中，或情在言外。写情，或情中有景，或景从情生。断未有无情之景，无景之情也。又或不必言情而情更深，不必写景而景毕现，相生相融，化成一片。情即是景，景即是情，如镜花水月，空明掩映，活泼玲珑。其兴象精微之妙，在神人契，何可执形迹分乎？至虚实尤无一定。实者运之以神，破空飞行，则死者活，而举重若轻，笔笔超灵，自无实之非虚矣。虚者树之以骨，炼气熔渣，则薄者厚，而积虚为浑，笔笔沉着，亦无虚之非实矣。又何庸固执乎？总之诗家妙悟，不应着迹，别有最上乘功用，使情景虚实各得其真可也，使各逞其变可也，使互相为用可也，使失其本意而反从吾意所用，变可也。此固不在某联宜实，某联宜虚，何处写景，何处言情，虚实情景，各自为对之常格恒法。亦不在当情而景，当景而情，当虚而实，当实而虚，及全不言情，全不言景，虚实情景，互相易对之新式变法。别有妙法活法，在吾方寸，不可方物。"朱庭珍的这一说法接近王夫之，认为在一般情况下，律诗的写作确实可以用情景来概括。但是，对于大家妙手来说，就未必如此了。在他们的笔下，情景虚实不可分割，是浑然一体的存在，情景融合，情在景中，景从情生，虚实无定。从这一角度来看，确定某联宜实，某联须虚，何处写景，何处言情，以此为常格恒法，这显然是不合适的。朱庭珍这里特别强调了"别有妙法活法"，并认为它存在于作者心中，并且是不可言传的。那么，朱庭珍所说的"别有妙法活法"是指什么呢？从上下文来看，显然是指大家妙手在达到很高的艺术境界之后那种随心所欲，以无法为有法,以有法为无法的状态。这样的状态当然不是一般的诗人所能拥有的,正因为如此,所以也就不能以此来要求一般的诗人,更不能以此来要求初学者,当然也不能因此完全否定周弼的理论了。朱庭珍强调这样的"妙法活法"存在于优秀诗人的心中,并且"不可方物",这也符合"能与人规矩,不能使人巧"的规律。朱庭珍所说的"妙法活法",其实就是孟子所说的"巧"。

(三) 对章法的其他探讨

1. 其他章法模式的研究

在这一方面,黄生的观点最为突出,他在《唐诗矩》中列出了二十一种以"格"命名的作法,其中就有"起联总冒格"(即起联开门见山,以后各联均围绕此联展开。如董思恭《昭君怨》"瑟琶马上弹,行路曲中难")、"前后两截格"(即"前半是离别本怀,后半强作达语"。如王勃《杜少府之任蜀州》)、"虚实相间格"(即"一、二、五、六用实,三、四、七、八用虚,相间成篇"。如王维《辋川闲居赠裴秀才迪》)、"尾联转移格"(即前面说对方,"结处说归自己"。如王维《送丘为落第归江东》)等等。① 这些章法在起承转合、情景组合、正反开合之外,别立格法,无疑是丰富了章法研究。

2. 对"转"的重视

宋元明已非常重视诗歌章法上的转折。宋《怀古录》引杨万里语:"作文贵转多。"张镃《仕学规范·作文卷四》引《丽泽文说》语云:"凡作简短文字,必要转折多。凡一转,必要意思则可。""大抵做文字,不可放令慢,转处不假助语而自连者为上。""杂文须看他节奏紧处,若意思新,转处多,则自然不缓。善转者如短兵相接,盖谓不两行便转也。"谢枋得《文章轨范》评文说韩愈《获麟解》只一百八十余,但有许多转换。清人在明人的基础上又加细化,提出了更为细致的见解与看法。

---

① 黄生:《唐诗矩》,诸奇伟主编:《黄生全集》(四),安徽大学出版社,2009。

贺贻孙《诗筏》说:"古诗之妙,在首尾一意而转折处多,前后一气而变换处多。或意转而句不转,或句转而意不转;或气换而句不换,或句换而气不换。不转而转,故愈转而意愈不穷;不换而换,故愈换而气愈不竭。善作诗者,能留不穷之意,蓄不竭之气,则几于化。"①贺贻孙在这里讨论的是古体诗的章法结构,认为优秀的古诗有两个重要的特点:一是"首尾一意而转折处多",二是"前后一气而变换处多"。贺贻孙将章法的变化分为转与换,转是指诗意而言,换是指气而言。所谓意,就是指诗歌的内容情感;所谓气,就是指诗歌的风格、语气。为此,他还分别列出了转与换的具体类型。其分析是非常具体而细致的。我们要注意的是,不管转也好,换也好,贺贻孙其实都是要求诗歌在章法上有所变化,并将诗之妙与这种变化联系在一起。显然,他是十分强调章法的变化的。②

吴乔也说:"正意出过即须转。正意在次联者居多,故唐诗多在第五句转。金圣叹以为定法,则固矣。昌黎《蓝关》诗,第三联方出正意,第七句方转。"(《围炉诗话》卷二)吴乔讨论的律诗的章法问题。他认为,一首诗的"正意",也就是诗的主题、题意一旦表明之后,就应马上转,也就是马上就应该离开主题,从另外的角度来写,不能再明显地顺着主题来着笔了。他还认为,一般情况下,正意在次联说明的居多,所以唐诗往往多在第五句转,也就是律诗的第三联中的第一句就转。韩愈《左迁至蓝关示侄孙湘》③的前二联均在交代背景,直至第三联"云横秦岭家何在?

---

① 贺贻孙:《诗筏》,郭绍虞编选,富寿荪校点:《清诗话续编》第一册,上海古籍出版社,1983,第138页。

② 贺贻孙在《诗筏》中充分肯定古乐府,着眼点也在其章法"转接无端"的变化。认为:"乐府古诗佳境,每在转接无端,闪烁光怪,忽断忽续,不伦不次。如群峰相连,烟云断之,水势相属,缥缈间之。然使无烟云缥缈,则亦不见山连水属之妙矣。《孤儿行》从'不如早去,下从地下黄泉'后,忽接'春气动,草萌芽',《饮马长城窟》篇从'辗转不可见',忽接'枯桑知天风,海水知天寒',语意原不相承,然通篇精神脉络,不接而接,全在此处。末段'客从远方来',至'下有长相忆',突然而止,又似以他人起手作结语。通篇零零碎碎,无首无尾,断为数层,连如一绪,变化浑沦,无迹可寻,其神化所至耶! 若陆士衡拟此题,则一味板调,读之徒令人厌。"

③ 韩愈《左迁至蓝关示侄孙湘》:"一封朝奏九重天,夕贬潮州路八千。欲为圣明除弊事,肯将衰朽惜残年。云横秦岭家何在? 雪拥蓝关马不前。知汝远来应有意,好收吾骨瘴江边。"

雪拥蓝关马不前”才点题,当这一正意被明后,第七句“知汝远来应有意”才转。这里,吴乔最重要的是提出了“正意出过即须转”的观点。显然,吴乔是将这一观点视为律诗章法布置上的普遍方法或规律来看待的。贺贻孙的这一看法显然是要强调律诗章法上的变化,通过这一方法的运用,使诗歌获得更为灵活的风格、更广阔的表现空间,不致板滞。这样的看法,显然超出了传统的起承转合的套路,而是以“转”为核心了,其创新是十分明显的。

乔亿则从另一个角度阐述了转。他说:“长篇固通体有大提挈、大结束、大转换,逐段中又自有小提挈、小结束、小转换,间有不提挈、不结束,而未有不转换者。”①乔亿讨论的是长篇诗歌的章法,认为长篇诗歌从整首诗来说,尽管有大提挈、大结束、大转换等,在各段中也自有小提挈、小结束、小转换,也偶有不提挈、不结束的现象出现,但是,没有不转换的。这就是说,长篇诗最重要的章法特点是要转换,不能没有转换,否则就是铁板一块,没有了跳脱变化,也就失去了生命活力。

田雯《古欢堂集杂著》卷二“论七言绝句”云:“‘工夫转换之妙,全在第三句,若第三句用力,则末句易工’,沧溟之言韪矣。然实二十八字俱有关合,乃成一首,学者细玩‘黄河远上’之篇,思过半矣。”田雯在七言绝句的章法特点上高度认同明人李攀龙“工夫转换之妙,全在第三句”的看法,同时又认为,七言绝句的二十八字“俱有关合”,也就是每一个字都有奥妙。王之涣的《凉州词》既体现了“工夫转换之妙,全在第三句”的章法特点,又体现“二十八字俱有关合”的特点。王之涣的这首诗的前二句作铺垫,到了第三句“羌笛何须怨杨柳”则作转换,领起下句,因而成为全诗的关键。而从全诗来看,每一个字都经过了精心提炼,无一多余之字,因而“俱有关合”。

由上可见,清人对于诗歌的转换是十分重视的,并且也提出了具体

① 乔亿:《剑溪说诗》,郭绍虞编选,富寿荪校点:《清诗话续编》第二册,上海古籍出版社,1983,第1092页。

的方法。这是在明人研究基础之上的提高。

第四节　对句法、字法、用事、声韵等的探讨

尽管清人对章法高度重视,将其放在优先考虑的位置上,但是,对于句法、字法、用事、声韵等其实也是非常重视的。黄生:"凡诗之称工者,意必精,语必秀,句有句法,字有字法,章有章法。"(《一木堂诗麈》卷一)朱庭珍云:"古人诗法最密,有章法,有句法,有字法。而字法在句法中,句法在章法中,一章之法,又在连章之中,特浑含不露耳。"(《筱园诗话》卷二)可见,在清人的心目中,句法、字法也是非常重要的。

一、对句法的研究

清人在前人的基础上,对句法又有了新的研究。

首先,他们对句法的地位给予了充分的肯定。例如,潘德舆说:"王若虚谓'古之诗人,词达理顺,未有以句法绳人者。鲁直开口论句法,便是不及古人处'。然老杜不尝云'为人兴僻耽佳句','佳句法如何'乎?'未有以句法绳人者',亦矫枉过正之论也。大抵句法非诗之全体,亦不可废,即若虚所谓'词达理顺'者,不研句法,又何以能之!"(《养一斋诗话》卷二)宋代黄庭坚喜欢讨论句法,对此,金人王若虚就提出了严厉的批评,认为黄庭坚开口就论句法,其起点就在古人之下了。王若虚的这一观点,在诗法学史上有不少拥趸。潘德舆却不以为然,认为王若虚的说法矫枉过正,他自己所说的"词达理顺"就必须是研究句法才能达到的效果,更何况是从诗歌创作的实际来说,句法虽非创作的全部,但也是不

可少的。这就充分肯定了黄庭坚的句法论。[①]

其次,清人对句法的类型进行了总结和新的发掘。例说,冒春荣说:“句法有倒装、横插、明暗、呼应、藏头、歇后诸法。”“句法有倒插,有折腰,有交互,有掉字,有倒叙,有混装对,非老杜不能也。”(《葚原诗说》卷二)冒春荣虽然用的是举例的方式,而不是在作全面的罗列,但其总结的性质是显露无遗的。

黄生有《杜工部诗说》十二卷,对杜甫的各体诗进行了评点,涉及杜诗各个方面,其中有对句法的研究。黄生在此书中对杜诗句法的研究成果被朱之荆摘抄成《黄白山〈杜诗说〉句法》[②],其中摘抄了 54 种句法,如实眼句、倒装句、走马对、流水对、上因句、对起法、下因联、分装句、分装对、交互对、倒叙联、折腰句、层折句、鹿卢句、缩脉句、虚眼句、下因句、呼应句、双眼句、藏头句、明暗句、两截句、背面对、直述句、硬押句、倒剔句、双关对等。这些句法名称,有的是承袭前人的说法,有的是黄生独创。从句法研究的角度来说,前人谈句法者无数,但是,从古到清,似乎无人有黄生如此之全,如此之细。可以说,黄生此著可以称之为研究诗歌句法的集大成之作。

从句法的角度来研究诗歌,是清人常见的方式。例如,赵翼也认为“杜诗又有独创句法,为前人所无者。如《何将军园》之‘绿垂风折笋,红绽雨肥梅’‘雨抛金锁甲,苔卧绿沈枪’,《寄贾严二阁老》之‘翠干危栈竹,红腻小湖莲’,《江阁》之‘野流行地日,江入度山云’,《南楚》之‘无名江上草,随意岭头云’,《新晴》之‘碧知湖外草,晴见海东云’,《秋兴》之

---

① 潘德舆还说:“诗不尽于句法,初学好于此求诗,因即拈此示之。偶与儿辈谈及元僧圆至诗云:‘春路晴犹滑,山亭晚更凉。’欲求句法,先准诸此,便无直率杂凑病。儿辈常忆此语。予笑曰:此清矣,未厚也。如岑嘉州‘舟移城入树’,钱仲文‘烟火隔云深’,一句凡几转折,此乃句法之正传耳。然此厚矣,未化也。子建‘明月照高楼’,陶公‘依依墟里烟’,斯入于化,以此求《三百篇》风旨不远矣。虽然,化境非初学所知,正传犹非初学所能,仍于清者效之,庶几不致躐等,不误歧途,而可以驯致也。”(《养一斋诗话》卷三)可见,潘德舆是颇能辨句法的。

② 朱之荆:《黄白山〈杜诗说〉句法》,诸奇伟主编:《黄生全集》(四),安徽大学出版社,2009,第443—450 页。

'香稻啄余鹦鹉粒,碧梧栖老凤凰枝'。"(《瓯北诗话卷二》)①论杜者各有各的角度,赵翼从句法的角度,指出了杜诗的独创性。赵翼所说的杜甫的这种独创句法,就是前人说到的倒装句。指出杜甫有这种句法,这需要眼光,同时又指出它是"前人所无者",这既需要眼光,也需要学问。"昌黎不但创格,又创句法。《路旁堠》云:'千以高山遮,万以远水隔。'此创句之佳者。凡七言多上四字相连,而下三字足之。乃《送区弘》云:'落以斧引以縆徽。'又云:'子去矣时若发机。'《陆浑山火》云:'溺厥邑囚之昆仑。'则上三字相连,而下以四字足之。自亦奇辟,然终不可读。故集中只此数句,以后亦莫有人仿之也。"(《瓯北诗话》卷三)这也是从句法的角度来论韩愈诗。对于韩诗中这些不同寻常的句法,赵翼没有给它们命名但指出了它们的特点是不同于常规的上四下三节奏,而是上三下四,与众不同。这也同样需要细心。

清人还在句法的研究上发明了一些新名目,例如逆挽法。沈德潜《说诗晬语》卷下云:"温、李擅长,固在属对精工,然或而无意,譬之剪彩为花,全无生韵,弗尚也。义山'此日六军同驻马,当时七夕笑牵牛',飞卿'回日楼台非甲帐,去时冠剑是丁年',对句用逆挽法,诗中得此一联,便化板滞为跳脱。"朱庭珍《筱园诗话》卷三沿袭了沈德潜这一论述,也认为李商隐"此日六军同驻马,当时七夕笑牵牛",温庭筠"回日楼台非甲帐,去时冠剑是丁年"这两联"皆用逆挽句法,倍觉生动,故为名句"。然后对何为逆挽法进行了解释,认为"所谓逆挽者,倒扑本题,先入正位,叙现在事,写当下景,而后转溯从前,追述已往,以反衬相形,因不用平笔顺拖,而用逆笔倒挽,故名。"②其实,按照朱庭珍的说法,逆挽法就是倒叙法,也就是不按照事情发生的本来顺序来叙述,而是颠倒其前后顺序。例如李商隐"此日六军同驻马,当时七夕笑牵牛"两句,按照事情发生的前后顺序,应当是"当时七夕笑牵牛,此日六军同驻马",从过去到现在,

---

① 赵翼:《瓯北诗话》卷二,郭绍虞编选,富寿荪校点:《清诗话续编》第二册,上海古籍出版社,1983,第1153—1154页。
② 朱庭珍:《筱园诗话》卷三,郭绍虞编选,富寿荪校点:《清诗话续编》第四册,上海古籍出版社1983,第2380页。

这是自然顺序,但是,这两句把现在放在前,过去放在后,就颠倒了自然顺序,因而形成了倒叙。同样,温庭筠的"回日楼台非甲帐,去时冠剑是丁年"也是颠倒现在与过去的自然顺序,将本是在前的过去"去时冠剑是丁年"置后,而把本是在后的现在"回日楼台非甲帐"置前,形成了叙述上的倒置。因而产生了特殊的艺术效果。

再如,刘熙载认为:"诗无论五七言及句法倒顺,总须将上半句与下半句比权量力,使足相当。不然,头空足弱,无一可者。"(《艺概·诗概》)这里提出了另一个问题,即上半句与下半句在分量上的平衡问题。认为五七言诗在句法上不管是顺也好,倒也好,都应当注意上半句与下半句在分量上的平衡,不能头重脚轻,也不能脚重头轻。

由上可见,清人对于句法的研究在某些方面比前人做到更为细致,其总结归类的特点也是非常明显的。

二、对字法的研究

前人对字法的研究是比较充分的,在这种情况下,清人对字法的研究总体上已无太多的创新,但是,其中的一些看法还是值得注意的。

例如黄生说:"字宜雅不宜俗,宜稳不宜险,宜秀不宜粗。一句之工,未必庇其全首,一字之病,便足累其通篇。"(《诗麈》卷一)提出了诗歌用字的"三宜"原则,即"宜雅不宜俗,宜稳不宜险,宜秀不宜粗"。就是主张用字雅、稳、秀,反对俗、险、粗。在此原则的指导下,黄生又认为:"诗中用字,大抵取之群书与出之胸臆二者。取之善则无病,取之不善则为累。约系诗家常用者自然秀而稳,反是则粗而险;近体常用者自然雅而清,反是则俗而浊。世有喜新厌熟,务用诗中不常用之字者,固不可与言诗矣。至于古诗之字难入近体,又宜急辨。"(《诗麈》卷一)用字如何做到"三宜"?黄生给出了具体的方法,认为诗歌的用字来源主要有两种,即取之群书与出之胸臆。这两者之间并无高下之分,关键是能做到"取之善"。一般而言,诗家常用字,"自然秀而稳",不常用的则可能是"粗而险"了。近体诗中的常用字"自然雅而清",不常用的就很可能"俗而浊"了。有的人喜新厌熟,极力追求新奇,用的是一般诗歌不常用的字,这样的人实在不可以言诗。至于古诗中的字难以用于近体,这是另一个问题了。从这些论述可以看出,黄生所说的"三宜",其核心的思想是主张用常用字,不要刻意去追求生僻字。黄生的这一看法可能有针对明代后期钟惺等人追求奇字险韵的意味,即使不是这样,他的这一看法仍然具有普遍意义。

黄生还谈到用字中的另一问题:"诗中以虚字为筋节脉胳,承结呼应之间,有当用处,有不必用处。不必用而用则句不健,当用而不用则意不显,此中最宜消息。"(《诗麈》卷一)黄生在这里讨论的是虚字的运用问题。他认为虚字是诗的"筋节脉络",它们起着连接、贯通等作用,就如同人身体上的"脉",即我们今天所说的神经。也就是冒春荣《葚原诗说》卷一所说的"虚字呼应,是诗中之线索也"。但是,也存在必用与不必用的问题。不必用而用,其后果是"句不健",也就是虚字成了多余;当用而不用,其后果是"意不显"。为什么会造成"意不显"的结果?这是因为虚字的作用会使诗或诗句的表达更为明白显豁。如果一首诗或一句诗全为实字,意思的表达往往不充分。这也就是宋人罗大经所强调的"作诗要健字撑柱,要活字斡旋……撑柱如屋之有柱,斡旋如车之有轴"的原因。罗大经所说健字就是实字,活字就是虚字。在什么情况下用虚字,什么情况下不用,这恐怕也是一个难有一定之规的问题,所以,黄生也没有给出具体的答案,但是,他却认为"此中最宜消息",也就是最值得研究,深入体会。① 黄生说到的虚字问题,是中国古代诗歌诗法中关于用字的一个重要问题,历来不乏研究者,但多关注于用得好不好,而黄生关注

① 虚字用与不用,既与艺术追求有关,也与艺术能力有关。黄生在这里讨论的是艺术能力,其实,在中国古代诗歌史上,还有一些诗人在刻意追求只用实字,不用虚字。赵翼《瓯北诗话》卷九批评吴伟业(梅村)《赠冯子渊总戎》"十二银筝歌芍药,三千练甲醉葡萄",《侠少》"柳市博徒珠勒马,柏堂筝妓石华裙",《访吴永调》"南州师友江天笛,北固知交午夜砧",《观蜀鹃啼剧》"亲朋形影灯前月,家国音书笛里风"等诗句,认为"此则杂凑成句耳。其病又在专用实字,不用虚字,故掉运不灵,斡旋不转,徒觉堆垛,益成呆笨。"可见,用不用虚字,对诗歌的艺术效果影响很大,也是颇见功夫的方法。

的是必用与不必用的,这就不同于他人的研究了,因而具有特殊的价值。

贺贻孙对用字的论述则有不同。他首先认为:"炼句炼字,诗家小乘,然出自名手,皆臻化境。盖名手炼句如掷杖化龙,蜿蜒腾跃,一句之灵,能使全篇俱活。炼字如壁龙点睛,鳞甲飞动,一字之警,能使全句皆奇。若炼一句只是一句,炼一字只是一字,非诗人也。"(《诗筏》)这实际上确定了炼句与炼字的基本原则,一方面承认炼句炼字是"诗家小乘",另一方面又认为炼句炼字是必不可少的。名手所炼之字,如"壁龙点睛,鳞甲飞动",它所起到的艺术效果往往也是"一字之警,能使全句皆奇"。炼字最基本的原则是"炼一字只是一字,非诗人也",也就是说,炼字必须关涉全篇、全句,有着特殊的艺术效果,如果仅仅是为炼字而炼字,就不是一位合格的诗人。

对于经常说到的虚实字问题,贺贻提出了一个精辟的看法。他认为:"下虚字难在有力,下实字难在无迹。然力能透出纸背者,不论虚实,自然浑化。彼用实而有迹者,皆力不足也。"(《诗筏》)用虚字的难处在于有力,用实字的难处在于无迹,这就提出了用虚实字的总体原则与方法。[①] 为什么用虚字的难处在于有力? 用实字的难处在于无迹? 对于这两个问题,贺贻孙并没有给出具体的答案,他只是说能做到力透纸背的用字,"不论虚实,自然浑化"。用实字而有痕迹的根本原因是力不足。这就将虚实字的运用归结为是否有力了。中国古代虚实字(词)的区分,大致如明人无名氏《对类》所云:"盖字之有形体者为实,字之无形体者为虚,似有而无者为半虚,似无而有者为半实。"所以,实字多为名词与形容

[①] 陈仅《竹林答问》:"炼句炼字皆以炼意为主,句字须从意中出也。""有炼实字者,如老杜'浮云连海岱,平野入青徐','连'字'入'字为单炼。'花妥莺捎蝶,溪喧獭趁鱼','妥、捎'、'喧、趁',每句各两字,为双炼,此其一隅也。有炼虚字者,如'江山有巴蜀,栋宇自齐梁','有'字'自'字是也。有炼半虚半实字者,如'桑麻深雨露,燕雀半生成'是也。有炼叠字者,如'练练川上云,纤纤林表霓','练练''纤纤'是炼,然犹有本也。若'野日荒荒白,江流泯泯清';'山市戎戎暗,江云淰淰寒',戞戞生造,而景象神趣全在数叠字内现出,巧夺天工矣。炼实字易,诗人多能之,炼虚字难,炼半虚半实字及炼叠字更难。此事盛唐以后,眇乎为继矣。"这从另一个角度强调了炼虚实字之别及炼虚字之难。

词这些有形之字,虚字则为语气词、连词、动词等。虚词之所以难在有力,是因为它本身是无形的,而文学表达恰恰是追求形象性,用无形之字以达到有形的目的,此其所以为难。而实字之所以难在无迹,是因为实字是有形之字,易于堆砌,也就易于产生斧凿之痕。贺贻孙提出的"下虚字难在有力,下实字难在无迹",实际上揭示出了诗歌用字上如何解决二律背反的问题,这也是一个相当深刻的问题。以无形之字达有形之意,以有痕之字达无痕境界,二者相反相成,这正是诗歌用字要解决的问题。贺贻孙的这一看法道出了这一艺术现象,这可以说是极有意义的看法。①

马鲁《南苑一知集论诗》卷一"句中虚实字"条论五七言诗中实字的位置以及虚实字的多少,列举了"诗句实字在中间者""实字在上者""实字在下者""上四字实,下三字虚""五言有第一、二字虚者""有第一字、第三字虚者""七言有第一、二字虚者""有第三、四字虚者"等。② 所列情况,颇为详细,远细于前人。这可能是关于虚实字的位置与数量最为详细的论述。虽然只是列举现象,并不作分析,但可见清人在细致上所下的功夫。

刘熙载则讨论的是诗中冷热字的问题,他说:"冷句中有热字,热句中有冷字;情句中有景字,景句中有情字。诗要细筋入骨,必由善用此字得之。"(《艺概·诗概》)刘熙载在这里提出了热字、冷字、景字、情字的说法,这在以前是从来没有的分类。不仅如此,他还将这四类字分别放

---

① 关于炼字,贺贻孙还有另一说:"前辈有教人炼字之法,谓如老杜'飞星过水白,落月动沙虚',是炼第三字法,'地坼江帆隐,天清木叶闻',是炼第五字法之类。不知古人落想便幻,触景便幽,'飞星过水白'与《人日》诗'云随白水落'皆当时实有此境,入他想中,无非空幻。'落月动沙',则满眼是幻,不可思议,但非老杜形容不出耳。岂胸中先有'飞星水白'、'落月沙虚'八字,而后炼'过'、'动'二字以欺人乎?'天清木叶闻'与孟浩然'荷枯雨滴闻',两'闻'字亦真亦幻,皆以落韵自然为奇,即作者亦不自知,何暇炼乎?落韵自然,莫如摩诘,如'潮来天地青','行踏空庭落叶声','青'字'声'字偶然而落,妙处岂复有痕迹可寻?总之本领人下语下字,自与凡人不同,虽未尝不炼,然指他炼处,却无炉火之迹。若不求其本领,专学他一二字为炼法,是药汞银,非真丹也。"(《诗筏》)
② 马鲁:《南苑一知集论诗》,张寅彭选辑,吴忱、杨焄点校:《清诗话三编》第三册,上海古籍出版社,2014,第1721—1723页。

在冷句、热句、情句、景句中去思考，认为冷句中有热字，热句中有冷字。对于这两种情况，刘熙载没有作具体的解释，但仅从字面来看，无论热字还是冷字，都与它们所在的诗句所表达的情感、描写的氛围形成冷热的对比。至于情句中有景字，景句中有情字，这应当指的是抒情句中有写景的字，写景句中有抒情的字。对于这四种情况，刘熙载认为，诗要写得细，就必须善于运用这四类不同句子中的四类字。刘熙载在阐述这四类字时，用的是"有"字来描述这四类字的存在情况，而没有在"有"字前加一"须"字，说明这四类句中有这四类字是一种个别情况，而不是普遍情况。而正是这些个别情况，却往往有出人意料的艺术效果，所以，刘熙载特别拈出来加以说明。这也可以看出其用心之细。

冒春荣则在前的人基础上，综合各家之说，提出了一个综合性的观点。他在《葚原诗说》卷二说："下字必须清活响，与一篇之意、一句之意相通，各自卓立，而复相承，自为本色。若洞观天地之句，其字宜笼放，宜开阔；剖出肺腑之句，其字宜沉着，宜痛快；了达生死之句，其字宜高古，宜真率；寄兴悠扬之句，其字宜涵蓄不露，宜优游不迫；隔关写景之句，其字宜精工，宜神奇，宜飞动，宜变化，宜峻峭，宜飘逸。每每有似真非真，似假非假，若有若无，若彼若此之意，斯为得之。"冒春荣的这段论述值得注意，他首先是明确地提出了"下字必须清活响"的观点。要求下字清、活、响，在以前都是分别由不同的人提出，在以前是常见的观点，但将清、活、响三者聚合在一起，则前无古人。其次，冒春荣认为，下字的清活响一方面要"与一篇之意、一句之意相通"，另一方面又要"各自卓立，而复相承，自为本色"。也就是说，要将用字放在全篇、全句中去考虑，与全篇之意、全句之意相通，和谐相处。同时，又要保持各个用字本色，以及它们在相互联系中的独立性。冒春荣实际上提出了一组用字上既互相联系，又各自独立的对立统一关系，在理论上提出这一组对立统一关系，在以前的论述中是不多的。再次，冒春荣具体地提出了洞观天地之句、剖出肺腑之句、了达生死之句、寄兴悠扬之句、隔关写景之句这五种句中用字的方法与原则。这些方法与原则实际上就是"与一篇之意、一句之意相通"的具体表现。从冒春荣关于用字所论述的这三个方面来看,他所论之细,综合性之强,观点之新,在相关的论述中是不多见的。

由以上诸家关于用字的论述中可以看出,清人关于诗歌用字的观点与论述一方面具有一定的创新性,另一方面又具有突出的总结性,是站在前人肩膀上的提升。

三、关于用事

用事作为一种诗法,也如同字之虚实,既显能力,又是一种倾向或爱好。这一诗法自南朝以来,均有论述,并且已经较为充分。清人在前人的基础上,又有一定推进。

关于用典多少的问题,赵翼在《瓯北诗话》卷十中说:"诗写性情,原不专恃数典,然古事已成典故,则一典已自有一意,作诗者借彼之意,写我之情,自然倍觉深厚,此后代诗人不得不用书卷也。"首先分析了为什么写诗要用典的原因,认为典故有其独特的优势,能够达到"借彼之意,写我之情"的目的,而且还能实现"倍觉深厚"的艺术效果。接下来,赵翼对清代诗人吴伟业、查慎行在诗歌中的用典情况进行了分析,认为:"吴梅村好用书卷,而引用不当,往往意为词累。初白好议论,而专用白描,则宜短节促调,以遒紧见工,乃古诗动千百言,而无典故驱驾,便似单薄。故梅村诗嫌其使典过繁,翻致腻滞,一遇白描处,即爽心豁目,情余于文。初白诗又嫌其白描太多,稍觉寒俭,一遇使典处,即清切深稳,词意兼工。此两家诗之不同也。"①吴梅村好用典,但往往会出现引用不当等问题;而查慎行好议论,多用白描而不用典,即使长篇古体也是如此,但往往也因

---

① 赵翼:《瓯北诗话》卷十,郭绍虞编选,富寿荪校点:《清诗话续编》第二册,上海古籍出版社,1983,第1314—1315页。赵翼还举例说:"如初白与朱竹垞(彝尊)各咏甘泉汉瓦,两诗相较;竹垞诗光怪陆离,令人不敢逼视;初白诗平易近人,便难争胜。至与竹垞《水碓联句》《观造竹纸联句》,各搜典故,运用刻划,工力悉敌,莫可轩轾。有书无书之异,了然可见矣。"

此失于单薄。多用典的吴梅村,因过多地用典,反而造成"腻滞"之感,一旦不用典而用白描时,即"爽心豁目,情余于文"。不常用典的查慎行,又嫌白描太多,因而稍觉寒俭,一旦用起典故,就往往"清切深稳,词意兼工"。赵翼比较了吴伟业与查慎行二人诗在用典上一多一少的不同。在这种比较中,我们实际上可以看到,在赵翼看来,典故用得太多或者用得太少,都会产生偏差,其中便有一个度的问题。但是,如何把握这个度,赵翼并没有给出看法。从诗歌创作的实际情况来看,这个度确实也是不好把握的,需要长期的实践。

如果说用典数量的多少全看实际需要的话,那么,具体的用典如何处理呢?贺裳《载酒园诗话》提供了一条思路。他说:"诗中使事如使材,在能者运用耳。石崇以蜡代薪,釜中之味,不因而加腴。桓温以竹头治舟,遂成平蜀之功。如顾况《哀囝》诗颇鄙朴,务观用为《戏遣老怀》曰:'阿囝略如郎罢意',便成一则典故,且语虽谑而有情致,此能化俗事为雅者也。又罗景纶《猫捕鼠》诗曰:'陋室偏遭黠鼠欺,狸奴虽小策勋奇。拖喉莫讶无遗力,应记当年骨醉时。'此用唐萧妃临死曰'愿武为鼠吾为猫'事也。猫捕鼠本俗事,不足入咏,得此映带遂雅。"("用事"条)在这里,贺裳明确地提出了诗中"使事如使材,在能者运用耳"。也就是说,用典的关键在于诗人运用材料能力的强弱,贺裳用了多个事例来说明这一点,在高手的手里,许多无用之材成为有用之材,有的鄙朴之作,经提炼而成典故;有的俗不可耐的事,经诗人加工后变为高雅之作。所以,用典妥与不妥,全在诗人熔铸之功。

在清人的有关论述中,乔亿关于用事的说法颇有新意。乔亿在《剑溪说诗又编》中说:"后人长篇,率皆横征事实,否则力薄不可支持。试阅老杜《咏怀》《北征》等作,曾用几故实耶?""若青莲大篇,随手事实,滚滚而来,则又不为使事也。正如大风拔木,屋瓦皆飞,气之所过,物必从之,风何有意于其间哉?"乔亿在这里论述的是长篇古体的用典问题,他以杜甫《咏怀》《北征》等作不常典与李白长篇常用典为例说明,用典数量的多少并不是决定的因素。杜甫用典少，但并无后世一般人长篇不用典的"力薄不可支持"之病；李白用典多，但也并无用典过多之弊。为什么李白用如此多的典故而无繁复之弊？乔亿在其《剑溪说诗》中的话似可作解释。他说："古人用事即是用意，加以真气行之，健笔举之，故征引虽繁，不为事累。"首先从性质上确定古人用事就是用意，即用典就是为了表达诗人的思想情感。有了思想情感作基础，再加上"以真气行之，健笔举之"，就可以做到"征引虽繁，不为事累"。乔亿在这里强调的不是用事的多少，而是如何用的问题。在他看来，"以真气行之，健笔举之"就是最好的方法。那么，什么是"以真气行之，健笔举之"呢？实际上就是贯注真情感，艺术手法巧妙。有了这二者，典故多少也就不会成为问题了。李白虽然用典不少，但是，他的诗"正如大风拔木，屋瓦皆飞，气之所过，物必从之"，这就是真气的力量化解了用典过多而产生的问题。乔亿不以用典多少定优劣，而以"真气行之，健笔举之"作为用典的方法或化解用典过多的手段，是值得充分肯定的，对于诗歌创作中的用典问题提供了有益的启示和可资借鉴的方向。

关于用典的方法，方贞观在《辍锻录》中提出了自己的看法。他说："作诗不能不用故实，眼前情事，有必须古事衬托而始出者。"首先确定了用事是不得不用的，然后再从方法的角度来论述，认为："用事之法最难，或侧用，或反用，或暗用。吸精取液，于本事恰合，令读者一见了然，是为食古而化。若本无用意处，徒取经史字面，铺张满纸，是侏儒自丑其短，而固高冠巍展，绿衣红裳，其恶状愈可憎也。"①这里明确地指出了一个诗歌创作中用事时最棘手的问题，即"用事之法最难"。难在何处？难就难在用典之法多样，有的是侧用，有的是反用，有的是暗用，有的是明用。

---

① 方贞观：《辍锻录》，郭绍虞编选，富寿荪校点：《清诗话续编》第四辑，上海古籍出版社，1983，第1937—1938页。

怎样将这些方法运用自如,恰如其分,这就需要艺术功力,这也就是难度所在。① 方贞观列出了成败两种不同的用事表现:成者,即食古而化的表现是在艺术上"吸精取液,于本事恰合",达到了"令读者一见了然"的效果;失败者,也就是食古不化者的表现是"本无用意",而且是"徒取经史字面,铺张满纸",就是生硬地用典,大量堆砌故实。这样的用典,就像侏儒自露其短一样,面目可憎,滑稽可笑了。

而对于用事的来源,方贞观有一种说法,认为:"用事选料,当取诸唐以前,唐以后故典,万不可不入诗,尤忌以宋、元人诗作典故用。"(《辍锻录》)主张用事的材料,要取自唐以前,唐以后的典故,就万万不能入诗了,至于宋、元诗就更不能作为典故用了。这等于是为典故的使用在时代上画了一条界线,只能用唐以前的材料,唐以后,尤其是宋元更不能用。这一说法就颇为极端了。如上所述,《载酒园诗话》云:"顾况《哀囝》诗颇鄙朴,务观(陆游)用为《戏遣老怀》曰:'阿囝略如郎罢意',便成一则典故。"宋诗用唐诗为典,若如方贞观所言,则是犯忌,然而它实际的效果却是"语虽谑而有情致,此能化俗事为雅者也"。所以,典故未必愈老愈好,关键在于是否合适,用得巧拙。

方贞观还对用事与点缀进行了区分,这是以前很少有人讨论的话题。他说:"点缀与用事,自是两路。用事所关在义意,点缀不过为颜色丰致而设耳。今人不知,遂以点缀为用事,故所得皆浅薄,无大深意。"(《辍锻录》)显然,这是针对当时有些人不知点缀与用事之间的区别而言的。在方贞观看来,点缀与用事是两回事,用事与诗的内容有关,而点

---

① 何为侧用、正用、反用等,方贞观在《辍锻录》中有解释:"人于事之不能已于言者,则托之歌诗;于歌诗不能达吾意者,则喻以古事。于是用事遂有正用、侧用、虚用、实用之妙。如子美《荆南兵马使太常卿赵公大食刀歌》云:'万岁持之护天子,得君乱丝为君理。'此侧用法也。刘禹锡《葡萄歌》云:'为君持一斗,往取凉州牧。'此虚用法也。李顾《送刘十》云:'闻道谢安掩口笑,知君不免为苍生。'此实用也。李端《寻太白道士》云:'出游居鹤上,避祸入羊中。'此正用也。细心体认,得其一端,已足名家,学之不已,何患不抗行古人耶!"(《清诗话续编》第四册,第1943页)

缀只不过是为了诗的色彩更为丰富罢了。那么,什么是点缀呢? 他有另一段话:"诗中点缀,亦不可少,过于枯寂,未免有妨风韵。然须典切大雅,稍涉浓缛,便尔甜俗可厌。吾最爱周繇《送人尉黔中》云:'公庭飞白鸟,官俸请丹砂。'亦何雅切可风也!"(《辍锻录》)在这段话中,方贞观强调了点缀的重要性,也强调了点缀应注意的问题。从他的论述及举例来看,所谓点缀,其实就是指色彩的运用。他将这两者作区分,其实主要还是为了强调用事应当注意的问题。

陈仅在《诗林答问》中对于如何用事作了非常详细的阐述,这可能是中国古代诗法学史上从方法论的角度来论述用事的最详细的看法。他说:"用事之法,实事虚用,死事活用,常事翻用,旧事新用,两事合用,旁事借用。事过烦,则裁之以简约;事过苦,则出之以和平;事近衰,则执之以矜庄;事近怪,则寄之以淡雅。写神仙事除铅汞语,写僧佛事除蔬笋味,写儒先事除头巾气,写仕宦事除冠带样。本余事也,或用之作正面;本正事也,或用之作余波。甚且名作在前,人避我犯,目中且无千古,何至人云亦云邪?"①陈仅首先举出了实事虚用、死事活用,以及常事翻用、旧事新用、两事合用、旁事借用等六种基本的用事之法。然后又从内容的角度,指出了如何处理事过烦、事过苦、事近衰、事近怪这四种情况的方法,其基本的原则是通过各种方式,防止在内容上出现极端的情况。对于写神仙事、写僧佛事、写儒先事、写仕宦事这四种情况,陈仅也给出了不同的处理办法。对于本来是余事的和正事的情况,陈仅也提出了解决的策略。对于名作在前,已用之事,陈仅认为也可以用"人避我犯"的办法来解决。由上可见,陈仅对于诗歌中用事时出现的各种情况均给出了解决的办法,简直可以视为一部简略的用典手册了。如此全面的论述,是过去的研究中很少见到的。

对于如何用典,朱庭珍《筱园诗话》卷三提出了值得重视的看法:"使

---

① 陈仅:《竹林答问》,郭绍虞编选,富寿荪校点:《清诗话续编》第四册,上海古籍出版社,1983,第 2247 页。

事运典,最宜心细。第一须有取义,或反或正,用来贵与题旨相浃洽,则文生于情,非强为比附,味同嚼蜡也。次则贵有剪裁融化,使旧者翻新,平者出奇,板重化为空灵,陈闷裁为巧妙。如是则笔势玲珑,兴象活泼,用典征书,悉具天工,有神无迹,如镜花水月矣。所以多多逾善,虽用书卷,而不觉为才情役使故也。不善用者,则以词累意,其病百出。非好学深思之士,心细如发者,断不能树极清之诗骨,提极灵之诗笔,驱役典籍,从心所欲,无不入妙也。"在这段话中,朱庭珍提出了使事运典必须要心细。如何做到心细呢？他认为要做好两个方面:首先是"须有取义",也就是用典时,要从内容的正反两面着眼,或正或反,做到与全诗的内容相协调。这样就可以做到"文生于情",避免出现"强为比附,味同嚼蜡"的弊病。其次是"贵有剪裁融化",即用典不是生搬硬套,而是要有融化剪裁之功,如何做到这一点？朱庭珍对旧者、平者、板重、陈闷这四种旧事提出了四种不同的处理方式。这样处理之后,就可以使用典达到"悉具天工,有神无迹"的艺术效果了。所以,用典多少不是问题,关键是要好学深思,心细如发。朱庭珍从内容与艺术这两方面来总结用典的方法确有一定的道理,但是,如同他在其他问题上的阐述一样,是理论上正确,实践上却无法把握,显得空洞。

由此可见,清人对用典的研究可以说是在前人的基础上更进了一层,研究更为细致,总结也更为全面,在理论上达到了更高的高度。

四、对声韵的研究

声韵问题是诗歌创作中必然遇到的,其解决之道,就形成了诗法的一个方面。

清人对于声韵的研究远超前人,特别是"乾嘉学派"出现后,声韵之学更是蔚为大观。相应地,这样的风气也蔓延至诗法研究上。因此,清人对诗歌中的声韵用法也下了很深的功夫,所取得的成就也远超前代。

(一)关于声律的研究

清代关于诗歌声律的研究,成果颇丰。专门的著作就有王士禛《律诗定体》,翁方纲《王文简古诗平仄论》《赵秋谷所传声调谱》《五七言诗平仄举隅》《七言诗平仄举隅》,赵执信《声调谱》等。关于这一问题,相关的研究成果已很丰富,此不赘述。

(二)关于用韵的研究

关于用韵,前人论述已多。清人在前人的基础上,也有较大的推进。

对于用韵的重要性的认识,清人将其提升到了一个很高的高度。贺贻孙《诗筏》云:“诗家妙处,全在押韵,押韵妙处,决不在官样。”[①]这表达了两个重要的观点:一是认为“诗家妙处,全在押韵”;二是“押韵妙处,决不在官样”。前一观点尤其值得注意,贺贻孙将诗家最重要的妙处,全部归结于押韵,由此可见贺贻孙对押韵的重视。这实际上是认为诗法的全部努力,就是在押韵上下功夫。

这样的重视,将押韵抬到如此的高度,是前无古人的。而第二个观点是针对“前辈有禁人用哑韵者,谓押韵要官样,勿用哑韵,如四支与十四盐皆哑韵,不可用”的观点而言的。禁人用哑韵与贺贻孙强调不必介意哑与否,都是用韵原则的问题,都可以看到清人对押韵的重视。

关于诗的出韵、兼韵等问题,这是一个老问题,吴乔《围炉诗话》卷一就对此发表了新的看法。吴乔针对明人王世贞对出韵的批评说道:“出韵必是起句,起句可用仄声字,出韵何妨。盖律诗止言四韵,绝句止言二韵,王子安《滕王阁》诗八句六韵,而序曰‘四韵俱成’,以‘渚’与‘悠’不在韵数中也。出韵诗虽是晚唐变体,然非晚不及盛之关系处。如元美兄弟之说,但不出韵,即是盛唐耶?”律诗或绝句首句出韵,谓之“孤雁出

---

① 贺贻孙:《诗筏》,郭绍虞编选,富寿荪校点:《清诗话续编》第一册,上海古籍出版社,1983,第165页。

群"。吴乔认为,律诗的出韵必是起句,起句可用仄声字,因此,出韵也就不是问题了。因为律诗只要求有四韵,绝句只要求有二韵。出韵的现象多出现在晚唐,但是它并非区别晚唐与盛唐的最重要的标志。吴乔又说:"唐人有嫌韵、兼韵之法。嫌韵即出韵也。兼韵亦名干韵,谓兼取通用韵中一二字也。嫌韵与兼韵可通用,不可转用。寒与删、先得相兼,以其通用故也。而转用之真、文、元则不可。"认为唐诗创作中有嫌韵与兼韵之法。嫌韵即出韵,兼韵则是"兼取通用韵中一二字",并对嫌韵与兼韵的通用、转用情况作了明确说明。在嫌韵与兼韵的使用上作如此详细的分别说明,这在以前是很少有的。①

　　而在某些学者看来,诗的首句就根本不必入韵。于祉《澹园诗话》云:"凡五言古换韵处,可不入韵。五言律首句,尤不当入韵。至五言乐府,则宜入韵。盖五古及五律主静,乐府主动。七律可不入韵者,音节宜舒徐也。乐府则宜入韵者,音节宜激荡也。此皆古人成法,不可不知。"②于祉讨论的是诗的入韵问题,在他看来,五言古体换韵的地方可不入韵。言外之意,不换韵的地方就该入韵。而五言律诗的首句,尤其不应当入韵。也就是说,五言律诗的第一句要么不押韵,要么就是"孤雁出群"的那种不入韵,而用借韵的类型。至于乐府诗,则不管是换韵还是首句,均应该入韵。为什么不同的诗体有入韵与不入韵之别? 于祉是将这个问题与不同的诗体具有不同的特点联系在一起的。他认为,五言古体和五言律诗"主静",而乐府诗是"主动"。七言律诗首句不入韵,是因为它"音节宜舒徐也"。而乐府诗最好入韵的原因,是因为它"音节宜激荡也"。他认为这是自古以来的成法。于祉提出来的这些观点正确不正确是一回事,他将入韵与否与不同体裁诗的特点联系在一起的做法,是以

---

① 吴乔在《围炉诗话》卷一中还有这样一段话:"唐人排律有兼韵者,东兼冬、庚兼青是也。叶,即协也。不用如字之声者谓之转,转一二字而不全部通转者谓之叶。通用乃刘渊并韵已前之法,今世所刻《平水韵》犹仍其名。"这也可以看出吴乔对兼韵的看法。

② 于祉:《澹园诗话》,张寅彭选辑,吴忱、杨焄点校:《清诗话三编》第八册,上海古籍出版社,2014,第5454页。

前的学者很少尝试的,这无疑是具有创新意义的。

长篇古体的转韵是一个颇有技术的问题,也是清人在用韵上重点研究的问题之一。对此,吴乔将转韵与转意联系在一起。他说:"长篇于意转处换韵则气畅。"(《围炉诗话》卷一)这实际上就是要求长篇古体在意转之处就要换韵。例如高适的《燕歌行》①全诗分六层,每一层各一韵。第一层写出征事起,则以贼、色为韵;第二层写将士出征过程,则以关、间、山为韵;第三层写战场上将士苦乐不均,则以雨、舞为韵;第四层写力战困境,则以稀、围为韵;第五层写征人身陷苦战、久久不归、妻子盼归,则以久、后、首、有、斗为韵;第六层感叹征人不畏死,奈何无李广这样爱惜士卒的将军,则以纷、勋、军为韵。高适的这首诗,六层含义六次转韵,内容的转换与韵脚的变化极为协调,因此"气畅",因此其做法是值得借鉴和学习的。

赵翼论吴伟业长篇古体时也说:"(吴伟业)古诗擅长处,尤妙在转韵。一转韵,则通首筋脉,倍觉灵活。如《永和宫词》,方叙田妃薨逝,忽云'头白宫娥暗颦蹙,庸知朝露非为福。宫草明年战血腥,当时莫向西陵哭'。又如《王郎曲》,方叙其少时在徐氏园中作歌伶,忽云'十年芳草长洲绿,主人池馆空乔木。王郎三十长安城,老大伤心故园曲'。《雁门尚书行》,已叙其家殉难,有幼子漏刃,其兄来秦携归,忽云'回首潼关废垒高,知公于此葬蓬蒿'益觉回顾苍茫。此等处,关梜一转,别有往复回环之妙。其秘诀实从《长庆集》得来;而笔情深至,自能俯仰生姿,又天分

---

① 高适《燕歌行》:"汉家烟尘在东北,汉将辞家破残贼。男儿本自重横行,天子非常赐颜色。摐金伐鼓下榆关,旌旆逶迤碣石间。校尉羽书飞瀚海,单于猎火照狼山。山川萧条极边土,胡骑凭陵杂风雨。战士军前半死生,美人帐下犹歌舞。大漠穷秋塞草腓,孤城落日斗兵稀。身当恩遇恒轻敌,力尽关山未解围。铁衣远戍辛勤久,玉箸应啼别离后。少妇城南欲断肠,征人蓟北空回首。边庭飘飖那可度,绝域苍茫更何有。杀气三时作阵云,寒声一夜传刁斗。相看白刃血纷纷,死节从来岂顾勋。君不见沙场征战苦,至今犹忆李将军。"

也。"(《瓯北诗话》卷九)①赵翼指出了吴伟业长篇古体(七言歌行)的一大特色就是转韵。认为吴伟业的这些诗,一转韵,便"通首筋脉,倍觉灵活"。为什么吴伟业的这些诗转韵有如此优良的效果?赵翼所举的《永和宫词》《王郎曲》《雁门尚书行》这三首诗中的诗句是转韵的典范,赵翼在举它们为例时,都无一例外地强调"忽云",这就意味着这些诗句在转韵的同时,没有顺着上文的时空顺序写下去,而是突然宕开,在内容上有了一个极大的转折、变化或跳跃。可见,吴伟业的这些诗韵之所以效果突出,非同凡响,是因为内容之变与用韵之转是同步的,转韵反映或意味着内容之变。我们因此也就可以看出,在赵翼看来,吴伟业长篇古体的一条重要诗法就是通过转韵来实现内容的转换。这一诗法,在元稹、白居易的《连昌宫词》《长恨歌》等作品中已有体现,但遗憾的是被大多数人忽略了,吴伟业则很好地继承了这一诗法,并加以发扬光大。赵翼的这一说法,实际上涉及了中国古代诗歌叙事艺术的一个重要问题,即通过转韵来反映、配合或暗示内容的转换。这是中国古代长篇叙事诗发展到一定阶段之后产生的重要叙述方式,极富民族特色。今天的叙事学研究者多套用国外叙事学的框框教条,对于中国古代诗歌的这一叙事艺术则多有所忽略,这不能不说是一大遗憾。②

---

① 赵翼也批评了吴伟业"惟用韵太泛滥,往往上下平通押。如《遇刘雪舫》,则真、文、元、庚、青、蒸、侵通押;《游石公山》,则支、微、齐、鱼通押。他类此者甚多,未免太不检矣。按《洪武正韵》有东无冬,有阳无江,于《唐韵》多所并省;岂梅村有意遵用,以存不忘先朝之意耶?"(《瓯北诗话》卷九)

② 当然,也有不主张转意即转音韵的。例如王夫之就说:"句绝而语不绝,韵变而意不变,此诗家必不容昧之几。'天命玄鸟,降而生商。'降者,玄鸟降也,句可绝而语未终也。'薄污我私,薄浣我衣。害浣害否? 归宁父母。'意相承而韵移也。尽古今作者,未有不率繇乎此,不然,气绝神散,如断蛇剖瓜矣。近有吴中顾梦麟者,以帖括塾师之识说诗,遇转韵则割裂,别立一意。不以诗解诗,而以学究之陋解诗,令古人雅度微言,不相比附。陋子学诗,其弊必至于此。"(《姜斋诗话》卷上)"古诗及歌行换韵者,必须韵意不变转。自《三百篇》以至庚、鲍七言,皆不待钩锁,自然蝉连不绝。此法可通于时文,使股法相承,股中换气。近有顾梦麟者,作《诗经塾讲》,以转韵立界限,划断意旨。劣经生桎梏古人,可恶孰甚焉! 晋《清商》、《三洲》曲及唐人所作,有长篇拆开可作数绝句者,皆蜣虫相续成一青蛇之陋习也。"(《姜斋诗话》卷下)

诗歌写作中要用韵,那么,应当用什么韵呢?陈梓《定泉诗话》云:"律诗绝句,当避熟韵,如一东、四支、十灰及真、文、阳、庚、先、尤等韵,自唐宋来作者不少,出语雷同,令人生厌。若古体长篇则不拘,初学不可不知。"①这一说法颇为特别,认为律诗、绝句的用韵,应当回避如一东、四支、十灰,以及真、文、阳、庚、先、尤等熟韵,原因是这些韵部,唐宋以来的诗人用得太多太滥,而应当用其他韵部。古体长篇不在此列。这一说法不为无理,却又走向了一个极端。因为如果真的像陈梓所说的那样,那就走向了韩愈、黄庭坚那样押险韵的道路了。虽然避熟就生是诗歌创新的一条道路,但并非唯一一途,熟中生新未尝不是一条可行之路,押韵也是如此。单纯地强调避熟韵,不仅无必要,也不可能完全做到。

清人关于诗歌如何用韵的讨论,材料非常丰富,以上所论,皆荦荦大者。仅由上述这些材料,就可以看出清人在这一问题上已超越前人。

第五节　关于诗法与八股文关系的探讨

八股文在清代极为盛行,广大士人受八股文的影响至深,有关八股文作法的研究成果也颇为丰富,这对于诗法的研究产生了极大的影响,形成了清代诗法学的一大特色。

首先,清人认为,学好八股是做诗的基础。黄生就说:"尝语时流,律诗之体,兼古文、时文而有之。盖五言八句,犹之乎四股八比也。今秀才家为诗,易有时文气,而反不知学诗文之起承转合,可发一笑。至其拘于声律,不得不生倒叙、省文、缩脉、映带诸法,并与古文同一关捩。是故不知时文者,不可与言诗;不知古文者,尤不可与言诗。"(《诗麈》卷二)在黄生看来,律诗这一诗体兼有古文和时文(八股文)的特点。五言律诗因为是四联八句,就如八股中的四股八比。秀才们为诗,既不知时文的起

---

① 陈梓:《定泉诗话》,张寅彭选辑,吴忱、杨焄点校:《清诗话三编》第二册,上海古籍出版社,2014,第1062页。

承转合之法,也不知古文之法,因此写的诗存在各种各样的问题。殊不知,律诗与时文、古文同一关捩,也就是都要讲究起承转合。所以,不懂时文的人与不懂古文的人一样,是不可以跟他们谈诗的。黄生的逻辑非常清楚,就是认为律诗与时文、古文同构,手法相通,所以要谈诗,就要懂时文与古文。王士禛也说:"予尝见一布衣有诗名者,其诗多有格格不达,以问汪钝翁编修,云:'此君坐未尝解为时文故耳。'时文虽无与诗古文,然不解八股,即理路终不分明。近见王恽《玉堂嘉话》一条:鹿庵先生曰:'作文字当从科举中来。不然,而汗漫披猖,是出入不由户也。'亦与此意同。"(《池北偶谈》卷十三"谈艺三")汪钝翁即汪琬。汪琬是明末清初诗文大家,在他看来,诗歌创作中出现"格格不达"的问题,其主要原因是不懂时文。怎样才能解决诗歌创作中出现的这种"格格不达"的问题?在汪琬看来,最好的办法就是去研究时文。而在王士禛看来,出现这一问题的关键是没有解决"理路"问题。而解决"理路"问题,就必须从研究八股文入手。元人王恽《玉堂嘉话》所记载鹿庵先生王磐的说法,认为"作文字当从科举中来",不然,就会"汗漫披猖",这是"出入不由户也",也就不是光明大道,而是野路径。由上可见,在清人看来,八股文有其作法与"理路"的优势,而这正是作诗所需要的,因此,作诗要以精通八股为基础。魏裔介也持类似的观点,而且更进一步。他说:"诗与他经与史无与也,然不谙他经及史者,不可以诗。诗与制义无与也,然不解制义者不可以诗。所以游客、释子、闺秀之佳者寥寥。"[1]认为表面上看起来诗歌创作与制义(八股文)没有直接的关系,但是,不精通制义的人是写不好诗歌的。在这一点上,魏裔介与其他人的看法一致,而他更进一层地认为,正是因为制义对于诗歌创作来说,具有决定性的意义,所以,那些不懂制义的人,如游客(云游天下者)、僧人及妇女等,就很少有优秀诗人。这一说法,等于将八股文视为决定诗人高下的最重要的因素了,将八股文对

---

[1] 魏裔介:《魏裔介诗论》"论诗二十则",张寅彭选辑,吴忱、杨焄点校:《清诗话三编》第一册,上海古籍出版社,2014,第35页。

于诗歌的意义提升到了空前的高度。

其次,认为诗与八股作法类似。这一点,往往就是清人强调作诗必精八股的理由。

在这一方面,多数是从起承转合着眼的,认为诗歌与八股文均在章法上有起承转合的相似之处。黄生说:"诗之五言八句,犹文之四股八比,不过以起承转合为篇法而已。起联当说破题意,次联则承其意而下,第三联则略开一步,尾联则又收转,与起联相应,以完一篇之意。此处最不宜草草,结处有精神,前路难平,皆不足为累;句一结衰惫,前路难工,不称完璧矣。"(《诗麈》卷一"章法")黄生的说法非常直接,认为律诗的五言八句,就类似八股文的四股八比,在章法上通常的特点就是起承转合。起联破题,次联承其意,第三联略开一步,尾联又收转。这就是五言律诗的基本章法。只是要特别注意尾联的写法,要做到"有精神"。这等于是说,五言律诗与八股文同构同法。[1]

也有从首尾一气的完整性来论诗歌与八股相似的。如王夫之就认为:"古诗及歌行换韵者,必须韵意不变转。自《三百篇》以至庾、鲍七言,皆不待钩锁,自然蝉连不绝。此法可通于时文,使股法相承,股中换气。近有顾梦麟者,作《诗经塾讲》,以转韵立界限,划断意旨。劣经生桎梏古人,可恶孰甚焉! 晋《清商》《三洲》曲及唐人所作,有长篇拆开可作数绝句者,皆蜈蚣相续成一青蛇之陋习也。"(《姜斋诗话》卷下)王夫之强调的是古诗及歌行它们与时文在"韵意不变转""自然蝉连不绝"上是相通的,它们都具有今天人们常说的一气呵成,连贯到底的特点。诗歌抽换韵并不意味着断线、断气,顾梦麟之类的人以转韵作为一节诗的界限,将一首诗拆为若干节,其实是很可笑的。所以,诗歌创作就应像八股文一样"使股法相承,股中换气"。王夫之强调的是诗歌创作要首尾一气,正

---

[1] 冒春荣《葚原诗说》卷一:"诗之五言八句,如制艺之起承转合为篇法也。起联道破题意,次联承其意,第三联用开笔,结句收转,与起联相应,以成章法。须著精神,切勿草率。句一结衰惫,前路虽佳,亦非全璧。"此话全袭黄生之说。

因为如此,他又说:"起承转收以论诗,用教幕客作应酬或可;其或可者,八句自为一首尾也。塾师乃以此作经义法,一篇之中,四起四收,非蛴螬相衔成青竹蛇而何?两间万物之生,无有尻下出头,枝末生根之理。不谓之不通,其可得乎?"(《姜斋诗话》卷下)在他看来,以起承转收论诗,用来教导幕客或作应酬诗是可行的,之所以可行,是因为八句诗在这一方法的指导下,可以写成首尾一体。如果像塾师那样用作经义法,一首诗的八句分为四起四收,节节累起而成,那就可笑了。

郑光策则从用法、诂题这两方面来着眼。梁章钜《退庵随笔》卷上"郑苏年师曰:'排律为诗之一体,而其法实异于古近体诸诗,其义主于诂题,其体主于用法,其前后起止,铺衍诠写,皆有一定之规格,浅深之体势。而且题中有一字,即须照应不遗,题意有数重,又须回环钩绾,尺寸一失,虽词坛宗匠,亦不入程式焉。盖其道与八股制义相出入。八股之原,固亦出于古文,然竟以古文为八股,则必有所隔阂而不行。盖题体纤杂,神理非出于一端,铺写有定,语言不可以旁出也。'又云:'八股与古文,虽判为两途,然不能古文者,其八股亦必凡近纤靡,不足以自立。排律亦然,排律虽以用法、诂题为主,然无性情、学问、风格以纬于其间,则亦俗作而已。深于风雅者,当自得之。'"①郑苏年即郑光策,福建闽县人。他认为排律是一种特殊的诗体,其写法与八股制义相类似。类似的原因就有"其义主于诂题,其体主于用法",也就是说排律如同八股文一样,其立意在于申说题目,扣题很紧,同时又非常讲究作法。从作法来说,排律的前后起止,铺排描写,都讲究规格、体势。从扣题来说,诗题中的每一字都必须照应不遗。如题意有多重意思,也要多方照应,不能有遗漏。正因为如此,所以,许多词坛宗匠写出的排律也是不合格的。这就从诂题与作法两方面说明了排律与八股文的相似之处。

在清人的眼中,一般诗歌被视为八股文,以八股观诗、以八股作诗已

---

① 梁章钜:《退庵随笔》卷上,郭绍虞编选,富寿荪校点:《清诗话续编》第四册,上海古籍出版社,1983,第1995—1996页。

是一种常态。至于科场中的应试诗,在清人眼中更应作如是观。乾隆时期叶葆在《应试诗法浅说·篇法浅说》中说:"初学习文,其于破题、承题、前比、中比、后比、结题等法,讲之久矣。今仍是文法讲诗,理自易明。诗有篇法,不是随意凑成,足数而止。六韵诗,首二句是破题,须将题字醒出,方见眉目,切忌蒙混浮泛。第二韵是承题,接上韵说清。只取明白晓畅,且勿着力。第三联是前比,须虚虚引入,宁浅勿深。第四韵是中比,须要靠题诠发,着力炼句,不可单薄宽泛。第五韵是后比,找足余意。末二句是结穴,收住全题,盖由浅入深,由虚入实。"清代科举考试内容之一就是考五言六韵试帖诗,在叶葆看来,一首五言六韵试帖诗其实就是一篇八股文,首二句是破题,第二韵是承题,第三联是前比,第四韵是中比,第五韵是后比,末二句是结穴。对每联的作法,叶葆均给出了自己的意见,认为各联都有各联的写法。值得注意的是,叶葆在各联的写法上也是参照八股文各股(比)的写法提出的。显然,叶葆是将试帖诗完全八股化了。

视诗歌如八股,以八股作法论诗歌作法,是清代诗法学的一种普遍的思维方式,也是清人论诗歌作法的一种重要手段。吴乔说:"唐、明诗相去天壤,今举唐之最下者,与明之最高者较之,品位自见……明初咏白燕者,纷然推袁凯第一,称为袁白燕。起句云'故国飘零事已非,旧时王谢见应稀',失之于泛,燕亦可用。次联云'月明汉水初无影,雪满梁园尚未归',二语是操。第三联应纵,而曰'柳絮池塘春入梦,梨花庭院雨沾衣',与次联轻重无别,如时文之后比,亦实做如中比也。唐人之中二联无虚实者,必第七句转,末句收。凯不知此法,其末联云'赵家姊妹多相忌,莫向昭阳殿里飞',语泛与起同。八句中起结是燕,非白燕,第三联重出,止有两句是白燕,比《卫将军庙》诗如何? 使凯学识大进,重作此题,于白燕上一丝不披绮纱袍子,口唱《大江东去》,为牧斋所鄙笑。由其但学盛唐皮毛,全不知诗故也。"①(《围炉诗话》卷六)吴乔在这里是举袁凯诗为例,批评明人不善于学唐,只得其皮毛。在吴乔看来,明人袁凯的《白燕》在明诗中属最出色的,但与唐人最下者如许浑诗相比,也相去甚远。撇开这一观点的正确与否不论,值得注意的是吴乔对《白燕》诗的分析,认为其第三联与次联无别,"如时文之后比,亦实做如中比也"。认为此诗的第三联如同八股文的中比,这就完全是从八股文的作法来说明诗的作法了。可见,八股文的作法已深深扎进了吴乔的心里,时时在影响着他对诗歌作法的看法。

　　贺贻孙在评论古诗《上山采蘼芜》一诗时说:"此诗将'手爪不相如'截住,分为两段咏之,见古人章法之奇。后段即前段语意,复说一遍,更觉浓至。此等手法,在文字中惟《南华》能之,他人止作一股,便觉意竭,倘效为之,则重复可厌矣。"②这段话里"他人止作一股,便觉意竭"中的"一股"看似不经意的一说,其实更为真实地透露出贺贻孙根深蒂固的八股文观念,不然,他不会这么自然地就冒出了这一说法。在贺贻孙看来,古诗《上山采蘼芜》其实就是一篇优秀的八股文,正因为如此,所以,他才说"他人止作一股,便觉意竭","倘效为之,则重复可厌矣"。徐锡我的话刚好可以补充说明吴乔的观点。他说:"古诗如时艺中八股文字,不论初学小子,皆成凑补成篇,然要到精妙无遗憾处,虽宿儒往往难之。乐府则如散行文字,惟寝食于子史诸家者,方能一气挥洒,铿锵合调。然其实比八股稍微省力,第初级小子,无级可阶,望之如登天耳。"(《我侬说

---

① 吴乔是将袁凯《白燕》诗与唐人许浑诗《题卫将军庙》比较而言的。认为许浑诗在唐人中是最下者,但即使这样,明人中的高明者也远不及许浑。于是举许浑诗中最死实者,如《题卫将军庙》为例云:"'武牢关下护龙旗,挟槊弯弓马上飞。汉业未兴王霸在,秦军才散鲁连归。坟穿大泽埋金剑,庙枕长溪挂铁衣。欲奠忠魂何处问? 苇花枫叶雨霏霏。'首联言战功,次联言高蹈,三联言坟庙,四联以情景结之,题中之意自足,措词无一字虚壳。但许诗俱无远神,故当时不重之耳。"(《围炉诗话》卷六)《白燕》诗云:"故国飘零事已非,旧时王谢见应稀。月明汉水初无影,雪满梁园尚未归。柳絮池塘香入梦,梨花庭院冷侵衣。赵家姊妹多相忌,莫向昭阳殿里飞。"
② 贺贻孙:《诗筏》,郭绍虞编选,富寿荪校点:《清诗话续编》第一册,上海古籍出版社,1983,第145页。

诗》)"古诗如时艺中八股文字"这句话道出了徐锡我视古诗如八股的观点,这其实也是吴乔的看法。徐锡我是将古诗与乐府分开看的,古诗如时艺中八股文,而乐府则如一般的散文,虽然不是八股文,但要比八股文省力。这样一说,其实他还是离不开以八股论诗,心中还有八股在。一旦八股入心,满眼的诗歌无一不是八股。徐锡我又云:"唐律诗如明八股,唐初诗似洪武至宣德时文字,气局甫开,古辞浑噩,无字字可寻……"(《我侬说诗》律诗·总说)将唐律的发展与明八股文的发展类比,这也算是前无古人了。

可见,以八股论诗法的做法虽然在元明时期已有,但远不如清人广泛深入。清人以其多方面的论述,将元明人的做法作了深入的拓展,由此也就形成了清代诗法学的一个突出特点。

清人论诗法,多在总结中创新,在细化中深化,同时也开辟了一些新的研究领域,这在中国古代诗法学史上是别具一格的,其历史地位值得高度肯定。

主要参考文献

一、著作类

周振甫:《文心雕龙注释》,人民文学出版社1983年版。

上官仪:《笔札华梁》,张伯伟《全唐五代诗格汇考》本,江苏古籍出版社2002年版。

佚名:《文笔式》,张伯伟《全唐五代诗格汇考》本,江苏古籍出版社2002年版。

佚名:《诗格》,张伯伟《全唐五代诗格汇考》本,江苏古籍出版社2002年版。

元兢《诗髓脑》,张伯伟《全唐五代诗格汇考》本,江苏古籍出版社2002年版。

佚名:《诗式》,张伯伟《全唐五代诗格汇考》本,江苏古籍出版社2002年版。

王昌龄:《诗格》,张伯伟《全唐五代诗格汇考》本,江苏古籍出版社2002年版。

皎然:《诗议》,张伯伟《全唐五代诗格汇考》本,江苏古籍出版社2002年版。

皎然:《诗式》,张伯伟《全唐五代诗格汇考》本,江苏古籍出版社2002年版。

题名白居易:《金针诗格》,张伯伟《全唐五代诗格汇考》本,江苏古籍出版社2002年版。

题名白居易:《文苑诗格》,张伯伟《全唐五代诗格汇考》本,江苏古籍出版社2002年版。

题名贾岛:《二南密旨》,张伯伟《全唐五代诗格汇考》本,江苏古籍出版社 2002 年版。

齐己:《风骚旨格》,张伯伟《全唐五代诗格汇考》本,江苏古籍出版社 2002 年版。

徐寅:《雅道机要》,张伯伟《全唐五代诗格汇考》本,江苏古籍出版社 2002 年版。

王玄:《诗中旨格》,张伯伟《全唐五代诗格汇考》本,江苏古籍出版社 2002 年版。

神彧:《诗格》,张伯伟《全唐五代诗格汇考》本,江苏古籍出版社 2002 年版。

僧保暹:《处囊诀》,张伯伟《全唐五代诗格汇考》本,江苏古籍出版社 2002 年版。

题名梅尧臣《续金针诗格》,张伯伟《全唐五代诗格汇考》本,江苏古籍出版社 2002 年版。

苏轼:《苏轼诗集》,中华书局 1982 年版。

黄庭坚:《豫章黄先生文集》,四部丛刊本。

欧阳修:《六一诗话》,《历代诗话》本,中华书局 1981 年版。

陈师道:《后山诗话》,《历代诗话》本,中华书局 1981 年版。

魏泰:《临汉隐居诗话》,《历代诗话》本,中华书局 1981 年版。

周紫芝:《竹坡诗话》,《历代诗话》本,中华书局 1981 年版。

吕本中:《紫微诗话》,《历代诗话》本,中华书局 1981 年版。

许顗:《彦周诗话》,《历代诗话》本,中华书局 1981 年版。

叶梦得:《石林诗话》,《历代诗话》本,中华书局 1981 年版。

唐庚:《唐子西文录》,《历代诗话》本,中华书局 1981 年版。

张表臣:《珊瑚钩诗话》,《历代诗话》本,中华书局 1981 年版。

葛立方:《韵语阳秋》,《历代诗话》本,中华书局 1981 年版。

严羽:《沧浪诗话》,《历代诗话》本,中华书局 1981 年版。

严羽著、郭绍虞校释:《沧浪诗话校释》,人民文学出版社 1961 年版。

姜夔:《白石道人诗说》,《历代诗话》本,中华书局1981年版。

惠洪:《天厨禁脔》,张伯伟《稀见本宋人诗话四种》,凤凰出版社2002年版。

惠洪:《冷斋夜话》,张伯伟《稀见本宋人诗话四种》,凤凰出版社2002年版。

王直方:《王直方诗话》,郭绍虞《宋诗话辑佚》本,中华书局1980年版。

李颀:《古今诗话》,郭绍虞《宋诗话辑佚》本,中华书局1980年版。

陈辅:《陈辅之诗话》,郭绍虞《宋诗话辑佚》本,中华书局1980年版。

潘淳:《潘子真诗话》,郭绍虞《宋诗话辑佚》本,中华书局1980年版。

范温:《潜溪诗眼》,郭绍虞《宋诗话辑佚》本,中华书局1980年版。

蔡启:《蔡宽夫诗话》,郭绍虞《宋诗话辑佚》本,中华书局1980年版。

蔡启:《诗史》,郭绍虞《宋诗话辑佚》本,中华书局1980年版。

洪刍:《洪驹父诗话》,郭绍虞《宋诗话辑佚》本,中华书局1980年版。

佚名:《蔡霍野人诗话》,郭绍虞《宋诗话辑佚》本,中华书局1980年版。

严有翼:《艺苑雌黄》,郭绍虞《宋诗话辑佚》本,中华书局1980年版。

吕本中:《童蒙诗训》,郭绍虞《宋诗话辑佚》本,中华书局1980年版。

罗大经:《鹤林玉露》,中华书局1983年版。

孙奕:《履斋示儿编》,知不足斋丛书本。

吴沆:《环溪诗话》,中华书局1988年版。

朱弁:《风月堂诗话》,中华书局1988年版。

何汶:《竹庄诗话》,中华书局1984年版。

魏庆之:《诗人玉屑》,上海古籍出版社1978年版。

胡仔:《苕溪渔隐丛话》,人民文学出版社1982年版。

吴聿:《观林诗话》,《历代诗话续编》本,中华书局1983年版。

杨万里:《诚斋诗话》,《历代诗话续编》本,中华书局1983年版。

陈岩肖:《庚溪诗话》,《历代诗话续编》本,中华书局1983年版。

曾季狸:《艇斋诗话》,《历代诗话续编》本,中华书局1983年版。

吴可:《藏海诗话》,《历代诗话续编》本,中华书局1983年版。

黄彻:《碧溪诗话》,《历代诗话续编》本,中华书局 1983 年版。

范晞文:《对床夜语》,《历代诗话续编》本,中华书局 1983 年版。

张戒:《岁寒堂诗话》,《历代诗话续编》本,中华书局 1983 年版。

周弼:《笺注唐贤三体诗法》,文渊阁四库全书本。

于济、蔡正孙编集、(朝鲜)徐居正等增注、卞东波校证:《唐宋千家联珠诗格校证》,凤凰出版传媒集团、凤凰出版社 2007 年版。

王若虚:《滹南诗话》,《历代诗话续编》本,中华书局 1983 年版。

韦居安:《梅磵诗话》,《历代诗话续编》本,中华书局 1983 年版。

方回选评,李庆甲集评校点:《瀛奎律髓汇评》,上海古籍出版社 1986 年版。

方回:《桐江集》,宛委别藏抄本。

方回:《桐江续集》,四库全书珍本初集本。

题名杨载:《诗法家数》,张健《元代诗法校考》本,北京大学出版社 2001 年版。

题名吴成:《诗解》,张健《元代诗法校考》本,北京大学出版社 2001 年版。

佚名:《杜陵诗律五十一格》,张健《元代诗法校考》本,北京大学出版社 2001 年版。

题名范德机:《木天禁语》,张健《元代诗法校考》本,北京大学出版社 2001 年版。

题名范德机:《诗学禁脔》,张健《元代诗法校考》本,北京大学出版社 2001 年版。

范德机门人集录:《吟法玄微》,张健《元代诗法校考》本,北京大学出版社 2001 年版。

题名虞集:《虞侍书诗法》,张健《元代诗法校考》本,北京大学出版社 2001 年版。

佚名:《诗家一指》,张健《元代诗法校考》本,北京大学出版社 2001 年版。

题名揭曼硕:《诗法正宗》,张健《元代诗法校考》本,北京大学出版社2001年版。

黄清老:《诗法》,张健《元代诗法校考》本,北京大学出版社2001年版。

瞿佑:《归田诗话》,周维德《全明诗话》本,齐鲁书社2005年版。

朱权:《西江诗法》,周维德《全明诗话》本,齐鲁书社2005年版。

周叙:《诗学梯航》,周维德《全明诗话》本,齐鲁书社2005年版。

李东阳:《麓堂诗话》,周维德《全明诗话》本,齐鲁书社2005年版。

谢榛:《四溟诗话》,周维德《全明诗话》本,齐鲁书社2005年版。

王文禄:《诗的》,周维德《全明诗话》本,齐鲁书社2005年版。

杨良弼:《作诗体要》,周维德《全明诗话》本,齐鲁书社2005年版。

梁桥:《冰川诗式》,周维德《全明诗话》本,齐鲁书社2005年版。

汪彪:《全相万家诗法》,周维德《全明诗话》本,齐鲁书社2005年版。

谭浚:《说诗》,周维德《全明诗话》本,齐鲁书社2005年版。

王世贞:《艺苑卮言》,周维德《全明诗话》本,齐鲁书社2005年版。

李贽:《骚坛千金诀》,周维德《全明诗话》本,齐鲁书社2005年版。

王世懋:《艺圃撷余》,周维德《全明诗话》本,齐鲁书社2005年版。

周履清:《骚坛秘语》,周维德《全明诗话》本,齐鲁书社2005年版。

王楫:《诗法指南》,周维德《全明诗话》本,齐鲁书社2005年版。

胡应麟:《诗薮》,周维德《全明诗话》本,齐鲁书社2005年版。

江盈科:《雪涛诗评》,周维德《全明诗话》本,齐鲁书社2005年版。

许学夷:《诗源辩体》,周维德《全明诗话》本,齐鲁书社2005年版。

谢肇淛:《小草斋诗话》,周维德《全明诗话》本,齐鲁书社2005年版。

冯复京:《说诗补遗》,周维德《全明诗话》本,齐鲁书社2005年版。

钟惺:《词府灵蛇二集》,周维德《全明诗话》本,齐鲁书社2005年版。

钟惺:《钟伯敬先生砵评词府灵蛇》,陈广宏、侯荣川《明人诗话要籍汇编》,复旦大学出版社2017年版。

陈懋仁:《藕居士诗话》,周维德《全明诗话》本,齐鲁书社2005年版。

陆时雍:《诗镜总论》,周维德《全明诗话》本,齐鲁书社2005年版。

陈霆:《渚山堂诗话》,陈广宏、侯荣川《稀见明人诗话十六种》,上海古籍出版社 2014 年版。

章宪文:《白石山堂诗话》,陈广宏、侯荣川《稀见明人诗话十六种》,上海古籍出版社 2014 年版。

吴默:《翰林诗法》,陈广宏、侯荣川《稀见明人诗话十六种》,上海古籍出版社 2014 年版。

游潜:《梦蕉诗话》,陈广宏、侯荣川《明人诗话要籍汇编》,复旦大学出版社 2017 年版。

雷燮:《南谷诗话》,陈广宏、侯荣川《明人诗话要籍汇编》,复旦大学出版社 2017 年版。

俞弁:《逸老堂诗话》,陈广宏、侯荣川《明人诗话要籍汇编》,复旦大学出版社 2017 年版。

黄生:《诗麈》,诸伟奇《黄生全集》本,安徽大学出版社 2009 年版。

黄生:《杜诗说》,诸伟奇《黄生全集》本,安徽大学出版社 2009 年版。

王夫之:《姜斋诗话》,上海古籍出版社 1963 年版。

吴乔:《答万季埜诗问》,上海古籍出版社 1963 年版。

吴乔:《围炉诗话》,郭绍虞、富寿荪《清诗话续编》本,上海古籍出版社 1983 年版。

冯班:《钝吟杂录》,上海古籍出版社 1963 年版。

王士禛:《律诗定体》,上海古籍出版社 1963 年版。

王士禛:《渔洋诗话》,上海古籍出版社 1963 年版。

翁方纲:《王文简古诗平仄论》,上海古籍出版社 1963 年版。

翁方纲:《石洲诗话》,郭绍虞、富寿荪《清诗话续编》本,上海古籍出版社 1983 年版。

赵执信:《声调谱》,上海古籍出版社 1963 年版。

沈德潜:《说诗晬语》,上海古籍出版社 1963 年版。

叶燮:《原诗》,上海古籍出版社 1963 年版。

黄子云:《野鸿诗的》,上海古籍出版社 1963 年版。

毛先舒:《诗辩坻》,郭绍虞、富寿荪《清诗话续编》本,上海古籍出版社1983 年版。

贺贻孙:《诗筏》,郭绍虞、富寿荪《清诗话续编》本,上海古籍出版社1983 年版。

贺裳:《载酒园诗话》,郭绍虞、富寿荪《清诗话续编》本,上海古籍出版社 1983 年版。

田同之:《西圃诗说》,郭绍虞、富寿荪《清诗话续编》本,上海古籍出版社 1983 年版。

乔亿:《剑溪说诗》,郭绍虞、富寿荪《清诗话续编》本,上海古籍出版社1983 年版。

赵翼:《瓯北诗话》,郭绍虞、富寿荪《清诗话续编》本,上海古籍出版社1983 年版。

李调元:《雨村诗话》,詹杭伦、沈时蓉校正《雨村诗话校正》(二卷本),巴蜀书社 2006 年版。

冒春荣:《葚原诗说》,郭绍虞、富寿荪《清诗话续编》本,上海古籍出版社 1983 年版。

延君寿:《老生常谈》,郭绍虞、富寿荪《清诗话续编》本,上海古籍出版社 1983 年版。

朱庭珍:《筱园诗话》,郭绍虞、富寿荪《清诗话续编》本,上海古籍出版社 1983 年版。

管世铭:《读雪山房唐诗序例》,郭绍虞、富寿荪《清诗话续编》本,上海古籍出版社 1983 年版。

潘德舆:《养一斋诗话》(附《李杜诗话》),郭绍虞、富寿荪《清诗话续编》本,上海古籍出版社 1983 年版。

陈仅:《竹林答问》,郭绍虞、富寿荪《清诗话续编》本,上海古籍出版社1983 年版。

朱庭珍:《筱园诗话》,郭绍虞、富寿荪《清诗话续编》本,上海古籍出版社 1983 年版。

刘熙载:《艺概》,郭绍虞、富寿荪《清诗话续编》本,上海古籍出版社
1983年版。

魏裔介:《魏裔介诗话》,张寅彭《清诗话三编》本,上海世纪出版股份有
限公司、上海古籍出版社2014年版。

毛奇龄:《西河诗话》,张寅彭《清诗话三编》本,上海世纪出版股份有限
公司、上海古籍出版社2014年版。

徐我侬:《我侬说诗》,张寅彭《清诗话三编》本,上海世纪出版股份有限
公司、上海古籍出版社2014年版。

蒋鸿翮:《寒塘诗话》,张寅彭《清诗话三编》本,上海世纪出版股份有限
公司、上海古籍出版社2014年版。

丁鹤:《兰皋诗话》,张寅彭《清诗话三编》,本上海世纪出版股份有限公
司、上海古籍出版社2014年版。

陈梓:《定泉诗话》,张寅彭《清诗话三编》本,上海世纪出版股份有限公
司、上海古籍出版社2014年版。

王楷苏:《骚坛八略》,张寅彭《清诗话三编》本,上海世纪出版股份有限
公司、上海古籍出版社2014年版。

黄培芳:《粤岳草堂诗话》,张寅彭《清诗话三编》本,上海世纪出版股份
有限公司、上海古籍出版社2014年版。

黄培芳:《香石诗话》,张寅彭《清诗话三编》本,上海世纪出版股份有限
公司、上海古籍出版社2014年版。

朱自清:《诗言志辨》,《朱自清古典文学论文集》,上海古籍出版社1981
年版。

罗根泽:《中国文学批评史》,古典文学出版社1957年版。

王力:《汉语诗律学》,上海教育出版社1979年新二版。

冯振:《诗词作法举偶》,中央文献出版社2005年版。

张毅:《宋代文学思想史》中华书局1995年版。

程毅中:《宋人诗话外编》,国际文化出版公司1996年版。

王运熙、顾易生：《中国文学批评通史》（明代卷、清代卷），上海古籍出版社 1996 年版。

启功：《汉语现象论丛》，中华书局 1997 年版。

周裕锴：《宋代诗学通论》，巴蜀书社 1997 年版。

张健：《元代诗法校考》，北京大学出版社 2001 年版。

张伯伟：《全唐五代诗格汇考》，江苏古籍出版社 2002 年版。

蒋寅：《清诗话考》，中华书局 2005 年版。

易闻晓：《中国古代诗法纲要》，齐鲁书社 2005 年版。

周维德：《全明诗话》，齐鲁书社 2005 年版。

陈广宏、侯荣川：《稀见明人诗话十六种》，上海古籍出版社 2014 年版。

陈广宏、侯荣川：《明人诗话要籍汇编》，复旦大学出版社 2017 年版。

张寅彭：《清诗话三编》，上海世纪出版股份有限公司、上海古籍出版社 2014 年版。

易闻晓：《中国诗法学》，商务印书馆 2017 年版。

张静：《器中有道——历代诗法著作中的诗法名目研究》，凤凰出版社 2017 年版。

二、学位论文

段宗社：《中国诗法论》，2005 年四川大学博士学位论文。

王奎光：《元代诗法研究》，2007 年复旦大学博士学位论文。

三、一般论文

蒋寅：《至法无法：中国诗学的技巧观》，《文艺研究》2000 年第 6 期。

蒋寅：《起承转合：机械结构论的消长——兼论八股文法与诗学的关系》，《文学遗产》1998 年第 3 期。

段宗社：《叶燮〈原诗〉的诗法论》，《青海师范大学学报（哲学社会科学版）》2009 年第 5 期。

曾明:《胡宿诗学"活法"说探源》,《文学评论》2011年第2期。

段宗社:《"性灵说"与诗法论——论袁枚诗学的综合向度》,《陕西师范大学学报(哲学社会科学版)》2012年第1期。

张晓伟:《"起承转合"之说的源流》,《文艺理论研究》2015年第4期。

后　记

　　《中国古代诗法学史》是本人 2015 年的国家社科基金一般项目《中国古代诗法学史》的结题成果。这本来是一项应该尽早完成的工作，但因为长期在人大任职，工作繁忙，无法分身，延期一年才得以结题。

　　诗法学的研究一直是我感兴趣的工作，遗憾的是，由于各种原因，有关研究一直断断续续，未能有效开展，直至承担《中国古代诗法学史》的课题之后，才得以集中精力来完成这一工作。因为行政工作占用了太多的时间，虽然最终完成了课题，但在匆匆之中也留下不少的遗憾。一是多用诗话中的资料，而许多应该研究或参考的资料没有研究或参考，如一些诗歌选本、别集中的序跋等。二是对当代学者的研究成果吸收不够，这大大限制了研究的视野及观点的新颖，导致书中的许多看法可能是片面的甚至是错误的。三是各代之间、各家之间、各书之间的承接关系论述不够充分，可能遗漏了许多关键的细节或线索。除此之外，可能还存在许多其他自己还未发现的问题。

　　此书作为自己多年来的中国古代诗法学研究的阶段性成果，尽管瑕疵不少，错漏百出，但仍然敝帚自珍。夜深人静，回想前尘，如梦如幻。暂以此书作为一段特殊岁月的纪念吧。

王德明

2020 年 10 月